Ernst Maria Lang
Das wars. Wars das?

Zu diesem Buch

Ob Konrad Adenauer, Gustav Heinemann, Helmut Kohl oder Gerhard Schröder, seit es die Bundesrepublik gibt, wird sie von Ernst Maria Lang mit seinen Karikaturen begleitet. Aber das ist beileibe nicht der »ganze Lang«, schließlich ist er auch einer der führenden Architekten seiner Generation, der an vielen maßgeblichen Bauten der Nachkriegszeit mitgewirkt hat. Er beschreibt hier sein Leben, beginnend mit seinen Erlebnissen im Krieg, an der Ostfront und in Frankreich, die ihn für immer geprägt haben. Seine unangepaßte Haltung, sein Freimut und seine Zivilcourage ließen ihn den Krieg nur knapp überleben – machten ihn aber zu einem großen Zeitbeobachter. Seine farbig erzählten, mit dem präzisen Blick des Zeichners gesehenen Erinnerungen sind ein großes Stück Literatur.

Ernst Maria Lang, geboren 1916 in Oberammergau, war nach dem Abitur fast zehn Jahre lang Soldat. Nach dem Krieg führte er ein großes Architekturbüro und leitete die Bayerische Architektenkammer. Seine Karikaturen in der Süddeutschen Zeitung haben ihn berühmt gemacht und ihn mit allen wichtigen Politikern der Bundesrepublik zusammengeführt.

Ernst Maria Lang
Das wars. Wars das?

Erinnerungen

Mit 32 Fotos

Piper München Zürich

Ungekürzte Taschenbuchausgabe
Dezember 2004
© 2000 Piper Verlag GmbH, München
Umschlag/Bildredaktion: Büro Hamburg
Isabel Bünermann, Heike Dehning,
Charlotte Wippermann, Katharina Oesten
Foto Umschlagvorderseite: DIZ/SV- Bilderdienst
Satz: Kösel, Kempten
Druck und Bindung: Clausen & Bosse, Leck
Printed in Germany   ISBN 3-492-24294-4

www.piper.de

Inhalt

Kindheit in Oberammergau

Das Tier hatte ein graubraunes Fell, einen schwarzen Streifen am Rücken und eine schwarz-weiße Gesichtsmarkierung mit zwei kleinen, schwarzen und nach hinten gebogenen Hörnern auf dem Kopf. Ich war fasziniert von dieser ungewohnten Aufbahrung. Das Tier lag regungslos auf dem Tisch der Werkstatt meines Großvaters Emanuel, die zugleich Wohn- und Eßzimmer der Familie war. Das mußte ich mir genau anschauen. Ich kletterte auf das Kanapee hinterm Tisch, so daß ich mich gerade mit beiden Händen auf der Platte abstützen konnte.

Im Winter 1918/19 war ich zweieinviertel Jahre alt, konnte gut laufen und schon recht viel reden. Ich glaubte das Tier zu kennen. Meine kleinen Hände mit den Grübchen auf dem Handrücken griffen in das dichte, etwas borstige Fell. Es mußte eine junge Geiß sein, und nun wußte ich, woher in diesem Hungerwinter die seltenen Fleischrationen kamen.

Als meine Mutter, auf der Suche nach ihrem Ausreißer, ins Zimmer kam, jubelte ich ihr entgegen: »Mäh-mäh-weischi« (Ziegenfleisch), und erwartete eine freudige oder wenigstens wohlwollende Begrüßung. Statt dessen nahm sie mich schnell und energisch in den Arm und versuchte mich mit irgendeiner Geschichte abzulenken. Sie hatte Angst davor, daß ich meine Entdeckung bei Nachbarn oder Besuchern genauso laut und freudig verkünden würde. Das wäre verhängnisvoll gewesen.

Es war nämlich eine Gemse, die da am frühen Morgen auf dem Tisch lag. Mein Großvater hatte sie geschossen, genauer gesagt »gewildert«, und nur schnell abgelegt, bevor sie zur weiteren Aufbereitung versteckt werden konnte. Die Angst meiner Mutter war berechtigt. Auf Wildern stand eine hohe Strafe, und die Förster und Polizisten hatten schon immer einen leisen Verdacht gegen den »Mani«, wie mein Großvater von allen im Dorf genannt wurde. Zum Glück hielt ich aber dicht.

Das Haus meines Mani-Opas mit seinem kleinen Hof lag unmittelbar am Friedhof, und gleich hinter der Mauer stieg die große Silhouette der Kirche auf. Die Glocken mit ihrem Stundenschlag und ihrem über den Tag genau festgelegten Geläute waren eine beziehungsvolle Begleitung des gewohnten dörflichen Lebens. Es war mein Geburtshaus, zugleich eines der ältesten in Oberammergau. Früher wurde ein Teil des Hauses auch landwirtschaftlich genutzt. Im Obergeschoß lag noch ein herrlicher, geheimnisvoller dunkler Heuboden. Ein Raum hieß »Heilig-Geist-Kammer«; sie wurde früher sakral genutzt und war mit einem barocken, etwas verblaßten Wandfresko geschmückt. Jetzt diente sie als Hühnerstall, und ich glaube kaum, daß die scharrenden und gackernden, rotbraun und weiß gefiederten Hausgenossen fühlten, daß sie ihre Eier auf geweihten Boden legten.

Die Gerüche im Haus machten eine besondere Atmosphäre. In der Werkstatt meines Mani-Opas roch es nach dem trockenen Holz der bearbeiteten »Corpusse«, wie die Schnitzer sagten, nach den hellen, leichten Schwaden genüßlich gerauchter Pfeifen und den knackenden Scheiten im grünen Kachelofen. Der Boden war mit kräftigen Holzdielen ausgelegt, und mitten im Haus lag die Küche, ohne Fenster, mit einer großen Esse als Schornstein. Dort hantierte meine Großmutter Anna, eine gelernte Köchin, rundlich und ruhig mit einem Arsenal von Töpfen, Tiegeln und Pfannen.

Es war ungewöhnlich, daß ich im Elternhaus meiner Mutter geboren wurde und dort fast drei Jahre lang aufwuchs. Das hatte einen guten Grund. Als mein Vater, ein Riese von fast zwei Metern, die schöne, zierliche, nur knapp ein Meter sechzig große Emanuela heiratete, war das seinen Eltern, dem Pfarrmesner Sebastian und seiner strengen Frau Amalie, gar nicht recht. Ihre Schwiegertochter, hochbegabt als Zeichnerin wie als Sängerin, stammte aus einer Familie, die, eigenwillig und unangepaßt, nicht zur stockkonservativen und fest in der Tradition stehenden Sippe der Honoratioren paßte.

So kam es, daß ich 1916 im Obergeschoß des alten Mani-Hauses geboren wurde und dort blieb, bis mein Vater im Frühjahr 1919 vom bayerischen Infanterie-Leibregiment in München als Schwerversehrter entlassen wurde. Diese Geschichte ist durchaus typisch für das hierarchische Gepräge des Dorfes Oberammergau, des weltberühmten Ortes der Passionsspiele. Die Ammergauer sind bis heute in besonderem Maße geschichtsbewußt und traditionsgebunden.

Die geographische Lage des Dorfes prägt auch sein Schicksal. Das Ammertal, an der Tiroler Grenze im Westen beginnend, bildet in seiner Form ein unregelmäßiges Triangel. Aus dem Mittelpunkt zwischen Graswangtal und der Ettaler Ausbuchtung schwenkt das Tal um den Drehpunkt eines breiten Felsenpfeilers nach Nordwesten und öffnet sich nach wenigen Kilometern in das wellige Voralpenland. Das Geländeprofil wurde in der Eiszeit von den Gletscherströmen ausgeschliffen und war nun eine reizvolle Gebirgslandschaft. Die Berge sind niedriger, als sie aussehen. Das gilt besonders für den Oberammergauer Kofel, der mächtig über dem Dorf steht, in Wirklichkeit aber eben nur ein gemütliches Matterhorn ist.

Die Geschichte dieser Gegend mit ihren etwa vierzig Quadratkilometern ist bewegt und reicht – belegbar – bis in die Zeit der Kelten zurück. In Dokumenten erwähnt wird das Panorama seit der Eroberung der Alpenländer durch die Römer. Auf ihrem gepanzerten, gut organisierten Zug bewegten sich die Legionen zwischen Karwendel und Wetterstein, bei Oberau nach Nordwesten abzweigend, über eine steile Bergstraße von Osten her in das offene Tal-Triangel. Man kann sich vorstellen, wie die schwer bepackten Legionäre aufatmeten, als sie zwischen den Felswänden und den allmählich zurückweichenden Bergflanken den hellen Austritt in die offene Landschaft erspähten. Aber vorher gründeten sie dort, wo heute Oberammergau steht, ein Kastell mit einem kleinen Heiligtum als Dank an die Götter. »Ad Coveliacas« hieß der Ort. Auf dieser Straßenverbindung zur großen, weiten Welt rollten die Warenzüge und Versorgungstransporte von Rom bis in die nördlichen Provinzen – und damit war auch für meine Vorfahren eine Schicksalsstraße festgelegt.

Das wichtigste Ereignis in der Geschichte Oberammergaus war die Pest im Jahr 1633 – im darauffolgenden Jahr, 1634, gelobten die

Dorfbewohner feierlich, alle zehn Jahre das Spiel vom Leiden und Sterben des Herrn Jesus Christus aufführen zu wollen, wenn der Schwarze Tod ein Ende hätte. Nach diesem Gelübde hörte die schreckliche Plage schlagartig auf.

Die Geschichte des Dorfes Oberammergau wurde von meinem Ururgroßonkel Josef Alois Daisenberger (1799–1886), dem geistlichen Rat und Pfarrer in Oberammergau, aufgeschrieben. Er stützte sich dabei auf das oberbayerische Archiv, Urkunden und Dokumente aus Klöstern, Pfarreien und Adelsfamilien. Dieser ungewöhnliche Mann hatte schon zu Lebzeiten einen legendären Ruf. Als Sohn des Bauern und Gipsmüllers Michael Daisenberger in Oberau besuchte er das Gymnasium in München. Aus seinen Briefen an die Eltern spürt man den Wissensdurst und die Kontaktfähigkeit des Bauernbuben, der aus dem Werdenfelser Land in die überaus lebendige Hauptstadt geraten war.

Für die Passionsspiele 1860 verfaßte Daisenberger einen neuen, aus alten Quellen stammenden Text, der nur wenig verändert auch noch heute zur Aufführung kommt. Er war auch Spielleiter und schrieb mehrere Theaterstücke mit religiösen oder vaterländisch-historischen Themen. Die letzte Entscheidung über die Rollenverteilung für die Passionsspiele wurde durch eine Wahl im Gemeinderat getroffen. Nicht immer wird auf diese Weise der beste Spieler oder die richtige Spielerin ausgesucht. Letzteres war immer besonders kritisch, weil für die weiblichen Hauptrollen unbescholtene Jungfrauen gefunden werden mußten. Einmal hatte Daisenberger für die Rolle der Maria eine hochbegabte junge Frau ausgesucht, die allerdings das Manko hatte, kurz vor den Passionsspielen ein uneheliches Kind geboren zu haben. Trotzdem wollte er sie im Gemeinderat durchsetzen. Es kam zu einem geradezu alttestamentarischen Streit mit den Sittenwächtern der Gemeinde, ganz nach altem Brauch der bockbeinigen Ammergauer. Die lautstarken Argumente der fuchsteufelswilden Gemeinderäte überwand der lebenserfahrene Pfarrer damit, daß er sagte: »Was wollt ihr denn – das Madl ist grundbrav, und das Kind« – dabei deutete er mit seinen Händen, fast ohne Abstand, das Maß an – »is ja no so kloa!«

Das Amt des Pfarrmesners war seit 1772, von Nikolaus Lang an, stets in meiner väterlichen Familie. Dessen Sohn Franz Paul war ein großer, kräftiger junger Mann, als 1805 das Dorf von französischen Soldaten beehrt wurde. Auch im Mesnerhaus wurde ein Füsilier einquartiert, dem meine Ururgroßmutter eine besondere Freude machen wollte. Sie setzte ihm eine Zinnschüssel mit Semmelknödeln vor. Aber der Krieger kannte diese Art Speise nicht, witterte vielleicht eine Attacke auf seine Gesundheit und warf die Schüssel samt Inhalt auf den Boden. Das Wehgeschrei der enttäuschten Hausfrau alarmierte ihren Sohn Franz Paul, der den kleingewachsenen Krieger voll Zorn beim Kragen packte und durch die offene Haustür auf die Straße warf. Der schrie um Hilfe, und die schußbereite Patrouille arretierte den tatkräftigen Sohn, um ihn auch gleich zu füsilieren. Zum Glück war der Ortspfarrer gerade in der Nähe und war auch des Französischen mächtig. Es gelang ihm, den dazugekommenen Offizier über das Mißverständnis aufzuklären.

Das Pfarrmesneramt und die geistliche Tradition im Hause brachten es mit sich, daß immer ein feiner Duft von Weihrauch in allen Winkeln hing. Etwas ganz Besonderes war aber die große Weihnachtskrippe aus dem Jahr 1780 mit ca. 60 cm hohen, geschnitzten Figuren, farbig gefaßt und kunstvoll bekleidet. Hier war die Geburt Christi in einer offenen Höhle zu sehen mit der Verkündigung an die Hirten auf der Höhe darüber und in einem prächtigen Aufmarsch der Besuch der Heiligen Drei Könige zu Pferde – das Ganze in einer lebendigen Gruppierung von über hundert Figuren, Engeln und Tieren in einer eindrucksvollen, geschickt komponierten Landschaft. Am schönsten war es für mich als Kind, zwischen diesen Figurengruppen zu stehen, die Gesichter ganz genau zu sehen und die brokatenen Gewänder vorsichtig zu berühren. Dazu gab es auch noch die Hochzeit zu Kana als besondere Abteilung, in eine reiche, klassische Architektur eingebaut. Insgesamt umfaßte das ganze Szenario fast achtzig Quadratmeter. Im ehemaligen Heuboden des Hauses wurde dieses statische Schauspiel eindrucksvoll aufgebaut und der Öffentlichkeit zur Besichtigung angeboten. Die Betreuung der Besucher gehörte zum Tagesablauf unserer Familie.

Es war also kein Wunder, daß ich im Zuge der Familientradition mit etwa sieben Jahren Ministrant wurde. Ich erlebte diese Zeit wie die Mitwirkung in einem Theaterensemble. In der Hierarchie war ich als Jüngster zugleich auch der Geringste. In der großen, schönen Barockkirche kannte ich bald alle Figuren, Bilder und Symbole. Die rituellen Gänge und Bewegungen im Presbyterium, abgesetzt und etwas erhöht über der Menge der Kirchenbesucher, schienen mir etwas Besonderes zu sein. Meine beginnende Vertrautheit mit dieser prächtigen, farbigen und feierlichen Welt wurde aber bald unterbrochen.

Anfang Dezember 1923, also im Advent, mußte ich als Jüngster im Engelamt ministrieren. Diese Messen in der vorweihnachtlichen Zeit wurden bereits früh um sechs Uhr gefeiert. Ich stapfte mit meinen festen, genagelten Stiefeln durch den tiefen Schnee auf die Kirche mit ihren hell erleuchteten Fenstern zu. Als ich in die Sakristei eintrat, wartete der Pfarrer, ein großer und etwas düsterer Mann, bereits ungeduldig auf mich. »Los«, sagte er, und ich ergriff den Bügel des Weihwasserkessels, ein großes Gefäß mit überschwappendem Inhalt. An meinen Schuhen hatten sich dicke Eisstollen gebildet, und beim ersten Schritt von der obersten Marmorstufe hinunter ins Kirchenschiff rutschte ich aus.

Ich versuchte in einer verzweifelten Reaktion den für mich riesigen Kessel festzuhalten, goß aber dabei den eiskalten Inhalt mit Schwung von oben auf die Schuhe des Pfarrers. Der tat, als wäre nichts geschehen, und durchmaß den Raum zwischen den Gebetbänken mit langen Schritten. Ich versuchte rutschend und schlitternd Anschluß zu halten. Der Mann im Ornat schwang so nachdrücklich den trockenen Wedel über die Häupter der wenigen frühen Beter, die mit dünnen Stimmen zur Orgel sangen, daß ich aus der Art seiner rhythmischen Armbewegungen nichts Gutes las. Zurück in der Sakristei, setzte er schweigend diesen Rhythmus fort und verdrosch mir dann mit dem Weihwasserwedel inbrünstig mein Hinterteil. Da verließ ich die Sakristei und legte mit dem Weihwasserkessel auch mein Amt als Ministrant nieder.

Einen Steinwurf vom Mesnerhaus liegt mein Geburtshaus, in dem ich mit meiner Mutter bis zum Frühjahr 1919 lebte. Auch nach dem Umzug zu den ungeliebten Schwiegereltern meiner Mutter war ich fast jeden Tag im geliebten, warmen Dunst der

Werkstatt meines Großvaters Emanuel. Von da aus konnte ich auf die Friedhofsmauer klettern und dort meinen gewohnten Platz einnehmen. Im Sommer schnupperte ich den wunderbaren Duft dichter Blumenpolster auf den Gräbern und hatte das Brummen und Surren eifriger Bienen und Hummeln im Ohr. Hoch über dieser erdnahen, warmen Symphonie flogen die hellen Schreie blitzschnell kreisender Mauersegler. Die stille Welt des Friedhofs war von einem aus fabelhaften Tönen gewebten Mantel gegen die andere, laute Welt abgeschirmt. Ich schaute und träumte, bis ich den vertrauten Klang der Kreuzhacke und das metallische Scharren der Schaufel des Totengräbers hörte. Dann rutschte ich von der Mauer und ging erwartungsvoll zu ihm, meinem Freund Adolf. Auf seine Schaufel gestützt, wartete er schon auf mich, kniff die Augen in seinem wettergegerbten, faltigen Gesicht zusammen und zeigte mit einer Kopfbewegung oder mit dem Stiel seiner Hängepfeife auf einen blanken Schädel und einen Haufen Knochen. Er wußte, daß er mir jetzt von denen erzählen mußte, deren Reste er gerade ausgegraben hatte.

An manchen Tagen veränderte sich das Leichenhaus hinter der Kirche, wenn ein Verstorbener dort aufgebahrt und für den Besuch der Leute vom Dorf hergerichtet wurde. Ich wurde von den stillen, wächsernen Gestalten unwiderstehlich angezogen. Da lagen sie nun regungslos, im Sonntagsgewand, die Hände auf der Brust ineinandergelegt und mit geschlossenen oder auch halb offenen, eingefallenen Augen. Die Blumen dufteten, eine Spur von Weihrauch hing in der Luft, überlagert von einem leichten, etwas süßlichen Geruch, den ich nicht deuten konnte. Ich wußte, daß ich an etwas ganz Ungewöhnlichem teilhatte, aber ich spürte keine Furcht.

So gehörte schon ganz früh der Tod zu meiner Kinderzeit. Als meine Großmutter Amalie, die immer sehr streng zu mir war, in ihrem Sterbezimmer lag, ging ich ohne Furcht zu ihr. Sie trug ein dunkles Taftkleid, und links und rechts neben ihrem fast männlichen Gesicht waren die offenen, langen und dichten Haare so ordentlich hingelegt, wie es ihrem Leben entsprach. Nun konnte mich die Großmutter nicht mehr schimpfen und mir mit dem knochigen Finger drohen. Jetzt mußte sie ganz still sein. Bei der Beerdigung ging ich zwischen den dunklen Riesen, meinem Vater und dem Großvater Sebastian, und als wir das offene Grab erreichten, stand mein Freund, der Totengräber, auf seine Schaufel gestützt, und nickte mir freundschaftlich und verschwörerisch zu.

Oberammergau war immer ein Ort für Feiern; kirchliche und profane Hochzeiten, Taufen und Beerdigungen gehörten zu meiner Kinderwelt. Generationen standen auf den Brettern der Passionsbühne, und alle Aktivitäten im Dorf hatten etwas Theatralisches an sich. Die Auseinandersetzungen unter den Oberammergauern waren heftiger, die Trauer tiefer und die Freude rauschhafter als woanders.

Das Jahr 1922 war wieder ein Passionsspieljahr und brachte in mein kleines Leben eine Wende, die für die nächsten zehn Jahre bestimmend war. Mein Vater, zum Spielleiter gewählt, hatte den Wunsch, daß sein Sohn, der Tradition folgend, schon ganz früh in ein Passionskostüm schlüpfen sollte. Aber nach den strengen Gepflogenheiten der Gemeinde durften Kinder erst dann mitspielen, wenn sie sechs Jahre alt waren und schon eingeschult. Nach Ostern, zu Schulbeginn, war ich aber erst 5¼ Jahre alt. Mein Vater setzte sich dennoch mit der Einschulung durch, und für Jahre war ich in meiner Klasse der Jüngste. Der Sommer 1922 verwandelte das Dorf in einen internationalen Treffpunkt. Omnibusse und Autos – damals eine Seltenheit in Oberammergau – füllten die engen Straßen mit Lärm und ungewohnten Abgasen. Auf den Wiesen vor dem Ort landeten Flugzeuge. Wir Buben rannten zum improvisierten Flugplatz und konnten die bis dato unbekannten Flugzeuge ganz von nahem sehen. Es waren Maschinen von Junkers, und ich konnte nicht begreifen, daß diese Vögel mit ihrer feingerillten Wellblechhaut fliegen konnten.

Diese Passionsspiele waren die ersten nach dem Krieg und brachten Tausende von Besuchern aus dem Ausland in unser Tal; allerorten wurde Englisch gesprochen. Seit Mitte des 19. Jahrhunderts, nach einem Besuch des großen Schauspielers Eduard Devrient und seinen begeisterten Presseberichten, waren immer mehr Besucher zu den Passionsspielen geströmt. In den Passionsjahren kommen bis heute an die 500 000 Besucher in das Ammertal und in das Dorf mit seinen 5000 Einwohnern. Für die Ammergauer ergaben sich Kontakte, die oft für ein Leben Bestand hatten. Freundschaften entstanden, und Heiraten mit Amerikanern und Engländern waren nicht selten. Die Besucher der Passionsspiele entdeckten zugleich die Schnitzkunst, und als wichtige Folge ergaben sich oft Aufträge vom Kruzifix bis zu ganzen Kirchenausstattungen.

Bei meinem Vater, dem Spielleiter, fanden sich viele interessante Menschen, oft begeisterte Verehrer, ein, um den Mann kennenzulernen, der für die Gestaltung der Spiele als Regisseur und Bühnenbildner verantwortlich war. In seiner Werkstatt saß er dann in seinem Leinenkittel, den er bei der Arbeit trug, meist vor einer roh herausgehauenen Figur, und hörte sich gelassen die Lobpreisungen an. Seine Antworten waren freundlich, aber knapp. Schwätzer gingen ihm auf die Nerven, aber für gescheite und kritische Gespräche hatte er immer Zeit. Bei amerikanischen oder englischen Besuchern dolmetschte meine Mutter mit großem Geschick. Sie war nach den Passionsspielen von 1910 für zwei Jahre nach England eingeladen worden und hatte dort Gelegenheit, Land und Leute gut kennenzulernen.

Meine Mutter hatte ausgeprägte Talente. Mit zehn Jahren zeichnete sie wie eine Erwachsene, die eine Akademie besucht hatte. Sie war porträtsicher und kopierte meisterlich Werke von Leonardo da Vinci und Michelangelo. Als bei den Passionsspielen von 1900 wieder einmal Ludwig Thoma bei seinem Onkel Guido Lang zu Besuch war, wurde ihm die elfjährige Emanuela wie ein Wunderkind vorgestellt. Sie zeigte ihm ihre Zeichnungen, und der kritische Schriftsteller und Autor des damals gerade neuen und fast revolutionären Münchner *Simplicissimus* hatte starke Zweifel an ihrer Urheberschaft. »Na, Madl, das hast du nicht gezeichnet.« »Doch«, sagte die kleine Künstlerin, in ihrem Stolz getroffen, »doch«, widersprach sie den spöttischen Augen hinter den blitzenden Zwickergläsern. »Das mußt du mir zeigen.«

Man holte eine Nummer der *Gartenlaube* mit dem Bild der deutschen Kaiserin. Thoma gab ihr den Auftrag: »Die zeichnest du jetzt ab.« Nach einer Stunde stand das Kind wieder da und wies seine Zeichnung vor. Der Dichter nahm die Hängepfeife aus dem Mund, seine Augen gingen vom Blatt zur nun nachgewiesenen Autorin, dann zu den Umstehenden. »Sauber, Madl, aus dir wird noch was.«

Ludwig Thoma fuhr mit seinen Freunden vom *Simplicissimus*, den großen Zeichnern und den profilierten Schreibern, oft in sein Geburtshaus, das Verlegerhaus der Gebrüder Lang in Oberammergau, das 1775 gegründet wurde. 1905 war auch Lion Feuchtwanger dabei, damals 21 Jahre alt und auf dem Weg zum großen Romancier. Bei einem der damaligen Besuche wurde auch getanzt. Der junge Schriftsteller, musikalisch und tänzerisch begabt, wurde der erste Tanzpartner der schönen sechzehnjährigen Emanuela. Diese Begegnung war ihr noch mit 94 Jahren in Erinnerung.

Bei den Passionsspielen von 1910 sang meine Mutter die Altsoli im Chor, der zwischen den großen Auftritten die allegorischen lebendigen Bilder begleitete. Ihr großes Talent und ihre herrliche Stimme machten Eindruck, und sie bekam Einladungen nach England und Amerika für eine gesangliche Ausbildung mit dem Ziel einer Bühnenlaufbahn. Diese Aussichten besprach sie mit ihrem Freund Georg Johann. »Du mußt dich entscheiden«, meinte er. »Entweder du heiratest mich, oder du wirst Künstlerin.«

Trotzdem ergab sich ein bescheidener, aber wichtiger Ausbruch aus den vorgegebenen Bindungen. Emanuela ging für zwei Jahre mit ihren künftigen Schwägerinnen Luise und Franziska als »Aupair-Mädchen« nach England.

Georg Johann wurde als Wehrpflichtiger für zwei Jahre zum Königlich Bayerischen Infanterie-Leibregiment nach München eingezogen. Den harten Dienst ertrug der trainierte, hochgewachsene Sportler selbstsicher und gelassen. Er fand genügend Zeit, die Stadt mit ihrem farbigen Leben und dem Angebot an großer und kleiner Kultur zu entdecken. Als begabter Bildhauer mit den Grundkenntnissen der Fachschule für Holzschnitzerei und mit seinen Erfahrungen als Assistent des Spielleiters der Passionsspiele von 1910 fühlte er sich in einem Eldorado der Künste. Die großen Bildhauer und Maler waren ihm vertraut, und im Glaspalast begegnete er ihren Werken mit Begeisterung und der heftigen Begierde, hinter den Zauber und die Geheimnisse der Gestaltung zu kommen.

Ganz besonders beeindruckten Georg Johann die aufregenden Veränderungen durch den Jugendstil, die neue, umwerfend freche Satire des *Simplicissimus* und seine Kritik an Monarchie und Gesellschaft. Diese zwei Jahre in der Türkenkaserne boten ein spannungsreiches Programm zwischen Drill und Kunst, zwischen Exerzierreglement und Theaterzettel, zwischen Prinzregent und Ludwig Thoma. In dieser Zeit löste sich Georg Johann bereits von den eingefahrenen und ehrwürdig-muffigen Traditionen der Oberammergauer Passionswelt. Auch in Uniform hatte er immer seinen Skizzenblock, ein handliches Büchlein im Taschenformat mit biegsamem, aber festem schwarzen Einband, griffbereit dabei. Er zeichnete in Ausstellungen, Museen, in der Natur und im Tierpark. Am wichtigsten waren aber die zwei Jahre Studium an der Kunstgewerbeschule in München. Seine Studienergebnisse waren in allen Fächern hervorragend, und bei den regelmäßigen gestalterischen Wettbewerben erreichte er durchweg erste Preise.

In dieser Zeit erlebte Emanuela England. Der Kontrast zwischen dem kleinformatigen, aber formenreichen Gebirgstal und dem immer noch viktorianischen Königreich im Bannkreis der Weltstadt London war für die Zwanzigjährige gewaltig. Mit allen Sinnen nahm sie das Neue, Andere auf. Ihre ausgeprägte Beobachtungsgabe war durch eine ungewöhnliche satirische Neigung geschärft. In den zwei Jahren England wurde ihr Wesen zwar geschliffen, aber nicht verändert. Als sie am kleinen Bahnhof in Oberammergau als Heimkehrerin ankam, hatte sie in ihrem Reisegepäck vorzügliche Englischkenntnisse und die englische Art, Tee zu bereiten und das Frühstück mit Porridge anzureichern.

Kaum wieder daheim, brach der Weltkrieg aus und fuhr eiskalt in die Mani-Familie. Die vier Söhne mußten schon am ersten Tag der Mobilmachung zu ihren Truppenteilen einrücken. Die Schnitzeisen lagen aufgeräumt in Reih und Glied auf den Hobelbänken, die Werkstatt war plötzlich unheimlich leer. In seiner Trostlosigkeit meldete sich der Vater freiwillig bei den Freisinger Jägern, seinen Söhnen nachziehend, ohne die er nicht daheim bleiben wollte. Als sich der Fünfzigjährige in der Kaserne meldete, wurde er freundlich, aber bestimmt zurückgeschickt.

Vierzehn Tage später kam die Nachricht, daß der Sohn Ernst in der Schlacht in Lothringen gefallen war. Er stand als erster auf der langen Verlustliste der Gemeinde Oberammergau.

Da wurde die grimmige Ablehnung des Militärs durch meinen Großvater Emanuel bitter bestätigt. Er las schon um die Jahrhundertwende die *Münchner Post* und war einziger Abonnent dieser sozialdemokratischen Zeitung im Dorf. Als dann auch sein Sohn Arnold gefallen war, als hochdekorierter Unteroffizier bei Verdun, waren Schmerz und Zorn zu einer Flamme geworden, die ein Leben lang in ihm brannte. Am Himmelfahrtstag 1916 ist Arnold bei der großen Explosion des Munitionslagers im Fort Douaumont gefallen.

Als ich am 8. Dezember 1916 im Mani-Haus geboren wurde, war ich für meinen Mani-Opa Trost und Hoffnung. Wenn er mit mir kleinem Bub auf den Berg stieg und, gelassen mit seinen festen Waden unter der Bundhose, vor mir sorgsam auf den schmalen Steigen Schritt vor Schritt setzte, war er auch mein erster Geschichtslehrer. »Merk dir oan's, Bua, der Bismarck und der Moltke, dös san Verbrecher«, sagte er überzeugt und blies den Pfeifenrauch wie ein Signal in die Waldluft. Ich glaubte ihm aufs Wort, weil ich die Ehrlichkeit und Kraft seiner Aussage spürte.

Die Söhne Andreas und Franz kamen aus dem Krieg zurück. Die Werkstatt, nun mit kleinerer Besetzung, wurde wieder lebendig und mein liebster Aufenthalt mit dem vertrauten Holzgeruch, der warmen Gemütlichkeit und den Gesprächen der erfahrenen Männer.

Georg Johann, mein Vater, wurde am ersten Mobilmachungstag eingezogen und rückte sofort als Unteroffizier mit dem Bayerischen Infanterie-Leibregiment ins Feld. Schon am 27. August 1914, seinem 25. Geburtstag, wurde er als vorgeschobener Beobachter durch einen Gewehrschuß schwer verwundet. Das Geschoß zerschlug den linken Oberarmknochen, verletzte den Nerv und verfehlte, von rechts kommend, haarscharf das Herz. Lange Zeit quälte ihn die Angst, daß er durch den Verlust des Armes seinen Beruf als Bildhauer nicht mehr würde ausüben können. Er hatte aber das Glück, unter das Skalpell eines berühmten Chirurgen zu geraten, der ihm den Arm rettete und sogar den Nerv flickte, aber es blieb eine Behinderung, die sehr stark die Aktionsfähigkeit einschränkte. Nach langem Lazarettaufenthalt wurde er von 1916 an als »garnisonsverwendungsfähig« beim Leibregiment in München als Ausbilder verwendet. Hier fand er genug Zeit, als Gast an der Akademie der Bildenden Künste seine Begabung weiterzuentwickeln und mitten im Krieg seinen Frieden für seine kommende Familie vorzubereiten. Im Frühjahr 1916 heiratete er Emanuela.

An einem kalten Märzmorgen 1919 wachte ich im Bett neben meiner Mutter auf, schön warmgehalten von einem mächtigen grauen Militärmantel mit kronengeschmückten, blanken Knöpfen – mein Vater war heimgekommen.

Im Jahr 1922 war nach zwölfjähriger Pause mit Kriegsunterbrechung und nachfolgender Notzeit endlich wieder ein Passionsjahr. Mein Vater wurde vom Gemeinderat zum Spielleiter bestellt. Im geistigen Klima der Nachkriegsjahre, mit dem Ende der Monarchie und dem Aufbruch einer demokratischen Moderne, wollte der 33jährige eine Reform des Passionsspiels, das noch von Makartschen Kunstformen des Historismus geprägt war. Aber die Kürze der Vorbereitungszeit und die materielle Not machten diesen Ausbruch in eine jüngere, ehrlichere Welt unmöglich. Die Reform mußte aufgeschoben werden.

Meinem Vater gelang es, wie berichtet, für mich bei der Schulbehörde eine Ausnahmegenehmigung für die vorgezogene Einschulung und damit die Berechtigung, bei den Passionsspielen mitzuwirken, zu erreichen. Ich schlüpfte also am ersten Spieltag in ein steinfarbenes Kostüm, das über den Schultern zwei blaue Längsstreifen hatte. Der angenehme Leinengeruch und die bewegte und singende Menge, in der ich begeistert den Palmwedel trug, versetzten mich in eine milde Verzauberung. Dann wurde das farbige, langhaarige und meist bärtige Volk beim Einzug in Jerusalem geteilt, und auf einem echten Esel reitend, schwankte mit segnender Gebärde Christus vorbei. Die Maiensonne schien auf die freie Vorbühne, und die Schwalben segelten in weiten Bögen über den Köpfen der fast viertausend Zuschauer dahin. Das ganze Dorf spielte die Passion, auf der Bühne und in den Straßen. Am Vorabend des Spiels zog die Musik durch das Dorf, gefolgt von Spielern und Besuchern, eine eher profane Einführung. Am Morgen sorgten die vielstimmigen Glocken der Dorfkirche für die rechte Einstimmung, und ein paar Tausend erwartungsvolle Menschen zogen, beladen – je nach Wetterlage – mit Decken und Kissen, ins Theater mit den spartanischen Holzsitzen. Man mußte immerhin fast acht

Stunden für den Kunstgenuß opfern. Der Passionssommer versetzte das Dorf jedesmal in einen Ausnahmezustand.

Mein erster Schultag in diesem Passionsjahr 1922 war für mich schon beim Betreten des Klassenzimmers mit einem neuen, überwältigenden Erlebnis verbunden. Den Geruch der geölten Holzdielen im Treppenhaus, der neuen ledernen oder leinenen Schulranzen, aber auch der naß gekämmten Zöpfe der Mädchen in der Nase, sah ich unsere Lehrerin, eine hübsche junge Frau mit einem fröhlichen, von braunem Haar umrahmten Gesicht – und war vom Blitz der ersten Liebe getroffen.

Für sie hätte ich mich sofort in schmale Streifen schneiden lassen. Ein bis dahin vages Gefühl wandelte sich in klarsichtige Helligkeit: Jedes weibliche Wesen ist ein märchenhaftes, zauberisches Wunder. Ich wurde ein guter Schüler und wuchs mit jedem Lob. Um so härter war die Enttäuschung, als das geliebte Fräulein Hofmann heiratete.

Die Wunde dieser ersten Liebe verheilte dann doch recht schnell, überwuchert von vielen neuen Verwundungen, die ich mir in Straßenkämpfen holte, die wir Buben uns, streng nach Ortsteilen gegliedert, gegenseitig lieferten. Wir spielten in der Erinnerung an den Krieg, aus dem unsere Väter und Onkel zurückgekommen waren. Wir trugen ihre alten Käppis, mühsam von den abstehenden Ohren gehalten, holzgeschnitzte Schwerter und Gewehre und sangen die Soldatenlieder, die wir kannten. Meine Mutter stand am Fenster, schaute uns zu und hörte, wie wir krähten: »Gloria, Gloria, Gloria Viktoria – ja mit Herz und Hand fürs Vaterland« und »In der Heimat, in der Heimat, da gibt's ein Wiedersehn«. Da weinte sie und dachte an ihre gefallenen Brüder.

Es lag Gift in der Luft. Das Gift von Erbfeindschaft und Rache, die gegen die Franzosen geschürt wurde. Der Vertrag von Versailles galt als eiserner Käfig, in dem die Deutschen gefangen waren. Es roch nach Not, Erniedrigung und Hoffnungslosigkeit. Die Inflation meldete sich an. Schnell und immer schneller drehte sich das Karussell des Preisverfalls, und die verarbeiteten Hände der armen Leute kramten ratlos in den Geldbörsen. Die Sorgenfalten im Gesicht meines Vaters wurden tiefer, und der Kummer meiner Mutter tat mir weh. Niemand konnte sagen, wie es weitergehen sollte.

Da kam unverhofft eine Einladung aus Amerika ins Dorf, ausgelöst durch die Passionsspiele 1922; die bekannten Rollenträger und Holzschnitzer sollten eine Reihe großer Städte zwischen Washington und Chicago besuchen. Diese Nachricht fiel wie ein Streitapfel zwischen die Bürger. Zwei Gruppen bildeten sich über Nacht, die sich leidenschaftlich bekämpften. Die eine sah die phantastische Chance, bei den reichen Amerikanern für das notleidende Dorf mit Ausstellungen und persönlichen Begegnungen eine wirksame Werbung zu betreiben und Aufträge für Jahre und harte Dollars einzufahren. Die andere, puritanisch-traditionell und national orientierte Gruppe wollte Stolz zeigen und nicht in Demutshaltung betteln. Der Streit ging sogar mitten durch die Familien und wurde in Wirtshäusern handgreiflich ausgetragen. Mein Großvater Emanuel gehörte mit dem Christusdarsteller und den meisten Aposteln – auch Judas war dabei – zu den »Amerikanern«. Mein Vater, ein selbstgenügsamer, aber auch selbstbewußter Mann, der fremden Einflüssen gegenüber mißtrauisch war, stand auf der Seite der nationalen Traditionalisten.

Die Reise wurde angetreten und dauerte über ein Jahr. Es wurde ein wahrer Triumphzug. In jeder Stadt wurde die Delegation vom Bürgermeister empfangen, der feierlich die Stadtschlüssel überreichte und auch die jeweilige Ausstellung eröffnete, in der die Oberammergauer vor Publikum schnitzten. Höhepunkt war der Empfang beim Präsidenten Coolidge im Weißen Haus.

Nach der Rückkehr der »Pilgerväter« aus den Vereinigten Staaten war ein deutlicher Auftragsschub zu verzeichnen, und das Interesse an den Passionsspielen stieg noch mehr an. Mein Vater hatte Mühe, den Erfolg der »Anpasser« anzuerkennen. Er verband mit dem sensationellen Echo in der amerikanischen Presse auch die Vorstellung von der Pflege persönlicher Eitelkeiten, die ein religiös motivierter Passionsspieler tunlichst zu meiden hätte. Meine Mutter stand zwischen den Fronten.

Mit dem Ende der Inflation kehrte in Oberammergau auch die Normalität wieder ein. Man schaute nach vorne, dorthin, wo sich der Schatten des Gelübdes zeigte. Mein Vater nutzte die Zeit zur Bewältigung von Aufträgen für profane oder christliche Kunst. Er saß bis tief in die Nacht und skizzierte viele Varianten. Am nächsten

Morgen hallten die Schläge des Stemmeisens durch das Haus, und wir Kinder – inzwischen war wie ein fröhlicher blonder Fleck, vier Jahre jünger, meine Schwester Hella in die frischen Späne um die Holzfiguren gehüpft – verstanden unseren Vater.

1925 starb Ebert. Jetzt mußte ein neuer Reichspräsident gewählt werden. Der bürgerliche Kandidat Wilhelm Marx, Zentrumspolitiker, stand gegen den Generalfeldmarschall Paul von Hindenburg zur Wahl, christliche parlamentarische Politik gegen den Mythos vom ruhmreichen Feldherrn. Hindenburg gewann die Wahl.

Die Kommentare meines Mani-Opas, des widerborstigen Revoluzzers, waren alles andere als staatstragend. Er ordnete den martialischen Wahlsieger mit der kaiserlichen Schnurrbartimitation sofort in seine Verbrechergalerie neben Bismarck und Moltke ein. Mit seinen hellblauen Augen schaute er weit über das Ammergauer Tal hinaus und schilderte eine düstere Bühne, die sich vor ihm, dem seherischen Kritiker, auftat – auf der das blutrünstige Stück »Der Krieg« wohl bald wieder aufgeführt würde.

Meine Erstkommunion war eine schöne Feier, großartig vom Kirchenchor begleitet und weihrauchumwölkt. Die meiste Mühe hatte sich der katholische Frauenbund gemacht, der uns am Nachmittag im »Weißen Rößl« mit Kaffee und üppigen Tortengebirgen verwöhnte. Ich schlug kräftig zu und mußte prompt nachhaltig büßen. Mir war speiübel, und mein Mani-Opa gab mir ein Stamperl Schnaps, das mir bald das Innenleben putzte. Das war nicht das letzte in meinem Leben.

1926, nach der vierten Klasse Volksschule, trat ich mit einem makellosen Übertrittszeugnis und nach einer leicht bestandenen Aufnahmeprüfung in die erste Klasse des Humanistischen Gymnasiums Ettal ein. Durch meinen verfrühten Eintritt in die Volksschule war ich mit großem Abstand der Klassenjüngste. Das sollte noch seine Folgen haben. Für den fünf Kilometer langen Schulweg von Oberammergau nach Ettal brauchte ich ein Fahrrad für den Sommer. Das Fahren hatte ich an einem Nachmittag auf der Dorfstraße auf dem Vehikel meiner Mutter gelernt. Die neue Kunst löste in mir eine Art Glücksrausch aus. Ich bekam ein neues Fahrrad mit tiefgestelltem Sattel, auf dem ich kräftig treten konnte, und genoß mein flottes »Statussymbol« über die Maßen.

Im Winter fuhren wir mit Skiern auf der tiefverschneiten und auch nicht immer rechtzeitig geräumten Landstraße nach Ettal. Aber im ersten Schulwinter, als ich noch kein Skilangläufer war, holte mich bei einbrechender Dunkelheit mein Großvater Emanuel ab. Es war ein wunderbares Gefühl der Geborgenheit, wenn mir die warm eingepackte Figur in der einfallenden Winternacht entgegenkam. Wir gingen nebeneinander durch den Schnee, und der Mani erzählte mir in dem mir so vertrauten Tonfall, brummelnd und an seiner Pfeife ziehend, farbige Geschichten und Erlebnisse, die weit, weit zurücklagen und trotzdem ganz nah waren.

»Schaug, Bua, da drent an derer Kurv'n ischt mir vor fuchzg Jahr im Sommer a Kutsch'n begegnet«, deutete er mit dem Pfeifenstiel auf den weißen Straßenbogen in der schummrigen Nacht. Er schilderte einen sonnigen Tag, an dem er als Zwölfjähriger barfuß durch den warmen, mehligen Straßenstaub heimlief. Die Kutsche, von der er sprach, hielt neben ihm, und aus dem offenen Fenster beugte sich eine Frau, »a scheane Frau«, betonte mein Großvater. Sie fragte in einem fremdländischen Deutsch, ob dies der Weg nach Schloß Linderhof sei. »Freilich«, sagte der Bub, »gleich hinter dem Wald liegt's.« Die Dame dankte lächelnd, und die Kutsche rollte davon. Es war die französische Kaiserin Eugénie, die den traurigen König Ludwig besuchen wollte.

Unser erster Ordinarius war der Pater Stefan Kainz, ein Bild von einem Ordensmann. Über seiner gutgefüllten Kutte lächelte ein rotbackiges, grundgütiges Gesicht mit wachsamen, lustigen Mäuseaugen hinter runden Brillengläsern mit Nickelrand. Er nannte uns »Poppelen«, wies uns die ersten Schritte in die große, weitgespannte Landschaft des klassischen Lateins und fand den richtigen Ton für die unsicheren und oft heimwehgeplagten Anfänger.

Auch die Kinderspiele in Oberammergau hatten etwas Besonderes; wir spielten »Passion«. Buben und Mädel übernahmen die Rollen, die ihnen von einem älteren Wortführer aufgegeben wurden, und dann wurde das Spiel mit den echten Texten wortgetreu aufgeführt. Einmal wählten wir das Ufer des Mühlbachs als Bühne.

Mein Vetter Raimund wurde als Christus auf zwei kreuzweise zusammengenagelte Bohlen geschnürt. Dann richteten wir das

Kreuz mit unserem Hauptdarsteller auf und verankerten es, so gut es ging, in der aufgehackten Erde. Das Spiel begann, die Henker verhöhnten den Schmerzensmann, und eine bezopfte Maria beweinte den gemeinen Auftritt. Mir war die Rolle des römischen Hauptmanns Longinus – was ja eigentlich »Lang« heißt – zugewiesen, und ich hatte den dramatischen Lanzenstich auszuführen. Dazu hatte ich an einem langen Haselstecken einen Nagel befestigt und schritt nun, vom Kreuz aus kritisch beäugt, zur Handlung. Hatte ich nun die Wirkung meiner Waffe unterschätzt oder hatte ich einfach zu kräftig zugestochen – Jesus schrie »Au, du Depp«, was gar nicht so im Text stand, und riß an seinen Fesseln. Das Behelfskreuz fing bedrohlich an zu schwanken und fiel schließlich rücklings über die flache Böschung in den Mühlbach.

Starr vor Schrecken sahen wir den Gekreuzigten davontreiben – unter Wasser, weil die Bohlen mit dem Gewicht des Buben einfach untergingen. Zum Glück hatte der Vater des Jesusdarstellers aus seiner nahen Werkstatt das Spiel beobachtet und sprang durch das offene Fenster seinem Sohn in den Mühlbach nach.

In den Sommerferien, von Juli bis September, kamen auch zwischen den Passionsjahren interessante Menschen und exotische Familien in die Sommerfrische an die Ammer. Die Pension Böld meiner Tante Luise war so ein Haus für Prominente aus aller Herren Länder. Märchenhaft reiche Amerikaner, österreichische Erzherzöge oder bayerische Prinzen trafen ein, meist mit Kindern. Im Garten vor dem gastlichen Haus konnten wir mit den jungen Gästen Baumhäuser bauen und fröhliche, lärmende Spiele treiben.

Aber einmal wurden unserer Umtriebigkeit Grenzen gesetzt. Tante Luise ermahnte uns – und das konnte die strenge Dame sehr überzeugend – zu absoluter Ruhe innerhalb und außerhalb des Hauses, von zwei bis vier Uhr am Nachmittag, also in unserer Hauptspielzeit. Warum denn so was?

»In dieser Zeit schläft der Herr Mann.« »Und wer ist das überhaupt?« »Das ist der Nobelpreisträger Thomas Mann.« »Und was ist ein Nobelpreis?« Wir dachten dabei an das Preisschießen im Schützenverein und die Schützenketten der Preisträger. Demnach mußte der Herr Mann eine besonders noble Kette auf dem Bauch tragen. »Ihr Schafsköpfe«, tadelte uns Tante Luise, »Thomas

Mann hat ein berühmtes Buch geschrieben, die ›Buddenbrooks‹, und dafür hat er den Nobelpreis bekommen.« »Ach so«, meinten wir enttäuscht, und deshalb sollten wir ruhig sein? Der Schützenkönig Aigner hatte zum Beispiel eine besonders noble Kette, und bei dem konnte es gar nicht laut genug zugehen.

Schuljahre in Ettal

Die neuen Schulkameraden waren ganz anders als die Seppls, Maxls oder Michels aus dem überschaubaren Dorf. Es waren die Söhne großer Adelsfamilien, von den Wittelsbachern, den Preysings, Aretins, den Metternichs oder den schlesischen Strachwitzen. Daneben drückten Industriellensöhne, Söhne aus den Familien betuchter Kaufleute, herausragender Wissenschaftler oder christlich-bürgerlicher Politiker, aber auch Schüler aus Amerika, Südeuropa oder Ostasien die Ettaler Schulbänke.

Es machte schon einen Unterschied, ob ein Schüler täglich als Externer aus dem Umland ins Gymnasium ging oder ob er seine Erziehung im Internat des Klosters erfuhr. Es gab den Spruch »Feine Knaben sind im Internat, einfache Buben kommen mit dem Rad«, und damit wurde damals ein spürbares soziales Gefälle zum Ausdruck gebracht. Es war schon ziemlich arg, wenn mir im Winter die Knaben mit den eleganten Halbschuhen und den griffigen Kreppsohlen in den Hintern traten, so daß ich mit meinen genagelten Stiefeln, oft mit Eisstollen an den Sohlen, hilflos über die glatten Stein- oder Parkettböden schlitterte – von einem Sadisten zum anderen gestoßen.

Als sich meine Schulwelt Tag für Tag immer mehr verdüsterte, tat sich auf einmal eine etwas lichtere Wegstrecke auf.

Mein Vater zeigte mir in der *Münchner-Augsburger Abendzeitung* ein Preisausschreiben für Kinder. Kurz vor Weihnachten sollten Kinder zwischen 4 und 14 Jahren ein weihnachtliches Thema zeichnen, und die Leser sollten dann nach ihrer Wahl den besten Blättern Preise zuerkennen. »Vielleicht fällt dir für eine Verkündigung an die Hirten etwas ein«, meinte mein Vater.

Meine Federzeichnung zeigte vor der Kulisse des typischen Kofel, des breiten Felsturms über Oberammergau, drei hingelagerte Hirten, von einem schräg einfallenden Lichtstrahl getroffen. Ein Engel, in einem hellen Band niederschwebend, verkündete mit hoheitsvoller Geste die frohe Botschaft. Mit dichten Schraffuren entstand eine nächtliche Szene, die durch den hellen Lichteffekt ihren besonderen Charakter erhielt. Mein Vater schaute mir über die Schulter und brummte ab und zu anerkennend.

Einen Tag vor dem Weihnachtsabend kam von der Redaktion der *Münchner-Augsburger Abendzeitung* ein Paket mit einem prächtigen Buch und einem Brief, in dem meine Arbeit gerühmt und für einen Preis vorgesehen wurde.

Die Leserzuschriften nach Weihnachten ließen allerdings erkennen, daß meine Zeichnung wohl die beste sei, aber sicher nicht von mir gefertigt sein konnte. Es wurde die Hand eines Erwachsenen dahinter vermutet. Die Zeitung schickte den zuständigen Redakteur nach Oberammergau, der Vater und Mutter interviewte und sich meine Zeichnungen zeigen ließ.

Dann schrieb er, daß der 13jährige Ernst Maria Lang tatsächlich der Urheber sei. Kein Wunder bei diesem Elternpaar, schrieb er: der Vater ein bedeutender Bildhauer und der künstlerische Leiter der Passionsspiele und die musische Mutter mit einer fulminanten zeichnerischen Begabung. Jeder Zweifel war behoben, und der Schlußsatz der Berichterstattung lautete: »...und so können wir dem kleinen Ernst Maria eine schöne Zukunft prophezeien«.

Als dann mit der Pubertät mein Lerneifer und Konzentrationsvermögen von einer grenzenlosen Phantasie stark behindert wurden, schürzte sich die Reihe unangenehmer Ereignisse zu einem wüsten Knoten. Zu allem Unglück hatte der Ordinarius der vierten Klasse eine tiefe Abneigung gegen mich. Er hatte einen runden, mit kurz geschnittenen, stacheligen Haaren besetzten Kopf, die teigige Form des bleichen Gesichts war von einem schütteren Schnurrbart markiert, der wie aus seiner Frisur herausgeschnitten aussah. Zu den ruckartigen Kopfbewegungen kontrastierten eigentümliche, träge, halbgeschlossene Augen.

Mit kurzen, schnellen Schritten ging er bei Unterrichtsbeginn an sein Katheder, drehte sich sofort zu mir und sagte lauernd und hämisch: »Lang, dein Heft!« Dann fetzte er mit dem Rotstift in meiner Aufgabe herum und warf mir sein schäbiges Werk zu mit der verächtlichen Bemerkung: »Wie immer ungenügend.« Dieses täglich wiederkehrende Ritual setzte mir so zu, daß ich nach einiger Zeit die Aufgaben verweigerte. Der ungleiche, aber erbitterte Kampf endete damit, daß ich sitzenblieb.

Das war 1930, ein Passionsspieljahr. Ich würde im Trubel der Spiele mit ihren Tausenden von Besuchern aus aller Welt ohnehin keinen freien Kopf fürs Lernen haben, befand mein Vater. Ich wiederholte also die Klasse als Ettaler Internatsschüler. Damit trat eine Wende in meinem Schülerdasein ein. Ich wuchs im Laufe des Jahres vierzehn Zentimeter und legte auch an Schulterbreite zu. Auf einmal war ich der Klassenstärkste und zugleich der beste Sportler, einschließlich der zwei höheren Klassen. Außerdem war ich in dieser Klasse erstmals unter Gleichaltrigen.

Die Internatswelt war für mich neu, und ich entdeckte immer neue Reize. Aus meinem Zimmer daheim war ich plötzlich in einen Studiersaal mit etwa 25 Pulten versetzt. Im Schlafsaal, einem weitläufigen Raum mit Stukkaturen an der Decke, standen auch etwa 25 Betten mit eisernen Rahmen. Es gab Nachtkästchen und einen eigenen Waschplatz mit einer Reihe von Waschbecken und einer Ablage für das Waschzeug. Über große, hohe Fenster kam viel Licht und Luft in den Raum. Tag und Nacht konnte man den feinen Duft von Haarwässern, von Cremes und Rasierseifen der bereits reiferen Milchbärte riechen. In dieser Atmosphäre dachte man nicht an eine Massenunterkunft, sondern schon eher an die großzügigere Behausung von jungen Weltmännern.

Die Studienplanung im Internat bot ausgewogen Raum für Studium, Gebet, Freizeit und Sport. Die Übungsstunden in den Musikzimmern schickten in der schulfreien Zeit zaghafte, auch flotte Tongirlanden in den großen Hof vor der Kirche, ließen auch oft aufhorchen, wenn eine junge Begabung ihr Instrument meisterte.

Unser Präfekt war der Pater Norbert Sobel. Er sah strenger aus, als er war. Seine Augen wanderten flink umher, und wenn er mit schmalen Lippen sprach, dann oft nicht ohne Sarkasmus. Mit meiner Neigung zum Unfug kam er durchaus zurecht, indem er nicht lange redete, sondern mein Temperament und meine Phantasie sinnvoll kanalisierte.

Das ruhige, sorglose Internatsleben und die für mich leichtere Schulsituation machten mich immer übermütiger, und meine Neigung zu spektakulären Streichen entwickelte sich mit wachsender Körperstärke. Aber einmal habe ich den Rubikon zulässiger Gaudi weit überschritten.

Weihnachten 1930 sollte in einer gut gebauten, großen Holzbaracke im verschneiten Wald hinter dem Kloster gefeiert werden. Auf einer großen Tanne wurden Lichter aufgesteckt und weihnachtlicher Baumschmuck angebracht. Dann sollte im geschmückten Raum bei Kuchen, Weihnachtsgebäck und mildem Punsch wie in einer großen Familie mit Gästen gefeiert werden. Das waren der Ort und die Zeit für einen Streich besonderer Art. Pater Norbert hatte die Idee, die großen Geschenktüten für Backwerk und Süßigkeiten mit sinnigen Zeichnungen schmücken zu lassen. Dafür gab er mir den Auftrag. »Wie viele Tüten sollen es denn sein?« »Na ja, etwa fünfzig.« »Das schaffe ich nicht allein – ich brauche Helfer.«

Also wählte ich fünf Freunde aus: zwei gute Zeichner und drei, deren Phantasie mehr für Nonsens brauchbar war. »Wir werden«, lautete meine Direktive, »etwa zwanzig schöne Weihnachtsthemen liefern. Die übernehmen der Andreas und der Hubert. Die anderen zeichnen, was ihnen einfällt: Leute, Tiere, Vehikel, was auch immer. Wichtig ist nur, daß überall etwas Weihnachtliches dabei ist – Tannenzweige, Christbaumkugeln, Sterne und jede Menge brennende Kerzen.« Dann legten wir los.

Nach drei Nachtschichten lieferte ich den Stoß Geschenktüten ab. Obenauf lagen die ernsthaften Darstellungen – Weihnachtskrippen, Verkündigungen an die Hirten, die Heiligen Drei Könige – aufwendig und prunkvoll. Dann folgten dreißig verrückte Szenen, Verkehrsschutzleute mit Tschako im Nachthemd, die Arme erhoben und in den Achselhöhlen mächtige Haarbüschel, Kerzen auf dem Helm, Hunde aller Rassen, Tannenzweige im Maul und Christbaumkugeln an den Schwänzen, mit neckischen Flügeln, Affen in Christbäumen turnend. Ich hatte unter anderem einen Adlerkopf gezeichnet, mit Hornbrille, abstehenden Ohren und einem Tannenzweig im Schnabel.

Pater Norbert hob die ersten zehn Tüten ab, schaute wohlgefällig auf die Zeichnungen und legte sie auf den Stoß zurück. Nach dem feierlichen und stimmungsvollen Auftakt unter einem extra-blanken Sternenhimmel drängten wir mit unseren Gästen in den warmen, kerzenerhellten Raum. »Frohe Weihnachten«, rief Pater Norbert, und erwartungsvoll griff die festlich gestimmte Gesellschaft nach den Geschenktüten.

Ich war hinter dem alten Abt Willibald postiert, einem gütigen, würdigen und bereits von seinen 85 Jahren gebeugten Ordensmann. Mit beiden Händen griff er nach seiner Tüte und schaute mit dicken Brillengläsern ganz nahe auf die Zeichnung. »Ein Adler«, sagte er etwas erstaunt, »das Symbol des heiligen Johannes«, suchte er das Rätsel zu lösen. »Aber der hat ja Ohren...« Weiter kam er nicht, denn im weihnachtlichen Raum brach ein fürchterlicher Lärm los, Schreie des Schreckens, der Wut und des erbitterten Zorns. Mich überfiel das schlechte Gewissen. Es war fast schon eine Befreiung, als mich Pater Norbert wie ein Tiger von rückwärts ansprang und mich in unbändiger Wut schüttelte. Der Weihnachtsabend war geschmissen, und man trieb mich durch die kalte Nacht ins Internat zurück.

Zur Strafe mußte ich den ganzen Cornelius Nepos übersetzen. Das dauerte fast drei Wochen. Es hatte allerdings den Vorteil, daß sich mein wackeliges Latein merklich festigte. In meinem Zwischenzeugnis fanden dieses Ereignis und auch weitere Streiche ihren Niederschlag: »Durch seine träge und unfugreiche Haltung ist seine Pultnachbarschaft allgemein gefürchtet, so daß er durch Anweisung eines umstellten Sonderplatzes der Sicht der anderen entzogen werden mußte. Sein Austritt aus dem Institut wäre erwünscht. Sehr gefährdet mit allen Konsequenzen für einen Repetenten. Gesundheitszustand gut.«

Daß ich nicht gefeuert wurde, hatte ich nur dem Umstand zu verdanken, daß mein Vater der hochverdiente und angesehene Spielleiter der Passionsspiele war. Meine Eltern haben unter dem Kummer um ihren einzigen Sohn sehr gelitten, und ihre traurigen und ratlosen Augen trafen mich härter als eine Prügelstrafe.

Das Wiederholungsjahr ging aber noch gut zu Ende. Ich konnte in die nächste Klasse vorrücken und hatte das Gefühl eines Durchbruchs in eine andere, helle und freie Welt.

Zuvor aber hatten die Spiele 1930 stattgefunden, nach einer bedeutsamen inneren und äußeren Reform. Mitte der zwanziger Jahre mußte das alte Bühnenhaus abgerissen und ein neues gebaut werden. Mein Vater, der bereits 1922 konkrete Vorstellungen einer Erneuerung der Passionsspiele entwickelt hatte, konnte jetzt, mit Beginn einer wirtschaftlichen Erholung, darangehen, sie zu verwirklichen. Er beteiligte sich an dem Wettbewerb für ein neues Bühnengebäude, und ich sah ihn bis spät in die Nacht an den Plänen arbeiten und an einem großmaßstäblichen Modell bauen. Er redete nicht viel in dieser Zeit, und seine Anspannung übertrug sich auch auf uns, die Familie.

Im Laufe seiner Studien in München hatte mein Vater in der Kunstgewerbeschule auch Architektur gehört und die Seminararbeiten mit blanken Einsern abgeschlossen. Auf der Akademie wurden seine besonderen Neigungen zu Überzeugungen entwickelt. Vom Jugendstil ausgehend, bewegten ihn auch die Ideen des 1905 gegründeten Werkbundes und die neuen Wege des von Weimar nach Dessau verlegten Bauhauses. Er konzipierte einen Bühnenraum, einfach und zeitlos in der Form, der die Vorbühne mit der Architektur des dominierenden Bühnenhauses zu einer klaren Einheit zusammenführte. Seine Arbeit wurde mit dem 1. Preis ausgezeichnet und der Ausführung zugrunde gelegt.

Und jetzt bekam nicht nur das Passionstheater eine neue Gestalt. Auch die Bühnenbilder mußten reformiert werden. Auf vierzig Kartons entwarf mein Vater die traditionellen »Lebenden Bilder«, die alttestamentarische Begleitung der Leidensgeschichte, in einer damals modernen, fast nazarenischen Fassung. Diesem Stil wurden auch die Kostüme in ihrer Farbigkeit und alle anderen Requisiten angepaßt.

Am Ende dieser Entwicklung stand ein Passionsspiel, das weltweit überraschte und große Anerkennung fand. Max Reinhardt kam nach Oberammergau, suchte meinen Vater auf und versuchte ihn für Inszenierungen in Dresden oder Berlin zu gewinnen. »Das ist sehr schmeichelhaft, aber ich kenne meine Grenzen«, war die Antwort meines Vaters.

Simone de Beauvoir, als Journalistin beim Passionsspiel zu Gast, schrieb sehr beeindruckt, daß die französischen Regisseure vom Spielleiter in Oberammergau viel lernen könnten. Altmeister Cecil

B. De Mille gestand, daß er von Georg Johann Lang für seine Massenszenen wichtige Anregungen gewonnen habe.

Den größten Eindruck auf mich machte Henry Ford I. Der Erfinder des Fließbandes und technische Reformator der Autoindustrie wollte den Mann kennenlernen, »who produces that all«. Er kam in die Werkstatt meines Vaters und stand, ein Mann mittlerer Größe mit weißem, gewelltem Haar über einem gebräunten, freundlichen Gesicht, beherrscht von hellblauen Augen, vor einem Hünen im hellgrauen Leinenkittel mit markantem Gesicht und einem Schädel mit kurzem, borstigem Haar. Ford streckte seine kleine, eher feine Hand nach der mächtigen Tatze meines Vaters aus. Auch ich durfte ihm die Hand drücken und spüre noch heute die angenehme Wärme und Lebendigkeit in meiner damals vierzehnjährigen, schon ganz schön kompakten Pfote.

Henry Ford sagte meinem Vater über den Dolmetscher, daß er ihm in Anerkennung seiner großen Leistung ein Auto schenken wolle. Er möge sich den gewünschten Typ aus der Ford-Produktion aussuchen. Ich hielt den Atem an. Jetzt kriegen wir ein Auto, dachte ich, hoffentlich kennt mein Vater den richtigen Typ, er, der nicht einmal radfahren konnte. Mein Vater lächelte und sagte: »Mr. Ford, Ihr Angebot ehrt mich sehr, aber ich brauche kein Auto. Und sollte ich doch einmal eines benötigen, dann kaufe ich mir das selber.«

Henry Ford machte große Augen – das hatte ihm noch niemand gesagt. Er griff mit beiden Händen nach der großen, nervigen Hand meines Vaters und verbeugte sich. Als er gegangen war, sagte ich: »Jetzt könnten wir ein Auto haben.« Mein Vater lächelte ganz hoch über mir und sagte nur: »Das verstehst du noch nicht.«

Es kamen noch Rabindranath Tagore in seiner braunen Kutte und die Königin Helene von Rumänien, mit grünblauen Augen im schönen, hochmütigen Gesicht. Und eines Tages saß unerkannt in einem bescheidenen hellen Trenchcoat ein Mann mit schwarzer »Rotzbremse« unter den Zuschauern, der drei Jahre später Reichskanzler werden sollte – der Ver-führer Adolf Hitler.

Mein Schulalltag hatte ein neues Gesicht bekommen. Ordinarius der fünften Klasse war Hans Lindemann geworden, ein 25jähriger Studienrat, blond, mit frischem Gesicht, hochmusikalisch und hochmotiviert für seine Arbeit. Denselben Elan hatte der gleichaltrige Anselm Schaller, ein dunkelhaariger Typ mit blauen Augen, der Biologie und Geschichte übernommen hatte. Die beiden Dioskuren, miteinander befreundet, brachten spürbar ganz neue, luftige Elemente in die Routine des Schulalltags.

Als Lindemann beim ersten deutschen Aufsatz meine Arbeit als besonders gelungen vorlas und mit einer Eins benotete, war das für mich ein neuer Anfang. Gleichzeitig begann der Sport, die Leichtathletik, für mich wichtig zu werden. Die Fortschritte in den Leistungen waren auffallend und belohnten mich mit einem ganz neuen Selbstwertgefühl. Als Zeichner war ich bereits anerkannt, und der Zeichenlehrer, ein vorzüglicher Maler und Radierer auf Rembrandts Spuren, war wie ein älterer Freund zu mir. Und nun gewann ich im Sportlehrer einen neuen dazu.

Auch mit den geistlichen Lehrern hatten wir Glück. Die meisten waren echte Benediktiner, weltzugewandt, lebensklug und meist auch voller Verständnis für die jungen Aufmüpflinge. »Ora et labora« – die benediktinische Ordensregel wurde ohne Verkrampfung vorgelebt.

Das Beten fand in dem großartigen Rundbau des Marienmünsters statt. Im kleineren Rahmen wurde in der Hauskapelle oder auch bei Unterrichtsbeginn in den Klassenräumen oder in den Speisesälen gebetet. Der Bogen spannte sich von den festlichen Gottesdiensten vor dem Gnadenbild, unter dem großartig gemalten »Benediktinerhimmel« in der großen Kuppel, bis zu den kleinen Messen, Vespern und persönlichen Gebeten, wo immer man auf Ettaler Boden war.

Es ist mir bei meiner Art, die Welt und alles, was darin lebt, mit allen Sinnen wahrzunehmen und leidenschaftlich zu reagieren, schwergefallen, in mich versenkt zu einem Wesen zu beten, für das es zwar viele Bezeichnungen gibt, mit dem aber ein irdischer Kontakt nicht möglich ist. Eine Brücke bildete für mich die Heiligengeschichte, die Berichte über Menschen, die quer durch die Jahrhunderte für Gott und ihre Religion gelebt haben und auch dafür gestorben sind.

Das Alte und das Neue Testament habe ich gerne gelesen und mich von ihren fabelhaften Geschichten fesseln lassen. Die Bibel von Gustave Doré mit ihrer genialen Umsetzung in dramatische Bilder und die eher nazarenischen, aber überaus dekorativen Schilderungen des Alten und Neuen Testaments von Gebhard Fugel gehören zu meinen kindlichen Phantasieabenteuern. So war ich kein Frömmler, aber ich hatte einen großen Respekt vor der Schöpfung, dem gewaltigen Kosmos und dem Schöpfer mit seinen Gesetzen.

Mit der Entdeckung von Zeitungen, Illustrierten und Büchern begann für mich eine neue Dimension des Erlebens. Mein Vater hatte die *Münchner Neuesten Nachrichten* abonniert, mein Mani-Opa informierte sich politisch über die *Münchner Post* und kulturell aus den schönen Heften von Velhagen und Klasing. Der Onkel Franz las die *Berliner* und die *Münchner Illustrierte*. Zudem wurde in der Gemeinde ein Lesesaal eröffnet, in dem alle großen deutschen und ausländischen Zeitungen auflagen. Besondere Anziehungskraft hatte für mich der *Simplicissimus* mit seinen großen Zeichnern und Literaten. Wenn ich nach Unterrichtsende heimkam, lagen neben der Kanne Tee und den belegten Broten die *Münchner Neuesten Nachrichten* und der heimische *Loisach-Bote*. Dazu gab es noch die etwas skurrile *Ammergauer Zeitung*.

Für mich war es eine faszinierende Vorstellung, daß alles, was auf der Welt passierte, jeden Tag in der Zeitung stand. Auf diese Weise habe ich die Veränderungen der politischen Landschaft in der Weimarer Republik genau verfolgen können. Wenn mir bestimmte Darstellungen nicht verständlich waren, fragte ich meinen Vater und veranlaßte ihn oft dazu, den Leitartikel genau zu lesen.

Der *Simplicissimus* jedoch war ein besonders fettes Futter für meine Karikaturistenseele. Ich habe alle Nummern von 1928 bis 1936 gelesen und war oft wie ein Süchtiger hinter den neuesten Ausgaben her. Vor allem die großen politischen Karikaturen von Th. Th. Heine, Olaf Gulbransson, Karl Arnold, Eduard Thöny und Erich Schilling sowie die poetischen und oft auch sozialkritischen Blätter von Wilhelm Schulz haben mich stark beeindruckt und animiert. Irgendwo im Hinterkopf hatte ich schon damals die vage Vorstellung einer Mitarbeit in einem Publikationsorgan wie dem *Simplicissimus*.

Die Gemeindebibliothek beutete ich als Stammkunde aus. Die Auswahl der Bücher wurde natürlich auch von der Mundpropaganda eingetragener »Profi-Leser« beeinflußt. In dem bekannten Wälzer von Gustav Freytag »Soll und Haben« glaubte ich den Geheimnissen des »echten Lebens« auf der Spur zu sein. Karl May war längst schon von Conan Doyle und Edgar Wallace abgelöst worden, und mit Huckleberry Finn angelte ich am Mississippi.

In diese neuen Eindrücke schoben sich als spannende Zäsuren Fahrten nach München. Mein Vater hielt zur Akademie und manchen Kollegen enge Verbindung, immer mit dem Interesse, neue Entwicklungen und Auseinandersetzungen in den modernen Künsten wahrzunehmen. Vor allem waren die jährlichen Ausstellungen im Glaspalast Wallfahrten nach München wert.

Voller Erwartung stieg ich im Starnberger Bahnhof aus dem Zug und spürte gleich auf dem Vorplatz mit Blick auf die grünen Patinadächer der Münchner Kirchen und Palais eine abenteuerliche Verwandlung. Die vielen Menschen, die klingelnden Trambahnen, die großen, reichen Stadträume mit den üppigen Brunnen waren ein unfaßbares Zauberreich. Neben meinem Vater trabte ich zum alten Botanischen Garten, am mächtigen Justizpalast vorbei, direkt in den Glaspalast, ein Gebirge aus Stahl und Glas. Der Glaspalast war Thema vieler Gespräche in der Werkstatt meines Vaters, bei denen ich zuhören konnte, weil er jedes Jahr Plastiken aus Holz oder Bronze dort ausstellte.

In den weiten, hellen Räumen gingen wir durch die mit leichten Wandkonstruktionen aus Holz und Rupfen abgeteilten Kojen, standen und schauten. Oft kamen Leute auf meinen Vater zu, den sie kannten, und vertieften sich in Gespräche, bei denen sie mit dem Blick auf ein Kunstwerk, eine Plastik oder ein Bild mit prüfenden Augen vor- und zurückgingen. Den Respekt, den die Leute vor meinem Vater hatten, konnte ich deutlich spüren. Dieses Gemurmel und der Geruch nach Terpentin, Holz und Leinenrupfen sind stark in meiner Erinnerung lebendig.

An einem Morgen im Juni 1931 sah ich meinen Vater in seiner Werkstatt über eine angefangene Figur gebeugt, er wirkte wie zusammengebrochen, mit meiner Mutter gemeinsam in ratloser Trauer. Man hatte aus München angerufen: Der Glaspalast war von einem verheerenden Feuer zerstört worden. Und damit zwei Porträtbüsten, die mein Vater dort ausgestellt hatte. Ich hatte das Gefühl, als hätte mein Vater mit dem Glaspalast zugleich ein Stück Heimat verloren.

Langsam, aber spürbar kam ich in die Pubertät. Die Gleichaltrigen schauten sich ins Gesicht und forschten nach den ersten Bartspuren, die Stimmlage voltierte von oben nach unten. Die Erwachsenen belächelten den Stimmbruch der etwas irritierten Nachkommen. Die Venus leuchtete nun nicht mehr nur am Nachthimmel, sondern machte sich auch am hellichten Tag bemerkbar. Für mich war das Weibliche seit meiner ersten Liebe beim Schuleintritt etwas sehr Eigenes. Das Andere, das Feinere und Schutzfordernde hat mich immer bewegt. Wenn wir an der Ammer beim Baden waren, uns vom Tobel des Wehrs besprühen ließen oder die Weidenbüsche zu Laubhütten zusammenbogen, waren immer langbezopfte Gespielinnen dabei. Daß sich schon da und dort unter den Flanellbadeanzügen zaghafte Knöpfe zeigten, war uns Buben nicht besonders aufgefallen. Aber jetzt wurde das anders. Die Mädchen waren auf einmal größer, runder, profilierter. Sie schauten auch auf einmal ganz anders. Mehr schräg von unten oder hochnäsig, mit abrupten Kopfbewegungen.

Zum Glück entwickelte neben diesen neuen und beunruhigenden Phänomenen der Turnverein Oberammergau von 1861 eine neue Blüte. Eigentlich waren die Ammergauer Turner schon immer erfolgreiche Teilnehmer an großen Wettkämpfen gewesen. Wir hatten zwar keinen geschulten Trainer, aber ein paar sehr erfolgreiche Athleten im Verein, die bereits bei Wettkämpfen und Meisterschaften im Landkreis oder gar in Oberbayern vordere Plätze belegt hatten. In diese Gruppe von 20- bis 25jährigen wurde ich mit meinen sechzehn Jahren wie ein Gleichaltriger aufgenommen. Zuerst mußte ich ein paar Tests überstehen. Es war aufregend genug, mit den Ettaler Turnstundenerfahrungen nun plötzlich in einer recht rustikalen Arena die Kräfte mit Männern zu messen, deren Muskelspiele und lässige Bewegungen mein Selbstbewußtsein arg strapazierten.

Im Juli 1932 wurde vom Vorstand des Turnvereins die Teilnahme am Blomberg-Turnfest bei Tölz beschlossen. Dieses jährliche Ereignis hatte bereits einen legendären Ruf. Es war immer ein Treffen der Mehrkämpfer aus dem Raum von Füssen bis Rosenheim und vor allem aus den großen Vereinen der Landeshauptstadt München. Es war eine Art Folklore in Spikes. Der Blomberg ist ein gemütlicher Grasbuckel von gut 1500 Metern Höhe, dem Zwieselberg vorgelagert und ein schönes Stück vor der blauen, bogenförmigen Silhouette der beherrschenden 1800 Meter hohen Benediktenwand. Vor dem Blomberghaus, einer massiven, behäbigen Unterkunft mit Bewirtung, liegt eine leidlich ebene Fläche mit dichtem Graswuchs, eigentlich eine weitläufige Alm. Hier hatten Tölzer Sportler eine 100-Meter-Bahn auf Grasboden und zwei Sprunggruben angelegt. Ein mehr oder weniger ausgeprägtes Gefälle der Laufbahn ließ sagenhafte Zeiten und Weiten zu.

Am Vorabend des Wettkampfes kamen wir Ammergauer auf dem Blomberg an, nachdem wir, eine Strecke von fünfzig Kilometern in den Waden, unsere Fahrräder am Fuß des Berges und am Beginn des Ziehweges in einer Fichtenschonung versteckt hatten. Die Erwartung war groß, und ich hatte fast so etwas wie Lampenfieber, als wir auf dem Plateau vor dem Haus unter die Augen der bereits eingetroffenen Wettkämpfer traten. Lauter stabile Burschen, breitschultrig und mit baumelnden Superwadln auf der Holzbrüstung sitzend. Sie drängten sich auf den Holzbänken, ein Bierglas in der Hand und rauhe Begrüßungen rufend. »Bist aa do, Hansä, oida Madltratzer« oder »Hast es do no derschnauft, Girgl, bist aa net jünger wor'n« – lauter wohlwollende Zurufe zur Einstimmung.

Die besondere Attraktion waren aber die Teilnehmerinnen. Herausfordernd oder verschämt mischten sich alle Haarfarben und Frisuren, Trachten oder städtisch-sportliche Garderoben unter die aufgekratzten Athleten. Die Adonisse drückten ihre Brust heraus, und die ländlichen Aphroditen taten schelmisch und griffen sich in die Frisuren, während die erfahrenen Großstadtamazonen mit progressivem Hüftschwung Eindruck machten. Wer gehörte zu wem? Das mußte als erstes festgestellt werden – denn danach richtete sich die Strategie des Anbandelns. Vor allem mußte die Liegeordnung im großen Gemeinschafts-Matratzenlager einvernehmlich geklärt werden.

Mit dem Einbruch der Dämmerung ergab sich, flankiert von ein paar brennenden Scheiterhaufen vor dem Haus, ein fröhlicher

Unterhaltungsabend. Ein Alleinunterhalter mit Gitarre sang beziehungsvolle und anzügliche Gstanzl, auch solche mit politischen Spitzen. Allmählich verkrümelten sich mehr oder weniger paarweise die angeheizten Sportler im abgedunkelten Matratzenlager für die Lockerungsübungen zum kommenden Tag der Wahrheit, nach einem Abend der lockeren Versprechungen. Ich geriet neben eine kraushaarige Blondine, wie an einen wohlgerundeten Heizkörper in der an sich schon recht warmen Julinacht. Mangels Erfahrung in solcher Situation und in der Sorge um meine Kondition am nächsten Morgen brachte ich mit einiger List die anschmiegsame Wärmequelle auf Distanz. Was manchem Athleten wohl nicht gelungen war, wie sich am nächsten Morgen zeigte.

Für mich war es der erste größere Wettkampf, und ich konnte von den bekanntesten Matadoren eine Menge abschauen. An diesem Sonntag auf dem Blomberg kam ich als Jüngster meiner Altersklasse auf den fünften Platz, bekam einen Kranz mit grünen Eicheln und radelte mit glühenden Trainingsabsichten nach Hause.

In diesem Jahr rückte ich in die sechste Gymnasialklasse vor, mit einem lebensklugen und milden Ordinarius auf dem Katheder. Ich war wieder externer Schüler und wohnte zu Hause.

Außerhalb der Ettaler Oase vollzog sich ein tiefgreifender politischer Klimawechsel. Als mich mein Vater in diesem Jahr wieder einmal nach München mitnahm, sah ich vom Karlsplatz bis zum Sendlinger-Tor-Platz auf dem Rasenstreifen eine dunkle Ansammlung Tausender armseliger Menschen, regungslos, stumm. »Was ist das?« fragte ich meinen Vater. »Arbeitslose«, sagte er, »und das wird uns umbringen.« Ich spürte die Ratlosigkeit und – was noch schlimmer war – die Hilflosigkeit in diesem großen Mann, der für mich mein Vater und ein Felsen war.

Noch im gleichen Jahr schlug die Geißel der Arbeitslosigkeit auch unser lebendiges Dorf. Jeden Freitag versammelte sich vor dem Rathaus eine seltsam triste, drohende Masse. Lauter Männer, die ich kannte, Arbeiter, Holzschnitzer, Angestellte. Sie warteten auf die Arbeitslosenunterstützung. Wahlversammlungen fanden in den Sälen der Gasthöfe statt. Aus dem Landkreis kamen Honoratioren, die betulich an Tradition und christliche Einstellung erinnerten; aus München kamen Figuren, die Braunhemden und rote Armbinden mit dem Hakenkreuz trugen, sie hatten heisere, verschriene Stimmen. Man hörte, daß sie seit Wochen im Wahlkampf in unzähligen verrauchten Sälen auf die verwirrten Menschen einpaukten. Sie gebrauchten Formulierungen, die ungewöhnlich waren oder, besser, ungewöhnlich gewöhnlich.

Wir Jungen standen vor den Fenstern, spähten durch die Vorhanglücken und versuchten den Satzfetzen, die uns erreichten, einen Sinn abzugewinnen. Wenn gegen die »Schmach von Versailles« gewettert wurde, dann erinnerte ich mich an die Bemerkungen der Kriegsteilnehmer von 1914/18, die wieder an ihren Schnitzbänken saßen und auf die französische Besetzung des Rheinlandes schimpften. Aus den Tiraden gegen die »Zinsknechtschaft« konnte ich nicht recht klug werden. Ich hörte, daß unter der »Zinslast« alle Bauern verarmten und daß die Bankherren das arbeitende Volk aussaugten.

Den Behauptungen aber, daß für Deutschland und die ganze Welt das Judentum den Untergang bedeute, konnte ich nicht folgen. In unserem Haus verbrachten jedes Jahr einige Familien ihre Sommerfrische. Darunter waren auch jüdische Familien – die Baumanns aus München, die Lammfromms aus Augsburg und andere aus Berlin und Dresden. Sie waren Menschen mit Lebensart, kultiviert und sympathisch. Auch meine Eltern fanden diese Attacken auf jüdische Mitbürger absurd.

Ein besonders lauter Propagandist war der Gauleiter Wagner. Sein rotes Gesicht war von Schmissen gezeichnet, die nur seine verquollenen Augen aussparten, auf seinem runden Schädel saß die Lederkappe eines Autofahrers, der gerne im offenen Wagen fährt, und auch die Reithose mit den geschnürten Motorradstiefeln gehörte zu seiner Aufmachung. Wir hätten ihn für einen rabaukenhaften Schreihals gehalten, wenn er nicht eine Beinprothese vorzuweisen gehabt hätte. Daß diese von einer Kriegsverletzung herrührte, bewies das EK I an seinem Braunhemd. Es war typisch für uns Jungen, daß diese Reminiszenz an den Weltkrieg und seine Helden Eindruck machte.

Die Mauern des Ettaler Gymnasiums hielten diese braunen Wellenschläge ab, bis der 30. Januar 1933 wie ein Blitz auch das Ammertal traf. Im Dorf gab es bereits eine Ortsgruppe der

NSDAP, gegründet von Leuten, die zugezogen waren und als unauffällige Mitbürger ihren Berufen nachgingen. Unter den alteingesessenen Familien gab es noch keine offenen Sympathisanten. Es waren eher junge Leute, die aus Opposition gegen die Alten das »Neue«, den »Aufbruch« attraktiv fanden, die die NS-Propaganda versprach.

Allerdings gehörte auch mein Onkel Raimund schon sehr früh zur NS-Partei. Er war in seinem Wesen ein begeisterungsfähiger Mensch, mit Phantasie und Tatkraft und sehr idealistischen Vorstellungen von einem Staatswesen. Die humanistische, benediktinische Bildung hatte ihn geprägt. Den Weltkrieg hatte er als Offizier an vielen Fronten mitgemacht, und die Niederlage mit ihren harten Konsequenzen hatte ihn tief getroffen. Er war ein Demokrat, aber von der labilen Verfassung der Weimarer Republik beunruhigt und enttäuscht. Nach seiner Meinung mußte es eine Reform, einen neuen Inhalt der deutschen Demokratie geben. Anfang 1932 trat er in die NSDAP ein.

Mit seinem älteren Bruder, meinem Vater, führte er lange Diskussionen über die Schwäche der Weimarer Republik, das System bürgerlicher Erstarrung und subtile oder offene Formen der Korruption. Mein Vater, den Parteipolitik eher abstieß, ging deutlich auf Distanz. Er war ein Künstler, ganz auf seine gestalterischen Ideen konzentriert. Vor allen Dingen stießen ihn die obskuren Typen in der braunen oder schwarzen Uniform ab.

Nach dem 30. Januar 1933 traf man, wie aus tausend Verstecken ausgebrochen, von einem Tag auf den anderen auf den Straßen gruppenweise oder einzeln Männer in den Uniformen der SA und SS oder anderer Formationen der Partei. Die meisten waren irgendwie bewaffnet und trugen entweder Gewehre oder Pistolen am Koppel. Man hatte zuweilen den Eindruck marodierender Söldnerhaufen. Es roch nach Revolution und Gefahr. Aus den Radios dröhnten Märsche und mehr Gebell als Reden. Von den Rathäusern wehten rote Fahnen mit dem Hakenkreuz auf weißem Grund. Auch in Oberammergau bekam das Rathaus eine neue Besatzung. Der alte Bürgermeister und sein Stellvertreter, mein Vater, gingen nach Hause – der eine ins Privatleben, der andere in seine Werkstatt als Bildhauer.

Bürgermeister wurde, von den neuen Machthabern in München eingesetzt, Onkel Raimund. Er konnte wenigstens Übergriffe gegen bekannte Gegner des Nationalsozialismus verhindern. Das neue KZ Dachau warf seine Schatten über das Land, und Angst war ein probates Mittel, die Menschen kuschen zu lassen.

Wir Schüler, vom neuen Wind kräftig angehaucht und gar nicht so unglücklich über den Sturm auf bürgerliche und spießige Bastionen, beobachteten gespannt die Reaktion der Ettaler Benediktiner. Diese blieben gelassen und würdig. Den heiser gebrüllten Parteiparolen setzten sie die einfachen Grundsätze eines christlichen Lebens entgegen und die tausendjährige Tradition der großen und geschichtlichen Leistungen ihres Ordens. Bezeichnend war die formale Beachtung des Hitlergrußes bei Unterrichtsbeginn durch die geistlichen Lehrkräfte. Und das sah so aus: Der jeweilige Pater, meist der Klassenleiter, betrat sein Klassenzimmer, ging flott zum Katheder, drehte sich zur Klasse und hob den Arm, um mit der gleichen Bewegung in einem Zug an die Stirn zu tippen und das Kreuzzeichen zu schlagen. Eine etwas sophistische, aber geschickte Umgehung einer erzwungenen Erniedrigung.

1934 war zum 300jährigen Jubiläum des Oberammergauer Pestgelübdes eine eigene Aufführung der Passionsspiele geplant, unabhängig vom zehnjährigen Turnus. Im Dorf entstand große Unruhe, als gerüchteweise bekannt wurde, daß der Gauleiter Wagner die Passionsspiele verbieten wollte. »Das kann er nicht«, sagte Onkel Raimund. »Ich bin schließlich Altparteigenosse. Aber«, sagte er zu meinem Vater, »es wäre gut, wenn auch du als Spielleiter in die Partei eintreten würdest. Dann kann uns keiner die Spiele verbieten.« So wurde auch mein Vater Parteigenosse – nicht aus Überzeugung, sondern aus Sorge um sein Passionsspiel.

In den großen Ferien 1933 machte ich mit einem Freund eine Radtour bis nach Würzburg. Wir machten jeweils ein paar Tage Halt bei meiner Tante Franziska in Spielberg am Hahnenkamm und im Hause Weismantel in Marktbreit am Main. Wir erstrampelten uns wunderbare Erlebnisse in einem bisher unbekannten Land.

Der große Gutshof mit Brauerei meines Onkels Fritz unter dem Spielberger Schloß der Fürsten Wallerstein war für mich ein Abenteuer. Stallungen voller Tiere, riesige Getreidefelder, wie goldene

Teppiche über die weitgeschwungene, wellige Landschaft gebreitet, und die in den Talmulden gelegenen, engen fränkischen Dörfer mit ihren luftigen Kirchtürmen verzauberten mich.

In Marktbreit fanden wir das behäbige Weismantel-Haus. Leo Weismantel, ein zierlicher, dunkelhaariger Mann, war mit modernen katholischen Dramen bekanntgeworden; ich hatte den Schriftsteller kennengelernt, als er in enger Zusammenarbeit mit meinem Vater ein Bühnenstück über das Oberammergauer Pestgelübde verfaßte. Sein Haus fand ich in einem Garten voller alter Bäume. Wir wurden von der Familie mit der mir gleichaltrigen Tochter und dem jüngeren Sohn herzlich aufgenommen.

Aha, dachte ich mir, so wohnt ein Dichter: hohe, dunkle Räume, feines Parkett, dichte, weiche Teppiche und in jeder Ecke Kultur, Bücher, Bilder, Plastiken von hoher Qualität. Ein stiller Tagesablauf und gepflegte Mahlzeiten mit schönem Silber und feinem Porzellan. Eine Oase, in der die Zeit stehengeblieben war. Kein Wort über das neue deutsche Reich, höchstens ein paar Anmerkungen über die lärmende Barbarei dieser Tage.

Ich mochte diesen schmalen Mann mit seinen nachdenklichen schwarzen Augen und den kontrollierten Bewegungen. Alle Geräusche im Haus waren gedämpft, die Türen waren gut geölt, am liebsten wäre ich auf Zehenspitzen gegangen. Am Abend vor unserer Weiterfahrt schwammen wir noch im Main. Das Wasser war viel weicher und wärmer als die glasklare, schnelle Ammer, und die dunkle Tiefe war von dichten Schilfrändern gesäumt. Als ich hinter dem schwarzhaarigen Mädchen mit den weißen, runden Schultern herschwamm, dachte ich an die melancholischen, etwas märchenhaften Stimmungen in den Bildern von Arnold Böcklin und spürte verzaubert die Anwandlungen eines Tritons.

Am nächsten Tag erreichten wir gegen Abend Würzburg und bestaunten die mächtigen, terrassierten Weinberge und die Festung Marienberg. Wir wären gerne ein paar Tage länger geblieben, aber der Geldbeutel und das Ende der Ferien trieben uns wieder nach Süden. Wir kamen gerade recht zur Eröffnung des Pestspiels.

Im Frühsommer 1933 war ich gegen den Willen meines Vaters in die Hitler-Jugend eingetreten. Das Kriegspielen mit Geländeübungen und Kleinkaliber-Schießen übte auf mich eine große Anziehungskraft aus; so fühlte ich mich direkt auf dem Weg zum Heldentum. Das Jahr 1934 fing gleich recht aufregend an: Anfang Januar wurde im HJ-Bann Oberbayern eine Gruppe besonders strammer junger Leute ausgewählt, die zur Bannfahnenweihe nach Potsdam abgestellt werden sollten. Die Vorbereitungen fanden in München statt. Wir bekamen eine Reithose in Braun, ein Paar schwarze Reitstiefel, Braunhemd, Schirmmütze, einen olivfarbenen Uniformmantel aus Lodenstoff mit einer grünen Führerschnur von der linken Schulterklappe mit zwei Silbersternen bis zur mittleren Knopfleiste auf der Brust und dazu Koppel mit Schulterriemen. Wir waren ausstaffiert wie Gardesoldaten und drückten mächtig die Brust heraus.

Dann übten wir in Münchens Straßen den Marsch in der geschlossenen Abteilung und in der neuen Kluft, um für die kilometerlangen Aufmärsche und Umzüge in Potsdam angemessen trainiert zu sein. Das ging drei Tage so, und am Abend schleppten wir uns geschlaucht und mit brennenden Füßen ins Quartier. Die Sanitäter schnitten ungerührt die prallen Blasen an den Fersen auf und pinselten sie unter den Flüchen der malträtierten Paradeknaben mit Jod ein. Pflaster drauf – und am nächsten Morgen ging es mit zusammengebissenen Zähnen wieder in die Stiefel.

Vor der Probe des bevorstehenden Festaktes in Potsdam gab es für uns noch einen freien Tag zur Besichtigung Berlins, der für uns Werdenfelser sagenhaften deutschen Reichshauptstadt, die wir bisher nur durch unsere Sommerfrischler, aus Illustrierten und flotten Ufa-Filmen kannten. Da standen wir nun auf dem Potsdamer Platz, im Verkehrstrubel, zwischen repräsentativen Bauten des bürgerlichen Industriezeitalters, aber auch vor modernen Fassaden mit Glasbändern als Fenstern·und gerundeten Baukörpern. Die neuen Eindrücke brachten uns ganz schön durcheinander. »Sakra, da geht's vielleicht zu«, sagten wir, und München kam uns wie eine gemütliche Residenzstadt aus dem vorigen Jahrhundert vor.

Dann kam der große Tag der Bannfahnenweihe, das heißt, es war eine Nacht. Ein paar Tausend Hitlerjungen, alle ausstaffiert wie wir, marschierten in abgezirkelten Blöcken durch die Straßen Potsdams an der historischen Garnisonskirche vorbei, hinaus in den Park von Sanssouci. Einige tausend Fackeln flackerten und lohten wie eine feurige Fassung der taktmäßig marschierenden Masse. Mit dem Marschtempo bewegte sich der flatternde Wald der Bannfahnen ruckhaft auf und ab, auf und ab. Landsknechtstrommeln und Fanfaren hüllten das martialische Theater in eine wandernde, schmetternde Wolke. An den Kolonnen fuhr immer wieder ein offener Mercedes entlang, mit einem baumlangen HJ-Führer im Fond stehend, der das ganze Spektakel disziplinierte. Das ist der Bannführer Paulus, wurde uns gesagt. Tatsächlich, es war der ehemalige Deutsche Meister im Diskuswerfen, der vom Sportdress in die Uniform umgestiegen war. Ein hagerer, trainierter Typ, der gut aussah, anders als die feisten Kartoffelköpfe der Parteibonzen.

Über der breiten Treppenanlage lag das berühmte Schloß des Alten Fritz, mit feuriger Gloriole und mit roten Bannfahnen drapiert. Der Reichsjugendführer Baldur von Schirach hielt eine Rede, die vom kalten Januarwind verweht wurde und nur durch das Pathos seiner Gesten auf der Rednertribüne ahnen ließ, daß etwas Feierliches, ganz Fabelhaftes geschah. Dann war es auch schon aus.

Anfang Mai begannen die Passionsspiele mit großem Besucheransturm. Die Parteiuniformen gerieten etwas in den Hintergrund. Aber schon Anfang Juni schlug eine Nachricht aus Bad Wiessee wie eine Bombe ein: Ein Aufstand der SA war durch persönlichen Einsatz des Führers niedergeschlagen worden. Die Leute flüsterten sich zu, daß der Stabschef der SA, Ernst Röhm, mit seinem Führercorps aus homosexuellen Orgien heraus verhaftet und gleich standrechtlich erschossen worden sei. Das neue Regime zog eine erste Blutspur. Die fatale Mischung strafbarer Homosexualität mit politisch revolutionären Absichten sorgte für eine weitgehende Verwirrung der Menschen. Aber unsere Lehrer griffen dieses Thema nicht auf, weder die geistlichen noch die Laien.

Dann jedoch geriet das Dorf doch noch in Aufruhr. In der Fronleichnamsprozession, kurz nach den Wiesseer Bluttagen, hatten sich hinter dem Traghimmel mit dem Allerheiligsten in den Zug der Gläubigen auch die Kolpingbrüder mit ihren orangefarbenen Hemden eingegliedert. Während die Beter feierlich durch die

Straßen zogen, flankiert von frischen Birkenzweigen und Blumenbüscheln an den Straßenrändern, brachen uniformierte SA-Männer, SS-Leute und Angehörige des NS-Kraftfahrerkorps in die Prozession ein. Brutal wurden den Kolpingbrüdern die Hemden vom Leib gerissen; in einem wüsten Geraufe wurden sie rücksichtslos zusammengeschlagen. Für mich war das Anlaß, eine Karikatur zu zeichnen: Die heilige Justitia hält die Waage mit dem Rädelsführer der wüsten Aktion, einem Sturmführer, in der Schale, porträtgetreu und in voller Uniform. Davor steht ein Henker mit dem Beil am Richtblock, rings herum geköpfte Figuren in detailgenauen Uniformen, die dazugehörigen Köpfe mit den Gesichtern der Schläger. Das Blatt zeigte ich den Kolpingbrüdern, dann legte ich die Zeichnung zu meinen Skizzenblöcken in der Werkstatt meines Vaters.

Im Juli hatte Oberammergau seine Sensation. Der Führer und Reichskanzler besuchte das Passionsspiel. Er saß in der Prominentenloge und verbrachte die Mittagspause im Hotel »Wittelsbach«. Die Nachricht von seiner Anwesenheit setzte die fünftausend Besucher und das halbe Dorf in Bewegung. Auf dem Dorfplatz forderten Sprechchöre sein Erscheinen auf dem Balkon des Hotels. Er zeigte sich kurz der hysterisch schreienden Masse, dann strömten alle hochgestimmt in die Zuschauerhalle zurück. Nach dem letzten stillen und ergreifenden Teil mit dem Tod Jesu und seiner befreienden Auferstehung kam Hitler hinter die Bühne zu den Passionsspielern in den Kulissen. Ich stand ganz in seiner Nähe und betrachtete sein bleiches Gesicht mit Schnurrbart und schräger Haarsträhne genau. Mir fiel mein Vater ein, der kurz nach der Machtergreifung bemerkt hatte: »Diesen Kopf kann man nicht porträtieren – er ist zu billig. Solche Typen trifft man als Kellner in Vorstadtcafés.«

Ja, so schaute er aus. In seinem dunklen Anzug repräsentierte er den etwas schäbigen, schmierigen Durchschnittsmann. Ich spürte eine peinliche Ernüchterung. Onkel Raimund sagte einige respektvolle Grußworte, und dann sprach der Führer. Er redete über Tradition und Volkskunst, von dem tiefen Eindruck, den er erfahren habe, und sicherte den Spielern seinen Schutz für ihre Passion zu – für alle Zeiten. Die gläubigen Nazis unter den Ammergauern hatten Tränen in den Augen und hielten fortan den Führer für einen guten Christen.

Als Lockerungsübung zwischen den Spieltagen fuhren wir wieder auf den Blomberg zum Sportfest. Diesmal wurde ich in der Jugendklasse Sieger im Dreikampf und brachte den Eichenkranz mit den begehrten goldenen Eicheln nach Hause.

Anfang September wurde die Werdenfelser Hitlerjugend zum Reichsparteitag nach Nürnberg verfrachtet. Wir fanden uns in Lederhosen mit Braunhemd und weißen Kniestrümpfen in den weitläufigen Zelten des Lagers Langwasser wieder und warteten auf lockeren Strohschütten auf unsere große Stunde.

Die sah uns dann im Stadion. Tausende junger Burschen und Mädchen waren unter den wehenden, blutroten Bannfahnen angetreten, umdröhnt von Landsknechtstrommeln und Fanfarenstößen, bis der Führer kam. Seine Wagenkolonne kurvte um die angetretenen Blöcke und hielt vor der Rednertribüne.

»Vorwärts, vorwärts schmettern die hellen Fanfaren – vorwärts, vorwärts, Jugend kennt keine Gefahren ...« Der helle Gesang hob den Mann in der braunen Uniform geradezu aus seinem schwarzen Mercedes und trug ihn an das Rednerpult. Da stand er mit durchgedrückten Beinen in den Reitstiefeln, die linke Hand in der Hüfte und das Kinn herrisch hochgereckt. Der tosende Lärm brach ab, und in die Stille fielen die ersten Worte einer berüchtigten Rede. »Ihr sollt sein schnell wie die Windhunde, zäh wie Leder und hart wie Kruppstahl.«

Mir brachte Anfang Oktober der Briefträger mein Schicksal in Form einer schlichten Postkarte ins Haus: »Du hast Dich am ... beim Obergebietsführer in der Briennerstraße in München zu melden.« Keine weitere Erläuterung.

Die Typen im Vorzimmer des Obergebietsführers schauten mich merkwürdig an. Aber dann war ich schon im Dienstzimmer des Allmächtigen. Emil Klein, das war der Obergebietsführer, stand oder saß hinter seinem Schreibtisch, einem überdimensionalen Möbel, wie ich es von einem Bild Mussolinis kannte. Aha, jetzt stand er auf, war aber nicht viel größer als im Sitzen, stemmte seine Hände auf die Tischplatte und schrie mich an: »Da kommt ja dieses Schwein!«

»Hö, hö, was soll das?« Ich war baff. Er hielt mir ein Blatt hin –
meine Karikatur zu der gesprengten Fronleichnamsprozession in
Oberammergau.

»Hast du das gezeichnet?« schrie er weiter. »Freilich«, sagte ich.
»Wie kommt dieses Blatt hierher?«

»Das geht dich nichts an – du hast die Uniform des Führers in
den Schmutz gezogen.« »Moment mal«, holte ich Luft und sagte
diesem wütenden Ochsenfrosch lautstark, was sich bei der Fronleichnamsprozession zugetragen hatte und daß es diese Rabauken
gewesen waren, die die Uniform des Führers in den Schmutz gezogen hätten. Jetzt schnappte seine Stimme über. »Du bist ja ein
Schwarzer, so ein Schwein können wir nicht brauchen!«

Damit war ich aus der Hitlerjugend ausgestoßen und ging. Mein
Glück war, daß ich Gymnasiast im Benediktinerkloster Ettal war.
In einem Münchner Gymnasium wäre ich sicher von der Schule
verwiesen worden. Als ich meinem Rektor den Vorfall meldete,
lachte er herzlich und sagte »Das geschieht dir recht«, und meine
Klasse hatte mich wieder.

Später erfuhr ich den Ablauf der bösen Affäre. Meine Zeichnung
hatte unsere Hausgehilfin, eine etwas rundliche, rothaarige Sechzehnjährige, deren Annäherungsversuche ich nicht beachtet hatte,
aus Rache entwendet und dem von mir karikierten Sturmführer gebracht. Der trug sie zum Gauleiter Wagner. Von Dienststelle zu
Dienststelle wurde meine Karikatur weitergereicht, bis sie nach
einem Vierteljahr beim Obergebietsführer Emil Klein landete.
Und der schlug zu. Zu meinem Glück, denn damit war ich für die
Partei ein »Outlaw« geworden, und ich war frei.

Die Karikatur war mein Schicksal.

Im Herbst dieses Jahres kam aber noch ein ganz anderes Glück
auf mich zu. Beim Training auf dem Sportplatz – ich übte gerade die
rhythmisch wichtige schnelle Drehung zum Diskuswurf – bemerkte ich auf dem Fußweg jenseits der Ammer eine außergewöhnliche
Erscheinung. Eine schlanke Mädchengestalt in einem leichten, hellen Mantel ging dort ohne jede Hast, in einem Buch lesend. Sie hatte den Kopf mit dunklem Haar geneigt und warf nur ab und zu
einen Blick auf den Weg. Ihre Locken, nicht zu lang, aber auch
nicht zu kurz, waren mit einem silbernen Reifen gebändigt.

Sie ging, und ich wünschte mir spontan und heftig einen Blick übers Wasser auf mich, den Vertreter einer klassischen Sportart, die schon Myron vor mehr als zweitausend Jahren in seiner berühmten Plastik verewigt hatte. Aber die Faszination des Buches war größer, und mein Diskus war auf einmal schwerer als sonst.

Einige Tage später saß ich im Kino in Erwartung eines der berühmten Ufa-Filme und hatte wieder eine Erscheinung. Es war das Mädchen mit dem Silberreifen, das etwas hochmütig die Sitzreihen entlangging. Es gab noch etliche leere Plätze. Ich saß etwa in der Mitte der letzten Reihe, vor mir waren zwei Reihen ganz leer. Jetzt stand sie vor der letzten und setzte sich ruhig und lächelnd neben mich. Sie wendete sich mir zu, und ich konnte jetzt ihr Gesicht genau sehen. Ihre blauen Saphiraugen beherrschten das helle Gesicht.

»Ich heiße Eid«, riß sie mich aus meiner Verzückung, »kommt von schwören, und Hildegard«, und sie lächelte wieder. »Ich heiße Lang.« – »Ja, ja, ich weiß, und Ernst Maria dazu, und Sie sind der Sohn vom Spielleiter. Meine Tante hat mir das schon erzählt.« Ich war platt. Ihre Tante betrieb während der Passionsspiele einen saisonalen Silberladen und war aus Eichstätt. Ihre Nichte Hildegard war zum erstenmal im Passionsspielort.

Dieser Abend im November 1934 war eine Wende in meinem Leben, und die hieß Hildegard.

Mit List versuchte ich ihr Interesse zu wecken. Aber dazu mußte ich in ihre Nähe kommen, in den Silberladen der Tante. Also trug ich meine Medaillen der letzten Meisterschaften – »Sieger im Hochsprung«, »Sieger im Speerwurf« und »Sieger im Kugelstoßen« – zur Tante mit der Bitte, an ihnen Ringe anbringen zu lassen. Damit wollte ich der Nichte imponieren. Ich bekam die Ringe an meine Medaillen und drei Begegnungen mit Hildegard.

Aber jetzt drängte die innere Spannung einer nie erlebten Verliebtheit. Ich schrieb einen anonymen Brief, schilderte den tiefen Eindruck, den die Begegnungen mit ihr hinterlassen hätten, und schlug vor, uns am 21. November um 18 Uhr auf dem Dorfplatz zu treffen.

Die Stunde X war angebrochen, es war wie im Film. Es war schon dunkel, und es hatte an diesem Tag leicht geschneit. Der

Dorfplatz war leer, sechsmal schlug es vom Kirchturm. Da trat mein Traumbild gegenüber aus dem Schatten. Wir trafen uns in der Mitte des Platzes, begrüßten uns und wandten uns, als wäre das schon jeden Tag so gewesen, Richtung Dorfausgang zum Gehen. Sie hätte sich gleich gedacht, daß ich der Briefschreiber sein müßte, und deshalb sei sie da. Wir gingen zum Dorf hinaus, den Hügel zur historischen Kreuzigungsgruppe hinauf und standen in der beginnenden Novembernacht. Wie bestellt leuchtete ein ziemlich runder Mond zwischen den treibenden Nebelfetzen. Als wir uns küßten und mir der Duft ihrer frisch gewaschenen Haare in die Nase stieg, meinte ich, ein Anderer, Neuer und Stärkerer zu sein.

Anfang Dezember trafen wir uns zum Abschied, heimlich, denn wir wollten unser Glück beschützen. Wir wußten, daß es nur eine temporäre Unterbrechung sein konnte, die unserer Nähe nichts anhaben konnte. Die lebensnotwendige Verbindung wollten wir mit postlagernden Briefen aufrechterhalten. Als Deckwort wählten wir »Fernando Magellan«, und das nicht von ungefähr, seine Weltumsegelung war für mich eine imponierende Leistung, ein beispielloses Abenteuer. Fast im Weggehen fragte mich Hildegard noch: »Wie geht es dir eigentlich in der Schule, du kommst ja in die Abiturklasse?« »So lala«, meinte ich, souverän über den Niederungen der Schule stehend, und hielt das für eine ausreichende Auskunft. »So lala? Das enttäuscht mich aber«, sagte sie, »von dir erwarte ich, daß du ein prima Abitur ablegst, besser als so lala.«

Ich spürte die Sporen und beschloß sofort eine schärfere Gangart. Hinweise oder Mahnungen meiner Eltern und Lehrer hatten weitaus geringere Wirkung gehabt.

Das Jahresende 1934 klang aus mit dem traditionellen Sterngang, mit Lampions und Gesang. Ich schaute nach vorn, hatte das Abitur im Visier und träumte von der verheißungsvollen Liebe, die mich erwartete.

Die Faschingszeit war in Ettal ein Jahresabschnitt, den die Schüler sehnlichst erwarteten und dem die Erzieher mit verhaltener Sorge entgegensahen. Aber die Fröhlichkeit wurde nicht chaotisch, sondern musisch gestaltet. Es wurde Theater gespielt – natürlich, dem humanistischen Gymnasium entsprechend, Stücke des klassischen Altertums mit aktualisierter Persiflage, beziehungsreich auf die Gegenwart abgestimmt. In einem Stück mit dem Attentat auf Dionys, den Tyrannen, spielte ich den Anwalt des angeklagten Daimon. In dieser Rolle imitierte ich Hitler, mit Schnurrbart und schräg in die Stirn frisiertem Haar; auch seine Stimme und Wortwahl ahmte ich nach. Ich plädierte als Hitler für den berechtigten Angriff auf mißliebige Politiker und führte Beispiele von der Feldherrnhalle bis zum Reichstagsbrand an. Den Verantwortlichen des Gymnasiums war bei dieser Aufführung gar nicht wohl, und der heftige Beifall der Zuschauer verstärkte ihre Sorge. Wir hatten aber Glück, und unsere Satire blieb im Hause.

Mit Ungeduld erwartete ich die schneefreie Jahreszeit. Meine Spikes lagen bereits griffbereit im Sportköfferchen. Der erste große Wettkampf, für Teilnehmer aus Oberbayern und München, fand in Verbindung mit der Einweihung der neuen Kampfbahn am Gröben in Garmisch statt. Wir Oberammergauer Leichtathleten starteten mit einer kleinen Truppe, die aber gut trainiert war. Die Kampfbahn war in bestem Zustand, das Wetter um die Zugspitze herum von strahlendem Blau und das Oval voll erwartungsfroher Menschen. Aus der Menge leuchteten helle Sommerkleider und signalisierten eine besonders große Zahl weiblicher Fans, ein wichtiger Anreiz für die jungen Athleten.

Die Sensation des Tages war der Start von Otto Dietmayer, der an diesem Tag zum erstenmal die 800 Meter lief. Er war nicht groß, aber mit ungewöhnlich langen Beinen ausgestattet und der Kraft seiner zwanzig Jahre. Er ging vom Start weg an die Spitze und rannte wie um sein Leben. Das Publikum war außer Rand und Band, als er völlig außer Atem als erster durchs Ziel ging.

In meiner Begeisterung fing ich den wankenden Sieger auf, und er trat mir, ohne es zu merken, mit einem Dorn seiner Laufschuhe durch meinen rechten großen Zeh. Das war mein Sprungbein, und fünf Minuten später sollte der Weitsprung beginnen, für den ich gemeldet war. Aus dem Loch im Rennschuh quoll sofort erschreckend viel Blut. Ganz automatisch rannte ich zur Sprunggrube, die gleich vom Kampfrichter freigegeben werden sollte, wies auf meine Verletzung hin und bat darum, die mir zustehenden drei Versuche in einem Zug hintereinander machen zu dürfen. Der Mächtige sah die Katastrophe, erkannte meine Notlage und gab meiner Bitte statt. Zum Staunen der Zuschauer erledigte ich meine drei Sprünge ohne Pause nacheinander, und als nach dem letzten Sprung im bislang tauben Fuß die Schmerzen einsetzten, merkte ich fast nichts. Ich hatte gesiegt und humpelte mit der Plakette, vom Beifall der Zuschauer begleitet, zu meiner Mannschaft zurück. Leider konnte ich als Invalide nicht mehr im Hochsprung, beim Kugelstoßen und beim Speerwurf starten. Aber es tröstete mich dann doch das schmeichelhafte Gefühl, bei den Leuten auch als Sieger über mich selbst zu gelten.

Mit der Abiturklasse hatte ich die letzte Phase der Schulzeit begonnen, für mich immerhin das zehnte Jahr auf einer Wegstrecke mit wechselndem Geländeprofil, oft rauh, selten glatt und mit extremen Höhenunterschieden. Düstere Dschungel mit abenteuerlichen Inseln strahlenden Glücks, bengalisch ausgeleuchtet – das reihte sich nahtlos aneinander. Auf Phasen illusionärer Selbstüberschätzung folgten Passagen tiefster Verzweiflung, in denen ich mit fünfzehn Jahren an Flucht in die französische Fremdenlegion gedacht hatte. Meinen Eltern, dem geradlinigen, engagierten Vater und der begeisterungsfähigen, phantasiebegabten Mutter, gab ich Rätsel auf und Grund zu tausend Sorgen.

Die neue Phase ließ sich gut an. Die Atmosphäre in der Klasse hatte nur noch wenig mit dem typischen Schulbetrieb gemeinsam. Wir fühlten uns in einer Art Seminar, in dem das Gespräch und die Diskussion die Lehrstoffe transportierten. Dafür sorgten außergewöhnlich tüchtige Lehrer, die unbestritten führten, aber auch in uns erwachsene Partner sahen. Pater Pius Fischer lehrte nicht nur Englisch, sondern führte uns auch sehr originell in die englische Welt ein. Er kannte Großbritannien, seine Kultur und Politik von zahlreichen Reisen. Ein anderer, ganz origineller Typ war Pater Hildebrand Dußler, unser promovierter Mathematiklehrer. Er war ein souveräner, gnadenloser, aber gerechter Lehrer und brachte es fertig, daß ich in der Abiturarbeit sowohl in Mathematik als auch in Physik einen glatten Einser schrieb. Die weltlichen Lehrer waren jung und ideenreich. Sie vermochten zu motivieren. Vor allem waren sie keine Nazis und vermieden auch jeden Ansatz zur Indoktrination. Mit dem Zeichenlehrer und dem Sportlehrer verband mich, was bei diesen Fächern, meinen Neigungen und meinen Leistungen kein Wunder war, eine herzliche Duzfreundschaft.

Inzwischen funktionierte die postlagernde Brücke zwischen Oberammergau und Eichstätt problemlos, und ich kam mir sehr erwachsen und reif vor.

Als Anfang des Jahres 1935 die Ausschreibung für die deutschen Leichtathletik-Juniorenmeisterschaften in Kassel beim Turnverein eintraf, war ich sofort Feuer und Flamme. Ich sah in einer Teilnahme auch die Chance, auf der Heimreise in Eichstätt einen Stop einzulegen, und wurde auf diese Weise für mein Training spürbar gedopt.

Beim Blomberg-Sportfest wurde ich Sieger und fuhr gleich anschließend nach München zu den Bayerischen Juniorenmeisterschaften. Der große Erfolg gelang mir nicht, weil sich beim Weitsprung die dornenbewehrte Sohle vom Oberleder meiner Spikes löste. Den Absprung vom Balken konnte ich nur mit halber Kraft schaffen. Trotzdem wurde ich noch Dritter. Immerhin war das die Qualifikation für Kassel, und daran hing mein Glück.

Die Meisterschaften fanden am Tag vor dem mit Pauken und Trompeten angekündigten »Tag der Deutschen Kunst« statt, an dem die Grundsteinlegung für das Haus der Deutschen Kunst stattfinden sollte. Schon einmal in München, wollte ich mir dieses Ereignis nicht entgehen lassen, zumal mein Vater, der Bildhauer, mit allen Künstlern des Landes zu diesem Monumentalschauspiel eingeladen war. Wie bei fast allen Parteiveranstaltungen und Staatsakten in dieser Zeit leuchtete München – nicht wie Thomas Mann es beschrieben hatte, sondern unter dem berühmt-berüchtigten Föhnhimmel. Am Rande der Von-der-Tann-Straße, zwischen Ludwig- und Prinzregentenstraße, hatte ich mich so postiert, daß ich nach allen Seiten gute Sicht hatte. Zuerst einmal donnerten unter dem Schmettern der bekannten Märsche die braunen und schwarzen Blöcke daher, dazwischen die roten Standarten, zur besseren Wirkung auch in Blöcken zusammengefaßt, ein Bild der Gewalt, eine glanzvolle Drohung.

Und dann kam die Kunst, vertreten durch ein paar tausend Künstler, sie kam – sie marschierte nicht – nein, sie kam. Ein größerer Kontrast war nicht denkbar. Hinter den abgezirkelten Marschkolonnen wogte es daher, quirlte durcheinander, wechselte das Marschtempo so, daß die bunte Masse wie eine Ziehharmonika ihre Formation unentwegt veränderte. Eine Marschordnung war bei dieser bunten Menge nicht möglich. Reihen lösten sich locker in Rudel großer und kleiner Männer auf, Frauen waren nicht dabei. Lauter Typen mit und ohne Bart, ohne jede Kleiderordnung oder gleichartige Kopfbedeckungen – ein ganz unglaublich heterogener Haufen.

Ich hatte noch nie eine derart herzbefreiende, geballte Komik erlebt. Alle Menschen um mich herum, vorher wie erstarrt, lachten und schrien durcheinander. Aus dieser brodelnden, lustigen Masse ragte ein Mann, ein Riese, der gleichmütig diesen Aufzug betrachtete, mein Vater. Er sah mich unter den Zuschauern, die ich überragte, mit meinem hellen Bergsteigerhut samt schwarzer Rabenfeder leicht erkennbar. Lächelnd winkte er mich zu sich, und ich drängte mich einfach in die bewegte Masse und war an seiner Seite auch einer der geladenen Künstler. Der ungeordnete Heerwurm wälzte sich in die Prinzregentenstraße und schwenkte dann auf die Wiese am Südrand des Englischen Gartens ein. Es bildete sich ein großes Karree, in dessen Mitte auf einem Podest der vorbereitete Grundstein auf seine Weihe wartete. Auf Tribünen dahinter hatte bereits die oberste Parteiprominenz Platz genommen, in der Mitte statuarisch der Führer. Ein Bein vorgesetzt, eine Hand am Koppelschloß, den Mützenschirm knapp über den Augen, schaute er ausdruckslos und unbewegt weit über alles hinaus. Man konnte sehen, daß er der Menschheit bereits ganz weit voraus war – vielleicht schon am Portal von Walhall.

Der Führer sprach. Die Worte und Sätze fielen schwer vom Rednerpult, jedes Komma war monumental.

Für mich war Kunst etwas Selbstverständliches, Warmes, Menschliches in der Werkstatt meines Vaters. Diese Kunst, von der hier die Rede war, konnte ich mir nicht vorstellen. Sie mußte etwas sein, das die Menschen zu Boden zwingen sollte. Aber jetzt kamen die markigen Sätze, die bei der Grundsteinlegung von den rituellen drei Hammerschlägen begleitet werden. Der Führer lauschte ergriffen dem Nachhall des ersten Satzes, hob den Hammer mit dem silbernen Kopf und dem Ebenholzstiel und ließ ihn auf den Grundstein niederfahren. Peng!

Der silberne Kopf flog blitzend im Bogen zur Seite. Der Führer hielt einen Moment regungslos inne, mit unsagbar törichter Gebärde den nackten Stiel in der Hand, und feuerte ihn mit zorniger Verachtung zu Boden – drehte sich barsch um und verließ die entweihte Opferstätte.

Das deutsche Reich und seine Verfassung waren nach der Machtergreifung konsequent verändert worden. Nach dem Tod des 87jährigen Reichspräsidenten Paul von Hindenburg 1934 schwemmte eine Woge nationaler, nationalistischer, nationalsozialistischer Massenveranstaltungen über das Land. Die Hakenkreuzfahnen flatterten von Berlin bis ins kleinste Nest. Die Parlamente, Regierungen und Kommunalvertretungen waren aufgelöst und durch nationalsozialistische Formationen ersetzt worden. Das Hakenkreuz, in Bewegung gesetzt, erzeugte wie eine gewaltige Windmaschine einen Sog, der die Menschen in Massen in die NSDAP und die zahlreichen NS-Gliederungen zog. Die Wirtschaft mit ihren NS-gesteuerten Programmen, die Projekte der Autobahnen führten nach der Stagnation der vorangegangenen Wirtschaftskrise zu einer geradezu betäubenden Motorik auf allen Gebieten des Lebens. Die Gewerkschaften wurden aufgelöst, und die Arbeitermassen fanden sich augenreibend in der Deutschen Arbeitsfront wieder. Menschliche Begehrlichkeiten wurden unter den neuen Gesetzen der Nationalsozialisten gebündelt und durch die Massenattraktion von K. d. F. – Kraft durch Freude – in geregelte Bahnen gelenkt. Für den Fremdenverkehr in Oberammergau gab es kräftige Impulse. Aus den nördlichen Regionen des Reiches, besonders aus Berlin, kamen Busse mit Angestellten aus den großen Betrieben zur Erholung für 14 Tage ins Dorf. Ganz besonders waren es die weiblichen Bürokräfte, die bereits von den tatendurstigen Burschen, die strammen Figuren gebirglerisch drapiert, erwartet wurden. Es durfte auch nicht lange gefackelt werden, in 14 Tagen mußte erreicht sein, wofür man bei den eingeborenen Jungfrauen schon ein oder ein paar Jahre investieren mußte. Umgekehrt hatten die anreisenden Großstadtbienen spätestens seit der Durchfahrt durch München eine erhebliche Unruhe unter den bunten, luftigen

Blusen. Im Winter natürlich unter den zeitgemäßen Pullis. Wir Jungen wären da gerne etwas älter gewesen.

Der 1933 angeworfene Parteimotor trieb nun ein gewaltiges Fahrzeug an, mit dem die Volksmassen permanent durch Feierstunden, Aufmärsche, Kundgebungen und Paraden transportiert wurden. Von der Maas bis an die Memel. Zugleich brach eine wahre Dekorations- und Ausstattungsexplosion über das Land herein. Von der Etsch bis an den Belt. Damit waren auch die Künstler aller Sparten in die staatspolitisch gewünschte Formation gebracht. Ziel der stampfenden, brausenden Demonstrationen waren immer die Zeppelinfelder, die Königsplätze, die Feldherrnhallen oder Brandenburger Tore. Der Flug der Hoheitsadler rauschte über das Reich. Symbole schossen aus der deutschen Erde – alle monumental.

Die Architekten visierten über ihre Reißschienen eine bereits historische Zukunft an. Die Bildhauer entrosteten ihre Meißel und Schnitzeisen. Die Maler entwarfen neue Pinsel mit enormen Borstenbreiten für die kommenden Freskowände. Die Bronzegießereien warfen den Feuerschein ihrer Öfen über das Land. Die Schriftsteller machten aus ganz manierlichen Mäusen brüllende Löwen und ließen durch normale Bürgeradern Ströme völkischen Blutes rauschen. Die Komponisten sorgten mit Pauken und Trompeten für den vaterländischen Ton und ließen den Menschen Freud und Schmerz, nach Gauen und ihren Landschaften gegliedert, ins deutsche Ohr fiedeln. Und über allem das Hakenkreuz.

Im Frühjahr 1935 schrieb die Stadt Potsdam einen reichsoffenen Wettbewerb für Bildhauer und Architekten mit dem Thema »Ostafrika-Denkmal« aus. Auf einer Havelinsel, in besonders reizvoller Landschaft, mit dem hohen ästhetischen Wert einer lebendigen Wasserfläche zwischen locker bewachsenen Ufern, sollte das Denkmal errichtet werden. Der Plan entstand im Zuge der Renaissance kriegerischer Traditionen zur Ehre deutschen Waffenruhms. Nach der Niederlage 1918 war die Schutztruppe unter Lettow-Vorbeck die einzige, die trotz riesiger Übermacht der alliierten Angreifer bis zum Kriegsende unbesiegt blieb.

Mein Vater beteiligte sich an dem Wettbewerb. Er glaubte an die Kraft ehrlicher Arbeit und fühlte eine innere Verwandtschaft mit

Wilhelm Lehmbruck und Ernst Barlach. Die nationalspekulativen und aufgeblasenen Monumentalstatuen eines Arno Breker oder Josef Thorak lehnte er rundweg ab. Für ihn als Mann der ästhetischen Kargheit und der verhaltenen Geste war die Pseudoklassik der Nationalsozialisten ganz einfach verlogen und höchst unmoralisch. Er ging an diesen Wettbewerb sehr intensiv heran und studierte die Fotobände der bekannten Afrikaforscher.

Meines Vaters Idee war – weit weg vom kriegerischen Pathos – eine Figur der »Afrika« zu schaffen, symbolhaft für das Natürliche, Verletzliche des Menschseins, auch unter tropischer Sonne. Diese Figur im Geiste Lehmbrucks, auf das linke Knie herabgelassen, das rechte Knie aufgestellt, hielt mit gelassener und würdiger Gebärde links einen Speer mit der Spitze in die Erde gestemmt und rechts mit erhobener Hand einen Lorbeerzweig. Der Typus einer Ostafrikanerin war in ihrer schlanken Eleganz überzeugend getroffen. Die überlebensgroße Gestalt auf einer knappen Bodenplatte sollte ebenerdig vor einer Natursteinmauer stehen, in deren glatter Oberfläche ein Relief die Geschichte der Schutztruppe darstellte. Mein Vater dachte dabei an den Kriegsbericht der Trajanssäule in Rom. Mit großer Anteilnahme verfolgte ich die Arbeiten in der Werkstatt meines Vaters, in der auch ich an einer Hobelbank meinen Schreib- und Zeichenplatz hatte.

In diese spannungsreiche, ausgeglichene Atmosphäre trat ein unangemeldeter Besucher, den mein Vater wohl kannte. »Das ist der Kollege Ruckdeschell«, sagte er zu mir, und ich begrüßte den Ankömmling. »Herr Ruckdeschell war Adjutant von Lettow-Vorbeck«, fuhr mein Vater fort, und ich nahm eine straffere Haltung ein. In den nächsten Tagen war Ruckdeschell als Gast in der Werkstatt und schnitzte an einem Stück Ebenholz. Die Unterhaltung der beiden Männer tröpfelte zwar kollegial, aber ohne innere Anteilnahme dahin, und ich sah, daß mein Vater seine Skizzen und Modellstudien für sein Denkmal vorsorglich weggeräumt hatte.

Eines Abends fragte ich meinen Vater, was er von der Kunst seines Besuchers hielte. Er brummte etwas und hob nur leicht die buschigen Augenbrauen. Dann lächelte er kurz, daß ich nicht erkannte, ob nun Mitleid oder Spott in seinen Mundwinkeln saß.

Bald darauf hatte der Besuch ein Ende, und der Gast zog mit markigen Schritten davon.

Der fertige Entwurf für das Denkmal mit Zeichnungen und Modellen wurde in einer Kiste nach Potsdam geschickt. Einige Wochen später kam ein eingeschriebener Brief an meinen Vater, in dem der Oberbürgermeister von Potsdam zum ersten Preis gratulierte und zu einem Besuch einlud. Nach seiner Rückkehr berichtete er von seinem Aufenthalt im Schatten der Garnisonskirche und vor der Kulisse von Sanssouci. Der Oberbürgermeister, ein ehemaliger General, war vom Entwurf der »Afrika« hingerissen; in seiner Begeisterung schleppte er meinen Vater auch in die Planungsbüros des Stadtbaumeisters, um von ihm Kritisches über die Planungen des künftigen größeren Potsdam zu hören. Mit Mühe konnte mein Vater das Angebot eines ständigen Architekturberaters für Potsdam abwehren. Er war glücklich über die Aussicht auf einen großen, wunderschönen Auftrag für sein Afrikadenkmal. Drei Wochen später kam wieder ein Brief aus Potsdam, diesmal nicht eingeschrieben. Was war passiert?

Der Oberbürgermeister berichtete von einem Besuch des Reichspropagandaministers. Goebbels, der nicht nur zuständig für Film und Theater, sondern für alle Künste war, wollte das Ergebnis des Wettbewerbs für das Ostafrika-Denkmal sehen.

Als der kleine Mann mit dem Klumpfuß vor der »Afrika« stand, brach er in Wut aus – Rassenschande! Eine Schwarze als Symbol für die Deutsch-Ostafrikanische Heldenzeit! Eine niederträchtige Verhöhnung!

Er habe schon einen ganz anderen Entwurf, der die Leistung der Offiziere und Dienstgrade der Schutztruppe und die Rolle der treuen Askaris würdige. Der Verfasser sei der ehemalige Adjutant von Lettow-Vorbeck, Ruckdeschell, ein anerkannter vaterländischer Künstler. Der Entwurf zeigte einen stehenden deutschen Offizier, in die Ferne weisend, das Auge adlerscharf auf den Feind gerichtet. Bei ihm, aber deutlich unter ihm, zwei Askaris, den Befehl des weißen Mannes erwartend. Ganz im Sinne der NS-Propaganda, grandioser nationaler Kitsch.

Der Oberbürgermeister, der Ex-General, zeigte, daß er früher nicht nur die roten Streifen an der Hose getragen hatte, sondern auch Charakter besaß. Wenn der Herr Reichsminister den ersten Preis in einem reichsoffenen Wettbewerb ablehne, dann werde eben kein Ostafrika-Denkmal errichtet. Und dabei blieb es. Meinem Vater blieben der Respekt vor dem alten General und die Bestätigung seiner Meinung von der nationalsozialistischen Kunst. Der nationale Kitsch wurde dann in der von Goebbels gutgeheißenen Form doch noch verwirklicht – in Hamburg im Jahre 1955.

Der Sommer 1935 strahlte heiß und war voller Ereignisse. Im Frühjahr wurden die Weichen für die Zukunft einiger Generationen gestellt. Nach der impertinenten Vorstellung des Reichspropagandaministers Goebbels vor dem Plenum des Völkerbundes in Genf trat Hitler mit seiner Beute, dem deutschen Reich, aus diesem internationalen Forum aus, nachdem Männer wie Stresemann und Brüning schrittweise das Ansehen einer geschlagenen und gedemütigten Nation repariert hatten. Auf diesen pathetischen Theaterdonner folgte konsequent die offene Aufrüstung mit der Verkündigung der allgemeinen Wehrpflicht vom Jahrgang 1914 an.

Nun brauchte man nicht nur Soldaten, sondern auch gleich Offiziere. Mit dem Fundus der alten Reichswehr waren die notwendigen Personalstellen nicht zu besetzen. Also versuchten die Planer der Wehrpflicht an den Oberstufen der Gymnasien Freiwillige zu rekrutieren. Denen sollte das Abitur schon nach der achten Klasse möglich gemacht werden. Donnerwetter, eine tolle Chance für mich. Meine große Liebe war in mir wie ein Perpetuum mobile, und jetzt stand da die Möglichkeit, ganz schnell als Offizier einen Beruf zu haben und heiraten zu können.

Ich malte meinem Vater die Aussicht auf ein baldiges Abitur aus, samt einer rasanten Karriere bei der neuen Wehrmacht. Bei meinen sportlichen Erfolgen sei das wohl gar kein Problem. Mein Vater lächelte leise, aber vielsagend: »Ich glaube nicht, daß du als Offizier Erfolg haben wirst. Dir fehlt nämlich die wichtigste Eigenschaft, die man beim Militär haben muß – du kannst dich nicht unterordnen.« Mein Traum zerstob. »Aber wir sollten über deinen künftigen Beruf nachdenken.« »Ja«, meinte meine Mutter, »du kannst zeichnen und malen, du solltest Zeichenlehrer werden, mit viel Freiheit zum Arbeiten als Künstler und vielen Ferien und am Ende mit einer Pension fürs Alter.« Nein, dachte ich, der Zeichenlehrer und der Turnlehrer sind an einem Gymnasium zwar bei den Schülern recht beliebt, aber im Lehrerkollegium sitzen sie nicht gerade in der ersten Reihe. Dort machen sich die Philologen und Mathematiker breit, und dann kommt lange nichts. Nein, ich wollte kein Künstlerwürstchen sein unter den Geistesriesen der traditionellen Disziplinen.

Mein Vater machte einen bestechenden Vorschlag: »Freilich, du hast Begabung, aber um Bildhauer oder Maler zu werden, der nicht permanent am Hungertuch nagt, mußt du an die Spitze kommen. Ob es dazu reicht, weiß ich nicht. Du könntest aber Architektur studieren, das ist die Mutter aller Künste. Wenn du dann ein ordentliches Diplom gemacht hast, zahle ich dir eine Weltreise. Du schaust dir die Natur, die Menschen, ihr Leben und ihre Architektur an und bringst die Eindrücke im Zeichenblock heim. Dann denkst du darüber nach, ob du die freien Künste riskieren oder Architekt sein willst.«

Die Tür zu einer engen Offizierslaufbahn fiel zu, und ein größeres Tor tat sich auf. Die Perspektive war phantastisch, und die Zahl der Jahre bis zu meiner erträumten Hochzeit erschien mir nicht mehr so wichtig.

Mit neuem Antrieb steuerte ich noch einmal mein Abitur an. Das Kloster hatte sich unterdessen in eine geistige Festung verwandelt, die immer wieder unter den Beschuß der kirchenfeindlichen Parteiorganisationen geriet. Aber das Schicksal hatte einen Schutzpatron für die leidgewohnten Benediktiner in der Hinterhand, der gar nicht so heilig war und auch keine Ähnlichkeit mit einem Schutzengel aufwies. Der Cellerar des Klosters, Pater Johannes Albrecht, hatte als Gymnasiast mit Hermann Göring die Schulbank gedrückt. Schulfreund bleibt man ein Leben lang. Wenn sich wieder einmal schwarze Wolken über dem Kloster ballten, dann rief Pater Johannes seinen Schulkameraden, den Herrn der nationalen Lüfte, an.

Im Juli dieses Schicksalsjahres fanden die deutschen Leichtathletik-Juniorenmeisterschaften in Kassel statt. Ich wurde vom TSV Oberammergau nominiert und hatte die Absicht, auf der Rück-reise nach den Meisterschaften in Eichstätt einen Besuchstag bei meiner geliebten Märchenprinzessin einzulegen. Als ich in Kassel ausstieg, erregte meine Aufmachung Aufsehen. Mein Reiseanzug war die kurze Lederhose, Kniestrümpfe und Haferlschuhe, Kletterweste mit Bergsteigerhut samt schwarzer Rabenfeder und neben meinem Köfferchen mit den Sportutensilien auch ein Speer, mit dem ich zu starten gedachte. Als ich die Halle durchquerte, sang hinter mir ein kleines Mädchen »Die Tiroler sind lustig, die Tiroler sind froh...« Die Wettkämpfe fanden im Stadion hinter der historischen Orangerie statt. Ich war wieder einmal mit meinen achtzehneinhalb Jahren der Jüngste, startete im Speerwurf und im Weitsprung, wurde zwar nicht Sieger, aber kam wenigstens in den Endkampf und lernte einiges dazu.

Wenige Stunden nach Schluß der Wettkämpfe fuhr der Nachtzug Richtung München, und früh um sieben Uhr sprang ich in Eichstätt auf den Bahnsteig in die extra für diesen Tag besonders strahlende Sonne. Atemlos stand ich vor meinem Traumbild mit dem silbernen Reifen im dunklen Haar.

Wir gingen durch die engen Straßen mit ihren historischen Bürgerhäusern bis zum Marktplatz. Ich war vor Glück sprachlos, und so redeten wir nur ganz wenig, belangloses Zeug, und schauten uns nur immer wieder an, uns beim Gehen wie zufällig mit den Händen streifend. In einem behäbigen Eckhaus mit Erker wohnte die kleine Familie Eid im ersten Stock. Im dämmrigen Treppenhaus mit den bequemen Eichenstufen blieben wir kurz stehen, und der feine, etwas fremde Duft aus Haar und Sommerkleid meiner Fee ließ mir das Herz stillstehen. Da standen schon die Eltern würdig und erwartungsvoll in der Türe. Ich wurde vom Vater gleich in ein intensives Künstlergespräch verwickelt. Der würdige Studienprofessor war ein leidenschaftlicher Aquarellist.

Dann wurden die beiden Jungen in den leuchtenden Julitag entlassen, und wir stiegen, überwältigt von unserer so lang ersehnten Begegnung, über die Dächer der romantischen Stadt hinaus und suchten uns einen guten Platz für unser Glück.

Eichstätt wird von reizvollen Gegensätzen geprägt. Der beschauliche, fast liebliche Altmühlgrund wird begleitet vom steilen Nordhang und dem bewaldeten Südhang. Kirchen, Kloster, die bischöfliche Residenz mit den repräsentativen Bauten als herausragende Schwerpunkte waren zu einem überaus lebendigen, maßvollen Stadtkörper zusammengewachsen, dem die mittleren und kleineren Bürgerhäuser erst die liebenswerten und zufälligen Rundungen zuwachsen ließen. Die paar Stunden in der Bischofsstadt genügten, um mich für ihren Zauber zu gewinnen. Am späten Nachmittag fuhr ich wieder ab, das zitronenfarbene Sommerkleid wurde kleiner, der Triebwagen fuhr bei Rebdorf um die Kurve.

Für den 1. und 2. September 1935 waren in Lindau die schwäbischen Leichtathletikmeisterschaften ausgeschrieben. Mit dem Allround-Athleten Dori Neu reiste ich an den Bodensee. Die Gemeinde Oberammergau bezahlte uns ein Taxi hin und zurück in der Erwartung, daß wir uns ordentlich schlagen würden. Auf dem Programm standen der Fünfkampf mit Hundertmeterlauf, Weitsprung, Hochsprung, Kugelstoßen und – als eine Sondersparte – Schleuderball. Dazu am zweiten Tag die Einzelkämpfe. Wir kannten die südbayerische Konkurrenz von vielen Starts, aber in Lindau wartete der Lokalmatador Thunig auf uns, von dem man sich wahre Wunderdinge erzählte. Das Stadion war in bestem Zustand, das Wetter ließ keinen Wunsch offen, und wir zwei waren locker und guter Dinge. Im Fünfkampf wurde ich Erster, Dori Neu Zweiter, und erst an dritter Stelle plazierte sich der Lokalmatador. Am zweiten Tag wurde Dori mit einem spektakulären Speerwurf Sieger, und ich gewann den Hochsprung.

Im Herbst 1935 wurden wir angehenden Abiturienten zur Musterung nach Garmisch-Partenkirchen bestellt. Höchstens mit einer knappen Unterhose bekleidet, wird man untersucht, routiniert und geschäftsmäßig, ein Objekt, wie auf dem Fließband. Seh- und Gehörtest, Blutdruck, Muskeltonus, kleine Belastungen – alles ruckzuck. Und dann die Präsentation vor der Musterungskommission unter der Leitung eines Oberstabsarztes – das mag nicht jeder. Außerdem ist ein nackter Mann, der strammstehen will, immer komisch. Ich ging recht selbstsicher in diese Inspektion. Als trainierter Leistungssportler war ich den Inspektoren hinter dem Tisch vermutlich überlegen. Die anerkennenden Bemerkungen der wehrpolitischen Fleischbeschauer nahmen wir lässig zur Kenntnis. Die Ettaler Oberprima war tatsächlich überdurchschnittlich sportlich, und alle waren tauglich.

Während wir nun bereits zum Endspurt für das Abitur ansetzten, waren die Peitinger Herbstkampfspiele – offen für die oberbayerischen Leichtathleten – ein erfolgreicher Abschluß dieses Sportsommers. Ich gewann den Fünfkampf vor dem Münchner Lokalmatador Wunderlich und machte schon heimlich Pläne für die Olympischen Spiele von 1940.

Meine Motivation für ein gutes Abitur hatte an jenem Sonnentag in Eichstätt neues Feuer bekommen, und der Brennstoff für diese Flamme kam jede Woche postlagernd unter dem Kennwort »Fernando Magellan«. Diese positive Entwicklung schlug im Winterzeugnis sichtbar zu Buche, und die Weihnachtstage hatten eine besondere Wärme.

Zudem versetzten die bevorstehenden Olympischen Winterspiele 1936 in Garmisch-Partenkirchen das Gymnasium in eine herrliche Aufregung. Wir sollten bei der Eröffnung dabei sein. Garmisch-Partenkirchen hatte dafür das Skistadion errichten lassen, um die große Sprungschanze am Gudiberg. Einige tausend Menschen drängten sich in dem vergleichsweise kleinen Oval. Am Repräsentationsgebäude, in gemäßigt älplerischem Stil mit leicht sportlichem Touch gebaut, stand Hitler, eskortiert von Parteigrößen und Würdenträgern, um den Einmarsch der Nationen abzunehmen. Nach dem olympischen Ritual eröffneten die Griechen den Marschblock. Es schneite, und so wirkte die Zeremonie in ihren Farben und Geräuschen merkwürdig gedämpft. Alles war gedämpft, der Marschtritt, der Beifall mit Handschuhen, sogar die Blechinstrumente klangen wie unter dicken Wolldecken.

Aber dann gab es eine Art Explosion, ein Beifallssturm brach aus, als die französische Nationalmannschaft wie auf Kommando vor Hitler die Arme zum Faschistengruß hochriß. Die Franzosen, der Erbfeind, grüßten den Erbfeind spektakulär, spontan und zackig. Die Leute konnten es nicht fassen. Sie schrien und brüllten. Für die Nazis war das eine berauschende Bestätigung. Feste Meinungen kamen ins Wanken. Wie war so etwas möglich? War es der Respekt vor Hitler oder Angst oder gar Sympathie? Wir hatten Stoff für heftige Diskussionen untereinander und mit unseren Lehrern.

Und nun standen nach dem verblüffenden Auftakt der Winterspiele in Garmisch-Partenkirchen noch die Olympischen Spiele in

Berlin bevor. Das Jahr 1936 irrlichterte und gewitterte über dem Reich, und die Menschen hatten das Gefühl, einer ungeheuerlichen Premiere beizuwohnen.

In Ettal schirmte uns das bevorstehende Abitur ein wenig von der brodelnden Verrücktheit dieser Tage ab. Am Sonntag, am Abend vor dem ersten Abiturtag, war in Oberammergau noch ein Faschingsball. Solche Veranstaltungen hatten im Dorf der Schauspieler und Künstler eine gewachsene Tradition. Für diese Nächte der Verfremdung und Verzauberung bereiteten sich die Jungen und die Alten wochenlang vor. Die Vereine und geselligen Gruppierungen planten ihre Auftritte mit Phantasie und großem Aufwand. Die Saturnalien vergangener Jahre hatten einen legendären Ruf. Der Faschingszauber war die luftige, glitzernde Brücke vom älplerischen Heidentum zur Passion. An diesem letzten Faschingsball trug ich erstmalig den neuen Abituranzug ins Tanzgewühl und produzierte mit viel Aufregung meine neuen Tanzkünste.

Und schon hatte mich das Schicksal an der Hand, in Gestalt der jungen Apothekersfrau, die mich zum Tanz aufgefordert hatte. Sie wollte wissen, was ich nach dem Abitur plane, auf dem Weg in die große Freiheit. Dieser Weg sei ziemlich genau festgelegt – zuerst Arbeitsdienst und Wehrpflicht, dann mein Architektur-Studium. Ich gestand meinem Schicksal, daß ich gerne nach Ingolstadt zu den Pionieren wollte. Aber das wäre ein schier unlösbares Problem. Ingolstadt gehörte zum Nürnberger Wehrbereich.

»Warum soll es denn gerade Ingolstadt sein?« Sie schaute mich mit so hinreißend weiblicher Neugier an, daß ich mich entschloß, sie zur Mitwisserin meines großen Geheimnisses zu machen. In einen langen Tangoschritt hinein sagte ich: »In Eichstätt wohnt ein wunderbares Mädchen, und ich möchte ihr so oft wie möglich nahe sein.« Mein Schicksal beendete mit weichem Schwung die Tanzfigur, stand lachend vor mir und sagte: »So ein Zufall! Ich bin Ingolstädterin, und mein Vater ist Oberst. Vielleicht läßt sich da etwas machen.« Jetzt war die Apothekerin wirklich zum Schicksal geworden, und der Abend wurde eine lange Nacht.

Früh um sechs Uhr empfing mich meine verzweifelte Mutter, für die mein Abitur und die ganze Welt bereits untergegangen waren. Denn Punkt acht Uhr sollte an diesem Tag die Abiturprüfung beginnen. Mit einem besonders starken Bohnenkaffee im Magen und der Euphorie eines leicht angesoffenen Faschingsschwärmers stieß ich zu den anderen Abiturienten, die blaß und dunkel gekleidet vor dem Prüfungssaal standen. Flankiert vom Lehrerkollegium, marschierten wir in den hellen, kühlen Raum mit den auf Abstand gestellten Pulten und wurden auf die bereits ausgelosten Plätze gewiesen. Jeder reagierte auf seine Weise. Anspannung, Versenkung, gespielte Gleichgültigkeit und aufgesetzte Heiterkeit.

Ich war gelassen. Der Endspurt in der letzten Klasse hatte sich ausgezahlt. Vor allem hatte ich die Wochen Ende Februar und Anfang März auf meine Weise genutzt. Die Sonne zauberte einen strahlenden Winterausklang mit prächtigem Firnschnee, und ich stieg jeden schulfreien Tag auf meinen Skiern mit einem Rucksack voller einschlägiger Lehrbücher auf den Kolbensattel, ein Plateau zwischen zwei Gipfeln. Am aufsteigenden Südhang stand ein niedriger Heustadel aus silbergrauen Stämmen gezimmert und mit einer breiten Bank an der sonnenwarmen Wand. Es roch wunderbar nach Heu, Holz und der frischen Erde von den bereits schneefreien Flächen. In die weltentrückte Stille brachte das schnelle Tropfen des Schmelzwassers einen Hauch von Frühling. Auf die angenehmste Weise büffelte ich so Griechisch, Latein, Mathematik und Physik, und darum hatte ich jetzt, in der Stunde der Wahrheit, das Gefühl eines hochtrainierten Wettkämpfers.

Erstes Prüfungsfach war Deutsch. Drei Themen waren freigestellt: »Die Partei und ihre Leistungen im Kampf um Deutschland«, »Die Olympischen Spiele und ihre Bedeutung für die Jugend« und »Der Journalismus und seine Wirkung auf die Gesinnung des Volkes«. Fabelhaft, das ist mein Tag, dachte ich und wählte das Thema mit den Olympischen Spielen. Ohne länger nachzudenken, legte ich gleich einen rasanten Start hin und steigerte mich in einen wahren Schreibrausch. Seite um Seite füllte ich mit den authentischen Vorstellungen eines erfahrenen Spitzensportlers.

Eine Aufsichtsperson, der von uns sehr geschätzte Biologie- und Geschichtslehrer, blieb bei mir stehen, griff sich die abgelegten Blätter und fing an, sie zu lesen. Ich war neugierig auf seine Reaktion und erwartete eine anerkennende Geste. Er legte die etwa zehn eng beschriebenen Seiten langsam zurück und sagte dann leise: »Sehr gut geschrieben – aber Thema verfehlt!«

Das war eine kalte Dusche! Ich kam mir vor wie ein Marathonläufer, der die ersten Kilometer gespurtet war und plötzlich merkt, daß er sich verlaufen hat und dabei ist schlappzumachen. Ausgerechnet in meinem Lieblingsfach mußte mir das passieren. Es wurde dann aber doch nicht so schlimm. Auf diese Arbeit bekam ich die Note Zwei bis Drei. Da ich aber im Laufe des Jahres bei den verschiedenen Aufsätzen eine Eins erhalten hatte, wurde mir eine Zwei ins Reifezeugnis geschrieben.

Eine Woche lang dauerte das Abitur in elf Fächern. Das waren zwei Prüfungen an einem Tag. Während der ganzen Zeit hatte ich eher das Gefühl, an einem sportlichen Wettkampf teilzunehmen, und fuhr am Morgen nach Ettal, gespannt und locker zugleich.

Am 18. März 1936 war die Schlußfeier mit der Verteilung der Reifezeugnisse. Mit meinem Vater saß ich in der Turnhalle des Gymnasiums, die zugleich Aula war. Auf der blumengeschmückte Bühne stand hinter dem Rednerpult der kleingewachsene Rektor mit dem großen Herzen, den wir liebevoll »Schnax« nannten, und hielt eine bewegende Abschiedsrede. »Diese Klasse hat im Olympiajahr ein wahrhaft olympisches Abitur abgelegt. Es ist das beste in der bisherigen Geschichte des Gymnasiums«, sagte er, und allen wurde angemessen feierlich zumute. Dann kam der Namensaufruf, und ich holte mein Zeugnis ab, begleitet von einem vielsagenden Blick des Schnax, dem ich wohl viel zu verdanken hatte.

Das Zeugnis sah gut aus, und ich reichte es meinem Vater. »Nicht übel«, sagte er in seiner kargen Art. Mich ritt der Teufel: »Siehst du, Papa, jetzt hast du dich zehn Jahre umsonst geärgert.« Er schaute geradeaus, und es zuckte kaum merklich in seinem Gesicht. Meine Mutter war glücklich. Sie hatte die oft schlimmen Jahre meiner Gymnasialzeit hindurch immer an mich geglaubt.

Im letzten Jahr war die Abiturklasse näher zusammengerückt. Wir wurden von den geistlichen und weltlichen Lehrern spürbar ernst genommen. Die Gespräche und Diskussionen hatten an Format gewonnen, und die politische Entwicklung wurde offen, vergleichend und analytisch besprochen. Unser Biologielehrer gab sich viel Mühe, die Rassenlehre der Nazis ad absurdum zu führen und den Begriff »Arier« zu entmythologisieren.

Durch die Passionsspiele mit ihrem Besucherstrom aus aller Welt waren mir alle Völker und Rassen wohlvertraut, und mit meiner Familie hatte ich Freunde in England und Amerika. Als Deutscher wußte ich mich ganz gut auf der bunten Nationen-palette einzuordnen, ohne Hochmut oder Minderwertigkeitskom-plexe. Zudem war ich ganz besonders an Geschichte interessiert, und die historische Entwicklung der Menschheit von der Steinzeit bis heute war mir immer wie ein gewaltiger, schier atemberauben-der Abenteuerroman vorgekommen. Ettal stand gegen den Willen der Nazis, die deutsche Geschichte ins Zentrum ihrer Weltan-schauung zu rücken. Insofern war das »Katholische«, das »alles Umfassende« ein wirksames Mittel gegen den nationalistischen Rausch.

Jetzt war die Zeit im Schatten des eindrucksvollen Kuppelbaus und der weitläufigen Klosteranlage vorbei. Wir verließen die brei-ten Steingänge, in denen ruhige Gestalten im Benediktinerhabit wandelten. Wir schauten in die vertrauten und guten Gesichter un-serer Lehrer, drückten Hände, lächelten und lachten verlegen, weil wir eigentlich erst jetzt, in diesem Augenblick erkannten, wieviel uns diese bisher für uns verantwortlichen Männer bedeuteten.

Dann saß die Abiturklasse noch ein paar Stunden beisammen, schon über die Zeit bramarbasierend, die nun vor uns lag. Wenige Tage später kam als vorgedruckte Postkarte die Einberufung zum Arbeitsdienst ins Haus. Ich hatte mich am 1. April 1936 im RAD-Lager 4/232 in Geisa in der Rhön einzufinden.

Wir waren vier Ammergauer, die in die gleiche Abteilung des Reichsarbeitsdienstes einberufen waren. Wir verließen das ver-traute Ammertal, schauten an der großen Biegung nach Kohlgrub noch einmal zurück und sahen gerade noch den so angeberischen Kofel, nun ganz klein geworden, hinter den Grasbuckeln am Tal-eingang verschwinden. In Murnau stiegen wir in den D-Zug nach München. Jetzt wurde es ernst. Aus den Waggonfenstern hingen Trauben von Köpfen. Die Werdenfelser Schicksalsgenossen vom Fuß der Zugspitze und des Karwendels lachten und schrien »Kemmt's eini, Passionsspieler, scheinheilige« und »Jetzt spui'n mir den Einzug in Geisa – halleluja!« Wir rückten zusammen, und in München wußten wir bereits, daß wir der harte Kern in diesem unbekannten Reichsarbeitsdienstlager in der Rhön sein würden.

Nach dreimaligem Umsteigen rollte der Zug in Geisa ein: ein kleines Backsteingebäude in der Dämmerung und ein verloren bellender Mann in erdbrauner Uniform mit leuchtendroter Armbinde – der Truppführer vom Dienst. Es hatte geregnet, und unser Haufen von knapp zwanzig Leuten trottete noch etwas steif vom langen Sitzen auf einer buckligen Straße voller Pfützen Richtung Lager. Dort fanden wir im Hintergrund sauber ausgerichtet links und rechts je drei Baracken mit erleuchteten Fenstern, in der Mitte eine bescheidene Grünanlage. In den Baracken liefen Männer herum, die Packen schleppten, Möbel rückten und von gestikulierenden Dienstgraden angetrieben wurden. Wir kamen vorläufig in einer Baracke unter. Es roch nach Stroh, nach dem Mief erhitzter Männer, nach Schweiß und ungewaschenen Füßen. Ich haute mich auf den Strohsack, rollte mich in die Wolldecke mit dem weißblau karierten Überzug und schlief, bis der Truppführer vom Dienst mit der Trillerpfeife den ganzen Verein aufscheuchte. Latrine, Katzenwäsche, antreten und Abmarsch zum Frühstück. Nach dreißig Minuten saßen wir mit Aluminiumgeschirr, Kommißbrot, Margarine, einer schwarzen Gummiwurst und heißem Muckefuck in großen Kannen im »Speisesaal«. Also, ein Hotel war das nicht.

Der erste Tag im Lager – wieder ein Schicksalstag, denn jetzt wurde die endgültige Einteilung der Stuben getroffen. Jetzt bekam man seinen Neben-, Vorder- und Hintermann, mit denen man Tag und Nacht auf Tuchfühlung marschierte, arbeitete, aß, schiß und schlief, redete, lachte und fluchte und was sonst noch. Wir standen angetreten in drei Gliedern, der Größe nach. Die meisten hatten so etwas schon in der Hitlerjugend oder bei der SA gelernt, und deshalb hielt sich das Geschrei der Vorgesetzten in mittlerer Phonstärke. Ich stand am rechten Flügel, als längster der Abteilung. Rechter Flügelmann zu sein ist eine Herausforderung, das war mir klar. Es war aber auch eine Chance. Ein stabiler Flügelmann wird geschätzt, man kann sich auf ihn verlassen, er gewinnt von oben und von unten Sympathie.

Wir lernten unsere Vorgesetzten kennen. Die Dienstgrade im Arbeitsdienst waren denen bei der Wehrmacht angenähert. Die Gliederung einer Abteilung war der einer Kompanie ähnlich. Gruppen und Züge bildeten die Grundordnung. Gefreite, Unteroffiziere und Subalternoffiziere waren die Vorgesetzten bei der Wehrmacht. Analog zu dieser Einteilung gab es beim RAD Vormänner, Truppführer, Obertruppführer und Feldmeister. Trotz dieser nominellen Annäherung der Dienstgrade beider Säulen der deutschen Wehrhaftigkeit blieb bei den Angehörigen des RAD ein spürbarer Minderwertigkeitskomplex. Der sollte durch einen besonders zackigen Dienstbetrieb kompensiert werden.

So standen wir, noch in Zivil angetreten, und vor uns erschien mit kurzen, energischen Schritten ein mittelgroßer Mann, den leidlich geordneten Haufen neuer Arbeitsmänner im Visier, der Feldmeister Ziegler. Man spürte es, er nahm Maß an uns. Er blieb stehen, stellte sich mit den glänzenden Reitstiefeln in leicht angewinkelter Grätsche vor uns in Position, etwas wippend, wölbte die Brust, reckte das Kinn und krähte in messerscharfem Schwäbisch einige Anweisungen über unsere Köpfe hinweg. Dann kam der Chef der Abteilung, der Oberfeldmeister Klietmann, auf den Platz. Er war ein echter Antityp, schlank, fast grazil, mit etwas gezierter Gangart, ein schmales Gesicht mit randloser Brille, eigentlich mehr ein gehobener Lehrer. Als ihm der Rabauke Ziegler die angetretene Abteilung meldete, schaute Klietmann mit abwesendem Blick fast ein wenig indigniert über seine Herde, als hörte er eine für uns nicht vernehmbare Melodie. Die Rollenverteilung war klar: Klietmann, der feinsinnige Chef, und Ziegler, der Mann fürs Grobe. Wir hörten vom Chef eine freundliche Begrüßung, ohne Pathos, er erwartete von uns äußerste Leistungsbereitschaft.

Dann rückten wir ab zum Klamottenfassen – Ausgehuniform mit allem Drum und Dran, Arbeitsdrillich, Schaftstiefel, Ausgehschuhe, Unterwäsche und die besondere Auszeichnung des Arbeitsmannes, den Spaten. Die Uniform eines Arbeitsmannes war eine Mischung von Elementen der Parteiorganisationen und dem Schnitt einer Wehrmachtsuniform. Der Stoff war erdbraun, mit braunem Hemd und schwarzer Krawatte. Distanz zur Wehrmacht schuf die rote Armbinde mit dem schwarzen Hakenkreuz auf weißem Grund. Die Mütze war eine merkwürdige schirmbestückte Kopfbedeckung, wie sie am ehesten zu einem Förster paßte. Ich dachte gleich an eine Radierung von Albrecht Dürer, auf der er eine Gruppe von Bauern darstellte, die fast genau diese RAD-Mützen bereits vierhundert Jahre früher trugen. Am Gürtel seiner Bauern ließ Dürer Haumesser baumeln, wie sie nun von den höheren Dienstgraden des Reichsarbeitsdienstes getragen wurden.

Das Verpassen der Uniform ist für einen Rekruten entscheidend. Der gute Sitz bedeutet für ihn Ansehen und Erfolg, nicht nur im Dienst, sondern viel mehr noch auf der freizeitlichen Balz. Dagegen ist mit einer schlechtsitzenden Uniform der Ärger bereits vorprogrammiert, und das Selbstbewußtsein rutscht ganz schnell in die verhaßten Faltenwülste um die exponierten Körperteile. In den mitgebrachten Kartons reisten die Zivilklamotten zurück in die Heimat, jetzt waren wir aller äußerlichen Unterschiede der privaten Kleidung beraubt.

Im Takt des täglichen Dienstplanes begann, wie in einer Hammerschmiede, die Umformung der persönlichen Eigenarten der Individuen zu Menschenmaschinen, die auf Kommando funktionieren sollten. Um vier Uhr war Wecken. Das besorgte der Truppführer vom Dienst mit seiner Trillerpfeife. Beim Frühsport, einem Dreitausendmeterlauf, wurden die letzten Nachtgedanken verscheucht. Wir trabten auf der Landstraße, unter den Kronen einer alten Allee, stolpernd und keuchend, angetrieben von einem hageren und herausfordernd zähen Truppführer.

Der Schweiß der ersten zwanzig Minuten wurde in weiteren zwanzig Minuten in der Waschbaracke, von den Nebenmännern bedrängt, mit kaltem Wasser fortgespült. In großer Eile stiegen wir in den Arbeitsdrillich, gegen fünf Uhr war das Frühstück angesetzt. Kommißbrot, Margarine, Marmelade oder Schmelzkäse wurden mit Malzkaffee oder Kräutertee hinuntergespült. Dann richtete jeder ein paar Brotscheiben her mit der obligaten schwarzen »Gummiwurst«, auch »Negerbeutel« genannt, zu Pausenschnitten für die Baustelle. Inzwischen war es halb sechs geworden, und die Abteilung trat zum Morgenappell vor der Verwaltungsbaracke an. Danach rückte die Abteilung zur Baustelle ab, zog mit einem Lied durch die noch stille, kleine Stadt und dann auf die Landstraße durch die Orte Thann und Kranluken mit ihren Fachwerkhäusern über weite, mit Buschwerk bestandene Hänge, schließlich auf den breit hingelagerten Heidekahl.

Das waren 12,5 Kilometer flotten Marsches, meist mit typischen Hungergesprächen garniert, mit andächtig aufgesagten Speisekarten einst stattgefundener Tafelfreuden. Gegen acht Uhr waren wir vor Ort. Über den bewaldeten Höhenrücken sollten wir eine Straße bauen. Aber zunächst mußten achtzigjährige Buchen und Fichten gefällt und deren Wurzelstrünke ausgegraben werden. Der Boden war lehmig, mit Steinen durchsetzt und mit dem weitgespannten Wurzelnetz nur unter großer Anstrengung auszuheben. Die gelernten Handwerker und Arbeiter gaben das Arbeitstempo vor. Für die Abiturienten mit den feinen Pfoten war diese körperliche Anstrengung eine Tortur. Die Vormänner und Truppführer hatten einen hämischen Spaß daran, die besseren Söhne wegen ihrer unzulänglichen Kraftanstrengungen und ihres hilflosen Umgangs mit den ungewohnten Werkzeugen aufzuziehen. Die primitivsten Litzenträger waren auch die ärgsten Schinder. Bei den Arbeitsmännern solidarisierte sich die Kraft der körperliche Arbeit Gewohnten mit dem Intellekt der Leichtgewichte. Wenn ein beginnender Streit eskalierte, griff der kluge Truppführer Meyer ein und trat locker die ersten Flammen aus. Er hatte eine mittlere Schulbildung, war aber vielseitig interessiert und las viel, was er gerne in die Diskussion einbrachte. Dazu hatte er Witz und Humor und war ein zuverlässiger Blitzableiter.

Um zwölf Uhr war Arbeitsende, und die Abteilung marschierte die vertrauten 12,5 Kilometer wieder in das Lager zurück. Um 14 Uhr machten wir uns, zu keiner Unterhaltung mehr fähig, über das Mittagessen her. Der Küchenzettel war keine Offenbarung. Ohne unseren barbarischen Kohldampf hätten wir wohl recht unlustig auf den Alu-Tellern herumgekratzt.

Am Ende der ersten Lagerwoche wurde ein Informationsabend im Speisesaal anberaumt. Er sollte dem gegenseitigen Kennenlernen dienen. Die Auftritte erfolgten nach dem Alphabet. Etwa in der Mitte war ich an der Reihe: »Ernst Maria Lang aus Oberammergau, Abiturient, Berufsziel: Architekt.« Der Oberfeldmeister war interessiert, er wollte wissen, ob ich bei den Passionsspielen mitgewirkt hätte und ob ich schnitzen oder malen könnte. Ein Mann mit Interessen, dachte ich mir, und ich sollte mich nicht getäuscht haben.

Unter dem Buchstaben P trat ein Arbeitsmann vor, der mich mit seinem intensiven, aber auch scheuen Blick an eine junge Eule erinnerte. Mittelgroß, eher etwas linkisch als straff, sagte er: »Willi Preetorius, Abiturient aus München, ich möchte Künstler werden.« Preetorius war ein mir gut bekannter Name; mein Vater hatte ihn oft erwähnt. Jetzt wußte ich auch: Vor acht Jahren hatte mich mein Vater auf einen Artikel aufmerksam gemacht, in dem über die musische Bildung im Internat von Schondorf am Ammersee berichtet wurde. Ein dreizehnjähriger Schüler, eben dieser Willi Preetorius, wurde als großes Multitalent vorgestellt: schriftstellerisch, zeichnerisch und als Schauspieler. Ich war sehr beeindruckt. Und jetzt stand dieser Wunderknabe vor mir, als Arbeitsmann im viel zu weiten Drillich.

Willi Preetorius war richtig verlegen, als ich ihn auf den Bericht ansprach. Er fand die Eloge übertrieben, war aber angenehm berührt, daß ich mich so genau erinnerte. Er war der Neffe des berühmten Bühnenbildners und Grafikers Emil Preetorius, dessen geistige Spannweite von Richard Wagners Bayreuth bis zu den Autoren des *Simplicissimus* reichte. Sein Vater war ein vorzüglicher Maler der Münchner Schule um die Jahrhundertwende. In seinem Elternhaus trafen sich die Großen aus der Künstlerszene. Willi fühlte sich im Reichsarbeitsdienst mit Aussicht auf die nachfolgende Wehrpflicht äußerst unwohl, um nicht zu sagen unglücklich.

Der Reichsarbeitsdienst gehörte zum Programm der NSDAP und war in einer vorläufigen Form schon in der Mitte der zwanziger Jahre entstanden. Schon als freiwilliger Arbeitsdienst war er erkennbar völkisch geprägt und wies halbmilitärische Formen auf. Mit der gesetzlichen Einführung des Reichsarbeitsdienstes als Pflichtübung für alle jungen Deutschen, Männer und Frauen, sollte der naturgemäß heterogene Nachwuchs, bereits durch HJ und BDM auf Linie gebracht, zu einem einheitlichen Volksbrei verrührt werden. Als Nebeneffekt ergab sich durch die Erfassung einiger Hunderttausend junger Leute auch gleich ein schneller Abbau der verheerenden Arbeitslosigkeit. Die NS-Propaganda entwarf dazu das Idealbild einer Volksgemeinschaft, in der jeder jeden hautnah kennenlernen und in seiner für die Allgemeinheit nützlichen Funktion schließlich achten konnte. Der Arbeiter der Faust Arm in Arm mit dem Arbeiter der Stirn – im Gleichschritt hinter der wehenden Hakenkreuzfahne. In den Taschen klimperten dazu die neuen Markstücke, auf die der Spruch »Gemeinnutz geht vor Eigennutz« geprägt war. Unter diesem Motto waren wir nun in die Baracken von Geisa verschickt und dem harten Dienstplan ausgeliefert worden.

Für mich waren diese ersten Erfahrungen eine Herausforderung. Diesen Primitivlingen in Uniform, dachte ich, werde ich es schon zeigen. Am Ende der ersten Woche war auf dem Sportplatz eine Leistungsprüfung angesetzt. Wir trabten bei trübem Wetter im Trainingsanzug auf die leidlich ebene Wiese, die mit zwei Fußballtoren und zwei Sprunggruben ausgestattet war. Für einfache Spiele und Übungen reichte es wohl. Wir wurden in Gruppen eingeteilt, dann rollte das Programm, vom Gebell der Vorgesetzten begleitet, eher militärisch als sportlich ab. Sowohl im Weitsprung als auch im Kugelstoßen und im Handgranatenwurf setzte ich mich an die Spitze. Lediglich im Hundertmeterlauf war ein Arbeitsmann schneller als ich. Nach jener Leistungsprüfung beobachtete ich die Reaktion der Vorgesetzten. Die einen zeigten Respekt und Sympathie, fast schon bis zu kameradschaftlicher Anbiederung, die anderen eher neidvolle, säuerliche Distanz und die versteckte, heimtückische Absicht, doch irgendwo eine schwache Stelle bei mir entdecken zu wollen.

Aus dem Bestreben des Reichsarbeitsdienstes, es zumindest im Auftreten der Wehrmacht gleichzutun, ergab sich eine Hypertrophie des Exerzierdienstes. Nach einem halben Tag Straßenbau oder Rodung sah der Dienstplan in der zweiten Hälfte Parademarsch und Griffeklopfen mit dem Spaten vor – ein streckenweise perverses Schleifprogramm. Auf dem Exerzierplatz zwischen Stadtrand und dem Flüßchen Ulster wurden wir nun ein halbes Jahr lang herumgescheucht. Gruppen- und zugweise wurde marschiert, Richtungswechsel geübt, Schwenkungen im Laufschritt ausgeführt, ausgerichtet und blitzartig weggetreten. Dazwischen erscholl immer wieder das Kommando »Hinlegen« und »Auf-aufmarsch-marsch«. Die schwäbische C-Trompete des Feldmeisters Ziegler gab die Tempi vor.

Auf dem Dienstplan stand an jedem Donnerstagabend eine weitere sublime Erniedrigung der Männer. Die Abteilung hatte zum wöchentlichen Duschbad in der Waschbaracke anzutreten. Seifend und schrubbend standen die Gruppen im Zeittakt unter den heißen, dampfenden Fontänen. Auf ein Pfeifsignal wurde Platz für die nächste Gruppe gemacht. Nach dem Abtrocknen mit harten Leinentüchern hatte sich jeder vor dem Sanitätsdienstgrad, dem Heilgehilfen, in strammer Haltung aufzubauen und das Glied zur Inspektion vorzuweisen. Gesundheitsappell nannten das die Vorgesetzten, die Mannschaft sagte vulgär, aber zutreffend Schwanzparade dazu. Ein Ästhet wie Willi Preetorius freilich machte ein Martyrium mit; er und seinesgleichen fühlten sich in ihrer Menschenwürde verhöhnt.

Inzwischen blätterten bereits alle ungeduldig im Kalender. Ein paar Wochen noch, dann war Pfingsten, das uns fünf Tage Heimaturlaub bescheren sollte. Bis dahin hieß es die Zähne zusammenbeißen und fleißig Briefe schreiben. Ich saß jeden Tag nach Dienstende am Gemeinschaftstisch und schrieb trotz lauter Unterhaltung, Putzens, Flickens und Spatenreinigens der Stubengenossen lange Berichte an meine Fee in Eichstätt, an Eltern, Schwester, Ettaler Freunde, Lehrer und Patres. Die Stubenkameraden schüttelten zwar die Köpfe, aber sie beneideten mich auch, wenn ich beim täglichen Postempfang eine Handvoll Briefe bekam, die meisten im Lager, immer in Konkurrenz mit Willi Preetorius.

Oberfeldmeister Klietmann befahl mich zu sich, und damit bahnte sich eine fabelhafte Veränderung meiner Dienstzeit an. Der Abteilungschef erinnerte sich an meine Vorstellung vor der Abteilung und beschloß, etwaige künstlerische Begabungen auszubeuten. Als besondere Attraktion für seine Abteilung schwebte ihm vor: künstlerischer Schmuck durch Fresken an geeigneter Stelle, Bildschmuck in den Stuben und ein nobles illustriertes Buch für prominente Besucher.

Als Entrée in diese neue Kunstära wünschte er gleich einmal ein Porträt, das ich von ihm zeichnen sollte. Das bedeutete ein paar Besuche in seinem Privathaus und Gespräche neben der Zeichenarbeit. Seine kleine, mädchenhafte und liebenswürdige Frau sorgte für Tee und Gebäck. Der Chef war mit seinem Porträt sehr zufrieden; jetzt konnte ich ein bescheidenes Programm für die Lagergestaltung entwerfen. Zur Ausführung erbat ich die Mitarbeit von Willi Preetorius. Als Atelier wurde uns ein Barackenabteil zugewiesen, und wir konnten es zweckentsprechend einrichten. Zeichenutensilien, Farben und Pinsel, Terpentin, Siccativ und große Sperrholzplatten wurden besorgt. Dann konnte es losgehen. Wir waren vom Dienst befreit, lediglich das Wecken, der Morgenlauf und das Antreten waren Pflicht. Danach betraten wir locker und ungemein zivil unsere Insel.

Es folgten Wochen musischer Freiheit. Wir skizzierten, machten Studien und Entwürfe und hielten stets einige Proben für ungebetene Besucher bereit. Am schönsten waren die langen Gespräche, in denen wir die Welt erklären wollten und die den Dienst und sein System der Unterwerfung vergessen ließen.

Anfang Juli wurden mein RAD-Kamerad Hannes Adler und ich für die deutschen Juniorenmeisterschaften in Stuttgart beurlaubt. Wir waren zwei sonnige Tage im Neckarstadion und schlugen uns wacker. Adler wurde Dritter im 110-m-Hürdenlauf und ich im Hochsprung.

Dann wurde es ernst. Ende Juli wurde die Abteilung nach Weimar verfrachtet. Beim Gauparteitag sollten wir Arbeitsmänner vor Hitler die Beine schmeißen. Zuvor wurden wir noch gewaltig für den Parademarsch geschliffen, und die Ausbilder umkreisten uns kläffend wie Schäferhunde. Am großen Tag rückten wir in Marschkolonne durch die Stadt und knallten die Knobelbecher auf das Kopfsteinpflaster. Ich dachte an den Geheimrat Goethe und seinen Herzog, für die solches Theater sicher ein Greuel gewesen wäre. Als Flügelmann war ich im ersten Glied, direkt unter den Augen des Führers. Er schaute düster unsere Reihe entlang, mit ausgestrecktem Arm, den er langsam und affektiert einknickend zurücknahm, um ihn bei der nächsten Einheit wieder dynamisch nach vorn zu stoßen.

Nach Abschluß der Parade auf dem Versammlungsplatz wurde jedem Arbeitsmann eine Reichsmark als Anerkennung ausgehändigt. Damit war mir sehr geholfen, denn ich war total blank, und so konnte ich mir eine Wurstsemmel und ein Glas Bier kaufen. Solche finanziellen Engpässe waren keine Ausnahme. Die Löhnung für einen Arbeitsmann betrug 25 Pfennige für den Tag, das waren in der Woche 1,75 Reichsmark. Meine Mutter schickte mir jede Woche ein Paket mit einem Hefezopf, den ich besonders mochte, einer Tafel Schokolade und einem Fünfmarkstück. Damit verfügte ich über ein Wochenkapital von 6,75 Reichsmark. Am dienstfreien Sonntag fühlte ich mich wie ein Krösus im »Deutschen Haus«, dem Restaurant am Hauptplatz, und leistete mir den Traum der Woche – ein Wiener Schnitzel mit Bratkartoffeln, Salat und danach eine Tasse Bohnenkaffee und ein Stück Streuselkuchen. Diese Orgie kostete 1,70 Reichsmark. Die mir wohlgesonnene Wirtin sorgte immer dafür, daß mein Schnitzel besonders groß war.

Mit der sommerlichen Getreideernte kam für uns der Einsatz zur Erntehilfe. Wir wurden auf die Dörfer verteilt und bei den Bauern einquartiert. Für eine Weile wurden wir Familienmitglieder, in den bäuerlichen Tagesablauf eingebunden. Befreit vom Exerzierschliff, nahmen wir gerne die harte Bauernarbeit auf uns und langten bei der reichlichen, derben, aber schmackhaften Kost kräftig zu. Wenn ab vier Uhr morgens unsere Sensen mit Schwung ins Getreide fuhren, stieg aus der Erde und den hellen Garben ein starker, fast berauschender, verwirrender Duft auf. Mitten im Arbeitstakt der arbeitenden Gruppe entgingen uns nicht die Frauen mit ihren weicheren Bewegungen, den sonnenbraunen, blanken Armen und den runden, im Rhythmus vorrückenden Hinterteilen.

Unser Quartier war in Sünna, etwa ein Dutzend Kilometer von Geisa entfernt und groß genug für ein behäbiges Gasthaus mit einem richtigen Festsaal. Hier fand zum Abschluß unseres Ernteeinsatzes der Manöverball statt. Wir hatten einen halben Tag Zeit zum Improvisieren. Der Oberfeldmeister teilte mich als Conférencier ein. Der Saal war brechend voll. Aus den umliegenden Ortschaften waren die Schönen in ihren geblümten Sommerkleidern gekommen und drängten sich aufgeregt und verlegen an die Tische. Zögerlich oder zielstrebig ging man aufeinander zu – funkt es oder funkt es nicht?

Die Olympischen Spiele erwartete ich voller Spannung. Hitler hatte die globale Werbewirkung dieses klassischen internationalen

Treffens erkannt und beschlossen, diese Chance mit allen ideellen und materiellen Mitteln zu nutzen. Der Welt sollte eine wahre Apotheose des nationalsozialistischen Reiches vorgeführt werden. Nach einem Entwurf des Architekten March wurde ein Stadion gebaut, das eher die Gestalt einer gigantischen Feierstätte als einer heiteren, modernen Sportanlage hatte. Naturstein, mächtige Treppenanlagen für pathetische Massenaufmärsche, rustikale Pfeiler und überdimensionale Plastiken von männlichen und weiblichen Athletenfiguren gehörten zum Bühnenbild für ein Spektakel, wie es die Welt noch nicht gesehen hatte. Über diese monumentale Anlage flog der Bim-Bam-Appell der Olympiaglocke vom schlanken Turm herab. »Ich rufe die Jugend der Welt«, und überall Fahnen, Fahnen, Fahnen, überall das Hakenkreuz.

Die Wettkämpfe versetzten die Deutschen in einen wahren Siegesrausch. So viele Goldmedaillen waren von den deutschen Athleten noch nie geholt worden. In allen Sportarten stiegen die hochmotivierten Athleten des Deutschen Reiches auf das Siegerpodest.

Der Weitsprung war in seiner Dramatik ein Höhepunkt der Spiele. Gegen den hinreißenden Siegertyp Jesse Owens sprang der sympathische Lutz Long im Auftritt seines Lebens: das elegante schwarze Kraftpaket gegen den schlanken, blonden Jungen. Nach sechs Durchgängen mit fabelhaften Sprüngen über die Achtmeter-Grenze siegte der Amerikaner. Lutz Long kam nahe an diese Traumgrenze heran, aber halt doch nicht darüber. Unübersehbar war der Respekt des blonden Deutschen für den schwarzen Sieger, aber zugleich auch die gegenseitige Sympathie der beiden Rivalen. Dieses menschlich anrührende Schwarz-Weiß-Exempel, das gar nicht in die Schemata der Rassentheorie passen wollte, blieb nur kurz in den deutschen Köpfen lebendig.

Die Siegerehrungen gerieten nahe an die Grenze des Lächerlichen. Die deutschen Veranstalter hatten sich etwas ganz Besonderes ausgedacht: Den Siegern von Gold bis Bronze wurden Eichenlaubkränze aufgesetzt, und ein Topf mit einem Eichensetzling wurde ihnen in die Hand gedrückt.

Im August verließen wir die Baustelle auf dem Heidekahl und wurden zwischen Buttlar und Sünna für die Rodung eines mit Büschen und Laubholz bewachsenen Geländes eingesetzt. Diesmal fuhren wir auf Rädern zur Arbeitsstelle, immerhin schon eine spürbare Erleichterung. Allerdings wurde der Dienstplan mit einem geradezu ausufernden Exerzierpensum angereichert.

Der Reichsparteitag in Nürnberg ließ bereits seine Fahnen wehen, und der »Tag des RAD« wirkte vorab in jede Arbeitsdienst-Abteilung und ihren Dienstablauf hinein. Der Aufmarsch des Reichsarbeitsdienstes auf dem Zeppelinfeld wurde als Konkurrenz zum »Tag der deutschen Wehrmacht« gesehen. Aus diesem Grund wurde täglich drei Stunden lang geschliffen.

Anfang September fuhren wir mit der Bahn nach Nürnberg und marschierten durch die alte Reichsstadt in das neue Lager Langwasser mit seiner Zeltstadt, die wie ein richtiges Heerlager aussah. Gauweise eingeteilt, lagen die Arbeitsmänner auf Stroh. Am »Tag des RAD« rückten wir nach Katzenwäsche und knappem Frühstück kolonnenweise vor zum Aufmarschplatz auf der Zeppelinwiese. Vor der riesigen Tribüne mit der Säulenarchitektur und dem gewaltigen Parteivogel, dem Hoheitsadler mit Kranz und dem unvermeidlichen Hakenkreuz in den Krallen, marschierten wir blockweise auf. Diese uniforme Masse wurde unter den peitschenartigen Kommandorufen ausgerichtet und stand nun wie ein riesiges geometrisches Muster als Augenweide der Parteibonzen da. Die Menschen als manipulierbare Masse, das war der Sinn dieser Aufmärsche. Hier wurde exemplarisch der Spruch umgesetzt: »Du bist nichts, Dein Volk ist alles.«

Es gab aber keine zweifelnden oder hoffnungslosen Gesichter in den strammstehenden Reihen. Der Grund dafür lag wohl vor allem im perfektionierten Ritual der Aufmärsche und Paraden. Das Bühnenbild für die jährliche Demonstration wurde von Hitlers Leibarchitekt, dem ehrgeizigen und arbeitswütigen Albert Speer, entworfen. Der begabte, vielseitige Gigantomane mischte die Stilelemente der klassischen Architekturen aus den Epochen der absoluten Herrscher der letzten 4000 Jahre zu einer barbarischen Kulisse für die Politorgien der Nationalsozialisten. Speer plante die Choreographie der Marschbewegungen und erfand den »Lichtdom« für nächtliche Veranstaltungen. Dafür ließ er die Scheinwerferbatterien der Flakwaffe senkrecht in den Himmel strahlen. Alles war darauf angelegt, die Maßstäbe eines friedlichen bürgerlichen Lebens zu sprengen.

Am Tag der Parade vor Hitler traten wir gauweise auf der mindestens 25 m breiten Betonstraße an. Die Formation bestand aus Abmarschreihen von jeweils zwölf Mann in genau ausgerichteter Linie. Die Arbeitsmänner waren der Größe nach ausgesucht und besonders gut im Exerziermarsch ausgebildet.

Ich stand in der ersten Reihe als Sechster in der Mitte, fünf Zentimeter kleiner als der rechte Flügelmann mit 1,93 Meter. Auf Kommando setzten wir uns in Bewegung. Der laute Takt der Knobelbecher auf Beton floß in die schmetternde Marschmusik der seitwärts der Führertribüne postierten Kapellen. Jetzt wurde es ernst: Entlang der monumentalen Tribüne rückten wir vor und visierten bereits das Podest an, auf dem Hitler stand. Vor der gewaltigen Kulisse mit rotem Fahnenwald, der braunen Masse der Parteifunktionäre und einer zivilen Masse heilschreiender Parteigenossen wirkte seine Figur merkwürdig klein und puppenhaft.

Etwa 25 Meter vor dem Führerpodest begann der Exerziermarsch, gleichzeitig einsetzend und jeden Mann zum äußersten Körpereinsatz zwingend. Ich behielt Hitler genau im Auge. Als wir in seine Nähe kamen, straffte er seine Haltung. Mit vorgestrecktem Kinn vollzog er seine bekannte Grußpose und schaute nun mit entspanntem Kinn, ganz Vater seiner treuen Männer, auf die erste Reihe der exakt auf den Beton knallenden Knobelbecher. Die geschulterten Spaten blitzten silbern, und der Mächtige nickte beifällig, mit dem Anflug eines Lächelns. Als wir nach fünfzig Metern Exerziermarsch wieder in den leichteren Gleichschritt fielen, hatten wir alle das Gefühl, eine Probe bestanden zu haben.

Drei Wochen später, am 30. September 1936, wurden wir aus dem Reichsarbeitsdienst entlassen. Im vergangenen halben Jahr hatte ich oft Heimweh nach zu Hause, nach Ettal und Sehnsucht nach meinem Eichstätter Mädchen. Aber ich kam gut damit zurecht. Vor allem hatte ich mordsmäßig Glück. Als Leichtathlet gewann ich Anerkennung und einige Sporturlaube für erfolgreiche Wettkämpfe. Meine Aufträge als Zeichner und Maler durch den Oberfeldmeister brachten mir Freiräume und die wichtige Freundschaft mit Willi Preetorius. Die langen Gespräche in unserem improvisierten Atelier entführten uns aus dem primitiven Barackenlager, weit weg über die runden Bergkuppen der Rhön in eine luftige und bunte Welt der Künste.

Jetzt war es soweit. Wir nahmen unsere Koffer und Schachteln auf und verließen durch das Spalier der ehemaligen Vorgesetzen das Lager. Zum Bahnhof gingen wir locker wie ein Rudel Urlauber. Wir rollten aus den Tälern der Rhön durch eine Nacht voller großer Sprüche und rauher Gesänge.

Bei den Pionieren in Ingolstadt

Nun folgte für die meisten der Wehrdienst. Im Sommer 1936 wurde er per Gesetz von einem auf zwei Jahre verlängert. Alle Planungen für die Zukunft waren umgeworfen. In den Kasernen gab es Aufruhr. Unter den Augen ihrer Vorgesetzten zertrümmerten die enttäuschten Soldaten das Mobiliar der Mannschaftsstuben. Für mich waren diese Veränderungen einerseits schlimm, weil ich ja Architektur studieren wollte; andererseits wurde so meine räumliche Verbindung mit meiner Eichstätter Fee um ein Jahr verlängert. Meine Einberufung zu den Ingolstädter Pionieren war sicher, und ich war gesonnen, Wehrdienst und Minnedienst auf das glücklichste zu verbinden.

Am 1. Oktober 1936 stand ich wieder daheim im eigenen Zimmer, roch das helle Lindenholz in der Werkstatt meines Vaters und wärmte mich, auf der Kupferumrandung des grünen Kachelherdes sitzend, im vertrauten Gespräch mit meiner Mutter. Sie konnte es gar nicht glauben, daß ihr Sohn jetzt ein Mann war.

Ich hatte nur eine Zeitinsel zwischen Arbeitsdienst und Wehrmacht, die genau vierzehn Tage maß. Es reichte gerade, um in Ettal Besuch zu machen, alte Freunde zu sehen und von meinem Großvater Emanuel düstere Prophezeiungen zu hören. Seit dem Einmarsch der neuen Wehrmacht in die entmilitarisierte Zone am Rhein rechnete er fest damit, daß Hitler einen Krieg anfangen würde. Zum Abschied schaute er mich mit seinen hellen Augen traurig an und sagte: »Bua, mir graust davor, was die Verbrecher mit euch anfangen.«

Mein Vater brachte mich zur Bahn. Ich hatte mich am 16. Oktober in Ingolstadt beim Pionierbataillon 17 um 16 Uhr zu melden. Er, der ehemalige Sergeant des Königlich Bayerischen Infanterieleibregiments, wollte mich mit seinen Erfahrungen auf die kommenden zwei Jahre vorbereiten. Für einen Soldaten sei es wichtig, meinte er, daß er etwas hermache. Beim Militär sei der äußere Schein besonders wichtig. Darum sollte ich mir möglichst bald eine eigene Uniform bauen lassen, die er gern bezahlen wollte. Meine Mutter wollte mir auch in die Pionierkaserne an der Donau jede Woche ein Paket mit dem Hefezopf, einer Tafel Schokolade und dem schönen Fünfmarkstück schicken.

Im Gepäcknetz hatte ich zwei Koffer verstaut, in denen ich neben Unterwäsche, Hemden und meinen Sportutensilien auch einen Stoß Bücher verstaut hatte, darunter auch »Mein Kampf« von Hitler und den »Mythos des 20. Jahrhundert« von Rosenberg, die ich unbedingt lesen wollte. In diesen beiden Schwarten vermutete ich das künftige Schicksal der Deutschen, also auch mein eigenes. Das wollte ich schwarz auf weiß wissen.

Der Zug hielt mit quietschenden Bremsen im Hauptbahnhof Ingolstadt; ich betrat echtes Neuland. Ein Unteroffizier mit Trillerpfeife stand breitbeinig vor dem Ausgang und sammelte die angereisten Rekruten. Da standen wir still, mit einem scharfen Kommando angefahren, etwa fünfundzwanzig Mann, einander neugierig und unsicher betrachtend. Wir marschierten »Im Gleichschritt! Marsch!« als neue Pioniere stadteinwärts.

Nach ein paar hundert Metern zogen mir die von den Büchern schweren Koffer langsam, stetig und schmerzhaft die Arme aus den Schultergelenken. »Bitte Herrn Unteroffizier fragen zu dürfen, wie weit es noch bis zur Kaserne ist«, wagte ich mich vor. »Dös wern's scho sehng«, sagte der Unhold gleichgültig. Sofort waren die Koffer noch schwerer, und ich litt in ohnmächtigem Zorn. Als wir die Kaserne erreichten, war ich schweißgebadet, hatte rote Nebel vor den Augen und konnte meine verkrampften Hände nicht mehr öffnen. Der Unteroffizier wunderte sich über meine Verfassung, lupfte einen der zwei Koffer, meinte »Hö« und setzte ihn wieder ab. »Ham's da Brikett drin für'n Winter?« »Nein, Herr Unteroffizier, Bücher.« Hätte ich gesagt »eine halbe Sau zur Verpflegung«, dann hätte er wahrscheinlich gelacht. Aber so sagte er nur trocken »Bei de Pionier gibt's koane Bücher.« Das war meine Einstimmung für die kommenden zwei Jahre.

Vor der Wache der Brückenkopfkaserne wurden wir Rekruten auf die drei Kompanien verteilt und in die Unterkünfte eingewiesen. Ich stieg allein mit meinen verfluchten Koffern in das zweite Obergeschoß das massiven Baues aus dem vorigen Jahrhundert zur ersten Kompanie, roch die feuchtkalte, muffige Luft im steinernen Treppenhaus und suchte im halbdunklen, langen Gang die Kompanieschreibstube. In einer Mischung aus Beklommenheit und Neugierde klopfte ich an die Türe. »Herrrein.« Ich setzte die Koffer ab und meldete dem Hauptfeldwebel meine Ankunft. Ein mittelgroßer, schlanker Mann mit einem hellen Gesicht, mehr ein »Arbeiter der Stirn«, wie es damals hieß, als ein Barraskopf, nahm mich in Empfang. »Wir haben schon auf Sie gewartet – Sie sind der letzte, jetzt ist die Kompanie vollzählig«, und nach einem Blick, mit dem er Maß nahm, sagte er: »Und den rechten Flügelmann haben wir auch.« Ich hatte das Gefühl einer wohlwollenden Aufnahme, wenn nicht gar einer distanzierten Sympathie. »Sie gehören zur ersten Gruppe. Die Stube ist vorne am Treppenhaus, letzte Türe rechts.«

Nun stand die zweite schicksalsträchtige Begegnung bevor – die Begegnung mit meinen neuen Kameraden für zwei Jahre. Die Mannschaftsstube war etwa neun Meter tief und sechs Meter breit, fünf zweistöckige Bettgestelle für zehn Mann, ein Einzelbett für den Stubenältesten, den Gefreiten, und für jeden Mann ein Spind mit etwa 50 Zentimetern Breite und 40 Zentimetern Tiefe – also viel zu klein –, für den Gefreiten ein Spind mit einem Meter Breite, ein Kanonenofen für Kohleheizung, ein Geräteschrank und in der Mitte des ca. 3,50 Meter hohen Raumes ein längsgestellter Tisch mit zehn Hockern – die Seelenachse der Stube. Zwei hohe Fenster an der Stirnseite mit hölzernem Stock, Oberlicht und zwei Flügeln sicherten ausreichend Licht und Luft. Der Fußboden war Hartholzparkett mit uralter Patina und keineswegs pflegeleicht. Das Ganze war spartanisch sauber und ungemütlich.

Die neun vor mir angekommenen Rekruten hatten bereits ihre Betten belegt, und ich lag nunmehr im Bettenobergeschoß, gleich neben der Türe. Neun Gesichter wandten sich mir zu. Sie waren gerade beim Einräumen ihrer Klamotten oder verzehrten noch ihre mitgebrachten Brote mit deftigem Belag. Der Gefreite erhob sich und nahm meine Meldung nicht unfreundlich entgegen. Der Abend ging dahin mit gegenseitigem Beschnuppern, Abklopfen und Testen. Wir waren ein bunter Haufen. Lauter Franken und zwei Exoten, ein Hamburger und ein Oberbayer – ich. Es waren gelernte Handwerker, Maurer, Zimmerer, Fabrikarbeiter und ein Tausendsassa mit mehreren Berufen – der Hamburger. Ich beschloß vorerst einmal mein Abitur zu verschweigen und erzählte vielmehr von den Oberammergauer Holzschnitzern, vom Passionsspiel und den Kontakten zur großen, weiten Welt, und darüber vergaßen die Männer, weiter in meiner Vita zu forschen.

In der ersten Nacht, noch in Zivil, aber auf dem Strohsack, lag ich lange wach. Die Schläfer röchelten, schnarchten, wälzten sich herum und furzten nach der den Soldaten bekannten Tonleiter. Langsam wurde die Luft dicker. Die Hofbeleuchtung ließ Lichter und Schatten über die Wände wandern. Ich bekam Heimweh – schon jetzt, in der ersten Nacht. Die zwei Jahre standen wie eine dunkle Wand vor mir. Zum erstenmal in meinem Leben würgte mich so etwas wie Panik.

Früh um sechs weckten uns die Signale des Hornisten – da dada da dada da dada daaada, habt ihr denn noch nicht genug geschlaaafen? Das sollten wir noch über siebenhundertmal hören. Dazwischen trillerte die Pfeife des Unteroffiziers vom Dienst, der den Gang entlang die Stubentüren aufriß und »Aufstehen« schrie. Erst Latrine, dann Waschraum und zurück in die Stube. Der Mann vom Stubendienst hatte bereits die Alukanne mit heißem Malzkaffee und die Aluschüssel mit Margarine und Marmelade vom Küchentrakt geholt. Zehn Minuten für die Morgenkost, und schon bewegte sich die Kompanie, gruppenweise und immer noch in Zivil, kauend die Treppen hinunter zum Antreteplatz. Dort übernahm der Hauptfeldwebel den bunten Haufen, ließ ihn ausrichten, und endlich war es soweit: »Stillgestanden! Augen rechts!«, »Melde Herrn Hauptmann die Kompanie angetreten.« Da war er also, der »Eiserne Johann«, wie ihn die Altmannschaften nannten. Ein mittelgroßer, drahtiger Mann in flotter Offiziersuniform, Reithosen mit hellem Lederbesatz auf dem Hintern, die Mütze mit Silberkordel über dem mageren Gesicht mit einer gebogenen Nase zwischen hellblauen Augen. Er ging mit harten Schritten und klirrenden Sporen auf die Kompanie zu »Mor'n, Pioniere« – »Mor'n, Herr Hauptmann« – »Rührt euch« – rumms! Die linke Hand hielt den Griff des langen Säbels, die rechte stützte er lässig in die Hüfte und wippte ein paarmal auf den Zehenspitzen. Dann hielt er mit blecherner Stimme eine etwas gestelzte Rede. Er sei kein Unmensch, meinte er, aber er erwarte »eiserne Pflichterfüllung«. Aha, daher also sein Spitzname »Eiserner Johann«!

Dann rückten wir gruppenweise zur Bekleidungskammer, um die Uniform und Ausrüstungsstücke in Empfang zu nehmen. Die Prozedur entwickelte sich zu einer Szene aus einem Soldatenschwank. Der Kammerunteroffizier warf routinemäßig einen großen Haufen zum Anprobieren hin. Die Feldbluse hatte viel zu kurze Ärmel und ließ sich über der Brust nicht schließen, und die Hosen hatten viel zu kurze Beine. Der Kammerschani geriet zuerst ins Staunen und dann in wachsenden Zorn. Trotzdem fand sich keine passende Ausrüstung für mich, obwohl er mit Hilfe von zwei Gefreiten die Kleidungsstapel durchwühlte. Er verfluchte meine Figur und kapitulierte schließlich. Er müsse meine Größe der Standortkommandantur durchgeben, um von dort das Passende für mich zu bekommen. Ich war tatsächlich der längste Rekrut im ganzen Pionierbataillon. So kam es, daß ich drei Tage lang im beigen Knickerbockeranzug mit dunkelblauem Rollkragenpullover am rechten Flügel der Kompanie stand und in diesem Aufzug Dienst tat. Der Hauptmann geriet an den Rand des Wahnsinns und hätte am liebsten den Kammerunteroffizier standrechtlich erschießen lassen. Die Mannschaft aber hatte einen Riesenspaß am täglichen Ausbruch des Kompaniechefs.

Mit unserem Gruppenführer, dem Unteroffizier Sepp Schneider, hatten wir Glück. Er war ein sportlicher Typ von freundlichem Wesen und hatte viele Lachfalten im Gesicht, ganz anders als der Hauptmann, mit dem er aus dem gleichen Dorf kam. Auf dem linken Ärmel der Feldbluse trug er das silbergestickte Steuermannsabzeichen; er war der beste M-Bootsführer im Bataillon.

Am Abend des vierten Tages in der Kaserne, kurz nach Dienstschluß, brummte unsere Stube vor Betriebsamkeit. Hemdsärmelig wurde geputzt, gebürstet und gewienert. Spinde wurden umgeräumt, rauhe Worte gewechselt und laute Sprüche geklopft. Da glaubten wir alle, eine Erscheinung zu haben. In der offenen Türe stand, von einem Wachposten begleitet, ein für diese Umgebung überirdisches Wesen, mein Engel aus Eichstätt. Sie schaute mit riesigen Saphiraugen sprachlos auf die halbwilden Männer, die in ihrer Bewegung erstarrt waren. Keiner war ordentlich gekleidet, manche saßen in der Unterhose da, und alle starrten mit offenen Mündern auf das Unglaubliche. Mit einem Satz sprang ich auf den Engel mit seinem Begleiter zu und drängte beide auf den Gang hinaus.

Ich führte sie die Treppe hinunter, unter die hohen, alten Bäume im Hof, und wir standen abgeschirmt unter dem Geflecht der laublosen Baumkronen. Es war schon dunkel geworden, und ich dachte an den nebligen Mondabend vor zwei Jahren in Oberammergau. Sie lehnte an mir, am groben Arbeitsdrillich, und ich hielt sie schützend warm wie einen kleinen Vogel. Viel sprachen wir nicht, und ich versuchte ihr meine neue Welt zu erklären. Ich atmete den Duft, der mir an ihr so vertraut war, tief ein. Nachdem wir voneinander Abschied genommen hatten – ein baldiges Wiedersehen in Eichstätt in Aussicht –, schaute ich der schmalen Gestalt nach, wie sie über die große Donaubrücke und hinter dem hellen Brückentor verschwand.

Tags darauf wurde die Kompanie im Trainingsanzug zum Sportplatz des MTV Ingolstadt geführt. Wir spielten Handball, machten Freiübungen und übten Stafette. Ich war bei den Handballern, und das Spiel kam schnell in Schwung. Auf dem Rückmarsch setzte sich der Unteroffizier Tröger an meine Seite und fragte mich, ob ich aktiver Sportler sei. Ich bejahte seine Frage und berichtete von meinen bisherigen Erfolgen als Leichtathlet. »Dann müssen Sie zu uns in den MTV kommen, solche Leute brauchen wir«, sagte er bestimmt, und ein paar Tage später nahm er mich am Abend zum Training in die Halle des MTV mit. Ich war in guter Kondition und brachte die Vereinsmitglieder mit ein paar Sprüngen und Kugelstößen zum Staunen. Nach dem Training war ich schon in die Leichtathletikmannschaft aufgenommen. Auf dem Rückweg in die Kaserne lud mich Tröger noch kurz vor der Donaubrücke in den »Grünen Baum« zu einer Portion Ochsenfleisch mit Ei, Bratkartoffeln und einem Bier ein. Wir redeten über den Sport und ge-

meinsame Aktivitäten. Dann meinte er: »Wir sind jetzt Sportka-
meraden, und ich bin für dich der Gustl«, und gab mir die Hand.
Das war unglaublich. Vor ein paar Stunden ging ich mit einem
Unteroffizier aus der Kaserne in die Stadt und kam nun, noch dazu
nach Zapfenstreich, mit einem Freund in den düsteren Kasernen-
bau zurück. Herrgott, war das Leben schön! Sogar in Feldgrau.

Zehn Tage waren in der Kaserne um, die Kompanie wechselte
jetzt auf dem Exerzierplatz vom Gehen zum Marschieren. Vor allen Dingen mußte das Grüßen gelernt werden. Das war gar nicht
so einfach, und mancher Rekrut kam beim Gebell der Ausbilder
vollends aus der Fassung und wankte mit verkrampft angewinkel-
tem Arm und gespreizten Fingern am verschobenen Mützenrand
in schräger Linie am Unteroffizier vorbei.

Da erschien der »Eiserne Johann«, um den Stand der Ausbildung zu prüfen. Er baute sich in Feldherrnpose auf und befahl
der Kompanie, einzeln und mit der ordnungsgemäßen Ehrenbe-
zeigung an ihm vorbeizudefilieren. Ein Bild des Jammers. Der
Mächtige geriet in einen verzweifelten Zorn über diese Krumm-
stiefel, er rang nach Atem und schüttelte die Fäuste gen Himmel.
Dieses moralische Tief des Hauptmanns war meine Chance. Es gelang mir, mit flotten Schritten, strammer Haltung und gestreckten
Fingern am Mützenrand der Idealvorstellung von einem militärischen Gruß so nahe zu kommen, daß der gebrochene Feldherr auf-
jubelte und spontan trompetete: »Der Pionier Lang bekommt am
Sonntag Ausgang bis zum Zapfenstreich!«

Ein Geschenk des Himmels. Für einen Rekruten gab es erst
nach vier bis sechs Wochen Ausbildung freien Ausgang. Und ich
durfte schon nach nicht einmal zwei Wochen aus der Kaserne. Jetzt
war Eichstätt nur noch wenige Herzschläge entfernt. An diesem
goldenen Sonntag wollte ich zu meiner Fee.

Aber da gab es noch ein beachtliches Hindernis: Mit dem freien
Ausgang eines Rekruten war keineswegs das Verlassen des Stand-
ortes erlaubt, dafür mußte ein eigener Ausweis beantragt werden.
Ohne Ausweis war das Verlassen des Standortes bereits unerlaubte
Entfernung von der Truppe, also eine Vorstufe zur Fahnenflucht.

Ich beschloß den Ausbruch. Der wunderbare Duft aus dem
dunklen Haar mit dem Silberreif hatte mich bezwungen. Am Haupt-

bahnhof bestieg ich den Eilzug. Ich wäre schrankenlos glücklich gewesen, hätten mich nicht die schlechtsitzende, in der Bekleidungskammer gefaßte Uniform, die Trambahnfahrermütze und die klobigen Schnürschuhe erheblich beeinträchtigt. Aber Hildegard empfing mich, den feldgrauen, klobigen Pionierschrat, leuchtend vor Glück und verzauberte mich augenblicklich. Auf dem Weg zu ihrem Haus klang plötzlich das knallende Geräusch meiner Nagelschuhe wie fröhliche Marschmusik.

Der Vater, ein würdiger ehemaliger Gymnasiallehrer von siebzig Jahren, und die Mutter, dunkelhaarig, eine rundliche und temperamentvolle Fünfzigerin, empfingen mich als einen gern gesehenen Gast aus dem vertrauten Oberammergau mit seinen Künstlern und Originalen. Daß hier das Schicksal ihrer Tochter am Tisch saß, war ihnen noch nicht bewußt. Dieser Besuchstag in der behaglichen Wohnung mit einem köstlichen Mittagessen und freundlich-friedlichen Gesprächen wurde für mich zum Kontrapunkt meiner neuen, harten Soldatenwelt.

Als ich mich, mit einem letzten Blick auf mein Traumbild auf dem Bahnsteig, in einer Ecke des Zugabteils niederließ, betrat ein Unteroffizier das Abteil. Verdammt, und noch dazu ein Pionier! An der schwarzen Farbe in den Kragenspiegeln konnte ich das ablesen. Er hatte ein junges Gesicht, rote Haare und frech abstehende Ohren. Meinen vorschriftsmäßigen Gruß beantwortete er freundlich und setzte sich auch gleich zu mir. »Aha«, sagte er, »Sie sind von der ersten Kompanie«, das sah er an der weißen Troddel an meinem Seitengewehr. »Sind Sie Rekrut?« »Jawohl, Herr Unteroffizier.« Jetzt wurde es brenzlig. »Und wieso haben Sie jetzt schon Ausgang?« Ich berichtete vom Exerzieren und der Anerkennung meiner Demonstration durch den Kompaniechef. Der Unteroffizier war beeindruckt – beim »Eisernen Johann« hätte er so was nicht erwartet. »Und was machten Sie in Eichstätt?« »Ich besuchte eine befreundete Familie.« »Wie heißt sie denn?« »Eid.« Erstaunter Blick – »Der Professor vom Gymnasium?« »Jawoll, Herr Unteroffizier.« »Mit der schönen Tochter?« »Jawoll, Herr Unteroffizier.« »Da wär' ich auch gern zu Besuch«, sagte er. Er war Eichstätter, und ich erfuhr bis Ingolstadt eine Menge über die Stadt und ihre Leute. Vom Hauptbahnhof gingen wir plaudernd in Richtung

Kaserne. Mit meinem neuen Protektor passierte ich um 22 Uhr die Wache, verabschiedete mich in strammer Haltung und betrat die bereits im Dunkeln liegende Stube. Das nächtliche Sägewerk war bereits im Gange und die Luft dumpf und dick.

Beim ersten Unterricht im Hörsaal lernten wir unseren Rekrutenoffizier kennen. Ich war nicht wenig erschrocken, als ich in dem Oberleutnant mit der kräftigen Statur einen Stürmer unserer Handballmannschaft erkannte, den ich noch vor wenigen Tagen wegen seines eigensinnigen und unkollegialen Spiels mehrfach aus voller Brust einen »Büffel« genannt hatte. Er war ja damals im Trainingsanzug und nicht in voller Kriegsbemalung gewesen. Als mich sein Blick streifte, verzog er keine Miene in seinem etwas hochmütigen Gesicht. Aber ich wollte auf der Hut sein. In diesem Unterricht wurden wir in die theoretischen Grundlagen unseres Pionierdaseins eingeführt. Bestimmend dafür waren die »Soldatenpflichten«, die wie die zehn Gebote aufgezählt wurden und in der Ausbildungsfibel, dem »Reibert«, gedruckt waren.

Diese Verhaltensnormen waren ein recht straffes Korsett, in dem wir uns zu bewegen hatten. Im Vergleich dazu erschien das Zivilleben als disziplinloses Durcheinander, als haltloses Treibenlassen ohne Moral. Und dabei hatte es mir so gut gefallen, und die klösterliche Ordnung im humanistischen Gymnasium Ettal kam mir plötzlich wie ein sonniger Schulausflug vor. Am stärksten hat mich in den »Soldatenpflichten« der Abschnitt über den Gehorsam beeindruckt. Hier wurde zur Pflicht gemacht, den Gehorsam bei verbrecherischen Befehlen zu verweigern. So war das Verhalten der Vorgesetzten – vom Unteroffizier bis zum Oberbefehlshaber der Wehrmacht – unter die kritische Beobachtung durch die Untergebenen gestellt. Wir konnten uns aber eigentlich nicht vorstellen, daß es in der glanzvollen, stets sorgfältig polierten Tradition des deutschen Soldatentums verbrecherische Befehle geben konnte.

Inzwischen lief die Pionierausbildung nach Dienstplan von morgens sechs Uhr bis abends sechs Uhr in aller Härte ab. Zeit für Langeweile und Gammeln gab es nicht. Ich hatte diese Waffengattung ja nicht nur mit Blick auf meinen künftigen Beruf als Architekt und auf meine Liebe in Eichstätt gewählt, sondern auch weil ich mich vor Stumpfsinn beim Militär fürchtete. Jetzt hatte ich die Bescherung: Wasserdienst auf der Donau, Kriegsbrücken- und Behelfsbrückenbau, Verlegen von Minen und Anlegen von Sperren mit Sprengdienst, Geländeübungen, Gefechtsdienst, Stoßtrupp und Nahkampf, Ausbildung im Schießen mit Karabiner, Maschinengewehr und Pistole und das Exerzieren auf dem Kasernenhof.

An den Samstagnachmittagen beschloß das große Reinemachen der Kaserne mit den steinernen Treppenhäusern unter der Kontrolle und dem Geschrei der Unteroffiziere die Woche. Der beginnende Winter mit seinen düsteren und regennassen Tagen bescherte den Pionieren oft genug den gefürchteten Dreck auf allen Übungsplätzen. Das Reinigen von Klamotten, Waffen und Gerät fraß die wenigen freien Stunden nach dem Dienst gnadenlos auf.

Das erste öffentliche Ereignis war die Vereidigung der Rekruten. Eine Woche vorher rückte das Bataillon kompanieweise in das Marienmünster, den gotischen Dom mit dem eigenwilligen Turmprofil, zu einer Messe ein, die vom Standortpfarrer zelebriert wurde. In der gewaltigen, gewölbten Halle mit den eindrucksvollen Plastiken und Bildtafeln im Licht, das durch die farbigen, hohen Fenster fiel, und mit dem Pfarrer im Ornat waren wir Rekruten auf einmal wieder ganze Menschen. Für die weniger Frommen war diese Messe wenigstens eine willkommene Unterbrechung des Dienstbetriebes.

Das Pionierbataillon marschierte durch die Stadt an den Nordrand des historischen Festungsgürtels mit dem repräsentativen Tor und nahm im weiten Karree Aufstellung vor der martialischen Folie der klassizistischen Festungsarchitektur von 1840. Von jeder Kompanie war je ein Rekrut ausgewählt worden, um symbolisch – die linke Hand auf den Degen des Kommandeurs gelegt und die rechte erhoben – den Fahneneid zu schwören. Treue Pflichterfüllung bis zum Tod wurde dem »Führer Adolf Hitler« geschworen. Ich stand für die erste Kompanie, und von diesem Tag an waren wir vier Eidgenossen Freunde. Nach der Vereidigung hatten wir das Bewußtsein, nun als echte Pioniere für die wiedererlangte Freiheit und Ehre unseres Volkes einzustehen. Unsere Väter würden es uns danken.

Endlich kam der zivile Uniformschneider in die Kaserne, um Aufträge entgegenzunehmen. Ich hatte lange genug darauf gewartet. Die Uniform aus der Kleiderkammer war derb und ohne modische Feinheiten. Gegenüber den Unteroffizieren oder gar den Offizieren in ihren schicken Waffenröcken, auf Taille gearbeitet, mit den leichten Lackstiefeletten kamen wir Rekruten plump und hinterwäldlerisch daher. Ich dachte dankbar an meinen Vater, dessen Angebot jetzt realisiert werden konnte. Mit der glanzvollen Aussicht auf eine eigene Uniform konnte mir auch der harte Pionierdienst im tristen Novemberwetter die Laune nicht verderben.

Der Wasserübungsplatz am Südufer der Donau mit seinem Ponton und Geräteschuppen lag dem mächtigen Schloß gegenüber, vor der turmreichen Stadtsilhouette. Die Geschichte der alten Herzogsresidenz war an der Architektur ablesbar, und das machte für mich einen ganz besonderen Reiz aus. Immer wenn das mühselige Tragen der Pontons oder der stählernen Streckträger an die Schmerzgrenze ging, schaute ich auf diese kontrastreiche Stadtseite und schickte meine Phantasie über den Fluß. Mein liebster Augentrost war ein Erker an der fast fensterlosen Wand des dominanten Turms nach Südwesten. Dieser etwas vorspringende Bauteil mit einem zierlichen, ornamentalen Gitter vor dem schlanken Fenster wirkte auf mich wie ein kostbares Schmuckstück.

Ende November 1936 wurden die Abiturienten des Bataillons – das waren in den drei Kompanien etwa 25 Rekruten – zu einer Sonderausbildung zusammengefaßt. Sinn dieses Kommandos war festzustellen, wer sich als künftiger Reserveoffiziersanwärter eignen würde. Es war ein bunter Haufen höchst unterschiedlicher Charaktere, wie sie in jeder Abiturklasse anzutreffen sind: sportliche Typen, Leisetreter, Tüftler und musisch Interessierte.

Verantwortlich für diese Probanden war der Oberleutnant Fritz Schaller, ein mittelgroßer, kräftiger Mann von etwa 25 Jahren, mit einem runden Schädel und lebhaften Augen im wettergegerbten Gesicht. Wenn er lachte, zeigte er ein starkes Gebiß, mit dem er auch schon mal – wie wir später erlebten – aus Freude am Leben Wein- und Schnapsgläser krachend zerbiß. Er war spontan und zupackend, intelligent und ein guter Menschenkenner. Er wollte Leistung, konnte aber gut motivieren. Widerspruch fing er locker und mit Witz auf. Wir hatten Glück mit ihm. Mit NS-Indoktrination hielt er sich nicht lange auf, er wollte vor allem gute Pioniere aus uns machen.

Zum ersten Test wurden wir auf die Hindernisbahn geführt. Es galt, sechs Objekte zu überwinden: Zuerst mußten wir eine 1,20 m hohe Wand aus Holzplanken mit einer Flanke überqueren, dann war eine zwei Meter hohe Holzwand mit Ansprung und Klimmzug zu überwinden, schließlich ein Eisengitter, das 2,50 m hoch war und mit spitzen, schräg nach unten gerichteten Stäben besetzt, an denen man Feldbluse und Hose zerreißen konnte. Das nächste Hindernis war eine Holzkonstruktion, 3,50 m hoch und nur dadurch zu bewältigen, daß zwei Mann den Hindernisläufer an den Beinen faßten und zur Oberkante hochschleuderten. Den Rest mußte man per Klimmzug schaffen. Dann mußten wir noch über geschälte Baumstämme balancieren und durch eine Betonröhre von 70 cm Durchmesser und vier Meter Länge kriechen.

Als Flügelmann mußte ich gleich als erster über die Bahn. Als erfolgreicher Hochspringer erlaubte ich mir, das erste Hindernis, die Holzwand, nicht per Flanke, sondern gleich frei zu überspringen. In Uniform und Knobelbechern. So etwas hatte man noch nie gesehen, und als die offenen Münder wieder zuklappten, war ich der Platzhirsch im Kurs.

Wir wurden ordentlich geschliffen, in alle Pionierfunktionen eingeführt und gedrillt, aber auch geistig gefordert. Jeder mußte einen Vortrag halten; mich verknackte der Oberleutnant zu Friedrich Wilhelm Nietzsche, über den ich bisher wenig wußte. Also mußte ich mich schnell in der Bibliothek schlaumachen. In meinen Vortrag ließ ich – überheblich, wie viele junge Leute sind – auch einige Satire einfließen. Der wissenschaftliche Wert war wohl gering, aber mein ungeniertes Auftreten hatte gefallen.

Nach dieser Sonderausbildung entstand für mich eine etwas problematische Situation: Der Bataillonskommandeur, Oberstleutnant Mack, ein hagerer, großgewachsener Mann, den man in Zivil auch für einen englischen Landadeligen halten konnte, der aber Württembergischer Schwabe war, wurde auf mich aufmerksam. Ihm waren die Beurteilungen der Abiturienten in seinem Bataillon vorgelegt worden. Beim Exerzierdienst der Kompanie kam er auf den Kasernenhof und rief mich zu sich. Als er dann mit mir etwas abseits, auf mich einredend, auf und ab ging, legte er mir sogar den Arm um die Schulter. In knapper Form, aber in väterlichem Ton versuchte er mich für die Laufbahn eines aktiven Offiziers zu gewinnen. Ich kam mir vor wie mit dem Teufel in Uniform auf dem Berg Tabor, der mir die Herrlichkeiten dieser Welt, der Soldatenwelt, anpries, wenn ich ihm dienen wollte. Nein, das wollte ich nicht. Ich wollte Architekt werden. Wie kam ich aus dieser Umarmung wieder heraus? Ich mußte Zeit gewinnen und sagte, daß ich mich darüber mit meinem Vater beraten müsse. Denn er, der Spielleiter der Oberammergauer Passionsspiele, habe den Wunsch, daß ich einmal, nach entsprechender Ausbildung, diese große und international beachtete Aufgabe übernehmen sollte. Der Kommandeur, nicht nur ein nobler und gebildeter Mann, war auch ein guter Christ, und die Passionsspiele kannte er in ihrer Bedeutung. Die Umarmung lockerte sich, und er meinte: »Klären Sie das, mein Lieber. Ich bin zwar Offizier, aber kein Kulturbanause.«

Ich klopfte mir für diese fromme Lüge im Geiste auf die Schulter und ging wundersam befreit wieder zu meiner Gruppe zurück. Mein Vater lobte mich vergnügt, und ich konnte dem Oberstleutnant meine Absage glaubwürdig und in strammer Haltung melden. Nach diesem Intermezzo erfuhr ich von den Vorgesetzten verhaltenen Respekt, und für meine Kameraden war ich der anerkannte Oberhund.

Beim Neujahrsurlaub im tief verschneiten Oberammergau schien mir die Silvesternacht mit dem stimmungsvollen traditionellen Sterngang und seinen vertrauten Gesängen mit Begleitung durch die tüchtigen, passionserfahrenen Dorfmusiker wie ein Besuch auf einem anderen Stern. Beim heißen Punsch erzählte ich vom Brückenkopf in Ingolstadt, sagte aber nichts über meinen Stützpunkt in Eichstätt. Dafür mußte die Zeit noch reifen. Mein Vater fluchte über die so offensichtlich falsche Entwicklung der bildenden Künste und die anpäßlerischen Bildhauer und Maler, die der braunen Partei heroischen Anstrich und bombastisches Pathos verliehen.

Anfang Februar 1937 wurden im Bataillon Skifahrer für die Teilnahme an den ostmärkischen Meisterschaften am Arber gesucht. Acht Tage Urlaub sollten damit verbunden sein. Ich hatte Glück.

Zu dritt fuhren wir nach Bayerisch Eisenstein im Bayrischen Wald. Und wir fuhren Auto. Unser Anführer, der Gefreite und Reserveoffiziersanwärter Herold, Industriellensohn aus dem Badischen, besaß einen sportlichen DKW. Außerdem war er ein erfolgreicher Abfahrtsläufer. Als offizielle Teilnehmer an den Meisterschaften bekamen wir Tagegeld, und der Aufenthalt im Hotel »Botschafter« wurde von der Bataillonskasse bezahlt. Wir fühlten uns besser als Krösus.

Beim Training sahen wir zum erstenmal vom Gipfel des Arber beim Blick nach Osten die Kuppen und Täler der Tschechoslowakei – wir schauten hinüber in ein Land, das für uns als »Feindesland« galt. Ich hatte ein Gefühl der Beunruhigung. Ich mußte an den Böhmerwald denken mit seinen Märchen und Sagen, an die fruchtbare Landschaft mit dem goldenen Prag in der Mitte, an die Geschichte des Landes mit seinen großen Namen, deutschen, tschechischen und jüdischen. Ich spürte eine heftige Sehnsucht danach, die Grenze zum verbotenen Land zu überschreiten. Zugleich spürte ich eine Welle von Hilflosigkeit und Schwäche in mir.

Die Skimeisterschaften brachten für uns Ingolstädter Pioniere ein gutes Ergebnis. Der Gefreite wurde Erster und ich Dritter.

Ende März wurde zum Abschluß der sechsmonatigen Rekrutenzeit ein kriegsmäßiger Flußübergang und der Kampf um eine Brücke bei Großmehring an der Donau angesetzt. Das Manöver wurde mit Übungsmunition durchgeführt, mit Platzpatronen, Kanonenschlägen und Nebelkerzen. Den Stoßtrupp auf die Brücke mußte meine Gruppe ausführen, und ich wurde als ihr Führer bestimmt. Das war die Folge des vorangegangenen Kurses für künftige Reserveoffiziersanwärter. Der Divisionskommandeur wollte persönlich den Ausbildungsstand der Truppe überprüfen. Der General stand in seinem Mantel mit den roten Aufschlägen mitten auf der Brücke und faßte unsere Aktionen scharf ins Auge. Wir arbeiteten uns sprungweise, vom Feuer unseres Maschinengewehrs gedeckt, auf die Brücke und den durch rote Helmbänder erkenntlichen Feind zu. Vor dem letzten Sprung, vielleicht 30 Meter vor der Brücke, befahl ich einen geschlossenen Handgranatenwurf. Mit der Detonation der Übungsgranaten sollte unter Hurrageschrei die Brücke gestürmt werden. Alles erfolgte planmäßig. Als

Stoßtruppführer warf ich die Handgranate auf den fliehenden Feind. Sie flog am weitesten. Ich traf den General, der breitbeinig im Kampfgetümmel stand, mitten auf den Bauch. Mein Kompaniechef, der aus voller Deckung das Unternehmen beobachtete, erbleichte. Und der General lachte. Wir bekamen ein dickes Lob, und die Rekrutenzeit, ein halbes Jahr in der kalten Jahreszeit, voll Drill, Schinderei und auch Erniedrigungen, war vorbei.

Nach der Grundausbildung begannen im April 1937 Sonderkurse, und ich wurde zur Ausbildung als Meldefahrer auf der schweren BMW-Maschine, auch mit Beiwagen, eingeteilt. Das war schon ein anderes Leben. Wir lernten theoretisch und praktisch das Motorrad kennen und machten bei unseren Übungsfahrten Stadt und Land unsicher. Wir fünf Fahrschüler fühlten uns als Spezialisten, sozusagen im Aufstieg in die Elite.

Unser Fahrlehrer war der Unteroffizier Kaspar Salzberger, allgemein nur »Kaspi« genannt, ein Original – mager, kantig und auf seinem Sektor der beste Mann. Er hatte bei der Europatour, der internationalen Konkurrenz der Motorräder aller Klassen, bei den 750-ccm-Maschinen die Goldmedaille gewonnen. Kaspi fuhr auch immer so, als wäre er im Rennen, und wir Neulinge fegten mit zusammengebissenen Zähnen und angespannten Hinterbacken in seiner Staubwolke dahin. Das Tagespensum waren meist ca. 100 Kilometer. Da könnte vielleicht auch einmal ein Besuch bei meinen Verwandten in Spielberg bei Gunzenhausen möglich sein, ca. 150 km hin und zurück, dachte ich mir. Ich machte dem Kaspi den Vorschlag. Mein Onkel, sagte ich ihm, sei Besitzer eines großen Gutes mit eigener Brauerei, und eine für Pioniere angemessene Bewirtung nebst üppigem Freßpaket als Wegzehrung sei zu erwarten. »Dös mach' ma«, sagte unser Fahrlehrer kurz und bündig, und am Karfreitag in der Früh bogen wir sechs Rennfahrer auf unseren Maschinen in den Gutshof ein. Der Höhepunkt der Fastenzeit hinderte uns nicht daran, mehrere üppig beladene fränkische Wurstplatten mit daumendicken, duftenden Butterbroten zu vertilgen, von etlichen Spielberger Bieren transportiert, und Onkel Fritz lachte dazu.

In Spielberg hatte ich von meinen Verwandten erfahren, daß in Eichstätt ein Vetter lebte, ein großer Theologe und Wissenschaftler, jetzt im Ruhestand, der Professor Wutz. Ein Besuch bei dem alten Herrn, der in meinen Augen mit seinen siebzig Jahren schon uralt war, erschien mir als Kontrast zum Kasernenleben sehr reizvoll, und ich meldete mich bei ihm an. Dabei mußte ich zwar von meiner sonntäglichen Balztour nach Eichstätt ein paar Stunden abzwacken, aber der Name Wutz machte bei den Eltern meiner Fee großen Eindruck, und auf mich, den mehr handfesten Pionier, fiel ein feiner Glanz von Kultur.

Der emeritierte Professor bewohnte ein behäbiges Patrizierhaus und empfing mich in seinem Arbeitszimmer, zugleich auch reich bestückte Bibliothek. An den wenigen freien Wandflächen hingen Porträts und Landschaften aus der Hand biedermeierlicher Meister. Der große, aber bescheidene Gelehrte sah mich freundlich und offen mit seinen hellen, sanften und seherischen Augen an. Der Professor war weit weg vom Dritten Reich, und auch meine Pionierwelt war für ihn ein unverständliches Szenarium. Seine Haushälterin trug wunderbar duftenden Kaffee und geradezu prunkvoll geratenen selbstgebackenen Kuchen auf.

Wutz berichtete von seiner Forschungsarbeit, und als große Überraschung für mich ließ er sich als Entdecker und geistlicher Begleiter der Therese von Konnersreuth erkennen, jenes oberpfälzischen Bauernmädchens, das durch seine Stigmatisierung bekanntgeworden war. Ich erinnerte mich an die skeptischen Kommentare meiner Eltern zum Wunder von Konnersreuth. Und nun saß ich dem Mann gegenüber, der als Kenner und enger Vertrauter Einzelheiten schilderte, die nur schwer zu fassen waren. Am meisten beeindruckte mich, als der Professor – selbst des Aramäischen mächtig – berichtete, daß das einfache Bauernmädchen in der Karwoche, aus den Wunden des Jesus von Nazareth am eigenen Körper blutend, die Texte des Neuen Testaments aramäisch gesprochen habe. Wutz glaubte daran, daß hier ein Wunder geschehen war; aber ich konnte trotz alledem an die Therese von Konnersreuth nicht glauben.

Die Ausbildung wurde jetzt spezieller, auch spürbar lockerer, als hätten sich die Ausbilder wund- und müdegeschrien. Jetzt konnte ich mich endlich über meine Bücher hermachen und holte »Mein Kampf« aus dem Spind. Mir war klar, daß es sich um eine spröde Lektüre handelte, und ich machte mir einen Leseplan. Jeden Tag wollte ich etwa fünf Seiten lesen und dazu, um mich bei Laune zu halten, einen Riegel Schokolade essen. Meine Stubengenossen machten zuweilen spöttische Bemerkungen über meine pionierfremde Freizeitbeschäftigung. Dann zitierte ich Hitler mit seinen abstrusen Vorstellungen und Plänen zur Rettung des deutschen Volkes. Den Reaktionen darauf konnte ich entnehmen, daß in unserer Stube kein besonderes Interesse an einer Auferstehung des deutschen Volkes bestand. Als ich aber Hitlers Absicht, dem deutschen Volk Lebensraum im Osten zu erkämpfen, vorlas und anfügte, daß wir für diesen kommenden Krieg ausgebildet würden, waren die Männer betreten und stumm. Alle Gemütlichkeit war auf einmal dahin, und am Ende waren alle sauer auf mich, weil ich so ein Zeug vorlas. Schließlich meinte einer mit einem schiefen Blick auf mich, daß ein Mensch mit soviel Bildung genausoviel Einbildung hätte. Sie glaubten einfach nicht, was da schwarz auf weiß gedruckt stand. Allerdings war keiner der Pioniere in meiner Stube Mitglied der NS-Partei oder einer anderen NS-Gliederung. Das Interesse an Politik war gering.

Ich wurde zu einer Aufführung des großen Oratoriums »Messias« von Georg Friedrich Händel nach Eichstätt eingeladen. Die ganze Stadt war in Bewegung, und auch in meiner kleinen Gastfamilie war heftiges Fieber ausgebrochen – Lampenfieber. Der Dirigent des Abends, Lehrer und großer Musikus, hatte meine Fee als Sprecherin verpflichtet, die zwischen den drei Teilen – Messianische Befreiung, Christi Erdenwallen und Verwirklichung des Messianischen Gedankens – verbindende Texte vortragen sollte.

Auf der breiten Treppe zum Konzertsaal drängten sich in bester Stimmung Bildungsbürger aller Altersklassen. Es duftete nach Frisuren und den festlichen Kleidern der höheren Töchter und ihrer Mütter und Tanten. Die Männer trugen Dunkelblau und Schwarz unter ihren roten Köpfen. Der Saal war bis auf den letzten Platz besetzt, und von der geräumigen Bühne strömten, brausten und hüpften die Musikwellen über das atemlose Auditorium. Von der Empore aus hatte ich einen guten Überblick und beobachtete die Akteure, als ob ich sie hätte zeichnen müssen. Star des Abends war der bekannte Oratoriensänger Kreuchauff, ein pyknischer Typ mit etwas gepreßtem Tenor. Zwischen den drei Oratoriumsblöcken stand meine schmale Fee im langen, stahlblauen Abendkleid und zog mit ihrer hohen, feinen Stimme den Silberfaden der hymnischen Texte. Ich schaute auf die zarten Schultern und die im Sprechrhythmus bewegten Hände, und dann auf die Schwielen meiner großen Pionierpratzen.

Nach dem großen Musikereignis waren die Künstler zu einem festlichen Essen in das Hotel »Traube« geladen; meine ausgiebig beklatschte Interpretin nahm mich einfach als ihren Begleiter mit. In der Mitte der Tafel thronte der Star. An seine Seite hatte er meine Fee plaziert, und ich saß ihm gegenüber. Die Gespräche waren für mich wenig verständlich. Begriffe schwirrten über der Tafel hin und her, Namen wurden genannt, die ich nie gehört hatte. Ich staunte darüber, wie der Kompressionstenor mit dem Besteck umging, die Speisen wie ein Paternoster zu den beweglichen, fettigen Lippen führte und dabei die Gesellschaft in Atem hielt. Ab und zu hielt er seinen runden Kopf mit der angeschwitzten Titusfrisur still und schaute mit seinen dicht neben der kleinen Nase sitzenden dicken Froschaugen auf mich, nein, durch mich hindurch. »Sie sind Soldat?« – kleine Pause – »Offizier?« »Nein, ich bin Pionier im Ingolstädter Brückenkopf.« Kreuchauff setzte wieder seine Gabel in Bewegung, das war kein Gesprächsstoff für den Herrn mit der fast goldenen Kehle. Die schönen Augen meiner Fee verdunkelten sich, ein Hauch von Enttäuschung legte sich darüber. Sie hatte wohl von mir ein funkelndes Gespräch mit dem Gott des Oratoriums erwartet. Aber da war ich überfordert und abgelenkt zugleich. Ich war bereits dabei, im Kopf eine Karikatur des tönenden Kolosses zu zeichnen.

Bei einem Besuch in Eichstätt erfuhr ich, daß der Jesuitenpater Rupert Mayer im Dom predigen sollte. Man kannte diesen Ordensmann von den Angriffen in der Parteipresse her, und ich war gespannt, was der unerschrockene Kritiker zu dieser Zeit sagen würde. In dem hohen, dämmrigen Kirchenraum mit dem wunderbaren Leinberger Christus über dem Altar drängte sich eine große Menschenmenge um die Kanzel. Über den Köpfen stand im schwarzen Anzug der hagere Pater. An seiner linken Brustseite erkannte ich, ungewöhnlich in dieser Situation und an diesem geweihten Ort, das Eiserne Kreuz Erster Klasse. Der Soldat eines schrecklichen, verlorenen Weltkrieges hatte meine Sympathie, bevor er das erste Wort gesprochen hatte. Pater Rupert Mayer trug die Auszeichnung wie eine Legitimation für seine deutliche und eindrucksvolle Predigt. Er geißelte die moderne Gottlosigkeit, den Verlust der Menschlichkeit und den zynischen Versuch, ein Parteiprogramm als neue, als völkische Religion dem Volk aufzudrängen. Er prangerte die Angriffe auf Priester und Ordensgeistliche als schäbige Versuche an, die Kirche und ihre großen Traditionen zu zerstören. Ich ging, Hildegard an der Seite, mit den vielen schweigenden Menschen in den Abend hinaus und fühlte und wußte, daß dieser Mann ehrlich war und daß man ihm glauben konnte.

Zur Eröffnung des Hauses der Deutschen Kunst in München traf ich nach längerer Zeit meinen Vater wieder. Wir standen an der Prinzregentenstraße genau dort, wo ich zwei Jahre zuvor das Hammerdebakel Hitlers bei der Grundsteinlegung aus nächster Nähe erlebt hatte. Nun rollte ein Festzug vorbei, prunkvoll und dröhnend mit aufwendig aufgezäumten Prachtwagen, die deutschgermanische Geschichte feiernd, zwischen Fahnen und Pylonen, umjubelt von Tausenden kritikloser Gaffer. Die Partei hatte ganze Regimenter von Künstlern unter der Führung gesinnungstreuer Kunstgenerale aufgeboten, um die rotgoldene Pracht mit unzähligen Hoheitsadlern entwerfen und ausführen zu lassen. Wehrmachtseinheiten zu Fuß und zu Roß, in historische Rüstungen gezwängt, gaben dieser monumentalen Kunstdemonstration martialischen Ausdruck. Die Organisation dieses Spektakels war perfekt, die künstlerische Aussage mit ihrem völkischen Pomp an der Grenze zur Komik. Das Haus der Deutschen Kunst, von den Münchnern ganz schnell »Weißwurst-Bahnhof« genannt, war der sterile, pseudoklassisch kostümierte Behälter für mißverstandene und mißbrauchte Kunst.

Mein Vater stand entsetzt vor den Muskelgebirgen eines Josef Thorak und eines Arno Breker. Es sah so aus, als hätten die Staatsbildhauer von Hitlers Gnaden die Figuren des großen Michelangelo berserkerhaft aufgepumpt. In einer besonderen Abteilung wurde die Architektur des Dritten Reiches ausgestellt. Da verschlug es uns die Sprache. Der Verlust des menschlichen Maßstabes war erschreckend. Die Architektur der Renaissance wurde für den politischen Zweck eingesetzt und ins Maßlose verzerrt. Das war die Handschrift der Generalbauräte in Hitlers Auftrag. Diese Ausstellung, die erste Enthüllung des geistigen Potentials des Nationalsozialismus, wurde von keiner unabhängigen Jury zusammengestellt. Maßgeblich waren Hitlers Hoffotograf Heinrich Hoffmann und die Witwe von Hitlers Leibarchitekten, Gerti Troost. Es gehörte zum Programm dieses pompösen Kunstspektakels mit seinen völkisch-romantischen Nebenbühnen, daß in Sichtweite des Hauses der Deutschen Kunst, im Hofgartentrakt an der Galeriestraße, eine gezielt würdelose Ausstellung der Verachtung der vom »Tag der Deutschen Kunst« besoffenen Volksgenossen preisgegeben werden sollte: die »entartete Kunst«. In beengter Raumfolge und lieblos an rupfenbespannten Wänden wurden die Exponate moderner Künstler der Jahrhundertwende und der Weimarer Republik »erhängt«. Nach dem Willen der NS-Kunstscharfrichter sollte es eine Hinrichtung sein – stellvertretend für die Künstler. Das erschreckte mich tief, und ich fuhr irritiert und niedergeschlagen wieder in meine Kaserne zurück. Dort kannte ich mich wenigstens aus.

Anfang Juli wurde es im Pionierbataillon ernst. Wir rückten zur großen Wasserübung auf dem Inn aus. Dazu mußten wir auf dem Landmarsch Wasserburg erreichen. Von Ingolstadt über Mainburg, Moosburg, Steinhöring bis Wasserburg waren es vier Tagesmärsche von 35 bis 40 Kilometern; wir übernachteten jeweils in Privatquartieren. Bei wolkenlosem Sommerwetter waren die Märsche recht anstrengend. Unterwegs spekulierten wir mit gewagten Vorstellungen darüber, in welches Bett uns wohl das Schicksal plazieren würde. Schließlich wurden wir von den Quartiersleuten immer sehr herzlich aufgenommen – man war auf seine Soldaten stolz. Unterwegs wurden dann die nächtlichen Erlebnisse berichtet und in kräftigen Farben ausgemalt. Das entsprach wohl nicht immer der Wahrheit, war aber recht unterhaltsam und ließ uns zeitweise den Tornisterdruck und die Blasen an den Füßen weniger spüren.

In Moosburg empfing mich eine lustige, stattliche Mittdreißigerin als Quartierswirtin. Sie musterte mich wohlwollend und sagte gleich, daß ihr Mann mit seinem Lastzug unterwegs sei; es gäbe genug Platz für einen müden Krieger. Dann zeigte sie mir mein Zimmer für die Nacht mit einem wahren Bettengebirge und einem großen Schrank. Den öffnete sie und holte eine eindrucksvolle, altgediente Lederhose heraus und hielt sie nachdenklich in die Höhe. »Oh mei«, sagte sie, »was in der Hos'n gstand'n is, dös steht in koaner Bibel«, und lächelte schelmisch. Bei diesem Kommentar blieb es aber auch, und ich konnte am nächsten Morgen abrücken, ohne an der Lederhose gemessen worden zu sein.

Wir waren recht froh, als wir die langen Serpentinen nach Wasserburg hinunterzogen, das Marschziel vor Augen. Der Inn bildet unter dem hohen, steilen Ostufer einen kräftigen Bogen, der das reizvolle Schachtelwerk der Stadtfigur auf einer Halbinsel umfließt. Trotz der räumlichen Enge öffnen sich zwischen den schönen, südlich anmutenden Fassaden der Häuserzeilen und Gebäudegruppen geräumige Plätze mit dekorativen Brunnen. In allen Winkeln spürt man die lebendige Geschichte dieser traditionsreichen Innstadt. Unser Marsch war aber noch nicht zu Ende. Wir rückten durch das Stadttor nach Osten über die Innbrücke, warfen einen Blick auf das schnell fließende, grünliche Wasser, das uns als Brückenbauer und Ruderer in den nächsten Wochen prüfen sollte, und erst nach ein paar weiteren Kilometern erreichten wir Bachmehring mit der großen Stemmermühle. Hier wurde die Kompanie in ihre weitgestreuten Quartiere eingewiesen.

Der Kompanietrupp, dem ich mit drei Pionieren angehörte, schnürte feldmarschmäßig durch die üppigen Wiesen und Getreidefelder, bis wir nach zwanzig Minuten unser Quartier in St. Achaz, einen Bauernhof unter ausladenden Obstbäumen, erreichten. Von dem Augenblick an, als wir unsere müdegelaufenen Beine unter den einladenden Tisch der Bauersleute mit ihren drei Kindern streckten, gehörten wir zur Familie. Es roch nach Heu, Sommer und oft auch nach Gebratenem, und manchmal glaubte ich, in eine Geschichte von Ludwig Thoma versetzt zu sein. Zwischen dieser Idylle und dem harten Pionierdienst am Fluß liefen unsere Tage dahin.

Höhepunkt war die Abschlußübung. Der Bataillonskommandeur hatte sich etwas ganz Extremes ausgedacht. Vom ostwärtigen Hochufer des Inn, einer Sandmauer von etwa 30 m Höhe und mit einer Neigung von vielleicht 60 Grad, die zum Fluß abfiel, mußten die Pontons mit Tauen im Mannschaftszug herabgelassen werden. Das Abenteuer, geführt von scharfen Kommandos, gelang, beobachtet von atemlos gespannten zivilen Zuschauern. Auf dem Wasser wurden die Pontons zu Fähren zusammengebaut und dann, von den Rudermannschaften getrieben, in die festgelegte Brückenlinie eingeschwommen. Als schließlich die Kriegsbrücke den breiten, reißenden Inn überspannte, die Belastungsprobe mit schweren Zugmaschinen bestanden war und der Divisionskommandeur, General Haase, zufrieden über den hallenden Bohlenbelag stiefelte, waren wir alle stolz, besonders, als die Tageszeitungen darüber mit Fotos berichteten.

Damit waren wir alle reif für einen rauschenden Manöverball in Wasserburg. Wir badeten, putzten und wienerten, bis jeder von uns den Festsaal mit dem Gefühl betrat, ein unwiderstehlicher Apoll zu sein. Der Manöverball rauschte in der Tat von einem verheißungsvollen Abend in eine lange, feurige Nacht hinein und hielt fast alles, was er versprach. In den folgenden Tagen war auf dem Marsch nur noch das überbordende Schürzenjägerlatein der Pioniere zu hören.

Wochen später schickte die damalige heiße Nacht in Wasserburg noch eine schwarze Gewitterwolke nach Ingolstadt. Der Pionier Silbernagel wurde zum Rapport in die Kompanieschreibstube befohlen. Er meldete sich vorschriftsmäßig in strammer Haltung, aber völlig ahnungslos bei seinem Hauptmann, dem »Eisernen Johann«. Nach einem fürchterlichen Donnerwetter kam er verwirrt und ratlos als ein Häufchen Elend in seine Stube zurück. Die Kameraden hatten Mühe, von ihm den Grund der Katastrophe zu erfahren: Es war beim Kompaniechef eine schriftliche Anzeige eingegangen, nach der unser Silbernagel in jener rauschenden Nacht in Wasserburg als Krönung des Ganzen eine Ballschönheit und deren Mutter geschwängert hatte. Wie das? Nun, meinte der unglückliche Herzensbrecher, er hätte gerne der Tochter die nächtliche Aufwartung gemacht, aber im Durchgangszimmer davor schlief die Mutter. Sein eigentliches Ziel unbeirrt im Auge haltend, beglich er halt im Bett zuvor den amourösen Eintrittsbeitrag für das Allerheiligste. Nach seiner glücklichen Himmelfahrt im richtigen Bett erfuhr er einen wohlwollenden Abschied der Beteiligten und trollte sich, nicht ahnend, daß er als Pionier im ersten Dienstjahr gleich zwei Zwölfer geschossen hatte. Jetzt hingen zwei Felsbrocken über ihm, und er bekam schreckliche Angst vor ihrem Herunterbrechen. Der Hauptmann, ein strenger Katholik, sah die ganze Kompanie durch diesen Lustmolch beschmutzt und geschändet und drohte mit dunklen Sühnemaßnahmen. Das war für den armen Kerl zuviel. Er verlor den Kopf und floh in seiner Verzweiflung aus der Kaserne, um Frankreich zu erreichen und in der Fremdenlegion unterzutauchen. Beim Versuch, den Rhein bei Kehl zu überqueren, wurde der Pionier Silbernagel von einer Grenzpatrouille erschossen.

Unsere Wasserübung auf dem Inn ging weiter, und die Kompanie nahm nach einem kurzen Bahntransport in Kraiburg Quartier. Vom Bahnhof kommend, bot die kleine Stadt einen ungewöhnlichen und einprägsamen Anblick. Über den eng aneinandergerückten Dächern erhebt sich ein Hügel wie eine steile Halbkugel, bekrönt von einer kleinen, weißen Kirche mit spitzem Turm. Das Bauwerk ist von hohen, schlanken Pappeln umringt und erinnert an eine südliche Kulisse.

Das Stadtbild machte auf mich einen seltsamen Eindruck. Spontan spürte ich, daß es mich anzog und zugleich verwirrte, als läge ein Bann in dieser Begegnung. Damals wußte ich noch nicht, daß die Tage in Kraiburg von schicksalhafter Bedeutung für mein Leben werden sollten. Bei der Quartierverteilung schickte unser freundlicher Hauptfeldwebel uns vier Freunde in das Haus des Metzgermeisters Daller, der uns mit seiner lebhaften Frau und der Tochter, einem adretten, blonden Vogerl, herzlich empfing.

Nachdem wir unsere Waffen abgelegt und uns erfrischt hatten, wurden wir gleich einer metzgermeisterlichen Fütterung zugeführt. Ein kleiner Berg von Wurst- und Schinkensorten, eindrucksvolle, knusprige Brotlaibe, frische Bauernbutter und eine sauber ausgerichtete Batterie vorsorglich gekühlter Bierflaschen erwarteten uns im großen Wohnzimmer. Die große Überraschung aber war ein schwarzer, voluminöser Flügel, der breitbeinig Kultur signalisierte. Das war der Augenblick für den Auftritt meines Pionierkameraden, eines Landauer Abiturienten. Er näherte sich kennerisch dem Instrument, blieb stehen, hob langsam den Deckel von der Tastatur, blickte sinnend auf die schwarz-weiße Verheißung und setzte sich ganz langsam auf den Hocker. Dann atmete er tief ein, hob in kurzem Entschluß die Hände und ließ sie einen Moment über den Tasten schweben. Eltern und Tochter schauten erwartungsvoll auf den Künstler. Jetzt!

Seine Hände fuhren nieder und entfachten einen rauschenden, blitzenden Auftakt, vier Sekunden lang, dann brach er jäh ab, ließ den Kopf auf die Brust sinken, schloß in Zeitlupe den Deckel und strich mit der Hand darüber, als wäre es ein Abschied für immer. »Nein«, sagte er mit gebrochener Stimme, »nein – heute nicht.« Er blieb dabei, obwohl die Quartiersleute, schon halb verzaubert, flehentlich um Fortsetzung baten. Nein, er blieb dabei und zugleich in den Augen der Familie Daller ein begnadeter Pianist.

Das war er freilich nicht, sondern ein begabter Schauspieler. Er hatte nämlich nur dieses Feuerwerk an Auftakt gelernt und war nie über den guten Czerny hinausgekommen.

Für den Abend war ein Manöverball angekündigt. Als Auftakt bot die Bataillonsmusik auf dem Marktplatz ein schneidiges Standkonzert, daß es aus den malerischen Arkaden zurückschallte. Wir vier hatten uns auf dem etwas erhöhten Gehsteig aufgebaut und beobachteten die zusammenströmenden Kraiburger.

Da kam ein anmutiges junges Mädchen flotten Schrittes die Straße herauf und schaute nicht rechts und nicht links. Zuerst sagten wir nichts. Ihr Anblick hatte etwas Ungewöhnliches, sie war apart. Sie trug ein dunkelgrünes Trägerkleid mit weißer, kurzärmeliger Bluse. Ihr helles, gemmenhaftes Gesicht über dem schlanken Hals wurde von dicken, lockigen dunklen Haaren gefaßt, die in kurzen, lustigen Zöpfen zwischen den Schulterblättern pendelten. Wer kann das wohl sein? Ich hielt sie für die Tochter eines Arztes, Apothekers oder Rechtsanwalts, gerade in den Ferien zu Hause. Wenn dem so wäre, dann würden die Eltern als Honoratioren sicher zum Manöverball eingeladen und genauso sicher ihre reizende Tochter mitbringen. Dem stimmte der Kompanietrupp zu, und wir hatten die Absicht, diese potentielle Tänzerin für uns zu requirieren.

Als wir gegen acht Uhr, ballfein gemacht, die festlich geschmückte Turnhalle betraten, tanzten bereits die ersten Paare nach den überraschend gekonnten Rhythmen der Tanzgruppe unserer Bataillonsmusik. Und da war sie auch schon, unsere Zielfigur, und wurde vom Reservefeldwebel Herzog geführt. Wir machten große Augen. Als Tänzerin übertraf sie alle Erwartungen. Als der Tanz beendet war, wurde sie kavaliersmäßig an den Prominententisch zurückgeleitet, an dem der Hauptmann, seine Offiziere, der Bürgermeister und die Eltern Platz genommen hatten. Zu meiner Überraschung kam der Bürgermeister auf mich zu. »Kommen Sie wirklich aus Oberammergau?« Ich erfuhr, daß der Hauptmann am Tisch eine farbige Beschreibung meiner Person abgegeben und mich als sein »Paradepferd« bezeichnet hatte. Jetzt war es soweit, ich bekam den so heiß begehrten Tanz mit der Arzttochter. Wir zwei bewegten uns auf dem Parkett, als seien wir ein routiniertes, eingetanztes Paar.

Sie wußte bereits genau, wer ich war; aber ich hielt dagegen, daß ich gleichziehen müßte und von ihr etwas über ihre Person wissen wollte. »Ach«, sagte sie, »ich bin ja nur eine Landpomeranze.« – »Aber keine gewöhnliche, sondern eine besonders attraktive«, konterte ich charmant. Wir tauschten unsere Adressen aus, und der Abend endete mit dem Beginn einer neuen Perspektive. Schon zog unsere Manöverkarawane weiter und fuhr auf den Pontonfähren innabwärts nach Mühldorf. Dort angekommen, wurde ich zum Hauptmann befohlen. Ich erfuhr, daß ich vom Reichstrainer Waitzer zu einem Lehrgang für Spitzenathleten nach München einberufen worden war, zur Vorbereitung für die Olympischen Spiele von 1940 in Tokio. Und dafür sollte ich eine Woche Urlaub bekommen. Fabelhaft! Ich lief ins Quartier und war eine Stunde später feldmarschmäßig auf dem Bahnhof.

Zu meiner Überraschung traf ich da meine neue Kraiburger Manöverbekanntschaft. Sie nahm nicht nur in Mühldorf Geigenunterricht, sondern hatte auch nach den Pionieren geschaut, die dort eine Brücke über den Inn schlugen. Da hatte sie mich zwar verfehlt, aber jetzt standen wir uns ein wenig atemlos gegenüber. Ich verriet ihr mein doppeltes Glück – einmal den Ball in Kraiburg und nun den Sporturlaub in München. Zu längeren Erläuterungen reichte die Zeit nicht aus – mein Zug lief ein, und wir trennten uns mit dem Versprechen, bald zu schreiben. Das Mädchen im Trenchcoat und mit dem Geigenkasten auf dem Bahnsteig wurde immer kleiner und der Kloß in meinem Hals immer größer. Das war schön, aber beunruhigend.

Die etwa 30 Teilnehmer am Trainingskurs im Dante-Stadion kamen aus ganz Süddeutschland und waren in einem sauberen Hotel auf Staatskosten untergebracht. Die Woche unter Gleichgesinnten, lauter Athleten zwischen 20 und 25 Jahren, war herzerfrischend und ganz auf den Sport konzentriert. Jeden Tag fuhren wir am Morgen in das Stadion. Dort wurde nach einem sehr differenzierten Plan gruppenweise in den wichtigen Disziplinen des Zehnkampfes trainiert, die Spezialisten und die Mehrkämpfer, unter Aufsicht des tüchtigen, aber lockeren Professors Benno Wischmann. Für mich war diese systematische Arbeit völlig neu. Zur Lösung möglicher Verkrampfungen und zur Verfeinerung des Körpergefühls brachte uns Wischmann temperamentvollen Steptanz bei – eine befreiende Offenbarung. Das genoß ich nach den starren Bewegungsabläufen auf dem Exerzierplatz mit Begeisterung und kam mir schon bald wie ein zweiter Fred Astaire vor. Immerhin war ich fortan in der Lage, beim Schwof im Tanzcafé meiner Partnerin zwischendurch ein paar flotte Passagen vorzustepppen.

Kaum war ich wieder im Brückenkopf, wurden die Bayerischen Juniorenmeisterschaften in Augsburg ausgeschrieben, und der MTV meldete mich für Hochsprung und Kugelstoßen an. Am Tag vor den Wettkämpfen verletzte ich mich beim Pionierdienst am rechten Handgelenk, und die Chance im Kugelstoßen, einer sonst todsicheren Übung für mich, war dahin. Aber ich konnte mich mit bandagiertem Handgelenk ersatzweise im Diskuswurf nachmelden. Überraschend gewann ich die Meisterschaft und wurde im Hochsprung Zweiter. Der Bericht darüber, mit Schlagzeilen im »Donauboten« und in der übrigen Tagespresse, in dem ich als »Pionier« vorgestellt wurde, ging meinem Hauptmann wie Öl hinter die Kragenspiegel. Weitere Sporturlaube waren jetzt in Aussicht.

Zwischen der Wasserübung am Inn und dem Herbstmanöver in Franken wurde »Kompanieexerzieren« angesetzt. Nach einem sonnenheißen Wochenende stand auf dem Dienstplan für den folgenden Montag »Exerzierplatz Spreti«. Das hieß: Marsch durch die Stadt in strammer Haltung und mit angezogenem Gewehr – Stahlhelm auf. Also würden wir schon vor dem Schleifen schweißgebadet sein. Das konnte bei unserer exerziermäßigen Aufmachung auch gar nicht anders sein: dicke Unterwäsche auch im Sommer, dicke Hose, Feldbluse mit geschlossener Knopfreihe bis zum Hals, dicke Socken in den schweren Knobelbechern, Koppel mit Patronentaschen, Seitengewehr und Brotbeutel plus Feldflasche, kleinem Spaten und die tausendfach verfluchte Gasmaske eingehängt. Wir fluchten auf die Schinderei und beschlossen, uns unter der äußeren Schale gegen jede Vorschrift Marscherleichterung zu schaffen. Um sieben Uhr marschierten wir über die Donaubrücke, von außen gesehen eine stramme Kompanie, im exakten Gleichschritt und, zwo, drei, ein Lied schmetternd, daß die Donaustraße widerhallte. Ich fühlte mich einigermaßen luftig mit meiner blauen Badehose und dem ärmellosen Wettkampftrikot unter der Uniform. Und ähnlich hatten sich alle, jeder auf seine Weise, Erleichterung verschafft. Der »Eiserne Johann« ritt auf seinem schönen Fuchs, dem Ortwin, voraus und grüßte gnädig nach rechts und links. Auf »Spreti« angelangt, schwenkte die Marschkolonne auf die weite, mit kurzem Gras bestandene Fläche. Als der Hauptmann dann einige Marschbewegungen kommandierte, fielen sie nicht nach seinem Geschmack aus. Er ließ halten, reckte sich im Sattel drohend auf und ließ eine gepfefferte Beschimpfung auf unsere Stahlhelme los. Die Feldwebel und Unteroffiziere mußten aus der Kolonne heraustreten und seitlich Aufstellung nehmen, als Zuschauer der folgenden Szene. »Iiiim Laufschritt! Marsch-marsch!« – scheppernd setzte sich die Kompanie in Bewegung, rhythmisch und dumpf stampfte es über die dünne Grasnarbe – »liiinks schwenkt! Marsch, maaarsch! Rechts schwenkt! Marsch, maaarsch!« – der anfänglich geschlossene Mannschaftsblock fing an, sich langsam zu lockern – die Gasmasken klirrten. Taktmäßiges Keuchen mischte sich immer deutlicher in die Schleifgeräusche. »Iiim Gleichschritt!«, kam das Kommando und beendete das blödsinnige Rennen.

Wir dachten schon, daß nun Dienst wie üblich folgen würde, als ein »Aaaachtung!« in höchster Tonlage auf uns niederfuhr. Das hieß »Exerziermarsch« und »Stechschritt«, und wir rissen uns mit rutschendem Stahlhelm und hüpfendem Gewehr auf der schmerzenden Schulter zu einem verzweifelten Beineschmeißen zusammen. Nun erfüllte sich die Drohung der alten Schleifmeister: »Ich schleife euch, bis euch das Arschwasser kocht.« Längst war die Grenze des Erträglichen überschritten, und mit den Schweißbächen brach auch eine unartikulierte Wut aus der gequälten Seele. Mein Nebenmann keuchte: »Ich schieß den Hund vom Gaul«, und machte Miene, sein Gewehr zu laden. »Mit Platzpatronen?« fragte ich. Flüche stiegen aus der nun wilden Kolonne, unverständliches Röhren mit gefährlichen Untertönen.

»Iiiim Gleichschritt!«, kommandierte der »Eiserne Johann« mit maskenhaftem Gesicht. Die Kompanie fiel zusammen und kam langsam wieder in ein normales Marschtempo. »Kompaniiie halt!« Rumms, standen wir mit zitternden Knien und hielten uns mühsam in der vorgeschriebenen Ausrichtung. Der Hauptmann ließ die Gewehre zusammensetzen, vor den Gewehrpyramiden antreten, Koppel und Stahlhelm ablegen und befahl »Feldblusen ausziehen!«. Wir schauten uns an – »jetzt spinnt er« – und merkten, daß ein Bekleidungsappell folgen sollte. Die Pioniere standen da, meist ohne Hemd, manche in kurzärmeligem Netzhemd, keiner vorschriftsmäßig. »Stiefel aus!«, schnappte der Kompaniechef, und nun zeigten die Männer die blanken Füße, einige hatten Fußlappen angelegt, andere präsentierten Socken mit luftigen Löchern. »Hosen ausziehen!« – die Stimme kippte über. Zögernd wurden die Hosen zusammengefaltet, abgelegt, sauber ausgerichtet.

Der Anblick war von äußerster Komik. Die weißhäutigen Körper waren nur notdürftig bedeckt; die lufthungrigen Männer hatten ganz einfach die langen Dienstunterhosen zu Shorts verkürzt, mit fransigen Schnitträndern, manche trugen Badehosen oder waren auch einfach pudelnackt. Das hatte der »Eiserne Johann« nicht erwartet. Er hing auf seinem Gaul und schrie: »Reeeechts um! Im Laufschritt marsch, maaarsch!« Gehorsam setzte sich ein irrwitziger Zug in Trab, den Hieronymus Bosch hätte gemalt haben können. Kurve links, Kurve rechts, bis hart an die vorbeiführende Landstraße heran. Da stauten sich nun in Rudeln die Leute, hauptsächlich die Bauersfrauen, die mit Sensen und Rechen auf ihren Fahrrädern nach der Frühmahd wieder nach Hause wollten. Beim Anblick dieser wildgewordenen Exhibitionisten, die von einem geifernden Reiter herumgescheucht wurden, fielen sie fast von ihren

Vehikeln. Die Männer lachten brüllend, und die Weiber kicherten hinter vorgehaltener Hand. Endlich hatte der Kompaniechef seine Haltung wiedergefunden, brach die öffentliche Demonstration männlicher Anatomie ab und ließ abrücken. Aber diesmal mußte auch die Gasmaske aufgesetzt und dazu ein Lied gesungen werden.

Ende Juli erlebte ich bei einem meiner Sonntagsbesuche in Eichstätt eine große Überraschung. Aus Frankreich waren Freunde eingetroffen, aus Auxerre sur Yonne, wo meine Freundin öfters Ferien verbracht und Französisch gelernt hatte. Es war Monsieur Vincent mit seinem Bruder und Tochter Christiane – beide Herren Teilnehmer am Ersten Weltkrieg und des Deutschen mächtig.

Als Soldat erweckte ich ihr Interesse, und bald diskutierten sie mit mir verblüffend detailliert und kenntnisreich die politische Lage. Vor allem wollten sie meine Ansichten über den Spanischen Bürgerkrieg wissen. Ich wußte wenig darüber, und das Wenige hatte ich aus der deutschen Presse. Die Brüder Vincent wollten von mir wissen, was ich von der deutschen Waffenhilfe für den General Franco hielte. Das war mir völlig neu, und die Herren konnten nicht glauben, daß ich noch nichts von der Legion Condor gehört hatte. Nichts von den Luftgeschwadern, der Flak, der Nachrichtentruppe und den Panzern, nichts davon, daß auf diese Weise Hitler einen Krieg, den er offenbar plante, im scharfen Schuß probte. Diese Informationen schienen mir ganz unglaublich. Aber die Details über beteiligte Verbände und die Hilfestellung Mussolinis waren so exakt, daß es keinen Zweifel geben konnte.

Im August begannen die Herbstmanöver mit großem Aufwand und verdrängten die aufgekommenen Zweifel. Das Pionierbataillon erreichte per Bahntransport Gräfenberg, südlich von Nürnberg, und rückte von da ins Manövergebiet. Die Kompanien übten getrennt, stürmten Hügelkuppen und Ortschaften, bauten Behelfsbrücken und bildeten nach Flußübergängen Brückenköpfe, die dann verteidigt werden mußten. Wir bezogen bei Bauern auf den Dörfern Quartier und verbrachten dort, wo Wälder einigen Schutz boten, Nächte in unseren kleinen Zelten. Mit dem Wetter hatten wir Glück. Trotz der Strapazen auf den Straßen und im Gelände waren die Landschaften Mittelfrankens, der Oberpfalz und Oberfrankens für uns ein intensives Erlebnis. Es roch nach einer wunderbaren Flora, frischer Erde, aber auch nach Leder, Schweiß, Waffenöl und Holzfeuer. Das Manöverleben war viel lockerer als der stramme Kasernenbetrieb. Es gab immer wieder Intermezzi, in denen das Verhältnis der Untergebenen zu den Vorgesetzten die Disziplin arg strapazierte. In Memmelsdorf, unweit Bamberg, einem bäuerlichen, freundlichen Ort, waren wir mehrere Tage lang einquartiert. Unser Landauer Klavierspieler, der Glückspilz, wurde in das Haus des Oberförsters und seiner reizenden Tochter eingewiesen. Der Kompanietrupp fühlte sich gleich als Leibgarde für das hübsche, fröhliche Mädchen, zumal unser Oberleutnant, ein voluminöser Fünfunddreißiger, mit seiner füchsischen Spürnase das appetitliche Täubchen schnell entdeckt hatte. Er balzte unverhohlen. Wir beschlossen einen Streich.

Das Mädchen sollte sich den Bemühungen des Romeo mit Portepee zugänglich zeigen und ihn auf die günstige Lage ihres Zimmers im ersten Stock auf der Gartenseite hinweisen. Außerdem, schärften wir ihr ein, sollte sie den Geräteschuppen mit der praktischen Leiter erwähnen. Alles weitere würde sich ergeben. »Wenn er aber die Leiter an mein Fenster lehnt?« fragte unser Schützling. »Dann mach' es auf«, war unser Auftrag. Mein architektonischer Sinn für Proportionen hatte die bescheidene Fensterbreite mit dem beachtlichen Hinterteil des Oberleutnants verglichen und in dem Kammerfenster ein zuverlässiges Nadelöhr erkannt.

Das Mädchen befolgte herzklopfend unseren Rat. Zur verabredeten Stunde war der Kompanietrupp auf Beobachtungsposten und schaute erwartungsvoll auf das Fenster im ersten Stock, das vorteilhaft im Mondlicht lag. Alles verlief nach Plan. Der Oberromeo pirschte in leichter Ausgehuniform zum Geräteschuppen, holte die Leiter heraus, trug sie auf Zehenspitzen zum Haus, lehnte sie an und stieg hinauf. Der Flügel öffnete sich, und Kopf und Oberkörper verschwanden im Fensterrahmen. Das war's aber auch.

Der verliebte Sturmpionier versuchte verzweifelt, sein hinderliches Heck durch den Fensterrahmen zu zwängen, das Ziel seiner Wünsche mimte scheinheilig Hilfe, aber auch zu zweit war der Engpaß nicht zu überwinden. Blitzschnell entfernten wir die Leiter unter den rudernden Beinen des amourösen Hochtouristen. Ein Bild saukomischen Jammers! Unter der gewaltigen Scheibe mit dem hellen Lederbesatz hingen hoffnungslos die Beine, so haltlos, wie der Beinsitzer in seinem Liebesrausch war. Nach einigen Minuten der Ratlosigkeit ließ sich der Verlierer dieser amourösen Attacke fallen. Der weiche Grasboden verhinderte eine böse Verletzung. Wir vier Attentäter brüllten vor Lachen, als die Luft rein war und unser Goldstück unversehrt das Fenster wieder schließen konnte.

Zum Abschluß des großen Manövers wurden wir, diesmal im motorisierten Transport, auf den Truppenübungsplatz Grafenwöhr verlegt. Nun hatte uns das Kasernenleben wieder. Wir fuhren am frühen Morgen mit einer Schmalspurbahn ins Gelände und übten da den Bau von Feldbefestigungen, Stellungssystemen, Unterständen und Hindernissen. Das Anlegen von Minenfeldern wurde mit Übungsladungen durchgeführt und ihre Wirksamkeit durch das Überfahren mit Panzern überprüft.

In diesen vier Wochen nutzte ich jede Ruhepause, um an meine Kraiburger Tanzpartnerin zu schreiben. Die Antworten las ich mit Erstaunen. Ich konnte kaum fassen, wie reif, gekonnt und bildhaft diese Sechzehnjährige ihre Gedanken niederschrieb.

Allerdings verunsicherte mich doch die gespaltene Gemütslage mit den zweispurigen Briefpflichten. Hie Eichstätt, da Kraiburg, zwei Klimazonen, zwei Bühnen. Kontraste in Inhalt und Form. Und ganz verschiedene Gefühlsqualitäten, aber jeweils mit tiefer Wirkung. Mitte September kam ein Brief aus Kraiburg, der mich zu einer Entscheidung zwang. Meine Briefpartnerin lud mich im Namen ihrer Eltern zu einem Wochenendbesuch ein. Sollte ich ein Wanderer zwischen zwei Welten sein? Ich hatte doch schon einen Ankerplatz an der dunklen, geheimnisvollen Altmühl. Schließlich hielt mich der längere Traum, die irisierende Perlmuttmuschel, mehr in Atem als der kurze, sonnige Tagtraum der letzten Wochen. Ich schrieb, daß ich bedaure, die Einladung nicht wahrnehmen zu können, weil ich eine ernste Verpflichtung in Eichstätt hätte. Nichts für ungut.

Das erste Dienstjahr lief allmählich aus; ich fand wieder Zeit für das Training beim MTV. Wir wurden Deutscher Vereinsmeister in der B-Klasse. Mit dem Beginn des zweiten Dienstjahres trat für mich eine große Veränderung ein. Ich wurde Gefreiter, aber – und das war ungewöhnlich – nicht als Stubenältester bei den neuen Rekruten eingeteilt, sondern gleich zum Gruppenführer ernannt. Das bedeutete die Funktion eines Unteroffiziers.

Neben dem silbernen Winkel am linken Oberarm bekam ich ein eigenes Zimmer mit einem Bett und einer richtigen Matratze. Zur Ausstattung gehörten ein großer Schrank, ein Tisch am Fenster mit zwei Stühlen und als umwerfender Luxus ein Porzellanwaschbecken mit fließendem Wasser – wenn auch nur kalt – und einem großen Spiegel darüber. Allein mit Büchern, dem Skizzenblock und dem Morgenkaffee, die Abendkost mit Tee, von einem Rekruten aufs Zimmer gebracht – das war der Pionierhimmel.

Ich übernahm die zweite Gruppe der neuen Rekruten mit zehn Mann. Mit meinen Sporterfahrungen fiel es mir nicht schwer, erst einmal Interesse, dann auch Freude an der körperlichen Leistungsfähigkeit zu wecken. Ich kannte die Wirkung stumpfsinnigen Exerzierens. Darum versuchte ich mit Phantasie und einleuchtenden Erläuterungen sogar Gewehrgriffen oder dem Stechschritt eine sportliche Note zu unterlegen. Nach einigen Wochen zeigten sich erste Erfolge. Meine Gruppe unterschied sich deutlich von den anderen. Das sah man schon den Gesichtern an. Mein Rezept war einfach: Wenn's klappt, machen wir Pause.

Ein Vorteil meiner neuen Funktion war der freie Ausgang bis 24 Uhr ohne besonderen Erlaubnisschein. Ich konnte also ein paarmal in der Woche zum Training in die Halle des MTV. Zur Hebung meiner Stimmung trug auch die phantastische Erhöhung meiner Löhnung von 25 auf 50 Reichspfennige pro Tag bei. Mit dem wöchentlichen Fünfmarkstück im Paket meiner Mutter kam ich nun in der Woche auf sagenhafte achteinhalb Reichsmark. Meine Sonntagsbesuche in Eichstätt mit ihrer warmen, gepflegten Atmosphäre waren die glanzvollen Akzente im Einerlei meines Dienstalltags.

Mit dem Jahresbeginn 1938 wurde die Politik lauter. Die Entwicklung in Österreich wirkte spürbar in den sonst politikfreien Brückenkopf hinein. In den Bekleidungs- und Waffenkammern rumorte es, und die kriegsmäßigen Bestände wurden planmäßig aufgefüllt. Gruppenweise faßten wir scharfe Munition. Nun wußten wir, daß ein Einmarsch in Österreich bevorstand. Über die politischen Entwicklungen in unserem Nachbarland erfuhren wir nur die aggressiven Verlautbarungen der Reichsregierung. Der Bundeskanzler Schuschnigg wurde als heimtückischer Verfolger aufrechter Nationalsozialisten hingestellt. Die Vorstellung einer »Heimführung« Österreichs in das Reich war für uns bedrohlich und verwirrend. Am 12. März waren wir marschbereit, Zusatzverpflegung, Schokolade und Zigaretten wurden verteilt, dann wurde es ernst.

Abends wurden wir auf die Bahn verladen, die übermüdeten Männer fielen in einen unruhigen Schlaf. Am nächsten Morgen um sieben wachten wir im Bahnhof Salzburg auf. Kein Schuß war gefallen. Die Stimmung stieg spürbar, besonders als wir sahen, daß auf unserer Weiterfahrt Richtung Wien alle Stationen zum Empfang der »Eroberer« oder »Befreier« mit Hakenkreuzfahnen beflaggt waren. Nachmittags um fünf trafen wir in Wien ein – Matzleinsdorfer Bahnhof. Es war der 13. März 1938. Beim Ausladen unserer Truppe hörte ich, wie zwei junge Männer die Ausrüstung der Pioniere beurteilten: »Fesche Maschinengewehre ham's, de Deitsch'n.«

Wir mußten noch eine Stunde bis nach Inzersdorf, einem Wiener Vorort im Südosten, marschieren, um endlich das erste Quartier in Freundesland zu beziehen. Wieder auf Stroh, aber diesmal im Ballsaal des Hotels »Coci«. Endlich ordentliche sanitäre Anlagen, prima Waschgelegenheiten, und schon waren wir schmucke, tatendurstige Soldaten, die sich unversehens wie Ausflügler vorkamen. Zwei Tage lang hatten wir die Wahnvorstellung, Ferien in Uniform zu genießen. Dann ging es weiter. Das neue Ziel hieß Strombad Kritzendorf, nordwestlich von Wien – noch hinter Klosterneuburg.

Auf dem Wasserübungsplatz an der Donau lernten wir unsere neuen Kameraden vom Österreichischen Bundesheer kennen. Die olivfarbenen Uniformen erinnerten an Filme über die k. u. k-Zeit; die Kommandosprache mutete uns fast wie Persiflage an. Zum Brückenbau trugen die Pioniere über der Uniform strapazierfähige Arbeitskittel, die an die Wetterkotzen bayerischer Waldarbeiter oder Jäger erinnerten. Die Art, mit den Brückenteilen umzugehen, und die Bedächtigkeit des Arbeitens erinnerten an das Hantieren von Zimmerleuten. Unter den Bergmützen schauten uns Augen an, die nicht gerade von Begeisterung leuchteten. Eher drückten sie scheue Zurückhaltung aus. Merkwürdige Gefühle stiegen in mir auf, Mitleid und Sympathie mit diesen Männern. Über kurz oder lang würden sie sich an den schneidigen Befehlston der deutschen Wehrmacht gewöhnen müssen, an das Zack-Zack der Bewegungen und das schnellere Marschtempo. Sie würden ihren legeren Umgangston vermissen und die abgehackten, scharfen Befehle wie Peitschenhiebe spüren. In den Kasernen im Reich würden sie scheußliches Heimweh bekommen. Ich war traurig, als ich in diese einfachen, ehrlichen Gesichter sah. Mir war nicht wohl zumute. Die hysterische Begeisterung der Massen auf dem Heldenplatz, die anbiedernde Herzlichkeit der Zivilisten beim Einmarsch der deutschen Truppen und ihre Illusion einer grandiosen Befreiung und schließlich stille Hinnahme der neuen Situation durch die einfachen Soldaten, die wir schon bald »Kamerad Schnürschuh« nannten – das waren groteske Gegensätze und doch zugleich Facetten derselben Situation.

Mein Unbehagen wich auch nicht, als wir Ausflüge per Omnibus in Kompaniestärke unternahmen. Wir fuhren über den Kobenzl auf den Kahlenberg und standen auf historischem Boden hoch über der vielgesichtigen, großen Stadt Wien. Wir sahen das Meer von Häusern erst in kleinen Rinnsalen aus den Weinbergen und dem Wiener Wald, die breite und behäbige Donau entlang, zu dem prächtigen Kern zusammenlaufen, aus dem der Finger des alten »Steffel« in den Himmel zeigt. Einen Begriff von den nahen Weiten der ungarischen Ebenen bekamen wir beim Blick auf die locker werdende Stadtstruktur nach Osten und die im Frühlingsdunst verschwindenden Häusergruppen und -inseln. Unter uns lag das mächtige Herz der einst so farbigen, prächtigen Donaumonarchie.

Ende März fuhr die Kompanie zum Abschied von Wien nach Grinzing. Erwartungsvoll und schon ein wenig auf eine ruhmreiche Heimkehr nach Ingolstadt gestimmt, fanden wir uns beim »Mannhardt«, einer typischen Weinwirtschaft mit geräumigem Festsaal, ein. Da ich mir angesichts der hochgestimmten Kameraden den feucht-fröhlichen Verlauf dieser Veranstaltung vorstellen konnte, bestellte ich gleich eine ordentliche Portion Geräuchertes mit Kraut und Bratkartoffeln.

Drei Stunden später war die Truppe vom Pionier bis zum Hauptmann blitzeblau. Immerhin war der »Eiserne Johann« noch in der Lage, mich, den Gefreiten, einigermaßen artikuliert mit dem Heimtransport der Kompanie zu beauftragen. Mit Hilfe zweier Gefreiter und eines Unteroffiziers, die noch leidlich ihrer Sinne mächtig waren, gelang es, nach filmreifen Szenen, den grölenden und purzelnden Haufen handgreiflich zu verstauen, nachdem wir die hartnäckigen Kavaliere von ihren wehklagenden Eroberungen getrennt hatten. Dieses Ereignis in Grinzing war das Finale unseres historischen Feldzuges, eine Karikatur der so lange ersehnten Verbrüderung. Zwei Tage später waren wir bereits wieder im Brückenkopf.

Am 1. April 1938 wurde ich zum Unteroffizier befördert und ließ mir mit angemessenem Stolz die Silbertressen an Kragen und Achselklappen nähen. Noch wichtiger war aber die Erhöhung der Tageslöhnung auf eine ganze Reichsmark! Mit dem wöchentlichen Fünfmarkstück im mütterlichen Paket kam ich nun auf zwölf Reichsmark und in die Lage, bei einem Tanzvergnügen die Partnerin zu einem Glas Wein einzuladen. So konnte ich, wie ich meinte, dem nächsten Abenteuer gelassen entgegensehen.

Das Bataillon wurde an den Rhein, in den Raum zwischen Offenburg und Kehl, verlegt. Hitler hatte den Befehl zum Bau des Westwalls gegeben. Parallel zur Maginotlinie sollte ein gigantisches, modernes Befestigungssystem entstehen. Dazu wurde analog zur Wehrmacht eine »Baumacht« organisiert, die wie eine Armee geführt und eingesetzt wurde. Rückgrat dieses gewaltigen Potentials war die Organisation Todt (O. T.). Der massive Festungsgürtel wies immer noch Bereiche ohne zusammenhängende Bunkeranlagen, wie etwa die Rheinauen vor den Höhenzügen des Schwarzwaldes, auf. Ich wurde als Vorkommando und als Quartiermacher mit einem Feldwebel und zwei Unteroffizieren in dieses Gebiet geschickt.

Die Fahrt in den ersten Maitagen und unter makellosem Himmel ließ mich vergessen, daß wir in einer militärischen Aufgabe unterwegs waren. Ich saß heiter gespannt im Auto und konnte nicht genug von der Landschaft, den Bauten und den Menschen sehen. Es war meine erste Reise an den Rhein. Flüsse hatten immer eine große Faszination auf mich ausgeübt. Und nun der Rhein, der Fluß der Märchen und Sagen.

In Offenburg wurden wir vom zuständigen Stab eingewiesen und gingen auch gleich ans Werk. Kork, Odelshofen und Appenweier wurden unsere Quartiere. Mitte Mai begann die Kompanie mit dem Bau von Feldbefestigungen in den bereits von Spezialeinheiten vermessenen und festgelegten Geländeabschnitten. Wir hatten Schützengräben auszuheben und schußfeste Unterstände auszubauen.

Ende Juni wurden wir nach dem obligaten Manöverball wieder in den Brückenkopf an der alten Donau zurücktransportiert. Das war gerade rechtzeitig, um bei den Kreismeisterschaften die ersten Preise im Hochsprung und Speerwerfen abzuräumen. Nach der langen Trennung zeigte mein Mädchen in Eichstätt wenig Begeisterung über meinen frischen Lorbeer, zumal die Meisterschaften ein schmerzlich entbehrtes Wochenende kosteten.

Anfang August wurden aus allen Pionierbataillonen der Wehrmacht die zu Unteroffizieren beförderten Abiturienten als mögliche künftige Reserveoffiziere zum ersten Reserveoffiziersanwärter(ROA)-Lehrgang zusammengefaßt. Von Ingolstadt aus fuhren wir zu sechst für acht Wochen in die Pionierschule Dessau-Roßlau. Beim ersten Antreten wurden die Lehrgangsteilnehmer in Inspektionen zusammengefaßt, die wie eine Kompanie gegliedert waren. Der Unterschied bestand nur darin, daß wir alle Unteroffiziere waren, bereits seit eindreiviertel Jahren in der Wehrpflicht. Die Zusammensetzung des Lehrganges war eine bunte Mischung der Pioniere aus dem ganzen Reich. Ich wurde vom Inspektionschef als Gruppenführer eingeteilt und auch gleich vom obligatorischen Stubendienst befreit.

Die Pionierschule war als Kasernenanlage westlich von Dessau am Nordufer der Elbe in hellen Föhrenwäldern errichtet worden, und wir empfanden diese luftigen, recht modern gestalteten Bauten als angenehmen Kontrast zu den alten und muffigen Kasernenkästen. Der Dienst war zwar straff und oft auch recht strapaziös, aber die Atmosphäre roch doch spürbar nach »Olymp«. Die Ausbilder, erfahrene Oberfeldwebel und ausgewählte Offiziere, behandelten uns etwa so wie Studenten im Praktikum. Parallel zu unserer Ausbildung lief eine Umschulung von Reserveoffiziersanwärtern aus dem österreichischen Bundesheer für ihre Übernahme in die Wehrmacht. Unangenehm fiel uns der extra scharfe, betont preußische Befehlston auf, mit dem unsere gutwilligen neuen Kameraden sinnlos herumgescheucht wurden. Für diesen Exerzierdienst hatte man offensichtlich die primitivsten Schleifer ausgesucht. Wir waren wütend und schämten uns über diesen Sadismus mit Portepee. Wir beschwerten uns bei unseren Offizieren.

Von Dessau aus plante ich einen Wochenendbesuch in Dresden bei der Familie Kastner. Der Professor mit Frau Sonja, einer gebürtigen Russin aus Petersburg, den fröhlichen und aufgeweckten Kindern Gitta und Ralf samt Kindermädchen, war vor zehn Jahren als Feriengast in meinem Elternhaus in Oberammergau gewesen. Über die Jahre hinweg war eine herzliche Verbindung entstanden. Ich wurde, nun nach Jahr und Tag als ausgewachsener Unteroffizier, wie ein Sohn empfangen. Der Professor war ein hochangesehener Anwalt mit großer und nobler Klientel und führte ein offenes Haus. Er hatte beste Kontakte zur Wirtschaft, zu Künstler- und Wissenschaftlerkreisen. An jenem Wochenende brachte seine schöne Frau Sonja einen bunten Kreis von Schauspielern und Tänzern, Elitesportlern und Wissenschaftlern bei einem festlichen Essen zusammen. Ich wurde in eine fabelhafte Welt versetzt, die für mich neu und abenteuerlich war. Die Freiheit, mit der die NSDAP kritisiert und geschliffen glossiert wurde, war hinreißend. Ich hatte das aufregende Gefühl, auf einem Vulkan zu sitzen und einem brillanten, aber gefährlichen Feuerzauber zuzuschauen. Aus diesem Wochenende kam ich im Zustand geistiger Volltrunkenheit zurück. In der Pionierschule hatte ich viel zu erzählen.

Gegen Ende unseres Lehrganges war eine Besichtigung durch den General der Pioniere Förster angesagt. Aus diesem Grund wurde der Bau einer Kriegsbrücke über die Elbe vorgesehen, und die Vorbereitungen dazu brachten einige Aufregung für die Verantwortlichen. Ich wurde als Zugführer eingesetzt und mit dem Einbau des Uferbalkens und dem Verlegen der Brückenstrecken über den stählernen Bock zur ersten, eingeschwommenen Pontonfähre beauftragt. Das hatten wir schließlich gelernt, und als der große Inspekteur, ein langer, hagerer General mit wildledernem Gesicht, mit seinem kleineren, drahtigen Adjutanten an der Seite die Brückenstelle erreichte, meldete ich ihm gelassen: »Unteroffizier Lang mit drei Gruppen beim Verlegen des Uferbalkens und Vorbereitung der Streckenverlegung zur ersten Pontonfähre.« »Danke, gut so«, sagte der General und schaute interessiert in die Runde, »aber Sie haben etwas vergessen«, und sein Blick bekam etwas überlegen Lauerndes. »Nein, Herr General«, setzte ich dagegen. Sein Mund wurde knapp, und seine Augen waren starr auf mich gerichtet: »Sie haben etwas vergessen – den Luftschutz.« Ich holte meine Trillerpfeife aus der Brusttasche und gab das verabredete Signal für meine Leute. Die Büsche fielen auseinander und gaben drei Maschinengewehre, für die Fliegerabwehr aufgebockt, mit den Läufen zum Himmel frei. »Doll«, sagte der General verblüfft und wandte sich, nun günstig gestimmt, der übrigen Inspektion zu. Die Übung verlief ohne Tadel. Zum Abschluß hielt der General eine preußisch kurze Rede von trockener Markigkeit und wandte sich mit gnädigem Gruß zum Gehen. Der Adjutant kam noch schnell zu mir zurück. »Der General war sehr beeindruckt – wie heißen Sie und woher kommen Sie?« fragte er und machte sich kurze Notizen.

Im August, in den letzten Wochen unseres Lehrganges, schlugen die Wellen der großen Politik höher, und das war auch in unserem geordneten Ausbildungsprogramm zu spüren. Die Sudetenkrise lärmte aus den Lautsprechern. Schlagworte hämmerten auf die Menschen ein, akustisch umrahmt vom ununterbrochen gedröhnten, geschmetterten und gegrölten Egerländer Marsch. So ähnlich hatte das auch im Februar angefangen. Wir atmeten auf, als die Meldung von der Münchner Konferenz die Pionierschule erreichte. Arthur Neville Chamberlain und Édouard Daladier, verantwortlich für die Politik Großbritanniens und Frankreichs, trafen sich mit Hitler und Mussolini im Führerbau am Königsplatz. In meine Verwunderung darüber, daß die Sieger von Versailles wie Bittsteller kamen und gingen, mischte sich das Glücksgefühl, daß eine militärische Auseinandersetzung ausgeblieben war. Das Sudetenland wurde annektiert, die Hakenkreuzfahne aufgezogen und Konrad Henlein Gauleiter und Reichskommissar.

In der Pionierschule ging unser Lehrgang zu Ende, bei den Heimatbataillonen wurden wir, nunmehr mit den höheren Weihen der

Pionierwaffe versehen, als Heimkehrer freundlich empfangen. Zum Schluß wurde allen Teilnehmern am Einmarsch in Österreich im März 1938 die dafür von Hitler verliehene Medaille am roten Band überreicht. »Ein Volk, ein Reich, ein Führer«, stand auf der Rückseite. Es war der Beginn einer Ordensflut, die sich fortan über graue, braune und schwarze Uniformen ergießen sollte. Mit der Entlassung wurden die Teilnehmer des ersten ROA-Lehrganges zu Feldwebeln d. R. befördert.

Auf der Fahrt nach Hause wollte ich meine Eichstätterin, in der ich insgeheim meine Braut sah, mitnehmen und meinen Eltern, die von ihrer Existenz bisher keine Ahnung hatten, vorstellen. An einem kühlen, klaren Oktobertag 1938 ging ich in Zivil und diesmal mit leichtem Gepäck zum Hauptbahnhof Ingolstadt, wunderbar schwerelos und voll gespannter Erwartung. Der D-Zug nach München schnaufte daher und hielt genau so, daß ich vor dem Abteilfenster stand, hinter dem ein helles Gesicht, von dunklem Haar gefaßt, herausschaute, eine kleine flatternde Hand zum Gruß gehoben. War sie das wirklich? Mit dem roten Hut, leicht in die Stirn gezogen? Ich betrat das Abteil, und als wir uns umarmten, war das die Erfüllung eines wundervollen Traums. Dann saßen wir drei Stunden lang nebeneinander oder auch abwechselnd einander gegenüber und schauten uns an.

Der rote Hut. Noch nie hatte ich sie mit einem Hut gesehen. Für mich gehörten Damenhüte in das Alter jenseits der Dreißig. Außerdem fand ich Hüte auf Frauenköpfen einfach komisch. Der Hut, knallrot dazu, war eine Art »Sepplhut« und erinnerte mich mit seiner rückwärts hochgeschlagenen Krempe fatal an die Kopfbedeckung der Arbeitsdienstangehörigen. Ich fühlte Unbehagen aufsteigen. Wollte sie, die Träumerische, Sensible, plötzlich »keß« sein? Nein, das paßte nicht zu ihr. Da schürzte sich ganz leise, fast unmerklich ein Problemknoten, zwar noch klein, aber groß genug, um zu stören. In die Irritation mischte sich auch ein Anflug von Mitleid. Diese Kostümierung hatte etwas niederdrückend Armseliges. Ich brachte es nicht über mich, in dieses liebe Gesicht mit den großen, vertrauensvollen Augen etwas über den verdammten roten Hut zu sagen. Der kleine Knoten blieb ungelöst.

Meine Eltern nahmen den Gast freundlich auf, meine Schwester mit spontaner Herzlichkeit. Sie hatten sich zwar die Heimkehr des einzigen Sohnes nach der langen Trennung etwas anders vorgestellt, als Dankfest zu viert. Aber jetzt nahm das erste Mädchen, das der Sohn nach Hause brachte, Platz am Familientisch. Mein Vater, der Riese im Leinenkittel, an dem immer ein paar Holzspäne von der Figur hingen, an der er gerade arbeitete, brummte wohlwollend und ließ die schmalen Finger des Mädchens in seiner mächtigen Hand verschwinden. Meine Mutter machte das Mädchen aus Eichstätt fürsorglich mit unserem alten Haus vertraut.

Nach Hildegards Abreise hatte ich noch ein paar Tage daheim, bevor ich mich am 3. November 1938 an der TH München immatrikulierte. Meine Eltern versuchten zurückhaltend und einfühlsam, ihre Bedenken zu äußern. »Sie ist ein reizendes, gescheites, aber etwas ätherisches Wesen«, meinte mein Vater, der Riese mit den großen Händen. Meine zierliche Mutter hatte große Sympathie für ihren Gast, aber auch den Eindruck, daß wir – das Mädchen und ich – doch große Gegensätze seien.

Nachdenklich fuhr ich nach München. Meine Mutter hatte bereits eine Studentenbude für mich besorgt, und ich zog Anfang November in der Görresstraße ein. Ich wurde also Schwabinger. Von meinen Quartiersleuten, der Familie Kastner, wurde ich herzlich und fröhlich empfangen. Ich war nicht der erste Student, der hier ganz selbstverständlich zur Familie zählte. Nach dem jahrelangen Kasernenleben war ich in einem kleinen, freundlichen Paradies angelangt, in dem es unbeschränkten Ausgang gab.

Die Immatrikulation war mindestens so wichtig wie die Abiturfeier in Ettal. Ich stand vor der TH und begrüßte die beiden Pferdehalter in Bronze, die mit ihren Rössern links und rechts vom Haupteingang in der Arcisstraße postiert waren. In der Eingangshalle blieb ich stehen und sog die Luft tief in die Nase. Es roch kühl nach Stein, glattem Putz und stabilem Parkett. Nase und Augen formten einen Gefühlsring um meine Seele, der mich nicht beengte, aber auch nicht gerade erwärmte. Ein nobles Neutrum – vorläufig.

Im Gedränge der Erstsemester erreichte ich im Immatrikulationsraum den langen Anmeldetisch. Stöße von Formularen und Fragebögen wurden ausgeteilt und mußten an belagerten Tischen ausgefüllt werden. Herkunft und Schulbildung waren ein Block. Mitgliedschaft bei der NSDAP oder einer der zahlreichen Parteiorganisationen war der andere, wesentlich umfangreichere. Fragen nach Ableistung von Arbeitsdienst und Wehrpflicht schlossen den Fragebogen ab. Für alles mußten die amtlichen Belege vorgelegt werden. Die weit offenen Arme der akademischen Bürokratie hatten uns eingefangen. Beim Ausfüllen der Fragebögen hatte ich nur beim »Gesinnungsteil«, den Angaben über Parteizugehörigkeit, ein Problem. Ich war im April 1933 in die Hitlerjugend eingetreten und im Oktober 1934 wegen »Verächtlichmachung des Nationalsozialismus« ausgestoßen worden. Als Gymnasiast im Benediktinerkloster Ettal kam ich ohne größere Blessuren davon. Aber der Eintritt in eine NS-Organisation war danach nicht mehr möglich. Die HJ-Zeit verschwieg ich, und bei allen vorgedruckten Mitgliederspalten machte ich einen Strich. Dabei ging ich von der naiven Erwartung aus, daß die Hingabe von zweieinhalb Lebensjahren an den Staat als Soldat und der Reserveoffiziersanwärters-Rang eines Feldwebels d. R. das fehlende NS-Engagement leicht kompensieren würden.

Kurze Zeit darauf erhielt ich mit der Bestätigung meiner Aufnahme in das erste Semester des Architekturstudiums die schriftliche Aufforderung zu einem dreitägigen Einführungsseminar durch die NS-Studentenschaft nach Schloß Schwindeck. Mit drei Freunden, entlassenen Feldwebeln und Erstsemestern wie ich, stieß ich zu einem bunten Haufen aus allen Fakultäten. Junge Funktionäre in Braunhemd, schwarzen Reithosen und Stiefeln hielten gestanzte Vorträge über die Aufgabe und Verantwortung des Studenten für Volksgemeinschaft, Reich und Führer. Am Ende der Belehrungen stand die Aufforderung, der NS-Studentenschaft und einer ihrer Kameradschaften beizutreten, mit dem Appell, unsere Pflicht als Nationalsozialisten und Garanten der deutschen Zukunft zu tun. Mit steigendem Widerwillen hörten wir vier uns dieses Präludium an und beschlossen im Bewußtsein bereits reichlich erfüllter Pflicht, das aufdringliche Angebot nicht anzunehmen, vielmehr das so lange ersehnte Studium mit Schwung und in persönlicher Freiheit anzugehen.

Ich bezog mit einem großen Reißbrett und den notwendigen

Zeichenutensilien meinen Platz im Zeichensaal des ersten Semesters. Schon nach der ersten Stunde lagen die Reißbretter der künftigen Konsemester und Freunde nebeneinander. Wir waren etwa vierzig Studenten, davon ein Dutzend Studentinnen, außerdem waren einige Studienkollegen aus dem Ausland gekommen, vor allem vom Balkan, einige Bulgaren und Rumänen, drei Studenten aus Norwegen und ein Brasilianer, alle wohlgelitten. Das umfangreiche Vorlesungsverzeichnis bestimmte unseren Studienplan nach Pflicht- und Wahlfächern. Man diskutierte über die Namen der Lehrstuhlinhaber und Professoren, mehr oder weniger informiert.

Der wichtigste für uns Anfänger war der Professor für Hochbaukonstruktion, Sigismund Göschel, von den Studenten »der schöne Sigismund« genannt. Er legte großen Wert auf gepflegte Formen und hatte seine sorgfältig gescheitelten grauen Haare gefärbt, was seinem Haupt einen feinen lila Schimmer verlieh. Seine Qualifikation als Architekt, erzählte man sich hinter vorgehaltener Hand, habe er sich mit einer Sauerkrautfabrik erworben. Ansonsten war er Major d. R. und versuchte seiner hohen Fistelstimme einen gespielt militärischen Ton beizumischen. In seinen Demonstrationen war er sehr genau.

Zeitfressend und anstrengend war die Darstellende Geometrie, Grundlage für die wichtigen, eher technisch begründeten Architektenzeichnungen aus der Hand des Mathematikers Löbell, eines senkrechten und rechtwinkligen Wissenschaftlers. Seine Assistenten übten extensiv die Funktion graphischer Dompteure aus und ließen uns mit Lust über die Schattenkonstruktionen schräg angeschnittener Kegel springen.

Der Professor für Schrift und Möbel Hans Döllgast, der später auch das Fach Aktzeichnen übernahm, war eine ganz andere, ungewöhnliche Persönlichkeit. Sein Habitus und seine Lehrmethode waren originell und von einer spürbaren Leidenschaft für die Gestaltung der Dinge getragen. Aus einem mächtigen Kopf mit einem mageren Gesicht, das ein kontrastreiches Leben geprägt hatte, schauten zwei wasserhelle blaue Augen, zugleich gewinnend und anrührend, aber auch distanzierend. Er machte nie ein Hehl daraus, daß er im Weltkrieg als Infanterieoffizier an der Westfront gedient hatte, nach schwerer Verwundung mit dem EK I zurückkam und von da an nur noch Frieden und eine Welt voller Kunst wollte. Döllgast war eine große, breit angelegte Begabung, der Zeichnung, der Farbe, Form und des Wortes gleichermaßen mächtig, der uns vom ersten Augenblick an begeisterte und sofort unsere uneingeschränkte Zuneigung gewann. Die Motivation für den Architektenberuf wurde in erster Linie von ihm geformt und gefestigt.

Eine Art Überfigur für die Architekturabteilung war der Professor German Bestelmeyer, fast 65 Jahre alt. Sein Ruf ging auf Planung und Ausführung bedeutender Bauten zurück; er war schon in jungen Jahren Professor in Dresden und Berlin gewesen und seit 1923 in München. Der Erweiterungsbau für das Deutsche Museum auf der Isarinsel war wohl sein prominentestes Werk.

Wir strichelten, über die Reißbretter gebeugt, im großen Zeichensaal an unseren Übungsblättern, drängten uns in die Vorlesungen und ärgerten uns über den Zeitverlust beim Pflichtsport. Diese Verpflichtung ärgerte mich ganz besonders, weil ich mit meinem Zuzug nach München Mitglied der TSV 1860 geworden war und ohnehin dort ein- bis zweimal in der Woche trainierte.

Als dramatischen Auftakt meiner Münchner Studentenzeit erlebte ich den 9. November 1938. Wie jedes Jahr marschierten die »alten Kämpfer« der NSDAP zur Feldherrnhalle, an der Spitze des düsteren Zuges die »Blutfahne«, davor der wüste Julius Streicher und dahinter Hitler im schlichten Braunhemd, mit seinen Kampfgenossen aus der Zeit der ständig zitierten Weimarer Republik. Der dicke Göring war auch dabei, als einziger im ausladenden Ledermantel, den Pour le merite des ehemaligen Jagdfliegers um den Hals.

Dieser Tag war explosiv aufgeladen. Kurz zuvor hatte in Paris der junge Grynszpan, ein jüdischer Emigrant, den Botschaftsangehörigen vom Rath erschossen. Von der Nazipropaganda des Dr. Goebbels als Angriff des Weltjudentums auf das Deutsche Reich gespenstisch aufgeblasen, wurde daraus die »Reichskristallnacht«, eine Racheaktion, die mit Feuer, Zerstörung und Mord durch das ganze Reich fegte. Am 9. November war ich daheim in Oberammergau. Am nächsten Tag wieder in München, erfuhr ich von meinen erschrockenen, entrüsteten Quartiersleuten Einzelheiten über den Münchner Pogrom. Daß normale Bürger, in Uniform und organisiert, Schaufenster jüdischer Geschäfte zerschlugen, ausgestellte Waren raubten, die orthodoxe Synagoge anzündeten und Menschen umbrachten, war für die Kastners unfaßbar. Juden waren für sie Bürger wie sie selber, vielleicht ein bißchen anders, aber doch Münchner und – was den Finanzbeamten Kastner besonders traf – Steuerzahler wie alle.

Im Zeichensaal diskutierten wir heftig über diesen barbarischen Ausbruch. Das Pariser Attentat wurde verurteilt, aber die propagandistische Benutzung dieses Mordes für eine ganze Serie von Verbrechen im Namen des Deutschen Reiches wurde empört abgelehnt. Als unsere ausländischen Kommilitonen, besonders die Norweger, die verrückte Nazi-Ideologie mit ihrem Rassenwahn als eigentlichen Grund für diesen völkischen Ausbruch benannten, versuchten einige NS-Studenten als Anwälte der SA-Barbaren den Attentäter zur Speerspitze einer jüdischen Weltverschwörung gegen das Deutsche Reich zu stilisieren. Wir gingen irritiert und bedrückt wieder an die Arbeit.

Ende November wurden Hallenkämpfe der Münchner Vereine veranstaltet, und ich ging nach längerer Zwangspause wieder an den Start. Mein Verein gewann in der Punktewertung, und ich konnte im Hochsprung und Kugelstoßen einen ordentlichen Beitrag leisten.

An Weihnachten und Neujahr tankte ich in Oberammergau viel Bergluft und Familienwärme auf. Mein Vater ließ sich von meinem Studium und meinem Leben berichten, und meine Mutter nahm glücklich Anteil an allem, das für mich neu und aufregend war.

Nach dem ersten Semester hatte ich einigermaßen in der TH Fuß gefaßt. Die Semesterferien nutzte ich für das vorgeschriebene Baupraktikum. In der großen Baufirma Stöhr in München bekam ich schnell eine Stelle, weil der Firmeninhaber ein Kriegskamerad meines Vaters war. Mitte Januar 1939 stieg ich zum erstenmal in die Baugrube einer großen Wohnsiedlung und fing an, auf Blechbahnen mit der Schaufel den nötigen Mörtel zu mischen. Unter der Aufsicht zweier Poliere wurden Fundamente ausgeschachtet, eingeschalt und betoniert. Ein rauhes Geschäft bei winterlichem Wetter. Als Neuer in der eingespielten Partie wollte ich vermeiden, als Student und Praktikant erkannt zu werden. Die Abneigung der

Bauarbeiter den jungen Akademikern gegenüber war unverkennbar. Studenten galten als hochnäsig und arbeitsscheu, wohl manchmal auch zu Recht. Es fiel mir aber nicht schwer, nach Arbeitsdienst und Pionierzeit kräftig anzupacken. Der Landessprache war ich außerdem mächtig, die Mimikry war astrein. Ich gehörte dazu.

Da kam nach etwa vier Wochen der Oberbauleiter, ein Herr von Schorn, auf die Baustelle und entdeckte mich beim Mauern. Er rief mich zu sich, und meine Partiegenossen schauten mir mit großen Augen nach. Sie beobachteten genau, wie ich mit dem Mächtigen ein lebhaftes, fast freundschaftliches Gespräch führte. Schließlich kam ich, Gleichgültigkeit mimend, aber höchst angespannt auf meinen Platz zurück. Schweigen. Dann brach es heraus: »Ja, woher kennst denn du den Schorn? Näher? Er war ja scheißfreundlich zu dir. Wenn's ned bläd bist, konnst in'd Bauhütt'n kemma und muaßt dir da net an Arsch aufreiß'n.« Jetzt mußte ich meine Karten auf den Tisch legen. Verblüfft nahmen sie zur Kenntnis, daß ich Architekturstudent sei – nein, so einen hätten sie noch nie kennengelernt, einen, der eigentlich auch so einer wie sie wäre. Und der Sepp, der Polier, meinte bedauernd, daß er schon gemeint hätte, ich könnte später einmal ein ganz guter Polier werden.

Kein Mißton hatte sich in unseren Umgang geschlichen, wir rackerten, schleppten, mauerten und fluchten unisono wie bisher. Das Haus wuchs aus der Baugrube, die Gerüste rahmten es, und wir arbeiteten schon lieber auf den Brettern als in der Lehmsuppe der Baugrube. Zur Mittagszeit gingen wir die paar hundert Meter zum Gasthaus »Alt-Stadelheim« hinüber und verdrückten in der bürgerlichen Wirtsstube ein angemessen handfestes Essen. Bei der dazugehörigen Maß Dunkelbier redeten wir meist laut und direkt über die kleine und große Lage. Was uns auf der Baustelle bewegte und was der Volksempfänger aus der Welt berichtete, wurde kritisch und, wie es bei Bauleuten zugeht, derb besprochen.

In so einer Mittagsrunde dröhnte, von der üblichen Marschmusik eingeleitet, die Sondermeldung aus dem Radio: »Heute ist, der Bitte des tschechischen Staatspräsidenten Hácha entsprechend, die Deutsche Wehrmacht in Prag eingerückt. Auf dem Hradschin weht die Hakenkreuzfahne.« »Jetzt gibt's Krieg«, sagte, nein, schrie der Polier Sepp. »Mit Österreich hat's ang'fangen, dann is 's

Sudetenland kemma, und jetzt is' Prag. Beim nächsten Einmarsch schepperts, dös derft's glaum.« Wir gingen verstört und schweigend zur Baustelle zurück.

Anfang April 1939 hatte ich gerade angefangen, meine Hände mit den frischen Schwielen wieder an den Zeichenstift zu gewöhnen, da erreichte mich eine förmliche Karte, die mich zum NS-Studentenführer in der TH bestellte. Was wollte der von mir?

Ich war neugierig, aber auch unwillig und baute mich termingemäß vor seinem Schreibtisch auf. Dahinter saß ein vielleicht 25jähriger Mann in Braunhemd, schwarzer Reithose und Stiefeln. »Sie haben mich hierher bestellt«, sagte ich ohne Grußfloskel und schaute ihn fragend an. »Sie sind nicht in der NS-Studentenschaft«, fuhr er mich mit erhobener, norddeutsch geschärfter Stimme an. »Muß man in der NS-Studentenschaft sein?« fragte ich scheinheilig zurück. »Alle sind dabei«, zischte er. »Nein, alle nicht«, korrigierte ich ihn »ich – nicht. Aber eine Frage: Haben Sie schon gedient?« »Was soll das heißen – gedient?« fragte er ungnädig und sichtbar ungeduldig. »Haben Sie den Arbeitsdienst und zwei Jahre Wehrpflicht abgedient und sind Sie als Feldwebel d. R. und Reserveoffiziersanwärter ausgeschieden?« Jetzt war ich der Inquisitor. »Nein«, sagte er etwas indigniert. »Sehen Sie. Jetzt bringen Sie, was deutsche Mannespflicht ist, erst einmal hinter sich, und dann reden wir wieder miteinander.« Sprach's und ging grußlos davon.

Nach acht Tagen kam ein Schreiben mit der dürren Aufforderung »Sie melden sich sofort als Diensttuer beim SA-Sturm«. Diese freundliche Aufforderung warf ich in den Papierkorb. Nach weiteren acht Tagen das zweite Schreiben mit der gleichen Aufforderung und der Androhung von Konsequenzen.

Nun antwortete ich in einem richtigen Brief:

»Sehr geehrte Herren, Ihrer Aufforderung, mich als Diensttuer beim SA-Sturm zu melden, kann ich aus folgenden Gründen nicht nachkommen:

1. Das Architekturstudium mit allen Vorlesungen, Seminaren und Übungsarbeiten lastet mich zeitlich voll aus. Dazu kommt der wöchentliche Pflichtsport.

2. Als Spitzensportler in der Leichtathletik gehöre ich zu der

Aufbaugruppe, die auf die Olympischen Spiele 1940 in Tokio vorbereitet wird. Daher bin ich verpflichtet, zweimal in der Woche beim TSV 1860 nach Plan zu trainieren.

Aus diesen Gründen bin ich verhindert, in der befohlenen Weise Dienst zu tun. Ich bitte daher um Verständnis und verbleibe mit deutschem Gruß.«

Wieder acht Tage später kam ein etwas dickeres Schreiben; ich wurde umgehend zum SA-Sturm befohlen. Nun wurde es kritisch. SA-Diensttuer wollte ich auf keinen Fall sein; bei einem Kontakt mit dieser Dienststelle konnte der ganze HJ-Schlamassel vom Oktober 1934 wieder auftauchen. Wo gab es einen Ausweg aus dieser Sackgasse?

Beim Pionierbataillon im Ingolstädter Brückenkopf hatte ich nie eine braune oder schwarze Uniform gesehen; mit dem Bataillonsadjutanten war ich befreundet. Den rief ich an und fragte nach der nächsten Reserveübung. »Aber du bist doch erst vor einem halben Jahr ausgeschieden und mitten im Studium«, stellte er etwas erstaunt fest. »Ich wäre aber sehr interessiert daran«, drängte ich. Nach einer kleinen Pause fragte er: »Oder hast du Probleme mit der Partei?« »Genau«, sagte ich. Der tüchtige Adjutant hatte auch gleich ein Angebot: »Du wirst Mitte Juni für sechs Wochen einberufen.« »Dann bitte ich auch um ein Duplikat der Einberufung«, schob ich nach. In meinem Schreiben mit der Einberufung als Anlage erklärte ich nun meinen Verfolgern: »Sehr geehrte Herren, Ihrer Aufforderung, mich als Diensttuer beim SA-Sturm zu melden, wäre ich gerne nachgekommen. Aus der beiliegenden Einberufung zu einer Reserveübung beim Pionierbataillon 27 in Ingolstadt mögen Sie erkennen, daß mir deshalb eine Befolgung Ihrer Aufforderung nicht möglich ist. Mit deutschem Gruß.«

Soldat in Polen und in Frankreich

Ende Juni 1939 meldete ich mich im Brückenkopf. Die Unruhe im Lande war spürbar. Jeder Tag brachte neue Lageberichte. Ein neuer Schauplatz hatte sich aufgetan: Polen. Nun waren auch die Westmächte aufgewacht. Hektisch verhandelten ihre Diplomaten. Bei der Heimkehr der anrüchigen Legion Condor aus dem Spanischen Bürgerkrieg setzte das Deutsche Reich mit einer Siegesparade in Berlin aggressive Akzente. Die Lawine war losgetreten.

Die neue Lage wirkte sich auch im Brückenkopf aus. Die Masse des aktiven Pionierbataillons war bereits zum Stellungsbau an die polnische Grenze nach Oberschlesien verlegt. In der Kaserne war noch ein Teil der Altmannschaften und Ausbilder, die nun österreichische Pioniere für die Wehrmacht umschulten. Das waren keine Rekruten, sondern gediente Männer. Leiter dieser Umschulung war mein alter Kompaniechef, der »Eiserne Johann«, und unser jüngster Leutnant, den wir etwas herablassend, aber nicht unfreundlich »Bubi« nannten, assistierte dabei. Wir Ausbilder waren uns darin einig, daß man bei diesen gutwilligen Männern eine andere Form der Umschulung als die preußisch-zackige anwenden müsse. Unsere bayerische Sprachfärbung erleichterte dieses Vorhaben sehr. Ein bayerisches Kommando war wie ein bekannter Gruß, ein preußisches mit seinem schneidend scharfen Ton wirkte fast wie eine Beleidigung für eine südliche Seele. Wir kamen auf der Donau und im Übungsgelände gut miteinander zurecht.

Mitte Juli bekam ich vier Tage Urlaub. Ich wurde mit zwei Kommilitonen zu den deutschen Studentenmeisterschaften nach Greifswald geschickt, nachdem wir Mitte Juni bayerische Studentenmeister geworden waren. Wir reisten über Berlin an; ich fuhr auf Reichskosten in Uniform und mit langem Säbel, wie ein militärischer Bodyguard für meine zwei zivilen Begleiter. Es war meine erste Reise ans Meer, und hinter Berlin fing ich schon an zu schnuppern, ob man die Ostsee bereits riechen könne. Die Meisterschaften waren ein heiteres und lockeres Treffen mit freundschaftlichen Begegnungen. Ich wurde Dritter im Hochsprung. Vierzehn Tage später war ich für ein Wochenende bei den Bayerischen Meisterschaften in Regensburg und wurde Erster im Hochsprung. Anfang August war meine Reserveübung zu Ende. Zwei Wochen später startete ich beim letzten internationalen Hanns-Braun-Sportfest vor dem Krieg.

Am Abend des 25. August 1939 saßen meine Eltern und ich in der Wohnküche und redeten über den schier unfaßlichen Vertrag, den Hitler mit Stalin abgeschlossen hatte. War das ein genialer Schachzug des Führers oder eine gemeinsame Teufelei von zwei kongenialen Schurken? Mein Vater glaubte mehr an den genialen Schachzug. Meine Mutter, ganz die Tochter ihres rebellischen Vaters Emanuel, tendierte zur Schurkerei. Ihr gefiel weder Hitler noch Stalin. »Da dreh' ich die Hand nicht um«, sagte sie.

Um elf Uhr in der Nacht läutete die Glocke an der Haustüre; mit einem Packen vorgedruckter Karten kam der zweite Bürgermeister herein und übergab mir meine Einberufung. »Mobilmachung«, sagte er fast tonlos und ging mit hängendem Kopf weiter, wie einer, der wußte, daß er Unglück in die Häuser zu bringen hatte. Mein Vater schwieg und schaute düster vor sich hin, im Gedanken an seine eigene Einberufung bei der Mobilmachung 1914. Meine kleine Mutter saß regungslos am Tisch, hatte die Hände im Schoß gefaltet und fing an, lautlos zu weinen. 25 Jahre zuvor waren vier ihrer Brüder geholt worden, zwei davon blieben in französischer Erde – und nun war ihr Sohn dran.

»Ich muß packen, morgen geht's früh los«, sagte ich und tat so, als ginge es nur um eine kleine, übliche Reise. Die Nacht war kurz, ich hörte durchs offene Fenster das an- und abschwellende Rauschen des Ammerwehrs, wie es der wechselnde Wind ins Dorf trägt. Es wurde ein kurzer, schmerzlicher Abschied. Mein Vater begleitete mich in der Morgensonne zum Bahnhof. Er stand groß und ernst am hölzernen Perrongitter und reichte mir die Hand herüber, vor der ich soviel Respekt hatte und die mich sicher machte. »Komm gesund zurück«, sagte er. Das Ziel war bekannt – Ingolstadt, die Pionierkaserne, alt und vertraut. Mein Kopf war schwerer als mein Gepäck. Ich drückte mich in die Abteilecke am Fenster und hatte viel Zeit nachzudenken, über die letzten Monate und die Monate – oder würden es Jahre sein – vor mir.

Nach meiner Reserveübung hatte ich in der Werkstatt meines Vaters noch das Modell für einen reichsoffenen Wettbewerb gesehen, mit dem ein Denkmal für Walther von der Vogelweide auf dem Kahlenberg bei Wien gefunden werden sollte. Dann dachte ich an das Schicksal, das mich vor fünf Jahren in Oberammergau mit einem ganz besonderen Mädchen zusammengeführt hatte, dem zuliebe ich mit viel Tricks und Glück nach Ingolstadt kam, in die Nähe von Eichstätt. Sie trieb mich zu einem guten Abitur an, sie lenkte meine Leselust und half mir, die Turbulenzen meiner Pubertät in einen stetigen Reifeprozeß zu verwandeln. Das geschah ohne ein Gefühl von Zwang, einfach durch den Zauber dieses ungewöhnlichen Mädchens. Aber allmählich veränderte sich unsere Beziehung. Wir trafen uns in München viel seltener, und dann in einem unpersönlichen Hotel. So, wie wir uns gesehen hatten, war es nicht mehr. Sie stand, ohne die Kulisse des schönen, verträumten Städtchens Eichstätt, in der ganz anderen, profanen Großstadt. Hier war kein Platz für Feen.

Die Trennung, die sich ganz leise angebahnt hatte, führte nach einem monatelangen, schmerzlichen Prozeß zum Abschied. Diesmal war ich es, der auf dem Perron stand und dem entschwindenden Bild nachschaute – der jungen Frau im Rahmen des Abteilfensters, im Sommerkleid, mit einem malerischen, hellen Strohhut mit aufgeschlagener Krempe. Es war der Fronleichnamstag 1939, und die Glocken vom Liebfrauendom klangen dunkel und stark, aber auch hell und schwebend herüber.

Meine Gedankenkette brach ab. Der Zug hielt im Hauptbahnhof Ingolstadt. Da stand kein Unteroffizier, der mit seiner Trillerpfeife Rekruten zur Marschkolonne zusammentreiben sollte. Ein Rudel junger und älterer Zivilisten mit Köfferchen oder Pappschachteln drängte aus dem Bahnhof und ging formlos und ohne Tritt stadteinwärts. Keine Fahnen, keine Musik, keine Blumen.

Im zweiten Obergeschoß der Brückenkopfkaserne stand die Tür zur vertrauten Schreibstube der ersten Kompanie offen. Der Hauptfeldwebel begrüßte mich herzlich, nun von Feldwebel zu Feldwebel. »Du kannst deine Klamotten gleich in der Kammer mit der üblichen Kriegsbemalung fassen und dich umziehen. Du bist bei der Neuaufstellung, dem Pionierbataillon 157, erste Kompanie. Provisorische Unterkunft ist das Mädchengymnasium Gnadenthal, das Kloster nicht weit vom Münster.«

Feldmarschmäßig ging ich über die Donaubrücke in die Stadt. Die Klassenzimmer im Mädchengymnasium waren mit Strohschütten ausgelegt. Von den Mädchen keine Spur – sie waren in den Ferien. Im Rektorat befand sich, standesgemäß, die Kompanieschreibstube mit dem neuen, mir freilich längst bekannten Hauptfeldwebel Sperl, den wir immer mit dem Spitznamen »Spatz« frotzelten, ihn, der ein Mannsbild von gut 1,85 Meter und neunzig Kilo Lebendgewicht war. Kompaniechef war der »Eiserne Johann«, Hauptmann Waibel, der mich extra für seine Kompanie angefordert hatte. Am nächsten Morgen, dem 27. August, trat sie zum erstenmal im Schulhof an.

Den ersten Zug führte der Oberleutnant d. R. Rauscher, Lehrer in Landshut, den zweiten der aktive Oberfeldwebel Kurz, Benno mit dem Goldzahn, der mein Zugführer in der Rekrutenzeit war, und dem dritten Zug wurde ich zugewiesen. Wir waren sechsunddreißig Mann, davon ein Drittel Teilnehmer des Weltkriegs 1914/18. Das war ein kleiner Schock; ich hatte das Gefühl, mit einem Altersheim ins Feld zu rücken. Die anderen zwei Drittel waren Pioniere, die gerade ihre Wehrpflicht abdienten und Gefreite oder Obergefreite waren. Wie aber würde sich der Dienst mit den Alten anlassen? Das waren Handwerksmeister vom Bau, Techniker, Arbeiter und einige Bauern, alle Familienväter, Durchschnittsalter 40 bis 45 Jahre. Ihre Kriegserfahrungen hatten bei ihnen unterschiedliche Spuren hinterlassen. So wie sie in Reih' und Glied standen, die Feldmütze mißmutig auf die struppigen Köpfe gestülpt, das Koppel schief an den Bäuchen hängend und das Gewehr wie eine ungeliebte Mistgabel in der Hand – da kam wenig Freude auf.

Einer trat vor: »Gefreiter Bachl bittet fragen zu dürfen...« »Fragen Sie«, ermunterte ich ihn, und er rückte damit heraus:

»Herr Feldwebel sind doch aus Oberammergau, und mein Sergeant im Krieg beim Leibregiment hieß auch Lang und war aus Oberammergau – Georg Lang.« Ich mußte Luft holen, und dann sagte ich: »Das ist mein Vater.« Dem Engelbert Bachl schossen die Tränen aus den Augen, und er rühmte stammelnd meinen Vater, der so ein großartiger Zugführer gewesen sei. Mein Zug hatte das Gespräch gespannt und mit großen Augen verfolgt, und ich sagte nur: »Dann will ich nicht schlechter als mein Vater sein.« Durch Pionierdienst, Geländeübungen und moderates Exerzieren wurde die Kompanie in Form gebracht.

Es roch nach Krieg. Die Hitlerrede vor dem Reichstag am 1. September 1939 riß den Tarnvorhang weg, und wir wußten, daß es jetzt ernst wurde. Der Kommandeur des Pionierbataillons 157, Major Dr. Hofmann, Fischereidirektor in Ansbach, lud an diesem 1. September das Offizierskorps mit den Feldwebeln und Reserveoffiziersanwärtern zu einem Abendessen in das Hotel »Wittelsbach«. So sahen sich die Kompanie- und Zugführer zum ersten Mal, eine buntscheckige Gruppe unterschiedlicher Herkunft. Es waren elf Reserveoffiziere, drei Feldwebel und Reserveoffiziersanwärter und fünf aktive Offiziere. Von den elf Reserveoffizieren waren zehn Teilnehmer des Ersten Weltkriegs, die aktiven Offiziere waren zwischen 25 und 35 Jahre alt – also der harte Kern.

Der Kommandeur hielt eine Rede, sozusagen zur Einstimmung auf den Krieg. Wir Jüngeren – und das waren die drei Feldwebel d. R., ein Junglehrer, ein Brauereiingenieur und ich, der Architekturstudent – erwarteten eine ernste Ansprache. Unsere gespannte Haltung lockerte sich nach den ersten Sätzen des gemütlichen Reservemajors ganz schnell und wich der heiteren Respektlosigkeit junger, potentieller Helden. Nein, Hofmann war kein Scharfmacher, eher ein lebenserfahrener Genießer. Nach seinen Worten bedeutete der Krieg keineswegs ständige Gefahr, eine permanente Kette schrecklicher Schlachten und Erprobung harter Soldatentugenden, sondern einen bunten Kranz von Einsatz und angemessener Erholung hinter den Fronten, keineswegs die Verlassenheit einsamer Grabenkämpfer, sondern auch Gelegenheit für angenehmen Kontakt, auch mit bereitwilliger Weiblichkeit. Na, dann

Prost, sagten wir und fragten uns nur, wo er sich das EK I und noch ein paar andere bunte Bändchen verdient hatte.

Am Sonntag, dem 3. September, fuhr ich nach München, um mich von meinen Wirtsleuten zu verabschieden. Ich ging noch einmal an der Technischen Hochschule vorbei, durch die sommerheiße Theresienstraße, und hörte aus den offenen Fenstern im Parterre der Wohnhäuser die von Fanfaren eingeleitete Sondermeldung von den Kriegserklärungen Frankreichs und Englands an das Großdeutsche Reich. Auf den Straßen waren nur wenige Menschen, die wortlos und ohne Reaktion die Katastrophenmeldung hörten. Vor dem Abrücken wurden an alle Dienstgrade vorgedruckte Postkarten verteilt, auf denen nur stand »Meine Feldpostnummer ist ...« Diese Karten schickte ich an die Eltern, meine Freunde und Menschen, mit denen ich in Kontakt bleiben wolle. Ich dachte auch an meine Tanzpartnerin 1937 in Kraiburg. Außerdem wurden die Erkennungsmarken ausgegeben, auf denen der Truppenteil und die persönliche Kennzahl eingraviert waren. Dieses ovale Aluminiumblech, in der Mitte perforiert, mußte an einer Schnur um den Hals auf der nackten Brust getragen werden. Im Todesfall wurde die Hälfte der Marke abgebrochen und an den Truppenteil geschickt. Das Anlegen der »Hundemarke«, wie die Soldaten mit schwarzem Humor sagten, löste zwiespältige Gefühle aus.

Am 5. September rollte das Pionierbataillon 157 mit der 57. Division durch das leuchtende Land, die Donau abwärts, in den gewohnten Güterwagen auf Stroh, über die Grenze der verbündeten Slowakei in Richtung Polen. Die Waag entlang erreichten wir am 6. September Presow, ein malerisches Städtchen in der Abenddämmerung. Nach dem reibungslosen Ausladen marschierten wir über den lebendigen Marktplatz in die einbrechende Nacht hinein, begleitet von den fremden, feurigen Klängen der Zigeunerkapellen, schon das kommende Abenteuer in Galizien in der Nase.

Im Morgengrauen, nach etwa 30 Kilometern Marsch in einer dicken Staubwolke, erreichten wir das Dorf Nadvei, über einem Hügel gebaut, mit einigen schwarzen, strohgedeckten Holzhäusern, in denen wir todmüde Quartier machten. Das Abenteuer hatte begonnen, und wir verfielen ohne jeden Übergang dem Zauber der fremden Landschaft. Die Getreidefelder, vor kurzem noch wogende Teppiche über den Hügeln, waren abgeerntet, und die Straße für den Vormarsch zog sich in langen Serpentinen, in wallende Staubvorhänge gehüllt, über den Lupkow-Paß. Durch nach Nordosten abfallende Täler gelangten wir am 10. September, ziemlich ramponiert, in das galizische Kriegsgebiet.

Vor uns hatte bereits die erste Gebirgsdivision den Nordrand der Beskiden freigekämpft und stieß auf die historisch und wirtschaftliche bedeutende Stadt Lemberg zu. Die Kämpfe hinterließen Zerstörungen in den überrannten kleinen Städten und niedergebrannte Brücken. Es gab Arbeit für die Pioniere. Die erste Kompanie bekam den Auftrag, über einen Zufluß zum San neben den Resten der alten Brücke eine neue Behelfsbrücke zu bauen, die auch schwere Fahrzeuge tragen konnte. Diese Arbeit gelang an einem Tag, die Probe für das Zusammenwirken der unterschiedlichen Arbeitstrupps, und gegen Abend rollten bereits die ersten Fahrzeuge über die Bohlenbahn.

Ich hatte als Brückenoffizier die Aufgabe, den rollenden Übergang zu überwachen und auf Schäden an der Brücke zu achten. Klirrend und rasselnd kam eine Batterie pferdebespannter Feldhaubitzen ans Ufer und begann unter dem Gepolter der Hufe und den Rufen der Fahrer mit der Fahrt über die Brücke.

Fast hätte ich das kleine, wackelige Fahrzeug, den Leiterwagen eines polnischen Bauern, übersehen, der mit seinem mageren, struppigen Panjepferdchen neben den mächtigen Gespannen vor den Kanonen herfuhr und ängstlich vor der Brücke hielt, direkt neben mir. Er hockte auf dem vorderen Querriegel seines Wagens, zusammengekrümmt in seinem groben Mäntelchen, das mit einer Schnur zusammengehalten war. Aus dem gefurchten, stoppeligen Gesicht unter der abgeschabten Lammfellmütze schauten mich ängstliche Augen an, und er deutete schüchtern fragend auf das andere Ufer. Mit einer Handbewegung gab ich ihm den Weg frei. Gerade in diesem Augenblick kam der Kolonne ein Reiter auf einem prächtigen Pferd entgegen, ein Major, der Kommandeur der Artillerieabteilung. Er stutzte kurz und ritt auf das jämmerliche Fahrzeug zu, das offensichtlich den Glanz seiner donnernden Batterie störte. Er bäumte sich auf, stieg in die Steigbügel und schlug mit der Reitpeitsche das zusammengekrümmte Bündel Mensch vom Wagen. Dann wendete er sein schnaubendes Roß und ritt in stolzer Haltung wieder Richtung Feind.

Mir blieb die Luft weg, Wut und Scham machten mich fast blind. Am liebsten hätte ich diesen Barbaren vom Pferd gerissen. Im letzten Moment fiel mir ein, daß der Angriff auf einen Vorgesetzten vor dem Kriegsgericht endete, und ich würgte meine wilden Gefühle hinunter. Ob der geprügelte polnische Bauer meine Entschuldigung zur Kenntnis nahm, weiß ich nicht, er fuhr nach meiner Aufforderung gekrümmt auf seinem Gefährt weiter. Den Major mit der Peitsche hatte ich erkannt. Es war der Bildhauer Ruckdeschell, der im Sommer 1935 ein paar Tage in der Werkstatt meines Vaters als Gast geschnitzt hatte, der ehemalige Adjutant des legendären Verteidigers von Deutsch-Ostafrika Lettow-Vorbeck. Ich ging zu meinen Männern zurück, die den Auftritt vom Ufer aus beobachtet hatten, und sagte: »Jetzt habt ihr gerade gesehen, wie ein deutscher Major einen kleinen polnischen Bauern zum Partisanen geschlagen hat.«

Einige Tage später erreichten wir die Stadt Sanok, seit k. u. k.-Zeiten ein kleines galizisches Verwaltungszentrum am San. Die niedrigen, weiß verputzten Häuser staffelten sich dicht gedrängt den flachen Höhenzug hinauf, vom Ufer des etwa 100 Meter breiten Flußlaufes aufsteigend, überragt von einigen barocken Türmen im Zentrum. Auf dem Nordufer des San, der Stadt gegenüber, bezogen wir in einer kasernenartigen Remonteanstalt Quartier. Die erste und zweite Kompanie wurden für den Bau einer Behelfsbrücke, anstelle der abgebrannten Holzkonstruktion des alten Brückenbauwerks, eingesetzt, und am Morgen des 15. September liefen die Arbeiten dafür an. Am Nachmittag alarmierte mich mein Fahrer Kraus mit der Meldung: »In der Stadt wird geschossen!« Ich befürchtete einen Überfall und rannte mit ihm los zur Beiwagenmaschine, um zur Erkundung in die Stadt zu preschen. In der Aufregung vergaß ich, meine Absicht dem Kompaniechef zu melden, ich wollte wohl auch den Krieg ganz allein gewinnen.

Wir ratterten durch eine Allee zum Stadtrand, erreichten die ersten Häuser und einen breiten Markt. Aus ein paar Häusern stieg Rauch auf. Da war Feuer gelegt worden. In einem Hauseingang stand eine schreiende, alte Frau mit verzweifelten Gesten. Hinter ihr sah ich einen Mann liegen, im schwarzen Kaftan, weißbärtig, mit zerschmettertem Kopf in einer frischen Blutlache. »Sie ham ihn geschossen, sie ham ihn geschossen«, schrie sie mit verzerrtem Gesicht. »Wer hat geschossen?« fragte ich dagegen. »Waren es Leute wie ich?« und zeigte auf meine Uniform. Sie schaute mich an, versuchte sich zu konzentrieren. »Nein«, sagte sie stockend, »nein, die waren so grien…« Grüne Uniformen also, und ich erinnerte mich. Vor ein paar Tagen begegneten wir einem Trupp ukrainischer Freiwilliger, die sich den SS-Sicherheitstruppen zur Verfügung gestellt hatten. Ukrainer, wildgewordene Antisemiten aus Tradition, in grünen Uniformen.

»Herr Feldwebel, da hinten brennt eine Kuppel!« Mein Fahrer riß mich aus dieser gespenstischen Situation. »Los, wir fahren hin!« Vor dem großen Kuppelbau einer Synagoge hielten wir direkt vor dem Eingangstor. Es war mit Brettern kreuz und quer zugenagelt. Ringsum kein Mensch. Die Flammen knatterten in die unheimliche Stille, und da hörten wir hinter dem Tor einen zunächst undefinierbaren Lärm, dann Brüllen, dumpfe und schrille Schreie – »da sind ja Menschen drin!«

Die müssen raus, dachte ich, und holte vom Beiwagen die Kreuzhacke und riß damit die Bretter vom Tor, rammte die flache Klinge meines Werkzeuges in die Fuge zwischen den Türflügeln und wuchtete das Tor auf. Der große Raum war mit Menschen gefüllt, die ineinander verknäuelt zusammengedrängt waren, Männer, Frauen, Kinder – schreiend, mit verzweifelten Gesichtern, in panischer Angst. Die Vordersten fielen auf die Knie nieder und flehten mit erhobenen Händen »Hilf, daitscher Offizier, hilf!« »Raus«, schrie ich, »raus, alle raus!« Mit einem irren Schrei der Befreiung, wie eine Explosion, drängte sich die Menschentraube durch das Tor. Ich stand in diesem Strudel und holte die jungen Männer heraus – »da, auf die Seite, ihr müßt löschen, das Feuer löschen!« Sie begriffen, und noch zitternd formierten sich etwa 30 junge Burschen zu einer Mannschaft.

Mein Fahrer stieß mich an, ich drehte mich um. Da stand vor mir ein Sturmbannführer der SS, vier Sterne auf den Kragenspiegeln. Mittelgroß, schmal und mit verkniffenem Gesicht unter der

Mütze mit dem Totenkopf. Allein. »Was machen Sie hier?« pfiff er mich an. »Das sehen Sie doch, die Synagoge brennt – Menschen waren eingesperrt, und die wären alle verbrannt.« Was wollte der Kerl von mir? Ich begriff sofort, daß ich als Feldwebel der Wehrmacht ihm nicht unterstellt war. »Das geht Sie gar nichts an«, preßte er heraus, und ich sah in seinen Augen eiskalte Wut, »das geht Sie nichts an!« »So«, sagte ich und holte meine Pistole aus dem Futteral, »hauen Sie ab, aber ganz schnell«, der Lauf zielte auf sein Koppelschloß. Er schaute mich sprachlos und haßerfüllt an, drehte sich um und entfernte sich mit engen Schritten, die Schultern zackig hochgezogen.

Wir fuhren schleunigst in unsere Unterkunft zurück. Ich meldete mich beim Hauptmann, und der maßregelte mich erst einmal wegen unerlaubter Entfernung von der Truppe. Dann aber, nach meinem Bericht und meiner Bitte, dieses ungeheuerliche Ereignis an die höhere Dienststelle zu melden, war er ganz still. Er hatte große Mühe, das Ganze als geplanten Massenmord zu begreifen. Ja, er wollte diesen Exzeß weitermelden – schließlich seien wir Soldaten und hätten mit Mördern nichts zu tun.

Am nächsten Abend war unsere Brücke fertig, und der Nachschub konnte ungehindert Richtung Lemberg rollen. Die Kompanie wurde wieder in den Vormarsch der Division eingegliedert, der das galizische Ölgebiet zum Ziel hatte. Ich bekam den Befehl, die Straße dorthin zu erkunden, Sperren und Verminungen festzustellen und zu melden. Mein Fahrer Kraus, zuverlässig und standfest, lenkte die Maschine umsichtig auf der sandigen Fahrbahn durch die verlassenen, kleinen Dörfer, immer wieder haltend, sichernd und jede Deckung nützend. Vom Beiwagen aus, das Fernglas vor den Augen, prüfte ich das Gelände. Der Reiz der Landschaft, die gewachsene Idylle um die Dörfer machten es mir schwer zu begreifen, daß wir Kriegsgebiet durchfuhren. Wir waren etwa 15 bis 20 Kilometer vor der Marschspitze, hier hatten noch keine Gefechte stattgefunden. Am Nachmittag tauchte Drohobycz vor uns auf. Auf einem langgezogenen Höhenrücken bildeten die kleingliedrigen Baukörper ein organisches Ganzes, das von wenigen höheren Bauten überragt und auf dem höchsten Punkt vom Rathaus gekrönt war. Wir hielten etwa 500 Meter vor der Stadt.

Durch das Glas beobachtete ich Häuser und Straßen. Kein Mensch, keine Bewegung war auszumachen. Die Sonne stand schon etwas schräg.

Mit gesträubten Nackenhaaren fuhren wir auf die Stadt zu, darauf gefaßt, beschossen zu werden. Wir tauchten in den Schatten der ersten Straße und waren allein mit unserem Motorenlärm, den die Häuserwände zurückwarfen. Wir bogen gespannt auf den Marktplatz ein und waren von dem, was wir dort sahen, wie vom Donner gerührt. Auf dem leicht zum Rathaus hin ansteigenden Platz standen mehr als tausend Menschen, meist Männer, bärtig, schwarz gekleidet, dicht gedrängt bis zum Fuß der Freitreppe. Wir fuhren in eine Wolke von Knoblauchduft, für mich ein völlig neues Geruchserlebnis, und ich sagte zu Kraus, »Fahr' ganz langsam und verzieh' keine Miene«, und schaute in große dunkle Augen, die uns gebannt entgegenstarrten. Die Stille war total – keine Stimme, kein Geräusch, nur der Motor unserer Maschine. Die Menschen bildeten eine Gasse, und wir fuhren zum Rathaus, verwirrt und bemüht, Gleichmut zu zeigen. Ich dachte an Moses, der durch das zurückweichende Wasser festes Land erreichte. Die Rathaustür war geöffnet, ich betrat die Eingangshalle. Kraus hatte ich gesagt, er solle die Leute gelassen im Auge behalten, aber im Falle einer bedrohlichen Entwicklung über die Köpfe schießen.

Ich wurde von zwei würdigen Männern empfangen, die mich in einen festlichen Saal führten, einen historischen Raum. Ein Dutzend Honoratioren war versammelt, und in einem guten k. u. k.-Deutsch begrüßte mich der Sprecher und bot die Übergabe der Stadt an die deutsche Wehrmacht an. Ich fühlte eine warm aufsteigende Welle von Wohlwollen, Mitleid, aber auch Belustigung angesichts dieser alten, ängstlichen, erwartungsvollen Männer in ihren guten Anzügen.

Und nun mußte ich sie enttäuschen. »Meine Herren«, sagte ich, »leider kann ich Ihre Wünsche nicht erfüllen. Ich bin kein Offizier, sondern nur ein Feldwebel auf Erkundungsfahrt. Aber ich werde zurückfahren und dem zuständigen Kommandeur melden, daß Drohobycz die feierliche Übergabe anbietet.« Mit respektvollem militärischem Gruß verließ ich das Rathaus.

Nach der Einnahme der Stadt wurden die Pioniere in die dortige

Kaserne verlegt, und ich bekam mit meinem Zug den Auftrag, eine gedeckte Latrinenanlage zu bauen. Holz dafür gäbe es in einem Sägewerk außerhalb der Stadt. Ich mußte nicht lange suchen und fuhr mit meinem Fahrer durch das große Tor in den Werkhof. Dabei las ich auf dem Firmenschild den Namen des Besitzers: Isidor Katz. Er mußte uns gleich gesehen haben, denn er kam schon aus der Sägehalle. Ein kräftiger, mittelgroßer Mann, den beachtlichen Bauch in den Bund einer hellen Reithose gespannt, kam breit und ein wenig O-beinig auf uns zu. »Sie werden Holz brauchen«, sagte er in weichem k. u. k.-Deutsch freundlich lächelnd, »schau'n Sie sich nur um.« Ich stellte mich vor und bewunderte auch gleich sein Deutsch. »Oh mei«, sagte er, »ich war Wachtmeister bei den k. u. k.-Dragonern und kämpfte von 1914 bis 1918 hier, in Rußland und Italien.« Er habe im Krieg selber requiriert und kenne sich da aus, meinte er und lächelte etwas wehmütig.

Mit seiner Hilfe fand ich die nötigen Balken, Bohlen und Bretter. Vor unserer Maschine stand plötzlich ein hübsches blondes Mädchen, die Tochter, in feindseliger Haltung. »Ihr wollt' unser schönes Holz rauben, ihr Deutschen – ich hasse euch.« »Das kann ich verstehen«, versuchte ich sie zu beschwichtigen, aber sie fuhr mich in einem viel schärferen Deutsch an als ihr gutmütiger Vater. »Erst holt ihr unser Holz, dann uns selber, und bringt uns um – alle, alle Juden im Land.« Sie wandte sich mit einer heftigen Bewegung ab und ging schnell ins Haus. Isidor Katz hob verlegen die Schultern und machte eine entschuldigende Geste. Wie ein geprügelter Hund verkroch ich mich im Beiwagen und konnte kein Wort sagen, weder zu Isidor Katz noch zu meinem Fahrer.

Die Latrinen wurden schnell fertig, und wir erreichten nach etwa 40 Kilometern Fahrt auf offenem LKW bei Lisko, unserem neuen Einsatzort, wieder den San. Nach dem Hitler-Stalin-Pakt war Galizien von Lemberg bis zum San an die Sowjetunion gefallen, und nun war die Rote Armee zur Übernahme ihrer Beute im Anmarsch. Ich bekam den Befehl, mit meinem Zug die Brücke bei Lisko zu sperren, und die Ufer gegen unerwünschte Flüchtlinge zu sichern. Wir sperrten die Fahrbahn etwa in der Mitte der Gesamtlänge durch versetzte spanische Reiter so, daß man durch eine schmale Gasse passieren konnte. Und nun warteten wir auf die Russen.

Lisko lag vor uns auf der Höhe friedlich und still in der Sonne. Wir warteten, und die Spannung wurde immer größer. Am Nachmittag war ich entschlossen, einen Spähtrupp in die Stadt zu machen. Mit dem Unteroffizier Widmann pirschte ich mich, immer wieder sichernd, die Straße zu den ersten Häusern entlang, ohne einen Menschen zu sehen. Endlich erreichten wir den Marktplatz – und prallten zurück.

Erst jetzt hörten wir das auf- und absteigende Lärmen einer bunten Menge, die Kopf an Kopf den Platz füllte. Unzählige rote Fahnen in den Obergeschossen bildeten eine grelle Tapete. An der Platzöffnung in Richtung Lemberg war ein prächtiger Triumphbogen errichtet worden, durch den gerade das Spitzenfahrzeug der Russenkolonne, ein offener Wagen mit einem stehenden Offizier, fuhr. Aus dem Begrüßungsgeschrei stachen die schrillen Klänge einer wildgewordenen Kapelle mit blitzenden Instrumenten, und die Masse drängte den neuen Herren entgegen. Wir sausten in wilder Flucht die leere Straße zurück, daß das Knallen unserer Knobelbecher von den Hauswänden zurückschallte.

Nach etwa zwei Stunden bewegte sich eine pferdebespannte Kolonne der Roten Armee mit langrohrigen Panzerabwehrkanonen aus der Stadt heraus. Eine Gruppe von drei Offizieren schlug die Straße zur Brücke ein. Ich ging ihnen allein durch die Gasse im Drahthindernis entgegen. Genau in der Brückenmitte trafen wir aufeinander. Wir grüßten militärisch und der Ranghöchste, ein Oberstleutnant, stellte sich in einwandfreiem Deutsch vor. Als im Rang niedriger, machte ich Meldung und erklärte auf seine Frage, was mein Auftrag sei, die Situation. Mein Zug solle die Brücke und das Sanufer gegen illegale Grenzübertritte sichern. Das sei auch in seinem Interesse, meinte er, drückte mir die Hand, lächelte über sein breites, wetterfestes Bauerngesicht und sagte: »Alles Gute, Herr Kamerad, und viel Glück für die Zukunft.« Dann gingen die drei ruhig und im Gleichschritt zurück zu ihrer Truppe.

Einige Tage später zogen wir wieder nach Sanok hinunter. Mein Zug lag in einer kleinen Schule, wie gewohnt auf Stroh, direkt an der Hauptstraße, mit dem Vorteil, daß auf der anderen Seite, im Hof einer Molkerei, die Feldküche stand. Für die Kompanie gab es reichlich Pionierarbeiten, Brückenreparaturen und Straßenbau.

Die Zugführer waren außerdem gehalten, ihre Reitpferde zu bewegen.

Wenn ich mit meiner gutmütigen Fuchsstute Theresa über die weite Fläche am San galoppierte und in der Ferne die blauen Beskiden sah, hatte ich das Gefühl einer fabelhaften Freiheit, eines märchenhaften Abenteuers. So ritt ich an einem Spätnachmittag am Fluß entlang und sah in einiger Entfernung eine weibliche Gestalt am Ufer. Ich näherte mich im Trab, ohne Hast, und hielt vor der jungen Frau an. Sie drehte sich ruhig um und schaute mich gelassen an. Ich stieg vom Pferd und ging mit Theresa am Zügel auf sie zu, grüßte und fragte, ob sie Deutsch verstünde. Kopfschütteln. Oder Englisch – zögerliches Nicken. Langsam kam ein Gespräch zustande. Wer sie sei – und wieso sie Englisch verstünde. Warum ich das wissen wollte. Weil mir dieses Land so gut gefiele und ich die Menschen darin kennenlernen wollte. Sie schaute mich nachdenklich an und sagte nach einer Pause: »Janina Dobrowolska« – sie habe in diesem Jahr ihr Abitur bestanden am Gymnasium. Dann spräche sie ja vielleicht auch Latein. Wir fingen an, uns englisch und lateinisch zu unterhalten. Ich sagte ihr, daß ich Architekturstudent in München sei und traurig darüber, daß ich als Soldat in dieses schöne Land geschickt wurde. Und ob sie mir helfen wolle, diese für mich neue Welt zu verstehen. Janina überlegte und ich sah, wie Zweifel und Interesse im schönen, disziplinierten Gesicht miteinander stritten. Sie schaute mich mit ihren dunklen Augen prüfend an und sagte ganz einfach »tag«.

»Wann können wir uns wiedersehen?« Ich fragte mit einigem Herzklopfen. Ich solle einen Vorschlag machen – wann und wo. »Am Mittwoch«, das war in drei Tagen, »um fünf Uhr am Nachmittag, an der Kreuzung der Hauptstraße mit der Kleinbahn.« »Einverstanden«, sagte sie, »I agree«, und wandte sich zum Gehen.

Ich stieg auf mein Pferd und schaute ihr nach. Die drei Tage bis zum Mittwoch trieben mich schier unerträglich um. Dann war es soweit. Ich stand frisch rasiert, aber unsicher am Treffpunkt, mitten im Strom der Menschen, die vom Wochenmarkt aus der Stadt kamen, und schaute unentwegt auf die Uhr. Jemand klopfte mir auf die Schulter – ich drehte mich um und schaute in das lächelnde Gesicht Janinas. Sie stand in einem weißen Pelzmantel vor mir, wie eine galizische Fürstin. Es dämmerte schon, und wir gingen Arm in Arm die alte Allee zum San hinunter.

Es war unbeschreiblich schön. Fast hätte ich vergessen, daß ich hier in der für Polen verhaßten Uniform auftrat, in einem verwundeten Land, mit gedemütigten Menschen. Was hatte Janina veranlaßt, anstelle eines verständlichen Hasses Sympathie zu zeigen? Ich wußte es nicht. Ich wollte diesem stolzen Mädchen beweisen, daß es auch in Feldgrau Respekt und Ritterlichkeit gab.

Nach einigen Begegnungen, die uns in eine bisher ungekannte Stimmung eingesponnen hatten, lud mich Janina in das Haus ihrer Eltern ein. Ich betrat es durch einen hübschen Vorgarten, an der Türe von Janina begrüßt. Im großen Wohnraum waren die Eltern und zwei Schwestern versammelt, die mich mit freundlicher Zurückhaltung begrüßten. Der Vater, ein würdiger Bilderbuchpole mit Schnauzbart, etwa Mitte 50, war Gerichtsbeamter und sprach das Deutsch des k. u. k-Galiziens. Die Mutter, sympathisch und etwas scheu, betrachtete mich prüfend; die zwei Schwestern, offensichtlich von Janina eingestimmt, begrüßten mich herzlich. Die Tatsache, daß der einzige Sohn in deutscher Gefangenschaft war, führte mir das Absurde der Situation vor Augen. Dieser Schatten bedrückte mich. Am Ende war ich es, den die Familie fast tröstete, mit Verständnis für einen friedliebenden Krieger, der selber ein Gefangener seines Schicksals war. Die Begegnung mit Janina versetzte mich in einen Zustand äußerster Wachheit und zugleich entrückter Träumerei.

Über diesen Gefühlstumult konnte ich nur mit Oberleutnant Rauscher, dem klugen Lehrer aus Landshut, reden, der das Alter meines Vaters haben mochte. Er lud mich zu einer Teestunde in sein Quartier ein, eine kleine, weiße Villa etwas außerhalb der Stadt. Er fügte aber gleich hinzu, daß die Besitzer, zwei Schwestern, jüdische Damen seien und ob mir das etwas ausmache. Wieso sollte es das, beruhigte ich ihn, ich hätte keinerlei Vorbehalte. Die beiden Schwestern Ascher – eine davon hieß Hella, wie meine Schwester – hatten einen hübschen Tisch gedeckt, Gebäck für uns hergerichtet und den Samowar in Gang gesetzt. Wir saßen um den runden Tisch und konnten unser Gespräch in Deutsch führen.

Beide waren um die 30 Jahre alt, intelligent und gebildet, eine Insel in der barbarischen Kriegswelt.

Ich schilderte meine Eindrücke vom Land und der stillen Macht seiner Schönheit. Auch von meiner Begegnung mit Janina Dobrowolska berichtete ich, und beide sagten: »Ah, die Tochter von Dobrowolski – eine gute Familie –, die drei Töchter sind die schönsten Mädchen in der ganzen Wojwodschaft.« Wir redeten über die augenblickliche Situation, und die Schwestern wurden still. Ihr heiteres Wesen war spürbar überschattet, und sie sagten, einander abwechselnd: »Vor der Zukunft haben wir Angst«, und nach einer kleinen Pause, »wenn die SS kommt.« »Wie meinen Sie das?« fragte Rauscher. »Sie werden uns Juden umbringen – alle«, sagten sie ganz ruhig, und ich sah, daß sie keinen Funken Hoffnung hatten. »Woher wollen Sie das wissen?« fragte ich und hatte schon eine Ahnung, was jetzt kommen würde. »Vor drei Wochen haben SS-Leute und Ukrainer die Juden von Sanok aus den Häusern geholt, sie in die Synagoge getrieben, das Tor vernagelt und Feuer gelegt. Alle wären verbrannt, wenn nicht ein deutscher Offizier das Tor aufgesprengt und die Leute befreit hätte.« Rauscher, der diesen Vorgang kannte, schaute mich groß an, und bevor er etwas sagen konnte, beruhigte ich die Schwestern und bereute dies auch gleich wieder: »Sehen Sie, und so wird immer, wenn es soweit käme, ein deutscher Offizier im richtigen Augenblick das Tor aufbrechen.«

Die ruhigen Tagesabläufe fanden ihr Ende. Der Abmarschbefehl wurde bekanntgegeben. Ich mußte mich von Janina verabschieden. Ein letztes Mal saßen wir um den großen Tisch im hellen Zimmer und bemühten uns, unbefangen zu sein.

Wir, Janina und ich, hatten uns inzwischen ein halbes Dutzendmal getroffen und waren einander immer näher gekommen. Ich entwarf eine Perspektive für unsere Zukunft: Janina sollte, wenn die Verhältnisse im Lande wieder normal geworden seien, nach Deutschland kommen, zu meinen Eltern in Oberammergau. Da könnte sie wie eine Tochter wohnen, Deutsch lernen und zur gegebenen Zeit in München ein Studium beginnen. Nach Kriegsende würde ich mein Diplom als Architekt machen, und dann könnten wir heiraten. Es war mir ernst, und ich glaubte an meinen Plan und unser Glück. Zum Abschied wünschte ich mir noch Fotos von Janina, und ich bekam zehn große, schöne Aufnahmen aus dem letzten Jahr. Mit diesem Schatz zog ich ab, ließ mich von den Eltern segnen, von den Schwestern umarmen und von Janina bis zur Gartentür begleiten. Wir umarmten und küßten uns.

Unser nächstes Quartier war das armselige, aber heimelige Dorf Kobylani, etwa 80 Kilometer von Sanok entfernt, eine Ansammlung von strohgedeckten Holzhäusern, einen Hügel hinaufgestaffelt. Auf der Höhe lag die sicher fast 300 Jahre alte Kirche, der Pfarrhof hingeduckt, beide von einem kräftigen, gedrungenen Turm beschützt, und die ganze Anlage wurde von einer massiven Mauer umfaßt. Drei mächtige Bäume, wie von Caspar David Friedrich gemalt, vollendeten den romantischen Eindruck. Das Dorf war bewohnt, und ich zog mit Benno Kurz in eines der einfachen, aber blitzsauberen Häuser. Eine junge Frau, deren Mann im Krieg war und von dem sie keine Nachricht hatte, sorgte unauffällig für einen angenehmen Aufenthalt. Die Schreibstube der Kompanie besetzte den Pfarrhof, gegen den keifenden Protest der Pfarrersköchin, aber vom Pfarrer schweigend geduldet.

An einem Abend Anfang November, als die matschigen Wege schon von einer dünnen Schneeschicht eingestäubt waren, brieten wir zu fünft in der geräumigen Küche des Pfarrhofs, in einer einladend ausladenden Bratpfanne, zwei fette Gänse. Zur Musik aus dem Wehrmachtsempfänger, die von Wien gesendet wurde, drehten und wendeten wir genüßlich die anstehenden Festbraten. Die Musik brach ab, es kamen Nachrichten. Erst der übliche, pathetische Wehrmachtsbericht, dann Meldungen aus dem Reich. Ich fuhr auf – der Ansager leitete zur Kultur über, und ich hörte: »Heute entschied ein prominentes Preisgericht den Wettbewerb für ein Walther von der Vogelweide-Denkmal auf dem Kahlenberg bei Wien. Den ersten Preis erhielt der Bildhauer Georg Johann Lang aus Oberammergau.«

»Das ist mein Vater«, schrie ich, und mitten in der Küche, zwischen fettglänzenden und verfressenen Laienköchen, stand ein Wunder, etliche hundert Kilometer durch den Novemberhimmel bis nach Kobylani geflogen. Wir feierten dieses fabelhafte Ereignis kauend, lachend und mit viel Wodka.

Nach einer Woche packten wir wieder ein, marschierten nach Krosno und wurden zum Rücktransport in die Heimat verladen – diesmal in Personenwagen mit Holzbänken. Zwei Tage und eine Nacht rollten wir durch Galizien, Schlesien, Sachsen und Thüringen bis Hanau. In dieses Gebiet wurde die 57. Infanteriedivision für ein halbes Jahr verlegt. Nach einem Marsch, der unsere steif gewordenen Beine wieder in Schwung brachte, erreichten wir Kahl am Main, mit bürgerlichen Quartieren und Menschen, die uns herzlich aufnahmen.

Zuerst einmal wurden die »Alten«, die Teilnehmer am Ersten Weltkrieg, wieder in ihre Heimatorte und zu ihren Familien entlassen. Einer von ihnen war der Xaver Hilger aus Lenggries, ein sperriges Original. Er kam zu mir, der ihn immer richtig angefaßt hatte, um mir seine Sorgen anzuvertrauen. Er war wohl auch zur »Frontbewährung« eingezogen worden und bei den Pionieren gelandet. Seine Vorstrafen hatte er als Marschgepäck dabei.

In der Jachenau war er Wildschütz nach alter Väter Sitte und vor 1933 als geborener Rebell auch noch Kommunist. Darum hatten die Nazis ihn auch gleich nach der Machtergreifung in das KZ Dachau gesteckt, wegen Sprengstoffvergehens. Nach zwei Jahren kam er wieder heraus, aber der Bürgermeister hatte ein scharfes Auge auf ihn, und der Xaver wurde seines Lebens nicht mehr froh. »Der laßt mich gleich wieder einkasteln, weil ich's Maul nicht halten kann – lieber tät ich schon bei euch bleiben.« Er schaute mich kummervoll über seine Hängebacken an und verbog seinen beweglichen Nüschel zu einer faltigen, traurigen Grimasse.

»Xari«, sagte ich zu ihm, »du bist schon ein Hund – aber ein guter. Du bist zwar kein Paradesoldat, aber einer, der hinlangt und auf den Verlaß ist. Wenn sie dich drangsalieren wollen, dann schreib' mir einfach, und ich werde ihnen ins Kreuz steigen, weil sie vor einem ordentlichen Soldaten Respekt haben sollen. Du mußt sie ja nicht gleich ›Saunazi‹ heißen und das ›Am Arsch-Lecken‹ anbieten.« Mit solchen Ratschlägen zog der Hilger Xari ab, und erst ein paar Wochen später, als ich bereits Leutnant war und ein Dienstsiegel benützen konnte, mußte ich brieflich eingreifen, mit Erfolg.

Dann kamen die Rekruten aus dem Ingolstädter Brückenkopf als Ersatz, lauter junge Burschen um 19 und 20 Jahren, nach kaum einem Vierteljahr Ausbildung. In der Liste fand ich unter dem Nachschub für das Bataillon einen Ettaler Schulkameraden aus Oberammergau, den Bogenrieder Sepp. Dem »Eisernen Johann« pries ich den Ahnungslosen als ein Prachtexemplar von einem Pionier an, und so konnte ich ihn, den nunmehr freudig Überraschten, als Melder in meinem Zug unterbringen. Nun war die Kompanie wieder vollzählig, und der Pionierdienst nahm seinen planmäßigen Verlauf.

Ende November brachte mich ein harter Schlag aus dem Gleichgewicht: Unmenschliche Gesetze wurden erlassen, die das Verhalten der Deutschen (Herrenmenschen) gegenüber den Polen regulierten – fast alle privaten Kontakte wurden untersagt und Heiraten zwischen Deutschen und Polen bei hohen Strafen verboten. Alle Pläne, die ich mit Janina für ein Leben nach dem Krieg gemacht hatte, waren zerstört worden.

Der Dienst nahm mich in Anspruch. Nach meiner Beförderung zum Leutnant d. R. wurde ich nach Steinheim bei Hanau zum »List-Regiment«, dem Regiment Hitlers im Ersten Weltkrieg, abkommandiert. Ich sollte dort den Regimentspionierzug aufstellen und ausbilden. Mit drei Unteroffizieren meiner Wahl ging ich diese Aufgabe an.

Zu Weihnachten erfuhr das List-Regiment in den Augen der Truppe eine Auszeichnung besonderer Art; Hitler kam zur Weihnachtsfeier seines alten Regiments. Er hielt eine Rede, in der er von den Weihnachtsabenden in nassen, kalten Unterständen zwischen 1914 und 1918 an der Westfront erzählte, er – damals einfacher Soldat, Gefreiter und Melder, nun Oberbefehlshaber der Wehrmacht –, der die Sorgen und Nöte der Frontsoldaten kannte und nun wüßte, wie mit diesen tapferen Männern aus dem Polenfeldzug ein gewaltiger Siegeslauf nach Westen angetreten würde, wenn die Signale dafür ertönten. Dieser Abend machte großen Eindruck auf die Leute – »Der Führer ist einer von uns, der weiß, wie man siegt.« Und wer wollte nicht siegen, in diesem Krieg, der für die Deutschen so fabelhaft begonnen hatte.

Inzwischen hatte mir die Feldpost einen Brief aus Kraiburg zugestellt, die Antwort auf die formlose Bekanntgabe meiner Feldpostnummer bei Kriegsausbruch. »Meine Eltern sagen, daß man einem Soldaten, der im Feld ist, schreiben müsse, und das tue ich jetzt«, schrieb meine inzwischen achtzehnjährige Tanzpartnerin vom Manöverball im Juli 1937. Das tat meiner weidwunden Seele gut. Im zweiten Brief schrieb sie, daß sie als Stütze zu ihrer Großmutter nach Speyer geschickt würde und dort wohl auch für geraume Zeit bleiben sollte. Speyer – das war ja gar nicht so weit von Kahl entfernt, da könnte vielleicht ein Treffen zustande kommen.

Diese Idee war noch nicht zu Ende gedacht, als drei Offiziere des Bataillons zur Erkundung an die Front bei Pirmasens geschickt wurden. Führer des Kommandos war Oberleutnant Eytel, den ich leicht dazu überreden konnte, bei der Rückfahrt von der Front in Speyer Station zu machen. Dort empfing mich die Großmutter, 85 Jahre alt, scharfäugig und unverblümt. Sie hätte schon viel von mir gehört und meine Briefe gelesen, oho, aber da stünde eigentlich nichts von Liebe drin. Ihre Enkelin Lilo sei gerade in der Kirche, müsse aber bald zurück sein. Sie sei, fügte sie nach einer kleinen Pause hinzu, eine »voll erblühte Jungfrau« – nochmal oho! So vorbereitet, wunderte ich mich nicht, als die seinerzeit Sechzehnjährige nun als Achtzehnjährige mit dunklem Lockenkopf in der Türe stand. Die Jungmädchenzöpfe waren verschwunden, ihr Selbstbewußtsein gewachsen. Die Großmutter ließ uns taktvoll allein.

Die kurze Zeit genügte, um ein baldiges neues Treffen zu verabreden, jedenfalls wollte ich bei meinem Kompaniechef einen Wochenendurlaub beantragen. Lilo begleitete mich noch zum Auto, in dem meine zwei Kameraden warteten, und auf der Rückfahrt gratulierten sie mir mit verhaltenem Neid.

Die Kriegssituation wurde immer unverständlicher. Der Krieg im Osten war formal beendet, aber in den besetzten Gebieten brodelte es weiter, verdeckt und mit schrecklichen Repressalien für die Polen. Aus Protest gegen die grausamen Exzesse wurde der Generaloberst Blaskowitz bei Hitler vorstellig und erfuhr eine eiskalte Abfuhr. Er wurde vorläufig seines Postens enthoben. Mit gemischten Gefühlen diskutierten wir den Winterkrieg 1939/40 der Russen gegen die Finnen. Unsere Sympathie gehörte den Finnen, aber mit den Russen verband uns der Hitler-Stalin-Pakt, und ich dachte an mein Treffen mit dem Oberstleutnant der Roten Armee auf der Sanbrücke bei Lisko. Der großdeutsche Rundfunk überschüttete das Volk systematisch mit Sondermeldungen von kühnen U-Boot-unternehmungen und glanzvollen Ordensverleihungen.

Noch wichtiger war für mich Speyer. Nach zwei weiteren Besuchen übers Wochenende waren wir, Lilo und ich, traumhaft sicher, daß wir zusammengehören. Meinen Eltern berichtete ich von der neuen Verbindung und schickte ein Foto als Beleg für meine Begeisterung. Es war eine natürliche Aufnahme, und ihre Reaktion war zwar zurückhaltend, aber positiv. Bei meinem dritten Besuch in Speyer war Lilos Mutter dabei. Mit der Großmutter repräsentativ im Hintergrund, hielten wir drei Kriegsrat und kamen ohne Umschweife zu dem Schluß, Anfang März Verlobung zu feiern. Meine Schwiegermutter in spe wollte das Organisatorische in die Hand nehmen; alle Ampeln waren auf Grün gestellt, und die Zukunft gewann Konturen.

Das kleine Familienfest sollte im Haus von Lilos Onkel in München stattfinden. Anton Pfeiffer war offensichtlich ein interessanter Mann. Vor 1933 war der agile Gymnasiallehrer Generalsekretär der Bayerischen Volkspartei gewesen und wurde im März 1933 auch prompt von den Nazis für einige Wochen in das Gefängnis Stadelheim gesteckt. Mit viel Glück kam er wieder frei und konnte, wenn auch etwas eingeschränkt, wieder seinem Beruf nachgehen. Er hatte eine attraktive Idee, die er in die Tat umsetzte: In seinem großen Münchner Haus richtete er ein amerikanisches Institut ein, in dem Studenten aus den USA ein angenehmes Zuhause fanden. Dieses Unternehmen lag durchaus nahe, weil die Pfeiffers aus Speyer seit langem enge internationale Beziehungen pflegten. Der älteste Bruder Max war nach dem Ersten Weltkrieg deutscher Botschafter in Wien, und der jüngste Bruder Peter war einige Jahre an der Deutschen Botschaft in Moskau, nachdem er als junger Mann persönlicher Referent von Gustav Stresemann gewesen war, und war jetzt als Diplomat in Rom. Diese Familiengeschichte schien mir eine deutliche Distanz zu den Nationalsozialisten zu garantieren.

Anfang März 1940 fand die Verlobung statt. Sie wurde mit einem festlichen »Dinner« begangen, assistiert von einem Butler mit weißen Handschuhen. Die Runde bestand aus Lilos und meinen Eltern und dem Gastgeber mit seiner Frau. Alle versuchten mit ihrer Herzlichkeit, die Sorgen um die Zukunft und die Kriegsgefahr zu überdecken. Die Weichen für unsere Lebensbahn waren gestellt, der Krieg wurde ausgeblendet, und ich fuhr mit dem Gefühl großer Reife selbstbewußt nach Kahl zurück. Gleichzeitig traf für Lilo eine Einberufung in den weiblichen Arbeitsdienst ein: trotz elterlichen Stirnrunzelns fuhr sie schließlich nach Dinkelsbühl.

Da jagte uns Anfang April ein Donnerschlag aus dem warmen Winterschlaf. Unter dem Decknamen »Weserübung« wurde Dänemark in wenigen Tagen nahezu kampflos besetzt und Norwegen in einer kombinierten Aktion zu Wasser und aus der Luft überfallen und in einem zähen, achtwöchigen Landkrieg niedergeworfen. Der neue, für uns völlig unvorhergesehene Kriegsschauplatz war weit weg, sein Lärm drang nicht bis nach Kahl. Wir glaubten, daß mit der »Weserübung« ein heißer Krieg im Westen vorläufig zurückgedrängt worden war.

Als Intermezzo werteten wir den Befehl an die erste Kompanie, die zwei Zeppelinhallen in Frankfurt zu sprengen. Es wurde gemutmaßt, daß das Aluminium der gewaltigen Konstruktion für die Rüstung verwendet werden sollte. Zwei Tage lang brachten die Pioniere in luftiger Höhe und sehr exponiert die Sprengbüchsen nach genauen Berechnungen an den tragenden Bauteilen an. Der Architekt der Hallen, ein hervorragender Konstrukteur aus den USA, war eingeflogen worden und beriet uns bei dieser schwierigen Arbeit.

Am 5. Mai 1940, früh um sechs Uhr, wurden die Zündschlüssel gedreht, und in einer einzigen Detonation fielen, exakt nach den Trennschnitten, die zwei riesigen Hallen zusammen. Ich stand neben dem Amerikaner, einem Typ wie Gary Cooper, und sah, wie er bei der Zerstörung seines schönsten Werkes weinte.

Zu Pfingsten, am Fest der Erleuchtung, wurden wir in Alarm versetzt; die Westoffensive begann. Am 10. Mai 1940 rollte die Walze der Wehrmacht über die Westgrenze in die neutralen Nachbarländer. An diesem Tag wurden wir abends in Kahl verladen. Am nächsten Morgen spuckte uns der lange Transport in Andernach aus. Es gab Frühstück an der Feldküche, und im fließenden Übergang marschierten wir durch die tief eingeschnittenen Täler mit den gestaffelten Weinbergen in die Eifel. Im Eilmarsch erreichten wir die kargen Höhenrücken bei Prüm und begannen in die frühlingsgrüne Luxemburger Landschaft hinabzusteigen. Wir wunderten uns, daß dieser gewaltige »Heerwurm« nicht aus der Luft angegriffen wurde. War unsere Luftwaffe so wirksam, daß die Franzosen und Engländer nicht von ihren Flugplätzen hochkamen? Wir durchschritten Clairvaux, querten die belgische Grenze und trafen bei Bastogne auf die ersten Spuren heftiger Kämpfe. Jetzt erst erfuhren wir bruchstückweise, daß dieser Angriff aus dem Westwall heraus eine neue, größere und perfektionierte Variante des historischen Schlieffenplanes von 1914 war. Die Maas wurde bei Monthermé überschritten. In der zerschossenen kleinen Stadt lagen noch tote französische Kolonialsoldaten, und es roch nach Feuer, Benzin und Rotwein, der aus zerschossenen Fässern die Keller fußtief überschwemmt hatte.

Die Nächte dröhnten von den Abschüssen der Flak, und am Himmel tanzten farbige Explosionsgirlanden um weiß angestrahlte, insektenhafte Flugzeuge. Der Krieg gab seine trügerischen Nachtvorstellungen, die Zauber und Schrecken miteinander verbanden.

In Gewaltmärschen hechelten wir hinter der Spitze der Panzergruppe von Kleist her; der Ärmelkanal war das Ziel. Kolonnen von zivilen Flüchtlingen mit jämmerlichen, bizarren Fahrzeugen drückten sich am feldgrauen Stoßkeil vorbei, dorthin, wo sie glaubten, Ruhe und Sicherheit zu finden. Aus den gehetzten Gesichtern schauten angstvolle Augen, stumme, gebeugte, mit Bündeln und Schachteln beladene Gestalten schleppten sich wortlos dahin.

Von der Front strömte uns, von wenigen Soldaten bewacht, die brackige Flut von Gefangenen entgegen, in Kolonnen kanalisiert, abgerissen, hoffnungslos – Franzosen, Engländer schwarze Afrikaner, gelbe Indonesier, gleichgültig schlurfend. Hunderte, Tausende, Verwundete dazwischen, von Kameraden gestützt oder getragen, die geschlagene »Grande Nation«. Der niederschmetternde Eindruck dieser Gespenster aus der Schlacht ließ in mir kein Sieges- oder Triumphgefühl aufkommen.

Etwa 80 Kilometer vor Abbeville an der Somme wurden Teile der Division und die Pioniere auf LKW verladen und in den

Brückenkopf geworfen, der dort, von Panzern gebildet, den Somme-übergang sichern sollte. Am Nachmittag des 25. Mai erreichte die Kompanie den Stadtrand und machte in einem alten Schlößchen Quartier. Aus dem Gewirr der Dächer ragte die dunkle Silhouette der gotischen Kathedrale auf, und im Süden, hinter der Somme, buckelten langgezogene Hügel mit dichten Bauminseln und verloren sich im Dunst des schönen Abends.

Nach einer Reihe von Tagen mit kleineren Scharmützeln war es für mich dann der 28. Mai, der es in sich hatte. Ich wurde mit meinem Zug zum Regimentsgefechtsstand des JR 217 befohlen, der unter einem bewaldeten Steilhang in einer Häusergruppe am Mont Caubert lag. Wir parkten die beiden LKW, auf denen mehrere 100 T-Minen verladen waren. Mein Zug sollte hier warten, bis ich meine Erkundung in der Hauptkampflinie durchgeführt hatte. Der Brückenkopf war ein ungleichmäßiges Oval, an der Basis etwa fünf Kilometer breit und acht Kilometer tief. Die Frontlänge betrug etwa 14 Kilometer. Schwerpunktmäßig wurden die Panzerjäger an gefährdeten Stellen postiert, mit Kanonen, die wegen ihres kleinen Kalibers schon sehr bald als »Panzeranklopfgeräte« bezeichnet wurden.

An diesem sonnigen Morgen fuhren wir durch zwei menschenleere Dörfer und eine Landschaft mit idyllischen Gärten und freundlichen Bauernhäusern, aber ohne Bewohner. An einer großen Straßenkreuzung fand ich den Bataillonsgefechtsstand mit einem etwas aufgeregten Hauptmann. Als er meinen Auftrag hörte, war er sichtlich beruhigt und zeigte mir auf der Karte auch gleich die Schwachstellen seines Abschnitts. Unmittelbar vor seinem Gefechtsstand lagen schräg und aufgerissen ein paar leichte englische Panzer. In der Gegend müßten Minen verlegt werden. Aber an seinem linken Flügel sähe es besonders kritisch aus – auch da seien Panzer in unbekannter Zahl gemeldet. Das wollte ich mir gleich anschauen und fuhr durch ein welliges Gelände hinaus auf eine weite Fläche, wo ich an der Straße eine leichte Flak entdeckte. Sie stand ganz frei da, und um sie herum bewegten sich vier Mann, die Deckungslöcher gruben und Magazine für die Kanone stapelten. »Wo ist denn die Hauptkampflinie«, fragte ich und stieg aus dem Beiwagen. »Das sind wir«, sagte der Unteroffizier. »Und wo sind die Franzosen?« fragte ich weiter. »Da drüben, im Wald« – das sagte er so, als hätte ich nach einem WC gefragt.

Der Waldrand war etwa 400 Meter entfernt und lag dunkel und gefährlich da. »Dann schaut, daß ihr möglichst schnell unter die Erde kommt. Wenn die schießen, dann seid ihr sofort weggeputzt. Ihr seid die reinste Zielscheibe.« 50 Meter seitlich hatte sich eine Gruppe mit einem schweren MG eingegraben. Von ihnen erfuhr ich, wo der Kompaniegefechtsstand lag – in einer Ferme, einem Bauernhof in einem Obstgarten, von einer dichten Hecke umgeben. Ich schickte Kraus mit dem Beiwagen zurück zum Regimentsgefechtsstand. Er sollte den dort wartenden Zug mit den T-Minen auf dem LKW zu mir bringen und sich auf dem Kompaniegefechtsstand in der Ferme melden. Als er hinter der Geländekante im Talgrund verschwunden war, merkte ich, daß mein Stahlhelm, die Gasmaske und die Meldetasche im Beiwagen liegengeblieben waren. Ich stand wie ein Spaziergänger auf dem halbhoch bestandenen Getreidefeld, in meiner leichten Uniform, mit der alten, zerknautschten Feldmütze und ärgerte mich über meine Gedankenlosigkeit.

Die Ferme erreichte ich durch eine Toreinfahrt, die in einen kleinen Hof vor dem Eingang führte, der eine gegenüberliegende zweite Einfahrt hatte. Zum abfallenden Gelände hin schloß eine fast mannshohe Hecke den Hof ab. Ich ging ins Haus und fand im Wohnraum den Chef, einen Innsbrucker Oberleutnant, mit fünf Mann, seinen Funkern und Meldern. Er freute sich über meinen Besuch. Die Pioniere könnten mit ihren Minen recht nützlich sein, meinte er, aber da habe er noch eine Aufgabe für uns. Das müsse er mir draußen im Gelände zeigen. Wir gingen durch den Obstgarten bis zur Hecke, an der sich gerade ein paar seiner Leute eingruben, und zeigte ins Vorfeld auf einen dicken französischen Panzer. Der sei hier gestern liegengeblieben, wohl mit Motorschaden. Aber sonst sei er noch intakt und außerdem besetzt. Jedenfalls werde von Zeit zu Zeit mit einem MG auf seine Leute geschossen. Man könnte in der Dunkelheit einen Stoßtrupp machen, die Besatzung fangen und von meinen Pionieren den Kasten sprengen lassen.

Wir konnten auf den Zehenspitzen stehend gerade über die dichte Hecke schauen. Da stand der Brocken. Nichts regte sich. Es war so still, daß man die Bienen summen und die Spaten knirschen hörte. Ich wollte gerade sagen, daß sich das machen ließe, als der Erdboden von der Feindseite her von einem gewaltigen Stoß erschüttert wurde. Zugleich spannte sich – mit einem schrecklichen Aufbrüllen von Horizont zu Horizont – eine gigantische Kuppel aus akustischen Dissonanzen, grell pfeifend, knirschend, rauschend. Es war, als wollte uns der Himmel erschlagen.

Wir waren starr vor Schrecken. »Der Angriff«, schrie der Oberleutnant, »ich muß in den Gefechtsstand.« Er rannte zur Ferme zurück. Ich schaute in unser Hinterland und sah schwarze, weiße und orangene Detonationswolken aus der Erde fahren. Sie verbanden sich zu einem wogenden Nebel, der über den Boden getrieben wurde und die Welt in lauter Schemen verwandelte. Der zusammengefaßte Feuerschlag aus Hunderten von Geschützen fuhr auf Straßen, Kreuzungen und Häusergruppen nieder. In die Hauptkampflinie schlug keine einzige Granate ein, und für eine Minute erschien das Land starr und tot.

Dann aber fuhren in einer Breite von mindestens drei Kilometern aus Waldinseln, Mulden und Dörfern die schweren Panzer auf, gruppenweise und einzeln, immer mehr, der Verstand weigerte sich zu zählen. Gleichzeitig fing ein Dutzend Panzerabwehrkanonen an zu feuern. Alle Schüsse saßen im Ziel, trafen die anrollenden Panzer – und fuhren als Abpraller schräg nach allen Seiten in feurigen Bahnen davon. Die Panzerung hielt stand – für die leichte Panzerabwehrkanone waren die 30-Tonner unverwundbar.

Ich stand immer noch an der Hecke und konnte das alles nur wie einen Alptraum wahrnehmen. Die leichte Flak, an der ich mich vor einer Stunde orientiert hatte, feuerte ein Magazin nach dem anderen auf einen Koloß, der unaufhaltsam fuhr und an der verzweifelt schießenden Gruppe Maß nahm. Jetzt blieb er stehen, das Rohr senkte sich, und die Granate traf das Geschütz, den Munitionsstapel. In einer Wolke aus gelbem, blauem, schwarzem und rotem Explosionsfeuer zerstoben Mensch und Maschinen. Dann schob sich das Ungetüm ungerührt über die zerfetzten Reste, walzte über die Deckungslöcher und drehte sich genüßlich auf der Stelle, als würde es ein Insekt auf der Tischplatte zerdrücken.

Eine Serie von MG-Salven, die durch die Hecke fegten, riß mich aus meiner Lähmung. Wo kam das her? Neben mir sah ich an einer dicken Tanne einen Hochstand mit einer fast senkrechten Holzleiter. Ohne zu überlegen, kletterte ich hastig hinauf, und gerade einen Meter über der Hecke, fiel mein Blick auf Wellen angreifender Infanteristen. Sie hatten flache Helme auf – Engländer. Die vorderen waren auf etwa 200 Meter herangekommen und feuerten aus der Hüfte. Eine Garbe fetzte unter mir in die Leiter, und ich ließ mich auf den Boden rutschen. Ich rannte zur Ferme in einer Luft, die von Geschossen und Explosionen glühte. Die Türe war offen und das Haus leer – der Oberleutnant mit seinen Leuten verschwunden. Ich stand einen Augenblick mit dröhnenden Ohren, sprang zum Eingang und ins Freie. Halt. Links in der Einfahrt starrte mich eine Gruppe Engländer, die Karabiner schußbereit erhoben, an, und ich dachte, warum schießen die nicht? Blick nach rechts – wie in einem Spiegelbild stand auch hier in der Einfahrt eine gleich große Gruppe, in der gleichen Haltung. Ein irrer Moment. Sie konnten nicht auf mich, in der Mitte zwischen den Karabinermündungen, schießen – sie hätten sich gegenseitig getroffen.

Ich reagierte automatisch, wie von innen gestoßen machte als Hochspringer meine fünf Anlaufschritte und setzte frei über die Hecke. In der Luft, im Zustand der Schwerelosigkeit vor dem Abkippen nach der explosiven Streckung, hatte ich ein verrücktes Glücksgefühl.

Bei der Landung auf dem kurzen Steilhang überschlug ich mich und rollte schnell in die Büsche. Noch ein paar Schritte, und ich stand hinter einem niedrigen Bauernhaus am Rand des kleinen Dorfes in der Talmulde. Jetzt schossen die Tommies wild hinter mir her. Zwischen den Häusern stand ein verwirrtes Häuflein versprengter Infanteristen mit zwei leichten MG, die mich wie den Erlöser ansahen: Jetzt hatten sie einen, der ihnen sagen konnte, was zu tun sei. Am Ortsrand richteten wir uns schnell in flüchtiger Deckung zur Verteidigung ein.

Die Situation war scheußlich. Wir saßen in der Falle. Die dünne Front zerbröckelte unter der Wucht des Angriffs, und die schweren, unverwundbar scheinenden Panzer rollten bereits an uns vorbei, rückwärts auf die Hochfläche. Ich schaute auf die Uhr. Seit einer Stunde schon war ich Zeuge einer Katastrophe; die Lage war aussichtslos. Hoffnung konnte man kaum haben.

Es kam aber vor allem darauf an, die Engländer aufzuhalten. »Leute«, sagte ich, »schießt auf die Ferme und in die Hecke – Hauptsache, es ist ein richtiger Feuerzauber. Die Tommies müssen glauben, daß hier ein ganzes Bataillon sitzt.«

Das wirkte. Niemand wagte den langen Sprung von der Hecke über den abschüssigen Hang bis in den Hof. Wir bekamen etwas Luft. Aber immer wieder schlugen Geschoßgarben in die Mauern und Dächer. Man ließ uns nicht in Ruhe, und mit Sorge hörten wir den heftigen Gefechtslärm in unserem Rücken. Wir mußten hier raus, und ich befahl den Männern, einzeln, nacheinander, unter gegenseitigem Feuerschutz das Dorf zu verlassen, den buschbestandenen Hang dahinter zu überwinden und sich auf der anschließenden Hochfläche zu sammeln.

Das Manöver gelang. Als wir die Geländekante erreicht hatten, fuhren die Panzer gerade, immer wieder feuernd, in Richtung Abbeville. Von Zeit zu Zeit stoppten sie, änderten ihren Kurs, und da sahen wir dann, daß in etwa 500 Metern Entfernung eine schwere 8,8-cm-Flak aufgefahren war und den Feuerkampf mit der stählernen Armada aufgenommen hatte.

Mit Erfolg. Innerhalb kurzer Zeit brannte ein Dutzend dieser Kampfmaschinen, die vor Stunden für mich noch den Weltuntergang bedeutet hatten. Immer wieder gerieten wir zwischen die Panzer und die Flak. Wir krochen, auf die Erde mit dem niedrigen, jungen Getreide gepreßt, eine halbe Stunde lang, direkt über uns die sich kreuzenden, jaulenden Geschosse. Dann hatten wir die Kanone erreicht, mit der ein verwundeter Oberleutnant und seine berserkerhaft schuftende Mannschaft den gewaltigen Angriff zum Stehen brachte.

Meinen versprengten Haufen teilte ich als Feuerschutz gegen Infanterie für diesen feuerspeienden Wellenbrecher ein. In dem hektischen Durcheinander kam plötzlich von rückwärts ein Hauptmann auf mich zu, ziemlich ramponiert, und schrie mir zu, daß da hinten im Dorf meine Pioniere seien. Mich durchfuhr ein ähnliches Glücksgefühl wie beim Sprung über die Hecke. Ich lief in das zerschossene Dorf, in das noch immer in Abständen Granaten einschlugen.

In einem Obstgarten sah ich ein schweres Ackerpferd stehen, regungslos, den Kopf gesenkt, ungerührt vom Feuerzauber. Eine Granate fuhr in unmittelbarer Nähe nieder, und ich warf mich automatisch zu Boden, im Fallen noch das Pferd im Blickwinkel. Aus der Explosion fetzte eine Splittergarbe über mich hinweg – eine davon halbierte den Kopf des regungslosen Tieres. Es stand noch eine Sekunde mit riesengroßen Augen im oberen Kopfteil, von dem die Nüstern und das Maul so grauenhaft getrennt waren. Dann fiel es um.

Das hätte mich in Panik versetzt, wenn nicht gerade jetzt mein Zug zwischen den rauchenden Ruinen aufgetaucht wäre. Die Männer kamen geduckt und winkend auf mich zu, unter den Stahlhelmen die Gasmasken. Hinter den Klarscheiben sah ich ängstliche Augen – »Gas«, klang es dumpf unter den Masken. In dem massiven Artilleriefeuer bildeten sich Schwaden aus den Explosionen, mit einem ätzenden, atemberaubenden Geruch, den die aufgeregten Leute für Gas hielten.

Nun nahmen sie ihre Gasmasken ab, und in der aufgeregten Freude über unsere Wiederbegegnung berichteten mir die Unteroffiziere, daß sie am Regimentsgefechtsstand gewartet hatten, als nachmittags das Vorbereitungsfeuer für den Angriff begann. Mein Fahrer kam gerade noch rechtzeitig mit seiner Beiwagenmaschine und meinem Befehl an. Die Lage machte eine Ausführung unmöglich, und der Zug suchte Deckung vor den weittragenden Granaten. Nach zwei bis drei Stunden waren grüppchenweise Verwundete und Versprengte zurückgekommen, die mit ihren Katastrophenberichten die Krise beim Regimentsstab auf die Spitze getrieben hatten. Einer dieser Unglücksboten sagte meinen Leuten, er hätte mich kurz vor Angriffsbeginn noch gesehen, aber ich sei wohl überrollt worden und eher tot als lebendig.

Diese Nachricht wurde heftig diskutiert, mit dem Ergebnis, daß der Zug wild entschlossen unter Führung der Unteroffiziere aufbrach, um mich aus einer möglichen Gefangenschaft herauszuhauen. Aber jetzt hatten wir einander wieder, und die Welt, die ich gerade noch als Inferno erlebt hatte, schien wieder ins Lot zu kommen.

Ich beschloß mit meinem Zug zum Regimentsgefechtsstand zurückzugehen, die Lage zu peilen und neue Befehle entgegenzunehmen. Der Stab war in einem massiven Haus am Hang des Mont Caubert untergekommen und hatte das Artilleriefeuer überstanden. In einer geräumigen Stube stand der Oberst in einem Haufen durcheinander wuselnder Offiziere und Melder und begrüßte mich nach meiner Meldung gleich mit einem Becher Champagner. Ich tat einen großen Schluck und nahm seinen Befehl entgegen: im nächsten Dorf Bray sur Mareuil, etwa 2 km feindwärts, mit Minen gegen Panzer zu sperren – seine linke Flanke sei völlig offen.

Den Ort kannte ich, und wir rückten bei fast völliger Dunkelheit ab. Jeder Mann trug zwei T-Minen, und wir pirschten uns, den Schein brennender Häuser und steigender Leuchtkugeln ausnützend, auf der Straße in den Ort. Es gab dort keine Bewohner mehr, und wir verlegten unsere Minen zwischen Trümmern und Gerümpel auf Panzerfahrspuren, wo es möglich war.

Wir waren noch nicht fertig, als plötzlich aus dem Dunkel ein französischer Spähtrupp mit sieben Mann auf die Pioniere stieß. Ein wildes Getümmel entstand; ich sah schattenhaft einen wüsten Haufen keuchender, schlagender Gestalten, in der Mitte ein Riesenkerl. Nach fünf Minuten waren die Franzosen mit ihrem Leutnant, einem baumlangen Frankokanadier, gefangengenommen. Der Spähtrupp war hinter die zerrissenen deutschen Linien gelangt und auf dem Rückweg auf den Pionierzug gestoßen. Wir entsicherten die verlegten Minen und zogen mit unseren Gefangenen ab.

In den Regimentsgefechtstand nahm ich vier Leute mit, meldete dem Oberst die getane Arbeit und das Intermezzo mit den sieben Poilus. Während das Interesse des Stabes meiner Meldung galt, hatten meine Pioniere Gelegenheit, unbemerkt zwei Kisten Champagner abzuschleppen.

Im Morgengrauen kamen wir auf unseren LKW wieder zur Kompanie zurück und fielen wie Säcke in die herrlichen französischen Betten in einem Schlößchen über Abbeville, gerade noch außerhalb der Feuerzone. Im meinem Kopf dröhnten immer noch die Explosionen, wirbelten die verrückten Bilder knallig und bizarr durcheinander. Der wüste Gestank dieses Weltuntergangs war nicht zu vertreiben. Der 28. Mai 1940 war meine Feuertaufe, fast wäre er eine Katastrophe geworden.

In der Nacht zum 29. Mai und in den folgenden Tagen wurden Verstärkungen in den Brückenkopf geworfen, die allen weiteren Angriffen standhielten.

Ohne Atempause ging es weiter. Die erste Kompanie wurde westlich vom Stadtrand von Abbeville eingesetzt, um an der Stelle der gesprengten Brücke über die Somme eine Behelfsbrücke für den kommenden Angriff nach Süden zu bauen. Es sollte eine echte Pionieraufgabe werden, und die Vorbereitungen, Vermessungen, Brückenskizze und Holzbeschaffung liefen planmäßig an.

Aber kaum hatten wir die Arbeiten an der Brückenstelle begonnen, schoß sich eine französische Batterie mit System und Präzision auf uns ein. Wir hatten den Eindruck, daß das Feuer von einem versierten Beobachter geleitet wurde.

Wir hatten Verluste. Eine Granate verletzte zwei Pioniere tödlich und sechs weitere schwer. Im Feuer wurden die Getroffenen in den nächsten Keller getragen und von einem Sanitätsunteroffizier notdürftig versorgt. Es war erschütternd, die beiden jungen Männer, die gerade noch lachend ihren Mut auf den Brückenbalken gezeigt hatten, sterben zu sehen. Der Sanitäter tat schweigend seine Arbeit in dem niedrigen, dumpfen Raum, der wie ein Schlachthaus roch. Wir schauten hilflos und niedergeschlagen auf die vertrauten Gesichter, von denen eines zerschmettert war und das andere über einem schrecklichen Loch im Hals gelb, verfallen und fremd wurde.

In einer Feuerpause kam der Bataillonskommandeur mit seinem Adjutanten an die Brücke. Er war mit dem Fortschritt der Bauarbeiten zufrieden. Für mich zeigte er freundliche Anerkennung für meinen Einsatz am 28. Mai im Brückenkopf, griff in die Seitentasche seiner Feldbluse und holte ein blaues, kartoniertes Kuvert heraus. Formlos drückte er es mir in die Hand und sagte: »Sie sind der erste damit«, lächelte und rückte mit seinem Adjutanten nach allen Seiten freundlich grüßend wieder ab. Im Kuvert fand ich das Eiserne Kreuz mit dem schwarz-weiß-roten Band.

Trotz wiederholter Feuerschläge wurde unsere Brücke rechtzeitig fertig; am 5. Juni 1940 konnten die Fahrzeuge und schweren

Waffen der Division problemlos den Fluß überqueren. Nach harten Kämpfen gelang der Ausbruch aus dem Brückenkopf, und wir Pioniere wurden den Angriffsspitzen zugeteilt. Ich kam dabei wieder an den Platz vom 28. Mai, wo ich in den Panzerangriff geriet, und ich stand vor der plattgewalzten Flak und den überrollten Panzerabwehrkanonen, deren Inferno ich miterlebt hatte.

Der Vormarsch riß uns mit; meine bedrückten Gedanken wurden von der atemlosen Verfolgung der geschlagenen Franzosen und Engländer verdrängt. Der Angriff führte über die Bresle, einen kleinen Fluß, in Richtung Bethune, die bei Dieppe in den Kanal mündete. Ich wurde mit meinem Zug auf LKW vor die Marschspitze befohlen, um mögliche Minensperren oder Straßenhindernisse zu beseitigen und einen Flußübergang herzustellen.

Das letzte Dorf vor der Bethune. Die Straße führte auf den Fluß zu, ich schaute gespannt nach vorn, wieder war die Brücke gesprengt. Die LKW hielten, die Pioniere sprangen ab, und ich beriet mit den Unteroffizieren die Situation. Beide Ufer waren mit einer alten Pappelallee bestanden. Also ließ ich gleich ein paar Pappeln mit den Motorsägen über den etwa 15 Meter breiten Fluß fällen. Sie reichten gerade dafür, daß ich einen MG-Trupp über den Fluß schicken konnte, mit dem Auftrag, auf dem höchsten Punkt mit gutem Schußfeld die Brückenstelle zu sichern. Immerhin war die Sprengstelle fast noch warm, und die Franzosen konnten noch nicht weit sein.

Inzwischen fingen wir zügig an, den Holzbedarf für die Brücke aus dem Pappelbestand auf beiden Ufern zu beschaffen. Als wir mit der Arbeit schon ziemlich weit waren, fing das MG, das ich zur Sicherung etwa 400 Meter feindwärts geschickt hatte, an zu feuern. Ein Dutzend Feuerstöße signalisierten Gefahr. Ich schickte eine Gruppe Pioniere mit einem MG über den Fluß. Sie kamen gerade rechtzeitig, um eine französische Radfahrerabteilung gefangenzunehmen, die ahnungslos auf unsere Sicherung gestoßen war.

Parallel zur Küste strebte die Division Richtung Le Havre, und allein schon der Name dieser geschichtsträchtigen Stadt wirkte auf mich wie ein Sog. In den Vororten wurde die Kompanie wieder vor der Infanterie ins Zentrum geschickt, um Minensperren in den Einfallstraßen aufzuspüren. Gespannt betraten wir die erste große

Stadt in diesem Krieg und bewegten uns mit angehaltenem Atem in den leeren, toten Straßen. Schwarze Rauchwolken zogen vom Hafen über das Häusergewirr, und außer dem Tritt der genagelten Knobelbecher auf dem Straßenpflaster war kein Geräusch zu hören.

Wir Pioniere hatten keine Arbeit. Die Engländer hatten im Trubel ihrer Flucht auf die Schiffe es nicht geschafft, die Straßen von Le Havre zu verminen. Die Stadt war für den Einmarsch der Eroberer frei. Mein Zug sollte im Villengebiet der Stadt Quartier beziehen. Ich suchte unter den repräsentativen Häusern der reichen Jahrhundertwende ein Prachtexemplar aus, das einen üppig bepflanzten Garten und eine dekorative, weiße Eingangstreppe besaß. Ich stieg ins Obergeschoß und betrat einen hellen Salon. Ich wollte meinen Augen nicht trauen: Auf einem Barockstuhl stand ein beleibter Hauptmann der Feldpolizei, gestützt von einem Feldwebel seiner Einheit, und war gerade dabei, mit einem großen Messer ein Ölgemälde aus einem prachtvollen Rahmen zu schneiden. Beide glotzten mich an wie erstarrt. »Jetzt weiß ich, warum die Franzosen uns Deutsche ›Hunnen‹ nennen«, sagte ich, »und Sie sind die Bestätigung, eine echte Kunstsau«, fügte ich hinzu. Der Hauptmann tat den letzten Schnitt, rollte die Bildleinwand zusammen, sprang vom Stuhl und sagte, von seinem Feldwebel im Weggehen gedeckt: »Das geht Sie einen Scheißdreck an, ich bin dienstlich hier«, und ließ mich voll Zorn, aber machtlos zurück.

Nach diesem Intermezzo belegten wir drei schöne Häuser als Quartier für die drei Gruppen. Die bisherigen Bewohner hatten ihren Besitz Hals über Kopf verlassen, allem Anschein nach mit kleinstem Gepäck. Alle Zimmer waren voll möbliert, die Schränke gefüllt, die Installationen in Ordnung, und in den Küchen lag dicker Schimmel auf halbfertigen Gerichten. Eine angesammelte Pracht und faulige Üppigkeit. Nach ein paar Stunden Hausputz wurde es dann aber doch noch gemütlich. Und das war erst der Anfang einer schier unfaßbaren Fettlebe!

Ich bekam den Befehl, mit meinem Zug einen Wachdienst für das verlassene Nachschubdepot des englischen Expeditionskorps einzurichten. In den weitläufigen Hallen in der Hafengegend waren alle Reichtümer einer Kolonialmacht gestapelt. Wir standen wie Ali Baba und seine Räuber aus »Tausendundeiner Nacht« sprachlos vor den überquellenden Reichtümern dieser riesigen Schatzhöhle. Alles, was eine Armee braucht, war hier – mit Ausnahme von Waffen und Munition – bereitgestellt: Spezialbekleidung, beste Textilien, Lederausrüstungen, Gebrauchsgegenstände wie Jagdmesser und Rasierapparate, unbekannte, rare Kosmetika und ein Schlaraffenland an Dosen, Büchsen, Paketen und Containern. Ich entdeckte schimmernde Gebirge aus verführerisch geformten Flaschen, mönchisch dunkle Fässer mit den alkoholischen Köstlichkeiten Frankreichs, Englands und Schottlands und dann, in einer Duftwolke köstlichen Tabaks, ein Meer runder, silberner Büchsen mit den sagenhaften Navycut-Zigaretten.

Sprachlos stiefelten die Wachposten durch die unüberschaubaren Massen gestapelter Schätze. Je zwei Mann trugen Kisten und Körbe, in die sie Dosen mit Hummern, Schinken, handliche Weißbrote, Flaschen mit Burgunder, Champagner und große Cognacs packten. Dieses Märchen dauerte gerade drei Tage, dann setzte sich der Heerwurm befehlsmäßig wieder in Bewegung.

Über die Seine bei Rouen erreichten wir Elbeuf und über die Serpentinen des westlichen Hochufers den Zugang zur Normandie; dort aber drehten die Kolonnen nach Süden ab und setzten der in Auflösung befindlichen französischen Armee nach. Sie marschierten in ein Land, das noch nie ein deutscher Knobelbecher betreten hatte.

Die erste Kompanie wurde nun von Oberleutnant Beni Kurz übernommen, Benno mit dem Goldzahn; mein Soldatenschicksal hatte mich seit 1936 mit ihm zusammengespannt, und ich diente unter ihm mit meinem dritten Zug, den ich seit dem ersten Kriegstag führte, in guten und in bösen Tagen, in denen wir uns gegenseitig nie enttäuscht hatten.

Das letzte Marschziel in diesem Feldzug war Le Mans, wohin die Kompanie mit LKW transportiert wurde. Unterwegs hörten wir im Radio die Sondermeldung vom deutsch-französischen Waffenstillstand. Das Abkommen war am 22. Juni im Schicksalswaggon von Compiègne unterzeichnet worden.

Die Reaktion der Truppe unterschied sich erheblich vom Jubel in der Heimat. Hitler verkündete den »glorreichsten Sieg in der

Geschichte« und dankte dafür »unserem Herrgott«, ließ zehn Tage lang flaggen und sieben Tage lang alle Kirchenglocken läuten. Wir Offiziere leerten einige Flaschen Wein und Champagner und hielten Manöverkritik auf unsere Art. Die älteren Offiziere, die das Trauma von Versailles wie eine Narbe trugen, zeigten seltsame Gefühle; sie konnten den Sieg nicht fassen. Daß die junge Wehrmacht in sieben Wochen Franzosen und Engländer niederzwingen konnte, was ihnen in vier Jahren nicht gelungen war, warf ihr Weltbild über den Haufen. Selbst überzeugte Kritiker des NS-Systems fingen an, dem Gefreiten Hitler ungewöhnliche Kräfte zuzutrauen.

Le Mans, die unzerstörte Stadt, mit ihrer breit gelagerten und mit einem Kranz filigraner Schwebbögen gehaltenen Kathedrale, einer Krone, die aus dem Häusergewirr ragt, hatte mich bedingungslos gefangengenommen. Mit großen Augen wanderte ich durch die Straßen und war ein wenig traurig, im Flanieren und Dahintreiben der Franzosen ein Fremdkörper zu sein.

In Mulsanne, zwölf Kilometer südlich der Stadt, bauten wir Pioniere ein ehemaliges Lager des englischen Expeditionscorps in ein Gefangenenlager um, für die Poilus, die hier auf ihre Entlassung warten sollten. Bei den Bauarbeiten dolmetschte für uns ein französischer Student der Germanistik, der nicht nur vorzüglich Deutsch sprach, sondern auch leidenschaftlich über Politik diskutierte. Die Niederlage seiner Armee und seines Volkes hatte ihn tief erschüttert. Es tat mir weh, als er in seiner Enttäuschung und seinem Schmerz voll Erbitterung sagte: »Wenn wir euren Hitler hätten, dann stündet ihr nicht hier.« Südlich von Le Mans liegt ca. 40 Kilometer entfernt La Flèche, ein Name, der sich in meine Erinnerung tief eingeprägt hatte. Mein Vater hatte 1924 für die katholische Kirche in dieser Stadt einen Kreuzweg aus Lindenholz geschnitzt. Die Entstehung dieser ein Quadratmeter großen Tafeln hatte ich fasziniert verfolgt und Station für Station das Heraustreten der Figuren aus dem hellen Holz bewundert.

Jetzt hatte ich die Möglichkeit, in einer halben Stunde mit dem PKW in La Flèche zu sein. Die gotische Kirche fand ich leicht und parkte unter den mächtigen Laubbäumen im Hof zwischen der gotischen Fassade und dem klosterähnlichen Pfarrhaus. An diesem sonnigen Nachmittag war es ganz still. Ich stand einige Zeit im Hof und schaute das Bauwerk an, in dem ich mit fast schmerzhaftem Herzklopfen die Arbeit meines Vaters sehen wollte. Ich betrat den dämmrigen Raum, erkannte den Geruch alter Kirchen und sah den Kreuzweg, etwas nachgedunkelt. Von Tafel zu Tafel ging ich und begrüßte die mir vertrauten Figuren, die ich vor sechzehn Jahren hatte entstehen sehen. Ein älterer Kirchendiener kam herein und schaute verwundert, aber nicht unfreundlich auf den deutschen Leutnant. Ich spürte den Aberwitz der Situation. Ich fragte ihn nach dem Abbé, und er zeigte mir den Weg zum Pfarrhaus.

Der Abbé Meunier, ein großer, würdiger Herr von etwa siebzig Jahren, schaute mich erwartungsvoll an und fragte auf deutsch nach meinem Wunsch. »Ich bin der Sohn des Bildhauers Georg Johann Lang aus Oberammergau, der den Kreuzweg in Ihrer Kirche geschnitzt hat«, sagte ich und sah, wie dem Abbé, der aufrecht wie eine Säule stand, die Tränen in die Augen traten. Dann drehte er sich um, trat an seinen Schreibtisch, öffnete eine Schublade und holte einen gebundenen Stoß Briefe heraus. »Von Ihrem Vater«, sagte er, und ich erkannte seine steile, strenge Schrift. Der Abbé holte eine Flasche Wein, öffnete sie hingebungsvoll, füllte die Gläser, und wir tranken, ganz eingebunden in diese ungewöhnliche Stunde. In diesem Arbeitsraum mit den hohen Bücherwänden und seiner Atmosphäre geistiger und geistlicher Arbeit war der Krieg weit weg. Beim Abschied bat ich den Abbé um Verzeihung für das Unglück, das ich mit meinen Stiefeln in den Frieden seines Landes getragen hatte. Er lächelte und entließ mich mit einer angedeuteten segnenden Gebärde.

Ende Juli 1940 wurde das Pionierbataillon per LKW durch die anmutige Landschaft an der Sarthe in die Normandie transportiert, und die 1. Kompanie bezog im Chateau Cormeilles am Rande von Caen, dem historischen Zentrum dieser Provinz, Quartier. Der Besitzer dieses Chateau, Monsieur Brunet mit Frau und Tochter, ertrug mit nobler Fassung die laute Einquartierung. Neben dem Rennstall mit den Traberpferden schlug ich mit meinem Zug ein spartanisches Feldlager auf. Der alte, wettergegerbte Pferdepfleger duldete es verständnisvoll, daß ich mit seiner schönsten und schnellsten Stute Freundschaft schloß. Ich hielt mit dem lebhaften, grazilen Pferd jeden Tag Zwiesprache und war überzeugt, daß Miou jedes Wort verstand.

Der Dienstbetrieb brachte mich auch in ungewöhnliche Situationen. Einmal hatte ich die Freizeitmöglichkeiten für die Truppe zu überwachen, dazu gehörte auch eine Bordellkontrolle. Es lag wohl an meinem überschaubaren, geordneten Leben, meiner Einstellung zu Frauen, aber auch an meiner Verlobung, daß meine Neugier auf das Rotlichtmilieu auf Null geschaltet war. Jetzt sollte ich dienstlich eine Terra incognita mit eigenen, internationalen Gesetzen inspizieren. Der Soldatenpuff lag in einem alten, unauffälligen Haus in einer unauffälligen Straße. Auffällig war nur das Kommen und Gehen der Landser einzeln oder in Gruppen. Die Eingangstüre führte in einen größeren Raum mit einfachen Tischen und Stühlen und häßlichen Lampen. Er war vollgestopft mit Kunden, die sich in Schwaden von Zigarettenrauch von armselig dekolletierten Animateusen einstimmen ließen. Natürlich waren auch ein paar Pioniere dabei, die mich kannten und erschrocken versuchten, in volle Deckung zu gehen. Ich tat so, als hätte ich sie nicht gesehen.

Endlich konnten wir in den heftig begehrten Heimaturlaub fahren. Drei Wochen standen auf meinem Urlaubsschein. In meinen Koffer hatte ich für meine Braut Lilo und mich ein paar Meter feinen, englischen Gabardinestoff, geeignet für Skihosen, dazu zwei Flaschen alten Cognacs, und meiner Schwester hatte ich ein goldenes 20-Francsstück zugedacht. Eine Woche verbrachte ich in Dinkelsbühl, wo Lilo ihren Arbeitsdienst ableistete. Ganz in unser Glück eingesponnen, machten wir schon Pläne für unsere Hochzeit, die für mich als Leutnant mit einem widerlichen Papierkrieg verbunden war. Meine Heirat mußte vom Oberkommando des Heeres genehmigt werden, und dazu mußten drei Referenzen von angesehenen Leuten über meine Braut und ihren familiären Hintergrund erbracht werden, einschließlich Gesundheitszeugnis und Ariernachweis. Wir hofften, daß wir bis Ende März 1941 grünes Licht haben würden. Die letzte Urlaubswoche genoß ich mit Braut zu Hause in Oberammergau. Das Wetter war gut, und die himmelblauen Tage gingen viel zu schnell vorbei. Eltern, Schwester und wir zwei Heiratswütigen fanden fröhlich und herzlich zueinander.

Der Urlaub war vorbei, ich fuhr zurück zur Truppe in die Normandie. Ende August kam der Sohn des Schloßbesitzers aus deutscher Gefangenschaft zurück nach Cormeilles. Trotz einer gewissen Reserviertheit dem bisherigen Feind gegenüber kamen wir ins Gespräch, auf Englisch, das er besser als ich beherrschte. Und es stellte sich heraus, daß unser Schicksal, seines und meines, bereits einmal miteinander verknüpft gewesen war. An Hand meiner Karte, die ich noch hatte und auf der die Stellungen um den Brückenkopf von Abbeville verzeichnet waren, bekamen wir schnell Gewißheit. Capitain Brunet schoß beim Kampf um Abbeville mit seiner Batterie auf die Stelle bei Grand Laviens an der Somme, wo wir die Brücke über den Fluß bauten. Ich konnte ihm bestätigen, daß sein Feuer genau gesessen hatte, uns zwei Tote und sechs Verwundete kostete und mich nur ganz knapp verfehlte. Da saßen wir zwei, die sich vor zehn Wochen, ohne einander zu kennen, ans Leben wollten, und nun tranken wir einander mit Champagner zu.

Ende September 1940 wurden die Weichen für unsere 57. Division neu gestellt. Ein Teil, darunter die 1. Kompanie des Pionierbataillons 157 mitsamt dem Bataillonsstab, wurde zur Aufstellung einer neuen Division, der 337., ins Allgäu verlegt. Die 1. Kompanie kam nach Lechbruck, und der Bataillonsstab schlug in Steingaden sein Quartier auf.

Als ich den Kommandeur nach der weiteren Entwicklung unseres Schicksals fragte, sagte er nur: »Wir warten auf die Rekruten zur Neuaufstellung.« »Und wann kommen die?« fragte ich weiter – »vielleicht Anfang des kommenden Jahres«, war seine gleichmütige Antwort. »Aber dann wäre doch vielleicht ein Studienurlaub möglich«, warf ich einen Hoffnungsanker aus. »Studienurlaub gibt's zur Zeit nicht«, sagte er freundlich, und ich glaubte den Hauch eines Bedauerns zu hören. Dann hatte ich blitzartig eine Idee und bohrte vorsichtig weiter: »Aber als Bataillonskommandeur haben Sie die Möglichkeit, einen Urlaub von drei Wochen zu genehmigen, und wenn der abgelaufen ist, wieder drei Wochen anzuhängen, und so weiter, bis die Rekruten da sind. Vielleicht reicht das für ein Semester.«

Der Major d. R., schaute mich verblüfft an und lächelte dann an-

erkennend. Ich bekam den getarnten Studienurlaub, immatrikulierte mich an der vertrauten TH und quartierte mich wieder bei
den erfreuten Kastners ein. An der TH erfuhr ich, daß das Studium
auf Trimester umgestellt worden war und daß vom September bis
Weihnachten das dritte und von Neujahr bis März das vierte Trimester gelesen würde. Es gelang mir mit dem Bonus des Frontsoldaten, ins dritte Trimester zu kommen, und ich hoffte, auch noch
das vierte mit dem abschließenden Vordiplom zu schaffen.

Braut, Eltern und Schwiegereltern jubilierten; der Countdown
für unsere Hochzeit Ende März lief. Die Zukunft war ein Faß voll
Wonne. Illuminiert von gelegentlichen Begegnungen mit meiner
Braut, brachte ich bis Weihnachten das dritte Trimester zu Ende,
versank in der weihnachtlichen Zuneigung von Braut und Schwiegereltern und feierte nach dem historischen Sterngang in Oberammergau mit Lilo und meinen Eltern ein Bilderbuchsilvester. Dem
Jahr 1941 schaute ich mit freudiger Spannung entgegen.

Die Hochzeit fand in Kraiburg statt, wo ich 1937 als Pionier mit
meiner Kompanie eine Brücke über den Inn geschlagen hatte.
Meine beiden Trauzeugen repräsentierten die Zeit. Dr. Anton
Pfeiffer, der Bruder meiner Schwiegermutter, hatte uns schon zu
unserer Verlobung in sein gastliches Haus eingeladen. Der andere
Trauzeuge war mein Ingolstädter Pionierkamerad Franz Gaßner,
der als angehender Bauingenieur an der TH München inzwischen
mein Studienkollege geworden war. Er war Leutnant wie ich, seit
September 1939 an der Westfront und als Stoßtruppführer bereits
mit dem EK I ausgezeichnet worden. So wurde ich von zwei
Kontrastfiguren flankiert, dem Zivilisten mit dem intelligenten,
freundlichen Gesicht im Cut und dem großen, sportlichen Jungen
in Uniform mit silberner Leibbinde und langem Säbel.

Den Polterabend feierten wir ausgiebig in dem behäbigen Gasthaus am Marktplatz, in dem ich auch meine letzte Junggesellen-
nacht verbrachte. Um sieben Uhr früh wusch ich mir den wenigen
Schlaf aus den Augen, rasierte mich in Erwartung vieler Umar-
mungen und Wangenküsse sehr sorgfältig und stieg appellfähig die
Treppe ins Erdgeschoß hinunter, einem üppigen Frühstück entgegen. Unterwegs sah ich durch die offene Küchentür, wie die Wirtin
gerade mit roten Backen und sicheren Bewegungen eine Reihe

verlockender Weißwürste in einem dampfenden Kessel versenkte. Was für ein Anblick in der mageren Zeit der rationierten Lebensmittel!

Vielleicht hatte ich unbewußt geseufzt, jedenfalls wurde ich gleich von der freundlichen Wirtin zu einer Kostprobe eingeladen. Ich verdrückte mit Genuß drei pralle, fettige und aromatische Produkte, nach bayerischem Brauch aus der Hand. Dieser unvorhergesehenen Vorspeise folgten als Frühstück frische Brötchen mit etwas Rührei, Wurst und Käse zu vier Tassen Bohnenkaffee mit einer Portion Schlagsahne. Das hielt ich für eine ordentliche Marschverpflegung für die bevorstehende Feier und setzte mich mit dem Brautkonvoi in Bewegung.

Die standesamtliche Trauung vollzog der Bürgermeister in gesetzter Rede voller Sprüche aus der NS-Familienpolitik. Als er uns das obligatorische Geschenk der Gemeinde, Hitlers »Mein Kampf«, überreichen wollte, wies ich den irritierten Bürgermeister darauf hin, daß ich das Buch schon besäße. So blieb es auf dem Amtstisch liegen, zwischen den ratlosen Händen des Amtsträgers. Der kleine Hochzeitszug ging diagonal über den Marktplatz. Es waren nur wenige Schritte zur Kirche durch ein Spalier freundlicher Neugieriger.

Seit der Amtshandlung im Rathaus spürte ich ein leises Frösteln über den Rücken laufen. Als ich aber die Stufen zum Kirchenportal hinaufstieg und aus der frühen Märzsonne in den schattigen Kirchenraum trat, fuhr ein feiner, scharfer Stich durch meine Gedärme. Verdammt, dieses Signal kannte ich, und die einsetzende feierliche Orgelmusik kam mir wie reiner Hohn vor.

Mein Wahrnehmungsvermögen konzentrierte sich ganz auf mein Innenleben. Ich kam gerade noch, meine ahnungslose Braut wie ein Bleigewicht am Arm, bis zur blumengeschmückten Brautbank vor dem Altar. Völlig regelwidrig ging ich in die Knie und hing über dem Kirchenmöbel, den Kopf zwischen den Armen, Schweißperlen auf der Stirn, die mir in den Kragen liefen. Der Kampf zwischen Gehirn und Gedärm brachte mich an den Rand einer Ohnmacht.

»Fehlt dir was?« hörte ich meine Braut flüstern, und ich stieß heraus, »es ist gleich vorbei«, wider besseres Wissen. Denn ich wußte nicht, wo und wie ich die drohende Explosion zu erwarten hätte.

Der Pfarrer, von zwei Ministranten flankiert, näherte sich in feierlicher Langsamkeit, hielt vor uns und setzte zu einer salbungsvollen Rede an. Ich hatte mich in verzweifelter Anstrengung erhoben und sagte knapp: »Machen Sie's kurz – mir ist schlecht.« Das wirkte. Wie ein Roboter sagte der Pfarrer nun in rasendem Stakkato die vorgeschriebenen Texte zur Vermählung auf, umschlang unsere Hände mit der Stola, stellte die Schicksalsfrage, erhielt eine hastige, aber gültige Bejahung vom bedrängten Brautpaar und überwachte den Ringwechsel. Dann führte er uns nunmehr als Notarzt, in die Sakristei. Er kredenzte mir ein Glas Meßwein, nicht von der schlechtesten Sorte, den ich wie eine Medizin schluckte.

Nach diesem Intermezzo konnte ich mit meiner Frau und dem obligaten Hochzeitszug die Kirche verlassen und den Weg zum Haus meiner Schwiegereltern antreten. Die vierhundert Meter bis zur rettenden Haustür waren für mich schlimmer als die Feuertaufe in der Panzerschlacht bei Abbeville. Nun, ich schaffte es mit letzter Kraft bis ins zweite Obergeschoß, zentimetergenau auf den Sitz der Erlösung.

Mit einiger Verspätung wurde das Hochzeitsmahl zelebriert, eine Meisterleistung meiner Schwiegermutter, garniert von zwei Reden. Die eine war witzig, geschliffen und herzlich, gehalten vom routinierten Redner und Erzdemokraten Anton Pfeiffer, die andere ernst, besorgt, mit heißen Wünschen und verzweifelter Hoffnung auf bessere Zeiten für Sohn und Frau, von meinem großen und in Herzensangelegenheiten eher scheuen Vater. Noch am selben Abend fuhren wir zusammen mit dem Trauzeugen Franz Gaßner im D-Zug nach München. Ich war vollständig wiederhergestellt und hatte das Gefühl, in eine wunderbare Zukunft zu fahren.

Dann fing ein neues Leben an, im Hotel »Schottenhamel«, in der Wärme eines herzlichen Empfangs mit Blumen und Champagner. Am nächsten Mittag saßen wir im Zug und hatten das Gefühl, zwar erst einen Tag verheiratet zu sein, aber eigentlich schon immer so zusammenzugehören. An den Krieg, an die Trennung und die drohenden Gefahren dachten wir nicht.

Mitte April 1941 war die Division bis hinunter zu meiner Kompanie mit Rekruten aufgefüllt und voll einsatzfähig. Mit Spannung erwarteten wir unsere neue Aufgabe. Als bekannt wurde, daß die Reise ins Burgund gehen sollte, war die Truppe einverstanden, obwohl mancher auch mit Biarritz oder der Mittelmeerküste geliebäugelt hatte. Vom Kommandeur wurde ich im PKW mit einem Feldwebel und meinem Fahrer mit den guten Französischkenntnissen, als Vorauskommando und Quartiermacher für das Bataillon nach Port-sur-Saône geschickt. Nach drei Flitterwochen kam nun der erste, harte Abschied. Ich versuchte besonders rücksichtsvoll zu meiner kleinen, schmalen Frau zu sein. Der letzte Blick in ihre traurigen, angstvollen Augen durchfuhr mich jäh, der Schmerz ließ erst nach, als wir schon den Rhein überquert hatten. Ich hatte Verantwortung und mußte Haltung zeigen – wenigstens nach außen.

Port-sur-Saône liegt beiderseits des flachen, vielleicht 50 Meter breiten und langsam fließenden Flusses. Die Straße führt zwischen niedrigen Häusern geradewegs zur Brücke. Von den Hügeln über dem Städtchen schauten wir auf die sonnenbeschienenen Dächer, sahen die Menschen ohne Hast die Straße queren und hatten den Eindruck von Frieden und Behaglichkeit.

Wir fuhren im offenen Wagen langsam in den Ort hinein, und ich bemühte mich, im Fahrzeug stehend, einen genauen und umfassenden Überblick zu gewinnen. Der Eindruck, den wir auf die Franzosen machten, mußte schreckenerregend sein, denn als wir näherkamen, jagten die Leute über die Straße und stürzten in die Häuser, als müßten sie sich vor einer Horde Mordbrenner retten.

Was sollte das bedeuten? Wir waren ratlos, und als unser Wagen an einem ansehnlichen Haus mit der Aufschrift »Mairie« vorbeirollte, ließ ich halten. Im ersten Stock klopfte ich an eine Tür, hörte ein Geräusch, öffnete und stand in einem Schreibzimmer zwei Männern und einer Frau – wohl der Sekretärin – gegenüber. Ich grüßte und fragte: »Spricht hier jemand Deutsch?« Die drei standen starr, mit großen Augen, und der ältere Mann sagte: »Ich spreche ein wenig Deutsch«, und nach ein paar Atemzügen: »Sind Sie SS?« »Nein«, antwortete ich, »wir sind Angehörige der Wehrmacht, Pioniere« – alle drei atmeten auf und versuchten sogar ein wenig zu lächeln. »Warum fragen Sie?« fuhr ich fort, aber der Bürgermeister, als der sich der Sprecher zu erkennen gab, forderte uns auf, ihn in die Nachbarschaft zu begleiten. Dort bekämen wir die Antwort. Wir folgten dem Bürgermeister auf die Straße hinaus und dann, nach wenigen Schritten, seitlich in einen Hof, der vor einem hübschen Chateau lag. Der Bau, ausgehendes Barock, von Gruppen hoher, alter Bäume umstanden, war ein besonders schönes Beispiel der Architektur des Ancien Régime.

»Hier war ein Stab der SS-Division ›Das Reich‹«, sagte ohne besondere Betonung der Bürgermeister und ließ uns durch das offene Portal eintreten. Wir standen in der Eingangshalle, aus der eine breite, geschwungene Treppe in das Obergeschoß führte. Über die Treppenwange hing das zerstörte, ornamentale Geländer. Ich wollte den Schaden genauer betrachten, aber ein Ausruf bewahrte mich vor einer üblen Überraschung. Erst jetzt sah ich, daß sich in der Weite des runden Raumes, auf dem schönen Parkettboden, ein merkwürdiges Gebilde breitmachte. Eine aufsteigende Fliegenwolke ließ keinen Zweifel offen – es war ein marmorierter Haufen, den mindestens ein Dutzend Bildhauer der besonderen Art in einer bacchantischen Gemeinschaftsaktion errichtet hatte. Doch blieb es nicht nur bei dieser Offenbarung deutscher Kultur: In jedem Raum dieses Chateaus hatten die SS-Helden, die in bestem Futter gestanden haben mußten, ihre Monumente hinterlassen. Dazu hatten die Offiziere Zielübungen auf Kristallüster und Porzellan abgehalten, unzählige Magazine leergeschossen und die kostbaren Stuckdecken durchlöchert. Bilder hingen in Fetzen aus den Rahmen, Tapeten waren aufgeschlitzt, und die edlen Parkettböden waren stellenweise angebrannt. Der Bürgermeister beobachtete ohne Kommentar unsere Reaktion. Er sagte nur: »Das war der Abschied der ruhmreichen SS-Division ›Das Reich‹.«

Ich war hilflos vor Zorn und Scham, und meine Begleiter standen wie geprügelte Hunde vor dieser Bescherung, die den Franzosen im deutschen Namen zugedacht war. »Verstehen Sie jetzt meine Frage nach Ihrer Zugehörigkeit?« fragte der Bürgermeister, und ich sah ihm an, daß er Mitleid mit uns hatte. Er erzählte uns, daß er von 1916 bis 1918 als Gefangener in Köln sein Deutsch gelernt habe, bei »guten Leuten«, wie er sich erinnerte. Als unser Bataillon wenige Tage darauf in Port-sur-Saône eingetroffen war, machte ich dem Kommandeur Meldung und belegte den Tatbestand mit Fotos, die ich im Chateau gemacht hatte. Die Empörung unserer Pioniere war groß und hatte zur Folge, daß die Truppe ein makelloses Betragen an den Tag legte. Die Meldung des Kommandeurs an die Division verpuffte im Lärm und Siegesjubel dieser Apriltage. Die SS-Division ›Das Reich‹ hatte beim Angriff auf Jugoslawien die Hauptstadt Belgrad genommen und jede Menge Lorbeer auf sich gehäuft. Da wurden die Scheißhaufen im Chateau von Port-sur-Saône kleiner als Fliegenschisse.

Unsere Kompanie war in Privatquartieren untergebracht und war schnell in den Dienst integriert. Für mich gab es wieder einmal eine große Überraschung. Der Kommandeur beauftragte mich als neuen Kompanieführer. Die Befehlsübergabe hat mich tief bewegt. Ich stand vor meiner Kompanie, deren Kern mein ehemaliger dritter Zug war. Wir kannten uns also. Die Ansprachen bei dieser Gelegenheit waren kurz, aber die Feier meines »Einstands« war lang, und als ich mir meiner neuen Situation, als Leutnant und jüngster Kompanieführer der Division, bewußt wurde, spürte ich ein überwältigendes Glücksgefühl.

Noch unter dem Eindruck der Schändung des Chateaus durch die Vandalen der SS appellierte ich an meine Kompanie, den Anstand von denkenden und kultivierten Menschen zu beweisen. Ich schloß, indem ich die Phantasie der Männer mit der Vorstellung konfrontierte, daß wir, die Deutschen, diesen Krieg verlieren könnten und dann der Tag der Abrechnung über uns hereinbräche. An den Gesichtern meiner Männer konnte ich ablesen, daß sie mich für etwas verrückt hielten. Wir, als Sieger in Frankreich, Sieger auf dem Balkan und weiß der Teufel wo noch überall, und den Krieg verlieren? »Ich habe euch das als Beispiel gesagt und hoffe, daß ihr mich verstanden habt. Jeder von uns repräsentiert unser Land und unsere Familien.« So sprach ich zur sprachlosen Kompanie und fühlte mich dazu prädestiniert, auch als Familienvater in spe. Denn wenige Tage zuvor hatte mir meine selbstbewußte, fröhliche Frau angekündigt, daß ich bald Vater würde.

Ende Mai 1941 schickte mich mein lebenskluger und kriegserfahrener Kommandeur für vier Wochen auf einen Kompanieführerlehrgang. Höhepunkt war ein Ausflug nach Paris. Was für eine Stadt! Als Architekturstudent erfuhr ich am Beispiel dieses gewaltigen, lebendigen und urbanen Organismus die Prägekraft geschichtlich profilierter Epochen.

Am 21. Juni 1941 fuhr ich nach dem Ende des Lehrgangs zur Kompanie zurück, die inzwischen mit dem Bataillon von Port-sur-Saône nach Dole verlegt worden war. Unterwegs besuchte ich in der Nähe von Chalon-sur-Saône meinen Studienfreund Franz Häuserer, der dort stationiert war. Wir diskutierten fast eine Nacht lang im Salon eines Chateaus, in dem er einquartiert war. Als uns die Morgensonne weckte, griff mein Freund ganz automatisch zum Radio. Beim Gebell des Reichspropagandaministers Goebbels wurden wir schlagartig hellwach. Der Angriff auf die Sowjetunion hatte begonnen. Es war der 22. Juni 1941. »Jetzt fängt der Krieg erst an«, sagte mein Freund«, schade, daß wir nicht beisammen sind wie am Reißbrett im Zeichensaal der TH.«

Während nun die 300 Divisionen der Wehrmacht, unterstützt von den Geschwadern der Luftwaffe, in den unüberschaubaren russischen Raum stießen und die Sondermeldungen über Durchbrüche und Kesselschlachten pathetisch geschmetterte Nachrichten über das Land verbreiteten, wurde in Dole der Dienst wie in einer deutschen Garnison absolviert. Wir hörten Nachrichten über Vernichtungsschläge, gigantische Einkesselungen, Hunderttausende von Gefangenen, unermeßliche Opfer auf der Feindes-, meßbare auf der eigenen Seite. In unserer Phantasie wälzten sich endlose Kolonnen an Tausenden zerstörter Feindpanzer vorbei, unter einem heißen Sommerhimmel in einer riesigen Staubwolke, nach Osten, immer nach Osten. Und hier lebten wir in der Idylle einer unzerstörten Stadt im Burgund, von Weingärten umgeben und in einer Landschaft, die aus gutem Grund den Namen »Côte d'Or« trägt.

Der Spagat der Wehrmacht vom Atlantik bis zur Wolga mußte eigentlich jeden bedenklich stimmen, der sich mit Landkarten auskannte. Aber ein täglicher Dienstplan für die Truppe, mit deutscher Akribie entworfen, ließ für düstere Gedanken wenig Raum. Der Tag in Dole war eben doch näher als der im Westen Moskaus.

Für mich als jüngstem Kompanieführer der Division ergab sich eine Aufgabe, die ich mir schon als Rekrut fünf Jahre früher ausgemalt hatte. Ich wollte den Soldatendienst anders gestalten als meine Vorgesetzten, wenn ich dazu einmal die Verantwortung bekommen würde. Jetzt war es so weit. Die meisten Rekruten kommen widerwillig, mit negativen Vorstellungen in die Kaserne, der strikte Gehorsam ist ein Greuel für sie. Dafür gibt es viele Gründe; ein ganz einfacher ist die unzureichende körperliche und geistige Kondition derer, die in die Uniform gesteckt werden, ein weiterer Grund die mangelhafte Qualität der Vorgesetzten und ihr Auftreten vor der Truppe.

Also begann ich die Ausbildung zum Pionierdienst mit einer Erläuterung und Begründung aller Aktivitäten. Beim Einüben körperlicher Leistungen gab ich der mehr sportlichen Schulung den Vorzug vor sturem, formalistischem Drill. Mit diesen einfachen Regeln machte ich die Zug- und Gruppenführer vertraut, denn diese Männer trugen ganz entscheidend zum Klima in der Kompanie bei. Für den Dienstbetrieb hatte ich eine einfache Regel eingeführt: Wenn das Ziel einer Übung erreicht ist, gibt es eine Pause oder das Ende der Veranstaltung. Damit hatte ich Erfolg. Die Pioniere waren konzentriert bei der Sache, es gab keinen Leerlauf.

In idyllischer Lage war ein gut eingerichteter und gepflegter Sportplatz angelegt. Vom Hotel aus konnte ich die kurze Strecke dorthin im Trainingsanzug laufen und endlich wieder einmal richtig trainieren. Schon bei einem meiner ersten Besuche traf ich auf dem Platz eine Gruppe junger Leute, die dabei waren, ein ziemlich dilettantisches, aber fröhliches Training zu betreiben. Es war rührend, wie die etwa Achtzehnjährigen versuchten, die 7½ Kilo schwere Kugel zu stoßen, und wie sie etwa neun Meter Weite für eine große Leistung hielten. Ich näherte mich der Runde und versuchte Kontakt herzustellen. Nach einigem Zögern waren die Schüler bereit, meinen Rat für ihr Training anzunehmen. Ich hatte im Gespräch die Kugel aufgenommen, sie locker ein paarmal in die Luft gestoßen, wieder aufgefangen und dann ganz spielerisch aus dem Stand mit einer schnellen Bewegung einen lockeren Stoß ausgeführt. Mit den Augen folgten die Jungen dem Bogen der Kugel und sahen sie mit einem Seufzen der Bewunderung bei etwa vierzehn Metern auftreffen. So etwas hatten sie noch nicht gesehen, und von da an war das gemeinsame Training eine abgemachte Sache, und die Gymnasiasten blieben auch dabei, als sie feststellen mußten, daß ich ein deutscher Leutnant war.

In der Kommandantur sprach mich eine junge Französin, die als Dolmetscherin arbeitete, an und fragte mich, ob ich wisse, mit welchen Leuten ich auf dem Sportplatz trainiere; es seien Schüler des Gymnasiums, alle bei der Résistance. Sie machte dabei große, runde Augen. »Ach«, sagte ich zur kleinen Dolmetscherin, »wenn ich hier Gymnasiast wäre, dann wäre ich bestimmt auch bei der Résistance.«

Ein privater Höhepunkt in dieser trügerischen Idylle, in die nur sehr gedämpft die Ostfront herübergrollte, war ein fünftägiger Sporturlaub. Ich war vom TSV 1860 zu den deutschen Vereinsmeisterschaften auf der Ordensburg Crössinsee angefordert worden, nicht weit von Stettin. Zwei Tage reservierte ich für meine Frau in München und drei Tage für die Wettkämpfe plus Anreise. Nach vier Monaten Trennung war die Begegnung mit meiner fröhlichen, jungen Frau in der Münchner Sonne und im gemütlichen Stammhotel eine strahlende Bestätigung unseres Glücks. Bis zur Ankunft unseres ersten Kindes waren es nur noch fünf Monate. Wir hielten uns für Auserwählte des Schicksals und feierten respektvoll und hingerissen das kaum merkliche, sanft gewölbte Bäuchlein. Wie der Krieg weitergehen sollte, wußten wir nicht. Wir glaubten an unser Glück und an unsere Liebe.

Über Berlin und Stettin fuhr ich mit den verfügbaren Athleten des TSV 1860 nach Crössinsee. Zum erstenmal sah ich eine jener ominösen Ordensburgen, in denen die Führungselite der NSdAP herangebildet wurde. Die Partei hatte keine Kosten gescheut. In eine Landschaft voll Anmut und Melancholie waren gruppenweise die Unterkünfte, die Ausbildungsstätten und die Feierhalle mit Thingplatz gebaut. Die Architektur war von protziger Rustikalität, gebaut mit Naturstein, massiven Hölzern und ausufernd dekorierten Eisenteilen.

Ende September 1941 wurde eine ausgebrannte Infanteriedivision von der Ostfront zur Auffrischung nach Frankreich verlegt. Die Begegnung mit den sichtbar abgemagerten Soldaten in den strapazierten Uniformen hatte etwas Gespenstisches an sich. An ihren Auszeichnungen mit den Sturm- und Verwundetenabzeichen konnte man die Erlebnisse und Erfahrungen dieser schweigsam gewordenen Männer ablesen. Es war nicht leicht, mit diesen Landsern ins Gespräch zu kommen. Zwischen ihren kargen und nüchternen Aussagen und den offiziellen siegestrunkenen Kriegsberichten lagen Welten.

Es war kein Wunder, daß sich in diesen Wochen ein leises, sentimentales Lied unaufhaltsam von Belgrad aus in die markigen, schwadronierenden Radiosendungen für die deutschen Soldaten drängte. Jeden Abend um zehn schickte Lale Andersen ihre »Lili Marleen« in den Äther, bittersüße Sehnsuchtsnahrung für Heimwehkranke und Kriegsmüde und bald Lieblingsmelodie aller Soldaten an alten Fronten – von Afrika bis Narvik, vom Atlantik bis an die Wolga.

Anfang Oktober, als die Offensive gegen Moskau anrollte, wurden in Dijon im großen Stadion die Divisionsmeisterschaften in militärischen und leichtathletischen Wettkämpfen ausgetragen. Die Regimenter, selbständigen Abteilungen und Bataillone schickten ihre Mannschaften. Das Pionierbataillon 337 stellte proportional die meisten Sieger. Die sportlich angereicherte Ausbildung machte sich bezahlt. Wir gewannen die 4 × 100- und die 20 × 100 m-Staffel. Ich wurde Doppelmeister im Kugelstoßen und Hochsprung. Auf der Siegesfeier verteilte unser Major, der Kommandeur, stolz auf den Zuwachs an Renommee für sein Bataillon, nach allen Seiten verschwenderisches Lob.

Für einen unscheinbaren Mann, einen Unteroffizier in meiner Kompanie, wurde Dijon zu einem wunderbaren Erlebnis. Herbert Pruckner, mittelgroß und hager, mit einer dicken Brille auf der kräftigen Hakennase, 33 Jahre alt, Abiturient und Bankangestellter, hatte mich gebeten, beim 5000-m-Lauf starten zu dürfen. In seinen Augen las ich zugleich den brennenden Wunsch und die Angst vor einer Ablehnung. Ich gab ihm die Chance, weil ich hinter seiner unbeholfenen Art und fast asketischen Bescheidenheit eine besondere Energie vermutete. Vom Start weg ging Pruckner, der Unscheinbarste von den 30 Mann, alles andere als ein Adonis, von seinen Kameraden eher belächelt, an die Spitze, rannte, stampfte und ruderte 12 ½ Runden lang und ging als Sieger durchs Ziel. Unter dem Jubel der aufgesprungenen Zuschauer wankte Pruckner halb in Trance und selig lächelnd unter die Tribüne. Dem Major, der neben mir stand und spürbar bewegt war, schlug ich die sofortige Beförderung des Unteroffiziers Pruckner zum Feldwebel und einen Sonderurlaub vor, dem er sofort zustimmte. Herbert Pruckner hatte an diesem Abend den ersten gewaltigen Rausch seines Lebens und von da an den Respekt seiner beschämten Kameraden.

Anfang November wurden die Armeemeisterschaften in Fontainebleau ausgetragen. Das Pionierbataillon stellte eine Reihe von Staffeln für militärische Wettkämpfe. Ich war für den Fünfkampf gemeldet, der aus 100-m-Lauf, Weitsprung, 200-m-Hindernislauf, Handgranatenweitwurf und Schießen bestand. Am 1. und 2. November 1941 kamen etwa 250 Teilnehmer aus den Divisionen der Armee Blaskowitz in der traditionsreichen Stadt zusammen. Die Wettkämpfe waren vorzüglich organisiert. Die Athleten aus der 337. Division und speziell die Pioniere setzten auf die Erfolge bei den Divisionsmeisterschaften in Dijon wahre Glanzleistungen.

Die Preisverleihungen fanden auf dem Sportplatz vor vielen Zuschauern, darunter auch Franzosen mit ihren Familien, statt und wurden vom Generaloberst Blaskowitz persönlich vorgenommen, jenem mutigen General, der nach dem Polenfeldzug bei Hitler, Auge in Auge, Protest gegen die Übergriffe der Sicherungstruppen der SS und anderen Polizeieinheiten gegenüber den geschlagenen Polen erhoben hatte. Hitler hatte ihn bestraft, indem er ihn seines Kommandos enthob und auf das Abstellgeleise für ausrangierte Generale schob. Nun war er wieder Oberbefehlshaber, und ich nahm aus seiner Hand als Sieger und Armeemeister im Fünfkampf ein Diplom und eine Armbanduhr entgegen.

»Ausjezeichnete Leistung, mein Lieber«, sagte er wohlwollend und fügte leichthin die Frage an: »Haben Sie einen Wunsch?« Das war kein Generaloberst vor mir, das war die Fee im Märchen, und ich sagte: »Jawohl, Herr Generaloberst, ich bitte um Studienurlaub.« Er schaute mich etwas erstaunt an. »Nanu, sind Sie nicht aktiv?« »Nein, ich bin Architekturstudent mit vier Semestern.« Ich hatte Herzklopfen. Über das kluge, ernste Gesicht des Mächtigen huschte der Schein eines Lächelns »Jeneemicht«, sagte er mit genüßlicher Dehnung, ich faßte den Zipfel meines Glücks kräftig nach und erweiterte meinen Wunsch. »Dann bitte ich Herrn Generaloberst, dies auch meinem Divisionskommandeur mitteilen zu wollen.« Ich wußte, daß beim General Pflüger die Genehmigung eines Studienurlaubs nicht umgesetzt würde; den jüngsten Kompanieführer seiner Division hätte er nicht freigegeben.

Jetzt lächelte der Generaloberst wirklich, zitierte den Divisonskommandeur an seine Seite und gab ihm knapp Bescheid. »Der Leutnant Lang – vorzügliche Leistung – fährt in Studienurlaub – ist klar.« »Jawoll«, grüßte der General Pflüger.

Meine Familie war sprachlos vor Glück; erst nach Tagen in der Heimat drang das Geschenk von vier Monaten ins Bewußtsein. Meine Frau sagte nur: »Es ist wunderbar, daß du zur Geburt unseres ersten Kindes zu Hause bist.«

An der TH schrieb ich mich ins fünfte Semester ein. Mit einfühlsamer Herzlichkeit verstand es Hans Döllgast, selbst Infanterieleutnant im Weltkrieg 1914–18, uns Feldzügler aus den Fesseln des Krieges zu befreien und wenigstens für eine Weile auf die Insel der Architektur zu retten. Die Aufgaben, die er uns stellte, übten Auge und Formsinn. Seine Kunst hatte Originalität, sein Urteil war unbestechlich – für uns Hungrige nach Wissen und Erkenntnis ein überzeugendes Kontrastprogramm zur NS-Kunstideologie.

Den Semesterentwurf belegte ich bei Roderich Fick, dessen Arbeiten aus den Jahren vor 1933 durch ihre sehr konservative, aber noble Haltung auf mich Eindruck gemacht hatten. Ich hatte einen Gasthof, das »Haus am See« in Herrsching, zu entwerfen. Am Ende kam ein behäbiges Bauwerk mit gewaltigem Walmdach heraus, das eher zu einem mächtigen Kloster gepaßt hätte. Fick war mit der peniblen Ausarbeitung des Entwurfs und dem filigranen Zeichenaufwand sehr zufrieden.

Ein paarmal besuchte mich meine Frau; wir bummelten durch die Stadt mit ihren vertrauten Plätzen und Straßenräumen. Einmal trafen wir im Hotel »Schottenhamel« mit meiner einstigen Eichstätter Fee zusammen, die beiden Frauen sahen sich zum erstenmal. Es wurde ein nicht unfreundliches aber etwas bemühtes Gespräch daraus. Hildegard beneidete meine Frau um das Glück, mitten im Krieg den Mann bei sich zu haben, und meinte, es sei doch etwas ganz anderes, wenn man seinen Partner in Rußland an der Front wisse, ganz vorne und jeden Tag in Lebensgefahr. Dabei schaute sie mich vorwurfsvoll an, wie einen Drückeberger. Diese Bemerkung genügte schon, um in mir ein unangenehmes Gefühl zu wecken. So gab es immer wieder Begegnungen, die mich spüren ließen, daß ich ein unverdientes Glück genösse. Allmählich entwickelten sich in mir ausdauernde und nachhaltige Gewissensbisse.

Am 22. Dezember 1941 kam unser erstes Kind, eine Tochter, zur Welt, und das nachfolgende Weihnachtsfest wurde ein ganz besonders schönes Märchen im tiefen Schnee unter den Ammergauer Sternen.

Ostfront

Anfang März war das Semester zu Ende, und ich durfte mich um mein weiteres Soldatenleben kümmern. Jetzt wollte ich nicht mehr ins Burgund zurück, um wie Gott in Frankreich zu leben. Jetzt wollte ich nach Rußland, wo alle meine Freunde auf oder auch bereits unter der Erde an der Front waren. Diese Gedanken behielt ich freilich sorgsam für mich. Niemand hätte mich verstanden, am wenigsten die Menschen, die ich liebte und die darüber glücklich waren, daß mich der Krieg noch nicht gefressen hatte.

Damals hat mich nicht der Verstand, sondern dieses dumme, unangenehme Ehrgefühl bestimmt. Also ging ich in München zum Wehrkommando, um über meine weitere Verwendung Aufschluß zu erhalten. Ich käme wieder zu meiner Einheit in Dole, meinte der Personaloffizier und war sehr erstaunt über meinen Wunsch, an die Ostfront zu gehen. Ich durfte mir die Einheit selbst auswählen. Ohne Umschweife bat ich um meine Versetzung zum Pionierbataillon 268, das seinen Ersatz vom Ingolstädter Brückenkopf bezog und dem vertraute Schicksalsgenossen von 1936/38 angehörten, mit denen ich mich besonders gut verstanden hatte.

Die Weichen waren gestellt, aber dieses Mal von mir selbst. Meiner Familie hatte ich nichts davon gesagt. Es schnitt mir ins Herz, als ich mich Anfang März in Oberammergau verabschiedete und in die stillen, traurigen Gesichter sah. Eine kräftige Sonne ließ aus den Traufen blitzende Schleier von Schmelzwasser wehen. Ich hielt das kleine, warme, drei Monate alte Bündel Kind in den Händen, das ich von der ersten Sekunde an genauso beglückt und erstaunt liebte wie meine Frau, die selbst noch gar nicht so weit von der Kindheit entfernt war.

Beim Ersatzbataillon in Ingolstadt wurde ich gleich zur Ausbildung der frisch eingezogenen Rekruten eingeteilt und wartete nun auf meine Abstellung ins Feld. Mit Wirkung vom 1. März 1942 war ich zum Oberleutnant befördert worden, und auf mich wartete eine Verwendung als Kompaniechef. Diese Position war für mich nichts Neues, nachdem ich bereits sieben Monate lang Kompanieführer gewesen war, allerdings im Burgund, im Garten Eden am Doubs. Neu und bedrohlich war die Vorstellung, eine Kompanie an der Ostfront zu führen, im Feuer der Kampfhandlungen und mit erschreckenden Verlusten. Ich hatte genug gehört von Offizieren, nach Verwundung genesen, die von der Ostfront zurückgekommen waren; ich konnte mir ein Bild machen, wenn auch nur schemenhaft.

Die Katastrophe vor Moskau, in der die Siegeslorbeeren des Sommers verlorengingen, hatte das Klima verändert. Die Truppen waren grausam dezimiert worden, mehr als die Hälfte aller Ausfälle war durch Erfrierungen verursacht worden. Die Landser in den schneeverwehten Erdlöchern, schlotternd in den dünnen Sommeruniformen, verloren fast den Verstand, zumindest aber gründlich den Glauben an ihre oberste Führung.

Die neue Abwehrlinie ca. 100 km westlich von Moskau, mit offenen Flanken im Norden und im Süden, wurde nicht durch das Genie des Führers gewonnen und stabilisiert, sondern durch den Überlebenswillen, die Erfahrung und die Zuverlässigkeit der Männer in den niederen Dienstgraden auf fast schon verlorenem Posten. Das hörte ich im Kasino des Brückenkopfes und folgte gespannt und mit großer Anteilnahme den hitzigen Diskussionen über die Situation an der Ostfront. Uns beeindruckten allerdings auch die Anstrengungen der Heimat durch rührende Woll- und Pelzsammlungen und das Opfer geliebter Skiausrüstungen, der Front zu helfen. All diese bombastisch angekündigten Aktionen gingen zwar an den wirklichen Bedürfnissen vorbei; aber sie gaben den Soldaten doch das Gefühl, daß diese Welle von Anteilnahme und Opferbereitschaft nicht enttäuscht werden dürfe. Sie bekamen keine bessere Ausrüstung, aber ein warmes Gefühl im Herzen.

Nach etwa einem Monat Dienst beim Ersatztruppenteil wurde ich zum Pionierbataillon 268 an die Ostfront versetzt. In dieser Zeit versuchte ich mir ein Bild vom bevorstehenden Abenteuer zu machen, aber es blieb bei einer schemenhaften Vorstellung. Zuweilen hatte ich auch das mulmige Gefühl, daß meine Meldung an die Ostfront wohl eine unüberlegte Herausforderung meines Schicksals sein mochte. Darin bestärkte mich die Begegnung mit dem Feldwebel Oberhofer, der mir als Zugtruppführer bei meinem Freund und Trauzeugen Franz Gaßner von den Einsätzen im Raum Tula südwestlich von Moskau berichtete.

Er erzählte mir von einem anrollenden russischen Panzerangriff und dem Versuch, noch schnell eine Minensperre anzulegen. Dabei wurden dem Zugführer Gaßner durch eine Panzergranate beide Beine abgerissen. Franz verblutete bei vollem Bewußtsein in den Armen Oberhofers. Sein Zug hat ihm nach Abwehr der Panzer ein Grab geschaufelt. Dieser Bericht ist dem Sebastian Oberhofer, dem gelernten Metzger und Konditor, dem hochmusikalischen, sensiblen und zugleich tatkräftigen Mannsbild und fronterfahrenen Pionierfeldwebel, schwer genug gefallen. Er wußte, daß Franz Gaßner und ich ein Gespann gebildet hatten und daß wir Freunde waren. Wir trauerten zusammen und schämten uns nicht, als uns Rotz und Wasser in die Schnapsgläser lief. Von da an waren wir Freunde und sind es noch bis zum heutigen Tag.

Der 24. April war der Tag meiner Abfahrt an die Ostfront. Ich traf zum letzten Mal in München im vertrauten Hotel »Schottenhamel« mittags mit meiner Frau zusammen. Die Stunden bis zum Abend zogen sich schrecklich und quälend dahin, aber auch wieder viel zu schnell, und unser Glück wurde von den Schatten der Zukunft gnadenlos eingeschwärzt. Meine Frau hatte ein Foto von sich und der winzigen Petra mitgebracht, auf dem sie ahnungslos lächelte. Ich hatte Mühe, das rührende Bild mit meinen zitternden Händen ins Soldbuch zu stecken. Ich begleitete sie zum Zug im Starnberger Bahnhof. Mein Fronturlauberzug sollte eine Stunde später aus dem Hauptbahnhof rollen. Ich schaute ihrem Zug nach, wie er in der Dunkelheit verschwand; das rote Schlußlicht wurde immer kleiner und trüber und versank in einem Schwall aufsteigender Tränen. Der Bahnhof war düster und kalt. Ich ging mit meinem Rucksack und Koffer in die große Halle hinüber, geschüttelt von einem Schmerz, wie ich ihn noch nie erlebt hatte.

Am nächsten Abend rollte unser Zug in den Warschauer Trümmerbahnhof ein. Die Abteile leerten sich. Wir wurden zur Führerreserve weitergeleitet, zu Fuß mit Gepäck, durch die ramponierten Straßen der einmal so lebendigen Hauptstadt. Am nächsten Tag erfuhren wir die Standorte unserer künftigen Einheiten. Auf einer großen Landkarte fand ich die 268. Infanteriedivision, fast 200 km westlich von Moskau und etwa 100 km südlich von Wijasma, an der Ugra.

Am frühen Morgen des 27. April 1942 verließ ein neuer Zug russischen Zuschnitts Warschau, die Stadt, von der ich nur einen grauen, kulissenhaften Eindruck behalten hatte. Bei Bialystok ging es über die Grenze nach Weißrußland hinein, und von da an hing ich am Fenster. Ich wollte jeden Kilometer dieses Landes sehen, erkennen und erfahren, was seinen Charakter ausmachte. Ich sah weite Flächen, nur wenige, flache Erhebungen, große dunkle, zusammenhängende Waldgebiete, Ansammlungen von grauen Holzhäusern, strohgedeckt oder mit rostigen Blechdächern, Straßen ohne feste Decke, eigentlich nur ausgefahrene Radspuren. Da und dort gab es trigonometrische Punkte, Holzgerüste in offener Pyramidenform, Bahnstationen mit wenigen Häusern im Hintergrund, verlassen und verweht. In der graubraunen Landschaft hielten sich noch Schneeflecken und Eis in den Fahrspuren, vom Frühling keine Spur.

In der Dämmerung des langen Tages kam der große Dnjeprbogen in Sicht, über dem auf der vorspringenden Bastion des Hochufers die typische Silhouette der Smolensker Kathedrale zu erkennen war. Das ist »Rußland«, dachte ich, und mein Puls legte einige Schläge zu. Im weitläufigen Smolensker Bahnhof rückten wir mit dem Gepäck auf der breiten, unbefestigten Fahrstraße über die Dnjeprbrücke in die höher gelegene Stadt aus. Die Nacht verbrachten wir im lauten Soldatenheim, einem großen Gebäude des früheren Sowjets, wohl dem einzigen Treffpunkt für die rückwärtigen Wehrmachtsleute in der Stadt. An den Tischen drängten sich Soldaten und Frauen in Uniform. Nachrichtenhelferinnen und Rotkreuzschwestern.

Am nächsten Morgen ging ich ganz früh durch eine alte, noch kahle Allee zur Kathedrale. Ich betrat durch das offene Portal den unzerstörten, hohen Raum. Mächtige Pfeiler faßten die zentrale, gegliederte und gewölbte Halle mit barocker Kraft von russischem Charakter. Eine hohe Wand, goldglänzend und farbig, eine prachtvolle Ikonostase mit mehr als hundert Bildtafeln führte als kostbarer Empfang in den Zentralraum. In der dämmrigen Mitte stand ein großer Soldat mit einem Skizzenblock und zeichnete konzentriert, ich erkannte in dem Unteroffizier einen Studienkollegen von der Münchner TH.

Am frühen Vormittag nahm der Zug die letzte Strecke bis Wijasma unter die Räder. Unter einem Himmel mit bizarren, glühenden Abendwolken, vor dem die dunklen Silhouetten einiger Kirchenruinen standen, erreichten wir die Endstation des Fronturlauberzuges. Am nächsten Morgen, der klar und hell war, löste sich unser kleiner Haufen auf und strebte grüppchenweise den Einsatzorten zu. Ich war der einzige, der an die Ugra zur 268. Division mußte, das waren noch ca. 80 km nach Südwesten. Die ersten 30 km davon, bis Piatnitza, fuhr noch eine betagte Bahn. Damit war der äußerste Punkt vor der etwa 50 km entfernten Front erreicht. Ein größerer Lagerschuppen, ein paar Häuser und eine Verladerampe, das war der Verteilerkopf für drei Divisionen. Ich schaute mich um. Eine große Zugmaschine mit Kettenantrieb stand da, die gerade von ein paar Soldaten mit Kisten beladen wurde. »Wo fahrt ihr hin?« fragte ich den Feldwebel, der das Kommando hatte. »Über Snamenka und Slobodka nach Klimowsawod«, sagte er. Ich wußte, daß in Slobodka der Stab der 268. Division lag, also meine Strecke. Der Feldwebel bot mir einen Platz im Führerhäuschen an, machte mich aber darauf aufmerksam, daß die Fahrt durch Partisanengebiet ginge.

Die fünf Mann hatten ein MG und Maschinenpistolen dabei und machten einen erfahrenen und gelassenen Eindruck. Dann ratterten wir in der Dämmerung los, nach 20 km war es dunkel geworden. Der Himmel war heller als das nächtliche Land, und ich bewunderte den Fahrer, der mit abgeblendeten Scheinwerfern sicher auf der aufgewühlten Sandpiste blieb. Nach weiteren 30 km polterte das schwere Fahrzeug auf die lange Holzbrücke bei Snamenka über die Ugra. »Jetzt sind es noch 25 km bis Slobodka«, sagte der Feldwebel, »und hier gibt's auch keine Partisanen mehr. Das Gebiet ist Ostern freigekämpft worden.«

Die Spannung war gelöst, aber die Erwartung des Neuen hielt mich hellwach. Als die Zugmaschine aus den schwarzen Waldkulissen auf die langgezogenen, freien Hügelkuppen fuhr, breitete sich das Land dunkel und geheimnisvoll aus. Ich stand mit etwas tauben Füßen auf der breiten Dorfstraße, die von freistehenden Holzhäusern schattenhaft gesäumt war. Vor einem in der Nähe stehenden Haus sah ich einen Posten, der sich im langen Wintermantel, mit Stahlhelm und Gewehr die Füße vertrat. Der Mann wußte Bescheid und konnte mir sagen, wo der Troß des Pionierbataillons untergebracht war. Hundert Meter weiter, da war die Schreibstube. Durch die Fensterritzen fiel schwaches Licht. Ich ging ins Haus, klopfte und trat ein: »Oberleutnant Lang vom Ersatzbataillon Ingolstadt«, sagte ich und löste damit eine lärmende Begrüßung aus.

Der Oberzahlmeister, der Bataillonsarzt und ein magerer sympathischer Feldwebel schüttelten mir abwechselnd die Hände. »Wir haben schon lange auf Ersatz gewartet – herzlich willkommen.« Der Oberzahlmeister orderte gleich ein spätes Abendbrot; eine Ordonnanz brachte eine Büchse Fleisch und eine mit Käse, dazu Kommißbrot und einen echten Bohnenkaffee. Eine Flasche Cognac wurde noch dazugestellt, die wir zu viert bald geleert hatten. Dann bekam ich alle Informationen über das Bataillon. Wortführer war der Oberzahlmeister, im Frieden Bankdirektor in Saarbrücken, der vor allem den Kommandeur, Hauptmann und Dr. jur., über den Schellenkönig lobte.

Nun war es Zeit, endlich meine alten Freunde aus Ingolstadt von 1936/38 anzurufen, derentwegen ich mich zum Pionierbataillon 268 gemeldet hatte. Es war nur noch eine Handvoll am Leben, die meisten lagen bereits unter dem Birkenkreuz. Aber die wenigen, die ich in jener Nacht telefonisch erreichte, vorne in der Stellung, waren außer sich vor Freude. Zahlmeister und Bataillonsarzt, beide im Offiziersrang, nahmen etwas irritiert zur Kenntnis, daß sich hier ein Oberleutnant mit Feldwebeln duzte.

Am nächsten Morgen ritt ich, vom mageren Feldwebel begleitet, die fünf Kilometer zum Bataillonsgefechtsstand, um mich persönlich zu melden. Der Bunker war in einen bewaldeten Hang gegraben, mit ordentlicher Deckung und Tarnung, über einem Fahrweg, der an dem Bachlauf der Sobsha entlangführte, die nach fünf km in die Ugra mündete. Weitere Unterstände für den Stab lagen daneben, aber bei weitem nicht so komfortabel wie der des Kommandeurs. Vor dem Eingang lag ein blitzsauberer Freisitz für den Aufenthalt bei schönem Wetter, der einen sehr repräsentativen Eindruck machte. Die Begrüßung nach meiner Meldung war angemessen freundlich, aber nicht herzlich.

Der Kommandeur war ein mittelgroßer Mann, Mitte dreißig, von mittlerer Schönheit und von affektierter Nuschelsprache, die Abstand schaffen sollte. Wahrscheinlich war mir schon mein Ruf als ziemlich ungenierlicher Mensch vorausgeeilt, zumal mein alter Kommandeur in meine Beurteilung – die ich später einmal in die Finger bekam – geschrieben hatte: »schwieriger Untergebener – Künstlernatur«. Er teilte mir mit, daß das Pionierbataillon wegen der großen Verluste in der Winter- und Osterschlacht anstelle von drei Kompanien nur noch über eine sogenannte Kampfkompanie mit etwa 60 Mann und einem halben Dutzend Unteroffizieren verfüge. Diese Einheit, geführt von einem Oberleutnant, der schon Mitte vierzig war, lag hinter der Hauptkampflinie in Bunkern, die in einen bewaldeten Hang neben dem zerstörten Dorf Shary gegraben waren. Diesen Kompaniechef sollte ich ablösen. Schon am nächsten Tag sollte ich mich vor Ort einweisen lassen und zugleich vorne in der Stellung Verbindung mit den Bataillonskommandeuren und Kompaniechefs der Infanterie aufnehmen.

Meinem ersten Tag an der Front und in den Gräben sah ich mit großer Spannung entgegen. Im kleinen und einfachen Bunker, dem Kompaniegefechtsstand, wies mich der Kompaniechef in seinen Bereich und die zu erwartenden Einsätze ein.

Wir waren vom frühen Morgen bis zur einbrechenden Nacht auf den Beinen. Die Kompanie war einem Infanterieregiment für Pioniereinsätze zugewiesen und hatte den ganzen Regimentsabschnitt zu betreuen. Das waren etwa fünf Kilometer Grabenlänge an der Ugra, um den russischen Brückenkopf, der mit seiner Stellung den großen Ugra-Bogen wie mit einer Schere abschnitt.

Das Gelände war wellig, mit zerschossenen Waldresten und feuchten Uferstreifen. Der vordere Graben war gut ausgebaut und von den Mannschaftsunterkünften über geschlängelte Laufgräben schnell erreichbar. Davor zogen sich zerschossene und immer wieder geflickte Drahthindernisse hin. Unsere Aufgabe würde es sein, an den besonders exponierten Stellen Minen gegen Schützen und Panzer zu verlegen. Für ein intensives Nachtleben der Pioniere war also gesorgt.

Vor der Stellung am Brückenkopf lagen noch Hunderte gefallener Russen, die niemand unter die Erde bringen konnte. Als bizarre Markierung standen abgeschossene russische T 34 im Niemandsland. Über der Front lag bei Tag eine knisternde Ruhe, die nur dann und wann von den Schüssen der beiderseitigen Scharfschützen oder den Feuerstößen der Maschinengewehre unterbrochen wurde. Die Nächte waren unheimlich und viel lebendiger.

Ich nahm bei der Erkundung unseres Abschnittes alle Eigenheiten und Probleme dieses Stellungskrieges auf. Ich sog die Luft ein, eine Geruchsmischung von Erde, Eisen, Wald und Verwesung. Leichte Fahnen von Holzfeuerrauch hingen dazwischen. Hinter unserer Front lagen dichte, dunkle Waldstücke, wie eine grüne Mauer vor dem Hinterland.

Die Infanteristen begrüßten mich, den Neuling an der Ostfront, mit großer Herzlichkeit. Als Pionier hatte ich bereits den Bonus, den meine Vorgänger in den Einsätzen der vergangenen krisenreichen Wochen erworben hatten. Nach diesen ersten Kontakten war mit schon viel wohler.

Anfang Mai brach der Frühling von einem Tag auf den anderen mit explosiver Kraft aus, die eine berauschende Wirkung hatte. Auf einmal standen die Birken hellgrün vor der dunklen Waldkulisse, frisches Gras und feine Blumenteppiche schossen aus einem Boden, der noch vor kurzem knochenhart gefroren war. Hinter der Front, in einiger Entfernung von den verwesenden Körpern im Niemandsland, war jeder Atemzug voll wunderbarer Düfte, eine Wonne, die einen am hellichten Tag träumen lassen konnte.

Die Nächte versetzten uns in eine andere Welt. Das war die Zeit der Pioniere. Bei Tage war meine Aufgabe, den Einsatz im vorgesehenen Frontabschnitt zu erkunden und mit dcm zuständigen Kompanieführer der Infanterie zu besprechen, Zeitpunkt und Ablauf des Unternehmens festzulegen und alle Details für den Feuerschutz durch die Infanterie zu klären. Am frühen Nachmittag war ich wieder in meinem Gefechtsstand, dann folgte die Unterweisung der Zug- und Gruppenführer für den Einsatz. Bei beginnender Dämmerung rückte die Kompanie in die Stellung ab, mit Minen, Schanzzeug oder der Ausrüstung für Stoßtrupps.

Die Nacht vom 21. auf den 22. Mai 1942 war unruhig. Die Kompanie sollte in einem Abschnitt, der durch Panzer besonders gefährdet war, ein Minenfeld anlegen. Als wir vorne im Graben angekommen waren, ließ die mondlose Nacht die Eigenheiten des Geländes nur schemenhaft erkennen, zerschossene Bäume, Erhebungen, Buschreste und die schwarzen Silhouetten der abgeschossenen Panzer. Das Minenfeld sollte fünfzig Meter breit und zehn Meter tief sein, also mußten hundert T-Minen verlegt werden. Fünfzig Mann mit je zwei Minen mußten lautlos und zum Teil kriechend diese kreisrunden, stählernen Sprengkörper vergraben und tarnen. Dabei war jedes laute Geräusch zu vermeiden. Der russische Graben war etwa 300 Meter entfernt, jeder verdächtige Laut löste sofort Feuerstöße der Posten aus.

In dieser Nacht streute ein vorgeschobenes russisches MG-Nest immer wieder in unregelmäßigen Abständen seine Feuergarben über unsere Köpfe. Ein Verlassen des Grabens konnte nicht riskiert werden. Nach kurzer Beratung kroch ein Trupp von drei Mann an dieses gefährliche Nest heran und warf unbemerkt von der Gegenseite Handgranaten. Eine mächtige Denonation mit bläulich weißem und gelblichem Feuerschein beseitigte die Gefahr.

Plötzlich trat, wie nach einem Schock, totale Stille ein – fast eine halbe Stunde lang. In größter Eile, aber eingeübter Präzision wurde das Minenfeld verlegt. Keuchend, mit jagendem Puls sammelte sich die Kompanie zum Abrücken. Um möglichst schnell aus der Gefahrenzone zu kommen, liefen wir nicht im Graben, sondern vor der aufgeworfenen Brustwehr parallel zur Front, bis wir im zerschossenen Wald untertauchen konnten.

Inzwischen hatte sich die Erstarrung bei den Russen gelöst. In immer schnellerer Folge fegten Geschoßgarben über unsere gebückte Reihe hinweg. »Jetzt wird gleich einer schreien«, sagte ich zu dem hinter mir laufenden Sanitätsunteroffizier. Der Satz war noch nicht ganz ausgesprochen, als ich von links einen Schlag auf dem Bauch spürte, mit einem scharfen, klatschenden Geräusch. Ein Streifschuß, dachte ich und tastete meine Vorderseite ab. »Hat

Sie's erwischt?« keuchte hinter mir der Sani und sprang an meine Seite. Ich spürte es warm über den Bauch zum Oberschenkel laufen. Ich fühlte auf der Feldbluse einen nassen, klebrigen Fleck immer größer werden und legte Tempo zu. Nach einigen hundert Metern erreichten wir den Sanitätsbunker dicht neben unseren Unterständen bei Shary. Ein junger Unterarzt nahm mich in Empfang. Mit geübten, flinken Händen legte er die Verwundung frei, und nun waren ein Einschuß und ein Ausschuß, etwa 15 cm auseinander, zu sehen. Das Geschoß kam von links, durchschlug ein Munitionsmagazin, fuhr in die Bauchwand und wurde durch die unterste rechte Rippe wieder nach außen gelenkt. »So ein Massel«, sagte der Unterarzt und verpaßte mir eine Tetanusspritze. Eine Stunde später fuhr mich der Obergefreite Gams über die bucklige Piste ins Divisionslazarett nach Slobodka. Der Stabsarzt, immer noch oder schon wieder im Dienst, legte die Verwundung frei, schaute die zwei Löcher an und sagte kennerisch: »Alle Achtung, eigentlich hätte der Schuß durch die Leber gehen müssen.« – »Was dann?« fragte ich. »Dann hätten wir das auch geflickt«, meinte er trocken.

Ich wurde in ein notdürftig hergerichtetes Panjehaus eingewiesen; der Boden war mit Stroh und Decken bedeckt. Etwa ein Dutzend Verwundeter war hier untergebracht, zum Teil schwer verletzt und alle ohne Betäubungsmittel. Drei Tage lang hielt ich es aus, packte dann meine Klamotten und floh panisch vor diesem Raum mit seinem Gestank und den unmenschlichen Schreien in der Nacht. Beim Bataillonstroß ließ ich mich von unserem Doktor kurieren, der auch den Ärger beim Stabsarzt ausbügeln mußte, den ich mit meiner Flucht aus dem Lazarett ausgelöst hatte. Nach zehn Tagen war ich mit einem großen Pflaster auf dem Bauch wieder bei der Kompanie, herzlich und respektvoll begrüßt.

Der Frühling ging in einen leuchtenden Sommer über. Die Zeugnisse der Zerstörung und die Spuren des Todes standen in krassem Gegensatz zur prallen Natur. Die Pioniere, mehr der Nacht als dem Tag angepaßt, hatten einen eigenen Lebensrhythmus entwickelt. Für die Infanterie waren wir bei Nacht eine beruhigende Sicherung.

Der Stellungskrieg hatte eigene Gesetze. Hinter den Gräben mit ihrem geordneten Tag- und Nachtdienst entwickelte sich eine bemerkenswerte Bürokratie. Über jeden Schuß mußten Nachweise geführt werden: Meldungen, Aufstellungen und Berichte hielten die Papierflut von vorne nach hinten und umgekehrt in Bewegung. Stäbe mit ihrem perfektionistischen Verwaltungsdenken griffen oft völlig wirklichkeitsfremd in den Tages- und Nachtablauf der Grabenkämpfer ein.

Nach einer strapaziösen Minennacht lag die Kompanie, den hellen Morgen zur Nacht machend, in ihren Bunkern und schlief. Ich hatte mich des Kampfanzugs entledigt, die dunkelblaue Trainingshose und ein ebenfalls dunkelblaues Polohemd angezogen und stand in Turnschuhen sonnenhungrig vor meinem Unterstand. Der blaue, frühe Tag, still und von keinem Schuß gestört, löste die nächtliche Spannung, ich hatte ein gutes Gefühl in Brust und Bauch.

Das wurde gleich anders, als ich meinen Kommandeur zu Fuß mit seinem Bataillonsschreiber auftauchen sah. Er kam zu einem unangemeldeten Besuch, und als ich ihm die »Kompanie in Ruhe« meldete, fragte er nach kurzem Gruß gleich, ob das mein Dienstanzug sei. »Der hängt bei mir im Bunker, seit zwei Stunden, nachdem wir vom Minenverlegen zurückgekommen sind«, sagte ich. »Jetzt will ich mich wieder einmal als Zivilist in der Sonne fühlen.«

Er betrat meinen Gefechtsstand, in dem der Unteroffizier und die drei Mann vom Kompanietrupp schnarchten. Naserümpfend wollte er wissen, ob ich vielleicht mit den Leuten zusammen in diesem Raum sei. Das sei kein Platz für einen Kompaniechef, ein Offizier habe Distanz zu wahren. Beim Rundgang durch das Bunkerlager mit dem gegen Treffer geschützten Lager für Geräte und Maschinen und das gesicherte Depot für Minen gab es keine Beanstandung. Die eingeteilten Posten unter Gewehr machten Meldung und damit auch einen guten Eindruck. Dann gingen wir unter den hohen Tannen an der Latrine vorbei, die vorschriftsmäßig gebaut und mit Erdaufwürfen splittersicher angelegt war.

Er blieb stehen, schaute suchend umher und fragte mich dann, wo meine Toilette sei. Jetzt wurde das Gespräch spannend. Man hatte mir gleich nach meiner Ankunft im Bataillon erzählt, daß der Herr Hauptmann ein sehr sensibler Ästhet sei, der sich ein eigenes

Häuschen habe bauen lassen. Dazu wurde ein Schreinermeister abgestellt, ein Obergefreiter, der das gewünschte Objekt, handwerklich einwandfrei mit dem obligaten herzförmigen Ausschnitt in der Türe, herstellte. Dieses kleine Kunstwerk war transportabel und wurde bei Verlegungen der Kompanie auf einen LKW verladen und war als Schlußlicht der Kolonne unübersehbar. Auf diese Weise bekam die erste Kompanie das treffende, aber nicht gerade rühmende Prädikat »Scheißhäuslkompanie«.

Das wußte ich, und darum sagte ich ihm, wie sehr ich betroffen gewesen sei, als ich von Offizieren der Infanterie und der Panzerjäger gleich spöttisch als Chef der »Scheißhäuslkompanie« begrüßt wurde. Ich dächte nicht daran, an seiner Gepflogenheit festzuhalten. Außerdem sei ich der Meinung, daß ich mit meinen Leuten nicht nur im Feuer schießen, sondern auch, wenn erforderlich, gemeinsam scheißen könnte. Wer Autorität habe, werde sie auch auf dem Donnerbalken nicht verlieren.

Der Kommandeur war sprachlos, er schaute mich mit einer Mischung aus offenem Abscheu und verkniffenem Zorn an. Dann nuschelte er blasiert und vorwurfsvoll: »So spricht kein Offizier. Ihnen fehlt die Haltung, zu der Ihr Dienstgrad verpflichtet.« Unser Verhältnis blieb von nun an gespannt, die Form wurde nur mit knapper Not gewahrt.

Im Südabschnitt war die Sommeroffensive losgebrochen. Aus dem Wehrmachtsempfänger dröhnten die gleichen Sondermeldungen wie vor dem verhängnisvollen letzten Winter. Die Angriffsspitzen stachen weit in den endlosen, östlichen Raum vor, bis an die Wolga und in das mächtige Massiv des Kaukasus. Die Frontlinie dehnte sich in abenteuerlichen Ausbuchtungen wie ein Wellenkamm immer länger und, das spürten wir aus Erfahrung, immer dünner. Irgendwann mußte dieses Gummiband reißen wie ein überstrapazierter Hosenträger. In diesem Moment setzte die Rote Armee zum Großangriff auf den weit überdehnten Frontbogen an.

Bis zum Winter blieb unser Divisionsabschnitt stabil. Für meine Kompanie verliefen die Tage und Nächte in strapaziösem Gleichmaß, mehr oder weniger gefährlich, mit mäßigen Verlusten.

Für den 19. Dezember 1942 wurde vom Regiment ein Stoßtruppunternehmen in Kompaniestärke durch das Bataillon Praxmarer, verstärkt durch einen Stoßtrupp meiner Kompanie, auf den russischen, massiv ausgebauten Stützpunkt »Fink« angesetzt. Zweck dieser Aktion war es, Gefangene zu machen. Der Hauptmann Praxmarer war ein Tiroler Original; wir verstanden uns auf Anhieb. Gemeinsam planten wir mit größter Sorgfalt den beschränkten Angriff.

Kurz bevor wir abrückten, kam noch ein Schwung Feldpost, darunter auch ein Brief meiner Frau. Ich las ihn, schon in voller Kriegsbemalung stehend, während meine Leute Waffen mit Gerät aufnahmen – und hätte es lieber nicht tun sollen. Meine Frau schrieb mit, daß mein Vetter Raimund, der Spiel- und Sportkamerad meiner Kindheit, gefallen sei. Es fiel mir schwer, meinen Leuten vorauszugehen. Ich fühlte in meinen Beinen Blei, der Magen sackte durch. Vorn im Graben wartete ein Filmtrupp der Propagandakompanie, um die wackeren Söhne im Einsatz für die Heimat zu filmen. Ich lief direkt auf die Kamera zu. Dann wurde noch ein Feuerschlag gefilmt und der Beginn des Angriffs. Diesmal hatten wir mit unserer Aktion Erfolg. Der Einbruch in den russischen Graben gelang.

Drei Wochen später saßen meine Frau und meine Schwester im Kino in Oberammergau. Als die Wochenschau über die Leinwand flimmerte, schrien beide auf – ich kam im Schützengraben in Großaufnahme mit Stahlhelm und Karabiner auf sie zu.

Die Tage vor Weihnachten waren ganz ruhig. Es war kalt geworden. Eine makellose Schneedecke hatte die bösen Wunden der Erde, die Panzerruinen und die flach gewordenen Körper der gefallenen Russen gnädig verhüllt. Der 24. Dezember, schon im Frieden ein Tag der Romantik und der Gefühle voll naiver Frömmigkeit und hellem Kinderglück, verwandelt sich im Krieg an der Front und in den Unterständen mit den kleinen, primitiv geschmückten Bäumen in einem Knoten aus Heimweh und Sehnsucht.

Als die Dunkelheit das Niemandsland verhüllt hatte und die Männer in den Unterständen bei Kerzenlicht zusammenrückten, war ich mit meinem Melder im Graben unterwegs, sprach mit dem einsamen Posten und schaute aus den Grabennischen hinüber zu den dünnen Rauchfahnen aus den Ofenrohren der Russenbunker. Plötzlich wehten durch die wahrhaft stille Nacht die Klänge einer

Ziehharmonika herüber, schwebend, langgezogen und hüpfend, – Volksweisen, die ein russischer Soldat spielte, den die gleiche Not des Heimwehs plagte wie uns. Da hockte einer, über sein Instrument gebeugt, die Maschinenpistole in die Ecke gestellt, und versuchte seine Gefühle in Musik zu verwandeln.

Ich hätte dem armen Hund die Hand drücken mögen. Irgendwie wollte ich ein brüderliches Zeichen geben, die 200 Meter tödliche Distanz überwinden. Da habe ich, und das konnte ich damals gut, einen Jodler hinübergeschickt, aus voller Brust in den auf und absteigenden Variationen dieser Kunstform, mit einer ausklingenden Schleife. Einen Augenblick war vollständige Stille, dann klatschten die Posten drüben Beifall. Mir wurde ganz schwach in den Knien. Diese Verbindung zwischen den Fronten war mein Weihnachtswunder. In dieser Nacht fiel kein Schuß mehr.

Der kurze Traum zerstob schnell unter der Wucht der Katastrophe von Stalingrad. Wir starrten hilflos auf dieses Drama kaum faßbaren Ausmaßes. In den Gefechtsständen wurde mit heißen Köpfen und fachmännisch über einen notwendigen Ausbruch der 6. Armee diskutiert.

Der Befehl zur Rücknahme der 4. Armee im Mittelabschnitt um etwa 100 Kilometer nach Westen auf eine wesentlich kürzere Verteidigungslinie wurde mit Erleichterung zur Kenntnis genommen. Vor dieser Absetzaktion mit dem Tarnnamen »Büffelbewegung« wurde meine Kompanie als Vorkommando herausgezogen und für den notwendigen Stellungsbau in den neuen Frontabschnitt transportiert. Heftige Schneefälle machten die Fahrt auf den tief verwehten Pisten zu einem eisigen Schneckenzug. Wir brauchten drei Tage bis zum neuen Standort Risawy, eine langgestreckte, über einen Höhenrücken gestreute lockere Ansammlung von strohgedeckten Holzhäusern. Der Krieg war bisher am Dorf spurlos vorbeigegangen, das Leben war ohne die Männer weitergegangen, die in der Roten Armee kämpften. Die restlichen Einwohner, Großväter und Großmütter, junge Frauen und ein Rudel Kinder, schauten neugierig und scheu auf die feldgraue Besatzung. Bald führten die Pioniere mit den russischen Bauern eine Art von Familienleben auf Zeit. Meist lagen drei bis vier Mann in einem Panjehaus; und auf die großen Öfen gelagert, betrachteten die vaterlosen

Familien die ungebetenen, fremden Gäste. Zwei, drei magere Kühe, ein Schwein und etliche Hühner gehörten selbstverständlich zur Wohngemeinschaft. Die Kompanieschreibstube samt Hauptfeldwebel, Rechnungsführer und Schreiber war in dem etwas größeren Haus des Starosten untergebracht. Nahebei in der Dorfmitte bezog ich mit einem Melder ein Haus in der üblichen Bauart, aber mit einem Zimmer, das nur über den großen, multifunktionalen Wohnraum mit dem Ofengebirge zugänglich war. Von da aus beobachteten Großvater und Großmutter, zwei Töchter und zwei Kinder mein Kommen und Gehen. Die mageren Gesichter der Alten und die runden Köpfe der Jungen waren mir bald vertraut, und wir lächelten uns an.

Der Verlauf der neuen Hauptkampflinie war im Gelände bereits von besonderen Kommandos vermessen worden. Nach diesen räumlichen Vorgaben sollten wir die Schützen- und Laufgräben mit den Mannschaftsunterständen, die wie Bunker unter die Erde mußten, ausheben und bauen. Dazu kamen noch ausgedehnte Drahthindernisse und schließlich die Minenfelder gegen Panzer und Schützen, die vor der Hauptkampflinie verlegt wurden.

Für die Erdarbeiten wurden auch die arbeitsfähigen Dorfbewohner herangezogen. Als Entgelt dafür gab es Nahrungsmittel wie Brot, Hülsenfrüchte, Büchsenfleisch und Käse, Zucker, Salz und Rauchwaren. Die Russen sagten dafür PRODUKTI und waren über dieses Arangement hochzufrieden. Als Dolmetscherin fungierte Marija, die Lehrerin des Dorfes, die ein erstaunlich gutes Deutsch sprach. Sie war eine kleine, bewegliche Mittzwanzigerin in Wattejacke, mit Kopftuch und einem hübschen, fröhlichen Gesicht. Nach wenigen Tagen hatte sich ein reibungsloser Arbeitsablauf eingespielt. Je vier bis fünf Pioniere und genauso viele Russinnen hoben die Erde für Unterstände und Gräben aus, miteinander und in einem beiderseitig abgestimmten Arbeitstempo. Mit meinen zwei Leutnants teilte ich die Aufsicht und pendelte zwischen den Baustellen, meist auf Skiern über die russischen Schneeflächen gleitend. Wenn ich an den Baugruben vorbeikam und der Gruppenführer seinen Trupp bei der Arbeit meldete, winkten mir die Mädchen fröhlich zu. »Capitan, Capitan«, riefen sie.

Die »Büffelstellung« nahm Gestalt an. Wir waren im Zeitplan, und abends nach dem Arbeitstag ging ich in mein warmes, animalisch riechendes Quartier und saß zufrieden in meinem kleinen, sauberen Zimmer mit dem einfachen Strohsack am etwas wackeligen Tisch.

An einem dieser Abende – ich verzehrte gerade die Abendkost, Kommißbrot, Büchsenwurst, Streichkäse und Tee – klopfte ein Besucher an meine Tür. Ein Mann im Offiziersmantel mit weißer Pelzmontur kam herein, schaute etwas ratlos und sagte: »Ich suche den Kompaniechef.« Ich ließ ihn einen Moment schauen und irritiert sein bei meinem Anblick – im Rollkragenpullover, Kommißbrot kauend – und sagte: »Das bin ich.« »Als er die weiße Pelzmütze von seinen dunklen Lockenkopf nahm, kam ein Schönling von Oberkellner-Typ zum Vorschein. Es war ein Assistenzarzt vom Lazarett in Minsk, den der Divisionsarzt bereits angekündigt hatte, zu einem Schnupperbesuch bei der Truppe. Ich bot ihm Platz an und einen Teil meiner Speisen. Dafür dankte er ablehnend, aber den Schnaps zum Nachspülen nahm er schon. Er berichtete, daß er gerade von einem Kuraufenthalt in der Heimat zurückgekommen sei, nach einem Zusammenbruch, den er »Rußlandkoller« nannte. Das war etwas ganz Neues. »Rußlandkoller – damit kommt man ins Lazarett, wie nach einem Bauchschuß? Was ist das?« fragte ich, hellwach geworden. Er lehnte sich zurück, seine schöne Augen verdunkelten sich. »Schwere Depressionen, Appetitlosigkeit, Schlafstörungen, Impotenzerscheinungen...« Ich war baff. »Bei diesen Symptomen«, sagte ich, »müßte die ganze Hauptkampflinie von Leningrad bis Charkow eingeliefert und zur Kur nach Deutschland geschickt werden. Darunter leiden alle, nur das letzte Symptom ist schwer festzustellen, mangels Testmöglichkeiten.«

Etwa zehn Tage später lud ich ihn ein, mit mir einen Gang über die Baustellen zu machen. Wir gingen an einem hellen, sonnigen Morgen vom Dorf zu dem halbfertigen Grabensystem am sanften Vorderhang. An der ersten Baugrube meldete der Truppführer wie üblich seine Arbeitstruppe. Die Russinnen schaufelten weiter, kein Winken, kein »Capitan, Capitan«, nur runde Rücken in den wattierten Jacken. Merkwürdig. Bei der nächsten Baugrube die gleiche Szene, genauso bei der übernächsten. Da mußte etwas passiert sein. Ich rief Marija, die Dolmetscherin.

»Was ist los, Marija?«, sagte ich zu ihr, die klein und mit schiefem Kopf vor mir stand, in einem schärferen Ton als sonst. »Nichts«, sagte sie und schaute zur Seite, »nein, wirklich nichts.« Das klang hörbar gepreßt, und ich wußte, daß sie log, wahrscheinlich aus Angst. »Wenn du mir nicht sofort sagst, was los ist, dann bekommt ihr keine PRODUKTI mehr und werdet umsonst arbeiten.« Sie drehte hilflos den Kopf hin und her. Dann mit einem Ruck und einem scheuen Blick auf den Besucher in der weißen Pelzmütze sagte sie: »Der Doktor...«

Stockend berichtete sie, daß der Assistenzarzt private Gesundheitskontrollen bei den Mädchen durchgeführt hatte. Beim Morgenappell spähte er die für ihn geeigneten Russinnen aus; abends, bei der Rückkehr von den Baustellen, paßte er die Ausgewählten ab. Er bestellte sie allein oder auch zu zweit in sein Quartier, und sie hatten Eier, Butter und Honig mitzubringen. Zu einer ordentlichen Portion Rührei verlangte der selbsternannte Gesundheitsinspektor mit Honig vermischten Wodka. Auf diese Weise gestärkt und animiert, kam er gleich zur Sache und spulte mit den nackten, verängstigten Mädchen sein »wissenschaftliches« Programm ab. Das lief seit einer Woche, und die »Patientinnen« trauten sich nicht, Beschwerde zu führen.

Mich packte eine solche Wut, daß ich mich nur mit Mühe davor zurückhalten konnte, den Widerling an Ort und Stelle zu verprügeln. Ich holte einen Unteroffizier und zwei Mann unter Stahlhelm und Gewehr von der Arbeit, ging auf den Ahnungslosen zu und verhaftete ihn unter Angabe des Grundes. Dann ließ ich ihn in eine außer Betrieb befindliche Banja (Dampfbad) am Dorfrand einsperren. In meiner Wut eilte ich in die Schreibstube und rief den Divisionsarzt an. Und da machte ich einen Fehler: Als sich der Arzt im Rang eines Oberstleutnants meldete, schrie ich ihn in meinem unbändigen Zorn ohne militärischen Vorspann an. »Was für eine Sau haben Sie mir da auf den Hals geschickt – der Kerl hat Russinnen vergewaltigt und muß vors Kriegsgericht. Der Drecksack hält den Äskulapstab wohl für ein Genital...«

Der schrille Befehlston des beleidigten höheren Dienstgrades fuhr mir schmerzhaft ins Ohr. »Was fällt Ihnen ein, Sie unverschämter Kerl, ich werde Sie zur Rechenschaft ziehen, Sie greifen in meine Zuständigkeit ein … der Assistenzarzt wird sofort abgeholt – Sie entschuldigen sich.« »Das tue ich nicht – den Herrn Assistenzarzt laß ich frei – mit einem gewaltigen Arschtritt«, und warf den Hörer auf die Gabel. Eine Stunde später holte der weiße Kübelwagen des Divisionsarztes mit dem großen roten Kreuz den Mann mit der weißen Pelzmütze ab. Vom Divisionsarzt hörte ich nichts mehr und von dem Doktor mit dem Rußlandkoller auch nichts. Bei meinen Gängen durch die Baustellen meldeten wie üblich die Gruppenführer ihre Pioniere. Die Mädchen grüßten wieder, aber das fröhliche »Capitan, Capitan« habe ich nicht mehr gehört. Dafür war ich sicher, daß die Partisanen in den Wäldern von Risawy bestimmt mit den Einwohnern in heimlicher Verbindung, den Vorfall erfahren haben. Ein Steinchen mehr für das wachsende Rachemosaik.

Um den 10. März 1943 besetzte die abgekämpfte Division die fertige stabile »Büffelstellung« und mußte bald darauf eine erste Bewährungsprobe bestehen. Zuvor wurden Risawy und die übrigen Dörfer im neuen Frontbereich evakuiert. Die Leute verluden ihre dürftige Habe auf klapprige Schlitten und bewegten sich in einem trostlosen Zug des Elends nach Westen in eine unbekannte Zukunft.

Meine Kompanie zog etwa drei Kilometer hinter Risawy in den Ort Samoshje, der auf einem Hügel, mit gemauerten Häusern in der Ortsmitte, zwischen Gruppen alter, hoher Bäume lag. Hier bauten wir Unterstände für die Gruppen. Der Ort lag noch im Bereich russischer Artillerie, heftige Angriffe waren zu erwarten. Zudem rückten wir wieder, wie an der Ugra, in der Abenddämmerung in die Stellungen, um in der Nacht die Minenfelder zu verlegen.

Am 18. März 1943 früh um sieben Uhr brach im russischen Trommelfeuer in der gesamten Divisionsbreite die Erde auf. Drei Stunden lang herrschte das Inferno. Dreckfontänen und feurige Explosionswolken vermischten sich zu einer riesigen, wirbelnden Wand in blendend weißen, violetten und schwarzen Farben, die mit dem verdunkelten Himmel verschmolzen. Dann löste sich der massive Feuerschlag langsam auf, und die großen Kaliber fingen an, ins Hinterland in die Bereitstellungsräume und Depots zu donnern.

Der Versuch, die »Büffelstellung« zu durchbrechen, konnte im großen und ganzen abgewiesen werden. Nur zwischen Risawy und Tschaschtshi gelangen den Russen einige Einbrüche. Meine Kompanie wurde mittags alarmiert, rückte eilends in den gefährdeten, rauchenden Abschnitt und wurde dort vom Regimentskommandeur, einem kleingewachsenen, entschlußfreudigen Mann, persönlich eingewiesen. Gegen Mitternacht war der verlorengegangene Stellungsteil wieder in unserer Hand.

Dann kam endlich ein schöner Tag. Am 23. April 1943 konnte ich nach 15 Monaten Trennung von meiner Familie in einen dreiwöchigen Heimaturlaub fahren. An der Kathedrale von Smolensk vorbei brachte mich der Fronturlauberzug, der voller und voller wurde, über Orscha, Borysow, Minsk und Wilna bis zum deutschen Grenzort Wirballen. Dort sammelten sich die Landser zur vorgeschriebenen Entlausung. Einige hundert Mann wurden nach Abgabe der gesamten Bekleidung, die markiert in Entlausungsöfen verschwand, durch Saunaanlagen geschleust. Schubweise ging das vonstatten. Die nackten Männer, in ihrem Dienstrang nicht erkennbar, warteten jeweils auf den nächsten Gang. Die Gleichheit in der Nacktheit wirkte wie eine Befreiung von militärischer Ordnung. In einer Art von Brüderlichkeit flogen lose Bemerkungen hin und her, durchaus ungenierlich in der wenig feinen Landsersprache. Ein Witzbold besonderer Art umkreiste eine Zeitlang einen älteren, großen Mann, der mit etwas grämlichem Gesichtsausdruck, den Kopf auf einem dünnen Hals, über einer flachen, aber doch wabbeligen Brust und darunter einem gewölbten Bauch über Storchenbeinen ungeduldig von einem Fuß auf den anderen trat. Dann blieb der Spaßvogel, ein derber Typ, vor dieser unangepaßten Figur stehen, schaute ihm schelmisch ins Gesicht und patschte herzhaft auf den blanken Bauch. »Biste bei der Feldkiche, Briderchen?« sagte er mit rollendem R und löste bei seinem unfreiwilligen Partner eine Explosion aus. »Sind Sie wahnsinnig, Mann«, kreischte er den verdutzen Landser an, »und nehmen Sie die Hacken zusammen« – seine Augen rollten. Dieser Anschiß eines Nackten an einen Nackten war schon saukomisch. Im nackten Rudel der lachenden Landser tauchte der erschrockene Kaschube unter, und sein wütendes Opfer mußte von einer Verfolgung notgedrungen absehen. Nach der Entlausungsprozedur sah ich, wieder in Uniform, den beleidigten Bauchträger als Oberst rachedurstig Ausschau nach dem Attentäter halten – vergeblich.

Am Abend des 25. April war ich endlich daheim. In der Tür lief mir meine eineinhalbjährige Tochter mit einer Blume in der ausgestreckten Hand entgegen. Meine Frau stand da mit meinen Eltern, wir lachten und weinten, bewegt von unseren Gefühlen, mit denen wir gar nicht fertig werden konnten, mit dem kleinen, blonden und großäugigen Wesen in unserer Mitte, von Arm zu Arm gereicht. Der Frühling meinte es besonders gut, im Garten blühten die Obstbäume, und ich wurde von den wunderbaren Bildern und von den Farben des Friedens verzaubert.

Ein Schatten legte sich auf dieses Glück, als ich meinen geliebten Großvater aufsuchte und mit ihm und seinem Sohn, meinem Onkel Franz, über den gehaßten Krieg redete. Zum erstenmal hörte ich von den Maßnahmen der deutschen Verwaltung im besetzten Polen, von den Aktionen der Sicherheitskräfte im Generalgouvernement, von den KZs, in denen Tausende von Menschen, hauptsächlich Juden, zu Tode kamen. Ich konnte das nicht glauben. Woher kamen diese Informationen, woher wußten sie über Widerstand überall dort, wo die Hakenkreuzfahne wehte?

Ich erfuhr, daß sie regelmäßig die deutschen Sendungen der BBC London hörten, ein gefährliches Unterfangen, auf das Todesstrafe stand. Ich meinte, gegenhalten zu müssen: Diese Sendungen hätten doch den Zweck, den Kampfeswillen der Deutschen aufzuweichen, und würden also in dieser Form einen geistigen Krieg hinter der Front führen. Ich hielt das für Propaganda, wie ich sie auch vom Reichspropagandaminister kannte, das alles war ohne Anspruch auf Wahrheit.

Ich war erschrocken und traurig zugleich, als ich die Niedergeschlagenheit, die Verzweiflung und den Haß in den Augen der zwei Männer sah, die ich liebte und denen ich vertraute. Sie sagten mir, daß ich ihnen leid täte. Sie sagten auch, daß sie Angst vor dem Brief aus dem Feld hätten, von meinem Vorgesetzten, der meine Familie und Freunde in die schwärzeste Trauer stürzen würde. Darüber redete ich mit niemandem. Ich nahm diese Begegnung mit den Menschen, an denen seit jeher mein Herz hing, als niederdrückendes Paket mit zurück an die Front.

Meine Mutter streichelte ein wenig scheu meine Hand, und ihre dunklen Augen wurden ganz schwarz. Mit meiner Frau saß ich auf der Bank vor einem Heustadel in der Sonne, und vor uns spielte klein, lustig und eifrig der lebende Beweis unserer Liebe. Da wurde mir der Atem eng, und ich bekam Angst vor dem Abschied. Am 19. Mai fuhr ich in Oberammergau ab, schaute an der großen Kurve bei Saulgrub noch einmal über den blühenden Hügelkamm auf den alten Kofel, dann waren die wunderbaren Wochen daheim Erinnerung geworden.

München, Wien, Brünn, Warschau, Bialystok, ab Warschau leerte sich der Zug bei jedem Halt schubweise; zwischen Minsk und Borysow konnte ich mich in meinem Abteil schon der Länge nach auf der Holzbank ausstrecken, den gerollten Mantel unter dem Kopf und willens, die Nacht bis Smolensk durchzuschlafen. Ich fuhr hoch, als der Zug ruckartig hielt und draußen Leute rannten. »Pioniere«, hörte ich immer wieder. Da wurde ich hellwach, schnallte das Koppel um, setzte die Mütze auf und sprang auf den Bahnkörper. Die Nacht war hell genug, um vorne bei der Lokomotive ein Rudel Leute zu sehen, die wild gestikulierend aufeinander einschrien. Ich trat hinzu, bemerkte einen großen, dicken Offizier im Ledermantel, einen Oberst, wie ich erkannte, und meldete mich: »Oberleutnant Lang vom Pi 268.« »Endlich ein Pionier«, rief er vorwurfsvoll was ich ihm nicht verdenken konnte. Sicher waren an die fünfzig Pioniere in diesem Zug an die Front, lauter alte Hasen, die sich niemals freiwillig melden würden. Nun war ich das Karnickel. »Hören Sie, da vorne liegt 'ne Mine oder so was«, sagte der Oberst in schnarrendem Befehlston wie auf dem Kasernenhof, »machen Sie das Ding weg!« Tatsächlich, zwischen den Schienen lag ein dunkler Körper, den der Lokführer gerade noch erkannt hatte, um rechtzeitig zu bremsen. Dreißig Meter trennten den Zug von der Katastrophe.

Langsam ging ich auf das unbekannte Objekt zu. Ausgerechnet ich. Und das jetzt, nach dem Urlaub. Wo doch jeder wußte, daß ein Urlauber, wieder an der Front, meist in den ersten Tagen eine verpaßt bekam. Ich bekam eine dumpfe Wut auf den fetten Oberst und den Haufen neben der Lokomotive.

Es war eine großkalibrige Granate, heimtückisch lag sie zwischen den Schwellen auf dem Schotter. Davor war ein Stock etwa einen Meter hoch in den Boden gerammt. Von seiner Spitze war eine Schnur oder ein Draht zum Zünder der Granate gespannt. Wenn die Lokomotive diesen Stock umgefahren hätte, wäre der Zünder betätigt worden, die Explosion der Granate hätte die Maschine zerfetzt und den ganzen Zug zum Entgleisen gebracht. Die Partisanen – und das war sicher ihre Arbeit – hatten den Platz optimal für ihr Vorhaben gewählt. Die Waggons wären links und rechts vom Bahndamm in einen Sumpf gestürzt, den die Bahnlinie durchquerte. Einige hundert Meter entfernt stand die unheimliche Mauer eines dichten Waldgebietes, typisches Partisanenland.

Ziemlich beschissene Situation, dachte ich und ging zur Lokomotive zurück. »Ich brauche eine Leine oder einen Draht«, sagte ich, und nach einigem Suchen brachte der Lokführer eine vielleicht fünf Meter lange Schnur. »Nun machen Sie schon«, drängte der fette Oberst. Ich ging zu meiner Granate wie zum Schafott. Erst legte ich mit größter Vorsicht, während sich meine Rückenhaare langsam sträubten, eine Schlinge um die Stockspitze. Es konnte ja auch sein, daß der Zünder nicht nur auf Zug reagierte, sondern auch beim Nachlassen der Spannung detonierte, vielleicht ein Zug- und Zerschneidezünder, wie ich es bei der Pionierausbildung gelernt hatte. Die Schnur reichte vom Stock gerade so weit, daß ich mich etwas unterhalb der Kante an die Böschung drücken konnte. Nun mußte ich millimeterweise ganz langsam den Stock zum Zünder hin umlegen. Ich hatte eine Sauangst, schloß die Augen, hielt die Luft an und zog ganz sachte an der Schnur – einen Zentimeter, erste Befreiung, es war kein Zug- und Zerschneidezünder. Jetzt war es ein Kinderspiel. Ich legte den Stock um, schraubte den Zünder aus der Granate und atmete tief durch.

Die Granate konnte auch noch durch einen seitlich eingebohrten Zünder gegen Aufnahme gesichert sein. Also noch ein Versuch. Zentimeterweise räumte ich mit der Hand die Schottersteine unter der Granate heraus, tastete den glatten Bauch des Ungetüms ab und baute die geräumten Steine wieder ein. Als ich die Spitze erreicht hatte, war die Gefahr beseitigt, und mich packte neben einem wonnigen Glücksgefühl kindischer Übermut.

Ich nahm die Granate mit mindestens einem Zentner Gewicht

auf die Arme und ging damit zu den Gaffern zurück. »Hier ist das Ding, Herr Oberst.« Er sprang zurück und keuchte »Sie sind verrückt, Mann, bringen Sie das Ding weg.« »Nichts lieber als das«, sagte ich und ließ die Granate über die Böschung in den Sumpf hinunterrollen. »Los, wir fahren weiter«, schrie der Oberst zum Lokführer hin, wandte sich um und lief ohne Dank und Gruß zu seinem Abteil.

Am Vormittag konnte ich wieder die Kathedrale über dem Dnjepr grüßen und stieg in die Bummelbahn nach Terenino um. Neben dem ramponierten, mickrigen Stationsgebäude wartete bereits mein Kübel zur Abholung, und ich stieg mit dem Gefühl ein, bald in meiner zweiten, anderen Heimat zu sein. Mein Fahrer berichtete unterwegs vom Alltag in der Kompanie, daß nichts Unvorhergesehenes passiert sei. Als die hohen Bäume in Samoshje lange Schatten warfen, hielten wir vor dem Kompaniegefechtsstand. Da war die erste Überraschung: Es war in meiner Abwesenheit ein neuer Bunker gebaut worden.

Meine Leutnants und der Spieß weideten sich an meiner Überraschung, als ich das komfortable Quartier betrat, und luden auch gleich zu einem Begrüßungsschluck. Sie hätten mir herzlich den Urlaub gegönnt, aber nun seien sie doch froh, daß ich wieder mit ihnen am Tisch säße.

In unser Gespräch läutete der Fernsprecher. Vom Korpsstab rief mich ein Schirrmeister an, der vor drei Monaten Feldwebel in meiner Kompanie gewesen war und den ich für die Stelle eines Schirrmeisters freigegeben hatte. Er war ein bewährter, ein paarmal verwundeter und mehrfach ausgezeichneter Mann, verheiratet und stolzer Vater. Jetzt war er 30 Kilometer hinter der Front auf einem Posten, der zwar viel Arbeit bedeutete, aber eine Art Lebensversicherung darstellte. Nun berichtete er, daß er im Korpstagesbefehl meine Beförderung zum Hauptmann gelesen habe, und er wolle mir gleich einmal herzlich gratulieren. Diese Mitteilung hob die Stimmung augenblicklich. Wir begossen die neuen Sterne schon einmal im Vorgriff. Denn die Beförderung war erst wirksam, wenn sie von der Division bekanntgegeben war.

Kurz darauf rief der Bataillonsadjutant an und bestellte mich für den nächsten Tag zum Kommandeur. Aha, sagten wir, der wird mir meine Beförderung mitteilen, und wir nahmen darauf noch einen kräftigen Schluck.

In bester Stimmung ritt ich tags darauf los, genoß von den Hügelkuppen aus die weite Landschaft und gab mich erwartungsvollen und heiteren Gefühlen hin. Vor dem Gefechtsstand, einem durchaus ansehnlichen Panjehaus, übergab ich mein Pferd einem Posten und erfuhr vom Adjutanten mit undurchsichtigem Gesichtsausdruck, daß der Kommandeur im Kino sei und in einer halben Stunde zurückkäme. Dann verkrümelte er sich ohne weitere Bemerkungen. Seltsam. Sonst war der freundliche, ältere Oberleutnant immer zu einem kleinen Schwatz bereit. Ich spürte ein leises Unbehagen. Das steigerte sich noch, als sich unser Dr. jur. Major mit seinem etwas watscheligen Gang näherte.

Ich grüßte. Er dankte kaum, ging vor mir in sein repräsentatives Dienstzimmer mit Kassettendecke und dem großen Schreibtisch und setzte sich. Mich ließ er stehen. »Stimmt das«, fing er steif und scharf akzentuiert an, »daß Sie vor Offizieren der Infanterie erklärt haben, ich sei ein Arschloch?«

Das war ein Schlag. Ich bemühte mich, Überraschung und Zorn zu bändigen, und sagte: »So stimmt das nicht . . .« Aber er fuhr mit rotem Kopf dazwischen, schlug mit der flachen Hand auf ein vor ihm liegendes Schriftstück und schrie: »Ich habe hier die schriftliche Mitteilung von Major Brill.« »Sie lassen mich nicht ausreden«, fuhr ich fort, entschlossen, die Situation auf die Spitze zu treiben. »Daß Sie ein Arschloch sind, habe ich auch vor Offizieren der Panzerjäger, der Artillerie und der Nachrichtenabteilung erklärt.«

Nun war er wieder bleich geworden. Er teilte mir geschäftsmäßig mit: »Ich habe Ihnen zu sagen, daß Sie mit sofortiger Wirkung zur 78. Sturmdivision versetzt sind. Inmarschsetzung nach Orel morgen früh.«

Immerhin kein Tatbericht mit Kriegsgericht, sondern nur ein Tritt in den Hintern. »78. Sturmdivision, das klingt gut, ich bedanke mich«, sagte ich, grüßte ohne Gegengruß und verließ den improvisierten Gerichtssaal.

Dieser Major Brill. Mit meiner Kompanie hatte ich in mehr als 50 Nächten vor seinem Abschnitt Minen verlegt oder Stoßtrupps unterstützt, dann bei Morgengrauen in seinem Unterstand mit seinen Offizieren die Spannung der Nacht hinuntergespült. Und jetzt das!

Meine Leute in Samoshje, eingestimmt auf eine Beförderungsfeier, fielen aus allen Wolken. Früh um sieben Uhr stand die Kompanie wie ein dunkler Block unter den hohen Bäumen, um sich von mir zu verabschieden. Meine Versetzung hatte noch in der Nacht die Runde gemacht, und jetzt standen die Männer mit ernsten Gesichtern und schauten mich völlig verständnislos an. In einer kurzen Rede, der schwersten in meinem bisherigen Soldatenleben, dankte ich für den Schneid und die Treue, wünschte allen aufmerksame Schutzengel und viel Glück und verabschiedete mich von jedem einzelnen mit Händedruck. Alle hatten nasse Augen, und mir ging es nicht anders.

Auf dem Bahnhof Terenino verabschiedete ich mich von meinem Fahrer, klopfte meinem treuen Kübel auf die Kühlerhaube und machte einen dicken Strich unter das Jahr beim Pionierbataillon 268.

In Smolensk stieg ich um, grüßte ein letztes Mal die Kathedrale über der Dnjepr-Biegung, dann ging die Reise in eine unbekannte Gegend. Nach der Fahrt über Roslawl und Brjansk erreichte ich am späten Nachmittag Orel. Dort erfuhr ich in der Ortskommandantur den Standort des Sturmpionierbataillons 178.

Am nächsten Tag erwartete mich auf dem Bahnhof Smijewka, etwa 40 Kilometer weiter südlich und letzte Station vor der Hauptkampflinie, bereits ein Unteroffizier mit dem Kommandeurskübel. Er ging auf mich zu und fragte mit weißen Zähnen im braunen Gesicht und im gemütlichen Tübinger Dialekt: »Send Sie der sell Oberleutnant Lang?« Er freute sich, daß er den Richtigen angesprochen hatte, und fuhr zügig los, über die hügelige Sandpiste bis zum Bataillonsgefechtsstand in Filosowsky-Losowez.

Das war kein Erdbunker, sondern ein kreisrundes »Finnenzelt« aus leichten Holzelementen, unter malerischen, alten Weiden. Mein neuer Kommandeur kam mir entgegen, ein Hauptmann, nicht viel älter als ich, mittelgroß und ein sportlicher Typ mit temperamentvollen Bewegungen. Wir stutzten beide, und dann wußte ich sofort, daß wir uns vor zwei Jahren bereits bei einem Lehrgang in der Nähe von Reims begegnet waren. Meine Versetzung zeigte sich bereits in der ersten Stunde als glückliche Fügung. Der Adjutant, ein fröhlicher Leutnant, paßte zu diesem dynamischen Kommandeur. Beide waren keine Schwaben, einer Westfale, der andere Sachse, und nun kam noch ein Oberbayer dazu, wir fühlten uns als die Exoten in einer badisch-württembergischen Sturmdivision. Nach dem ersten Abend hatte ich das Gefühl, gut angekommen zu sein.

Die 78. Sturmdivision hatte im Mittelabschnitt bereits einen legendären Ruf. Sie war als Infanteriedivision bei schweren Abwehrkämpfen 1942/43 um Reshew eingesetzt und mehrfach im Wehrmachtsbericht rühmend erwähnt worden. Nun wurde sie im Frühjahr 1943 als Sturmdivision umgegliedert, als einzige dieses Typs. Zu den drei Sturmregimentern und dem Artillerieregiment kamen noch eine Sturmgeschützabteilung, Panzerjäger auf gepanzerten Selbstfahrlafetten, ein schweres Granatwerferbataillon und eine Heeresflakabteilung neben den üblichen Teilen, wie auch dem Sturmpionierbataillon. Alle Einheiten waren vollmotorisiert. Das war eine beachtliche Feuerkraft und Grund dafür, daß die Sturmdivision immer dort eingesetzt wurde, wo es am ärgsten brannte.

Jetzt, im Juni 1943, wurde unter größter Spannung der letzte Großangriff der Wehrmacht an der Ostfront vorbereitet, das Unternehmen »Zitadelle«. Dabei sollte die tiefe Fronteinbuchtung im Raum von Belgorod und Kursk, in der eine ganze russische Armee bereitstand, von Norden und Süden her zangenartig abgeschnitten werden.

Die Sturmpioniere waren Anfang Juni infanteristisch eingesetzt und lagen in den Gräben vor dem kleinen Fluß Nerutsch im zerschossenen Saburowo, einem vorspringenden Teil der Hauptkampflinie. In einer Nacht gab es Alarm: Einem russischen Stoßtrupp war es gelungen, in unseren Graben einzubrechen und einen Posten gefangenzunehmen. Das war fatal, drei Wochen vor dem Unternehmen Zitadelle. Mein Kommandeur schickte mich zur betroffenen Kompanie, um Näheres zu erfahren. Als ich vor Ort eintraf, war der Kompaniechef gerade dabei, mit einem Stoßtrupp den Russen nachzusetzen, um den verlorenen Posten wieder zurückzuholen. In dieser pechschwarzen Nacht durch das Niemandsland und sicher vorhandene Minenfelder in den russischen Graben einzubrechen und in wilden Nahkampf verwickelt zu werden, war unsinnig. Ich hatte große Mühe, den wütenden Draufgänger von seiner Absicht abzubringen. Der entführte Sturmpionier konnte vom bevorstehenden Angriff nicht viel wissen. Er hatte ja nie mehr wahrnehmen können, als im und hinter dem Graben los war.

Bei Sonnenaufgang kam ich zum Bataillonsgefechtsstand zurück. Vor dem Unterstand traf ich auf einen Feldwebel, der zum Divisionsstab gehörte und mir sagte, daß General Traut gerade bei dem Bataillonskommandeur sei. Ich öffnete die Tür, betrat den niedrigen, in die Erde abgesenkten Raum und meldete knapp: »Oberleutnant Lang vom Graben zurück.«

Der General schaute vom Kartentisch auf, über den er mit meinem Kommandeur gebeugt war. Aus seinem teigigen Gesicht mit den zwei tiefen, grämlichen Falten von den Nasenflügeln bis zu den herabgezogenen Mundwinkeln, blitzte eine randlose Brille. »Wo komm'se her? Vom Grob'n?« – er wiederholte angewidert das Wort »Grob'n« mit übertriebenem »o« – »Mensch, reden Sie deutsch.« »Ich komme vom Schützengraben und spreche bayerisch gefärbt«, sagte ich, »so hat man auch im bayerischen Königshaus gesprochen.« Der General richtete sich auf. Er fixierte mich einen Augenblick, dann kam ein schneidendes: »Quatschen Sie nicht.« Damit wandte er sich wieder der Stellungskarte zu. Das ist kein angenehmer Mann, dachte ich, und nahm mir vor, bei einer erneuten Begegnung und weiterhin nur noch bayerisch mit ihm zu reden.

Ein paar Tage später übernahm ich die erste Kompanie und stellte mich in einem Obstgarten als neuer Chef vor. Die Sturmpioniere, lauter fronterfahrene, standfeste Männer, machten auf mich einen vielversprechenden Eindruck. Sie schauten mit verhaltener Neugierde, gelassen und wie Leute, die sich zu behaupten wissen. Meine kurzen Hinweise auf meine bisherige Verwendung und die Erwartung, daß ich mit Mannsbildern zu tun haben würde, nahmen sie aufmerksam und sichtbar beruhigt zur Kenntnis. Die Zugführer machten einen guten, sicheren Eindruck.

Die Spannung stieg, die Vorbereitungen für das Unternehmen »Zitadelle« kamen in die Endphase. In den Nächten bearbeiteten russische Propagandatrupps die Nerven der Landser mit Lautsprechermusik. Marschmusik, Wiener Walzer und dazwischen die

Ankündigung »…und nun ein Stück von der Stalinorgel« mit dem folgenden Feuerzauber der gebündelten Raketen von den mobilen Abschußvorrichtungen. In den Pausen wurden die »Soldaten der 78. Sturmdivision« mit märchenhaften Versprechungen zum Überlaufen aufgefordert. Bündel von Flugblättern fielen aus dem Nachthimmel, von kleinen Flugzeugen über den Stellungen abgeworfen. Für Überläufer galten sie zugleich als Passierscheine. Der Besitz eines solchen Papiers bedeutete für den deutschen Soldaten Kriegsgericht und Standrecht. Auf so einem Blatt, das ich gefunden hatte, war eine Karikatur der »Berliner Verbrecherbande« gedruckt – blendend gezeichnet mit Hitler, Göring, Goebbels, Himmler, Rosenberg und Ley von dem großen Jefimow, Jahrgang 1902. Ich war so angetan davon, daß ich dieses Dokument aufbewahrte und zum Glück heute noch besitze.

Wenige Tage vor Angriffsbeginn lagerten wir frontnah in einer weiten Mulde, im jungen Getreide, in Deckungslöchern mit einer Zeltbahn darüber und staunten über die Masse der Angriffstruppen, die sich wie wir eingegraben hatten. In der Abenddämmerung des 4. Juli verlas ich vor der angetretenen Kompanie den Führerbefehl. Es war ein pathetischer und beschwörender Aufruf in der bekannten Parteisprache, der heraushob, daß dieser Angriff kriegsentscheidend sei. »Also«, sagte ich zu den regungslos dastehenden Sturmpionieren, »wenn wir das Angriffsziel erreichen, ist der Krieg gewonnen. Und wenn nicht, dann ist er verloren – sagt der Führer.« Dann rückten wir durch die dunkel gewordene Landschaft, an allen Seiten von locker gestaffelten und leise klirrenden Sturmeinheiten umgeben, bis zu den Laufgräben nach vorne. Dort verteilten sich die Einheiten und drängten sich mit ihrer schweren Ausrüstung durch die engen, lehmigen Gräben bis zu den Unterständen und schließlich in den vordersten Graben.

Meine Kompanie war dem Bataillon Reinhardt zugeteilt; hier traten die drei Züge jeweils zu den drei Kompanien der Sturmgrenadiere. Unsere Aufgabe war, beim Angriff Gassen durch die russischen Minenfelder zu schaffen und den Einbruch in den Graben zu unterstützen. Nach Mitternacht waren die Ablaufpunkte erreicht. Die Männer hockten, an die Grabenwände gedrängt, in den Nischen oder Unterständen, horchten in die unruhige Nacht hinaus und atmeten tief die kühle Nachtluft mit dem starken Geruch von Erde, Getreide und den Resten früherer Explosionen ein.

Um ein Uhr wurde das gespannte Warten von einem brüllenden Ausbruch gesprengt. Auf der ganzen Divisionsbreite machten die Russen mit einem gewaltigen Trommelfeuer die Nacht zum Tag. Um den Bataillonsgefechtsstand Reinhardt tobten die Einschläge aller Kaliber, Verwundete stürzten herein, Splitter fetzten in die Deckung. Wir verständigten uns schreiend darüber, daß uns die Rote Armee offensichtlich mit einem eigenen Großangriff zuvorkommen wollte. Das Chaos überrollte jede Planung. Wir bissen die Zähne zusammen und versuchten die aufsteigende panische Angst niederzuzwingen. Es kam kein Melder durch, die Leitungen waren zerschossen, es sah nach einer Katastrophe aus.

Nach einer endlos langen halben Stunde brach das Trommelfeuer genau so jäh ab, wie es begonnen hatte. Jetzt kommen sie, dachten wir. Gespenstische Stille. Nur Schreie von Verwundeten, nervöse Feuerstöße aus Maschinengewehren. Langsam wich die Taubheit aus den Ohren.

Die Russen kamen nicht. Sie versuchten den Aufmarsch im Grabensystem und die Bereitstellungen für den längst bekannten deutschen Angriff zu zerschlagen. Es gab böse Verluste, aber wie durch ein Wunder hatten die Sturmtruppen das Inferno einigermaßen überstanden. Rauchwolken und Nebelbänke verzogen sich langsam in den leuchtenden Morgenhimmel.

Um vier Uhr donnerten die deutschen Bomber- und Stukageschwader über unsere Linien, und wir sahen, wie aus einem wüsten Traum erwacht, die hoch in der Sonne fliegenden Schwärme schimmern und die Stukas mit ihrer Bombenlast im Angriff zur Erde stoßen. Um 4.30 Uhr setzte der deutsche Feuerschlag ein, und eine halbe Stunde später stiegen die Sturmtrupps aus den Gräben. Ein mörderisches Abwehrfeuer zwang die Männer zu Boden. Es dauerte bis zum glühend heißen Mittag, in die russischen Gräben einzudringen und das erste Angriffsziel zu erreichen.

Nach etwa fünf Tagen härtester Nahkämpfe, Feuerüberfälle und kritischer Situationen war der eroberte Geländestreifen gerade knapp zehn Kilometer tief. Die Verluste waren höher als vorher eingeschätzt. Für den 11. Juli hatte der General Traut die Absicht, mit Sturmpionierbataillon und einem Heerespionierbataillon, von Sturmgeschützen unterstützt, die letzte Höhe 255,6 vor der Stadt zu nehmen, während die Grenadiere die von den Russen zäh verteidigte Trosna-Mulde erobern sollten. Dann war es nur noch ein Katzensprung bis Malo Archangelsk.

Am Abend vor dem Angriff gruben sich die Pioniere im Bereitstellungsraum ein, und ich lag, für die Nacht wenigstens splittersicher, im selber gegrabenen Panzerdeckungsloch. Nach Einbruch der Dunkelheit brachte ein Melder Feldpost, und ich las unter der Zeltbahn beim Licht meiner Taschenlampe einen Brief meiner Frau. Sie war von meinem Professor Hans Döllgast nach München in die TH bestellt worden und hatte dort erfahren, daß ich auf einer Liste besonders begabter Architekturstudenten stand und nach einer Verfügung des OKH bis zum Abschluß meines Studiums in die Heimat zurückversetzt werden sollte. In wenigen Wochen würde ich wieder an meinem Reißbrett im Zeichensaal der Architekturabteilung sitzen.

Eine Lawine von Glücks- und Angstgefühlen brach über mich herein, und ich kam mir vor wie ein Verschütteter im Deckungsloch. Dazu meldete sich auch gleich der alte Soldatenaberglaube. Ausgerechnet jetzt kam die unglaubliche Botschaft, und am nächsten Morgen mußte ich mit meinen Männern ins Feuer. Beim Morgengrauen lief der Angriff mit Unterstützung durch die Sturmgeschütze planmäßig an, und nach vier Stunden waren die Russen aus ihren Stellungen geworfen und 1500 Gefangene gemacht. Ich schaute gelöst nach dem greifbar nahen Malo Archangelsk hinüber.

In diesen Tagen war der Höhepunkt der Schlacht um den Kursker Bogen erreicht, und der nördliche deutsche Zangenteil, dem auch die 78. Sturmdivision angehörte, wurde von den übermächtigen russischen Reserven angegriffen. In kürzester Zeit kippte das Unternehmen »Zitadelle«, und aus den deutschen Angreifern wurden auf das heftigste bedrohte Verteidiger. Meine Kompanie lag eingegraben, immer zwei Mann in einem Deckungsloch, auf einem sanften Vorderhang vor tiefen Getreidefeldern und hatte mit 60 Mann eine Breite von etwa 400 Metern zu verteidigen. Es sah nicht gut aus. Wir wurden von weit überlegener russischer Infanterie und mehr als einem Dutzend Panzern bedrängt. Lediglich unsere Panzerjäger auf Selbstfahrlafetten hielten uns die Übermacht vom Leibe und schossen die Hälfte der gefährlichen T 34 ab.

Mit meinem Feldwebel lag ich in einem etwas höher an der Hangkante gegrabenen Deckungsloch. Über uns fegten aus allen Richtungen pfeifend, jaulend und kreischend die Feuerbahnen. Ich hatte den Eindruck, daß wir mitten in einem tobenden Kessel zerstampft werden sollten.

Ich wollte unbedingt wissen, was mit meiner Kompanie passierte, und kletterte aus der Deckung, stand mit gespreizten Beinen über dem schmalen Loch, gerade in dem Augenblick, als eine Panzergranate rechts von mir einschlug. Ein Splitter fuhr so dicht vorbei, daß er mir beide Hosenbeine aufschlitzte und auf den Oberschenkeln eine rote, brennende Spur hinterließ. Einen Zentimeter höher, und ich wäre meine Männlichkeit losgeworden. Ich ließ mich in das Loch fallen, und der Feldwebel und ich schauten uns an, dann auf die Hose, und schüttelten ungläubig die Köpfe, um schließlich den Schrecken mit einem irren Lachen zu vertreiben. Wenige Minuten später detonierte eine Granate auf der Kante unserer Deckung und verschüttete uns halb. Der scharfe Knall zerriß mir das linke Trommelfell.

In der Nacht zum 18. Juli wurden wir abgelöst und trotteten mitgenommen und froh für zwei Tage zurück in die alte HKL, die wir am 5. Juli im Angriff verlassen hatten. Inzwischen bahnte sich im Raum Orel eine Katastrophe an: Während wir den Kursker Bogen berannten, griffen weit überlegene Kräfte die deutschen Stellungen dort an und erzielten gefährliche Einbrüche.

Das Unternehmen »Zitadelle« wurde abgebrochen. Aus den eingesetzten Divisionen mußten Teile herausgelöst und in die Einbruchstellen geworfen werden. Dazu gehörte auch das Sturmpionierbataillon 178, das nach Bolchow am Nuger transportiert wurde. Noch vor Sonnenaufgang schauten wir auf die Silhouette der Stadt und der einen Hang hinaufgebauten, übereinander geschachtelten Hausgruppen. Als besonderer Akzent reckten sich ein paar Türme aus der Masse meist hölzerner Häuser. Die massiven Körper von Kuppelkirchen gaben dem Ort ein fast exotisches Profil, ein orientalisches Märchen. Die Kirchen waren mehr an den Rand zum Nuger gerückt und standen damit unmittelbar in der HKL. Sie waren aber nicht nur schön, sondern mit den mächtigen Mauern zugleich ein willkommener Schutz gegen dickere Brocken. Zwischen den Bauten schlängelten sich flüchtig ausgehobene Schützengräben, die nicht gerade einem ordentlichen Stellungsbau entsprachen.

Ich teilte die Züge und Gruppen so ein, daß eine zusammenhängende Linie mit gutem Schußfeld entstand. Die Kirchen waren jeweils der schußfeste Kern. Mit meinem Leutnant, dem Oberfeldwebel, zwei Funkern und meinem Melder bezog ich einen gemauerten Keller als Kompaniegefechtsstand, der unter einem hübschen Holzhaus an einer größeren Straße und zur Stadt hin an einem großen Obstgarten lag. Bis zu diesem Tag war von den Russen am anderen Ufer des Nuger nicht viel zu sehen, die Feuertätigkeit war gering. Nach den bösen Tagen von »Zitadelle« empfanden wir diese Stellung als eine wahre Idylle.

Die erste Nacht im Keller war ruhig. Ich stieg die steile Treppe zur Luke hinauf, die in den kleinen Hof führte, öffnete sie und stand in der frühen Morgensonne. Tief atmete ich die wunderbar duftende Sommerluft ein und hatte ein Gefühl wie in den großen Ferien meiner Kindheit. Es war ein Sonntag. Mir fehlten nur die vertrauten Klänge der Kirchenglocken. Ich kletterte wieder in den Keller hinunter, wo sich gerade meine fünf Begleiter aus den Decken schälten. »Das ist ein unglaublich schöner Tag, da müßte man sich direkt rasieren«, sagte ich und fuhr über mein stacheliges Kinn. Mein Melder sprang auf und sagte: »Ich hol' gleich das Rasierzeug aus dem Beiwagen.« Der stand unter den Bäumen im Hof, und wir hatten dort das Waschzeug und sonstige Gebrauchsgegenstände verstaut. »Pressiert nicht«, sagte ich, »am liebsten würde ich mich sowieso in der Sonne rasieren.« Allein, mein Melder ließ sich nicht abhalten, kletterte schnell die Stufen hinauf, stieß die Luke auf und sprang in den Hof.

Fast gleichzeitig krachte ein Granateinschlag, heimtückisch, fetzend, ohne Geräuschvorlauf – ein Schatten stand im Türrahmen, einen Moment lang, dann stürzte der Gefreite, sich überschlagend, vor uns nieder. Aus seinem schrecklich aufgerissenen Hals schoß ein Blutstrom, ein unmenschliches Gurgeln drang aus dem offenen Mund. Unsere Versuche, mit Verbandspäckchen das Leben zurückzuhalten, waren umsonst. Wenige Minuten später brachen die aufgerissenen Augen. Ich hockte, wie von einem schweren Schlag getroffen, auf dem Boden. Es war der einzige Granateinschlag an diesem Tag.

Mit dem nächsten Morgen setzten heftige Feuerschläge auf unsere dünne HKL ein. Zugleich griff, ein Rudel Panzer, lauter T 34, an. Die Kirchenmauern hielten dem Artilleriefeuer stand, so wie ich es vermutet hatte, aber am rechten Flügel meines Kompanieabschnittes gelang den Panzern der Einbruch in die Stadt. Über die im Graben verlegte und dadurch intakte Leitung wurde ich vom Bataillonsgefechtsstand verständigt, daß der Kommandeur mit einem Leutnant, einem Feldwebel und sieben Mann mit T-Minen dabei sei, die durchgebrochenen Panzer zu bekämpfen.

Ich stieg wieder die Kellerstufen hinauf in den Hof, horchte einen Augenblick auf die bekannte und gefürchtete Mischung aus dem hellen Sägen der Maschinenwaffen, dem Knallen der Karabiner, dem Fauchen und Zischen der Geschosse und den harten Schüssen der Panzerkanonen. Wo waren die T 34? Ich schaute vorsichtig um die Ecke des Torpfeilers, die Straße zur nächsten Kreuzung hinunter und sah auf der Mitte der Kreuzung, vielleicht 150 Meter entfernt, eines dieser braunen Ungeheuer mit dem langen Rohr, im offenen Turm den Kommandanten, der mit einer gestikulierenden alten Frau redete, die immer wieder in meine Richtung zeigte. Einen Moment überlegte ich, ob ich nicht diese zweibeinige Auskunftei abschießen sollte. Aber ich wischte diesen Gedanken fort, sah den Kommandanten im Turm verschwinden und den Panzer in seiner alten Richtung weiterrollen. Im Keller schilderte ich schnell die Situation, und dann brachen wir zu dritt auf, um die Kontrolle im kommenden Häuserkampf nicht zu verlieren.

Leutnant Rentsch trug die Nahkampfpistole, eine umgearbeitete Leuchtpistole, aus deren großkalibrigem Rohr ein aufgesetzter Panzerwurfkörper verschossen werden konnte. Wir pirschten durch den Obstgarten, an den dichten Himbeersträuchern entlang, die voller reifer Beeren hingen. Im Vorbeigehen zupften wir von der roten Pracht und schoben die Köstlichkeiten aus vollen Händen in den Mund. Kauend erreichten wir ein offenes Tor.

Ich legte mich auf den Bauch, schaute, wie eine Viertelstunde vorher, um den gemauerten Pfeiler und sah in höchstens 100 Meter Entfernung einen T 34 anfahren, die Straße herunter, die an uns vorbeiführte. Im Anfahren ging die Turmluke auf, und der Kommandant wurde sichtbar. »Panzer kommt«, schrie ich und sprang ein paar Meter in den Garten zurück. Hinter dem schrägen Stamm eines alten Apfelbaumes suchte ich Deckung und hielt den Karabiner schußbereit. Leutnant Rentsch, rechts von mir, auch an einen Stamm gedrückt, machte seine Nahkampfpistole mit der kleinen, panzerbrechenden Granate fertig zum Schuß. Hinter uns lauerte mit seiner Maschinenpistole der Oberfeldwebel.

Der Panzermotor lärmte auf- und abschwellend, immer näher kommend. In der Toröffnung erschien in langsamer Fahrt das Kanonenohr des Panzers und wurde immer länger, bis der offene Turm mit dem Kommandanten auftauchte, der genau auf uns drei blickte. Ich schoß aus 15 Meter Distanz, ganz automatisch, die Gestalt verschwand im Turm, der Panzer blieb mit einem Ruck stehen, Leutnant Rentsch fingerte an seiner Waffe – Ladehemmung. Sekunden später fuhr der Panzer aufheulend nach rückwärts an und verschwand hinter der Kreuzung. Wir gingen dem Kampflärm nach zur gegenüberliegenden Ecke des großen Obstgartens. Dort, hinter den Häusern, trafen wir auf den Kommandeur, der die aufgefahrenen Panzer bekämpfte. Mit T-Minen gelang es, das schießende Rudel zu stoppen.

Die Straße lag etwas tiefer als die Fläche hinter den Häusern, und ich sah gerade einen Panzer herankommen, der sein Rohr genau in unsere Richtung drehte. »Deckung«, schrie ich und warf mich zu Boden, gleichzeitig mit der Detonation einer Granate, die in die Dachtraufe schlug. Leutnant Knaus, der Ordonnanzoffizier, schrie auf, ein Splitter hatte von der Seite beide Oberschenkel durchschlagen. Zum Glück war der Sanitätsfeldwebel vom Bataillonsstab dabei.

Mein Zugführer Rentsch stand etwas benommen mit verrutschter Schießbrille in den abziehenden Rauch- und Staubschwaden, griff in die Hosentasche und leerte eine Handvoll Pulver daraus, dann griff er nochmal hinein und hielt eine Eierhandgranate in der Hand – allerdings nur den leeren Blechkörper, dessen Pulverfüllung soeben zu Boden rieselte. Im Inneren stand unversehrt die Spreng-kapsel, mit der die Handgranate gezündet wird. Ein Granatsplitter war durch die Hosentasche gefahren und hatte die Handgranate durchschlagen, ohne die Sprengkapsel zu berühren. Das Glück war hier nach Millimetern zu messen. Die detonierende Handgranate hätte den fröhlichen jungen Leutnant in der Mitte zerrissen.

Mit diesem Donnerschlag hatten die Panzer genug. Sie zogen sich zurück, die kampfunfähigen unter wildem MG-Feuer, mit Ketten an die intakten gehängt. Während der Kommandeur mit sei-ner kleiner gewordenen Gruppe den Panzern nachsetzte, eilten Rentsch, der Oberfeldwebel und ich zu unserem Keller zurück und fielen auf unser spartanisches Lager. Wir hatten unverschämtes Glück gehabt und rekapitulierten jetzt den Ablauf der Krisensitua-tion.

Eine halbe Stunde später rief der Adjutant an und berichtete, daß der Kommandeur durch einen Schußbruch am Oberarm schwer verwundet und bereits abtransportiert worden sei. Ich müsse sofort auf den Gefechtsstand kommen und als ältester Kom-paniechef das Bataillon übernehmen. Das war eine Katastrophen-nachricht.

Ich übergab die Kompanie an Leutnant Rentsch, packte meine Klamotten und den Karabiner und erreichte durch die Laufgräben den Unterstand mit dem geschockten Stab. Die Übernahme war keine komplizierte Angelegenheit, wir kannten uns ja alle. Ich nahm den Platz des famosen Hauptmanns Rüngeler ein, der ein von allen respektierter Kerl war.

Ich meldete dem IA der 25. Panzergrenadierdivision die neue Lage, wurde verständigt, daß sich die Division absetzen würde, und bekam den Befehl, in der nächsten Nacht die Stellung Bolchow zu räumen und etwa zwei Kilometer südwestlich der Stadt eine neue Verteidigungslinie zu beziehen. Wenige Tage darauf wurden wir wieder zur 78. Sturmdivision zurückbeordert und per LKW etwa 70 Kilometer südlich nach Gratschewka transportiert.

Anfang August 1943 wurde Orel von der deutschen Wehrmacht aufgegeben, und die Hauptkampflinie des Mittelabschnitts wurde in einer geordneten Absetzbewegung bis in die »Hagenstellung« zurückgenommen. Die 78. Sturmdivision zog sich abschnittsweise, immer ein paar Tage lang eine neue Verteidigungslinie haltend, zurück. Das Sturmpionierbataillon war bei der Nachhut und verlegte Minenfelder gegen Panzer und Schützen. Vom IA der Division wurde ich verständigt, daß russische Funksprüche aufgefangen worden waren, in denen das langsame Vorrücken der Angriffsdivisionen mit den schweren Verlusten durch die geschickt angelegten Minenfelder begründet wurde. Dem General Traut rang dies ein karges Lob für die Sturmpioniere ab.

Mit einiger Verspätung lief beim Divisionsstab ein Schreiben des Kommandeurs der 25. Panzergrenadierdivision ein. Er dankte seinem Kollegen Traut für die Waffenhilfe durch das Sturmpionierbataillon 178 in Bolchow, lobte das tapfere und standfeste Bataillon und die Leistungen seines Kommandeurs, Hauptmann Rüngeler, und – nach dessen schwerer Verwundung – des nachfolgenden Bataillonsführers, Oberleutnant Lang. Diese Referenz war ein Grund, warum mich der General weiterhin mit der Führung der Sturmpioniere betraute.

Mitte August nahm das neue Stellungssystem südwestlich von Karatschew, die »Hagenstellung«, die 78. Sturmdivision auf. Wir genossen zehn ruhige Tage als geschenkte Idylle; aber wir wußten, daß die Russen bereits die nächste Großoffensive vorbereiteten. Ich wurde zum General befohlen. Bei meiner Meldung in seinem Gefechtsstand begrüßte er mich mit dem giftigen Ausruf »Sie Drückeberger!« Ich verlangte mehr zornig als erstaunt eine Erklärung. Er fuhr in der gleichen Lautstärke fort, mich zu beschimpfen, daß ich nach München zum Studium kommandiert werden wolle und offensichtlich den Krieg und meine verdammte Pflicht und Schuldigkeit als Offizier vergessen habe. »Ich bin Architekturstudent«, sagte ich ruhig. »Das *waren* Sie«, kam es schneidend von ihm. Meine Beurlaubung war bereits vom OKH genehmigt, aber der Divisionskommandeur hatte die Möglichkeit eines Vetos.

Damit war meine Hoffnung auf Rückkehr ins Studium, in den Zeichensaal und an das Reißbrett und last not least zu Frau und Kind dahin. Ich blieb an meinem Platz an der Ostfront und hatte, im Rang eines Oberleutnants, die Funktion des Kommandeurs des Sturmpionierbataillons inne. Es folgten Tage, Wochen und Monate zäher, verzweifelter Kämpfe mit der Roten Armee, deren Einheiten mit zahlenmäßig immer mehr überlegenen Mannschaften anrückten. Wir verloren Gelände, wir eroberten es zurück, wir begradigten die Hautkampflinie und mußten furchtbare Verluste an Mann und Material hinnehmen. Meine Kompanien wurden mehrfach fast aufgerieben, dann wieder aufgefüllt; ich verlor viele Kameraden. Aus diesen monatelangen Kämpfen im Bereich Smolensk–Orscha will ich in meinen Bericht nur noch einige charakteristische Episoden aufnehmen, die für uns »Grabenschweine« die Landser, für die Geschichte der Ostfront-Kämpfe, aber auch für die besondere Art meiner Perspektive und meines Erlebens bezeichnend sind.

In den ersten Septembertagen gruben wir wieder einmal unsere Deckungslöcher, mit den Zeltbahnen als flüchtigem Wetterschutz, im Waldgebiet südwestlich von Jelnja, fast in den alten Stellungen des berüchtigten Bogens vom August 1941. Das Bataillon wurde mit Genesenen, Urlaubern und Leuten aus den Trossen aufgefüllt und verfügte bei einer Grabenstärke von etwa 250 Mann wieder über drei Kompanien. Am 15. September brach aus einem makellosen Himmel das erwartete Trommelfeuer über die Hauptkampflinie herein. Die Ausläufer fetzten auch in unserer Nähe feurige Schneisen in die Waldkulisse. Bomberschwärme, von kurvenden Ratas (Jagdflugzeugen) begleitet, dröhnten über unseren Köpfen und luden den Tod über den Artilleriestellungen und Nachschubstraßen ab. Gegen 11 Uhr erreichte uns per Funk der Befehl des Generals, in eine Bereitstellung für einen Gegenangriff westlich von Shiwzewo, einem schon verlorengegangenen, zerschossenen Dorf dicht hinter der Hauptkampflinie, vorzurücken. Wir nützten die kurzen Pausen zwischen den Feuerschlägen der Artillerie und Granatwerfer aus den zahlenmäßig weit überlegenen russischen Batterien aus und erreichten schwitzend und keuchend eine weite, buschbestandene Talmulde, an deren feindwärtigem Ende eine riesige Rauch- und zuckende Feuerwand stand. Wir warfen uns zu Boden und gruben uns, weit auseinander gezogen, im lehmigen Boden ein, um wenigstens gegen Splitter geschützt zu sein.

Die drei Kompanien waren so verteilt, wie sie auf Befehl angreifen sollten. Den drei auch in schwierigen Situationen bewährten Offizieren, die die Kompanien befehligten, konnte ich vertrauen.

Es war etwa 14 Uhr geworden, ich schaute in den vor uns liegenden Angriffsstreifen, den immer wieder ganze Kaskaden von Einschlägen aufwühlten. Der Gefechtslärm aus allen Kalibern ließ keine genaue Orientierung zu, die Lage war völlig undurchsichtig.

Ich wartete in steigender Spannung auf den Angriffsbefehl. Endlich, um 15.30 Uhr, sprang ein Melder durch das Gelände, fand mich und übermittelte mir den Befehl, sofort zum Angriff anzutreten. Meine Melder gaben den Befehl an die Kompanieführer weiter, und nach 15 Minuten gingen die Stroßtrupps, locker gestaffelt, flüssig voran. Ich schloß mich mit dem Adjutanten, dem Ordonnanzoffizier, zwei Meldern und den zwei Funkern und einem Feldwebel der zweiten Kompanie in der Mitte an, mit guter Blickverbindung nach links und rechts. Der Gefechtslärm steigerte sich noch, seit die Russen unseren Angriff bemerkt hatten. Die vordersten Stoßtrupps drangen in Shiwzewo ein. Ich sah, wie Haus um Haus, oder was davon übrig war, mit Handgranaten ausgeräuchert und wie die ersten Gefangenen mit erhobenen Armen herausgeführt wurden.

Bei diesem Anblick bekam ich die Zuversicht, daß wir in wenigen Stunden wieder im Besitz der alten HKL sein würden. Ich beschleunigte mein Vorgehen, wurde aber plötzlich durch den Schrei »General von hinten« aufgehalten. Dann sah ich den Divisionskommandeur mit hastigen, staksigen Schritten auf mich zukommen, keine Halluzination, er war es wirklich.

Ich machte ihm bei diesem wüsten Gefechtslärm schreiend Meldung: »Sturmpionierbataillon im Angriff auf Shiwzewo.« Geifernd fuhr er mich an: »Sie haben eine Falschmeldung gemacht und meinen Befehl nicht ausgeführt. Das wird Folgen haben.« Der spinnt, dachte ich und versuchte ihm klarzumachen, daß mich sein Angriffsbefehl gerade vor einer halbe Stunde erst erreicht hätte und wir sofort angetreten seien. Der Disput, eigentlich schon ein Streit, wurde laut schreiend geführt. Das Feuer hatte sich erheblich gesteigert, und die Garben der Maschinenpistolen und Maschinengewehre fegten mit ihrem nervtötenden, schrillen Pfeifen und Jaulen dicht über uns hinweg.

Plötzlich schaute er starr an mir vorbei und kreischte: »Ihre Leute gehen zurück!« Mit einem Blick erfaßte ich die total veränderte Situation. In einer Breite von fast einem Kilometer schob sich eine olivbraune Masse russischer Infanterie durch Shiwzewo, meine Stoßtrupps überrollend und niederwalzend, auf uns zu. »Das sind nicht meine Leute, das sind Russen«, brüllte ich den General an. Steif wie eine Wachsfigur stand er vor mir, sein Gesicht wurde zu einer weißen, drohenden Fratze. Mit seltsam hoher Stimme schrie er: »Sie halten hier und gehen keinen Schritt zurück, dafür sind Sie mir persönlich verantwortlich.« Dann drehte er sich mit einem Ruck um und ging grußlos und in höchster Eile davon.

Mein Schrecken und meine Angst verwandelten sich wie in einer Explosion zu glühendem Haß: »Den schieße ich über den Haufen« – diese Vorstellung wurde blitzartig zur Obsession.

In diesem Chaos und Höllenlärm konnte es gar nicht auffallen, in welche Richtung ich schoß. Also hob ich den Karabiner, legte den Schaft zum Zielen an die Wange und visierte auf etwa 30 Meter Entfernung den davoneilenden, auf- und abhüpfenden Generalsrücken an. Ich hielt den Atem an. In diesem Augenblick fiel mir mein Feldwebel Wieber, von einem Bauchschuß getroffen, vor die Füße. Mit zwei Mann rissen wir das Koppel mit den Magazinen auf, die Feldbluse und das Hemd und versuchten mit unseren Verbandspäckchen den Blutstrom aufzuhalten.

Der General, schoß es mir durch den Kopf. Ich griff nach meinem Karabiner, richtete mich auf und sah ihn gerade noch in seinem Kübel verschwinden.

Meine Anspannung fiel zusammen, ich wandte mich meinem Feldwebel zu. Er lag auf einer Zeltbahn, mit der ihn die zwei Helfer zurücktragen wollten. In seinen Augen standen Angst und Trauer. Ich strich über seinen Kopf, nahm seine Hand und sagte: »Du kommst zurück und bald in die Heimat.« Ein Lächeln schien auf. Er wußte nicht, daß er gerade dem General, der von den Landsern »Pioniermörder« genannt wurde, das Leben gerettet hatte.

Aber jetzt riß mich die brüllende Katastrophe aus dem Wirbel meiner Gefühle. Die Russen waren bis auf 400 Meter Distanz vorgerückt. Es gab nichts, was sie aufhalten konnte. Da sah ich unmittelbar neben unserem Häuflein ein von der Mannschaft verlassenes, leichtes Flakgeschütz. »Kann einer damit schießen«, schrie ich in den Lärm. Der kleine Obergefreite Sauer sagte nur »ich«, sprang auf den Platz des Richtschützen, machte ein paar Handgriffe, und zwei, drei Schüsse fuhren schräg aus dem Lauf in den Himmel. Er drehte das Rohr herunter und schoß ein Magazin Sprenggranaten nach dem anderen, das zwei seiner Kameraden heranschleppten, in die angreifenden Massen. Die explodierenden Geschosse rissen gewaltige Lücken und zwangen die Angriffswellen reihenweise zu Boden.

Seitwärts, ganz in der Nähe, stand ein zweites verlassenes Geschütz. Ich holte drei, vier Sturmpioniere. »Schaut, wie der Sauer das macht«, befahl ich. Schnell war das Geschütz feuerbereit. Jetzt zerstob die olivbraune Masse unter der verherrenden Wirkung des automatischen Feuers aus den zwei beweglichen Rohren. Die Munition in den Magazinen war seitwärts gestapelt, und Transport, Laden und Schießen funktionierten wie bei eingespielten Spezialisten. In der einfallenden Dämmerung flaute das Toben spürbar ab, und wir erkannten, daß der drohende Untergang der Sturmpioniere abgewendet war. Die physische und psychische Verkrampfung löste sich, und ich ging daran, mit Adjutant und Ordonnanzoffizier die durcheinandergeratenen Gruppen zu sammeln und neu zu gliedern. Es war dunkel geworden, bis sich die Sturmpioniere so eingegraben hatten, daß sie für den kommenden Morgen genügend Schutz und eine Chance zur Verteidigung erwarten konnten.

Langsam bekam ich eine Übersicht über die Verluste des Bataillons. Beim Angriff wurden alle drei Kompanieführer verwundet, und auch der aufopfernde Unterarzt fiel, als er Verwundete versorgte. Zwei Offiziere und zehn Unteroffiziere wurden beim Angriff tödlich getroffen, tot oder verwundet blieben etwa 200 Mann auf dem Gefechtsfeld. Ich zählte nur noch einen Feldwebel, fünf Unteroffiziere und 45 Mann. Mein Ordonnanzoffizier, 21 Jahre, der mit mir die Reste des Bataillons zählte und durch die Büsche pirschte, wurde von der Nacht verschluckt und tauchte nicht mehr auf. Erst drei Wochen später erfuhr ich, daß er verwundet ins Lazarett eingeliefert wurde, so schwer verwundet, daß er für den Fronteinsatz untauglich war. Mit meinem Adjutanten schaute ich in die geisterhafte Nacht, und wir überlegten, wie das zusammengeschossene Häuflein Sturmpioniere den kommenden Tag überleben konnte. Wir hatten zwar einer zwanzigfachen Übermacht mit unglaublichem Glück und der Standfestigkeit der einfachen Männer widerstanden, aber das Opfer so vieler hoffnungsvoller junger Leben war furchtbar. Unser Gespräch wurde unterbrochen. Vom Waldrand hinter uns löste sich eine Gruppe dunkler Gestalten. Wir gingen ihnen entgegen. Vor uns stand ein Hauptfeldwebel, der sich mit zehn Mann vom Troß meldete. Der erfahrene, in vielen Krisen erprobte Frontsoldat brachte zum richtigen Zeitpunkt Munition in Kästen und Verpflegung in Essensträgern. Gruppenweise ließ ich munitionieren und die Verpflegung ausgeben. Gulasch und Kartoffeln waren noch warm und mit dem heißen Tee im Bauch fühlten sich die erschöpften Männer wieder einigermaßen hergestellt.

Zu meiner Überraschung tauchte der Ordonnanzoffizier des Generals auf, um die Lage zu sondieren. Er brachte mir einen neuen Befehl. Demnach sollte noch vor Tagesanbruch die Aufklärungskompanie der Division zur Verstärkung eintreffen. Dem Sturmpionierbataillon wurde befohlen, inzwischen den Wald vor Shiwzewo zu durchkämmen und am feindwärtigen Rand eine Verteidigungslinie aufzubauen. Der Ordonnanzoffizier machte große Augen, als er die Gefechtsstärke des Bataillons zur Kenntnis nahm.

Der Vorstoß in den Wald konnte ein böses Abenteuer werden. Ich schärfte dem Offizier ein, dem General die Lage realistisch zu schildern. Im übrigen hätten die Sturmpioniere den russischen Angriff an der Stelle aufgehalten, die der General um 16 Uhr fluchtartig verlassen hatte, nachdem er den Befehl dazu gegeben hatte. Der Offizier war sichtlich beeindruckt und machte sich eilig davon.

Mit meinem Adjutanten bereitete ich das befohlene Unternehmen vor, und als bei beginnender Morgendämmerung die angekündigte Verstärkung eintraf, traten fünf Stoßtrupps, gut verpflegt und munitioniert, an und verschwanden zwischen den Stämmen. Die Aufklärungskompanie richtete sich mit ihrem Hauptmann in unseren frischen Deckungslöchern zur Verteidigung ein, und als das gewohnte Schützen- und Granatfeuer einsetzte, hatte ich mit dem Adjutanten meine Stroßtrupps im Wald bereits eingeholt. Mit großem Geschick kamen wir zügig gegen nachlassenden Widerstand voran, und als die Sonne auf die verbrannte Erde des Vortages schien, lagen wir schon am Waldrand und gruben hastig unsere Deckungslöcher.

Der Tag brachte bis zum Abend eine Kette kritischer Situationen, und wir wurden unter Verlusten fast ganz aus dem verfluchten Wald gedrängt. Bei Einbruch der Dunkelheit hatten wir an einem überwachsenen Fahrweg eine Rundumverteidigung durch den Wald gebildet, in der wir uns halten wollten; wir waren noch etwa dreißig Mann mit einem Feldwebel und vier Unteroffizieren.

Die Nacht lichtete sich etwas, und in der Hauptkampflinie hackten zögernd die ersten Einschläge ins Gelände. Da brummten zwei Sturmgeschütze aus Bobarykin Cholm heraus und walzten auf uns zu. Sie hielten an, ein Wachtmeister meldete sich bei mir mit dem Befehl für die Sturmpioniere, mit den beiden Sturmgeschützen durch den Wald vorzustoßen, um am verlorenen Waldrand eine neue HKL aufzubauen.

Schweigend traten die übernächtigten Männer an und setzten sich mit den gepanzerten Bundesgenossen in Bewegung. Die zwei Kanonen schossen uns eine feurige Bahn, den Fahrweg entlang und links und rechts in den Wald hinein zielend. Es gelang uns, dem kleinen, aber entschlossenen Haufen, die Russen aus dem Wald zu treiben und ohne Verluste den Waldrand zu erreichen. Wir fanden sogar unsere Deckungslöcher wieder.

Am Vormittag sahen wir wieder die gefürchteten olivbraunen Wellen auf uns zurücken. Diesmal hatten wir keine zwei Flakgeschütze mit ihren Sprenggranaten. Die standen dort, wo wir sie hatten verlassen müssen. Die fünf Maschinengewehre und dreißig Karabiner zeigten bei dieser Übermacht wenig Wirkung. In wilden Schießereien, auf kürzeste Entfernung, mit den letzten Handgranaten, wurden wir schließlich aus dem Wald gedrängt und warfen uns am Ortsrand von Bobyrykin Cholm in die dort flüchtig aufgeworfenen Grabenstücke. Die zwei Sturmgeschütze mußten am Morgen bereits ohne Munition zurückfahren. Eines, das dritte, stand noch, leider fahrunfähig, neben unserer Deckung.

Wir hatten uns gerade zur Verteidigung eingerichtet, da kam die erste russische Angriffswelle in lockeren Rudeln aus dem Wald. Deutlich erkennbar an der großen, baumelnden Kartentasche, trieb ein Offizier seine Leute zum Angriff vor. Auf eine Entfernung von etwa 300 Metern traf ihn ein Sturmpionier. Er fiel zu Boden, und mit ihm warfen sich auch die Angreifer, nun ohne Kommando, hin und blieben zu unserem Glück liegen. Das bewegungslose Sturmgeschütz hielt mit seinen Sprenggranaten den ganzen Angriff nieder. Bis zur tiefen Dämmerung änderte sich nichts an dieser Lage.

Gegen 18 Uhr fand mich ein Feldwebel mit der Meldung, daß das Sturmpionierbataillon oder das, was davon noch übrig war, von Sturmgrenadieren abgelöst würde und er den Auftrag habe, mein Bataillon mit LKW zurückzutransportieren. Eine wunderbare Nachricht, eine Erlösung. Wir trotteten durch Bobarykin Cholm, von der Dunkelheit geschützt, und erreichten die drei LKW, auf die man leicht 150 Mann verladen konnte. Für das Sturmpionierbataillon genügte ein Fahrzeug. Zwei Offiziere, ein Feldwebel, zwei Unteroffiziere und acht Mann bestiegen den LKW, das war der Rest von sieben Offizieren, fünfundzwanzig Unteroffizieren und zweihundertfünfzig Mann.

Etwa zehn Kilometer wurden wir durchgeschüttelt, bis wir in ein intaktes Dorf gelangten, in dem der Divisionsstab und zugleich die leichte Pionierkolonne meines Bataillons lagen. Dessen Führer, der Hauptmann Miller, der als Fünfzigjähriger mir, dem Oberleutnant, unterstellt war, hatte uns schon erwartet. Als er den abgekämpften Rest des Bataillons sah, standen ihm Tränen in den Augen. Er hatte von einem durch eine Granate getöteten Pferd ein herrliches Gulasch für die Mannschaft zubereitet. Elf Mann saßen vor 150 Portionen, ganz wie im Schlaraffenland. Für meinen Adjutanten und mich servierte er gebratene Pferdeleber mit Bratkartoffeln und Salat – das Beste, was ich jemals gespeist hatte. Dann fielen wir, wie der Wolf mit den Wackersteinen, auf die Strohschütte mit Wolldecken und augenblicklich in abgrundtiefen Schlaf.

Am Vormittag konnte ich mich in der Sonne in einem Eimer Wasser waschen und rasieren und fühlte mich, noch dazu nach Millers Rasierwasser duftend, wie Adonis persönlich. Hemdsärmelig stand ich, in den wolkenlosen Himmel blinzelnd, im kleinen Bauerngarten vor dem Panjehaus. Da hielt ein Kübelwagen am Zaun, aus dem der IA der Division, Oberstleutnant Koller-Kraus, stieg. In meinen Gruß hinein rief er: »Mensch, da sind Sie ja«, und ich merkte ihm die ehrliche Freude an. Und dann: »Sagen Sie, was war los? Es gab die wildesten Gerüchte! Der General behauptet, Sie hätten seinen Befehl nicht ausgeführt, er will Sie vors Kriegsgericht bringen.« In knappen Sätzen berichtete ich das Geschehen der letzten drei Tage und zwei Nächte. So etwas hätte er sich schon gedacht, meinte Koller-Kraus. Ich müßte sofort zum General und das Schicksal des Sturmpionierbataillons schildern. Er ließe mich in einer halben Stunde abholen. Ich brachte meinen Anzug in Ordnung, der ramponiert genug war, und fuhr auf dem Soziussitz eines Kradmelders zum Gefechtsstand des Generals.

Das war ein umgebauter Omnibus mit Tarnanstrich, in guter Deckung unter einer hohen Baumgruppe. Der Posten davor stand stramm und öffnete mir die Türe zum Allerheiligsten. Das war es auch. Die Wände mit Palisanderfurnier verkleidet, Teppichbelag, ein großer Kartentisch in der Mitte und in einer Ecke eine Sitzgruppe mit grünem Lederbezug der Clubsessel. Davor stand in weißer Litewka der General. Der elegante Eindruck kontrastierte mit seinem grämlichen Gesicht. Er schaute, während ich grüßte, mit undefinierbarem Ausdruck auf meine Mannschaftshose und die Kommißstiefel, die ich mühsam vom Dreck der letzten Tage gereinigt hatte. Er ließ sich in einem Sessel nieder, ließ mich stehen und knurrte: »Reden Sie.«

Ich berichtete knapp und nüchtern vom Einsatz der Sturmpioniere und meldete auch den Zustand des Bataillons. Als ich geendet hatte, schaute er mich einen Moment an, als hätte er mich noch nie gesehen, dann räusperte er sich und sagte: »Klingt ja wie'n Heldenlied.«

»Ich habe nicht gesungen, Herr General«, gab ich zurück. Er gab sich einen Ruck. »So habe ich das auch nicht gemeint«, sagte er, stand auf, ging zu einem Wandschrank, öffnete ihn, und ich erkannte eine gut bestückte, kleine Hausbar. Er holte eine Flasche Cognac heraus, füllte zwei Gläser, bot mir eines an und sagte: »Na, dann prost!« Ich schaute ihn über den Rand des Glases an und hatte, von seiner weißen Litewka geblendet, das irre Bild des auf- und abhüpfenden Generalsrückens vor meinem Karabinerlauf, kippte den Inhalt des Glases und war wieder in der Realität. Er wußte nicht, daß er dem verwundeten Feldwebel sein Leben verdankte.

Im Spätherbst 1943 geriet ich in eine Lage, daß mir noch ein

Pakt mit dem Herrgott einfiel – und die Geschichte verlief so, daß sie mir recht zu geben schien.

In der Morgendämmerung des 16. November kam Verstärkung nach Nowo-Sselo, ein Bataillon der Nachbardivision mit ein paar Sturmgeschützen und einem Major, der, auf dem vordersten liegend, das Kommando führte. Damit war der befohlene Gegenangriff in Gang gekommen, und wir Sturmpioniere schlossen uns an. Als wir in einem anschwellenden Feuer die zerfetzten Zäune am Ortsrand überstiegen und der Blick auf die alte HKL frei war, bot sich uns wieder einmal das erschreckende Bild eines zahlenmäßig weit überlegenen russischen Angriffs. Wir schossen auf die olivbraunen Gruppen, aber nur die Sprenggranaten der Sturmgeschütze konnten die anrollende menschliche Springflut brechen. Ein Leutnant von der Propagandakompanie sprang mit seiner Filmkamera hin und her, um möglichst authentische Bilder dieser Kampfhandlung einzufangen. »Mensch, hau ab mit deinem Kasten«, schrie ich ihn an. »Du bist wie eine Zielscheibe« – Sekunden später wurde er tödlich getroffen. Zwei Monate später konnte ich bei meinem Fronturlaub mit meiner Frau in einem gemütlichen Kino diese Aufnahmen in der Wochenschau sehen – allerdings mit dem verlogenen Kommentar, daß hier fliehende Rotarmisten einer Einkesselung durch deutsche Truppen zugetrieben würden.

Es gelang uns nur mit Mühe, den Ortsrand von Nowo-Sselo zu halten. An Schlaf war gar nicht zu denken, und im Morgengrauen traten die Russen zu einem neuen Versuch an, Nowo-Sselo zu nehmen. Bis zum Nachmittag gelang es unter schweren eigenen Verlusten, das rauchende Trichterfeld zu halten. Dann wurden wir langsam aus den Ruinen gedrängt und klammerten uns an den zweiten Graben, der etwa 300 Meter vor Nowo-Sselo angelegt war.

Meine zwei Kompanien waren auf vielleicht 60 Mann zusammengeschossen worden, und nun versuchten wir mit den Grenadieren vom Sturmregiment 215 die neue Linie zu verteidigen. Wir hatten noch etwa acht leichte MG 42, die uns zeitweise Luft verschafften, aber mit dem Beginn der Dämmerung wälzten sich wieder neue Angriffswellen auf uns zu.

Ich lehnte mit meinen Leuten übermüdet im Schützengraben, die Karabiner auf der Brüstung, mit dem Gefühl, daß wir in kurzer

Zeit überrollt würden. Ein beschissenes Gefühl. Da sah ich in der Angriffswelle, herausgestanzt und scharf wie durch eine Lupe, einen Russen auf mich zulaufen, vielleicht noch 50 Meter entfernt. Er setzte mechanisch Fuß vor Fuß und hielt das Gewehr mit dem langen Bajonett vor der Brust. Ein großer Brotbeutel schlug ihm von hinten an die Beine mit den Wickelgamaschen. Das war kein junger Mann, eher ein alter, der sicher von seinem Leben nichts gehabt hatte, außer Arbeit.

Blitzschnell war mir klar – das war ein ganz armer Hund. Mich packte ein seltsamer Impuls. Ich machte mit dem lieben Gott ein Geschäft, einen Bestechungsversuch: Wenn ich dem Russen vor mir einen »Heimatschuß« verpasse, dann hätte ich gerne, bei einer späteren Gelegenheit, auch die Gegenleistung von einem Russen. Das war weniger gedacht, mehr gefühlt.

Ich schoß und traf den Mann, der auf mich zulief, in den rechten Unterschenkel. Das zeigte mir mein Leuchtspurgeschoß. Er versuchte zu springen und verschwand in einem Granattrichter. In der starken Dämmerung, gerade noch erkennbar, sah ich auf einmal meinen Russen aus seinem Trichter kriechen und, auf sein Gewehr gestützt, zurückhumpeln. »Komm gut heim«, dachte ich und – »hoffentlich hat es auch der Herrgott durch die Rauchschwaden gesehen.«

In der Nacht kam ein Melder mit dem Befehl vom Regiment, daß ich mit meinen Sturmpionieren den Anschluß an den linken Flügel suchen und mich in dem Grabensystem unterhalb von Nowo-Sselo zur Abwehr einrichten solle. Es war der Platz, von dem aus ich vor zwei Tagen und Nächten zum Gegenangriff angetreten war. Kurz vor Tagesanbruch waren wir an Ort und Stelle.

Vor meinem neuen Gefechtstand, einem halb eingefallenen Unterstand, suchte ich an die Grabenwand gelehnt in der beginnenden Morgendämmerung mit meinem Feldstecher das Gelände ab. Die schweren Waffen schwiegen noch, aber wie ein feines, gefährliches Gitter lagen die zwitschernden Geschoßbahnen der russischen Infanterie über unserem Graben. Langsam anschwellend dröhnte es von Nowo-Sselo herüber – verdammt, das waren Panzer. Es wurde heller, und ich erkannte mindestens zehn T 34, die sich in der Ortsmitte bereitstellten. Mein Herz senkte sich spürbar in Richtung Hose. Wir hatten weit und breit keine panzerbrechenden Waffen.

Aus dem Laufgraben tauchten zwei Mann auf, die ein Kabel von einer Rolle ablaufen ließen. Ein großer Mann mit Silberlitzen ging voraus. Er blieb vor mir stehen, nahm Haltung an und meldete »Wachtmeister Achziger von der schweren Abteilung als vorgeschobener Beobachter zur Stelle«. »Sie schickt der Himmel«, sagte ich und, »haben Sie Verbindung?« Er zeigte auf seine Begleiter, und im Handumdrehen war der Feldfernsprecher angeschlossen. Achziger meldete: »Verbindung hergestellt.«

Ich zeigte dem Wachtmeister den Panzerpulk und forderte ihn auf, sofort Feuer auf die Ortsmitte abzurufen. Er hockte auf dem Grabenboden, die Sprechmuschel in der Hand und gab die bekannten Schießwerte für die kartenmäßig festgelegte Ortsmitte an seine Battrie durch. »Abgefeuert«, rief er und eine Gruppe Granaten orgelte über unsere Köpfe hinweg und schlug, wie abgezirkelt, genau in die Mitte des Panzerrudels ein. Die Wirkung war für mich ein Befreiungsschlag. Ein Panzer flog auf die Seite, seine Ketten drehten leer durch, kampfunfähig. Aus zwei weiteren stieg nach Treffern schwarzer Rauch auf, die übrigen versuchten in schnellen Kurven aus der Gefahrenzone zu kommen.

»Los«, schrie ich, »das Gleiche mit allen Rohren!« Ein vernichtendes Gewitter brach über die T 34 herein. Nun drängte der Wachtmeister: »Herr Oberleutnant, lassen Sie mich schießen.« – »Aber das geht doch auch so«, sagte ich und schaute mit dem Glas auf die Wirkung des Feuers. »Nein, ich bin der vorgeschobene Beobachter, mein Chef macht mich zur Schnecke, wenn ich nicht selber schieße.« Er zog mich am Mantel, und ich überließ ihm meinen Platz.

Er drängte sich an mir vorbei, nahm den Feldstecher hoch, stützte seine Arme mit den Ellbogen genau in die zwei Lehmmulden, die meine Ellbogen hinterlassen hatten. Ich trat hinter ihn, hob den Feldstecher an meine Augen – und erhielt in diesem Augenblick einen Schlag auf die Hand, daß mein Glas davonflog. Zugleich fiel der Wachtmeister vor mir zu Boden, ein Schuß hatte Achziger in den Kopf getroffen, dann meinen Feldstecher, der

Schuß drehte meinen rechten Daumen aus dem Gelenk und fuhr durch mein rechtes Schulterstück.

Der russische Scharfschütze hatte gut gezielt. Sicher hatten die Gläser des Feldstechers, nach Osten in den hellen Morgen gerichtet, auffallend geglänzt und damit ein gutes Ziel abgegeben. Benommen sah ich, wie die zwei Telefonisten den toten, großen Wachtmeister auf die Seite legten und mit einer Zeltbahn bedeckten. Der Sanitätsunteroffizier renkte meinen Daumen provisorisch wieder ins Gelenk und verband die Schußwunde. Dann übertrug ich dem Adjutanten die Führung des Restes des Sturmbataillons und ging durch den stellenweise eingeebneten Laufgraben zurück zum Verbandsplatz. Dort überprüfte der übernächtigte Stabsarzt meinen Daumen, stocherte mit einer Sonde in der Schußwunde nach Knochensplittern und legte einen festen Verband um das Gelenk. »Fertig«, sagte er und, »Ihren Dusel möchte ich auch mal haben.«

Ich versuchte meine Gedanken zu ordnen und zu begreifen, was vor einer halben Stunde geschehen war. Der Schuß hätte mich in den Kopf getroffen, wenn nicht der pflichtbewußte Wachtmeister mich so heftig bedrängt hätte, ihn an meinen Platz zu lassen. Ich dachte an meinen kleinen Handel mit dem lieben Gott, als mir der roboterhaft angreifende Russe ins Visier lief. Aber das konnte doch nicht möglich sein, daß mir der Allmächtige mein Leben bewahrte, auf Kosten eines anderen Menschen, der das gleiche Recht auf Leben hatte wie ich.

Ende November wurde das inzwischen wieder mit Ersatz aufgefüllte Bataillon spätabends alarmiert und schleunigst in die gut ausgebaute Reservestellung befohlen. Über die verschneite Fläche bis zur HKL rückten die Sturmpioniere in lockeren Gruppen durch die Laufgräben in die Unterstände hinter dem zweiten Graben. Kaum eingerichtet, wurden die Leute früh am nächsten Morgen durch ein massives Trommelfeuer aus dem Schlaf geschüttelt. In unserem Unterstand zitterte die ganze Holzkonstruktion, aus der Decke rieselte der lehmige Sand. Als Kontrastprogramm gegen den wüsten Krach der Einschläge stellte der Adjutant den Wehrmachtsempfänger an, und wir hörten Marika Röck mit »So schön wie heut', so müßt es bleiben«. Diesmal waren wir mit der sonst so beliebten Leinwandschönheit nicht einer Meinung.

Es gelang bis zum Abend, das Vordringen der Russen aufzufangen. Dabei fiel der Führer der ersten Kompanie, ein umsichtiger, mutiger Leutnant, mit etwa zehn Mann, ein bitterer Verlust für unser dezimiertes Bataillon. In der unruhigen Nacht wurde für den kommenden Tag ein Gegenangriff der Sturmpioniere vorbereitet, und ich wurde am Vormittag zum Regimentsgefechtsstand befohlen. Dort empfing mich zu meinem Mißvergnügen der General Traut. Das geplante Unternehmen erschien ihm so wichtig, daß er sich selbst nach vorne begab, um, wenn nötig, vor Ort eingreifen zu können. Er war kurz angebunden und befahl den Angriff auf die verlorene Hauptkampflinie, sobald drei Tiger-Panzer eingetroffen seien. Die Panzer wurden mir unterstellt. Mein Melder holte die Stoßtrupps zum Regimentsgefechtsstand. Es waren sechs Trupps mit insgesamt sechzig Mann, sieben Unteroffizieren und einem Oberleutnant. Vor dem ständigen Artillerie-Granatwerfer- und Gewehrfeuer suchten die sturmmäßig ausgerüsteten Männer in den zahlreichen Granattrichtern Deckung. Ich überlegte mit meinem Adjutanten den Einsatz der Tiger. Gegen Mittag kamen die stählernen Festungen mit auf- und abschwenkenden Rohren an. Ich besprach mit dem Führer dieser Ungetüme, einem Oberleutnant, das Unternehmen. Die Tiger sollten als Pulk am linken Flügel fahren und mit Sprenggranaten die russischen MG-Nester bekämpfen. Währenddessen mußten die Sturmpioniere möglichst schnell das aufgewühlte Trichtergelände überwinden, in das verlorene Grabensystem eindringen und fächerförmig den Hauptgraben aufrollen. Die Breite des Angriffsstreifens betrug etwa 800 Meter, die von einer mehrfachen Übermacht verteidigt wurde.

Vom General wurde der Angriffsbeginn auf 13 Uhr festgelegt. Wir hatten noch 30 Minuten Zeit, und ich nutzte sie, indem ich, zum ersten Mal, vor dem Angriff eine Rede an die Männer hielt. Begleitet vom regellosen Krachen der wandernden Einschläge und vom schrillen Gesang der Geschosse, beschrieb ich in kurzen Sätzen den bevorstehenden Angriff. Vor allem wies ich auf die Unterstützung durch die Tiger hin und darauf, daß auf den Tigerpulk das ganze russische Feuer konzentriert werden würde. Das sei unsere

Chance, ohne Verluste den alten Graben zu erreichen, wenn jeder aus Leibeskräften stur nach vorne rennen würde. Alles andere dann, wie schon so oft gehabt.

Es war Zeit, und ich rief: »Also los, Männer.« Die Stoßtrupps erhoben sich aus den Trichtern und fädelten sich in die zwei Laufgräben ein, die bis zur Hauptkampflinie führten. Die Tiger setzten sich in Bewegung, und als sie für die Russen sichtbar wurden, ging sofort das konzentrierte Feuer aller Waffen auf sie nieder – wie ich es erwartet hatte. Während sich auf dem linken Flügel eine von Explosionen durchblitzte mächtige Rauchwolke bildete, kamen die Sturmpioniere im Trichterfeld und in den zerstampften Grabenstücken zunächst einmal verhältnismäßig unbehelligt voran. Der Einbruch in den alten Hauptgraben gelang planmäßig. Dann entwickelten sich die Nahkämpfe wie ein Lauffeuer, durch den Überraschungseffekt, mit sichtbarem Erfolg. Ich folgte mit meinem Melder dem Angriff am rechten Flügel und hielt, vom gezielten Gewehrfeuer russischer Scharfschützen gehetzt, nur mühsam Anschluß. Dabei gerieten wir in ein schwer getroffenes Grabenstück, in dem ein Wall von Leibern gefallener Grenadiere vom Vortag eine Sperre bildete. Durch den Einschlag eines schweren Kalibers war eine ganze Gruppe, ein Stoßtrupp, erfaßt und zu einem bizarren Knäuel zusammengeschmettert worden. Das Gewirr verbogener und verkrallter Gliedmaßen erweckte den Eindruck eines riesenhaften, grotesken Insekts. Wir standen für einen Moment erstarrt. Dann mußten wir dieses schreckliche Hindernis übersteigen, auf die Toten treten, verkrallte Hände beiseiteschieben und vermeiden, die verzerrten Gesichter zu berühren.

Die Maschinengewehrgraben fegten so dicht über die Grabenkante, daß es nicht möglich war, die Deckung zu verlassen. Als wir diesen Alptraum hinter uns hatten, war der letzte Rest an Fassung dahin. Ich hatte das Gefühl einer aufsteigenden Panik und hetzte weiter zum Hauptgraben. Mein Melder wurde dabei durch einen Knieschuß getroffen und von zwei Leichtverletzten mit nach rückwärts geschleppt. Er winkte mir noch zu. In mir stieg der Neid auf den Glücklichen mit seinem Heimatschuß auf, zugleich der heftige Wunsch, aus dieser Situation voll Dreck, Krach und Tod herauszukommen.

Zum erstenmal packte mich ein Gefühl der Verzweiflung und Hoffnungslosigkeit. Ich mußte herauskommen und wußte, daß dies nur auf Befehl oder durch eine Verwundung möglich war. Und zum erstenmal kam mir der Gedanke an Selbstverstümmelung.

Das war ein gemeines Wort für die Kurzschlußhandlung eines Soldaten, der nur so aus der Knochenmühle zu entkommen glaubte. Auf den Verbandsplätzen und in den Lazaretten wurde diese Art Verwundung schnell erkannt und die Maschinerie der Kriegsgerichte in Gang gesetzt. Ein Schuß in den Arm oder ins Bein konnte es also nicht sein. Es mußte wie eine ganz normale Verwundung aussehen.

Die Dämmerung war angebrochen, und der Gefechtslärm löste sich langsam auf. Ich hockte in einem Granattrichter, den Kopf voll verrückter Gedanken. Plötzlich kam mir die Idee – strahlend, befreiend –, und alle Bedrückung fiel von mir ab. Ja, so mußte es gelingen! Eine Handgranate würde ich abziehen, auf den Rand eines Granattrichters legen, mich an der Böschung in Deckung pressen, ein Bein hochheben und nach vier Sekunden bei der Detonation die Splitter auffangen. Dann würde ich zurückhumpeln, mich verbinden lassen und über das Lazarett in der Heimat landen. So würde niemand in mir einen Selbstverstümmler vermuten. Ich hätte vor Begeisterung über meine geniale Idee schreien können.

Befreit ging ich im Graben zu meinem umgebauten Gefechtsstand zurück, zu dem Unterstand mit der halb eingedrückten Decke, und hob die Zeltbahn vor dem Eingang. In dem engen Raum, von Kerzenstummeln nur schwach erleuchtet, hockten die zwei jungen Funker mit hochgezogenen Beinen auf der Lehmbank über dem wasserbedeckten Fußboden und schauten mir mit großen Augen entgegen. Jetzt erkannten sie mich, und wie Kinder, die lange im Dunkeln allein gelassen wurden, lächelten sie voll Erleichterung, atmeten tief auf und streckten sich im Gefühl, daß jetzt alle Angst vertrieben sei. Nun konnte gar nichts mehr passieren, jetzt war alles gut.

Da stand ich noch in der Öffnung, die zwei jungen Sturmpioniere vor mir, die eigentlich vor kurzem noch Buben waren, Kinder im Braunhemd der Hitlerjugend, denen man ihre Kindheit genommen hatte und die gerade dabei waren, in einem barbarischen Verfahren Männer zu werden. Aus ihren Augen schaute mir bedenkenloses Vertrauen entgegen. Diese wortlose Begrüßung hatte mich geohrfeigt und beschämt.

Ich war gerade dabei, diese armen Kerle, die wie zwei nasse junge Hunde Wärme und Schutz brauchten, im Stich zu lassen. In Sekunden erlebte ich eine Verwandlung, die mich noch mehr in mein Schicksal einband, als es bisher möglich war. Ich wußte, daß ich mich nicht einfach davonstehlen konnte. Ich war in der Pflicht als einer, dem viele Leben anvertraut waren, die wie ein Wall um mein eigenes Leben standen.

Die alte Hauptkampflinie war wieder in unserer Hand. Die Sturmpioniere wurden abgelöst und nach drei Tagen Ruhe in Makarowo wieder direkt an der Rollbahn infanteristisch eingesetzt.

Weihnachten 1943 kam unaufhaltsam näher, und der Schnee wirkte wie ein sauberer Verband für die verwundete Front. Als besonderes Geschenk wurde der Urlaub des Generals empfunden. Sein Stellvertreter war der Oberst von Larisch, ein Offizier aus einer alten Adelsfamilie, eine höchst erfreuliche Kontrastfigur zu dem verpreußten Elsässer mit der Himmlervisage. Am 24. Dezember kam von Larisch zu den Sturmpionieren und ging mit zwei Ordonnanzen, die Pakete trugen, von mir begleitet in den vordersten Graben und besuchte die überraschten Landser in den Unterständen. Er verteilte Zigaretten, einige Flaschen Cognac und Sekt und Eiserne Kreuze an bewährte Mannschaften und Unteroffiziere. Die meisten hatten noch nie einen echten Obersten aus der Nähe gesehen, der noch dazu wie ein Mensch redete. Als er wieder ging und die Männer um die kleinen, primitiv geschmückten Weihnachtsbäumchen im Kerzenlicht saßen, blieb ein Hauch von Märchenstimmung zurück.

Für den 25. Dezember lud von Larisch die Kommandeure der Sturmdivision zu einem Weihnachtsessen ein. Als Führer des selbständigen Sturmpionierbataillons gehörte auch ich dazu, allerdings unter lauter Stabsoffizieren und zwei Hauptleuten als Oberleutnant und Jüngster ein Exot in dieser Tafelrunde. Vor Beginn des Essens heftete mir von Larisch die erste Stufe der Nahkampfspange an die Feldbluse, unter dem wohlwollenden Beifall der

Kommandeure. Das war mir auch ganz recht so, denn ich war in diesem Kreis der einzige mit dieser Auszeichnung. Von Larisch hielt eine kurze Rede, in der er unserer Sturmdivision, ihrer Leistungen und ihrer Opfer gedachte, die Heimat und unsere Angehörigen in seine Gedanken einbezog, mit keinem Wort aber den Führer und obersten Befehlshaber erwähnte. Später, als der Alkoholpegel bereits heftig gestiegen war, ging die Diskussion recht ungebremst um die Zeit nach dem Krieg, von dem man hoffte, daß er unter erträglichen Bedingungen ein Ende fände. Von einem strahlenden Sieg war schon lange nicht mehr die Rede – wir waren weit weg davon, und das wußte jeder aus bitterer Erfahrung. Mir ging wieder einmal mein loses Maul durch, und ich erklärte, daß es für mich keine Feinde mehr geben würde – weder Russen, Franzosen, Engländer oder Amerikaner –, sondern nur noch einen, die arroganten Preußen. Es gab amüsierte Mienen und nur gelinden Protest, bis auf einen explosiven Zornesausbruch des Kommandeurs der Heeresflakabteilung, der ein Zwölfender und genau der Typ war, den ich meinte.

Am nächsten Tag war ich zu einer Filmvorführung in einer Scheune eingeladen. Es wurde für die Landser ein Film gegeben, der ein krasser Gegensatz zum Feuerofen an der Rollbahn war, die friedliche Sommeridylle »Immensee«. Als ich aus dem Schweiß- und Landsermief wieder in den kühlen Winterabend hinaustrat, wußte ich mit erschreckender Klarheit, daß ich urlaubsreif war.

Als ich eine Stunde später wieder ankam, empfing mich mein Ordonnanzoffizier, der junge und zu jedem Schwank aufgelegte Leutnant Kurz, mit bedeutungsvoller Miene in meinem Gefechtsstand. Er bat mich, Platz zu nehmen, holte aus dem Schnee vor dem Gefechtsstand eine Flasche Champagner vom Weihnachtsbestand, füllte zwei Gläser, erhob seines und sagte: »Ich trinke auf Ihren Heimaturlaub, der Ihnen heute genehmigt wurde.« Da war ich schon vor dem ersten Glas betrunken, vor Glück.

Ich saß im Fronturlauberzug Richtung Heimat. Nach der üblichen Entlausung und dem Empfang des »Führerpakets« passierten wir die Reichsgrenze und kamen wie in eine Sardinenbüchse gepreßt endlich in Berlin an. Darüber war es Silvesternachmittag geworden. Der Fronturlauberzug sollte an diesem Tag um 18 Uhr in München eintreffen. Verspätung war angesagt. Die Abfahrt verzögerte sich, es gab Fliegeralarm. Ich fand keine Ruhe, hatte ein Kribbeln wie von tausend Ameisen in der Brust. Immer wieder versuchte ich mir meine Frau vorzustellen, aber ihr Bild verwischte sich. Je näher ich München kam, desto mehr wuchs meine Angst wie das Lampenfieber vor einem Bühnenauftritt. Um sechs Uhr früh, in der langsam weichenden Dunkelheit eines eisigen Neujahrsmorgens, lief der Zug in den Hauptbahnhof ein. Alles drängte durch die Ausgänge. Ich hängte mir den Rucksack um und trat als einer der Letzten auf den Bahnsteig. An der Sperre drängelten winkend und schreiend, vor Freude überschnappend, die Wartenden und stürmten den Bahnsteig. Ich ging langsam auf diesen Wirbel zu, die Spannung sprengte mir fast den Brustkasten.

Eine junge Frau löste sich aus dem Pulk. Sie war schmal und schön und fing an zu laufen, breitete die Arme aus, und jetzt erkannte ich sie – meine Frau. Darauf hatte ich neun Monate gewartet, geträumt, mich gesehnt, war verzweifelt, und jetzt wurde ich überwältigt von der Wirklichkeit. Die Leute hatten sich verlaufen. Wir gingen, einander haltend, durch die große Halle, auf die Straße hinaus und hinüber zum vertrauten Hotel »Schottenhamel«, und ich wunderte mich, daß wir die Füße noch auf dem Boden hatten. Die Schottenhamels hatten wie schon früher in unser Zimmer einen großen bunten Blumenstrauß gestellt, daneben einen Sektkübel mit einer Flasche Champagner und zwei schlanke Kelche. Meine Frau hatte mir beim Gehen erzählt, wie sie seit Silvester, 18 Uhr, auf den Fronturlauberzug gewartet hatte, immer wieder von der Durchsage der Verspätung gequält, frierend, einmal im düsteren Wartesaal, dann wieder bei der Bahnhofsmission ein bißchen Wärme suchend. Zwölf lange Stunden mußte sie durchstehen, von lemurenhaften Gestalten umgeben, wohl auch belästigt, aber auch von einem jungen Offizier beschützt.

Von jetzt an gehörte die Zeit uns. Sie ließ heißes Wasser in die Wanne laufen, ich mußte mich aus der Uniform zwängen, die grobe Unterkleidung ablegen. Als ich in die dampfende Wanne stieg, sagte sie: »Was bist du mager geworden«, und hatte Tränen in den Augen. Ich tauchte in die erlösende Wärme ihrer Liebe, und der Dreck, die Gefahren, die tausend Ängste und der dunkle Sargdeckel von Nowo-Sselo, der rauchende, zuckende Hügelrücken, lösten sich einfach auf.

Wir erreichten noch den Nachmittagszug über Murnau nach Oberammergau und fuhren glücklich, den gewonnenen Traum festhaltend, in das neue Jahr hinein. Am Bahnhof stand mein riesiger, ernster Vater, ein Lächeln im Gesicht, und neben ihm mein Adjutant Ali Finke, der eine Woche vor mir in den Urlaub gefahren war und einen Abstecher nach Oberammergau gemacht hatte, um meiner Familie einen authentischen und handwarmen Bericht über mich zu geben. Davon wußte ich nichts, und die Überraschung war groß. Es wurde eine lange Begrüßung, herzlich und tastend, glücklich voll überstandener Ängste. Wir saßen um den alten Tisch, der schon Familiengeschichte war, aßen, was meine Mutter mit großen Augen auf den Tisch stellte, und stießen bedächtig auf das gnädige Schicksal an.

Überleben

Genau vier Tage hatte ich Zeit, eine Ahnung von Frieden einzuatmen und das muntere Plappern meiner kleinen Tochter wie Musik aufzunehmen. Am 5. Januar kam mein Vater schweren Schrittes die Treppen herauf und brachte ein Telegramm vom Personalamt des OKH. Ich hatte mich sofort zu einem Bataillonsführerlehrgang in der Pionierschule Dessau-Roßlau einzufinden, wo ich vor fünf Jahren im ersten Lehrgang für Reserveoffiziersanwärter gewesen war.

Am ersten Tag des Lehrgangs trafen die Teilnehmer gegen 7.30 Uhr im Kasino zusammen, zum warmen Muckefuck mit Kommißbrot, Margarine und Marmelade. Um acht Uhr standen die 36 Offiziere, 35 Hauptleute und ein Oberleutnant zur Meldung im großen Hörsaal der Schule. Der Kommandeur des Lehrstabes A, Oberstleutnant Max Kemmerich, erschien mit schnellen Schritten, ein großer, schlanker und betont straffer Mann von etwa vierzig Jahren. Er ließ rühren und bat die Herren in einen Halbkreis. Dann ging er von einem zum anderen und ließ sich von jedem Truppenteil, letzten Einsatzort und Funktion angeben. Als letzter kam ich, der einzige Oberleutnant, an die Reihe. Dieser erste Eindruck war wichtig, und ich schaute diesen Mann, der unser Schicksal bestimmte, genau an. Kemmerich hatte einen schmalen, blanken Schädel mit einem scharf geschnittenen, fast cäsarenhaften Gesicht und klaren Augen, einen versöhnlichen Kontrast bildeten links und rechts ein Bündel feiner Lachfalten. Auf seinem Waffenrock trug er rechts das Deutsche Kreuz in Gold und links im Knopfloch der Brusttasche das rote Band des Blutordens. Hoppla, war er ein Altparteigenosse, ein fanatischer Anhänger Hitlers?

Er schaute mir stangerlgerade in die Augen, und ich sagte meinen Namen, nannte die 78. Sturmdivision und die Abwehrkämpfe an der Rollbahn Orscha Smolensk und meine Funktion als Führer des Sturmpionierbataillons 178. Dann kamen schnell seine Fragen: Wie lange ich das Bataillon geführt hätte und wann ich Oberleutnant geworden sei. Darauf war ich gefaßt und hatte die Absicht, offen zu reden. »Oberleutnant seit 1.3.42, fünf Monate Bataillonsführer«, war meine Antwort. »Warum sind Sie noch nicht Hauptmann?« fragte Kemmerich scharf. »Ich hatte Probleme mit meinem Kommandeur, und die Beförderung, die bereits beim Korps lag, wurde wieder rückgängig gemacht, außerdem wurde ich zur 78. Sturmdivision strafversetzt.« Der Lehrgang spitzte die Ohren, da lag was in der Luft. »Was waren das für Probleme?« fragte Kemmerich weiter, und ich merkte, daß er gespannt auf meine Antwort wartete. »Ich habe meinen Kommandeur ein Arschloch genannt«, sagte ich gleichmütig. Der Lehrgang schnaufte hörbar ein und hielt den Atem an. Kemmerich schaute regungslos, in den Augen ein kaum merkliches Erstaunen, dann ein kurzer, amüsierter Schimmer. Er drehte sich ruckhaft zum erstarrten Halbkreis um: »Merken Sie sich eines, meine Herren – der intelligente Untergebene ist der natürliche Feind des dummen Vorgesetzten.« Max Kemmerich ging schnellen Schrittes hinaus und hatte den Lehrgang in der Tasche.

Nach einer Woche betrat der Kommandeur, der schon vor dem Krieg den Spitznamen »Der stramme Max« hatte, den Hörsaal und stand einen Augenblick, in die Runde schauend, vor dem Halbrund der Pulte. Dann fragte er: »Erwartet einer der Herren eine hohe Auszeichnung zu erhalten?« Verblüfftes Schweigen. Kleine Pause, dann: »Oberleutnant Lang, haben Sie keinen Verdacht?« »Nein, Herr Oberstleutnant«, sagte ich, ohne nachzudenken, und war fast erschrocken, als ich hörte: »Sie sind es.« Dann entfaltete er ein Telegrammformular und verlas: »Zur Verleihung des Deutschen Kreuzes in Gold herzlichen Glückwunsch, v. Larisch, stellvertretender Kommandeur der 78. Sturmdivision.« Ein schöner Moment, ein verwirrender Moment. Der Lehrgang trampelte und klopfte herzlichen Beifall.

Die Abkommandierung an die Pionierschule Dessau-Roßlau war ein großer Glücksfall und hat mir – wie es mir aus der Rückschau deutlich wird – vermutlich das Leben gerettet. Bis März 1944 absolvierte ich einen ersten Bataillonsführer-Lehrgang in Dessau, einen zweiten im Mai in Antwerpen, nachdem ich zwischendurch noch für einen kürzeren Einsatz an die Ostfront in der Region Makarovo-Orscha abkommandiert worden war. Ab Frühsommer 1944 wurde ich in der Funktion eines Lehrgangsleiters für Kompanieführer erneut nach Dessau befohlen. In dieser recht privilegierten Situation erlebte ich die sich zuspitzende Kriegslage und die sich überstürzenden Ereignisse der Jahresmitte 1944 – die Invasion der Alliierten in der Normandie, die Offensive der Roten Armee und den 20. Juli, auch wie er sich im Denken und in den Gesprächen der Soldaten niederschlug.

Mitte Dezember 1944 hatte ich eine Woche Heimaturlaub so einplanen können, daß ich bei der Geburt meines zweiten Kindes dabei war. Ich wartete auf den neuen, kleinen Menschen, für den ich mitverantwortlich war. Würde es ein Sohn oder eine Tochter sein? Meine Frau wünschte sich nach der ersten Tochter einen Sohn, aber mir war beides recht, Hauptsache, das neue Wesen war für diese Welt robust genug. Dann war es so weit. Ich wurde ganz klein und ängstlich und meine Frau groß und tapfer. Sie bewältigte ohne Panik den Urschmerz einer Mutter mit der Kraft ihrer Jugend und dem Vertrauen auf den Sinn unserer Liebe. Als mir die Hebamme das Kind zeigte, schaute sie mich erlöst, aber auch ein wenig ängstlich an: Wir hatten eine Tochter bekommen. Ich sagte: »Da steckt Leben drin – die Michaela mit ihrem schwarzen Schopf und den schrägen Augen könnte auch Attilas Tochter sein.« Sie lachte, und wir waren beide glücklich über diesen Tag und daß wir nun zu viert sein konnten – mitten in diesem schrecklichen Krieg.

Ende März 1945 standen die Russen an der Oder, hatten Schlesien besetzt und waren dabei, in Sachsen einzubrechen. Man konnte sich ausrechnen, wann die Panzer beiderseits der Elbe Dessau erreicht haben würden. Ich fühlte mich zwischen taghellem Alptraum und gespenstischem Abenteuer. Nein, in Dessau wollte ich nicht untergehen. Ich dachte über Fluchtmöglichkeiten nach.

Mitte April kam ein Fernschreiben aus dem OKH in Berchtesgaden an: »Der laufende Bataillonsführerlehrgang sofort verlegt zur Führerreserve nach Mittenwald in die Gebirgspionierkaserne.

Führer des Kommandos Hauptmann Lang.« Unterschrieben von Oberst Kemmerich. Der große Schutzengel hatte eingegriffen. Ich ließ den Lehrgang gleich packen und eilte selbst zum Heimatpionierpark. Dort gelang es mir, einen großen LKW für den Transport zu requirieren.

In Murnau ließ ich die Gruppe in den Zug nach Mittenwald umsteigen. Mit dem LKW fuhr ich allein weiter, bis Saulgrub, zehn Kilometer vor Oberammergau, holte das vorsorglich mitgenommene Fahrrad vom Fahrzeug, bedankte mich beim Fahrer und trat zum Endspurt in die Pedale. Nach der letzten Anhöhe lag das Ammertal vor mir, wie ich es in den Jahren der Heimwehphantasien gesehen hatte. Von der Straße aus zogen sich gelbe, weiße und blaue Blumenfelder die Hänge hinauf, und der Frühling machte meinen Atem eng. Das Band der Ammer blitzte mir entgegen, und ich fuhr am letzten Hügel, dem Sandbichl, vorbei, auf dem ich als Kind gespielt hatte. Jetzt hielt ich vor meinem Dorf an.

Es war Feierabend. Meine Familie war außer sich vor Freude. Die Nacht war kurz, voller Diskussionen – für mich die beste Möglichkeit, das Kriegsende nach der Besetzung von Oberammergau zu bewältigen. Am nächsten Morgen, früh um sechs, fuhr ich mit dem requirierten Rad den alten Schulweg nach Ettal, im Rucksack meinen dunkelblauen Rollkragenpullover, den Anorak und den Bergsteigerhut mit der Rabenfeder für einen baldigen Kleiderwechsel.

Am Vormittag meldete ich mich in der Mittenwalder Kaserne beim Kommandeur der Führerreserve. Ohne eine Miene zu verziehen, gab er mir den Befehl, einen Regimentsführerlehrgang vorzubereiten und dafür einen Lehrplan aufzustellen. Da mich schon lange nichts mehr wunderte, ging ich sofort ans Werk – und zugleich in volle Deckung.

Nicht lange, denn am 25. April kam ein Telegramm mit meiner Versetzung nach Prag, als Kommandeur eines Pionierbataillons. Ich fiel aus allen Wolken, und mein Schutzengel war unerreichbar. Tief in Gedanken ging ich über den Kasernenhof und sah im letzten Augenblick die rote Pracht eines Generals vor mir. Ich erkannte ihn auch gleich als den General der Pioniere, Dr. Meise, und grüßte nach Vorschrift. Er blieb stehen, grüßte, und es schien, als würde eine Erinnerung dämmern. »Kennen wir uns nicht?« fragte er, »wie heißen Sie?« Ich sagte meinen Namen und erinnerte ihn an einen Besuch, den er 1937 als Major in Ingolstadt beim Pionierbataillon 17 gemacht hatte.

Dann wollte er wissen, wo ich eingesetzt war. Ich berichtete ganz gezielt vom Pionierbataillon 268 an der Ugra. »Dann war doch der Major Dr. S. Ihr Kommandeur« sagte er, und plötzlich schien ihm wieder eingefallen zu sein, wie er im April 1943 in mein Schicksal eingegriffen hatte. Nachdenklich schaute er mich an und sagte nach einer Pause. »Da habe ich wohl etwas gutzumachen. Was machen Sie zur Zeit?« Ich berichtete, daß ich vor einer Stunde nach Prag versetzt worden war. »Quatsch«, sagte der General, »Sie bleiben hier als z. b. V. in meinem Stab«, nahm mich mit in seine Baracke, telefonierte mit dem Oberst John, und schon hatte ich einen neuen Schutzengel.

Im Auftrag des Generals Meise wurde ich in den letzten Tagen des April 1945 auf einen Erkundungsausflug nach Oberstaufen im Allgäu geschickt. Zusammen mit Oberleutnant Detlev Hansberg machte ich mich in unserem Militär-Opel-Kadett auf den Weg. Dort besuchten wir zunächst den General der Festungen Abberger, der sich bereits in einen Zivilisten verwandelt hatte und unserm General ausrichten ließ, für ihn, Abberger, sei der Krieg vorbei; dann beglückten wir die Familie unseres Befehlshabers mit einem Sack Kartoffeln, wurden mit einem Kaffeeplausch bedankt und bekamen für den Familienvater nicht nur Grüße, sondern auch Zivilklamotten mit. Auf unserer Fahrt wurden überall stündlich die Alliierten erwartet, die ersten Truppen der Franzosen, die Panzerspitzen der Amerikaner. Wir machten uns schleunigst aus dem Staub. Auf dem Rückweg konnte ich es einrichten, daß wir einen kurzen Halt in Oberammergau machten. Wir fuhren ins Dorf, das von wilden Kolonnen durchfahren wurde, und standen vor meinem Elternhaus. Nach einer kurzen Begrüßung und einem schnellen Abschied fuhren wir wieder weiter, durch ein Gewirr zurückflutender Truppen.

Am Abend meldete ich mich wieder beim General Meise. Er nahm mich zur Lagebesprechung in seine Stabsbaracke mit, und ich hörte, wie ein Major die Sprengung der Ammerbrücke in Oberammergau vorschlug. Als Ortskundiger riet ich sofort davon ab. Die Ufer seien flach, der Wasserstand besonders niedrig, so daß die Panzer problemlos, an der gesprengten Brücke vorbei, den Fluß überwinden könnten. Schließlich überzeugte der Hinweis, daß diese Aktion eine sinnlose Vergeudung von Sprengmitteln sei. Am nächsten Tag bekam ich den Befehl, mit Meldungen zum General-oberst Jakob, dem Ranghöchsten der Pionierwaffe, nach Seebruck am Chiemsee zu fahren. Dort sollte ich Befehle abholen und ein Bild der Lage gewinnen. Nach Erledigung unseres Auftrags mach-ten wir uns auf den Rückweg, aber diesmal wollte ich vorher noch einen Umweg von sechzig Kilometern zu meinen Schwiegereltern nach Kraiburg am Inn machen. Um Mitternacht parkten wir vor dem abgedunkelten Haus. Meine Schwiegereltern waren vor Über-raschung und Freude sprachlos. Es waren bereits zwei Gäste im Haus. Der Bruder Josef meines Schwiegervaters und der Bruder Peter meiner Schwiegermutter, der Diplomat. Als Leutnant im Bayerischen Königlichen Leibregiment aus dem Ersten Weltkrieg und englischer Gefangenschaft zurück, hatte er Jura studiert und einen blendenden Abschluß gemacht. Er folgte seinem ältesten Bruder in den Diplomatischen Dienst, wurde persönlicher Refe-rent des Reichsaußenministers Stresemann und war von 1931 bis 1934 bei der Deutschen Botschaft in Moskau. Später tat er Dienst in Rom, in Tirana und ab 1941 als Generalkonsul in Algier, bis die Amerikaner landeten und ihn in den USA internierten. 1944 wurde er nach den immer noch gültigen Regeln der internationalen Di-plomatie über die Schweiz ausgetauscht und wollte nun das Kriegs-ende im Arzthaushalt seiner Schwester überstehen.

Diese tat nun, was jede gute Hausfrau in ungewöhnlichen Situa-tionen tut: Sie warf sofort die Küche an und briet zwei mächtige Schnitzel in der Pfanne. Von Onkel Peter erfuhren wir erstmals etwas über die Absichten der Alliierten nach dem Sieg über Nazi-deutschland, die er als Internierter in den USA erfahren hatte. Für mich stand schon jetzt fest, daß nach diesem von den Deutschen losgetretenen Krieg alle arbeitsfähigen Männer für viele Jahre in Arbeitsbataillonen zwischen Warschau und Wladiwostok beim Wiederaufbau eingesetzt würden. Der welterfahrene Diplomat zeichnete nun eine realistische Zukunft für ein geteiltes und besetztes Deutschland, in dem die Sieger für einen friedlichen Beginn mit Militärregierungen sorgen sollten, ohne die politisch belasteten Deutschen. Diese sollten in Lagern zusammengefaßt und zur Rechenschaft gezogen werden. Später sollten dann unbelastete Deutsche die Demokratie als neue Regierungsform einführen. Mir wurde leichter. Mit dieser Perspektive ließ es sich leben. Im Radio hörten wir die Nachrichten in deutscher Sprache aus Hilversum und erfuhren, daß am Tag zuvor, am 29. April 1945, Oberammergau von den amerikanischen Truppen besetzt worden war. In Kreuth am Straßenrand trafen wir auf die uns wohlbekannte Renate Schladebach, eine dienstverpflichtete Abiturientin, die uns berichtete, daß sie sang- und klanglos entlassen worden sei. Kurz entschlossen nahmen wir die ratlose Schicksalsgenossin mit ihrem Rucksack ins Auto, auf dem Weg in ein unbekanntes Abenteuer.

Auf der Straße nach Bad Tölz fuhren wir durch das bäuerliche Dorf Reichertsbeuren, und ich erinnerte mich, daß hier ein Großonkel als Geistlicher Rat seinen Ruhestand verbrachte. Ich kannte den gescheiten Pfarrer Daisenberger von seinen Besuchen in Oberammergau und wußte, daß er ein aufgeschlossener Geistlicher mit Humor war. Wir trafen ihn im Pfarrhof an und wurden von dem über 85jährigen wie verirrte Kinder mit heißem Kaffee und Butterbroten empfangen. Schließlich überließ er dem schmalen Oberleutnant Hansberg einen schwarzen Anzug nebst Schuhen aus seinem Kleiderschrank. Bei der Anprobe sah mein Kamerad mit der runden Nickelbrille wie ein richtiger Kaplan aus. Mit den Segenssprüchen meines liebenswerten Onkels fuhren wir in heiterer Stimmung weiter nach Westen. In Bald Tölz entdeckten wir auf einem stehengebliebenen, verlassenen LKW eine Ladung von Kisten und Säcken. Nach alter Landserart inspizierten wir das Fahrzeug und stellten in den Säcken echten Bohnenkaffee fest, köstlich duftende Bohnen. Einen Sack, der gerade in einem Rucksack paßte, nahmen wir mit.

Am Südufer des Walchensees fuhren wir mit unserem Kadett die schmale Bergstraße hinauf, bis es kein Weiterkommen mehr gab, und dort verwandelten wir uns in Zivilisten. Ich rollte meine alte Feldbluse mit den Auszeichnungen zusammen und versenkte sie mit Pistole und Munition im Rucksack. Dann tätschelten wir noch einmal die Kühlerhaube unseres braven Renners und erreichten gegen Mitternacht den Sattel über Eschenlohe. In einer dichten Fichtenschonung verkrochen wir uns, in Zeltbahnen gehüllt, für einen kurzen Schlaf auf der moosigen Erde.

Bei Tagesanbruch des 1. Mai 1945 erwachten wir unter einer frischen Schneedecke, schüttelten uns warm und gingen vorsichtig talwärts, bereits das brummende Dauergeräusch endloser Panzer- und LKW-Kolonnen im Ohr. In einer Mulde hinter dem Waldrand gingen wir in Deckung. Ich pirschte mich an den Waldrand und spähte ins Tal, um den bestmöglichen Übergang über die Loisach, außerhalb von Eschenlohe, zu finden. Von dort war es nur noch eine kurze Strecke über den Berg nach Oberammergau. Auf der Straße nach Garmisch-Partenkirchen rollten aber in endloser Kette Panzer und LKW, mit wendigen Jeeps dazwischen. Da mußten wir wohl die Nacht abwarten.

Ich ging gerade zu unserem Versteck zurück, da traf ich auf einen amerikanischen Spähtrupp mit fünf Mann. Die Begegnung war so überraschend, daß mir keine Gelegenheit zur Flucht blieb. Fünf Gewehrmündungen zielten auf mich, und der Anführer schrie »Hands up«.

Ich machte eine beschwichtigende Handbewegung und ging, auf Englisch antwortend, auf die kampfbereite Truppe zu. Die Frage, ob ich Soldat sei, verneinte ich und sagte, ich sei Lehrer, Sportlehrer, und aus einer Schule in Mitteldeutschland auf dem Weg nach Hause, nach Oberammergau. Welchen Sport ich unterrichte, fragte der Anführer; ich nannte die Leichtathletik und spürte gleich ein gewisses Interesse. Um noch eins draufzusetzen, sagte ich, daß ich bei den Olympischen Spielen 1936 in Berlin die amerikanischen Leichtathleten im olympischen Dorf betreut hätte. Ich zählte aus dem Gedächtnis gleich eine ganze Reihe von Medaillengewinnern auf. Damit hatte ich die Amis, die bereits ihre Flinten gesenkt hatten, sichtlich beeindruckt.

Der Sergeant bot mir lächelnd eine Lucky Strike an. Ich lehnte ab und erklärte sachlich: »I'm a sportsman.« Jetzt war er überzeugt und glaubte mein riskantes Märchen. Ich nützte die gelockerte Situation aus und sagte, daß noch zwei Freunde im Wald seien. Auf mein Rufen erschienen die beiden mit den Rucksäcken. Renate stellte ich als Kollegin an meiner Schule vor und Detlev Hansberg als katholischen Kaplan. Wir gingen gemütlich miteinander plaudernd zur Ortsmitte hinunter; die hübsche Renate mit ihrem flotten Englisch sorgte für zunehmend lockere Stimmung.

Vor einem behäbigen, großen Bauernhaus sah ich, wie ein Hauptmann der Gebirgsjäger von ein paar Amis ziemlich rauh verprügelt wurde, weil sie sein Deutsches Kreuz in Gold gesehen hatten, das eigentlich ein großes Hakenkreuz in einem goldenen Lorbeerkranz auf einem Stern war und das sie offensichtlich für das Abzeichen eines besonders großen Nazis hielten. Mir war gar nicht wohl dabei, denn ich dachte an meine Feldbluse im Rucksack, die genau so herausfordernd dekoriert war.

Unser Spähtruppführer führte mich in das Bauernhaus zum Ortskommandanten. Das war ein junger Captain, die Füße auf dem Tisch, in dichte Schwaden von Zigarettenrauch gehüllt. Ich stellte meinen Rucksack ab und erzählte erneut meine Story vom Sportlehrer und der Begegnung mit den amerikanischen Olympioniken 1936 in Berlin. Während ich redete, kam ein GI in den Raum, schaute mich an, ging um mich herum, blieb stehen und fragte, auf meinen Rucksack deutend: »What's in?« Er kümmerte sich nicht im geringsten um den gelangweilten Captain; als ich anfing, den Inhalt zu erklären, sagte er nur barsch: »Open it.«

Jetzt stellten sich langsam meine Rückenhaare auf, denn ich wußte, daß ich bei der Entdeckung meiner dekorierten Feldbluse und meiner Pistole mit Munition sofort als »Werwolf« hinter das Haus geschleppt und womöglich erschossen würde. Ich riß mich zusammen, öffnete die Verschnürung meines Rucksacks umständlich und legte den Inhalt frei – »shirts, stockings, food«, »What's that«, fuhr mich der Inquisitor an und zeigte auf mein Nahkampfmesser, das obenauf lag. »That's my knife«, sagte ich ruhig. Aber er schrie mich gleich an »That's *my* knife« und schnappte sich das verdächtige Stück. In gespielter Entrüstung wandte ich mich an den Captain, aber der sagte nur sehr bestimmt: »Let him go.« Ich hob ergeben die Schultern, bückte mich zu meinem Rucksack und schnürte ihn glücklich zu. Langsam legten sich meine Rückenhaare wieder. Die Gefahr war fast vorbei. Fast – denn jetzt fragte der Captain nach meinen Papieren. Ich tat erstaunt und sagte mit einem leisen Unterton von Entrüstung, daß mir bereits der Soldat, der mich gebracht hatte, meine Papiere abgenommen hätte. Das war natürlich frech gelogen, aber jetzt war ich schon einmal mitten im Pokern, also machte ich unschuldige Augen dazu.

Der Captain nahm die Beine vom Tisch und sagte fluchend, daß dieser Mann gar nicht zu seiner Einheit gehöre. Damit war wieder ich am Zug und jammerte angemessen über dieses Pech. Dann fragte ich harmlos, ob er mir nicht einen Passierschein ausstellen könne. Nein, das könne er nicht, nach kurzem Nachdenken meinte er aber, daß ich mir vom Bürgermeister des Ortes eine Unterkunft anweisen lassen und warten solle bis zur Ankunft der Besatzung, die würde mir dann neue Papiere ausstellen. Mit Mühe verbarg ich meine Erleichterung, bedankte mich artig für den guten Rat, vermied gerade noch einen militärischen Gruß und ging, ganz Zivilist, davon.

Vor der Türe traf ich meine zwei Schicksalsgenossen, die gespannt gewartet hatten, und wir gingen für zwei Tage in ein Eschenloher Privatquartier in volle Deckung.

Am 3. Mai frühmorgens überraschte unsere Wirtin uns mit der Nachricht, daß die Amerikaner abgezogen seien. Nun konnte uns nichts mehr halten. Wir liehen uns von der freundlichen Frau einen kleinen Leiterwagen, luden unsere drei Rucksäcke auf und gingen frei und zuversichtlich, öfters von Streifen angehalten, die vierzehn Kilometer über Oberau und Ettal nach Oberammergau. Am Nachmittag trafen wir in meinem Elternhaus ein, in einer verwandelten Welt, in den vertrauten Räumen meiner Kindheit.

Mein Vater wies mich darauf hin, daß die Amerikaner einen Meldetermin für alle Heimkehrer festgesetzt hätten. Wer danach unregistriert angetroffen würde, müsse mit Erschießung rechnen. Das glaubte ich zwar nicht, ging aber trotzdem zum Rathaus und schloß mich einer langen Schlange von Gestalten an, denen man an ihrer mißtrauischen, unsicheren Haltung von weitem den geschlagenen Landser ansah.

Als ich den Raum des amerikanischen Vernehmungsoffiziers betrat, hörte ich, wie er zur Dolmetscherin sagte: »I think, he is SS.« Die Dolmetscherin, die Schwester der Maria-Darstellerin der Passionsspiele, widersprach sofort und erklärte dem mißtrauischen

Captain, daß sie mich seit der Kinderzeit kenne und wisse, daß ich nie Soldat gewesen sei, schon gleich gar nicht bei der SS. Dabei schaute sie mich treuherzig und aufmunternd an. Ich lächelte und korrigierte die Dolmetscherin, weil ich ja aus Oberammergau fortgegangen sei, zwar schon auch als Soldat gedient hätte, aber seit einigen Jahren als Sportlehrer in einer mitteldeutschen Schule gearbeitet hätte – die erprobte Geschichte, die ich bei meiner Gefangennahme erzählt hatte.

Der Captain schickte mich zum Bürgermeister. Dort fand ich meinen Onkel Raimund, der seit 1933 dieses Amt innehatte. Er wußte, daß seine Amtszeit bald enden würde, und gab mir ohne viel Federlesen meinen Registrierschein.

In meinem Elternhaus wohnten jetzt neben meinen Eltern und meiner Schwester meine Frau mit den zwei Kindern, dazu zwei Flüchtlinge und nun noch wir drei, die glücklich zurückgekommen waren. Mein Vater hatte gerade noch rechtzeitig eine Kuh gekauft, und so wurde ich zum »Klein-Landwirt«.

Der Alltag im besetzten Dorf, im ungewohnten Frieden war anstrengend, aber schön. Ich arbeitete wie ein Bauer, mähte, fuhr Heu ein und freute mich, müde und hungrig, auf die magere Kost, aber auch auf die Milch unserer kostbaren Kuh.

Ende Mai wurde mein Vater zu unser aller Schrecken im Zuge der automatischen Haft für Parteigenossen abgeholt. Er konnte gerade noch kleinstes Gepäck mitnehmen. Mein Vater war nur widerwillig und in der Absicht, die Passionsspiele so besser gegen die Angriffe fanatischer Nazis, besonders des Gauleiters Wagner, verteidigen zu können, in die Partei eingetreten. In seiner Bescheidenheit und Gradlinigkeit war er nie Nutznießer der Partei gewesen.

Wochen später kam der erste Brief meines Vaters mit einem Lagebericht aus dem Camp Ludwigsburg. Er schrieb in seiner kargen Art, daß er als Künstler tätig sei und die Amerikaner ihm die Möglichkeit einräumten, eine Lagerbühne einzurichten, Theater zu inszenieren und sich mit bekannten Künstlern aller Sparten um Kultur zu kümmern. Das war tröstlich.

Ich hatte auch angefangen, wieder zu porträtieren, und malte mit Tempera alte und junge Gesichter. Zaghafter, aber mit wachsender Leidenschaft fing ich an, Gedichte zu schreiben, Impressionen und Miniaturen, zu denen mich alte und neue Dichter anregten, von Gottfried August Bürger über Conrad Ferdinand Meyer bis Detlev Liliencron, Christian Morgenstern und Erich Kästner. Aufmerksam verfolgte ich die neue Presse, die in amerikanischer Lizenz herauskam. Nun begann das große Aufräumen. Die Zeitungsspalten waren voll von Berichten über die schrecklichen zwölf Jahre.

In diesem strahlenden Sommer 1945 begann die Demokratie ganz von unten zu wachsen, von den Siegern nach Gärtnerart angemessen gewässert. Mein Lehrbeispiel war Oberammergau. Nach der ersten Phase der Betäubung und dem Abzug des letzten Pulverdampfs wurde von der Besatzung eine Gemeindeverwaltung installiert. Nun gab es wieder einen überschaubaren Alltag, neue Verordnungen, die alten Einschränkungen der Lebenshaltung, den Zwang der Markenwirtschaft und die Sorge um die Männer in Gefangenschaft, die Soldaten und die Internierten, die mehr oder weniger belasteten Parteigenossen.

Das Fronleichnamsfest 1945 mit seiner Prozession wurde in Stadt und Land die erste Gelegenheit für die bedrückten und verwirrten Menschen, sich in einer bewegenden Friedensdemonstration öffentlich zu versammeln. In Oberammergau gingen alle Bürger, wie zwölf Jahre zuvor, hinter dem Traghimmel mit dem Allerheiligsten, betend und singend, einerseits dankbar für den endlich erlangten Frieden, andererseits traurig über die fehlenden toten, vermißten, gefangenen Männer. Ich mußte an diesen Tag im Jahre 1934 denken, an den skandalösen und barbarischen Überfall auf die Prozession durch SA-Leute.

Ende Juli mußten sich bei den Gemeinden die ehemaligen Soldaten melden, die noch nicht ordnungsgemäß aus der Wehrmacht entlassen waren. Das waren also jene, die mit viel Glück und Geschick einer Gefangennahme entgangen waren. Mit etwa dreißig ehemaligen Soldaten wurde ich in ein amerikanisches Auffanglager transportiert und schmeckte zum letztenmal eine Nacht und einen Tag lang im Zelt auf Stroh die miefige Barrasluft. Es waren etwa tausend Männer, die von den Amerikanern im Fließbandverfahren verhört wurden. Besonders wichtig war die Mitgliedschaft in NS-

Organisationen. Etwa die Hälfte der Befragten wurde zurückbehalten und mit unbekanntem Ziel abtransportiert. Ich war bei der glücklichen Hälfte, die das Entlassungspapier erhielten und nach Hause durften. Jetzt erst fühlte ich mich richtig als Zivilist.

Aus der Zeitung erfuhr ich, daß es seit dem 20. Mai 1945 einen bayerischen Ministerpräsidenten, von der amerikanischen Militärregierung berufen, gab, Fritz Schäffer. Damit wurden zum erstenmal die Konturen einer neuen bayerischen und demokratischen Politik sichtbar. Staatssekretär und Leiter der Bayerischen Staatskanzlei wurde mein Onkel Dr. Anton Pfeiffer, der Bruder meiner Schwiegermutter und mein Trauzeuge. Ende Juli fuhr ich auf einem Lastwagen zwischen Säcken und Kisten nach München. Ich wollte die Lage peilen und diesen Onkel Anton im Führerhäuschen der neuen Demokratie besuchen. In der Prinzregentenstraße war die alte preußische Gesandtschaft und Schackgalerie in die bayerische Staatskanzlei umfunktioniert worden; ich stieg auf einem roten Läufer die feudale Treppe ins erste Obergeschoß hinauf, wurde von einem gemütlichen Wachtposten eingewiesen und war gespannt auf den ersten Eindruck der Zentrale einer neuen, zaghaften Demokratie. Onkel Anton empfing mich in einem fast noblen Biedermeierambiente, als wäre das schon immer sein Platz gewesen.

Ein kleiner Mann im Trachtenanzug, leicht erkennbar, als umgearbeitete Wehrmachtsuniform, kam mit einer dicken Pressemappe herein und nahm mit sichtbarem Respekt Aufträge entgegen. »Das ist mein Pressechef, Werner Friedmann, mit dem ich 1933 in Stadelheim inhaftiert war«, sagte Onkel Anton, als der eifrige Mann die Türe geräuschlos hinter sich geschlossen hatte, und ergänzte, »ein begabter Journalist, der den Nazis vor 1933 Ärger gemacht hat.« Onkel Anton machte mir Mut und ließ mich mit der Zusicherung seiner Hilfsbereitschaft zurückkehren.

Lehrjahre an der TH

Anfang Dezember machte ich einen zweiten Spähtrupp in die Stadt. Ich wollte wissen, wie es in der Technischen Hochschule stand und ob ich bald das Studium wieder aufnehmen und endlich mit dem Diplom abschließen könnte. Ich stieg aus dem unkomfortablen Zug in einen grauen Tag, der ohne Leben über der Trümmerlandschaft lag. Die Luisenstraße zog sich mit einer löchrigen, dünnen Schneehaut durch die Kulissenfetzen einer Bühne, auf der noch gestern Weltuntergang unter der Regie von Adolf Hitler gespielt worden war. Am Königsplatz standen, leicht blessiert, die Propyläen, und die öde Fläche, vom Volk spöttisch »der Plattensee« genannt, wurde noch am Nord- und Südrand von den zwei antiken Imitationen, der Glyptothek und den Staatssammlungen, gehalten. Vor dem Gezacke der ramponierten Stadtsilhouette lagen am Ostrand die »Führerbauten« als herausfordernde Masse mit ihrem toten Staatspathos und den schwarzen Fensterhöhlen. Beiderseits der Briennerstraße standen die dünnbeinigen Gerippe der »Ehrentempel«.

Als dunkler Block im Trümmerfeld lag die TH vor mir. Ich betrat den Innenhof, ein trostloser lebloser Anblick. Hier verließ mich jede Hoffnung. Da hörte ich auf einmal schnelle Schritte. Um den Trümmerberg bog eine dunkle, hagere Gestalt – verhielt einen Augenblick und eilte dann mit flatterndem Mantel auf mich zu. »Mensch, Sie leben noch«, rief Hans Döllgast, mein verehrter Lehrer, »wie geht's, und was machen Sie jetzt?« »Ich schau mich hier um und möchte wissen, wann ich weiterstudieren kann«, sagte ich. Döllgast war von den Amerikanern als der einzige unter den Professoren betrachtet worden, der eine weiße Weste trug, und daher als kommissarischer Rektor eingesetzt worden. Er war voll Unternehmungsgeist und berichtete, daß auch für den Wiederaufbau der TH von den Amerikanern ein Kommissar ernannt worden war, Professor Vorhoelzer. »Der mit den berühmten Postbauten der zwanziger Jahre?« fragte ich. »Ja, und die Nazis haben ihn als Kulturbolschewisten aus der TH vertrieben«, sagte Döllgast.

Dann fragte er mich, mit welchem Dienstgrad ich aus dem Krieg zurückgekommen sei. Und als ich ihm sagte, »als Hauptmann«, erklärte er mir, daß dieses nach der Festlegung durch die Militärregierung auch schon die Grenze des Erlaubten sei – beim Major fingen die »Militaristen« an, und für die gäbe es keine Studienerlaubnis. »Ja«, fuhr Döllgast fort, »wir werden im kommenden Mai wieder mit den Vorlesungen beginnen. Er schaute mich nachdenklich an – »da braucht der Vorhoelzer noch einen Assistenten, und den machen Sie!«

Vergeblich wehrte ich mit dem Einwand ab, ich hätte doch erst fünf Semester hinter mir. Das ließ Döllgast nicht gelten. Er drängte mich energisch in einen düsteren Raum mit einem kleinen Kanonenofen und rief: »Vorhoelzer, da bringe ich deinen neuen Assistenten.« Aus der Ecke kam wie eine aufgezogene Spielzeugfigur ein kleiner Mann und stand mit der Schnelligkeit eines Schachterlteufels vor mir. »Wie heißen Sie?« fragte er, ohne auf die Ankündigung seines Kollegen einzugehen. Ich sagte meinen Namen, erwähnte meine Herkunft aus Oberammergau und den Eindruck, den das Postamt dort mit seiner selbstbewußten Architektur schon immer auf mich gemacht habe – sein Werk als Architekt und Leiter der Bauabteilung in der damaligen Oberpostdirektion. Ich wies wiederum darauf hin, daß ich erst fünf Semester hinter mir hätte. Daraufhin fragte mich Vorhoelzer, ob ich im Krieg gewesen und mit welchem Dienstgrad ich heimgekommen sei. Auf meine Antwort, »als Hauptmann«, meinte er nur ganz trocken: »Dann können Sie das auch.«

Damit war ich als Hilfsassistent angenommen und sollte am 2. Januar 1946 am Lehrstuhl meinen Dienst antreten. Dann stellte Vorhoelzer mich seinem ersten Assistenten vor: Es war Gerhard Wegner, mit dem ich 1938 in der Pionierschule Dessau-Roßlau acht Wochen lang beim ersten Reserveoffiziersanwärter-

Lehrgang auf der gleichen Stube gelegen hatte. Was für ein Tag! Die dunkle, kaputte Stadt war etwas heller geworden.

Beim ersten Weihnachten im Frieden lag unter dem Christbaum ein dickes Geschenkpaket – meine gesicherte Zukunft an der TH bei Robert Vorhoelzer. Mit meiner Frau und unseren zwei fröhlichen Weihnachtsputten schaute ich in die Lichter und den vertrauten Glanz des alten Baumschmucks, der von Generation zu Generation bis auf mich vererbt worden war, und meinte immer noch zu träumen. Aber die Schatten dieser Zeit ließen sich nicht vertreiben. Zwei Cousins waren gefallen, der einzige Sohn und der jüngste Enkel meines todunglücklichen Großvaters Emanuel. Von meinem Vater kamen ein Brief und eine Zeichnung, aus der man traurige Hoffnung lesen konnte. Meine Schwester war sehr still. Ende 1944 hatte sie die Nachricht bekommen, daß ihr Mann am Dnjepr gefallen war. Wir rückten eng zusammen.

Zum Start in München mußte ich erst einmal ein Zimmer finden. Meine alte Studentenbude bei den Kastners in der Görresstraße war bereits belegt, aber im Nebenhaus fand ich eine etwas bombenbeschädigte Unterkunft. Meine Familie blieb vorläufig auf der sicheren Insel in Oberammergau, zumal meine Frau im März unser drittes Kind erwartete. Ich war also fortan ein Wochenendehemann, der am Freitagabend nach Hause kam und am Sonntagabend wieder in die Stadt zurückkehrte.

Der Lehrstuhl für Entwerfen und Gebäudelehre mußte aus dem Nichts aufgebaut werden. Lehrmittel, Literatur und Demonstrationsmaterial waren vernichtet, und die notwendigsten Unterlagen mußten erst einmal behelfsmäßig hergestellt werden. Robert Vorhoelzer hatte ganz präzise Vorstellungen davon, wie junge Menschen an das Planen und Bauen herangeführt werden mußten. Er war ein moderner Architekt, der mit den berühmten Kollegen des Bauhauses in Weimar und später in Dessau in einer Linie stand. Gropius, Mies van der Rohe, Ernst May, Martin Elsässer und die anderen lernte ich erst jetzt so richtig kennen. Der menschliche Maßstab stand in Vorhoelzers Katalog der Kriterien fürs Bauen ganz vorne. Wir spürten eine wunderbare Freiheit des Denkens und der Phantasie.

Bis zum offiziellen Studienbeginn Mitte Mai mußte der Lehrstuhl für die Vorlesungen und Seminararbeiten vorbereitet sein. Am 1. Februar wurde Ernst Hürlimann als weiterer Hilfsassistent von Vorhoelzer eingestellt. Im Unterschied zur grauen Masse der Studenten trug er keine umgeänderte Uniform, sondern flotte, sportliche Kleidung. Als Schweizer Staatsbürger hatte er im Krieg Zivilist bleiben können. Ernst Hürlimann, ein Alemanne, hatte eine stämmige Gestalt, einen Rundschädel mit flinken Augen und war im Denken hintergründig und voll farbiger Bilder, dabei zupackend bei Arbeit und Lebensgenuß. Er hatte ebenfalls fünf Semester hinter sich. Wir waren uns schnell einig, daß wir das fünfte Semester als Auffrischung und zugleich das siebte belegen wollten. Das sechste und achte Semester gedachten wir gleichzeitig in Angriff zu nehmen, um nach einem Jahr, also im März 1947, das Diplom abzulegen.

Mit der Arbeit in unserem Hilfsassistenten-Job ergab das ein dickes Paket, das wir mit dem Segen unseres verständnisvollen Chefs frohgemut schultern wollten. Für Hürlimann, der fünf Jahre jünger war, hatte dieses Unternehmen einen hohen sportlichen Reiz. Mich befeuerte vor allem die unbändige Freude an der so lange vermißten sinnvollen Arbeit. Dahinter aber drückte schon ein wenig die Verantwortung für meine wachsende Familie.

Alle Studenten mußten, um die Genehmigung zum Studium zu erhalten, mehrere Wochen lang bei der Trümmerbeseitigung und beim Ziegelputzen arbeiten. Der Ziegel- und Betonstaub auf den abgewetzten Klamotten war eine Art Studentenausweis. Wir zwei Hilfsassistenten zeichneten inzwischen die Entwurfsgrundlagen und technischen Informationen für die Gebäudelehre. Das Kopieren vorbildlicher Grundrisse für Bauten aller Art – für Wohnungen, Schulen, Krankenhäuser, Kirchen, Sportanlagen, Theater, Industrie- und Landwirtschaftsgebäude – verschaffte uns einen beachtlichen Fundus an Grundkenntnissen. Für die Studenten mußten die Formblätter kopiert und verteilt werden.

Inzwischen war Robert Vorhoelzer als erster Rektor nach dem Krieg von der Militärregierung bestätigt worden, und die Lehrstühle der TH konnten nacheinander besetzt werden. Bei den Berufungen wurde geprüft, ob Belastungen durch Parteizugehörigkeit oder Mitgleidschaft bei den NS-Organisationen vorlagen. Auf den Rektor kamen im Zusammenhang mit diesen Klärungen und Fragen der Organisation zahlloser Maßnahmen häufige Sitzungen und Kontakte mit der Militärregierung, dem Kultusministerium oder anderen Ministerien sowie der Stadtverwaltung zu. Vorhoelzer, der intensive Arbeiter und höchst mobile Organisator, hatte eine tiefe Abneigung gegen endlose Sitzungen und Diskussionen.

In mir sah er den ehemaligen Kompanie- und Bataillonsführer bei den Sturmpionieren, im Feuer gehärtet und Krisen aller Art gewachsen. Als sein Beauftragter war ich oft mit Ministerialbeamten, mit Ministern oder den Chefs der großen Baufirmen konfrontiert. Die Anwesenheitslisten strotzten von Titeln und akademischen Graden; ich wußte nicht recht, wie ich mich da einordnen sollte. Damals war die Berufsbezeichnung Architekt nicht geschützt. Also unterschrieb ich als Vertreter der TH und ihres Rektors ganz einfach mit »Architekt«. Da ich die meisten Anwesenden an Körpergröße deutlich überragte, mich gut vorbereitete, über eine tragfähige Stimme verfügte, schließlich auch älter aussah als meine dreißig Jahre, konnte Vorhoelzer mit meinen Auftritten zufrieden sein. Für mich ergab sich der Gewinn, wichtige Persönlichkeiten auf den Feldern der Politik, Wissenschaft, Wirtschaft und Kultur kennenzulernen.

Im Herbst 1945 erhielten drei Persönlichkeiten von den Amerikanern die Lizenz für die Herausgabe der *Süddeutschen Zeitung*. Das waren Dr. Franz Schöningh, der sich als Journalist, vor allem mit dem katholischen *Hochland*, einen Namen gemacht hatte, der von den Nazis verfolgte Sozialdemokrat Edmund Goldschagg und der Katholik August Schwingenstein. Die *Süddeutsche Zeitung* erschien mit einem neuen, demokratischen Programm in den Räumen der alten *Münchner Neuesten Nachrichten*. Wenig später folgte der *Münchner Mittag*, und als eine Art »Überorgan« erschien die amerikanische *Neue Zeitung*, mit Redaktion und Druckerei in den Räumen des Eher-Verlages, wo vorher »Mein Kampf« und der *Völkische Beobachter* erschienen waren.

Ganz besonders beeindruckte mich die Zeitschrift *Der Ruf*, die von jungen deutschen Literaten konzipiert wurde, die in amerikanischer Kriegsgefangenschaft zusammengetroffen waren und dort, an den Quellen der Demokratie und des modernen Journalismus und in der gemeinsamen Ablehnung des Nationalsozialismus, die Idee entwickelt hatten, ein neues, demokratisches und gesellschaftskritisches Blatt herauszubringen. Diese Sprache war nach dem NS-Eintopf der deutschen Presse aufregend neu. Zum graphischen Gesicht gehörten Zeichnungen und Karikaturen, die mich faszinierten. Der Zeichner fing mit einem sicheren, lockeren, schier genialischen Strich Gesichter, Figuren und Situationen ein, wie ich es nur von den großen Zeichnern des *Simplicissimus* kannte. Er hieß Henry Meyer-Brockmann. Ich fraß mich geradezu unersättlich durch die neuen Presseprodukte und vergaß darüber fast den Hunger.

Am 16. Mai 1946 wurde der Semesterbeginn an der Technischen Hochschule mit einem Festakt im notdürftig reparierten Festsaal des Deutschen Museums eröffnet. Es war das erste Lebenszeichen von Wissenschaft, Forschung und Lehre nach der Katastrophe.

Wir waren nach den Tagen der Vorbereitung dieser ersten Feierstunde reichlich aufgeregt, mehr als unser Rektor Robert Vorhoelzer. Er hatte uns Assistenten als Einweiser und Saalordner eingeteilt, und ich war froh, durch meine zahlreichen Stellvertreteraufgaben die wichtigsten Leute aus den Ministerien, den Verwaltungen und den öffentlichen Einrichtungen in Kultur und Wirtschaft zu kennen. Der düstere Saal füllte sich mit Männern und nur sehr wenigen Frauen, alle rührend um angemessene Kleidung bemüht. Es roch nach Bauschutt und Mottenkugeln.

Unter den hereinströmenden Menschen entdeckte ich eine mittelgroße, stämmige Figur in einen altmodischen, schwarzen Anzug gezwängt, mit einem blanken, kugeligen Seehundskopf, der dem engen, vatermörderischen Kragen entkommen wollte. Es war Olaf Gulbransson, der geniale Zeichner und Maler des *Simplicissimus*, der Norweger vom Schererhof hoch über dem Tegernsee. Dieses Original zeigte seinen Respekt vor der Hochschule, ihren Professoren und Studenten, indem er sich für diesen Tag in eine verhaßte, konventionelle Verkleidung gezwängt hatte.

Robert Vorhoelzer war kein Demosthenes, aber seine Rede war bewegend. Er umriß die Aufgabe der Hochschule, den Anfang nach einer schrecklichen Zeit, die Pflicht zum Aufbau einer neuen, menschlichen und freien Welt. Als er zum Schluß der furchtbaren Menschenopfer gedachte, der Millionen ermordeter Juden in den KZ, schloß er auch die gefallenen Soldaten ein. Dafür hätte ich meinen Chef umarmen mögen. Vor der Festversammlung, die sich von ihren Plätzen erhoben hatte, standen in der ersten Reihe die Offiziere der amerikanischen Militärregierung.

Dann hatte uns der Alltag wieder. Die Erstsemester für Architektur mit mehreren Hundert Anfängern und die mageren höheren Semester, die der Krieg gelichtet hatte, wollten betreut sein. In den düsteren Gängen und ramponierten Hörsälen sammelten sich die Studenten, Strandgut aus einem Meer von Elend, noch unsicher, aber voll Hoffnung auf eine lebenswerte Zukunft. Vorhoelzer, der mit seinen Assistenten aus dem Nichts inprovisieren mußte, veranlaßte gleich einmal den Bau einer Mensa. Mit Organisationstalent und mit neuen, rationellen Baumethoden entstand eine Art stabiles Provisorium. Gleichzeitig mußte ein »Mensa-Wirt« gefunden werden, der in dieser Notzeit die Studenten ausreichend verpflegen konnte. Da fiel mir mein Kriegskamerad Sebastian Oberhofer, der Pionierfeldwebel, ein, der mit Verwundungen und viel Glück ohne Gefangenschaft nach Hause gekommen war. Er war ein Original, gelernter Metzger und Konditor, hochmusikalisch und zeitweise sogar Lehrer für Geigenspiel. Nun war er zu Hause in Hechendorf am Pilsensee und betrieb mit Mutter, Stiefvater, einem Bruder und zwei Schwestern das Gasthaus »Alter Wirt«. Ich besuchte ihn mit Hürlimann und gewann ihn für die Mensa. Es war das Ei des Kolumbus.

Im Juli fand auf Anordnung der Militärregierung im größten Hörsaal eine Studentenversammlung statt. In den aufsteigenden Sitzreihen drängte sich ein amorpher Haufen magerer, junger Männer in den üblichen umgearbeiteten Uniformen, graue Landser, hellblaue Flieger und Flaksoldaten und dunkelblaue Marine. Das Feldgrau überwog, und intaktes oder gar modisches Zivil gab es nicht.

Vor dem Auditorium stand ein schlanker, jungenhafter amerikanischer Offizier, locker eine Hand in der Hüfte. Es war Captain Peter Beer, zuständig für Kultur. Er verstand seine Aufgabe offensichtlich als Maßnahme zur Umerziehung nationalsozialistisch verseuchter Gehirne. Seine Rede in makellosem Deutsch war entsprechend: Nach einer Schilderung der grauenhaften Hinterlassenschaft der Naziherrschaft und nach einem Exkurs über die humane und kultivierte amerikanische Demokratie mahnte er uns, die stumme Versammlung, das Kriegserlebnis des deutschen Militarismus, den Stechschritt und das »Hurra« zu vergessen; er riet uns, statt Marschmusik Bach, Beethoven und Mozart zu hören und statt Hitlers »Mein Kampf« Goethe, Schiller und Kant zu lesen. Der Redner schwieg und schaute im Bewußtsein einer apostolischen Leistung auf die bewegungslose Masse. Der Beifall des Auditorismus hielt sich in Grenzen. Der Captain schien irritiert, sogar enttäuscht zu sein und unternahm einen echt demokratischen Vorstoß – er eröffnete eine Diskussion.

Es dauerte eine Zeit, bis sich zwei, drei Studenten meldeten, die stockend und unsicher, ohne auf die Thesen des Predigers einzugehen, die allgemeine Not der Studenten, den Hunger und das Fehlen von Lehrmitteln, Papier und Schreibzeug beklagten. Das waren also die Helden von Stalingrad, Monte Cassino und El Alamein. Ein Bild des Jammers.

In mir stieg ein Zorn auf, der mich schier zerriß. Ich meldete mich zu Wort. Der Captain hatte es ja gut gemeint, aber er irrte sich gründlich. Ich mußte für die armen Hunde reden, denen es die Stimme verschlagen hatte. »Nein, Mr. Beer«, sagte ich, »was Sie da geschildert haben, das ist nicht unser Kriegserlebnis, das sieht ganz anders aus.« Dann versuchte ich das Erleben eines Soldaten an der Front zu zeichnen. Die »Marschmusik« war von den Stalinorgeln geschmettert, vom Trommelfeuer und von Bombenteppichen gedonnert und gebrüllt worden, bis wir in unseren Erdlöchern taub waren. Und das »Hurra« blieb in den ausgetrockneten, eingestaubten Kehlen stecken. »Das war unser Leben«, fuhr ich fort, »und das unserer Feinde in den Gräben jenseits des Niemandslands, auf die wir schießen mußten. Das waren die gleichen armen Hunde wie wir. Gegen sie konnte ich keinen Haß aufbringen. Sie waren mir näher als die wohlgenährten, verschlagenen Uniform- und Lamettaträger in den besetzten Gebieten und in der Heimat. Wir wollen kein Militär und keine Waffen, keine Marschmusik und keinen Stechschritt, nie mehr. Wir wollen Frieden und unser Lebensglück, wenn es sein muß, mit bloßen Händen aus den Trümmern graben.« Der graue, stumme Studentenhaufen brach in explosiven Beifall, Trampeln und Pultklappern aus. Die Studenten drängten lärmend aus dem Hörsaal, stießen und pufften mich und hauten mir begeistert auf die Schultern.

Der Spätherbst stellte uns Assistenten vor eine unerwartet spannende Aufgabe. Vorhoelzer bekam vom Stadtbaurat den Auftrag, eine Studie über den Wiederaufbau des zerstörten Stadtteils Schwabing zu verfassen. Unser Chef hatte eine große Idee: Der Stadtteil Schwabing, zwischen dem Englischen Garten im Osten und dem Oberwiesenfeld im Westen, sollte nach modernen städtebaulichen Erkenntnissen gestaltet werden. Mit den vorhandenen Ost-Weststraßen sollten vom Englischen Garten aus über die Universität, den alten Nordfriedhof, die Görres- und Lothstraße bis zum Oberwiesenfeld grüne Räume entstehen. Das Oberwiesenfeld stellte er sich als großzügige Sport- und Erholungsfläche mit einem Großstadion für 80 000 Besucher vor. Dazu kamen Trainingsstätten, Unterkünfte und ein Restaurant. Der Kanal quer durch das Oberwiesenfeld sollte als Regattastrecke ausgebaut werden. Auch der anwachsende Schuttberg wurde in die Planung einbezogen. Er sollte zum Ausflugsziel mit fabelhafter Fernsicht über die Stadt bis zur Gebirgskette werden.

Die zerstörten Wohnblöcke sollten entkernt werden. In konsequenter Verkehrsentflechtung wollten wir die Fußgänger parallel zu den Straßen über die neuen, offenen Höfe führen, von denen aus Läden, Snackbars und Gaststätten sowie Büros erreicht werden konnten. Die Straßen wären so für die Autos freigehalten worden. Für die Radfahrer waren die alten Gehsteige vorgesehen. Zunächst aber war es Wegners, Hürlimanns und meine Aufgabe, blockweise eine Bestandsaufnahme durchzuführen, um sichere Planungsgrundlagen zu schaffen. Das bedeutete unzählige Gespräche mit Haus- und Grundbesitzern, besonders dort, wo größere Veränderungen der bisherigen Baustruktur notwendig erschienen. Für die Durchsetzung unserer Pläne und die Voraussetzung für die Genehmigung durch die Baubehörden der Stadt und des Staates war die Zustimmung aller Beteiligten nötig. Ein neues Bodenrecht, Baugesetze und Bauänderungen als Grundlage für einen modernen

Wiederaufbau gab es noch nicht. Diese Art, von der Wurzel her zu planen, hatten wir bisher im Studium nicht erfahren.

An den politischen Entwicklungen im Lande nahm ich mit geschärften Sinnen Anteil. Die Lektüre der Zeitungen war mir oft wichtiger als ein ordentliches Frühstück. Auf meiner kleinen, klapprigen Schreibmaschine tippte ich Leserbriefe an die Zeitungen, wenn ich mit einem Artikel nicht einverstanden war. So traf ein meisterhaft geschriebener, aber im Inhalt böser Essay auf der Seite drei der *Süddeutschen Zeitung* meinen empfindlichsten Nerv. Er war von Ernst Penzold geschrieben, einem Dichter, der im Ersten Weltkrieg und auch noch im Zweiten als Sanitäter das Elend in den Lazaretten kennengelernt hatte. Seine Impressionen hatte er in einer kritischen, hämischen Darstellung festgehalten, in der junge Leutnants als rücksichtslose, ordensgeile Draufgänger geschildert wurden, deren Phantasie von Naziparolen blockiert war. Solche Typen gab es freilich auch, aber sie waren nicht, wie hier behauptet, die Norm. Die meisten jungen Leutnants waren im Dreck und Feuer von ihren Untergebenen nicht zu unterscheiden. Sie haben miteinander gelitten und sind nebeneinander gestorben.

Das schrieb ich an die Redaktion. Die Wirkung war erstaunlich. Ernst Penzold lud mich zu einem Gespräch ein. Wir trafen uns im Englischen Garten. Im Gehen schaute ich auf Penzolds Profil mit der ausdrucksvollen Hakennase, der üppigen Haarkappe und dem sensiblen Mund. Er war ein großer, hagerer Mann und ging etwas vornübergebeugt mit langen, bedächtigen Schritten. Er sprach so, wie er schrieb, phantasievoll, einfühlsam und wählerisch im Wort. Er hatte nicht gelogen. Er hatte seine Eindrücke geschildert, wie er sie im Lazarett erlebt hatte. Aber er kannte nicht die tödlichen Landschaften der Front, wo die Opfer, die er im Lazarett zu pflegen und zu trösten hatte, so zugerichtet wurden. Wir liefen ein paar Stunden redend und einander zuhörend, bis der Abend die Wege verschattete. Dann gingen wir auseinander, jeder wissender und ich um eine Welt reicher. Der Ältere, der mein Vater hätte sein können, gab meinem Denken einen wichtigen Schub, und ich war für ihn ein Augenzeuge eines barbarischen Stücks, in dem er nicht mitgespielt hatte.

Über den Ereignissen dieser Monate hing wie ein düsterer

Schatten der Prozeß des Internationalen Gerichtshofes in Nürnberg gegen die Kriegsverbrecher des zerschlagenen Reiches. Mit großer Spannung verfolgte ich die Berichte in der Tagespresse und im Rundfunk. Nun wurde die historische Entwicklung der deutschen Katastrophe aufgerollt. Eine perfekte Organisation des Tötens und Vernichtens, der gnadenlosen Ausbeutung fast ganz Europas wurde sichtbar.

Für mich war dieses Tribunal im Vergleich mit dem Volksgerichtshof und seinem Vorsitzenden Freisler ein Hort der Gerechtigkeit. Die zwölf Todesurteile erschienen mir angemessen; aber Freisprüche für Hjalmar Schacht, von Papen und den Rundfunkkommentator Fritzsche waren mir nicht verständlich.

Das Jahr 1946 ging zu Ende, und die Bayern hatten ein neues Parlament gewählt, das am 16. Dezember zu seiner ersten konstituierenden Sitzung in der Aula der Universität zusammentrat. Die CSU hatte dabei die absolute Mehrheit und die SPD 28,6% erreicht. Von den übrigen Parteien kamen die WAV und die FDP ins Parlament; die Kommunisten waren knapp gescheitert. Onkel Anton sorgte dafür, daß ich bei diesem historischen Ereignis als Zuschauer auf der Empore teilnehmen konnte. In der eiskalten Aula erlebte ich zum erstenmal die politische Arbeit in einem demokratischen Parlament. Die Abgeordneten waren fast nur ältere Männer und ganz wenige Frauen.

Aus den Reihen der Abgeordneten meldete sich immer wieder der Sprecher der CSU zu Wort, ein Mann mit einem schwarzen Vollbart, der mich an einen persischen Satrapen erinnerte und dessen Namen ich im Gedächtnis behalten wollte – Alois Hundhammer. Der ehemalige Zahlmeister der Deutschen Wehrmacht, den Politiker der CSU mit gut funktionierenden, grenzüberschreitenden Kontakten aus einem französischen Kriegsgefangenenlager losgeeist hatten, stellte nun mit heller Stimme seine Anträge. Aber erst in der Sitzung vom 21. Dezember kam es zur Wahl des neuen Ministerpräsidenten. Zuvor schürzten sich die ersten Knoten in der CSU, in der die Katholiken und die Protestanten, die Konservativen und die Reformer ihre ersten Flügelkämpfe führten. Die Auseinandersetzungen waren trotz der eisigen Kälte im Saal äußerst hitzig.

Im Feldgeschrei hieß es »hie Hundhammer« und »hie Müller«,

das war der inzwischen überall bekannte »Ochsensepp«. Beide Politiker waren dazu geschaffen, die Partei zu polarisieren. Der anfänglich für das Amt des Ministerpräsidenten vorgeschlagene Josef Müller scheiterte im ersten Wahlgang. Schließlich einigte sich die CSU auf Hans Ehard als neuen Kandidaten, der dann mit den Stimmen der SPD gewählt wurde. Er bildete eine Regierung der Konzentration aller aufbauwilligen Kräfte aus der CSU, SPD und WAV. Der Freistaat zeigte die ersten Konturen, aber auch die Ansätze zu künftigen Auseinandersetzungen.

Zur so lange ersehnten Weihnacht im Frieden war ich wieder bei meiner Familie im tiefverschneiten Oberammergau. Der Kasernenkomplex war von den Amerikanern besetzt, und in den Häusern drängten sich neben den 2500 Einwohnern auch noch 2500 Flüchtlinge, Vertriebene und Displaced Persons ganz unterschiedlicher Nationalitäten. Trotzdem brannten überall die Kerzen an den Christbäumen. Der Baum mit dem seit vier Generationen vererbten Schmuck war für mich immer das Wichtigste an Weihnachten. Als Kind hatte ich mich jedesmal darunter gelegt und durch das grüne Astgespinst auf die bunten Kugeln und ihr geheimnisvolles Funkeln geschaut. Diesen Part hatten nun die Kinder übernommen – die fünfjährige Petra, Michaela mit zwei Jahren und der zehnmonatige Florian im Arm meiner glücklichen Lilo. Meine Eltern – mein Vater war inzwischen aus dem Camp Ludwigsburg entlassen worden – und meine Schwester waren bei uns. Wir hatten das Gefühl, auf einer Insel der Seligen zu sein.

Die Arbeit fürs Studium war überaus anregend und brachte für Hürlimann und mich viel Gewinn. Wir waren mit unseren sechs Semestern den Studenten nicht weit voraus und hatten nur einen kleinen Vorsprung durch die besseren fachlichen Informationen und den Rückenwind durch unseren Chef. Wir gehörten alle zur gleichen Generation, waren von ähnlichen Erlebnissen geprägt, und die Diskussionen im Zeichensaal bei den Korrekturen waren offen und handfest. Mit der alten, akademischen Tradition an den Lehrstühlen hatte das, was wir praktizierten, keine Ähnlichkeit. Im Grunde motivierten wir uns gegenseitig. Bereits bei den ersten Entwurfsübungen waren die Begabungen erkennbar. Die ursprünglichste Möglichkeit, seine Vorstellungen mitzuteilen, ist für den Architekten die Zeichnung. An der Art, wie er das Blatt ein-teilt, mit den Strichen ein Objekt einfängt und darstellt, läßt sich der kreative Prozeß nachvollziehen. So lieferte etwa Alexander von Branca bei der recht banalen Aufgabe, einen Hühnerstall zu ent-werfen, ein graphisches Kabinettstückchen.

Im Frühjahr 1947 hatte sich der Studienbetrieb einigermaßen eingespielt, die Studenten kannten ihren Stall und ihre Hirten. Die wichtigsten Lehrstühle waren besetzt. Vom alten Lehrkörper wa-ren nur die Professoren übriggeblieben, die politisch nicht belastet waren. Und das war eigentlich nur Hans Döllgast. Er übernahm wieder Darstellende Geometrie, Freies Zeichnen und Ornamen-tale Schrift sowie Aufnehmen von Bauwerken. Die lebendigen We-sen, die gewachsenen und die gebauten Formen, alles Sichtbare führte er auf das Typische zurück. Für Konturen und Schraffuren hatte er seinen unverwechselbaren Kanon gefunden, den er gerne lehrte und weitergab. Bei ihm konnte man den duftigen Zauber des Aquarells entdecken. Döllgast-Schüler konnte man leicht an ihren Blättern erkennen.

Der junge Franz Hart, Mathematiker, Statiker, Schriftkünstler und leidenschaftlicher Pianist, führte die Erstsemester in die Hoch-baukonstruktion ein. Sein Vortrag sprühte von Witz. Ein anderes Original war der Ordinarius für Städtebau, Adolf Abel. Er gehörte zur Generation Vorhoelzers und hatte sich nach dem Ersten Welt-krieg als Stadtplaner in Köln große Verdienste erworben. Abel war ein durch und durch musischer Mensch, der in einem milden, kulti-vierten Schwäbisch seine Philosophien über die andächtig zuge-wandten Köpfe verteilte. Wenn er dann summarisch feststellte »Ma ka sie' dreha, wie ma will – der Bobbo isch allweil hint'«, da gab es keinen Zweifel an seiner messerscharfen Logik.

Der Ordinarius für Kunstgeschichte, Friedrich Kraus, war eine interessante Persönlichkeit mit ungewöhnlichem Hintergrund. Mit seinem Namen verbindet sich die Tempelanlage von Paestum, die er erforschte und akribisch zeichnete. Seine Vorlesungen glichen rituell festgelegten feierlichen Handlungen, in denen vorzügliche Dias für einen Hauch von Feierlichkeit sorgten.

Die feste Ordnung des Studienablaufes brachte die Studenten im Hörsaal und im Zeichenraum zusammen. Alle waren vom Krieg geprägt, und immer wieder überlagerte das Erlebte die Gespräche in den Arbeitspausen. Viele litten noch an den Folgen ihrer Verwundungen oder unbewältigten Traumata.

Wie ein Funke sprang Anfang Februar ein Gedanke auf, der seit acht Jahren nicht mehr gedacht worden war. Im Kalender stand das Wort »Fasching«, am Rhein »Karneval« genannt. Dieser Begriff, Synonym für ausgelassene Lebensfreude, war im Krieg verloren gegangen. Aber jetzt hatten wir Frieden. Die Studenten waren Feuer und Flamme. So etwas hatten die meisten noch nie erlebt.

Für mich war diese uralte Tradition der närrischen Zeit im Frühjahr eine wunderbare Kindheits- und Jugenderinnerung. Mit Hürlimann und einigen Studenten, die begeistert mitmachten, ging ich ans Werk. Zunächst mußte für diese Veranstaltung die Sperrstunde um 22 Uhr aufgehoben werden. Dazu bemühte ich mich um eine Audienz beim Polizeipräsidenten Franz Pitzer. Der Rang meines Chefs, des Rektors der TH, öffnete alle Türen. Pitzer war ein Typ aus der »Dreigroschenoper«, rauh, herzlich vulgär und mit einem rührenden Respekt vor Akademikern. Er nannte mich trotz meines Protestes gleich »Professor«, genehmigte mit großer Geste die vollständige Aufhebung der Sperrstunde, wünschte uns eine »rechte Gaudi mit vui Has'n« und bat mich, seinen »oid'n Spezl Vorhoelzer« recht herzlich zu grüßen. In der Amalienstraße, mitten in Schwabing, wurde ein leidlich intaktes Wirtshaus, die »Amalienburg«, ausfindig gemacht, der Wirt gewonnen, und dann gingen wir ans Werk. Für die Räume, einen großen, in dem mitten drin ein echtes Telefonhäuschen stand, und zwei kleinere, malten wir anzügliche Kartons mit den Karikaturen der Professoren und mit Architekturverfremdungen. Aus Niederbayern kamen von einem frisch geschlachteten Traberveteran ein großer Kessel mit Gulasch und einige Glasballons mit selbstgebranntem Obstler und aus dem Badischen ein Faß Rotwein. Ich hatte noch einige Matrosenlieder fürs Gemüt gedichtet, und ein vorzüglicher Akkordeonspieler hielt die hinreißend kostümierten Ballbesucher in Schwung. Es wurde eine fabelhafte Nacht!

Ich hatte mich als schräger Pirat kostümiert. Einmal, weil ich das für meine Statur angemessen hielt, zum anderen sollte damit eine fröhliche Gesetzlosigkeit signalisiert werden. Um so mehr war ich erstaunt, als im größten Trubel ein besonders hübsches, graziles Erstsemester bei mir Schutz suchte. Sie würde von einem wüsten Ganoven bedrängt, sagte sie. »Die gehört zu meiner Crew«, rief ich dem vermeintlichen Unhold zu, der respektvoll abdrehte.

Der Höhepunkt aller Turbulenzen war erreicht, als ein besonders feuriger Troubadur mit seiner Donna samt Türe aus dem Telefonhäuschen auf das Parkett fiel. Nach diesem Fest voll rauschender Akkorde, in einer Wolke von Rauch, Parfum- und Gulaschduft, waren alle Gespenster und Nöte weggeküßt und fortgespült. Die Lebenslust war wieder entdeckt und der »Akku« neu aufgeladen.

Im Mai suchte mich mein Bankgenosse aus der Ettaler Zeit, Josef Hofbauer, auf. Er war als Jagdflieger in der Staffel des legendären Hauptmanns Marseille in Nordafrika von den Engländern abgeschossen worden, überlebte mit einer schweren Schädelverletzung und studierte nun Bauingenieurwesen. Genauso wie damals als Klassenprimus war er auch jetzt voller Initiative und gehörte zur Studentenvertretung, zum im Aufbau befindlichen »Asta«. Die Vertretungen der TH und der Uni arbeiteten eng zusammen und wollten ein gemeinsames Presseorgan, die *Deutsche Studentenzeitung*, herausbringen. Hofbauer erinnerte sich an meine zeichnerischen Aktivitäten von damals und forderte mich auf, an dieser neuen Zeitung mitzuarbeiten. Ich sagte zu, animierte aber auch gleich Hürlimann mitzumachen.

Zum Einstieg bekam ich den Auftrag, für die Titelseite der ersten Nummer eine Porträtkarikatur des Rektors der Uni, des berühmten Romanisten Karl Voßler, zu zeichnen. Dazu mußte ich ihn erst einmal porträtieren und studieren, er mußte mir Modell sitzen. Ich wurde in die Privatwohnung Voßlers im Maximilianeum zum Tee eingeladen. Einen Nachmittag lang saß ich dem großen, alten Mann in seiner Bibliothek gegenüber, machte Skizzen und genoß den Tee, den ihm englische Freunde geschickt hatten. Voßler schaute mich wohlwollend an, stellte Fragen, sprach über die Passionsspiele, meinen Vater und ließ mich auch in seine Welt der Wissenschaft blicken. Ich duckte mich hinter meinen großen Zeichenblock, versuchte den Eindruck großer Konzentration zu erwecken und wurde vor diesem weitgespannten Horizont immer kleiner. Meine Erfahrungen waren zwar extrem, aber die Bildung dürftig. Glücklich und ein wenig benommen ging ich wieder an mein Reißbrett zurück. Nach vielen Versuchen brachte ich ein typisierendes Porträt zustande, mit dem ich leidlich zufrieden war. Auch die Redaktion war einverstanden. Einige Wochen später reiste mein Voßler auf der Titelseite der *Deutschen Studentenzeitung* in die Welt.

Inzwischen hatte ich zusammen mit Hürlimann die Diplomprüfung mit »sehr gut« bestanden und war Assistent mit einem Gehalt von 576 Reichsmark geworden. Damit sah die Zukunft nicht übel aus. Nach achtmonatiger Arbeit war auch die Planung für ein neues Schwabing fertig, und Vorhoelzer legte das Konzept dem Stadtbaurat vor, der bereits selbst Vorstellungen für eine Lösung im gleichen Planungsbereich ausgearbeitet hatte. Er betrachtete unser Ergebnis lange, meinte, daß unser Entwurf der bessere sei, und ließ die eigene Arbeit neidlos in der Schublade verschwinden. Damit war ein erster Schritt auf dem Weg einer systematischen Planung für eine neue Gestalt der schwer getroffenen Stadt getan. Die Vorarbeiten hatten viel zu meiner Motivation für den Architektenberuf beigetragen.

Die Tageszeitung *Münchner Mittag* hatte von der Schwabinger Planung Wind bekommen und wollte von Vorhoelzer nähere Informationen haben. Unser Chef ging nur zögerlich auf dieses Vorhaben ein. Für ihn war die Presse ein nicht gerade solides Gewerbe; er scheute jede saloppe, gar reißerische Darstellung einer ernsthaften Arbeit. Also beauftragte er mich, für die Zeitung einen Bericht über unsere Planung auszuarbeiten und mit Zeichnungen auszustatten.

Zum erstenmal kam ich als Berichterstatter mit einer Zeitung in Kontakt. Der zuständige Redakteur, Chef des Feuilletons, war Dr. Herbert Hohenemser, ein enorm gebildeter, phantasievoller Mann. Für ihn kam es darauf an, das komplexe, spröde Fachgebiet der Stadtplanung auch für Laien so darzustellen, daß die Leser beim Thema blieben. Eines Tages kam bei einem Gespräch mit Hohenemser der Lokalredakteur Wolfgang Wehner ins Zimmer, um seinem Kollegen ein besonderes Problem zu schildern. Er suchte einen Zeichner für spezielle Berichte und Reportagen. Hohenemser stellte mich vor und meinte, daß ich der richtige Mann sein könnte. Wir wurden schnell einig, und ich ging mit einem ersten Auftrag einem neuen Abenteuer entgegen. So zeichnete ich bei einem spektakulären Prozeß als Reporter den ehemaligen Volkssturmführer Salisko, der kurz vor der amerikanischen Besetzung Münchens für die Erschießung mehrerer Offiziere und Mannschaften verantwortlich war, die die Stadt in letzter Stunde vor einer Katastrophe bewahren wollten.

Neben dem Architekturstudium an der TH und der Arbeit als Assistent und Architekt hatte ich wieder angefangen, mein geliebtes und so lange vermißtes Leichtathletiktraining beim TSV 1860 aufzunehmen. Von der alten, erfolgreichen Mannschaft hatte der Krieg nur eine kleine Gruppe übriggelassen. Auf der Aschenbahn trabten nicht mehr feurige, durchtrainierte Renner, sondern magere Droschkengäule. Und doch war es ein wunderbares Gefühl, die ramponierten Körper wieder in Schwung zu bringen und in eigener Regie ein bescheidenes Trainingsprogramm aufzubauen. Jeder von uns hatte sein feldgraues Schicksal; in den Trainingspausen diskutierten wir Probleme und Chancen des neuen Lebens. Schließlich kam es auch zu den ersten Wettkämpfen, und wir fuhren auf rumpeligen »Holzgasern« zu auswärtigen Begegnungen. Immerhin gelangen uns doch wieder ansehnliche Leistungen. Das gehörte alles zu einer bescheidenen, wachsenden Normalität.

Der Spagat zwischen Architektur und Karikatur

Inzwischen war die erste Ausgabe der *Deutschen Studentenzeitung* mit Voßlers Porträt auf der Titelseite erschienen. Exemplare davon gelangten auch auf die Schreibtische der Chefredakteure großer Zeitungen, eines davon zu Dr. Franz-Josef Schöningh in der *Süddeutschen Zeitung*. Das Porträt Voßlers faszinierte ihn, und er nahm das Exemplar mit in die Redaktionskonferenz. »So hat noch niemand meinen Freund Voßler gezeichnet«, sagte er und ließ die Zeichnung zirkulieren. »Den Zeichner sollten wir gewinnen«, fuhr er fort. »Wer kennt diesen E. M. Lang?« Schweigen. Keiner kannte ihn. Bis auf einen, den Sportredakteur Ludwig Koppenwallner. Der war ein hervorragender Leichtathlet, bereits Deutscher Meister im Hochsprung und ein vorzüglicher Mehrkämpfer. Wir waren uns oft beim Wettkampf begegnet, und er wußte, daß ich Assistent an der TH war. Dort rief er mich an.

»Der Schöningh sucht dich wie eine Stecknadel! Melde dich bei ihm!« sagte er. Dr. Schöningh lud mich zu einem Gespräch, und ich trabte mit meinem Skizzenblock in den Färbergraben. Der Chefredakteur saß hinter einem eindrucksvollen Schreibtisch, mit einem freundlichen, runden Gesicht – eine Mischung aus Prälat und Chefkoch. Er blätterte in meinem Block, betrachtete die Skizzen und Zeichnungen. »Gefällt mir«, sagte er dann und: »Ich hätte gerne Porträts der wichtigsten Politiker, je nach Bedarf. Herr Tebbe, der Chef vom Dienst, wird sie anfordern.« Damit ging ich an mein Reißbrett zurück, auf dem nun neben Bauzeichnungen, strengen Zweckzeichnungen, Grundrissen, Schnitten und Fassaden auch »menschliche Fassaden« entstehen sollten.

Meine Köpfe wurden gedruckt und erschienen oft genug auf der ersten Seite, einspaltig, aber mit meinem Namen gezeichnet. Zur *Süddeutschen Zeitung* zu gehören, das war schon was. Es war wie eine Eintrittskarte in bisher verschlossene Räume. Ich betrat sie auf Zehenspitzen und fand mich in einer neuen, aufregenden Welt wieder, in der seltsame Leute auf zauberische Weise jeden Tag eine Zeitung zustande brachten. Eine Zeitung, die auf mich, seit ich lesen konnte, eine unwiderstehliche Faszination ausgeübt hatte.

Nach ein paar Wochen wurde ich bei der Ablieferung eines Politikerporträts vom Chefredakteur mit dem Lokalredakteur Werner Friedmann bekanntgemacht. »Das ist der Herr Lang, der für uns die Porträts zeichnet.« »Ja, ja, ganz hübsch«, meinte Friedmann, wenig interessiert, und wandte sich wieder seinem Gespräch zu. Ich ging, und an der Türe kam Friedmann mir nach und sagte noch einmal: »Ganz hübsch, Ihre Köpfe,« und dann, »in Schwabing können das viele«. ›Giftzwerg‹, dachte ich und: »Holen Sie sich doch einen Schwabinger«, fuhr es aus mir heraus. »Nein, nein«, parierte er, »ich möchte nur wissen, ob Sie auch politische Karikaturen zeichnen.« »Ich hab's noch nicht probiert«, sagte ich, schon milder gestimmt. »Dann probieren Sie's mal – zum Beispiel Europa zwischen Stalin und den USA. Und bringen Sie, wenn Ihnen was eingefallen ist, das Blatt zu mir.« Drei Tage später legte ich ihm das Blatt vor. Europa, eine magere alte Frau im zerrissenen Kittel, gerade dabei, zwischen Trümmern ein kleines Bäumchen zu pflanzen, während sich Stalin und Uncle Sam über ihren Kopf hinweg angifteten. Der Text lautete: »Man hat's nicht leicht, wenn man zwischen zwei sehr aktiven Nachbarn wohnt.« »Sehr hübsch«, sagte Friedmann schon wieder, aber diesmal klang es nach Anerkennung, und dann kam prompt: »Das drucken wir.« Außerdem schlug er vor, daß ich in etwa vierzehn Tagen ein neues Blatt vorlegen sollte, wenn mir wieder ein Einfall käme. Und diesmal überließ er das Thema mir. Am 27. November 1947 erschien meine erste politische Karikatur in der *Süddeutschen Zeitung*. Ich hatte keine Ahnung, daß daraus eine feste Einrichtung werden würde, aber ich spürte eine berauschende Stimmung. Von da an verfolgte ich täglich die großen und kleinen politischen Ereignisse und prüfte ihren satirischen Gehalt. Es konnte ja immer ein geeignetes Thema für eine Karikatur dabei sein.

Am 7. Dezember 1947 kam Konrad Adenauer, der Vorsitzende der CDU, zu einem ersten Besuch nach München in das von der CSU regierte Bayern. Dazu hatte ich eine Karikatur gezeichnet, wie Adenauer seinen Kopf in den Rachen des Löwen legt, mit dem Text: »Et is noch immer jut jejange...« Onkel Anton rief mich an und lud mich zu einem Empfang der CSU in das Hotel »Vier Jahreszeiten« ein. Es war schon Abend. Ich kam aus der verschneiten, düsteren Maximilianstraße in die helle, warme Halle des Hotels. Etwa zwanzig bis dreißig ältere Herren in Cut und Stresemann bildeten einen Kreis ergebener Rücken um den hageren Adenauer, der im grauen Straßenanzug gelassen und distanziert hofhielt.

Ich war schon etwas erschrocken, als ich in diese feierliche Runde platzte, in meiner grauen Bundhose, dem dunkelblauen Rollkragenpullover und der umgearbeiteten Feldbluse. Alle Köpfe drehten sich mir zu, und Onkel Anton kam schnellen Schrittes aus dem schwarzen Pulk, machte große Augen, war aber als alter Routinier des Protokolls durchaus gefaßt. Onkel Anton stellte mich dem Ehrengast vor. »Das ist mein Neffe Ernst Maria Lang, der heute die Karikatur in der *Süddeutschen Zeitung* gezeichnet hat.« Adenauer schaute mich an. In diesem Augenblick wurde mir klar, daß ich diesen Mann falsch gesehen hatte, fast massiv und eher unsensibel. Dieses über siebzigjährige Gesicht war schwer einzuschätzen, es konnte jünger oder älter sein, vielleicht gehörte es in eine Zeit, die weit, weit zurücklag. Da steckt auch etwas vom Dalai Lama und von Dschingis Khan drin, dachte ich, es erinnert an eine alte asiatische Maske. Jetzt wandte sich die Maske mit einem feinen Lächeln zu mir und sagte, leicht herablassend: »Dat hat misch amüsiert.«

»Amüsiert« – genau das wollte ich nicht hören. Da war mein Pfeil wohl an der Zielfigur vorbeigeflogen.

»Für diese Begegnung bin ich sehr dankbar, Herr Dr. Adenauer, denn für die Karikaturisten werden Sie eine wichtige Figur sein.« Er schaute mich an, und das feine Faltenmuster in seinem Gesicht blieb unbewegt. »Ich habe Sie bis jetzt falsch gesehen«, fuhr ich fort, »ich hatte Sie für größer gehalten.«

Die Runde erstarrte, die Gespräche brachen ab. Die Augenschlitze Adenauers wurden größer, die mongolische Lidfalte hob sich. »Das meine ich natürlich in Zentimetern«, setzte ich nach und löste ein befreiendes Gelächter aus. Adenauer hat diesen Auftritt nie vergessen. Da hatte einer ganz kurz an seiner Autorität gekratzt.

Dieser 7. Dezember 1947 war die kleine Feuertaufe für einen Karikaturisten. Ich hatte dem kommenden Mann in der neuen Geschichte unseres Landes auf Armeslänge ins Gesicht geschaut. An diesem Tag hatte ich als neugebackener Karikaturen-Zeichner politisches Blut geleckt. Ich ahnte, daß nun mein berufliches Leben auf zwei Geleisen rollen würde, dem der Architektur und dem der Karikatur. Ich wußte aber auch, daß der Heimatbahnhof immer meine Familie sein würde, vorläufig noch in Oberammergau im einfachen, warmen Elternhaus mit seinen Erinnerungen. Jedes Wochenende fuhr ich mit der Bahn ins Ammertal zurück, dem Kofel entgegen, und empfand auf den letzten Kilometern die Gefühle des Fronturlaubers wieder, aber jetzt mit gutem Gefühl, daß am Horizont kein Trommelfeuer tobte, sondern eine wunderbare, friedliche Zukunft leuchtete.

An den Sonntagen saß oft mein geliebter Großvater Emanuel mit seinem weißen Vollbart am Mittagstisch. Er war inzwischen über achtzig Jahre alt. Mit seinen blauen Augen, in denen sich Milde über den Zorn der frühen Jahre gelegt hatte, schaute er still auf seine drei Urenkel. Ich war ja sein erster Enkel, und er hat als wunderbarer Großvater, Freund und Lehrer diese Jahre und mein Leben geprägt. Jetzt fragte er nach meinen Zeichnungen und freute sich darüber, daß ich mein Talent in den Dienst der kritischen Satire gestellt hatte. Er hatte das gute Gefühl, daß ich seinen Spuren folgte, auf einem Weg, den er selber gerne gegangen wäre.

Zum zweitenmal nach dem Krieg stand der Fasching im Kalender. Der Hunger in diesem Winter biß ins Gedärm, und die Not hatte uns fest im Griff. Aber trotzdem schauten wir hoffnungsvoll nach vorne. Da war ein Ausflug in fröhliche Ausgelassenheit und in eine Landschaft voll farbiger Figuren und komischer Gestalten das richtige Kontrastprogramm. Die neue Mensa wurde unsere Bühne. In nächtelanger Arbeit bauten und malten wir mit den begabten Studenten Olymp und Unterwelt zugleich.

Diesmal sollte auch unser Chef, Professor Vorhoelzer, dabei sein. Aber er wehrte ab. Erst als ich ihm ausmalte, daß seine Anwesenheit für die Studenten etwas ganz Besonderes sei, wurde er nachdenklich. Vorhoelzer erschien dann zum Fest farbenprächtig ausstaffiert mit mächtigem Turban als Sultan, wie er glaubte. Wir aber wußten, daß er in Wirklichkeit als der Obereunuche aus der »Entführung aus dem Serail« verkleidet war. Für den Einzug hatten wir uns etwas Besonderes ausgedacht. Links und rechts vom Würdenträger trippelten die zwei schönsten Studentinnen, leicht geschürzt und tiefbraun geschminkt, jede hielt in der Hand die langen, schwarz gewichsten Schnurrbartspitzen des Sultans.

Es wurde die schönste aus »Tausendundeiner Nacht«. Bis früh um vier Uhr träumte das orientalische Trio, malerisch gruppiert auf dem west-östlichen Diwan. Vorhoelzer braun und die zwei süßen Sklavinnen inzwischen wieder weißhäutig. Unser Mensa-Koch hatte aus Niederbayern die Fressereien, den Wein aus der Rheinpfalz, Bier und Schnaps aus dunklen Quellen gezaubert und diese Nacht in eine berauschende Illusion verwandelt.

Sonst aber schaute der auslaufende Winter grau und düster durch die notdürftig geflickten Fenster der Hörsäle und Seminarräume. Trotzdem und trotz aller Engpässe, Materialnöte und vor allem immer knapper werdender Lebensmittelrationen entwickelte sich der Studienbetrieb mit wachsender Dynamik.

Für einen politischen Zeichner ist die Resonanz seiner Arbeit bei den Lesern wichtig. Lob und Tadel fördern die Motivation. Nun aber hagelte ein scharfer Protest aus der französischen Hohen Kommission gegen meine Karikatur vom 20. Januar 1948 in die Redaktion. Die amerikanisch-englische Bizone war gegen den Widerstand der Franzosen beschlossen worden, und auch die Erweiterung der deutschen Selbstverwaltung löste heftige französische Proteste aus. Deshalb hatte ich eine nächtliche Straßenszene gezeichnet, in der der amerikanische Hochkommissar Clay und sein britischer Kollege Robertson den kleinen, mageren deutschen Michel zwischen sich an den Händen führen und dabei der französischen Marianne begegnen, die unter der Laterne auf dem Gehsteig steht. Erschrocken hält sie die Hochkommissare mit ihrem Schützling auf und sagt »Haltet ihn ja fest! Er hat es auf meine Unschuld abgesehen.« Diese etwas anrüchige Darstellung der französischen Symbolfigur erweckte den Zorn des Hochkommissars, und mein Chefredakteur mußte in aller Form Reue und Leid demonstrieren. Auf diese erste Blessur war ich aber doch ganz schön stolz.

In der TH gab es Anfang des Jahres einen Eklat, der uns alle tief erschütterte. Die amerikanische Militärregierung entließ ohne jede Vorwarnung den ahnungslosen Vorhoelzer. Nach seiner Vertreibung durch Hitler war dies die zweite Demütigung. Trotz aller Proteste der Studenten und Professoren blieben die Amerikaner unnachgiebig. Nach und nach erfuhren wir den Grund für die Entlassung; Vorhoelzer war mit einer ungeheuerlichen Geschichte denunziert worden.

Vorhoelzer war im Jahre 1939 an die Akademie in Istanbul berufen worden; seine Lehrmethoden und seine Betreuung der Studenten fanden höchste Anerkennung. Probleme gab es mit einem deutschen Architekten, einem sehr ambitionierten Kollegen namens Schütte. Er denunzierte Vorhoelzer bei den türkischen Behörden als Agent der Nazis, der am Bosporus spionieren würde. Mit Hilfe türkischer Freunde und bedeutender Referenzen konnte diese Intrige abgewehrt werden. Allerdings hatte diese Verdächtigung dem dünnhäutigen Vorhoelzer arg zugesetzt. Er fuhr in die Heimat zurück und meldete sich, auch zum Schutz vor Repressalien durch die NSDAP, zum Dienst in der Wehrmacht. Schütte hatte in der Türkei überwintert und wollte nach Deutschland zurück. Sein Wunsch war eine Professur an der TH in München. Aber da war Vorhoelzer Rektor und für den Intriganten ein unüberwindliches Hindernis. Darum fädelte er bei den Amerikanern seine mißglückte türkische Intrige wieder ein.

Monatelang wurde der schwer getroffene Mann in Quarantäne gehalten. Wir besuchten ihn abwechselnd zu Hause und informierten ihn über seinen Lehrstuhl. Aber seine Kraft war gebrochen. Trotzdem blieb seine Sorge für die Studenten lebendig.

Telefonisch lud mich Onkel Anton zu einem Gespräch in die Staatskanzlei. Im Sitzungszimmer fand ich mich in einer Runde hochrangiger Politiker mit dem Chefredakteur Dr. Schöningh von der *Süddeutschen Zeitung* und drei Amerikanern in Zivil, die Vertreter der M. R. A., der »Moralischen Aufrüstung«, waren. Das war eine Bewegung, von Frank Buchman begründet, die sich für Frieden und Versöhnung der Völker einsetzte. Ich wurde als politischer

Zeichner der *Süddeutschen Zeitung* vorgestellt und gleich mit einer überraschenden Aufgabe betraut. Die M. R. A. wollte eine Informations- und zugleich Werbebroschüre in Millionenhöhe herausbringen. Die Texte sollte ich illustrieren. Im Handumdrehen war ich Mitglied der Redaktion für dieses Projekt. Nach einigen Konferenzen bei Nescafé, Schokolade und Zigaretten in herzlicher Atmosphäre brütete ich über einem Stoß Texten und bedeckte Dutzende von Blättern mit Entwürfen und Skizzen. Die Aktionen der M. R. A. wirkten wie eine schmerzstillende Therapie. Mit meinen Zeichnungen waren die Amerikaner hochzufrieden, und als Honorar luden sie mich mitsamt Frau für drei Wochen im August nach Caux am Genfersee in das Europäische Zentrum der M. R. A. ein.

Es war April 1948. Der Hungerwinter mit Stromsperren und dem Mangel an Heizmaterial lag uns noch in den Knochen. Zum ersten Mal nach dem Krieg kam es zu Protesten auf der Straße und zu Streiks, gegen den Willen der Gewerkschaften. Auch die Studenten planten eine große Aktion gegen die Hunger- und die Verteilungspolitik beim Bizonenrat in Frankfurt. Die Studentenvertretungen der Universität, der Akademie der Bildenden Künste und der Technischen Hochschule bildeten einen Ausschuß zur Vorbereitung des Unternehmens. Die meisten Studenten waren Kriegsteilnehmer, ein großer Teil Offiziere, und so war die Organisation des Marsches von 11 000 Studenten mit einem Meldesystem auf Fahrrädern und einer straffen Einteilung in Teilnehmerblöcke kein Problem. Mit Hürlimann und unseren bewährten Faschingsmalern entwarf ich große, tragbare Protesttafeln mit eindringlichen Hungermotiven. Wir schlugen uns einige Arbeitsnächte um die Ohren. Es konnte losgehen. Das Wetter machte mit.

An der Universität hatte sich ein Block von einigen Tausend Studenten versammelt. Erste Sprechchöre machten Stimmung. Dann setzte sich die Masse in Bewegung, über die Türken- und Theresienstraße zur Technischen Hochschule. Dort strömten die nächsten Tausend in die Flut. Die Protesttafeln schoben sich in die Masse, wurden mit Beifall begrüßt und schwankten über den Köpfen weiter, zum Lenbachplatz hinüber.

Ich schaute mit Herzklopfen in diese geordneten Strudel mit

den vor- und zurückflitzenden Fahrradmeldern, die für Ordnung sorgten. Mit Genugtuung sah ich unsere Nachtarbeit über dem Proteststrom, der schließlich über den Odeonsplatz die Ludwigstraße erreichte.

Da stand die US-Army feldmarschmäßig, die Gewehre mit aufgepflanzten Seitenwaffen vor der Brust. Jetzt wurde es kritisch. Die Spitze der Masse ruckte und schob sich langsam an die bewaffnete Sperre – eine wilde Lärmwolke lag zwischen den Häuserfronten. Zurufe flogen auf Englisch zu den GI, denen die Angst im Gesicht stand. Da griffen sich ein paar ganz Verwegene einen Soldaten samt Gewehr, hoben ihn unter dem anschwellenden Beifall und Jubel auf die Schultern und dann weiter, von Schulter zu Schulter. Der GI, der anfangs deutlich Angst gehabt hatte, lachte nun, schwenkte sein Gewehr und wurde schließlich als Friedenspfand seiner Truppe zurückgegeben. Vor der Staatskanzlei wurden noch ein paar Reden gehalten, aber der brodelnde Protestmarsch in seiner geordneten Gewalt hatte bereits seine eigene Sprache gesprochen. Es war ein vieltausendfacher Aufschrei aus der Not und aus dem Hunger. Das war in München die erste Massendemonstration auf den Straßen, und die Wirkung war enorm.

Am 20. Juni 1948 fand die erhoffte und befürchtete Operation am deutschen Wirtschaftskörper, die Währungsreform, statt. Die amerikanischen Chirurgen mit deutscher Assistenz ließen mit einem scharfen Schnitt den riesigen Reichsmarksack auf einen höchst effizienten DM-Beutel im Verhältnis 10:1 zusammenschnurren. Ich hatte damals 10 000 Reichsmark angespart, jetzt blieb ein Tausender.

Es gab eine als »Kopfgeld« bezeichnete Summe von 40 DM für jedes Individuum. Mit Frau und drei Kindern wurden mir also 200 DM ausgehändigt. Wir teilten die Summe auf: 190 DM für Frau und Kinder, um lang Entbehrtes zu kaufen, und 10 DM für mich. Ich ging ins vertraute Hotel »Schottenhamel« und speiste à la carte im Restaurant, zweimal je ein mächtiges Menü in Silbergeschirr und feinem Porzellan, zelebriert mit silbernem Besteck. Das Ganze kostete tatsächlich genau 10 DM. Jetzt war ein Traum aus den Hungerjahren wahr geworden. Am nächsten Ersten des Monats bekam ich ein Assistentengehalt von 576 DM aufs Konto und in der *Süddeutschen Zeitung* an der Hauptkasse 450 DM auf die Hand. Das waren über tausend Deutsche Mark, und ich kam mir damit ziemlich reich vor.

Meine Karikatur vom 19. Juni 1948 zeigte die drei Westmächte bei der Schur des deutschen Schafes: »Ohne die viele Wolle sieht man erst, wie dünn das Vieh eigentlich ist...«

Die Blockade Berlins, die großartige Haltung der Berliner und die souveräne Reaktion der Amerikaner und Engländer in Form der Luftbrücke waren atemberaubend. Unverbesserlich waren für mich die »Kalten Krieger« an ihren Stammtischen, die sich Chancen in einem Dritten Weltkrieg ausrechneten. Die Stimmung im Lande wurde zudem durch den Strom der Vertriebenen aus dem Sudetenland aufgeheizt. Die Berichte über Terror und Mord als Racheakte der Tschechen an den Deutschen waren beunruhigend. Von etwa sieben Millionen Bayern mußten fast drei Millionen ausgehungerte, besitzlose Flüchtlinge aufgenommen werden; das war ein Riesenproblem für ein Volk, das selbst geschlagen und arm war.

Auch die TH spiegelte diese Probleme im kleinen wider. Im Anfangssemester begann auch eine Gruppe von jüdischen Studenten das Architekturstudium, die gerade noch der NS-Vernichtungsmaschinerie entkommen waren. Dieses Dutzend junger Frauen und Männer, alle aus Polen, der Ukraine oder Weißrußland, sammelte sich bei mir zur Korrektur ihrer Studienarbeiten. Aus den Fachgesprächen und Diskussionen ergaben sich persönliche Kontakte und Einladungen, immer in einer lebhaften Runde, in deren Mitte ich Rede und Antwort stand. Ihre dunklen Augen schauten mich ganz ruhig und forschend an. Sie wollten wissen, wie ich durch den Krieg gekommen war. Sie kannten mein Erlebnis mit der Synagoge in Sanok, und es war für mich unbegreiflich, daß sie freundlich und interessiert mit mir redeten, einem Mann, der in der grauen Uniform den Soldateneid auf Hitler geschworen hatte. Nein, als jüdisches Opfer wäre ich nach der Niederwerfung der Nationalsozialisten wie ein Racheengel über die Deutschen gekommen. Nein, ich hätte nicht die Kraft und das große Herz dieser armen Menschen gehabt.

Meine wöchentliche politische Karikatur in der *Süddeutschen Zeitung* verlangte von mir gründliche Kenntnis der großen und kleinen Politik und deren Hintergründe. Darum nahm ich häufig an der Redaktionskonferenz teil, in der Inhalt und Form der Zeitung diskutiert und die Beiträge der Ressorts festgelegt wurden. Für mich tat sich eine an- und aufregende Welt auf. Der Blick in Gehirn und Herz einer Zeitung faszinierte mich. Die Gespräche mit den Leitartiklern und Kommentatoren stimulierten mich und ließen eine andere Art zu denken erkennen, als ich es bisher bei Technikern, Architekten und Künstlern kennengelernt hatte. Im dritten Jahr ihrer Existenz war in der Redaktion der *Süddeutschen Zeitung* eine große Zahl von Autoren versammelt, deren Namen weithin bekannt waren, lauter Männer, die dem Nationalsozialismus nicht verfallen gewesen waren und die zum Teil auch Verfolgung und Unterdrückung erlitten hatten. Wortführer war nach Franz-Josef Schöningh, dem katholisch motivierten, erfahrenen Journalisten, der hellwache, wieselflinke Werner Friedmann. Die Lust am Überschreiten geistiger Grenzen war für ihn bezeichnend.

Im April 1948 bekam Friedmann eine Aufgabe, die ihn an einen Schalthebel des Journalismus führte. In München wurde die erste große Presseausstellung veranstaltet. Ihr Kernstück war, die Herstellung einer Zeitung öffentlich zu demonstrieren. Die Nachrichtenzentrale und die Redaktionskonferenz, die Arbeiten in den Ressorts, in Setzerei und Druckerei waren allen Besuchern zugänglich. Das Endprodukt hieß *Tageszeitung* und wurde in einer hohen Auflage auf der Straße verkauft. Chefredakteur dieses spektakulären Unternehmens war Werner Friedmann. Diese Ausstellungswochen waren eine tolle Mischung aus Journalismus und Zirkus, souverän dirigiert von einem hemmungslos genußsüchtigen Chefdompteur. Mit Phantasie, List und Überzeugungskraft gelang nach dem Abschluß der Presseausstellung die Fortführung des Kernstückes *Tageszeitung* auf realer Geschäftsgrundlage: Friedmann spannte die besten seiner jungen Pferde vor einen neuen, bunten und komfortablen Zirkuswagen. Damit war die *Abendzeitung*, Münchens erste Boulevardzeitung, gegründet.

Neben den Zeichnern Hürlimann, R. P. Bauer und Meißl kam auch noch der talentierte Henry Meyer-Brockmann ins Blatt, der als Schüler des großen Olaf Gulbransson von seinen Freunden »Olaf« genannt wurde. Ich hielt ihn für den besten Zeichner in den

Die Hochzeit meiner Eltern im Ersten Weltkrieg (1916)

Meine Eltern mit ihrem ersten Kind

So engelhaft war ich nie wieder:
Passionsspiele 1922

Stolz mit der Schülermütze:
Der Abiturient (1936)

Die Erstkommunion (1926)

In der Handballmannschaft von Ettal (hinten links)
Rechts der Präfekt Pater Norbert OSB

Die karikaturistischen Anfänge: Ettal 1931

Hochsprung-Stil 1935: Immerhin 1,85 m

Im Arbeitsdienst, auf der Wartburg

Eine Karte, die ich für das Arbeitslager in Geisa gezeichnet hatte

Training in Oberammergau, 1935

Als Oberleutnant und Kompaniechef, 1942 an der Ugra

Ruhepause vor dem Unterstand, 1942

Im Schützengraben an der Ugra, 1942

Marsch zur Front, 1943, südlich von Orel, mit Leutnant Helmut Rentsch

Heimaturlaub mit Tochter Petra, 1942

Fußball mit einer Prominentenmannschaft, 1949.
V.r.n.l.: Felix Buttersack (Münchner Merkur), Robert Lembke (Bayerischer
Rundfunk), Torwart E.M. Lang, Werner Friedmann (SZ) und Sigi Sommer

Endlich Aufbau statt Zerstörung: Einer meiner ersten Bauten, das Hochhaus an
der Nibelungenstraße, 1950

Einige meiner wichtigen Bauten:
Mädchengymnasium Käthe Kollwitz, München, 1961

Studentenstadt Freimann, 1960–1976

Modell für das Hackerzentrum an der Theresienhöhe, 1969–1972

*Linke und rechte Hand im »doppelten Ernst«: Ernst Hürlimann und ich
zeichnen im Bayerischen Fernsehen*

*Die Karikaturisten haben ein Modell bemalt: Vorne: Luis Murschetz, Loriot,
Rainer Zimnik, Manfred Schmidt. Hinten: Ernst Hürlimann, Modell Bärbel,
Ernst Maria Lang*

»Ich bedanke mich für Ihr Gesicht!« Mit Konrad Adenauer (und Alois Hund-hammer), 1967

Besuch bei Bruno Kreisky, mit den Kollegen Luis Murschetz (vorne) und Gustav Peichl (Ironimus), 1971

60. Geburtstag, mit Mutter Emanuela

Mit meiner Frau Lilo beim Papstbesuch in München

Mit meinen Töchtern, v. li: Susanne, Barbara, Michaela, Petra

Der Karikaturist und seine »Modelle«:
Mit Willy Brandt, 1965...

... Helmut und Loki Schmidt, 1975 ...

... und natürlich Franz Josef Strauß

Mit meiner Frau Erika in Sardinien, 1992

Printmedien. Politisch hielt sich Meyer-Brockmann für einen engagierten Linken; das war er aber mehr emotional, denn von politischen Zusammenhängen und Entwicklungen hatte er wenig Ahnung. Ihm genügte seine tiefe Abneigung gegen bürgerliche Parteien und alle restaurativen Regungen. Ich mochte seine explosive Kreativität und seine ungenierte Geradlinigkeit.

Jeden Freitagabend fuhr ich als Wochenend-Familienvater nach Oberammergau. Im Starnberger Bahnhof war ich regelmäßig zur Abfahrt mit Heinz Holldack verabredet, dem Außenpolitiker der *Süddeutschen Zeitung*. Wir hatten dann eine gute Stunde für anregende Gespräche zur Verfügung. Holldack war etwa fünfzehn Jahre älter als ich und kam aus dem diplomatischen Dienst. Ab und zu war auch Hans Mollier, Feuilletonist in der *Süddeutschen* und ebenfalls als Diplomat erfahren, mit von der Partie. Diese Bahnfahrt war für mich eine Art Informationsreise. Beide Journalisten kannten viele bezeichnende Geschichten und Anekdoten aus dem Auswärtigen Amt der Weimarer Republik und der Ära Ribbentrop. Beiden war es gelungen, sich einer Umarmung durch die NSDAP zu entziehen; ihre freiheitliche, demokratische Gesinnung hatte sie in die Nähe des Widerstands geführt. Ich schaute in politische Landschaften, die für mich aufregende Entdeckungen waren. Auf einer dieser Fahrten stellten Mollier und ich fest, daß uns das Schicksal schon einmal zwanzig Jahre früher zusammengeführt hatte. Er war jener Redakteur der *Münchner-Augsburger Abendzeitung* gewesen, der den weihnachtlichen Zeichenwettbewerb für Kinder durchgeführt hatte, bei dem meine Arbeit prämiert wurde. Und er war extra nach Oberammergau gekommen, um sich selbst von meinem zeichnerischen Können zu überzeugen.

Anfang August 1948 wurden die ersten Konturen der deutschen Zukunft gezeichnet. Nach Aufforderung durch die Hohen Kommissare sollten die Vertreter der westlichen Länder Beratungen über die künftige Verfassung des deutschen Staates aufnehmen. Auf Einladung des bayerischen Ministerpräsidenten Ehard trat auf der Insel Herrenchiemsee im »Bayerischen Meer« der Verfassungskonvent zu einer mehrtägigen Sitzung zusammen, um in der etwas heruntergekommenen Prachtkulisse Inhalt und Form des Grundgesetzes zu beraten. Zum Vorsitzenden war Onkel Anton Pfeiffer gewählt worden, der lebhafte Diskussionen elegant moderierte. So erfuhr ich aus erster Hand Informationen über Themen und Persönlichkeiten, die ich gut brauchen konnte. In einer Karikatur schilderte ich die stürmische Überfahrt von der königlichen Insel auf das steinige Festland von Bonn, wo der Parlamentarische Rat das heiße Ergebnis des Konvents kritisch beäugen sollte.

Es wurde Sommer, und die Einladung der M. R. A. nach Caux wurde aktuell. Ich mußte mich um Paß und Visum für die Schweiz kümmern. Die Einladung galt auch für meine Frau, aber ein natürliches Ereignis zwang uns zur Umplanung. Wir erwarteten für Anfang September unser viertes Kind. Eine Reise im letzten Monat ihrer Schwangerschaft erschien uns doch zu riskant. Darum begleitete mich meine sechsjährige Tochter Petra. Ich mußte mich also auf ein wenig Mutterrolle einrichten. So erfand ich eine Frisur, die mit wenigen Handgriffen und einer schmalen Schleife ausgeführt werden konnte und dabei hübsch und lustig aussah. Die feinen, blonden Haare wurden um den Kopf zusammengefaßt, hochgeführt und zu zwei Rollen genau in der Mitte mit der Schleife zusammengebunden. Mit ihren großen blauen Augen sah Petra wie eine kleine Elfe aus.

Ernst Hürlimann, Besitzer eines Schweizer Passes und eines Autos, machte ein fabelhaftes Angebot. Er würde uns eine Woche lang per Auto die Schweiz vom Bodensee bis Lugano zeigen und schließlich in Caux abliefern. Wir nahmen begeistert an und fuhren nach einem kurzen Aufenthalt im Hause Hürlimann in Oberstaufen im Allgäu erwartungsvoll über Konstanz ins Paradies. Von der ersten Stunde auf Schweizer Boden an hatte ich das Gefühl, einen anderen Atemrhythmus zu haben; die Luft der Freiheit wollte ich rückhaltlos genießen. Nach der Münchner Trümmerlandschaft hatte ich bei den unversehrten Orten und Städten Zweifel an meinem Wahrnehmungsvermögen; ich hielt diese Schmuckstücke für Halluzinationen. Hürlimann hatte die Reiseroute ortskundig festgelegt; auf dem Scheitel des St. Gotthard war meine Erwartung auf dem Höhepunkt. Zum erstenmal kam ich in eine Gegend, in der Palmen wachsen, und der Zauber des Tessins übte einen unwiderstehlichen Sog aus.

Bisher hatten wir viel Architektur besichtigt und immer wieder köstlich gespeist. Nun bezogen wir in Lugano Quartier. Für den Abend waren wir bei Dr. Dübler eingeladen, in München Herr des Müller-Langen-Verlags, der am Luganer See ein prächtiges Haus bewohnte. Nach dem Sonnenuntergang blühten die Lichtgirlanden um den See von Gandria bis Campione auf, und wir setzten uns zu Tisch. Die Küche hatte gezaubert, aber ein peinliches Anliegen machte mir den Hals eng – meine Reisefinanzen waren erschreckend zusammengeschmolzen. In den letzten Tagen hatte ich bereits hin und her überlegt, wie diesem bedrohlichen Notstand abgeholfen werden konnte. Ich dachte dabei auch an den Dr. Dübler in Lugano, dem ich als Zeichner der *Süddeutschen Zeitung* bekannt war. Nun saß er mir lächelnd gegenüber. Ich hatte noch nie um Geld gebettelt und hatte das Gefühl, ein hungriger Straßenköter vor einem prächtigen, aber verschlossenen Portal zu sein.

Als wir nach dem Essen vor der Panoramascheibe standen und auf das nächtlich funkelnde Lugano schauten, wagte ich mit angehaltenem Atem meine Frage zu stellen. Und der Berg kreißte und spuckte fünfzig Fränkli aus. Wunderbar befreit fuhren wir am nächsten Tag das Wallis hinab zum Genfer See und erreichten am Abend, am Schloß Chillon vorbei, das hoch über dem See gelegene Caux, das europäische Zentrum der M. R. A. Ich ging mit meinem kleinen blonden Spatz zur Rezeption. Beim Anblick meiner Tochter entflammte die Empfangsdame vor Begeisterung und zerschmolz zugleich vor Rührung, wobei mich, den Vater, noch ein Hauch von Sympathie streifte. Petra war wirklich eine kleine Fee mit ihren wachen Augen, intelligent, wißbegierig, aber unaufdringlich und manierlich. Auf der Fahrt war ihr nichts entgangen; sie war in jeder Situation zuverlässig. Tapfer hielt sie mit mir Schritt und schob dabei ihre kleine Hand in meine große Tatze.

Nur ein einziges Mal widerfuhr ihr ein Mißgeschick. Bei einer langen Tagesfahrt saß sie ausdauernd auf meinem neuen Hut, ohne es auch nur zu bemerken. Nach der Ankunft am Reiseziel war das gute Stück total deformiert. Ich hatte Mühe, sie zu trösten und zu versichern, daß ich sowieso viel lieber ohne Hut ginge.

Caux bedeutete zehn Tage mit einem gedrängten Programm von Veranstaltungen, Seminaren und Diskussionsrunden, an denen Menschen aus aller Welt teilnahmen. Die Deutschen hatten hier eine besondere Rolle. Sie waren gebrandmarkt von ihrer Vergangenheit, der Kriegsschuld und den Verbrechen an den Juden. Ich traf eine ganze Reihe von Politikern, Journalisten, Unternehmern und Künstlern, die mir bekannt waren. Typisch für Caux waren die Versammlungen, in denen Zeitzeugen auftraten, Bekenntnisse ablegten und Fehler und Vergehen schilderten. Es waren Menschen mit bewegenden Schicksalen dabei. Für mich als kritischen Zeit- und Menschenbeobachter waren diese Begegnungen wahre Psychologie-Seminare. Ein Auftritt vor dem Plenum blieb auch mir nicht erspart, und ich mußte auf die Bühne. Der Veranstaltungsleiter hatte mich als Zeitzeugen vorgestellt: zweiunddreißig Jahre alt, Familienvater, im Krieg als Offizier in Polen, Frankreich und Rußland an der Front und nun, im Frieden, als Architekt und politischer Karikaturist tätig. Etwas theatralisch nannte er mich den »Feldhauptmann«. Einige hundert Augenpaare schauten mich an. Was erwarteten diese Menschen von mir? Die Wahrheit, dachte ich.

Von einem Klagelied oder wirkungsvoller Zerknirschtheit hielt ich nichts. Also gab ich in etwa zwanzig Minuten einen knappen und deutlichen Bericht und faßte meine Erkenntnisse zusammen: Der Krieg ist das schrecklichste Verbrechen der Verantwortlichen und das größte Unglück für die oft schuldlos Betroffenen. Es ist die wichtigste Aufgabe aller denkenden und fühlenden Menschen rings um den Globus, den Frieden zu bewahren. Der Glaube an das gute Beispiel, die Kraft des Mitgefühls für alles Lebendige und das Verantwortungsbewußtsein für die wunderbare Schöpfung muß alle Menschen zusammenführen.

Der Beifall war groß und ehrlich, und ich hatte den Eindruck, daß ich zum Verständnis für meine Generation beigetragen hatte. Unter vielen Gesprächen mit Teilnehmern aus allen Erdteilen blieben mir solche mit Hilda Heinemann, der Frau des späteren Bundespräsidenten, und mit ihrer Tochter Uta in Erinnerung, die damals ein begeisterungsfähiges, spontanes Mädchen von sechzehn Jahren war. Typisch für Caux war die Mitarbeit der Teilnehmer bei der Hausarbeit und beim Küchendienst. Mit dem ehemaligen Oberbürgermeister Scharnagl von München traf ich beim Geschirrspülen zusammen. Er hatte kurz zuvor seinen Posten aufgeben müssen, weil er ein Hallenbad nach der feierlichen Eröffnung gleich als erster benützt hatte – allerdings splitternackt. Jetzt erklärte er, munter plantschend: »Wissen's, i mag's Wasser so gern.« Diesmal allerdings war er im Straßenanzug, mit Schürze. Beim Abschied hatte ich nicht nur das Wohlwollen von Frank Buchman, dem großen alten Mann der M.R.A., erfahren, sondern auch ehrliche Sympathie von jungen und alten Teilnehmern, Männern und Frauen, geerntet – bei letzteren wohl vor allem, weil der kleinen Petra alle zu Füßen lagen.

Anfang September waren wir wieder zu Hause. Es war hohe Zeit. Am 16. September sollte das erwartete Kind zur Welt kommen; nach dem Wunsch meiner Frau sollte es der zweite Sohn werden. Tatsächlich wurden wir Eltern von Zwillingen, zwei munteren, wohlproportionierten Mädchen. Mit fünf Sprößlingen waren wir nun kinderreich geworden. Zum Glück saß ich beruflich bereits fest im Sattel; wir hatten keine großen finanziellen Sorgen.

Oberammergau wurde von den ersten demokratischen Kommunalwahlen mächtig aufgewühlt. Es ging um einen kompetenten Gemeinderat, der den Aufgaben zur Durchführung der Passionsspiele von 1950 gewachsen war. Die Zeit bis dahin betrug gerade noch eineinhalb Jahre. Als Sensation wirkte die Kandidatur meines Onkels Raimund Lang, der nach der Machtergreifung von 1933 bis 1945 Bürgermeister gewesen war. Die Amerikaner hatten ihn im Routineverfahren entnazifiziert. Nun drängten ihn viele Bürger, sich wieder zur Wahl zu stellen. In den Wahlversammlungen ging es hoch her.

Bei einer großen Veranstaltung die sich besonders hitzig entwickelte, ergriff ich das Wort. Der Landrat aus Garmisch-Partenkirchen hatte mit bebender Stimme auf die Gefahr hingewiesen, daß die Wahl des ehemaligen Nazibürgermeisters dazu führen könnte, daß die Amerikaner vielleicht sogar die Passionsspiele boykottieren würden. Nun hatte Raimund Lang aber sein Amt ohne Tadel ausgeübt und sogar aktive Nazigegner vor Verfolgung bewahrt. Ich redete mich richtig in Feuer und schloß mit dem Ausruf: »Ammergauer, denkt zuerst an eure Heimat – und dann erst an Amerika.« Der donnernde Beifall fegte den Garmischer Landrat geradezu von der Bühne. Einerseits genoß ich die billige Ovation, andererseits hatte ich ein schlechtes Gewissen, weil ich die schwache Vorstellung eines ängstlichen Menschen so rücksichtslos gekontert hatte. Immerhin wurde Raimund Lang mit fast siebzig Prozent aller Stimmen zum Bürgermeister gewählt.

In München kehrte Professor Vorhoelzer nach bitteren Monaten wieder auf seinen Lehrstuhl zurück. Die böse Diffamierung des Intriganten Schütte hatte sich als haltlos erwiesen; die Amerikaner hoben die Entlassung auf, formlos und ohne Entschuldigung. Vorhoelzer, der ein ausgeprägtes Ehrgefühl besaß, kam über diese Zeit der Erniedrigung nicht hinweg. Er war psychisch und physisch ein gebrochener Mann, und sein Elan war erlahmt und depressiven Zuständen gewichen. Er wurde immer mißtrauischer und vermutete überall Feinde und Intrigen. Den Kollegen aus der Zeit vor 1933, die seine Vertreibung von der TH tatenlos zur Kenntnis genommen hatten, galt seine Verachtung. Ich habe Vorhoelzer den Zugang zur modernen Architektur zu verdanken, die Erkenntnisse der Protagonisten des Werkbundes und der Meister aus dem Bauhaus. Als er den deutschen Pavillon von Mies van der Rohe für die Weltausstellung in Barcelona als das wichtigste Beispiel der modernen Architektur schilderte und in der äußersten Konzentration und Vereinfachung die höchste Qualität fand, da hat er mir den entscheidenden Maßstab für mein Leben als Architekt mitgegeben.

Als Kommissar für den Wiederaufbau der TH hatte Vorhoelzer ein Planungsbüro eingerichtet, in dem Grete Ferber und später Hermann Fries arbeiteten. Ein besonderes Problem bereitete der Portikus an der Arcisstraße. Vorhoelzer hatte die Absicht, auf die Mittelachse des geräumigen Vorhofes einen Baukörper zu stellen, der als Atriumsbau mit zwei Obergeschossen und einem Innenhof das Rektorat und den Senatssaal aufnehmen sollte. Dabei war ihm bewußt, daß diese Anordnung in engem Bezug zur Alten Pinakothek stand. Dieser historische Klenze-Bau war durch die Bomben schwer beschädigt, und das kulturelle München diskutierte leidenschaftlich die Frage, ob dieses Monument der königlich bayerischen Geschichte noch zu retten sei. Die Restaurierung würde nach Meinung der Finanzexperten an unerschwinglichen Kosten scheitern. Vorhoelzer kam es darauf an, für die Fortführung des Wiederaufbaus der TH klare und feste Voraussetzungen zu haben. Davon hing auch der Bau des Portikus ab, den respektlose Zeitgenossen bereits »Bauchladen« genannt hatten.

Zur Besprechung dieser Situation kam der damalige leitende Ministerialrat der Obersten Baubehörde, der ranghöchste beamtete Architekt in Bayern, zu Vorhoelzer. Die beiden kannten sich schon aus der Studienzeit, und das Gespräch war offen und rückhaltlos. Ich stand dabei und spürte die Sorge und Spannung in Vorhoelzer, der bei der Erhaltung der Alten Pinakothek die Eingangszone der TH umplanen wollte. »Auf Ehr und Gewissen«, sagte Vorhoelzer, »wird die Pinakothek abgebrochen, oder bleibt sie stehen?« Der Vertreter des Bayerischen Staates sagte mit geradem Blick und fester Stimme: »Sie wird abgebrochen.« In den folgenden Jahren wurde Vorhoelzer oft genug vorgeworfen, daß er mit seinem Eingangsbau zur TH ein aggressives Zeichen gegen den Erhalt der Alten Pinakothek gesetzt hätte. Ich war der einzige Zeuge bei diesem Gespräch und weiß, daß dieser Vorwurf falsch ist.

In dieser Zeit wurden in öffentlichen oder privaten Zirkeln leidenschaftliche Diskussionen darüber geführt, ob schwer beschädigte Bauten erhalten oder abgerissen werden sollten. Es bildeten sich in München und anderswo zwei Gruppen, die den Meinungsstreit wie einen Religionskrieg führten.

Hier standen die »Freunde Alt-Münchens«, die Angst vor dem Verlust bayerischer Tradition hatten. Das waren auch die älteren Besitz- und Bildungsbürger, die den noch sehr jungen Architekten Dr. Erwin Schleich als ihren Sprecher gewonnen hatten. Schleich gehörte zum ersten Nachkriegssemester an der TH. Sein Herz hing an der Welt seiner berühmten Vorfahren und am verblichenen Glanz der legendären Künstlervereinigung »Allotria«, die Ende des neunzehnten Jahrhunderts das Künstlerhaus am Lenbachplatz gebaut hatte.

Da scharten sich die »Freunde der Residenz« um den Architekten Thilo Walz, den Münchner mit Schweizer Paß, der in den letzten Kriegstagen auf abenteuerlichen Wegen den bayerischen Kronschatz vor Zerstörung und Raub gerettet hatte. In diesen Bewegungen steckte viel Nostalgie, die Trauer um eine verlorene

Welt und die Angst vor der Tabula rasa zielstrebiger, energischer Anhänger einer konsequenten Moderne.

Es gab aber auch ernsthafte Überlegungen darüber, wie man mit und in Ruinen leben könnte, wie ihre Zerrissenheit und Düsternis für das deutsche Volk für Jahrhunderte zum Mahnmal werden könnten. Über dieses Thema sprach vor einem qualifizierten Publikum der Architekt Reinhard Riemerschmid, der als Assistent eng mit Hans Döllgast verbunden war. Bewegt von einer starken gestalterischen Phantasie und zugleich ein Meister der Worte, erregte sein Vortrag großes Aufsehen. Auf den Spuren Giovanni Battista Piranesis zitierte er dessen großartige Kupferstiche mit den antiken Ruinen Roms und knüpfte anregende Gedanken daran, wie die konservierten Zeugen einer furchtbaren Vergangenheit mit lebendigen, modernen Quartieren eine lebensfähige Symbiose bilden könnten. Für alle, die den Krieg und seine wüsten Spuren so schnell wie möglich beseitigen und vergessen wollten, für die Rechner, Realisten und Spekulanten und jene, denen die Armut und die Trauer der Deutschen zum Halse heraushing, war diese Vision unverständlich.

Und dann gab es die hoffnungsvollen Architekten und Planer, die sich um moderne architektonische Vorstellungen für eine reformierte Gesellschaft bemühten. Ihr Sprecher war Hans Eckstein, der als Kritiker im Feuilleton der *Süddeutschen Zeitung* die Architektur der freien Welt besprach und die große Tradition des Bauhauses zitierte. Er war zugleich der Spiritus rector des Werkbundes und der Mentor jener jungen Architekten wie Alexander von Branca, Herbert Groethuysen, Werner Wirsing, Johann Christoph Ottow, Erik Braun, Adolf und Helga Schnierle, Theo Steinhauser, die bereits als Studenten ihre Begabung erkennen ließen.

Besonders lebhaft wurden die Bauten des Königsplatzes diskutiert, als es um die Bewältigung der NS-Vergangenheit und die Beseitigung ihrer Symbole ging. Die Bomben der Amerikaner und Engländer hatten ausgerechnet die sogenannten Führerbauten am Ostrand des Platzes verschont.

Als bescheidene Nachfolgeorganisation für den von den Nazis aufgelösten Bund deutscher Architekten gründeten die politisch unbelasteten ehemaligen Mitglieder den Bund Münchner Architekten mit Hans Döllgast, Völkers, Unglerth und Ingwersen. Zum

Auftakt veranstalteten sie eine Architekturausstellung in der großen Wandelhalle des Kultusministeriums am Salvatorplatz. Es war eine Demonstration der Bescheidenheit, und die Entwürfe für einfache und der Zeit angemessene Bauten markierten die Rückkehr zum menschlichen Maßstab, die Abkehr vom Pathos und vom menschenverachtenden Monumentalismus. Immerhin förderten solche Aktivitäten die Diskussion über den Aufbau der zerstörten Stadtteile und historischen Bauten bei den entstehenden Architektengruppierungen und in Seminaren der TH.

An Themen für meine Karikaturen fehlte es nicht; in den Redaktionskonferenzen wurde meine Phantasie von so freien Geistern wie Erich Kuby und Ernst Müller-Meiningen jr. befeuert, die den bedächtigeren Mitgliedern immer ein paar Längen voraus waren. Spür- und sichtbar schob sich der alerte Werner Friedmann in den Vordergrund, alle Antennen auf Empfang. Ein Intermezzo gab mir kräftigen Auftrieb. Der *Tagesspiegel* in Berlin hatte einen Wettbewerb für Karikaturisten ausgeschrieben, ohne mein Wissen schickte der clevere Redakteur Hugo Deiring jenes Blatt von mir ein, das einige Monate zuvor den Protest des französischen Hohen Kommissars ausgelöst hatte. Bei diesem Wettbewerb wurde in zwei Gruppen abgestimmt. Einmal die Leser und dann die Redaktionsmitglieder. Meine Karikatur erhielt den 1. Preis von den Lesern und den 3. von den Redakteuren. Damit war ein gewisser Stellenwert meiner Karikaturen markiert.

Meine Art politischer Satire kam bei den Lesern besser an als bei den Redakteuren. Die Leser bevorzugten den eher vordergründigen Witz, während die kopflastigen Redakteure mehr Spaß am Witz um ein paar Ecken hatten. Immerhin war es gut zu wissen, daß die Karikaturen eines Münchners auch in Berlin gut ankamen.

Mir wurde klar, daß ich in meiner Arbeit als Karikaturist die Chance bekam, etwas zu tun, legal und gegen Bezahlung, wofür ich vor ein paar Jahren bestraft worden wäre: mit der satirischen Zeichnung die Mächtigen und den Mißbrauch der Macht zu demaskieren.

Auf dem Weg durch die Stadt traf ich überraschend, nach drei Jahren, den Oberst a. D. Max Kemmerich, meinen ehemaligen

Kommandeur auf der Pionierschule Dessau-Roßlau, dem ich verdanke, daß ich lebendig aus dem Krieg zurückgekommen bin. Wir setzten uns in ein Lokal und bauten, jeder von einem anderen Ufer her, die innere Bewegung unterdrückend, eine Brücke aufeinander zu. Kemmerich wurde nach kurzer amerikanischer Gefangenschaft seinem Dienstgrad entsprechend als »Militarist« eingestuft und saß auf der Straße. Ein ehemaliger Untergebener, jetzt ein Bauunternehmer, brachte ihn in seinem Betrieb unter, freilich nicht wie einen Obersten, eher wie einen Feldwebel, aber wenigstens mit der Berechtigung zu Lebensmittelmarken, Bezugsscheinen und monatlichem Gehalt.

Dieser Absturz aus einer herausragenden Position in die Bedeutungslosigkeit war hart und bitter für den »Strammen Max«. Aber ich hatte 1944 nicht den Eindruck gehabt, daß er die Illusion eines »Endsieges« hatte, wohl aber den, daß er die Verantwortlichen in Braun oder Feldgrau eher verachtete. Dem Untergang schaute er ohne Wimperzucken ins Auge. Nun wollte er von mir, den er immer schon geschätzt hatte, jetzt aber in der *Süddeutschen Zeitung* bewunderte, wissen, was ich von der großen und kleinen Lage hielte. Und mit großer Rührung nahm ich zur Kenntnis, daß er meine Zeichnungen und Balladen, die er, in Leder gebunden, zum Abschied von der Pionierschule erhalten hatte, durch das Chaos des Zusammenbruchs unversehrt nach Hause gebracht hatte. Ich kam mir ziemlich schäbig vor, als ich nun dem Mann, der mein Schicksal so glückhaft gesteuert hatte, nur Worte und Redensarten anbieten konnte. Aber vielleicht spürte er Zufriedenheit und Genugtuung darüber, daß ich ihm Respekt und Sympathie entgegenbrachte.

In die düstere politische Szenerie dieser Monate setzte die bayerische Kulturpolitik die bizarre Bilderfolge einer Moritat. Der Kultusminister Alois Hundhammer setzte das Ballett »Abraxas« von Werner Egk nach fünf Aufführungen im Prinzregententheater ab. Er verteidigte dieses Auftrittsverbot mit alttestamentarischem Pathos damit, daß die religiösen Gefühle der Bevölkerung vor Beleidigung geschützt werden müßten. Er meinte vor allem jene Szene, in der sich der Satan in einer Art gotteslästerlicher Zeremonie mit der widerstrebenden Archiposa vereinigt.

Der Fraktionsvorsitzende der FDP intervenierte bei dem inquisitorischen Kultusminister und warnte vor der Gefahr eines kulturellen Provinzialismus in Bayern. Der Lärm dieser Auseinandersetzung im Landtag und die bissigen Kommentare in der Presse über diesen Eingriff in die künstlerische Freiheit sorgten weit über die Landesgrenzen hinaus für Aufsehen und spöttische Kritik. Auf den Bühnen anderer Städte und im Ausland wurde »Abraxas« mit glänzenden Erfolgen gespielt. In einer Karikatur zeichnete ich den schwarzbärtigen Eiferer, wie er ein Rudel nackter Tänzerinnen mit der Peitsche vertreibt. Zu meiner Genugtuung wurde das Blatt mehrfach nachgedruckt.

Dieses Intermezzo wurde von einer Entwicklung überschattet, die mich sehr beunruhigte. Die Kluft zwischen West und Ost wurde immer tiefer, das politische Klima immer rauher. Der »Kalte Krieg« kündigte sich an. Mit dem Begriff »Westunion« wurde leise, aber deutlich Marschmusik intoniert. Verteidigungsbereitschaft gegen eine sowjetische Bedrohung wurde immer lauter, immer aggressiver eingefordert. Damit war, dreieinhalb Jahre nach dem Kriegsende, das Thema Wiederaufrüstung auf die Tagesordnung gesetzt. Die *Süddeutsche Zeitung* brachte am 18. Dezember 1948 eine Karikatur von mir, die einen deutschen Kriegskrüppel in einem zerstörten Haus zeigt. Diese Entwicklung weckte in mir eine unangenehme Mischung von Abscheu, Schadenfreude und Zorn. Sicher hatten viele Soldaten, die wie ich fast sechs Jahre lang im Krieg gewesen waren, ganz ähnliche Gefühle. Wir waren noch einmal davongekommen. Das »Soldatische« war zu einer schrecklichen Fratze verkommen.

Und doch gab es immer noch unverbesserliche Landsknechte, die an ihren Illusionen von einem möglichen Sieg an der Ostfront festhielten.

Am 1. September 1948 trat der Parlamentarische Rat im Museum König in Bonn zur Konstituierenden Sitzung zusammen, um über den Entwurf des Grundgesetzes zu beraten. Die Kulisse für diese Verhandlungen war bizarr. In diesem Museum waren die Mitglieder des Rates umstellt von ausgestopften exotischen Tieren, Bären, Schimpansen, Gorillas und anderen Merkwürdigkeiten. Dieses Provisorium staatlicher Repräsentanz war eigentlich eine

»Gebranntes Kind scheut das (die) Feuer(waffe) …«
18. 12. 1948

friedliche Satire auf steife Würde oder Machtentfaltung. Trotzdem waren die Diskussionen ernsthaft und leidenschaftlich.

Meine Zukunft zeichnete sich in immer deutlicheren Umrissen ab. Der Studienbetrieb an der TH normalisierte sich, die schärfste materielle Not war gebrochen. Die Betreuung der Studenten unter der klugen Leitung Vorhoelzers war für mich ein permanenter Zuwachs an Wissen und Erfahrung. Die engen Kontakte und der intensive Gedankenaustausch ließen ein wunderbares Klima entstehen. Parallel dazu mußte ich das Engagement in der *Süddeutschen Zeitung* mit meiner Arbeit am Lehrstuhl abstimmen. Einer meiner frühesten Jugendträume erfüllte sich. Ich arbeitete für eine große Zeitung und sah meine Karikaturen zwischen Leitartikeln, Kommentaren und Glossen bedeutender Journalisten gedruckt. Was ich zunächst mit heißem Kopf entworfen, dann mit lockerer Hand auf den Karton gezeichnet hatte, kam jetzt schwarz auf weiß in über hunderttausend Exemplaren unter die Leute. Wenn dann meine Arbeit auch noch gelobt wurde und mein Name ein wenig Glanz bekam, hatte ich doch Mühe, bescheiden zu bleiben. Ernst Hürlimann war in der gleichen Situation; es war ungewöhnlich, daß an einem Lehrstuhl zwei Assistenten arbeiteten, die zugleich Autoren in der *Süddeutschen Zeitung* waren.

Anfang 1949 diskutierten wir mit den Vertretern der Studentenschaft die Idee, für die TH eine Faschingszeitung herauszubringen. Die neue demokratische Freiheit war eine kräftige Stimulanz. Schnell fand sich eine Redaktion aus witzigen, kritischen Köpfen zusammen. Wir waren eine bunte Gruppe, in der als markanter Exot Oskar Neumann, ein engagierter Kommunist, verfolgter Nazigegner, KZ-Häftling und damals auch Münchner Stadtrat, für ein handfestes Kontrastprogramm sorgte. Er war überlegen, gelassen und witzig, eine ungewöhnliche Renommierfigur für seine Partei. Für die einschlägigen Karikaturen sorgten Ernst Hürlimann und ich.

Am schönsten waren die Redaktionskonferenzen, in denen Reinhard Riemerschmid die Kritik, Jordan und Aufschläger jugendliche Unverfrorenheit, Oskar Neumann das Feuer der Weltrevolution und der Chemiker Vafiadis die Ingredienzien Erotik und Halbseide beisteuerten. Unser musischer Mensawirt sicherte mit kalten Platten den Erfolg der heißen Diskussionen und befeuerte die Phantasie mit Hochprozentigem. Wir nannten unsere Faschingszeitung *Münchner Meckerer* und brachten sie in 3000 Exemplaren unter die Leute. Die Zeitung fand große Beachtung und kräftigen Beifall.

Die größere Welt, die künftige Bundesrepublik, gewann Konturen. Sie lieferte mit dem Grundgesetz das Gesellenstück der Deutschen in Sachen »Demokratie« ab.

In dieser Arena traten die führenden Akteure der Parteien auf und fochten höchst eindrucksvoll um die Macht. Zuweilen fühlte ich mich als Kriegsberichter, dann wieder als Sportreporter, ganz nach dem Charakter der Auseinandersetzung. Es war ja meine Aufgabe, diese wichtigen, ernsten Aktionen in die unernste Form der Karikatur zu verwandeln. Dabei kam mir zustatten, daß Respekt in meinem Wesen nicht sonderlich ausgeprägt ist. Allerdings regte sich zugleich der Sinn für Gerechtigkeit, für Verantwortung, als Regulativ für aufkommende Emotionen.

Und die blieben nicht aus. Dafür sorgten schon die Auftritte der zwei herausragenden Streiter Konrad Adenauer und Kurt Schumacher. Es waren zwei grundverschiedene Charaktere. Adenauer war Sohn eines preußischen Militärbeamten und in Köln geboren. Als studierter Jurist steuerte er die Kommunalpolitik an und wurde 1917 Oberbürgermeister seiner Heimatstadt. Von 1921 bis 1932 war er Präsident des preußischen Staatsrates; alle Ämter verwaltete er als strammer, standfester Mann des Zentrums. Darum wurde er 1933 von den Nazis aus allen Positionen vertrieben.

Die NS-Zeit überstand er mit viel Glück und Geschick, immer im Kontakt mit wichtigen Finanzleuten und Kreisen der katholischen Kirche. Mit großer Selbstverständlichkeit übernahm er 1945 von den britischen Besatzern das vertraute Amt des Oberbürgermeisters. Er regierte seine Stadt nach bestem Wissen und Gewissen und war deshalb selbstbewußt und für die Besatzungsmacht unbequem. Es ehrte ihn, daß er nach wenigen Monaten von den britischen Besatzern wegen Aufsässigkeit wieder entlassen wurde. Er zog sich in sein Haus in Rhöndorf, von Rosenbeeten umstanden, zurück.

Von Kurt Schumacher trennten Adenauer Welten. Der Westpreuße gehörte zum Jahrgang 1895, der von der Schulbank weg ins

Feuer an die Front geschickt worden war. Er kam nach dem Ersten Weltkrieg auch persönlich geschlagen zurück, er hatte einen Arm verloren. Er wurde Sozialdemokrat und vertrat seine Partei später bis 1933 im Reichstag. Schumacher hatte Volkswirtschaft studiert und bekämpfte die Nationalsozialisten als überzeugter Demokrat. Nach der Machtergreifung wurde er sofort in einem KZ inhaftiert und kam erst 1944 wieder frei, nach einer Beinamputation auch in seiner Gesundheit ruiniert.

Seine politische Überzeugung gab ihm die Kraft zum Überleben. Nach 1945 reorganisierte er mit seinen alten Genossen die Sozialdemokratische Partei. Als in der Sowjetzone die von Moskau gesteuerte Zwangsvereinigung von KPD und SPD betrieben wurde, erwies sich Schumacher als standfester, unerbittlicher Kämpfer. Die Treue zu seinen Idealen und die Flamme in seinem zerstörten Körper machten den streitbaren, redegewaltigen Mann zum unumstrittenen Vorsitzenden der westdeutschen SPD mit ihrem Vorposten in Berlin. Und damit war er ein echter Antipode des wohlkonservierten und erzkonservativen Konrad Adenauer.

Als noch vor Gründung der Bundesrepublik die ersten Andeutungen über eine deutsche Bewaffnung gemacht wurden, war es der ungediente Adenauer, der als erster nach der Waffe griff. Der mit allen Wassern gewaschene Politprofi kannte die Kämpfe um die politische Macht und wußte, daß ein unbewaffnetes Deutschland zu einem Schattendasein verurteilt sein würde. Bei Schumacher brannten noch die alten Wunden. Mit der Wiederbewaffnung stand das Gespenst des Krieges auf.

In diesen beiden Politikern personifiziert, traten Kalkül und Moral gegeneinander an. In meiner Vorstellung erschien der eine als der gewiefte Unterhändler im Stresemann, der andere in Feldgrau mit leerem Ärmel, mit gestreiften KZ-Klamotten und Krücken. Auf Adenauer reagierte mein Gehirn, aber auf Schumacher mein Herz.

Im Bann der Karikatur wurde ich zum ständigen Beobachter der kleinen wie der großen Politik. Als Architekt gehörte ich zu den Baumeistern, die seit Tausenden von Jahren weltweit für die Menschen Räume gestalteten. Das war die andere große Faszination. Architektur und Karikatur, ein Duo und doch zwei verschiedene

Schwestern, bestimmten fortan mein Leben. Ich erkannte, daß das eine ganz besondere Art von Bigamie ist.

Der Architekt hat eine Idee auf festem Boden zu entwickeln, auszugestalten, zu berechnen und die Ausführung zu überwachen. Der Karikaturist jagt in der bewegten und abenteuerlichen Landschaft der Politik nach einer Idee, nach einer Interpretation des Geschehens, würzt sie mit Satire, zeichnet sie auf und schickt sie mit der Zeitung unter die Leute. Ich entschied mich bewußt für diese doppelte Existenz, die Architektur als trittfeste Basis und die Karikatur als Freiraum, in dem es möglich ist zu fliegen. Schließlich wurden doch meine beiden Existenzen von der warmen Klammer meiner Familie nachhaltig zusammengehalten.

Der Sommer 1949 hatte es in sich. Jedenfalls gab es genug Futter für den Karikaturisten, angesichts der krachledernen Opposition der Bayernpartei oder der nostalgischen Regungen königstreuer Romantiker.

Die ersten Wahlen zum Bundestag stimmten in verhältnismäßig moderaten Tönen auf die neue Demokratie ein. Die Prominenz aller Parteien tingelte durch das Land und trat auch in den Zentren auf. Man konnte den Kandidaten hautnah aufs Maul schauen. Mir fiel dabei auf, daß das Gros der Politiker fast schon im Pensions- oder Rentenalter stand. Als Solitär unter den älteren Herren fiel ein Mann in den Dreißigern auf, der mittelgroß, stämmig, den runden Kopf fast ohne Hals auf den Schultern trug und in seiner Rede bayerische Bildhaftigkeit, die Rabulistik eines Viehhändlers und militärische Diktion zu einer Wortgewalt verband, die leicht jedes Bierzelt füllte. Dabei spielte er gern seine humanistische Bildung aus, flocht kunstvoll lateinische Sentenzen ein und verpaßte ihnen sogleich die aktuelle politische Übersetzung. Das mochten die Leute, sie sagten höchst animiert und mit Respekt: »A Hund ist er scho – der Strauß.«

Den Mann wollte ich mir merken. Er war ein Jahr älter als ich, hatte 1935 sein Abitur gemacht, der Wehrpflicht genügt, ein Studium für den höheren Lehrdienst absolviert und promoviert, als der Krieg bereits in vollem Gange war. Aber dann wurde Strauß als Unteroffizier zu seiner Waffe, der schweren Artillerie, eingezogen. Er brachte es bis zum Oberleutnant, schickte seine Leute aber nach Hause, als die ersten amerikanischen Panzer anrollten. Der Oberleutnant Franz Josef Strauß schaffte es, nach dem Zusammenbruch ganz schnell wieder auf die Füße zu kommen: Mit der Zulassung der demokratischen Parteien nutzte der politisch unbelastete F. J. Strauß mit sicherem Spürsinn seine Chance; er wurde Gründungsmitgleid der CSU. Bald fiel er auch in der Parteizentrale in München auf. Der Vorsitzende Dr. Josef Müller, der »Ochsensepp«, entdeckte in dem vitalen Neuling das politische Naturtalent und wurde Pate und Pilot einer vielversprechenden Karriere.

Im Konflikt zwischen dem liberalen Josef Müller und dem demonstrativ klerikalen Alois Hundhammer wählte Strauß den Platz hinter seinem Parteiboß. Beide verband die Lust am Streit, Begabung zu herzhaftem Lebensgenuß und eine Neigung zur kumpelhaften Gemeinschaft.

Als Oberregierungsrat übernahm Strauß 1948 das Jugendreferat im bayerischen Innenministerium, bald aber war seine politische Karriere auf Bundesebene angelangt. Seit 1949 war er Mitglied des Bundestages in Bonn, der neuen demokratischen Idylle am Rhein.

Inzwischen entwickelte sich der normale Alltag in kleinen, aber spürbaren Schritten. Die Frauen und Männer, die Verantwortung in der Kommunalpolitik übernommen hatten, blieben bescheiden und mit beiden Beinen auf dem Boden der Tatsachen. Die Kommunikation funktionierte reibungslos, und die guten Kontakte zwischen dem Münchner Stadtrat und der Presse führten dazu, daß ein Freundschaftsspiel zwischen einer politischen und einer journalistischen Fußballmannschaft vereinbart wurde.

Der Stadtrat stellte eine große Sportkoalition mit elf Prominenten aus allen Parteien. Die Herren, sonst in dunklen oder gedeckten Anzügen, stiegen in den Fußballdreß um und unterzogen sich einem gezielten Konditions- und Balltraining mit aktiven Spielern der beiden Lokalvereine Bayern und TSV 1860 München. Sie wollten beweisen, daß sie mit den Beinen genauso schnell sein konnten wie mit dem Mundwerk im Plenum. Die Presse konnte auf die bekannten Sportredakteure und Reporter zurückgreifen. Allerdings schlüpften auch die Chefredakteure Werner Friedmann und Felix Buttersack ins Trikot. Robert Lembke und Fred Rauch, die Wortkünstler im Funkhaus, wollten ihre beliebten Kapriolen mit dem Ball fortsetzen. Zehntausend Zuschauer verfolgten im Dantestadion das ungewöhnliche Spektakel und boten die Geräuschkulisse eines Oberligaspiels. Das Spiel war für das höchst animierte Publikum mehr Unterhaltung als Kampf und löste wahre Beifallsstürme aus. Die Akteure rannten, keuchten und purzelten ganz professionell über den Rasen, verwechselten auch öfter die Tore und schossen zur eigenen Überraschung senkrechte Kerzen und unberechenbare Bögen. Mich hatte der Spielführer der Pressemannschaft, Sigi Sommer, ins Tor gestellt.

Zur Halbzeit führte die Presse mit 1:0, aber in der zweiten Hälfte boten die Politiker einen rasanten Endspurt. In einem wilden Getümmel vor meinem Tor verursachte der Sportredakteur Koppenwallner, damals auch deutscher Meister im Hochsprung, innerhalb des Strafraumes einen Handelfmeter. Exekutor war der Stadtrat Schmidt; er war in jungen Jahren Stürmer in der ersten Mannschaft von 1860 gewesen und für seine raffinierten Balltricks berühmt. Er legte sich mit Bedacht das Leder zurecht, ging ein paar Schritte zurück, visierte die geplante Schußbahn an und setzte sich locker in Bewegung.

Da erkannte ich intuitiv, daß er mit dem linken Innenrist den Ball flach in meine linke Torecke setzen würde. Gleichzeitig mit seinem Schuß hechtete ich nach links und hielt den recht scharf geschossenen Ball mit beiden Händen. Der Beifallsschrei brach wie eine Explosion aus 10 000 Mäulern. Das Spiel endete mit 1:0 für die Presse und fand in den Zeitungen und im Radio ein angemessenes Echo. Ich war ein wenig irritiert, als der satirische Kommentator Fritz Benscher im Bericht über meine Glanzparade die weithin glänzende Glatze des Tormannes besonders erwähnte. Der Mann hatte recht, als Karikaturist mußte ich das anerkennen.

Am 14. August 1949 fanden die ersten Bundestagswahlen nach einem echten, redlichen Wahlkampf statt. Die Christdemokraten warben mit der sozialen Marktwirtschaft ihres Fachpragmatikers Ludwig Erhard und nährten die Hoffnung auf den so lange vermißten Wohlstand. Dabei bauten sie auf bürgerlichen Ordnungssinn und lehnten Experimente ab. Eine Forderung nach Auseinandersetzung mit dem Nationalsozialismus wurde erhoben, aber eher moderat.

Kurt Schumacher bot einen Sozialstaat an, der dem Programm der Sozialdemokraten entsprach. Die Vergesellschaftung großer Industrien und dirigistische Methoden sollten eine mögliche Herrschaft des Kapitals in der Hand privater, unkontrollierbarer Mächte verhindern. Dem Erbe des Nationalsozialismus sollte man sich stellen und alle Spuren beseitigen. Die Wiedervereinigung zu einem ganzen demokratischen Deutschland hatten beide großen Parteien im Programm. Adenauer wollte dieses Ziel in engem Kontakt mit den atlantischen Mächten erreichen. Schumacher dachte mehr an den eigenständigen Weg eines neuen deutschen Staates mit dem Fernziel einer Vereinigung der beiden ungleichen Teile.

Nach 16 Jahren trafen nun die Wähler erstmals wieder ihre freie Entscheidung. Alle Prognosen deuteten auf einen knappen Sieg der Sozialdemokraten hin. Das Wahlergebnis war eine große Überraschung – die CDU/CSU kam auf 35 % vor der SPD mit 29,2 %, und die FDP erreichte zusammen mit Deutscher Volkspartei und Bund der Vertriebenen 11,9 %.

Schumacher war bitter enttäuscht. Ich hatte für den aufrechten und leidenschaftlichen Sozialdemokraten mehr Sympathie als für den zielbewußten und fintenreichen, äußerlich fast maskenhaften Adenauer. Der Großmeister im Kungeln hatte jedoch schon fertige Pläne im Kopf.

Am 7. September traten Bundestag und Bundesrat zur Konstituierenden Sitzung zusammen; am 12. September wählte die Bundesversammlung Theodor Heuss mit absoluter Mehrheit zum ersten Bundespräsidenten. Wenige Tage später, am 15. September, wählte der Bundestag den 73jährigen Konrad Adenauer zum ersten Bundeskanzler, mit einer Stimme Mehrheit – seiner eigenen. Dieses Ereignis hielt ich in einer Karikatur fest mit dem Text: »Um die Bundeskanzler-Kurve – Herrenfahrer Adenauer – knapp, aber sicher...« Adenauer, lässig mit einer Hand am Lenkrad, den erschrockenen neuen Bundespräsidenten als Beifahrer an seiner Seite. Die Reifenspur zeigte, daß der ungerührte Fahrer die Kurve über dem Abgrund so geschnitten hatte, daß die Außenräder einen Augenblick in der Luft rotierten. Das also war der Mann, der nun unter der Aufsicht der Besatzungsmacht die neue Demokratie handhaben sollte, zielbewußt, selbstsicher und scheinbar ohne Emotionen.

Inzwischen rangen die kleinen Leute – wie Laokoon – mit dem Entnazifizierungsverfahren, oft verwirrt, manchmal geradezu stranguliert von den sich windenden Schlangen des Fragebogens. Meine Karikatur zu diesem Thema hatte den Text: »Bonzen und Mitläufer – kleiner Mann, armer Mann...« und zeigte die Prominenten Hjalmar Schacht, Veit Harlan und den General Remer mit Ritterkreuz als Panzer unbeschadet den Paragraphenverhau überrollend – in dem der kleine Mann rettungslos hängenbleibt.

Im Herbst 1949 endete meine Tätigkeit als Assistent an der TH München. Bereits im Juli hatte Ernst Hürlimann zu Beginn seiner selbständigen Tätigkeit als Architekt einen interessanten Auftrag übernommen. Durch Vermittlung von Robert Vorhoelzer wurde ihm der Wiederaufbau des stark von Bomben beschädigten Hotels »Königshof« übertragen, eine große, schwierige, aber auch schöne Aufgabe. Jetzt war ich daran, das Reißbrett zu räumen und dem Beispiel meines Kollegen zu folgen. Allerdings war mein erster Auftrag wesentlich kleiner, weniger prominent, aber auch recht problematisch. Ein ehemaliger Mitschüler am Gymnasium Ettal, der Freiherr Adalbert von Poschinger auf Irlbach, übertrug mir die Planung einer Tankstelle mit Werkhalle und Garagen auf einem Grundstück mitten in der Stadt, auf dem die Trümmer des zerstörten Steinburg-Blocks lagen.

Bevor es aber zu dieser Planung kam, wurde ich in ein architektonisches Intermezzo verwickelt, das mir eine Lehre werden sollte. Durch Vermittlung des Sportredakteurs in der *Süddeutschen Zeitung* wurde ich zu einem Architekturwettbewerb für eine große, moderne Sportschule auf einem weitläufigen Grundstück über der Isar bei Grünwald eingeladen. Das Präsidium des Bayerischen Sportverbandes war der Initiator. Als ehemaliger Leistungssportler, mit einem erstklassigen Diplom in der Tasche, fühlte ich mich geradezu berufen für diese Aufgabe. Allerdings war dieser Brocken für einen Einzelkämpfer zu groß. Ich schaute mich nach einem Partner um, bei dem ich sportlichen Geist, Phantasie, künstlerische Begabung und freundschaftliche Zusammenarbeit erwarten konnte.

Mit Jakob Semmler fand ich den Richtigen. Er war frisch und mit besten Ergebnissen diplomiert, war, wie ich, Ingolstädter Pionier gewesen und hatte den Krieg als Oberleutnant überstanden. Wir fingen intensiv und zügig mit der Planung an. Das Programm umfaßte Hallen für Ausbildung und Training der klassischen Sportarten, Übungsplätze und Unterkünfte mit Versorgungseinrichtungen. Der Baugrund, ein mit Baumgruppen und Buschreihen bestandenes Stück Landschaft, bot alle Möglichkeiten für eine offene, lockere Bebauung.

Nach der maßlosen, unmenschlichen Monumentalität der NS-Architektur waren wir vom modernen Geist des Dessauer Bauhauses und seiner Protagonisten bewegt. Drei Wochen lang studierten und diskutierten wir das Projekt an Hand vieler Untersuchungen. Das Ergebnis, großformatige Planpausen mit Grundrissen, Schnitten, Ansichten und frei gezeichneten Perspektiven, reichten wir beim Präsidium des Bayerischen Landessportverbandes ein. Bald darauf wurden wir aufgefordert, unseren Entwurf vor den Auftraggebern zu erläutern. Das Präsidium und die Vertreter der beteiligten Sportarten saßen im Hufeisen und nahmen uns in die Mitte. Viele waren ehemalige aktive Sportler und Kampfrichter, die ehrenamtlich tätig waren und privat sehr unterschiedlichen Berufen nachgingen. Unser Entwurf gefiel den Repräsentanten des bayerischen Sports und wurde an die erste Stelle gesetzt. Aber dann erhielt den Auftrag ein nachgeordneter Architekt, der bereits gut im Geschäft war. Von einem Insider erfuhr ich später, daß dieser Kollege dem Präsidium als Spende ein Viertel des zu erwartenden Honorars von 100 000 DM zur Verfügung gestellt hatte. Solche »Argumente« waren mir fremd. Ich war entsetzt. Die Architektur war mir bis dahin als ein Bereich erschienen, in dem kein Boden war für Unmoral und schräge Geschäfte.

Jackl Semmler ging wieder eigenen Plänen nach, und ich trieb den Entwurf und das Genehmigungsverfahren der »Preysing-Tankstelle« voran. Diese Anlage, mitten in der Stadt in einem Bereich gelegen, der ursprünglich von Geschichte und Tradition geprägt war, löste eine Lawine von baurechtlichen und gestalterischen Problemen aus. Die Barrikaden hießen Stadtbauamt, Denkmalpflege und Regierung von Oberbayern. Es mußten viele

Anläufe gemacht werden, um sie zu überwinden. Auf dem Grundstück, von den Trümmern des alten Steinburg-Blocks mit seinen schönen Wohnungen befreit, sollte eigentlich wieder ein adäquates Gebäude errichtet werden. Dafür fehlten aber damals die finanziellen Mittel. Baron von Poschinger wollte deshalb für eine zeitlich noch nicht fixierbare Nutzung eine vorläufige Bebauung schaffen. Eine Tankstelle erschien in der Erwartung kommenden Autoverkehrs geeignet. Bei der Detailplanung und Bauleitung unterstützte mich Eugen Jakobi, einer der begabten Absolventen aus dem ersten Nachkriegssemester. Miteinander hievten wir das Projekt über alle Hürden, durch alle Instanzen, lernten eine Menge in der Auseinandersetzung mit der Bürokratie und in der Bauausführung und lieferten unser Gesellenstück im Herbst 1950 mit einer prächtigen Einweihung ab.

Es gab noch ein Intermezzo. Ich wurde aufgefordert, an einem öffentlichen Architekturwettbewerb für eine Gedenkstätte auf dem Leitenberg bei Dachau teilzunehmen. Es war der erste Versuch nach dem Krieg, die Opfer des Konzentrationslagers in der Erinnerung der Davongekommenen zu bewahren.

Die Aufgabe trieb mich mächtig um. In der Werkstatt meines Vaters hatte ich als kleiner Kerl oft erlebt, wie er an Wettbewerbe heranging, die Dorfgemeinschaften oder Städte für Bildhauer und Architekten ausgeschrieben hatten. Fast immer ging es dabei um das Gedenken an die Gefallenen des Ersten Weltkrieges. Ein heikles Thema: Es ging um die Würdigung von Opfern, die im Krieg »für Volk und Vaterland« erbracht worden waren. Hier aber ging es um etwas ganz anderes. Das ging mir im Kopf um. Konnte man für dieses Stück Weltuntergang überhaupt einen Ausdruck finden, der künstlerisch gültig war. Konnte das überzeugend von einem Denkmal, einer Gedächtnisstätte geleistet werden?

Vom Leitenberg aus schaute ich auf die Landschaft, ein friedliches Panorama, abwechslungsreich mit seinem Gewoge von Höhenrücken und Kuppen, alle wohlgerundet, mit lockeren Waldbeständen bedeckt. Keine tausend Meter entfernt liegt die kleine Stadt Dachau, ein Prototyp für altbayerisches Leben und ofenwarme Gemütlichkeit, deren Name für Jahrzehnte mit dem Begriff KZ belastet und verdüstert wurde. Wie konnte eine gebaute Form aussehen, ein räumliches Gebilde in einer freien, unschuldigen Landschaft, zum Gedenken an diese Hölle?

An meinem Zeichentisch saß ich bedrückt und mutlos; keine Philosophie bot mir Hilfe an. Schließlich fand ich den Ansatz zu einer Lösung:

Ich entwarf einen rechteckigen Kubus, aus behauenen Natursteinen gemauert. Innen enthielt er einen stützenlosen Raum. Senkrecht zur talwärtigen Längsseite war eine Mauerscheibe in der gleichen Technik, wie ein Kampanile um einen Stahlbetonkern gemauert, frei zugeordnet. In einer Öffnung unter der Mauerkrone sollte eine Glocke schwingen. Das Innere des massiven Bauwerks war sehr zurückhaltend durch schmale Fensteröffnungen belichtet. An den Innenseiten hatte ich wandhohe Steintafeln für Schrift und negativ geschnittene Reliefs vorgesehen.

Die Anlage stellte ich auf eine Fläche, die unterhalb der höchsten Erhebung in den leicht abfallenden Hang eingeschnitten werden sollte. Auf diese Weise konnten die notwendigen technischen Versorgungs- und Nebenräume unterirdisch in den Hang eingebaut werden. Kubus, Kampanile, Versammlungsfläche und Freitreppen waren damit in die Landschaft eingebunden. So war jede unangebrachte Monumentalität vermieden, aber eine ruhige Harmonie des Gewachsenen mit dem Gebauten erreicht.

Mein Vater, der die Wettbewerbsarbeit mit Interesse begleitet hatte, baute ein Gipsmodell im Maßstab 1 : 100. Dafür erwähnte ich ihn in der Verfassererklärung, die ich als Urheber unterzeichnete.

Das Preisgericht setzte bei mehr als 300 eingereichten Arbeiten meinen Entwurf an die erste Stelle. Das war ein schöner Erfolg, dem aber eine große Enttäuschung folgte. Eine Ausführung meines preisgekrönten Vorschlags sei deshalb nicht möglich, wurde mir mitgeteilt, weil der von mir genannte Mitarbeiter Mitglied der NSDAP gewesen sei – und das war eben mein Vater, Georg Johann Lang, der Spielleiter der Passionsspiele in Oberammergau.

Vergeblich protestierte ich beim Auslober des Wettbewerbs und im Bayerischen Kultusministerium gegen diese Entscheidung. Mein Vater hatte zwar das Modell gebaut, aber an der Ausarbeitung des Entwurfes war er nicht beteiligt. Ich war der alleinige Verfasser. In einem Gespräch mit dem Leiter des Landesentschädigungsamtes, um das ich gebeten hatte, saß ich dem Staatssekretär Philipp Auerbach gegenüber, der auch Repräsentant für die von den Nazis verfolgten überlebenden Juden war. Er hörte sich meinen Protest regungslos an. Seine Augen, die scharfe Intelligenz verrieten, fixierten mich hinter den blitzenden, runden Brillengläsern.

Mein Entwurf hatte ihm gefallen, gegen meine Person hatte er keinen Einwand. Aber er gab zu bedenken, daß diese Parteimitgliedschaft, die bekannt war, von der Presse aufgegriffen und in aller Welt verbreitet werden würde. Die Reaktion bei den Naziopfern, besonders bei den Juden, wäre sicher scharf und würde dem Plan für die Gedächtnisstätte auf dem Leitenberg schaden. »Sie hätten ja Ihren Vater nicht nennen müssen«, sagte er salomonisch. Zuneigung und Respekt in mir waren aber stärker als ein listiges Kalkül. Mein Vater war für mich auch in den wüsten Jahren unter dem Hakenkreuz ein integrer Mann mit einer besonderen Persönlichkeit. Darum hatte ich ihn genannt, als Zeichen der Zuneigung und Zusammengehörigkeit.

Ende 1949 brachte der Süddeutsche Verlag ein Buch mit einer Auswahl meiner Karikaturen heraus. Auf dem Titel »Die Politische Drehbühne« waren in Farbe die politischen Hauptakteure Stalin, Acheson, Schuman und Bevin zu sehen. Konrad Adenauer, dem die Pressestelle ein Exemplar zugeschickt hatte, zeigte sich »amüsiert« und bestellte sechs weitere Exemplare für den persönlichen Gebrauch. Meine Karikaturen in der *Süddeutschen Zeitung* fanden immer mehr Beachtung; mehrere Verlage versuchten meine Mitarbeit für neue Objekte zu gewinnen.

Für den Bergverlag Rother, der mich für sein Projekt »Köpfe in Altbayern« verpflichtet hatte, zeichnete ich fünfzig Porträts prominenter Persönlichkeiten. Gesichter hatten mich schon immer fasziniert. Diese Fingerübungen eines Zeichners brachten mich mit vielen interessanten Menschen zusammen.

In dieser Zeit wurde ich aufgefordert, beim *Simpl* mitzuarbeiten. Der risikofreudige Sachse Freitag wollte den 1944 dahingegangenen *Simplicissimus* wieder zum Leben erwecken. Dem standen aber unlösbare rechtliche Probleme entgegen; der neue Herausgeber nannte deshalb sein Produkt kurzerhand *Simpl*. Neugierig ging ich in die enge, improvisierte Redaktion mitten in Schwabing und geriet in eine lebhafte, dick verräucherte Sitzung. Freitag schob mich in das halbe Dutzend durcheinander redender Typen und stellte mich als neuen Zeichner vor. Mit »ho ho« und »da schau her« wurde ich begrüßt.

Eine große Überraschung bereitete mir die Begegnung mit F. Bilek. Hinter diesem Namen unter den brillanten Zeichnungen im alten *Simplicissimus* und im neuen *Simpl* hatte ich immer einen Franz Bilek, einen genialischen Kerl, vermutet. Und jetzt saß ich verblüfft neben der temperamentvollen, lustigen Franziska.

Die übrigen Künstler hatte ich noch nie gesehen, aber ihre Arbeiten waren mir gut bekannt. Es machte mir Vergnügen, ihre Zeichnungen mit den Gesichtern in Verbindung zu bringen. Der dicke Otto Nückel saß als satirischer Buddha in der Mitte und streute genüßlich sorgsam dosierte Prisen Gift in die Diskussion, assistiert von dem mageren Max Radler aus dem Arbeitermilieu, der einen archaischen Haß auf Besitzbürger, Banker und Militärs hatte. Etwas differenzierter kritisierte Josef Sauer die Gesellschaft, ein sicherer Zeichner. Rudolf Kriesch war in dieser Runde ein Solitär. Seine zeichnerische Ästhetik hatte einen Schuß Erotik, verhalten und fern der Tagespolitik.

Als Redaktionsleiter brachte der scharfsinnige Schrimpf Ordnung in den lockeren Laden. Alle verband eine überzeugte antiklerikale, antikapitalistische und pazifistische Haltung. Und alle hatten unter den Nazis gelitten, waren verfolgt und eingesperrt worden. Aber alle waren auch begabt, von Phantasie und tiefen Gefühlen angetrieben. Mit diesen vom Leben geprägten Zeitgenossen verband mich von Anfang an Respekt und herzliche Sympathie. Für meine neuen Freunde allerdings war ich wie ein Meteorit von einem fremden Stern.

Daß ich Offizier im Krieg, jetzt Architekt mit Diplom und sogar Familienvater mit fünf Kindern war, konnte nur dadurch ausgeglichen werden, daß mich die HJ wegen einer Karikatur, wegen Verächtlichmachung des Nationalsozialismus, ausgestoßen hatte.

Unter den kritischen Augen meiner Kollegen lieferte ich die ersten großformatigen Blätter – im Unterschied zu den schwarzweiß gezeichneten *SZ*-Karikaturen – in Farbe. Das war für mich neu, aber reizvoll. In den munteren Redaktionskonferenzen galt ich als versierter Kenner der Politik und lag oft im Clinch mit den Künstlern. Trockene Information und akribische Recherche ersetzten sie durch Phantasie, Leidenschaft und streitbaren Gerechtigkeitssinn. Ich mochte diese Grenzgänger, die viel gaben und oft schlecht bezahlt wurden. Ihre Herzenswärme war die Gegenwelt zu meiner von der Ratio bestimmten Berufswelt als Architekt. Durch diesen Dualismus entstand in mir eine Spannung, die mir zu schaffen machte. Ich war ein Mann mit einer großartigen Partnerin, der Architektur, aber ich war zugleich meiner schillernden Geliebten, der Karikatur, verfallen.

In diesem Dilemma kam Martin Elsässer auf mich zu und bot mir an, gemeinsam mit ihm ein Projekt in München zu planen. Als Assistent von Robert Vorhoelzer hatte ich seine Arbeit als Hochschullehrer beobachten können; er erinnerte mich an meinen geliebten Großvater Emanuel. Elsässer war schon über 60 Jahre alt und konnte auf ein eindrucksvolles Architektenleben zurückblicken. Seine Bauten in Stuttgart, Köln und Frankfurt wiesen ihn als einen modernen Architekten aus. In den zwanziger Jahren hatte er eng mit Ernst May zusammengearbeitet. Diese Zeit erfüllten Schaffens wurde mit Hitlers Machtergreifung brutal unterbrochen. Zum Glück hatte er eine alte Verbindung in die Türkei. Wie Vorhoelzer fand Elsässer in Ankara freundliche Aufnahme und bekam wenigstens für einige Zeit festen Boden unter die Füße. Von ihm stammt der Entwurf für die moderne Sümer-Bank. Nach Kriegsende kam Elsässer als Professor an die TH München.

Für mich war das Angebot partnerschaftlicher Zusammenarbeit eine unerwartete Überraschung und stärkte mein Selbstbewußtsein. Bei dem Projekt Elsässers handelte es sich um ein großes Wohnhaus mit etwa 100 Einheiten, das in der Nymphenburger Nibelungenstraße gebaut werden sollte. Mit jeder Begegnung mit Elsässer wuchsen mein Respekt und meine Sympathie für diesen musischen, redlichen und unbestechlichen Menschen. Ich hatte den Eindruck, daß ihm bei der Suche nach einem Partner für diese Bauaufgabe an mir jene Eigenschaften gefielen, die ihm nicht gegeben waren. Dem feinfühligen, fast introvertierten Philosophen waren laute, frontale Auseinandersetzungen höchst zuwider. Für die häufigen, nervenfressenden Wortgefechte bei einem Genehmigungsverfahren war ihm seine Zeit zu kostbar. Als Assistent von Vorhoelzer war ich aber mit Kämpfen dieser Art vertraut geworden, ich kannte die Rituale in den Amtsstuben und hatte sogar ein gewisses Vergnügen an solchen Kraftproben.

Auftraggeber des Bauprojekts war die Deutsche Wohnungsbau-Treuhand-Gesellschaft. Dieser Auftrag hatte zur Folge, daß ich ganz schnell ein Büro aufbauen mußte. Ich fand zwei Mitarbeiter, die ich als Studenten betreut hatte, und konnte zu meinem großen Raum noch zwei passende Räume hinzumieten. Mein neues Architekturbüro wurde flugs mit ausrangierten Möbeln und Reißbrettern ausgestattet, die ich günstig in der TH erwerben konnte. Eine tüchtige, hübsche Sekretärin wurde mir von der *SZ*-Redaktion vermittelt, und schon bald waren wir vier ein verschworenes Team.

Zudem kaufte ich ein Auto, einen Opel Olympia. Dadurch verkürzten sich meine Wochenendfahrten nach Oberammergau, und ich gewann den ganzen Samstag für meine Familie. Mit dem Auto mußte ich erst am Montag früh nach München zurückfahren, die Bahnbummelei hatte ein Ende.

Seit Sommer 1949 war das Dorf wieder im vertrauten historischen Spannungszustand, 1950 sollten die Passionsspiele wieder regulär stattfinden, nach einer Pause von sechzehn Jahren. Das Dorf hatte sich verändert. Mit Unterstützung des bayerischen Staates konnten trotzdem die strukturellen und wirtschaftlichen Voraussetzungen für die Unterbringung und Versorgung von einigen Hunderttausend Besuchern geschaffen werden. Mein Vater übernahm wieder die künstlerische Leitung und damit die Verantwortung für das Spiel.

Der Gemeinderat rief alle spielberechtigten Einwohner – das waren die gebürtigen Oberammergauer und die seit zwanzig Jahren Ansässigen – dazu auf, sich Haupt- und Barthaar wachsen zu lassen. Nach ein paar Monaten sahen die Männer aus, als wären sie aus den Altarbildern der schönen Barockkirche herabgestiegen. Unauffällige Gesichter mutierten zu biblischen charaktervollen Figuren.

Im Sommer vor Spielbeginn wählten der Gemeinderat und das Passionsspielkomitee die Spieler, Männer und Frauen, für die Haupt- und Nebenrollen. Es gibt keine Wahl im Dorf, die mehr

Spannung und Aufregung verursacht. Für meinen Vater war dieser Wahlmodus schon immer eine Pein. Er konnte zwar Vorschläge für die Rollenbesetzung einbringen, aber das konnten alle Mitglieder des Wahlgremiums. Schließlich bestimmte bloße Stimmenmehrheit das Ergebnis. Auf diese Weise entschieden Leute über Fragen der Kunst, die eigentlich keine Ahnung hatten.

Zwei meiner Kinder, die Töchter Petra und Michaela, waren bereits schulpflichtig und durften also am Spiel teilnehmen. Die Palmenzweige in ihren kleinen Händen wedelten wie ein bewegtes Wäldchen um die Hauptperson auf dem brav dahintrippelnden Esel. Für die Kinder war das Reittier mit den sanften Augen die eigentliche Hauptperson. Das heimliche, schnelle Streicheln des frisch gebürsteten Fells war aufregender als die segnende Geste des Reiters.

An einem sonnigen Maitag fand das erste Spiel statt. Unter den letzten Glockenklängen nach dem festlichen Eröffnungs-Gottesdienst strömten etwa 5000 Besucher in die große, zur Bühne offene Halle. In der Loge auf dem höchsten Podest des aufsteigenden Zuschauerraumes hatten sich die Ehrengäste versammelt: die drei Hochkommissare der Besatzungsmächte, der Bundespräsident Theodor Heuss, der Bundeskanzler Konrad Adenauer und der bayerische Ministerpräsident Hans Ehard, dazu kamen der päpstliche Nuntius und Kardinäle aus aller Welt. Meine Frau und ich hatten einen guten Platz im vorderen Drittel der luftigen Halle, wir folgten dem vertrauten Spiel mit gemischten Gefühlen. Nach dem Ende der Diktatur konnte die Darstellung der Passion wie der Anfang einer neuen, friedlichen Zeit wirken, wie ein heilsames Purgatorium. Ich sah den Chor mit feierlichem Schritt aufziehen, wie aus einer Welt, in der es keine Gemeinheiten und Bestialität gibt, und erkannte in der frommen Reihe doch auch jene Sänger wieder, die wenige Jahre zuvor in der SA-Uniform marschiert waren und ganz andere Lieder geschmettert hatten. Der Darsteller des Jesus, der einem eher süßlichen Bild von Guido Reni entstiegen zu sein schien, hatte die NSKK-Uniform getragen und war dabei gewesen, als SA-Rabauken 1934 die katholischen Kolpingbrüder bei der Fronleichnamsprozession verprügelten. Bei der Ölberg-Szene, die mit der Gefangennahme Jesu, nach dem Verrat des Apostels Judas, recht turbulent endet, packte mich das Gefühl der Aktualität und alarmierte mich: Da zieht der wackere Petrus sein Schwert, um seinen bedrohten Meister zu verteidigen, und wird von diesem mit den Worten zurechtgewiesen: »Simon, stecke dein Schwert in die Scheide – wer das Schwert zieht, wird durch das Schwert umkommen.« Der schwertschwingende Petrus war beschämt – daraus hätte eine Verhaltensmaßregel für alle Christen entstehen können. Als der Vorhang niedergegangen war, kam Theodor Heuss hinter die Bühne und mischte sich unter das kostümierte Volk. Der Politiker wollte Geist und Struktur des Passionsspiels kennenlernen. Mit meinem Vater, dem Spielleiter, und meinem Onkel, dem Bürgermeister, stand ich zur Begrüßung vor dem gemütlichen Herrn mit dem unverwechselbaren Gesicht. Er schaute uns einen Augenblick lang erstaunt an, den Kopf in den Nacken gelegt, und nahm Maß an dem lang geratenen Trio, das zudem auch noch »Lang« hieß. »Ha no«, schnaufte er, »das sind ja wahre Enak-Söhne«, und meinte damit die Sprößlinge des alttestamentarischen Riesen, den Moses erwähnte.

Einen Sommer lang wallfahrteten die Besucherströme in das Ammertal. Viermal in der Woche klangen die eingängigen Melodien der Passionsmusik, die weichen Auf- und Abschwünge des erstaunlichen Chores und die akustischen Ausbrüche des Volkszorns aus dem offenen Halbbogen der Zuschauerhalle. Um dieses Oberammergauer Passionsspiel war inzwischen eine immer heftigere Diskussion darüber entbrannt, ob Inhalt und Darstellung der Passion antisemitische Tendenzen zeigten.

Das hatte meinen Vater bereits nach der Reform von 1930 bewegt, und er strebte eine Veränderung von Inhalt und Form dieses Passionsspiels an, die auch vor musealer Erstarrung bewahren sollte. Daher führte er viele Gespräche mit den Dichtern Leo Weismantel, Alois Johannes Lippl und mit Max Mell, dem Verfasser des Apostelspiels. Am intensivsten beriet er sich mit Carl Orff. Dieser originelle, kraftvolle Autor eines modernen Musiktheaters schöpfte seine Stoffe aus klassischer Literatur und der Geschichte. »Carmina Burana«, »Catulli Carmina«, »Die Bernauerin«, »Astutuli«, »Antigonae« und »Comoedia de Christi resurrectione« lassen erkennen, daß es Orff darum ging, die Menschen zu packen, sie in die rhythmisch dominierte Tonwelt einzubeziehen. Das war eine phantasievolle, von Musik durchdrungene Theaterwelt, die meinen Vater beeindruckte. Von da schien sich für ihn ein Weg zu einem neuen Passionsspiel zu eröffnen. Orff und Lang, die beiden eigenwilligen Männer, verstanden sich auf Anhieb.

Inzwischen war auf der Baustelle in der Nibelungenstraße der Rohbau aus der Erde gewachsen. Bei einem meiner täglichen Baustellenbesuche hatte ich eine bemerkenswerte Begegnung: In einem grauen, fast bodenlangen Ledermantel trat eine Figur an meine Seite, die mich fatal an einen ehemaligen Stabsoffizier aus der Etappe erinnerte. Seiner massigen Gestalt entsprach das knödelige, unverfälschte Bayrisch, mit dem er mich anredete. »Guat schaugt's aus, eier Haus, wie's in d' Höh geht«, sagte der Stadtrat, als sei es sein eigenes. »Aber mir ham scho fest ang'schobn, im Stadtrat und im Baureferat, und ha'm g'scheit Dampf g'macht – dös waar scho was wert...«, meinte er und schaute mich listig an. »Wie meinen Sie das«, fragte ich zurück und mimte den Ahnungslosen. »Ja, Sie san guat – von nix kommt nix«, schnaufte er und endete seine Rede mit einer deutlichen Handbewegung. »So fünftausend Markl in unser Parteikasse, dös waar a Wort«, sagte er, und sein Blick kehrte von den Baugerüsten wieder in mein Gesicht zurück. Das war nun meine zweite Erfahrung, wie man dem Planen und Bauen finanzielle Beine machen kann. »Da bin ich überfordert, Herr Stadtrat, meine Zuständigkeit gilt für's Reißbrett und die Baustelle – über Geld müssen Sie mit dem Auftraggeber selbst reden«, gab ich zu bedenken und sah, wie der Erwartungsglanz auf seinen Backen stumpf wurde. »So«, sagte er, »und i hätt' g'moant, Sie san der große Architekt.« »Aber nicht der Baggerschmierer«, gab ich heraus.

Mein Auftraggeber, der versierte Stuttgarter Anwalt und Immobilienjongleur, hat dann doch die kommunale Hand gesalbt, wohl auch im Hinblick auf mögliche künftige Bauvorhaben. Martin Elsässer, dem ich dieses Intermezzo erzählte, war fassungslos, aber froh, daß ihm diese Begegnung erspart worden war.

Das Richtfest hatte Format. Dieser Bau war der erste mit Eigentumswohnungen in München – einer noch wenig praktizierten Methode, Eigentum für Interessenten zu schaffen – und wurde von der Presse ausführlich vorgestellt. Dementsprechend waren der bayerische Innenminister Hoegner als Vertreter des Staates, der zweite Bürgermeister Rudolf von Miller, Stadträte, Spitzenbeamte und alle für den Bau Verantwortlichen zu Lobpreisungen und zum Feiern gekommen. Dieses Richtfest war für mich das erste in einem so großen Rahmen und mit so viel Prominenz.

Ende 1950 wählten die Bayern ihren zweiten Landtag. Das Ergebnis war ein Paukenschlag: Die CSU lag mit 27,4 % der Stimmen hinter der SPD mit 28 %, und nur mit Überhangmandaten erreichte die CSU einen minimalen Vorsprung bei der Sitzverteilung. Für die Regierungsbildung war eine stabile Koalition nötig, und in der Partei stritten zwei Gruppen um die richtigen Partner. Unter Führung des schwarzbärtigen Eiferers Hundhammer verlangten die Konservativen und klerikal gesonnenen Mitglieder einen Zusammenschluß der bürgerlichen Parteien. Der besonnene und erfahrene Hans Ehard plädierte als Sprecher seines eher liberalen Flügels für eine große Koalition. Eine besondere Schärfe kam in die Auseinandersetzung, weil die SPD den streitbaren schwarzen Alois nicht im Kabinett haben wollte. Die große Koalition kam zustande, Alois Hundhammer wurde Fraktionsvorsitzender der CSU im Landtag. Diese bewegten Monate bedeuteten fettes Karikaturistenfutter, und ich griff mit Freuden zu.

Nach drei Jahren Mitarbeit in der *Süddeutschen Zeitung* war ich in die Redaktion eingewachsen und hatte im Kontakt mit den Leitartiklern, Kommentatoren und Redakteuren politisch zu denken gelernt. Die Teilnahme an Redaktionskonferenzen war für mich anregend und informativ wie ein Seminar an der Uni.

Wenn Werner Friedmann betont locker die neuesten Trends skizzierte, wenn Erich Kuby bewußt verwegene und in der Gruppe 47 geschärfte Thesen virtuos vortrug oder Ernst Müller-Meiningen mit gekonnter Respektlosigkeit seine Analysen vortrug, war ich voller Bewunderung. Herzliche Kontakte hatte ich zu den begabten, aufmüpfigen Youngsters, die jederzeit für Abenteuerliches zu gewinnen waren. Da war Uli Kempski, zum Reporter geboren und nie in Verlegenheit, der mit findigem Mut die große und kleine Welt der Politik beobachtete und brillant darstellte.

Zu den Redakteuren der »Seite Drei«, die auch mein Tummelplatz war und noch heute ist – unter der Sprachregie von W. E.

Süskind –, gehörten Jochen Steinmayer, der geschliffene Niederbayer, der junge Grenzüberschreiter Jörg-Andres Elten und Jackie Krammer mit seiner zugleich neugierigen und bedächtigen Art. Herausfordernd gelassen betrachtete Udo Flade sein Ressort und das ganze Universum, und mit Wohlwollen aus seinem Mongolengesicht auch meine pünktlich gelieferten Karikaturen. Selbstsicher und mit gebändigtem Temperament illuminierte der Chef des Feuilletons »Jacky« Sperr die Konferenz mit Hintergrund-Spots.

Einen unübersehbaren Kontrast zum maskulinen Redaktionspulk bildeten zwei Damen. Ursula von Kardorff war von altem, preußischem Adel und vom weltoffenen Berlin der zwanziger und dreißiger Jahre geprägt und damit immun gegen die Nazis gewesen. Der Komplex Kultur und Mode war ihr Bereich, den sie mit alterslosem Charme pflegte. Die andere Dame war Ellen Momm, immer quirlig und in Hochspannung.

Zu den engagierten Reportern, die im Laufe der Jahre beachtliche Positionen erreichten, gehörten Ernst Heß, der spätere Peter Brügge im *Spiegel*, Will Berthold, dem Reißer in Illustrierten und Magazinen gelangen, der sportliche Gert Kreissig, der die Welt auf ihre touristischen Attraktionen abklopfte, der Auslandskorrespondent Klaus Arnsperger und der Verleger Norbert Lebert.

Wachsam und zugleich träumerisch schrieb Anneliese Schuller ihre einfühlsamen Berichte über die Münchner Gesellschaft, ihre Kultur und ihre Moden. Mit ihrer Intelligenz und der großäugig angebotenen Mischung aus Naivität und sensibler Erotik verwirrte sie die junge Meute des Ressorts. Sie wurde einige Jahre später die Frau des Chefredakteurs Werner Friedmann. Von allen knurrend respektiert und oft genug verwünscht, führte Sigi Sommer das Leben eines Solitärs. Er war die Entdeckung Werner Friedmanns, ein ungeschliffener Diamant vom Sendlinger Pflaster, ein wissensdurstiger Streuner und einer, der mit seiner Phantasie, seinen Sehnsüchten und seiner Begabung die Sterne auf die Erde holen wollte. Es galt bei den jungen Trabern als Auszeichnung, vom Häuptling Sigi um eine Portion Leberkäs zum Metzger geschickt zu werden.

Der Lokalteil der *Süddeutschen Zeitung* gewann ein Profil, das über München hinaus bewundert wurde. Die obligate Wochenendkarikatur von Ernst Hürlimann wurde schnell eine beliebte Attraktion für die Leser. Die Themenwahl und ihre satirische Darstellung waren neu. Zu den unübertroffenen Lokalspitzen von Sigi Sommer paßten sie als graphisches Pendant. Hürlimann entwickelte Typen und Typisches aus dem Münchner Leben und für alle Lebenslagen, für die es keine Vorbilder gab. Da war kein Witz von der Stange. Ressortchef für das Lokale war Bernhard Pollak. Als rassisch Verfolgter hatte er das KZ Flossenbürg durchlitten und überstanden. Es war ein Wunder, daß dieser physisch und psychisch feingliedrige Mann überlebt hatte. Sein Einfühlungsvermögen und sein Gefühl machten ihn fähig, das bunte, mobile Team zu motivieren. Mit Sigi, als Leitwolf im Rudel, arrangierte er sich mit kluger Toleranz. Empfindsam konnte er auf lockere Beiträge mit erotischen Anspielungen reagieren, vulgäre Formulierungen waren ihm zuwider. Auch an einer Karikatur Hürlimanns blieb das kritische Auge Pollaks hängen. Thema der Zeichnung waren die häufigen Hubschrauberflüge der US-Army über Wohnsiedlungen, die neugierige GIs flogen, scharf auf tiefe Einblicke ins deutsche Innenleben. Hürlimann hatte einen Hubschrauber gezeichnet, der vor dem offenen Fenster eines Badezimmers rotiert, in dessen Badewanne eine hübsche junge Frau lag, gerade so, daß der Wasserpegel die Brustspitzen dekorativ freigab. Der Text lautete lakonisch: »Schraub dich weiter!« Als Hürlimann anderntags sein Werk in der Zeitung besichtigte, sah er, daß der Wasserstand graphisch so angehoben war, daß die weibliche Attraktion verschwunden war, eine Korrektur Pollaks.

Das Hochhaus an der Nibelungenstraße wurde zügig ausgebaut. Einige Stunden am Tag stieg ich allein oder mit meinen Architekten durch die Stockwerke, um mit den Polieren und Arbeitern die Pläne zu besprechen und auch sonst nach dem Rechten zu sehen. Martin Elsässer brummte anerkennend und dachte bereits an neue Vorhaben.

Auf dem Weg zum Schwabinger Büro der Deutschen Treuhand, meinem Auftraggeber, begegnete ich meinem Mentor und Gönner Hans Döllgast, der schon öfter meinem Schicksal eine neue Richtung gegeben hatte. Er schwenkte seinen flachen Künstlerhut, die Falten in seinem mageren Gesicht signalisierten herzliche Freude. Wie es mit dem Bau und der Zusammenarbeit mit Elsässer stünde, wollte er wissen, erzählte von seinen Plänen und der Hochschule und fragte am Ende, warum ich nicht Mitglied im BDA, dem Bund Deutscher Architekten, sei. Eigentlich hätte er wissen müssen, daß man sich beim BDA nicht einfach anmelden konnte, sondern aufgefordert wurde. Daran erinnerte ich Döllgast, und er sagte nur: »Dann gehen'S gleich mit, ich bin gerade auf dem Weg zu einer Vorstandssitzung.« Wir schritten flott aus und erreichten die Geschäftsstelle an der Kaulbachstraße, eine richtige Idylle im arg zerstörten Schwabing. Döllgast ging voran ins Haus, öffnete die Türe mit dem Messingschild und schob mich in den Raum. Ein halbes Dutzend älterer Herren schaute uns entgegen und hörte verblüfft die Begrüßung durch ihren Kollegen, der ohne Übergang sagte: »Da bringe ich unseren neuen Schriftführer – den E. M. Lang.« Und damit war ich auch schon im BDA aufgenommen.

Man nahm mich gleich in die Mitte, und ich lernte die Architekten kennen, deren Namen mir bereits bekannt waren. Alle waren originelle Typen, alle qualifizierte, bewährte Architekten. Und alle hatten Distanz zu den Nazis gehalten und konnten nach Kriegsende sofort in ihrem Beruf aktiv werden. Nach ein paar Stunden gehörte ich, mit Abstand der Jüngste, zu der Runde, als wäre ich schon immer dabei gewesen.

Der BDA stand vor einer Aufgabe, für die es keine vergleichbaren Beispiele gab: Auf die totale Zerstörung aller ideellen und materiellen Werte mußte die Geburt einer neuen, anderen Welt folgen. Den Architekten kam die Aufgabe zu, die zerbombten Stadtkörper zu heilen, Versorgungsstrukturen zu planen, für primitive Reparaturen und differenzierte Großplanungen zur Verfügung zu stehen. Das wirtschaftliche Sprungbrett dazu war von den Amerikanern durch die weitschauende Konstruktion des Marshall-Planes angeboten worden, mit dem das ramponierte Europa wieder aufgerichtet werden sollte. Der Anteil für die Deutschen war so groß, daß daraus eine kräftige Initialzündung wurde, die dem Planen und Bauen eine Zukunft gab. Dafür mußten wir Architekten fähig und bereit sein. Und dafür mußte es Leitbilder geben. Die kamen über den Ozean zu uns, aus den Ländern mit einer demokratischen Tradition, in denen der kulturelle Fortschritt nicht von einer brutalen und blindwütigen Ideologie niedergeknüppelt worden war. Uns begeisterten Namen wie Le Corbusier, Mies van der Rohe, Gropius, Neutra, Saarinen, Asplund, Aalto und andere als Synonyme für Freiheit und Zukunft.

Im Mai 1951 fing für meine Familie ein neuer Lebensabschnitt an. Wir verabschiedeten uns vom Oberammergauer Kinderparadies, von meinen Eltern und der Schwester Hella und starteten eine Reise in eine spannende Zukunft, für die ich verantwortlich war. Onkel Anton Pfeiffer war nach seiner politischen Karriere in der Bayerischen Staatskanzlei in den diplomatischen Dienst berufen worden. Er wurde zum ersten Botschafter der Bundesrepublik in Brüssel ernannt und mußte mit Frau und Hausrat umziehen. In seinem geräumigen schönen Haus in der Hubertusstraße in Nymphenburg, nicht weit vom Schloß, wurde das Erdgeschoß frei, dem eine Terrasse und ein hübscher Garten vorgelagert waren.

Die Aussicht auf eine neue Heimat löste eine verwirrende Mischung an Glück, gespannter Neugierde und undefinierbaren, leisen Angstwellen aus – ein Gefühl, wie es wohl alle Auswanderer auf der Welt empfinden. Wir packten unseren bescheidenen Hausrat – die Bücher, Bilder und Kunstgegenstände, an denen mein Sinn für Familiengeschichte und mein Herz hingen – in die Transporter meines Murnauer Freundes Toni Schretter und rollten in die Zukunft, von den Abschiedstränen meiner Eltern und Schwester begleitet, am Kloster Ettal vorbei, den Ettaler Berg hinunter und die Loisach abwärts.

Im Haus Hubertusstraße 9 sorgten die Kinder, aufgezogen und wie Spielautos schnurrend, und meine Frau, von der neuen, eigenen kleinen Welt fasziniert, ganz schnell für die alte Nestwärme. Mit Farben, Stoffen und einigem Geschick verwandelte ich die etwas dunklen, noblen Räume in ein helles Architektenambiente und brachte Wohn- und Arbeitsräume in einen funktional sinnvollen, wohnlichen Zusammenhang. Im ehemaligen Salon, einem großen, hellen Raum mit einer Glaswand zur Terrasse, arbeiteten meine vier Mitarbeiter an ihren Zeichentischen. Verbunden durch eine große Glastüre schloß sich mein Arbeitsraum an, groß genug für mein ausladendes Reißbrett und eine Sitzgruppe für Besprechungen. Die Wohndiele konnte multifunktional genutzt werden, und die helle Küche bot sogar einen Eßplatz für alle Kinder. Drei

Schlafräume, ein üppiges Bad und zwei WCs standen zur Verfügung. Es war eine große, herrschaftliche Wohnung mit Komfort, die wir für das neue Leben umfunktioniert hatten. Zwei Kinder, Petra und Michaela, gingen in die Schule, Florian und die Zwillinge Barbara und Susi waren für Stunden im Kindergarten, und der listige, lustige Kater Borro wartete auf seine Spielgefährten in Haus und Garten, die er souverän in Besitz genommen hatte. Nach ein paar Wochen hatten wir unsere Lebensgewohnheiten in der Doppelfunktion Wohnung und Büro etabliert und uns in unserem neuen Zuhause eingelebt. Die Heimat Oberammergau schwebte als schöne Erinnerung über unserem Leben und wurde künftig zur geliebten und verklärten Ferieninsel.

Nach sechs Jahren als Wochenend-Ehemann mußte ich jetzt Arbeit und Familie koordinieren, und meine Familie spürte erstmals den Wellenschlag meiner beiden Berufe. Das bedurfte einiger Umstellungen, die Frau und Kinder mehr bewegten als mich, der ich am frühen Morgen in den Tag voll Pflichten und Arbeit tauchte und oft erst am späten Abend oder mitten in der Nacht heimkam und dann vom heimischen Mikrokosmos berichtet bekam.

Das Münchner Leben bot alle Ingredienzien für einen verrückten Cocktail. Die Freßwelle, die auf die Währungsreform folgte, polsterte die grauen, faltig gewordenen Gesichter wieder auf und glättete sie. Der Münchner Fasching, eine traditionsreiche Institution, lebte wieder auf. Und im Zusammenhang mit dem wiedererwachten Fasching gab es noch eine Wiedergeburt, die Münchner Vorstadthochzeit von 1905. Einige unentwegte Schwabinger und Traditionalisten und solche, denen die Nazi-Herrschaft und ihre Folgen nicht die Reste an Lebensfreude abgetötet hatten, taten sich zusammen und bliesen der Idee ihren Atem ein, wohl mit etlichen Promille Alkohol. Die Vorstadthochzeit wurde im Geiste ihrer Erfinder, darunter die legendären Leute des *Simplicissimus* mit Ludwig Thoma, im »Franziskaner über der Klause« in Harlaching in Szene gesetzt. Es war Usus, daß die Kostüme aus der Zeit der Jahrhundertwende stammen mußten. Herzstück der Veranstaltung war traditionell ein Volksstück über die altehrwürdige Feindschaft zwischen Förster und Wilderer. Als Deus ex machina trat der Märchenkönig Ludwig II. auf, der das Drama einem glücklichen Ende zuführte. Kurt Wilhelm, der beim Bayerischen Rundfunk für Unterhaltung und Hörspiele zuständig war, hatte die künstlerische Gestaltung übernommen. Er überredete mich, die Rolle Ludwigs II. zu spielen. Ich fand mich unversehens unter lauter bekannten Schauspielern wieder, die mich, das Greenhorn, tolerierten, wohl weil sie meine Karikaturen in der *Süddeutschen Zeitung* mochten.

Der Abend geriet zu einem tollen Spektakel mit erfindungsreich und täuschend echt verkleideten Zeitgenossen. Ernst Hürlimann kam als versoffener, mit Schmissen garnierter Corpsstudent. Eine besondere Attraktion war Prinzessin Hella von Bayern. Mit ihrem Mann, dem Prinzen Constantin, hatte ich in Ettal die Schulbank gedrückt. Nach dem Krieg entdeckten wir unsere alte Freundschaft wieder. In seinem schönen Haus beim Schloß Nymphenburg, hinter dem Rondell, feierten wir das neue Leben und die offene Zukunft, während seine Frau Hella dafür sorgte, daß wir nicht auf dem Trockenen saßen. Also war es kein Wunder, daß mich die Prinzessin gleich im Visier hatte, an ihrer Seite Liesl Karlstadt, die Partnerin von Karl Valentin. Sie war stilgerecht als Firmling im dunkelblauen Kniehosenanzug erschienen, mit kurzer Stoppelhaarperücke. Hella, groß gewachsen und eine elegante Figur, spielte eine Dame der Gesellschaft beim Galopprennen, mit Wespentaille und sommerlichem Hutmodell mit malerischer Wagenradkrempe. Und das war eine teuflische Idee! Bei meiner Körperlänge war ich für sie der ideale Tanzpartner. Sie war eine großartige Tänzerin, musikalisch und temperamentvoll. Trotzdem war es für mich eine Schinderei. Die steife Hutkrempe stieß mir beim Tanz im Rhythmus der Musik genau in die Nasenwurzel, wie ein Folterinstrument. Ausweichen war nicht möglich. Bog ich mich zurück, folgte sie geschmeidig, mit Schwung, so daß ganz neue, sehr sinnliche Tanzfiguren entstanden.

Das Theaterstück erlöste mich wenigstens für eine halbe Stunde von dieser Tortur. Für das Spiel trug ich die blaue Uniform des königlich-bayerischen Leibregiments mit goldenen Knöpfen; Perücke und Bart waren nach Art des Märchenkönigs. Ein blauer Umhang mit Hermelinkragen verlieh königliche Würde. Wir spielten mit Inbrunst, herzzerreißend und voll Gaudi für uns und die Zuschauer. Dann wirbelte das Fest weiter, und alle spielten die Rolle ihres Kostüms. Liesl Karlstadt hatte sich in ihre Figur des Firmlings so sehr eingelebt, daß sie unbedingt auch mit den Mannsbildern zum Bieseln ins Pissoir wollte. Sie war nur mit Mühe von ihrem Vorhaben abzuhalten.

Gegen halb drei Uhr appellierte die Prinzessin an meine Kavaliersehre und bat mich, sie und ihre Freundin Liesl nach Hause zu fahren. Ausgerechnet jetzt! Erst die Nasenwurzel und dann mein weiches Herz. Ich zog mich bedauernd aus einer heißen, höchst animierten Runde zurück, lud die beiden Ball-Müden in meinen Opel und fuhr auf zwei Rädern den Giesinger Berg hinunter. Im Stadtzentrum setzte ich den quengelnden Firmling ab und eine Viertelstunde später die zufriedene Prinzessin. Ihr Angebot eines echten Mokkas schlug ich dankend aus, weil ich die Vorstadthochzeit unbedingt zu Ende feiern wollte. Mit Vollgas rauschte ich durch die dunkle, menschenleere Stadt.

In der langen Arnulfstraße sah ich im Rückspiegel Blaulicht aufblitzen. Ich ging vom Gas, ließ mich vom Polizeiauto überholen und bremste. Nach einer bereits erprobten Taktik stieg ich aus und stand vor den zwei Polizisten, die mich Kostümierten unisono anbellten: »Sind Sie wahnsinnig, mit 120 Stundenkilometern durch die Stadt...« Schnaufend starrten sie mich an, beide waren einen Kopf kleiner als ich – damit hatte ich gerechnet – und sprachlos, weil vor ihnen in blauer Uniform mit Goldknöpfen ein veritabler König Ludwig II. stand. »Mir pressiert's«, sagte ich scharf und löste erst einmal Verblüffung aus. »Ja wo wollen'S denn hin?« »Auf den Fasching in Harlaching«, gab ich barsch zurück. »Aber es is doch scho halber viere«, wunderten sich die zwei, und ich schrie: »Ja drum pressiert's mir doch so!« Das war für die wackeren Gendarmen zuviel. »Dann hauen'S ab, Sie narrischer Teifi«, bellten sie. Und schon war ich mit pfeifenden Reifen wieder unterwegs und erreichte gegen vier das noch immer überschäumend wogende Fest.

In meinem Büro am nächsten Tag erwartete mich mehr als ein ordinärer Kater post festum: Die Wohnungen im Hochhaus waren verkauft und von den Eigentümern bezogen. Unsere Arbeit war getan. Ein Anschlußauftrag war nicht in Sicht, und so machte ich gleich am Anfang meiner Selbständigkeit die erschreckende Erfahrung, auf dem Trockenen zu sitzen. Bohrende Existenzangst erfüllte mich. Zu allem Überfluß besuchte mich in diesen Tagen ein Studienkollege aus den beiden Vorkriegssemestern und platzte ahnungslos in meine gespannte Situation. Er war Schweizer, hatte während des Krieges ohne Behinderung sein Diplom abgelegt und ohne die Last eines NS-Engagements schon im Herbst 1945 mit Genehmigung der amerikanischen Militärregierung ein eigenes Büro eröffnet. Er hatte aus dem Programm für Wohn- und Zweckbauten der Besatzungsmacht eine Reihe profitabler Aufträge bekommen. Jetzt, Anfang 1952, kam er zu mir und klagte darüber, daß er nicht wisse, wie er 100000 DM vorteilhaft anlegen könne, die er inzwischen verdient hatte.

Auf meinen Hinweis, daß meine Honorare im Vergleich mit seinen Einnahmen Fliegenschisse seien, reagierte er zunächst sprachlos. Aber die Schilderung meiner Auftragslage löste in ihm einen wahren Sturzbach von Kollegialität aus. »Mensch, geh doch einfach in das amerikanische Büro für Bauplanungen. Da sitzt ein deutscher Fachmann, der Aufträge an Architekten und Ingenieure verteilt, ein ganz patenter Kerl. Wenn du politisch sauber bist und Erfahrung in Planung und Bauleitung vorweisen kannst, steht einem Auftrag nichts im Weg. Förderlich wäre es jedoch, wenn du vom Honorar zehn Prozent zu seiner Disposition abzweigen würdest«, sagte mein neuer Berufsberater und kniff dabei ein Auge zu.

Endlich ein Silberstreif am Horizont. Mit einem Hauch von Hoffnung ging ich in das beschriebene Büro. Über endlose Gänge erreichte ich die Schaltzentrale und dort einen freundlichen Herrn, der ein paar Jahre älter als ich und sogar ein Münchner war. Das Gespräch war angenehm und unverbindlich und endete mit der Bemerkung, daß er bei Gelegenheit auf mich zurückkäme. Sprachs und legte kurz die Schneidezähne frei. Vielleicht hätte ich bei meiner Vorstellung ein Auge vielsagend zukneifen sollen, aber das paßte nicht zu meinem Text. Als ich den bedrückenden Bau wieder verlassen hatte, war der Horizont düsterer als zuvor.

Es fiel mir schwer, vor meiner optimistischen Frau und den lustigen Kindern ein fröhliches Gesicht zu machen. Da befreite mich ein nobles, freundschaftliches Angebot aus dieser Klemme. Der BDA-Vorsitzende des Münchner Kreisverbandes, Hans Knapp-

Schachleiter, bot mir eine Partnerschaft für die Bearbeitung eines beschränkten Wettbewerbes an, ein angemessenes Honorar war vorgesehen. Es ging um Entwürfe für ein großes bayerisches Finanzinstitut, das man in städtebaulich bevorzugter Lage unmittelbar hinter der Michaelskirche bauen wollte. Vier Wochen lang arbeiteten wir im Team, ohne auf die Uhr zu schauen. Knapps analytisches Denken und meine Phantasie ergänzten sich ideal. Als wir unsere Planblätter und das recht raffiniert gebaute Modell beim Auftraggeber ablieferten, hatten wir ein gutes Gefühl.

Drei Wochen später sprach uns die Jury den ersten Preis zu, und wir wurden in einen herrlichen Glückszustand katapultiert. Aber nicht lange. Der Bankvorstand rühmte zwar unseren modernen Vorschlag, beauftragte jedoch den dritten Preisträger, der ein Bankspezialist und sehr konservativ war und genau den Repräsentationsstil getroffen hatte, der dem Selbstwertgefühl der Banken entsprach.

Das tat weh. Zum drittenmal hatte ich einen Wettbewerb gewonnen, und jedesmal ging der Auftrag an einen nachgeordneten Konkurrenten. Diese deprimierende Erfahrung sagte mir, daß nicht nur die Qualität der Architektur, sondern auch noch ganz andere Kriterien entscheiden können.

Nach diesem Tiefschlag wurde ich vom Ordinariat der Erzdiözese München-Freising zu einem Architektenwettbewerb für die Kirche Sankt Andreas im Münchner Schlachthofviertel eingeladen. Eine Kirche zu planen gehört zu den wichtigsten und schönsten Aufgaben für einen Architekten, besonders für einen wie mich, der in einem katholischen Künstlerhaus und im Humanistischen Gymnasium des Benediktinerklosters Ettal aufgewachsen ist. Kirchen hatten mich, seit ich denken konnte, beeindruckt – die kleinen, bescheidenen, in denen man dem Altar und Tabernakel ganz nahe ist und in denen Dimension und Proportion für die schutzsuchende menschliche Kreatur taugen, warm und vertraut. Aber auch die großen, mächtigen, triumphalen Kirchen, wahre Gebirge an Form, Farbe, Licht und Schatten, singende, jubilierende Kunsthimmel.

Nach meiner Vorstellung brauchte das amorphe Viertel mit der geplanten Kirche einen Platz, der Menschen anzieht und zum Verweilen einlädt. Mit Kirche und Pfarrhaus ließ sich diese Idee umsetzen. Die Baugruppe, die einen rechten Winkel bildet, umfaßt einen bepflanzten Platz, der frei in Morgen- und Abendsonne liegt. Ein schlanker, freistehender Kampanile mit Glockenstube gibt diesem geistlichen Zentrum einen eigenen Akzent. So planten wir Sankt Andreas, zeichneten sorgfältig die Kartons und ließen uns ein Modell bauen, das auch die Kirchengemeinde ansprechen sollte. Drei Monate Arbeit steckten in der Mappe, die wir mit dem Modell zur Beurteilung ablieferten.

Weil Wettbewerbe für mich als Architekten stimulierendes Spiel und kreativer Test zugleich sind, entschloß ich mich, auch noch an einem zweiten Wettbewerb teilzunehmen. Er war von der Gemeinde Garmisch-Partenkirchen für eine große Volksschule am Gröben ausgeschrieben worden. Diese Aufgabe reizte mich besonders, weil ich diesen Platz schon als junger Leichtathlet bei Wettkämpfen kennengelernt hatte und ich daher mit den architektonischen Besonderheiten des Geländes vertraut war. Wir hatten intensiv die Probleme des modernen Schulhausbaus studiert, Wettbewerbsergebnisse analysiert und einen Entwurf für einen Hauptbau und Pavillons in lockerer Gruppierung vorgeschlagen. Wir hatten auch dieses Mal ein gutes Gefühl; nun warteten wir, meine engagierten Mitarbeiter und ich, gespannt auf die Ergebnisse unserer Anstrengungen. Innerhalb einer Woche erfuhren wir, daß unser Team den Wettbewerb sowohl für Sankt Andreas und als auch für die Volksschule in Garmisch-Partenkirchen gewonnen hatte – genug Arbeit für zwei Jahre.

Die Verhandlungen mit dem Ordinariat waren handfest und konkret, zumal der Finanzgewaltige der Erzdiözese mit allen Weihwassern gewaschen war. Das leise Mißtrauen dem politischen Karikaturisten der *Süddeutschen Zeitung* gegenüber wurde durch meine Gymnasialzeit in Ettal und meine Herkunft aus dem Passionsspieldorf leicht kompensiert.

Der Vertragsabschluß mit der Marktgemeinde Garmisch-Partenkirchen war ein Heimspiel. Die meisten maßgeblichen Leute kannten mich noch als Kreismatador vor dem Krieg; außerdem war ich als Werdenfelser der Landessprache mächtig, einem Idiom, das Altbayrisch, Tirolerisch und eine Prise Schwäbisch mischt. Es konnte losgehen. Mit vier Architekten, einem Bauleiter und einer Sekretärin stiegen wir in die Planungen ein. Da bahnte sich noch eine neue, zukunftsträchtige Entwicklung an.

Aus Bonn rief mich der Leiter der Bundesbaudirektion, Ministerialrat Badberger, an und lud mich zu einem Gespräch in seine Dienststelle ein. Es ging um ein großes Projekt – 330 Beamtenwohnungen mitten in Bonn. Hier zeigte sich wieder, wie der Zufall so spielt. Badberger war gerade zu Besuch in Garmisch-Partenkirchen gewesen und hatte sich die Wettbewerbsarbeiten für die neue Volksschule angesehen. Unser Entwurf und seine sorgfältige Ausarbeitung hatten besonderen Eindruck auf ihn gemacht. Badberger erfuhr, daß ich Assistent von Professor Vorhoelzer gewesen war, nun als freier Architekt ein Büro betrieb und außerdem als politischer Zeichner bei der *Süddeutschen Zeitung* war. Das machte den Boß der Bundesbaudirektion noch neugieriger. Schon war ich unterwegs. Eine Baustelle in Bonn, das wäre fabelhaft. Seit fünf Jahren zeichnete ich Impressionen über die Politik in der neuen Bundeshauptstadt. Jetzt würde ich die Atmosphäre der kleinen Welt am Rhein selbst schnuppern.

Nach meinem Informationsgespräch wurde ich zu den Baustellen der aktuellen Projekte kutschiert, die alle von renommierten Architekten geplant wurden. Am besten gefiel mir die Siedlung Tannenbusch am Stadtrand, vom Münchner Architekten Sep Ruf entworfen. Die Baugruppe war ein Exempel der Bauhaus-Moderne, überzeugend durch die klare Ordnung der Blöcke und die maßstäblich gelungene Abstimmung der Bauhöhen. Sep Ruf war in München für uns junge Architekten *der* Architekt für eine moderne Zukunft der Baukultur. Seine ersten Wohnbauten hatte er noch vor 1933 geplant, und es war ihm gelungen, konsequenten Abstand von der Architektur der Nazis zu halten.

Von Badberger wurde ich der Wohnbau GmbH Bonn vorgeschlagen und nach einem Vorstellungsgespräch auch gleich unter Vertrag genommen. Der Direktor Gehrts war Berliner, mit Bürstenschnauzer und einer im Mund festgewachsenen Pfeife, der in Sachen Architektur ein Rechner mit Herz war, konservativ, aber dem Modernen nicht abgeneigt. Die große Überraschung war für mich die Begegnung mit dem Leiter der Bauabteilung der Wohnbau GmbH, Hans-Dieter Körber. Im ersten Nachkriegssemester an der TH München war er mir als ernsthafter, zielstrebiger Student mit seinen intelligenten Fragen aufgefallen. Wir hatten beide gute Erinnerungen aneinander, eine reibungslose Zusammenarbeit war sichergestellt.

Badberger und seine Frau waren Münchner und luden mich gern und oft ein. Unter den Gästen waren hochrangige Bundesbeamte und versierte Grundstücksmakler, für mich hochinteressante Informationsquellen. In ihrem Kreis war ich ein Exot, ein bunter Vogel, der zweimal in der Woche in der *Süddeutschen Zeitung* seine respektlosen Eier legte. Es waren unterhaltsame Runden, und meine älteren Tischgenossen erteilten einen farbigen Geschichtsunterricht mit ihren Erzählungen über die letzten vierzig Jahre. Politisch war gerade viel los. Die Diskussion um eine deutsche Wiederbewaffnung, von Adenauer losgetreten und vom Koreakrieg befeuert, war mächtig am brodeln und kochen. Die Konservativen, die Sozialisten und die echten Pazifisten lieferten sich homerische Schlachten. Für mich war die Problemlage irrwitzig. Nun hatten wir erst vor wenigen Jahren mit knapper Not unsere Haut aus der deutschen Katastrophe gerettet, da war man im Amt Blank schon wieder dabei, die verdreckten Schellenbäume zu putzen und die Kasernenhöfe zu fegen.

Es hatte ganz heimlich angefangen. Eigentlich sollten es nur Polizeikräfte sein, als Reaktion auf die Volkspolizei in der DDR, dann ein Hilfskontingent im festen Verbund mit der Nato, schließlich doch wieder Divisionen und Luftwaffe und Marine. Die Frage der Wiederbewaffnung wurde ein fester Tagesordnungspunkt der deutschen Politik.

Bei einem Aufenthalt in Bonn begegnete ich zufällig dem ehemaligen Generalstabsoffizier der 78. Sturmdivision, Oberstleutnant Koller-Kraus. Wir hatten uns Ende September 1943 zum letzten Mal gesehen. Er hatte mich oft genug vor den üblen Launen des Generals Traut bewahrt. Wir erinnerten uns beide gerne aneinander. Im Gehen tauschten wir unsere Erlebnisse und Erfahrungen aus und orteten unsere Positionen in der neuen Demokratie. Während ich als Architekt und politischer Zeichner in der *Süddeutschen Zeitung* ein höchst ziviles Leben begonnen hatte, wurde er, der ehemalige aktive Stabsoffizier, von Theo Blank für den Aufbau der Pionierwaffe in der Bundeswehr engagiert.

Koller-Kraus, bei Kriegsende Lehrer bei der Generalstabsausbildung, war nun wieder ganz in seinem Metier und voller Ideen. Eine davon war, mich für die neue Bundeswehr zu gewinnen. Man würde mich als Major übernehmen; bei meiner Erfahrung als Frontoffizier stünde mir als Mann der ersten Stunde eine glänzende Karriere bevor. Wieder einmal stand ein Satan neben mir, der mich auf einen Berg Tabor führte und auf ein weites Feld paradierender Truppen wies. Der Krieg hatte mich noch nicht entlassen.

Nein, das war keine Zukunft für mich. Ich wollte planen, bauen, die Zeit und ihre Menschen beobachten und das Geschehen satirisch schildern. Das war meine Welt. »Schade«, sagte Koller-Kraus, der begeisterungsfähige Pragmatiker. Wir gingen auseinander, beide mit Verständnis für den anderen und ohne Schatten auf unserer gemeinsamen Zeit an der Ostfront.

Der Ausbau der provisorischen Bundeshauptstadt zu einem lebensfähigen politischen Zentrum machte erstaunliche Fortschritte. Die Beamtenwohnungen an der Nordstraße, für deren Planung ich den Auftrag hatte, waren nur ein kleiner Krümel zum üppigen Investitionskuchen. Der Bau ging flott voran, wir feierten ein ordentliches Richtfest.

Bei einer meiner Fahrten nach Bonn hatte ich einmal Ursula von Kardorff mitgenommen, die alte Freunde aus Berlin besuchen wollte. Ich war zu diesem Treffen eingeladen, das Hasso von Etzdorf in seinem Hause veranstaltete. Mit Diplomaten und Journalisten ergab sich eine sprühende Runde, in der aus Vergangenheit und Gegenwart ein wahres Feuerwerk an Anekdoten und Bonmots abgebrannt wurde.

Mein Beitrag war das Bereiten einer reichhaltigen Bowle, die viel Lob erhielt. Ich bekam bei den Gesprächen ganz lange Ohren und gewann tiefe, mit Witz präsentierte Einblicke in die aktuelle Politik der Adenauers, Brentanos und Hallsteins.

Um Mitternacht, nach einem fröhlichen Sommerabend, fuhren wir wieder über den Rhein Richtung Süden. Gegen Morgen wollten wir zurück in München sein. Nach Karlsruhe nahm ich die Höhen vor Pforzheim mit hoher Geschwindigkeit. Als ich die weite Kurve in eine Talsenke hinabsteuerte, tauchten vor mir plötzlich rote Schlußlichter auf, die quer über die Autobahn zogen. Zwei Lastzüge überholten sich.

Beim sachten Anbremsen merkte ich, daß mein Opel Kapitän auf der regennassen, wohl auch etwas öligen Fahrbahn ins Rutschen kam. Die Rücklichter schossen erschreckend schnell auf uns zu, so schnell, daß präzises Nachdenken nicht mehr möglich war. Es gab nur zwei Möglichkeiten – ich konnte entweder voll auf den Lastzug prallen oder rechts vorbei, die hohe Böschung hinunter, auf die Wiese fahren. Intuitiv entschied ich mich für letzteres, zog an dem rollenden Gebirge vorbei, schrie »festhalten« und versuchte mit aller Kraft das Fahrzeug in der Richtung zu halten. Schon glaubte ich, dem Unheil entkommen zu sein, als im Scheinwerferlicht ein großer Betonkasten auftauchte, mit Sand für die Winterstreuung. Mein Wagen streifte ihn, wurde bei dem immer noch hohen Tempo in die Luft gehoben, überschlug sich dann, um die Längsachse rotierend, talwärts einmal, zweimal. Beim vierten Mal blieb mein Kapitän auf dem Rücken liegen. Das Autoradio, noch am Leben, spielte »Don't fence me in«. Auf der Autobahn donnerte der Lastzug, den ich im Sturz überholt hatte, schwarz und ungerührt vorbei.

»Ist was passiert?« »Nein, hol mich raus«, schrie Ursula. Ich kroch durch die aufgeplatzte Tür ins Freie, sauste an den noch rollenden Rädern vorbei ums Auto und wuchtete die rechte Seitentüre auf, hinter der meine Beifahrerin auf dem Rücken lag und strampelte. Ich faßte sie an den Beinen und fing an zu ziehen. Es ging, aber alle Kleidungsstücke, die man über den Kopf anziehen kann, blieben bei dieser Aktion im Wagen. Ich zögerte, aber Ursula, in panischer Angst, wollte nur raus. »Mensch, zieh' doch weiter«, ihre Stimme überschlug sich. Und dann stand sie einen Moment lang nur im Höschen da, aber nur einen Moment, dann holte sie flugs die abgestreiften Textilien aus dem Wagen und war in Sekunden schnelle wieder in Zivil.

Ein großer PKW hielt an der Unfallstelle, und fünf Amisoldaten sprangen heraus. Sie schauten uns fassungslos an, legten dann aber kräftig Hand an. Das Schiebedach meines Kapitäns hing schief über dem Rahmen, die Flanken waren eingebeult, überall steckten dicke Erdbrocken, und die Kühlerhaube hatte sich in eine bizarre Wetterfahne verwandelt. Die Amis konnten nicht fassen, daß wir zwei ohne Verletzungen davongekommen waren. Sie stärkten uns mit einem Becher Whisky und fuhren im Bewußtsein einer guten Tat davon.

Der Motor funktionierte noch, ich konnte den Schrotthaufen sogar noch in Gang setzen. Der Rahmen war zwar verschoben, und die Räder eierten und holperten, aber ich konnte damit fahren, wenn auch nur im Schritttempo und mit unheimlichen Motorgeräuschen. Zwei Kilometer weiter erreichte ich eine große Tankstelle mit Werkstatt. Zwei Mechaniker brachten es in drei Stunden so weit, daß die Weiterfahrt nach München möglich war. Mit sechzig Kilometern in der Stunde schafften wir bis Mittag die Strecke und erregten bei der Fahrt durch München großes Aufsehen. Ursula von Kardorff schilderte das Abenteuer im Feuilleton der *Süddeutschen Zeitung* unter dem Titel »Jazz bei hoher Fahrt«.

1952 kam das Fernsehen nach München. Der Bayerische Rundfunk richtete ausgerechnet in der Blindenanstalt an der Lothstraße ein Versuchsstudio ein. Nach einem ausgiebigen Wiesnbummel übers Oktoberfest forderte mich Kurt Wilhelm, der Beauftragte für das neue Medium, auf, für eine Probesendung ins Studio zu kommen.

Der Norddeutsche Rundfunk in Hamburg hatte bereits begonnen, sein Programm auszustrahlen. Eine seiner Sendungen mit dem Titel »Sind Sie im Bilde?« wurde von dem Karikaturisten Mirko Szewczuk bestritten, einem Mitarbeiter der *Welt*. Er zeichnete vor der Kamera satirische Darstellungen politischer Ereignisse und ihrer Akteure. Sein Strich, eine Mischung von Olaf Gulbransson und E. O. Plauen, eignete sich ganz besonders für den Bildschirm. Mit seinen in leichtem wienerischen Ton geplauderten Texten bot er intelligente, kulinarische Unterhaltung. So etwas wollten die Münchner auch haben.

Das Studio war eine neue Welt für mich. Etwas ratlos stand ich zwischen Kameras und Requisiten, herumlaufenden Redakteuren und Technikern. Kurt Wilhelm schob mich vor eine Staffelei mit einem senkrechten Reißbrett und einem etwa 90 × 70 cm großen, grauen Karton, der mit Stiften befestigt war. Dann wies er auffordernd darauf und schaute mich erwartungsvoll an. »Und was soll ich zeichnen?« fragte ich. »Was Lustiges, was dir gerade einfällt«, grinste er mich an. Hinter einer Glasscheibe, in einer Art Regieraum, saßen ein paar Typen, Beobachter oder Kritiker der Probesendungen, wohl eine Art Schnellgericht mit anschließender Exekution. Verdammt, da stand ich ohne Netz auf einem Hochseil und sollte etwas produzieren.

Es mußte etwas Einfaches, Sicheres sein, ein Selbstläufer, den ich nicht erst erfinden mußte. Das war Adenauer mit seinem Gesicht, das ich blind zeichnen konnte. Ich fing an, eine Genealogie des Alten zu entwickeln, seinen Typ zu analysieren. Locker plaudernd zog ich meine Striche, gab eine angemessene Portion Respektlosigkeit dazu und hatte bald einen Dschingis Khan auf dem Karton, der sogar mir gefiel. Die Arbeit mit der Zeichenkohle machte mir immer mehr Spaß – so sehr, daß mir die Gestalt zu groß gedieh und die Füße nicht mehr auf das Format paßten. Es gab eine Schrecksekunde, mein Hochseil, auf dem ich tanzte, gab nach. Aber dann formten sich die Worte wie von selbst zu der Pointe: »Sie sehen, die Füße meines Dschingis Khan wollen nicht mehr auf den Karton. Bei seinem Nachfahren Adenauer ist das genauso. Er ist auch nicht immer ganz im Bilde.« »Prima«, rief Kurt Wilhelm, »so wollen wir das haben.« Damit wurde ich verabschiedet und hörte erstmal zwei Jahre lang nichts mehr vom Bayerischen Rundfunk.

Ein Symptom für die Vitalität der *Süddeutschen Zeitung* war eine fröhliche, hintersinnige Verrücktheit. Wir erfanden für die tollen Tage des Faschings die *Müddeutsche Zeitung*, eine Verfremdung der sonst so seriösen Zeitung. Die Redaktion setzte sich aus einem Dutzend der begabtesten Schreiber zusammen, die in den Ressorts zu finden waren. Von Erich Kuby bis Sigi Sommer, dem journalistischen Spagat des Blattes, wies das Impressum notorische Witzbolde auf. Chefredakteur für den Start war Hans Mollier, jener Johann Lachner, der das köstliche Buch »999 Worte Bayrisch« geschrieben hatte, und später Fred Hepp, ein unorthodoxer Feuilletonist, der die MZ richtig zum blühen brachte. Für die Karikaturisten tat sich ein Schlaraffenland auf; Politik, Kultur, Sport und üppige Filmanzeigen boten jede Menge Futter für die Zeichner

Franziska Bilek, Henry Meyer-Brockmann, Ernst Hürlimann, Torso (Walter Fuchs) und mich.

Zu den Redaktionskonferenzen trafen wir uns in der »Klarer Mühle«, einem einfachen Wirtshaus in der Reitmorstraße, das sich bei tiefstapelnden und geschmäcklerischen Intellektuellen, also auch Journalisten, herumgesprochen hatte. Die handgeschriebene Speisekarte wies deftige Gerichte auf, die der Hochmut feiner Lokale nicht erlaubte, Bier vom Faß, ehrlichen Rotwein und feurige Obstler.

Befreit von den üblichen Bindungen an die Prinzipien der Rücksichtnahme, Ausgewogenheit und Seriosität journalistischer Arbeit, waren wir in den Konferenzen ein ausgelassener kreativer Haufen. Ein witziger Vorschlag löste den nächsten aus. An Themen, die satirisch ausschlachtbar waren, gab es keinen Mangel. Die Wiederbewaffnung, das Wirtschaftswunder, der Kalte Krieg und die großen und kleinen Skandale lieferten griffige Stoffe. Die Beiträge mußten scharf gewürzt, aber auch kulinarisch präsentiert werden. Wir hatten jedesmal eine herrliche Gaudi.

Zu dem Publikumsrenner »Nachts auf den Straßen« mit Hildegard Knef hatte ich eine satirische Filmanzeige gezeichnet, die bald darauf das Gericht beschäftigte. Die ehrpusslige Künstlerin fand meine Alternative »Nackt auf den Straßen« gar nicht witzig und ihren Akt, den sie bereits in der »Sünderin« partiell zur Schau gestellt hatte, nicht attraktiv genug. So mußte unser Redaktionsstar Ernst Müller-Meiningen jr. im dunklen Anzug vor Gericht in den Ring steigen. Er hatte nicht nur eine spitze Feder, sondern auch eine spitze Zunge. Wir kamen also auch mit einem blauen Auge davon. Wenig später führte aber ein vertrackter Zufall Müller-Meiningen jr. und mich mit unserer schönen Feindin in einer Jury der Münchner *Abendzeitung* für einen Schönheitswettbewerb zusammen. Es gab keinen Eklat. Ihre eisblauen Augen schauten uns an wie Fensterglas, ihr Gesicht blieb unbewegt.

Die *Müddeutsche Zeitung* war für Jahre eine Attraktion, auch weit über die bayerischen Grenzen hinaus. Bis die Verlagsleitung die Aufnahme von richtigen Annoncen verlangte. Wir hielten diese Absicht für eine unzüchtige Attacke geldgieriger Werbestrategen und beschlossen traurig und zornig, unser geliebtes Geschöpf einzuschläfern. So endete die *Müddeutsche Zeitung*, das demokratische Exempel kritisch-satirischer Freizügigkeit, als frühes Opfer auf dem Altar des profitlichen Marketings.

Für 1953 wurde von der Bundesregierung die »Deutsche Verkehrsausstellung« beschlossen. Sie sollte Zustandsbericht und Vision sein, die Auferstehung aus den Trümmern des Krieges aufzeigen und zugleich Hoffnung auf eine demokratische Zukunft machen. Mit der Durchführung dieses Projektes wurde der ehemalige bayerische Verkehrsminister Frommknecht beauftragt, ein Allgäuer aus Memmingen. Mit der Gestaltung der Ausstellung wurde der erfolgreiche, junge Architekt Eduard von der Lippe betraut, der mit Wettbewerbserfolgen und als leitender Entwurfsarchitekt für die Weltfirma Siemens Aufsehen erregt hatte. Er leitete eine Gruppe Architekten, die ihm für die Entwürfe der großen Themen empfohlen worden waren: Alexander von Branca gehörte dazu, Hans Maurer, Werner Wirsing, Helmut von Werz, Johann Christoph Otto, Paolo Nestler, der Ausstellungsprofi Döhnert und Herbert Groethuysen – alle, die man damals zur Münchner Avantgarde zählte.

Ernst Hürlimann wurde mit mir für das Thema Bundesbahn vorgeschlagen. Ich weiß nicht, wer uns für die geeigneten Vertreter der traditionsbewußten Eisenbahnideologie gehalten hatte, der Eisenbahn, die als Reichsbahn fast ein Staat im Staate geworden war. Das allgemein als Knabenseligkeit angesehene Spiel mit der Miniatureisenbahn hatte mich nie verlockt. Aber der Anblick von Schienensträngen, die sich am Horizont im Dunst einer unbekannten Ferne verloren, und der Geruch sonnendurchglühter Holzschwellen im blanken Schotter, mit einsamen, verirrten Blumenständen dazwischen, konnte mich in den Zustand eines feinen, sehnsüchtigen Fernwehs versetzen. Inzwischen hatte ich einige Tausend Bahnkilometer abgesessen, mein Respekt für die Flexibilität und Überlebenskraft dieser Organisation war groß, und ich war gespannt auf die neue Aufgabe.

Im Präsidium der Bundesbahn, dem Bau des ehemaligen Verkehrsministeriums an der Arnulfstraße, stellten wir uns vor. Als unmittelbarer Auftraggeber für uns präsentierte sich ein promovierter Direktor der Hauptabteilung. Es war ein mittelgroßer, schlanker

Mann mit blankem, gutgeschnittenem Schädel und randloser Brille. Nur der unruhige, schmale Mund verriet Unsicherheit. Zum grauen Anzug von der Stange trug er schwarze Schnürschuhe, über denen graue, handgestrickte Wollsocken sichtbar wurden. Das war der Mann, der uns ein paar Monate lang Arbeit und Ärger machen sollte.

Hürlimann und ich, beide gelernte, praktizierende Menschenkenner und -zeichner, waren uns einig. Das würde eine harte Nuß werden, Planung für eine hierarchisch verkrustete Organisation mit einem bevollmächtigten Vertreter, der wenig Lebendigkeit ausstrahlte. Das Programm für die Ausstellung war eine akribisch realistische Schilderung des Ist-Standes, interessante technische Details, alles sehr der Tradition verhaftet. Aber es gab keine Perspektive in die Zukunft, keine technische Vision. Nein, unser Doktor war kein Jules Verne.

Glanzstück der Ausstellung war eine Modelleisenbahn im Maßstab 1:20 mit Bahnstation, Stellwerken, Weichen, Signalanlagen, alles werkgetreu dargestellt und mit permanent fahrenden Zügen bestückt. Ein Paradies für die vielen Männer, die immer noch Buben in kurzen Hosen und mit roten Ohren waren. Wir stellten alles in eine Arena mit Sitzreihen für Zuschauer in der neuen Halle und gaben damit dem Ganzen wenigstens etwas Pfiff. Im Freigelände wurde ein Güterbahnhof angelegt, dessen Tristesse wir durch eine luftige Stahlbrücke und einen etwa zwanzig Meter hohen Stahlturm mit dem Grundriß eines Doppel-T-Trägers auflösten. Auf der Vorder- und Rückseite des Turmes wurden Signallampen montiert, die ein lebendiges, farbiges Lichterspiel boten. Dieser freie Umgang mit Elementen der Bundesbahn paßte überhaupt nicht in die korrekte Ordnung der Institution und provozierte härtesten Widerstand. Unser Schutzengel von der Lippe konnte gerade noch gröbere Auseinandersetzungen verhindern.

Einen Tag vor der Eröffnung der Ausstellung machte Bundespräsident Heuss einen Rundgang. Unser Direktor kam in größter Eile in die Halle und kündigte mit dramatischer Geste den hohen Besuch des Bundespräsidenten an. Dann betrat Theodor Heuss, von einem Rudel katzbuckelnder Begleiter umgeben, unsere Halle. Die Ermüdung war ihm anzusehen. Als ich vor ihm stand, hielt er mir ohne aufzusehen seine malträtierte Hand entgegen. Ich nahm sie, und meine für ihn wohl ungewohnte Handschuhnummer weckte ihn auf. »Ha, das isch doch der Herr Lang – was machen Sie denn hier?« Theodor Heuss kannte mich als politischen Zeichner in der *Süddeutschen Zeitung* und wunderte sich nun über den Ausstellungsarchitekten der Deutschen Bundesbahn. Vor den staunenden Bahnbeamten gingen wir durch die Halle, Arm in Arm wie alte Freunde. Dabei erläuterte ich die Exponate und vergaß auch nicht, unsere Auftraggeber auf leicht satirische Weise zu charakterisieren. Mit einem Klaps auf meine Schulter und mit lobenden Bemerkungen verabschiedete sich Heuss von mir.

Aber der Tag war noch nicht zu Ende, und wie immer vor Ausstellungseröffnungen gerieten auch hier die Aussteller in helle Panik. Am Ende verlangte der Doktor alle Anstriche einheitlich in Grau aufzutragen. Erst als ihn Hürlimann respektlos auslachte, ließ er von seinem Vorhaben ab. Auf meinem Kontrollgang gegen Mitternacht kam ich wieder in die Halle und war wie vor den Kopf geschlagen. Aus der Seitenwand war ein Feld herausgebrochen. Ein Haufen Arbeiter schob durch die Öffnung eine Lokomotive älterer Bauart in die Halle. Ich hatte den Eindruck eines riesigen schwarzen Untiers, an dem ein wüster Klumpen schiebender, zerrender Höhlenlurche hing. Im Nu erkannte ich die Absicht; die Lokomotive sollte mitten in den Raum gerollt werden, den wir aus guten Gründen freigehalten hatten.

»Welcher Idiot hat das befohlen?« brüllte ich die erstarrte Gruppe an. »Ich habe das befohlen«, rief ein kleiner Mann im Straßenanzug und baute sich herausfordernd vor mir auf. Die Leute aus der Halle bildeten einen dichten Kreis um uns. Der Zorn sprengte mir fast die Brust. »Sind Sie wahnsinnig geworden, Mann«, fuhr ich den Missetäter an. Er konterte »Ich bin nicht Ihr ›Mann‹ – ich bin...« Ich unterbrach ihn. »Entschuldigen Sie, natürlich sind Sie kein Mann. Sie sind ein Männlein, ein schwachsinniges«, und dann explodierte ich, bis der Attentäter unter dem Beifall der Umstehenden die Flucht ergriff.

Offenbar war die Beliebtheit des Doctor juris von der Hauptverwaltung nicht sehr ausgeprägt und die Abreibung in den Augen seiner Untergebenen verdient. Als die Lokomotive mit der johlenden

Mannschaft wieder verschwunden und die Wand geschlossen war, verliefen die Schlußarbeiten reibungslos. Gegen sechs Uhr zogen die Maler noch einen breiten, weißen Strich am Tresen der Informationshalle, und die Halle war zur feierlichen Eröffnung bereit. Um sieben Uhr traf das Betreuungspersonal ein, und die Mädchen für die Informationsstelle in ihren schicken dunkelblauen Uniformen bezogen ihren Posten hinter dem Tresen.

Mit Hürlimann hatte ich mich im Empfangsbereich plaziert. Wir sprachen einer Flasche alten Cognacs zu und waren von einer fast rauschhaften Stimmung erfüllt, wie sie sich häufig nach übermäßigen Strapazen ausbreitet, eine Mischung aus Ermattung, Erlösung und luzider Heiterkeit. Gegen acht Uhr erschienen die ersten Beamten der Bundesbahn, die in eigens verordneten, neuen dunkelblauen Anzügen an der feierlichen Eröffnung durch den Bundespräsidenten teilnehmen sollten. Sie wollten wissen, wie ihre Bundesbahn repräsentiert würde, und betraten neugierig den Empfangsbereich. Beim Anblick der jungen, schmucken Hostessen bekamen auch die verstaubtesten Aktenhähne Balzgefühle. Über den Tresen gebeugt, schäkerten sie eine Zeitlang mit den jungen Dingern und wandten sich dann vergnügt den Exponaten der Halle zu. Aber schon nach wenigen Schritten machten sie eine peinliche Entdeckung. Beim harmlosen Turteln hatten sich die animierten Herren auf die dunkelblauen, bügelfrischen Jacken weiße Bauchbinden vom noch feuchten Farbstreifen verpaßt. Diese Entdeckung war eine Katastrophe, ein Jahr lang hatten sich die Bahnbeamten auf diesen Tag, auf ihre Anwesenheit bei der Eröffnung der »Deutschen Verkehrsausstellung«, gefreut. Und nun platzten die schönen Träume. Mit einer aufgemalten weißen Baubinde konnte man keinem Minister oder Präsidenten vorgestellt werden. Bemerkenswert war, daß keiner der so Gezeichneten die nachfolgenden Kollegen warnte.

Nach 36 Stunden Endspurt vor der Ausstellung ohne Schlaf und Dusche konnten wir uns nicht mehr halten vor Lachen, es war gemeine Schadenfreude, die uns schüttelte. Während die Eröffnung festlich, philharmonisch und mit bedeutenden Reden gefeiert wurde, lösten sich unsere Verspannungen wundersam in der Sauna an der Leopoldstraße.

Es gab aber noch ein ärgerliches Nachspiel: Die Bundesbahnverwaltung wollte uns ein Drittel unseres Honorars vorenthalten. Die Begründung dafür war fadenscheinig. Mit Hilfe von Edi von der Lippe gelang es, ein Gutachtergremium einzuschalten. Unter dem Vorsitz von Sep Ruf beurteilten fünf prominente Architekten unsere Entwurfsleistung und bestätigten unsere Forderung. Wir bekamen unser volles Honorar und freuten uns über die positiven Kritiken der ersten »Deutschen Verkehrsausstellung«.

Im Lauf des Jahres mußten wir uns eine neue Wohnung suchen. Onkel Anton hatte das Pensionsalter erreicht und verließ nun seinen Botschafterposten in Brüssel. Meine Frau fand mit Scharfsinn und Glück in Bogenhausen ein geeignetes Objekt. Der Wittelsbacher Ausgleichsfonds vermietete uns eine Sechs-Zimmer-Wohnung im Eckhaus Geibel/Schumannstraße. Sie lag im zweiten Obergeschoß und hatte sogar einen Balkon zum grünen, baumbestandenen Hof. Die schönen, parkähnlichen Isaranlagen beim Friedensengel waren zu Fuß erreichbar. Schmerzlich war dagegen der Abschied vom geliebten Kater Borro, wir konnten unseren Freund nicht mitnehmen. Er hatte sich an das Haus und sein Jagdrevier gewöhnt.

Der Umzug von sieben Personen mit der gesamten Einrichtung und mit der Ausstattung von fünf Architektenplätzen war einigermaßen anstrengend. Als aber alle vertrauten Stücke an ihrem Platz waren, hatten wir uns schnell in die neue Situation eingelebt. Als Hausgehilfin konnte meine Frau die neunzehnjährige Angela aus dem Sudetenland gewinnen, die bisher im Priesterseminar in Passau tätig gewesen war. Eine Zeitlang wurde ich zum Vergnügen meiner Kinder mit »Hochwürden« angesprochen, bis Angela sich in unseren eher weltlichen Haushalt eingewöhnt hatte.

Die Beamtenwohnungen in Bonn wurden bis zum Herbst 1954 fertiggestellt und bezogen. Ich bekam aber gleich einen Anschlußauftrag: die Planung von Wohnungen für den Bundesgrenzschutz in Deggendorf. Einen ersten Bauabschnitt hatte bereits Walter Schwagenscheidt, mein hochgeschätzter Kollege, geplant und bis zur Fertigstellung als künstlerischer Oberleiter betreut. Diese Häuser waren vorzüglich entworfen, funktional, menschengerecht, bestechend einfach und modern. Für die Siedlung hatte er einen

Farbenkanon festgelegt, der fein abgestimmt eine helle und heitere Note ergab. Den Stadtvätern und besonders dem Stadtbaumeister, die fast alle aus dem Bayerischen Wald kamen, erschien Schwagenscheidt mit seinem rheinischen Singsang als Exot.

Direktor Gehrts von der Wohnbau GmbH wollte den sensiblen Schwagenscheidt vor der rauhen Folklore dieses Menschenschlages bewahren, außerdem hielt mich der erfahrene Berliner für den strapazierfähigeren und geeigneteren Architekten vor Ort. Nach siebzehn Jahren kam ich nun zum zweiten Mal nach Deggendorf, prima vista hatte sich nur wenig verändert.

Die Begegnung mit dem Stadtbaumeister erinnerte mich an zwei fremde Hunde, die sich erst einmal mißtrauisch umkreisen und beschnüffeln, bevor sie sich für Knurren oder Schweifwedeln entscheiden. Er war in seiner Stadt die Autorität für das Bauwesen und von der absoluten Qualität seiner Amtsführung überzeugt. Seine Neugierde war unverkennbar, ich war in seinen Augen ein willkommener Informant für Stories aus den oberen Etagen der Politik und dem geheimen Leben der Prominenten. Also entschloß er sich fürs Schweifwedeln, wir kamen gut miteinander aus.

Bei meiner Planung am Rand der historisch gewachsenen Stadt, am Übergang in die freie Landschaft, mußten Probleme des Landschaftsschutzes beachtet und diskutiert werden. Dafür war für den Landkreis der Professor Fink, Pater Wilhelm aus dem Benediktinerkloster Metten, zuständig. Er war ein Original von barockem Zuschnitt, fast siebzig Jahre alt und kein Freund bürgerlicher Etikette, wie man an den Speiseresten auf seiner Soutane leicht erkennen konnte. Die Abtei Metten gehört zu dem Benediktiner-Triangel, der für die humanistische Bildung in Bayern eine feste Größe darstellt. Die drei Klöster mit ihren humanistischen Gymnasien werden mit den Zentren der griechischen Antike gleichgesetzt: Scheyern steht für Sparta, das Exempel für Askese und harte Disziplin, Metten, wo die Pflege der Wissenschaften an erster Stelle kommt, gilt als Athen an der Donau. Schließlich Ettal, weltoffen und den Musen und dem Sport zugewandt, wird als lebensfrohes Korinth von den zwei strengeren Schwestern wohl auch ein wenig beneidet. Bei meinem Besuch im Kloster Metten erinnerte ich mich der Drohungen meines Vaters, mich entweder nach Scheyern oder Metten ins Internat schicken zu wollen, wenn ich den Anforderungen des Ettaler Gymnasiums nicht mehr entsprechen sollte.

Mindestens zweimal im Monat fuhr ich zur Betreuung meiner Projekte nach Deggendorf und erlebte die ursprüngliche, überschaubare und reizvolle Welt einer niederbayrischen Kleinstadt. Sie ist das helle, freundliche Gesicht des Bayerischen Waldes, der Donau zugewandt, im Rücken die Kuppen und Höhen mit den dunklen, tiefen Forsten, mit zerzausten Nadelbäumen auf den kargen Gipfeln und mit stillen, kleinen Seen in den waldbestandenen Talmulden. Die Auseinandersetzungen um die Erhebung dieser Urlandschaft zum Nationalpark habe ich vor Ort mitbekommen. Es war der immer gleiche Streit der kommerziellen Ausbeuter mit den Naturschützern.

Mein erster Auftrag in Deggendorf bekam Junge: Nach der Übergabe der Wohnsiedlung an den Grenzschutz bekam ich die Aufgabe, die Erweiterung der Ortskrankenkasse zu planen. Das war schon eine härtere Nuß. Der Leiter der AOK hatte wenig Freude an meinem modernen Entwurf. Mit Hilfe des Oberbürgermeisters, des Stadtbaumeisters und der Mehrheit der Stadträte wurden die Pläne aber genehmigt und die Ausführung glücklich durchgezogen. Nach der feierlichen Eröffnung mit den obligaten Reden schwitzender Würdenträger und dem landesüblichen Festmahl verriet mir der Amtschef mit deftiger Fahne, daß er eigentlich schon immer für den Entwurf gewesen und jetzt richtig stolz sei, Chef im neuen Hause zu sein.

Mein dritter Auftrag war die Planung eines Verwaltungsgebäudes für die Deggendorfer Werft im Betriebsgelände. Mit einem Kasino für die Belegschaft, für Gäste und gesellige Veranstaltungen ergab sich eine Baugruppe, die der heterogenen Anlage von Werkhallen und Nebengebäuden eine moderne Markierung gab. Leiter der Werft war der ins Niederbayrische verschlagene Badenser Eglin, ein blitzgescheiter, erfahrener Ingenieur, der mit seiner sportlichen, natürlichen Frau ein schönes, luftiges Haus am Osthang über der Stadt bewohnte. Planungsbesprechungen mit ihm waren fachbezogen und sachlich. Wir verstanden uns gut und setzten oft die Gespräche in seinem Haus fort. Zur Einweihung kam der große Boß Hermann Reusch persönlich. Er war eine der wichtigen Industriellenpersönlichkeiten und außerdem ein großer Zecher vor dem Herrn. »Wer niemals einen Reusch gehabt«, sagte Eglin augenzwinkernd, und ich konnte mit dem großen Zampano vom Rhein darauf die Probe aufs Exempel machen.

Für meine Deggendorfer Planungen hatte ich ein Team zusammengestellt, das die gestellten Aufgaben mit Bravour löste. Claus von Bleichert, ein phantasievoller und engagierter Architekt, war ein überzeugender Interpret und Verfechter unserer Planungen. Horst Petsch, erfahren und sorgfältig im Detail, war bereits auf der Baustelle in Bonn erprobt und traf bei den Bauleuten den richtigen Ton. Beim Bau meines ersten Projektes in der Nibelungenstraße entdeckte ich in Oskar Angerer, Bauingenieur bei der ausführenden Firma, einen exzellenten Bauleiter. Zunächst übernahm er die Ausschreibungen aller Roh- und Ausbauarbeiten bei unseren Planungen und schließlich auch Bauleitungen aller Schwierigkeitsgrade. Mit seinem konstruktiven Denken und seinen bauphysikalischen Kenntnissen wurde er der unentbehrliche Berater der planenden Architekten. Während der Semesterferien arbeitete im Team auch der begabte, vielseitige Architekturstudent Willi Meßmer mit, den Zufall oder Schicksal in mein Büro geführt hatten. Wir diskutierten alle Probleme der Architektur, der Konstruktionen, der Baustoffe und der Ausführung offen in einer Art »Planungsdemokratie« und motivierten uns auf diese Weise gegenseitig.

Auf das Drängen interessierter Bürger hin beschloß der Stadtrat, für die im Krieg gefallenen Deggendorfer in der gotischen Kapelle am südöstlichen Stadttor eine Gedächtnisstätte zu errichten. Dazu wurden ein Architektenwettbewerb ausgeschrieben und eine Jury berufen. Dieses Gremium war mit Stadtvätern, einem Denkmalpfleger und einem richtigen General, einem Divisionskommandeur der zerschlagenen Wehrmacht, besetzt. Vom Stadtrat wurde mir der Vorsitz der Jury angetragen, und ich sagte zu. Die eingelieferten Wettbewerbsarbeiten stellten eine Mischung von viel Naivität und Kitsch religiöser und patriotischer Machart dar; aber auch einige ernsthafte Arbeiten waren dabei. Die Diskussion der Preisrichter kreiste, von den Vorstellungen des Generals motiviert, zunächst einmal um eine würdige Darstellung der Opfer der Soldaten. Dem General schwebte ein Denkmal vor, wie man sie aus allen

Ländern kennt, die ihre gefallenen Helden mit pathetischen Plastiken in Stein oder Bronze ehren wollen.

Die Preisrichter waren wohlgebildete Bürger, hatten aber keine Sensibilität für die bildende Kunst. Der Denkmalpfleger hielt sich bedeckt. Die Ausführungen des Generals und der Respekt vor seinem Dienstgrad ließen die Diskussion ins Leere laufen. So einen Verlauf hatte ich erwartet. Als Vorsitzender der Jury, mit der Kompetenz eines Architekten und künstlerisch Tätigen und vor allem mit der bitteren Erfahrung als Sturmpionier an der Ostfront, straffte ich die Auseinandersetzung, scheuchte die aufsteigenden Blasen sentimentaler Heldenverehrung davon und brachte die Diskutanten schließlich zu einem vernünftigen Ergebnis. Die Gedächtnisstätte sollte keine Dependance eines Armeemuseums sein, sondern ein Raum zur Besinnung und zur Dankbarkeit werden. Den ersten Preis gewann der Architekt Wunibald Puchner, Professor und künstlerisch vielseitiger Lehrer an der Akademie für Bildende Künste in Nürnberg.

Meine Deggendorfer Verpflichtungen bildeten im Verlauf der Jahre ein Gegengewicht zu meinem Großstadtleben, sie forderten mich als Architekt und gaben dem politischen Zeichner den Kontakt mit einem kleinen, aber saftigen Leben in einer unzerstörten Natur.

Die politische Drehbühne

Mitte September 1954 erhielt ich einen Brief des Intendanten des Bayerischen Rundfunks von Scholz mit der Mitteilung, daß der BR seine Fernsehsendungen jetzt aufnehmen werde und die erste »Abendschau« am 14. November 1954 gesendet werden würde. Meine Mitwirkung sei geplant, und ich werde gebeten, meinen Beitrag vorzulegen. Dieser Auftrag traf mich völlig unvorbereitet. Seit meiner Probeaufnahme Ende 1952 hatte ich nichts mehr gehört. Als ich überrascht Kurt Wilhelm anrief, meinte der nur: »Deine Aufnahme war prima, und jetzt bist du dran – also, laß dir was einfallen.« Ich sollte jetzt also doch noch als bayrisches Pendant zu Mirko Szewczuk vom NDR auftreten. Daher beeilte ich mich, meinem Kollegen bei der Arbeit zuzuschauen, und stellte fest, daß er sein Publikum mit Wiener Charme souverän »ins Bild setzte«. Er zeichnete vor der Kamera, sprach dazu locker informierende Texte und unterlegte seine Zeichnungen mit passender Musik. Manchmal zog er seine Striche sogar im Walzertakt.

Diese Form wollte ich natürlich nicht kopieren. Meine fünfzehn Minuten Sendezeit präsentierte ich in drei Teilen: Ich wollte mit einer fertigen Karikatur, als Insert, eröffnen und dazu den Text sprechen, während die Kamera die Zeichnung abfahren sollte, Details heraushob und zum Schluß in der »Totalen« verharrte. Dann sollte eine aktuelle Zeichnung folgen, auf grauem Karton frei aufgetragen. Von meinem Kommentar begleitet und streckenweise mit anzüglicher Musik unterlegt, meist von Hits mit passenden Texten. Für den dritten Teil dachte ich mir eine politische Ballade mit sechs Bildern aus, gezeichnet und gereimt, die immer mit einer »Moral von der Geschicht'« enden sollte. Die Sendung nannte ich »Politische Drehbühne«.

Zu meiner ersten Sendung fuhr ich gespannt, aber unaufgeregt in das Studio Freimann, in der großen Mappe ein paar graue Kartons und eine Schachtel mit Zeichenkohle. Im Vergleich mit den heutigen Sendeanlagen, ihrem Raumangebot, der eindrucksvollen Technik und ihrer gläsernen Modernität lag das damalige Studio mit seinen Baracken am Rande des Englischen Gartens wie eine Poststation von 1895 in Texas da. Alles war einfach, aber nicht unsympathisch. Man spürte die Improvisation, und das war animierend und menschlich. Das Aufnahmestudio, ein fensterloser Kubus, war mit Technik bestückt, voll mit stählernem Gestänge, Gleitschienen, Kabelgirlanden, Scheinwerfern, Blenden und angedeuteten Kulissen. Zwei Kameras, groß, schwarz und von ihren Elefantenboys geritten, lauerten auf ihren Einsatz. Das Team bestand aus zehn Figuren, aber nur drei waren die eigentlichen Akteure. Die Ansage und Moderation hatte Annette von Aretin übernommen, die versierte und beliebte Sprecherin. Das gab mir ein Gefühl von Sicherheit.

Die Sendung verlief ohne Zwischenfall, als hätten wir sie vorher tüchtig geprobt, und das Team klatschte Beifall, als das Rotlicht erlosch. In der Euphorie des unerwarteten Gelingens versicherten wir uns gegenseitig, wie toll jeder gewesen war, und wunderten uns nicht, als diese erste »Abendschau« allgemein gelobt wurde. In dieses Abenteuer war ich ohne mein Zutun hineingeraten wie in viele andere, die mich eingefangen hatten. Während der Heimfahrt vom Studio, bei Anbruch der Nacht, erlebte ich noch einmal einzelne Momente dieses Intermezzos. Ich ahnte nicht, daß ich fortan dreißig Jahre lang einmal im Monat meinen Auftritt in der »Politischen Drehbühne« haben sollte. Meine Frau und die Kinder hatten die Sendung mit platten Nasen am Schaufenster eines Radiohändlers verfolgt, der ständig zu Werbezwecken ein Fernsehgerät laufen ließ. Das Bild des kleinen Rudels vor dem hellen Schaufenster auf dem dunklen Gehsteig hatte etwas Armseliges an sich. Als sich die schniefenden Rotznasen nach Hause trollten, hatten sie aber Schwierigkeiten damit, daß dieser Mann auf dem Bildschirm ihr Vater sein sollte. Diese Anwandlung war aber schnell vorbei, als ich meine Zwerge in den Arm nahm. Zu Hause, als sie dann um mich herumsaßen und fröhlich durcheinanderredeten, während meine

Frau sie lächelnd beobachtete, schnurrte meine größer gewordene Welt zu einem warmen Nest zusammen, für das ich verantwortlich war.

Im Herbst dieses Jahres wurde die Kirche St. Andreas eingeweiht. Ein Jahr lang wurde daran gebaut und viel diskutiert, weil mein Stadtpfarrer, Emil Muhler, in Gottes Namen Hausherr von St. Andreas, ein kraftvoller und streitbarer Mann war. In seinem Arbeitszimmer stritten wir oft bis tief in die Nacht hinein. Hinter ihm an der Wand hing sein Porträt als Offizier der Feldartillerie im Ersten Weltkrieg. Er war ein wunderbarer Mann, und ich verehrte ihn sehr; die Nazis hatten ihn in Dachau eingesperrt und mit Predigtverbot belegt.

Aber wenn die Rede auf moderne Kunst kam, wurde er bockig wie ein Maulesel. Als hervorragender Theologe, der an der Universität München Vorlesungen hielt, beharrte er auf dem Standpunkt eines besorgten Konservativen. Eine Kunst, die erst feinsinnig erklärt werden mußte, war nichts für seine Gemeinde im Schlachthofviertel. Ein Bild oder eine Plastik wollte er anschauen und gleich verstehen. Mit dieser Einstellung repräsentierte er wohl auch die Meinung seiner Herde. Während der Bauzeit bin ich am Abend eines Arbeitstages oft noch nach St. Andreas gefahren und habe den Fortschritt der Arbeiten kontrolliert. So war es auch, als der Rohbau schon stand. Am Abend trat ich in den dämmrigen Raum des Kirchenschiffes und sah vor dem Presbyterium eine Gestalt stehen, schwarz und regungslos. Ich trat näher und erkannte meinen Pfarrer. Er hatte mich in seiner Versunkenheit nicht gehört, und erst als ich neben ihm stand, wandte er sich mir zu. Wortlos. Dann schaute er nochmals in den Raum, drehte sich um und sagte nach einem tiefen Atemzug: »Jetzt gefällt sie mir – meine Kirche.«

Für meinen Vater war der Bau von St. Andreas nach meinem Entwurf die Erfüllung eines langgehegten Wunsches. Er hatte mir, dem Achtzehnjährigen, den Beruf eines Architekten mit guten Gründen empfohlen. Es war wohl auch ein Lebensziel für ihn, den Bildhauer, einmal mit seinem Sohn, dem Architekten, zusammenzuarbeiten. Nun bot sich ihm die Gelegenheit im Einverständnis mit dem erzbischöflichen Baubüro und – was noch wichtiger war – mit dem Stadtpfarrer. Für das Portal, eine zweiflügelige Bronzetüre, entwarf er einen flächendeckenden St. Andreas als strenges Relief. Darüber setzte er, wie eine Bekrönung, die vier Evangelisten als kräftige Steinbossen aus der Mauer ragend, mit der Ausdrucksstärke gotischer Wasserspeier. Für den Altarraum schnitt er ein Kruzifix, Kreuz und Körper reliefartig aus einem Holzstamm. Diese ungewöhnliche Figur erhielt eine lasierende farbliche Tönung. Das etwa vier Meter hohe Kruzifix wurde mit Abstand von der Rückwand so befestigt, daß sich der Eindruck eines schwebenden Körpers ergab.

Bei der feierlichen Kirchenweihe wurde die eher einfache und im Aufwand bescheidene Kirche St. Andreas von Kardinal Wendel bis zum glücklichen Stadtpfarrer Muhler und seiner Pfarrgemeinde vorbehaltlos angenommen. Sie ist kein bahnbrechendes Architekturexempel, aber sie dient den Menschen, die dort gerne beten und feiern.

Im November 1954 wählten die Bayern einen neuen Landtag und erhöhten den Stimmenanteil der CSU kräftig. Die SPD konnte ihre Mandate halten, während die übrigen Parteien ganz schön gerupft wurden. Die CSU ließ zwar ihre Muskeln spielen, aber ohne einen Koalitionspartner konnte auch sie nicht regieren. Dabei schlugen ihre beiden Flügel keineswegs im Gleichtakt: Der konservativ-klerikale wollte die bürgerlichen Parteien in ihr Gespann binden, während der liberale eine große Koalition mit der SPD anstrebte. Schließlich goß der Streit um eine Reform der Lehrerbildung Öl ins Feuer; der Oberfeuerwerker Hundhammer schwang dabei die konfessionelle Fackel, mit dem Segen des Ordinariats. Dieser Feuerzauber und das Aufeinanderknallen der christlichen Dickschädel wurden von dem klugen Strategen Waldemar von Knoeringen für seine eigene politische Konstruktion benützt. Mit dem Schlachtruf »Licht über Bayern« stellte er die Kulturpolitik in den Mittelpunkt seines Entwurfs und brachte mit Hilfe des Bayerischen Lehrerverbandes unter seinem rührigen Präsidenten Wilhelm Ebert, des rauflustigen Chefs der Bayernpartei Josef Baumgartner und der enttäuschten kleineren Parteien FDP und BHE die »Viererkoalition« zusammen. Für die siegessichere CSU war das wie ein Blitz aus heiterem Himmel.

Ich gebe zu, daß es heitere Schadenfreude war, die mich zu einer

Karikatur antrieb. Die Adventszeit ließ mich die Hauptakteure Hoegner, Baumgartner, Geiselhöringer, Bezold, Zietsch als Weihnachtsengel präsentieren, ein wenig verdeckt auch den eigentlichen Arrangeur von Knöringen. Sie frohlockten auf den Wolken ihres Glücks und sangen aus freier Brust »Ärgert euch nur, denn uns ist eine große Freude widerfahren...« Darüber stand »Bayerische Verkündigung«.

Es war wohl doch zuviel sündhafte Lust dabei, denn einen Tag später mußte ich zu einer Gallenoperation in die Chirurgische Klinik an der Nußbaumstraße. Das Röntgenbild zeigte einen Solitär, der zu einem Goliath gepaßt hätte – sieben Zentimeter lang, zylindrisch, mit Wucherungen an den Enden. Der Klinikchef, Professor Frey, ehemals Oberarzt beim berühmten Sauerbruch, war so beeindruckt, daß er mich persönlich operierte und dann seinen Studenten im Auditorium das zu Tage geförderte Monstrum als Unikum vorführte. Bei Ärzten und Schwestern hatte ich dadurch einen beachtlichen Bonus und genoß ihn angemessen.

Drei Tage nach der Operation mußte ich zum erstenmal aufstehen und eine Zeitlang stehen. Dabei half mir eine der Schwestern mit dem bezeichnenden Namen Engelberta. Als ich mich langsam erhob, blieb meine Helferin mit großen Augen weit unter mir und sagte: »Mein Gott, san Sie groß.« »Sie sind aber auch besonders klein«, stellte ich fest. »Ich war schon als Kind so klein«, belehrte mich Engelberta, »und wenn ich mit meiner Mutter spazierenging, sagten die Leute immer, was ich für ein kleines Mäderl sei. Aber meine Mutter gab ihnen heraus: ›Auf d' Größ' kommts überhaupt nicht an. Weil wenn's auf d' Größ' ankäm, dann könnt ja a Kuh' an Has' derlaufen.« Der kleinen Schwester Engelberta erklärte ich daraufhin auch gleich meine Sympathie für kleingewachsene Frauen. »Bei denen ist alles so schön nah beieinander«, sagte ich und sah, wie sich unter der weißen Schwesternhaube eine zarte Röte ausbreitete.

Unter den ersten Besuchern an meinem Krankenbett war auch mein hochgeschätzter Freund Ernst Müller-Meiningen jr. Er war für mich immer ein unerschöpflicher Fundus an Informationen und Beobachtungen, souverän bis unverfroren und mit einer ansteckenden satirischen Begabung. Wir waren gerade dabei, den Ist-

Zustand unserer Zeitung zu untersuchen, als ohne anzuklopfen die Oberschwester im Zimmer stand und mit glühenden Backen hervorstieß: »Hoher Besuch, hoher Besuch.« Auf den Fersen machte sie kehrt, stürzte davon und ließ die Türe offen. Da kam feierlichen Schrittes und mit freundlichen Gebärden Kardinal Wendel in den Raum. Er stutzte, denn in meinem Besucher erkannte er einen ernstzunehmenden Kontrahenten, mit dem er bereits mehrfach die geistigen Klingen gekreuzt hatte. Trotzdem überwand er sich zu einem pastoralen Gruß.

Zwei Ereignisse hatten uns zusammengeführt. In einer Neujahrspredigt im Dom hatte er das Dirnenunwesen in München als Zeichen des allgemeinen Sittenverfalls beklagt und im gleichen Tenor meine Weihnachtskarikatur in der *Süddeutschen Zeitung* angeprangert, die frevlerisch die Heilige Familie mißbraucht hätte. Die Feindseligkeiten zwischen Israel und Ägypten hatten mich veranlaßt, die Unbelehrbarkeit der Menschen daran zu demonstrieren, daß auch zweitausend Jahre später die Heilige Familie auf der Flucht vor dem Kindermord des Herodes durch Drahtverhaue und Minenfelder keinen Weg nach Ägypten gefunden hätte. Auf meinen Protest hin wurde mir eine Audienz beim Kardinal eingeräumt. Dabei erfuhr ich, daß er selbst meine Karikatur nicht gesehen hatte. Vorsorglich hatte ich das beanstandete Original dabei und erlebte, wie ein Erzbischof vom Saulus zum Paulus wurde. In tätiger Reue lud er mich zu einem Gespräch ein, wann immer ich einen Grund dafür hätte. Die zweite Begegnung war die Einweihung von St. Andreas, die ihn tief beeindruckt hatte.

Nun erkundigte er sich nach meinem Zustand. Ich zeigte ihm das auf Watte gebettete, herausoperierte Gallensteinmonstrum. Die Wirkung war verblüffend. Der Kardinal riß die Augen auf und wehrte meine Demonstration mit beiden Händen, als hätte er ein Exkrement des Teufels geschaut, das meinem Innenleben entrissen worden war. Nach einem Segenswunsch, eigentlich mehr einer Art Exorzismus, verließ er den Raum viel weniger feierlich, als er ihn betreten hatte. »Allerhand«, sagte Müller-Meiningen jr., »das war jetzt anders herum die Austreibung eines Kardinals ohne Worte.«

Ernst Hürlimann baute für das Gallenungetüm einen kleinen Plexisarg mit Kranz und Schleife. Nach Jahr und Tag hat dann meine Frau diese Reliquie, die mir im wahrsten Sinne des Wortes ans Herz gewachsen war, in den Müll geworfen.

Im Frühjahr 1955 wählte mich die Versammlung des BDA-Kreisverbandes von München und Oberbayern als Nachfolger von Hans Döllgast zum Vorsitzenden. Als Feuertaufe wurde mir vom Bundespräsidenten des BDA, Wilhelm Wichtendal, gleich eine hochdiplomatische Aufgabe aufgebrummt. Der Bund Schweizer Architekten BSA, bei dem der BDA als Pate mitgemischt hatte, feierte sein fünfzigjähriges Jubiläum. Bei den Feiern in Zürich sollte ich das Glückwunschschreiben des Präsidenten überreichen und einen würdigen Eindruck machen. Bei aller Vorfreude war mir doch recht mulmig zumute. Unter internationalen Gästen von Rang würde ich der einzige Deutsche sein, aus dem Land, dessen Einwohner von den Schweizern aus gutem Grund »Ländlistehler« genannt wurden.

Die Eröffnungsveranstaltung im Rathaus an der Limmat wurde würdig begangen. Die Beteiligung des BDA an der Gründung des BSA wurde objektiv und ohne Untertöne registriert. Höhepunkt des Jubiläums war das Festbankett im Hotel »Dolder«. Die Tische waren festlich gedeckt, locker in Gruppen zusammengefaßt, etwa in der Mitte das Mikrofon für die Laudatoren. Aber das beachtete ich nicht, ich hatte ja die Gratulation meines Präsidenten in Briefform bereits dem Schweizer Amtskollegen Hubacher abgegeben und wollte mich eben locker am Tisch niederlassen, als der mir mitteilte, daß die Mitglieder des BSA von mir, dem Paten, eine Rede erwarten würden.

Der strahlende Saal verlor augenblicklich seinen Glanz, und ich fühlte mich in der gutgelaunten Gesellschaft als Fremdkörper, von dem sich die bisher freundlichen Gesichter uninteressiert oder gar distanziert abzuwenden schienen. Mit weichen Knien setzte ich mich an meinen Platz. Auf eine Rede war ich nicht vorbereitet, in meiner Magengrube hatte ich ein Gefühl, das ich von der Ostfront her kannte – wie vor einem gefährlichen Stoßtruppunternehmen. Auch der Champagner, heiter kredenzt, konnte diesem flauen Zustand nicht abhelfen. Präsident Hubacher eröffnete die Reihe der Ansprachen souverän und wohlgelaunt. Dann kam die Rede des Rektors der ETH Zürich. Jetzt war ich dran, ich, der Deutsche, der Ländlistehler, gar ein Nazi. Die Versammlung schwieg.

Mit steifen Beinen ging ich zum Mikrofon. Das stand zwar auf dem Boden, aber ich fühlte mich wie auf einem Hochseil – ohne Netz. Ich hatte keine Notizen und wußte nicht, wohin ich meine leeren Hände tun sollte. »Ob ich als Vertreter des Patenverbandes für das große Jubiläum des BSA vor dieser festlichen Versammlung geeignet bin«, sagte ich, »mit der Reputation eines Paten zu gratulieren, bezweifle ich. Der BDA von 1905 war als Körper und Geist dem neuen BSA verwandt, auf gleicher Höhe der Kultur und mit dem Blick auf eine moderne, freie Zukunft. Meine Generation jetzt, im BDA von 1955, war frei – aber widerwillig mit dröhnender Begleitmusik in die deutsche Katastrophe geführt oder getrieben worden – und konsequent unter die Räder der Geschichte geraten. Der Verrat an der europäischen Kultur und Humanität ist schwer bestraft worden. Mit Recht. Als wir uns aus den Trümmern und dem Schutt des Krieges herausgewühlt hatten, standen wir benommen und verfemt vor einer Welt, aus der wir uns selbst ausgestoßen hatten. Deshalb empfanden wir es als ein Wunder, daß sich nach einiger Zeit Hände in unsere Quarantäne hineinstreckten, und das auch über die Schweizer Grenze hinweg.«

So fing ich meine Rede an und sprach mich von Satz zu Satz freier. Von den ersten kollegialen Kontakten berichtete ich, die uns Informationen über aufregende moderne Architektur vermittelten, die in einer Demokratie den Menschen dient und nicht dem monumentalen Popanz einer Diktatur. Die Schweiz schilderte ich als die weltoffene Heimat des menschlichen Maßstabes, der kultivierten Bescheidenheit, der Sorgfalt im Detail und der Noblesse in der Repräsentation. Und daß sich das Verhältnis von BDA zum BSA umgekehrt habe, sagte ich, daß der imposante Pate von damals mit unsicheren Beinen auf unbekanntem Terrain stünde und nun das erwachsene, souveräne und erfolgreiche Patenkind um Gehhilfen bäte, auf dem Weg in eine lebenswerte Zukunft. Mein Dank für die Einladung und die wohlwollende Aufmerksamkeit wurde von prasselndem Beifall fortgefegt, Menschen sprangen auf, liefen auf mich zu, drückten mir die Hände und geleiteten mich schulterklopfend zu meinem Platz. Das hatte ich nicht erwartet und war, aufgewühlt, zu keinem Reflex fähig. Nun strahlte das Bankett; es wurde ein leuchtender Tag im Hotel »Dolder«.

Ich fuhr wieder zurück nach München, in meine kleine Welt mit den großen Problemen, mit der neuen Demokratie und den alten Schatten. Die Welt hatte sich geändert, der Kalte Krieg teilte sie in West und Ost. Jetzt wurde das Gerede über eine deutsche Wiederbewaffnung immer konkreter.

Nach dem Kalkül Adenauers führte der Weg zur Gleichberechtigung der Deutschen und zur Aufhebung des Besatzungsstatuts nur über eine neue deutsche Armee. In einer ernsthaften, tiefgehenden Auseinandersetzung standen sich unversöhnlich die christlich-demokratischen und -sozialen, die liberalen und die konservativen Kräfte auf der einen Seite und auf der anderen die Sozialdemokraten, die Pazifisten, Intellektuellen, viele Künstler und Wissenschaftler gegenüber. Auch durch die Kirchen ging der Graben, hier die katholische, bereit, die neuen Fahnen zu segnen, und dort die evangelische, die noch ein schlechtes Gewissen aus früheren Fahnenweihen bewahrte. Das Thema besetzte mein Gehirn und bewegte mein Gemüt. Mit der brutalen Kriegserfahrung in den Knochen und im Gedächtnis, hielt ich deutsche Streitkräfte für absurd.

Am 27. Februar 1955 billigte der Bundestag die heiß umkämpfte Wiederbewaffnung der Deutschen westlich des Eisernen Vorhangs. Und am 5. Mai 1955, gerade zehn Jahre nach Kriegsende, erklärten die Hohen Kommissare der USA, Großbritanniens und Frankreichs feierlich die Aufhebung des Besatzungsstatuts.

Theodor Blank wurde Verteidigungsminister und residierte auf der Hardthöhe in Bonn. Zwei namhafte Generale der alten Wehrmacht wurden an die Spitze der Bundeswehr gezaubert: Adolf Heusinger, der im Führerhauptquartier für die Logistik zuständig gewesen war, und Hans Speidel, der ehemalige Chef des Generalstabs bei Rommel. Beide waren in die Verschwörung des 20. Juli involviert.

Mit meiner Frau Lilo fuhr ich an einem sonnigen Julitag im getreuen Opel Kapitän nach Tegernsee. Wir wollten zum Schererhof des großen Olaf Gulbransson, zum bayerischen Herrschersitz des norwegischen Herrn aller Trolle. Ein Mann wie er, der selbst ein Naturereignis war und mit seiner Kunst alles Sichtbare wie Unsichtbare beschwören konnte, mußte eine Art Schamane sein.

Schon ein paar Jahre vorher war ich, wohl auf Anregung von Franziska Bilek, von Dagny Gulbransson eingeladen worden und hatte bei diesem ersten Besuch wenigstens die niederen Weihen erhalten. Dieser Tag hatte mich, wie nur ganz wenige Ereignisse, in eine besondere Spannung versetzt.

Die letzte Wegstrecke mußte zu Fuß zurückgelegt werden; wir querten einen weiten Grashang, kamen an einem alten Bauernhof vorbei und standen vor dem Schererhof. Das silbergraue Gebälk zeigte das Alter an, das ein ehemaliger Lehenshof des Klosters Tegernsee haben muß. Sein Standplatz ließ erkennen, was den Norweger hierher ge- und zum Bleiben verführt hatte. Das Tal mit den herandrängenden Bergkuppen und der gestreckten Wasserfläche des Tegernsees hatte bei Olaf wohl die Erinnerung an die norwegische Landschaft geweckt.

Dagny begrüßte uns. Sie musterte ihre Gäste mit hellen Augen unter blonden Wimpern und zeigte disziplinierten Charme. Mit hoher, feiner Stimme stellte sie uns dem vitalen Denkmal vor. Das war kein Riese. Es war eher mittelgroß, aber kompakt. Ein hellblauer Leinenschurz mit luftigem Brustlatz, das Ganze knielang – von Freund Ringelnatz als Tuch bezeichnet, das den explosiven Bock in seiner frommen Herde zur gesitteten Gangart zwingt –, bedeckte die Vorderseite. Die Schlitzaugen im blanken, braunen Kugelkopf signalisierten Wohlwollen und die runden Nasenlöcher Erwartung. Zur Begrüßung brummte Olaf etwas Freundliches und ging in den großen Wohnraum voran.

Seine Rückfront war blank und im einfallenden Sonnenlicht umhüllten golden flimmernde Haare die festen Schultern. Beim Gehen zeigten die kernigen Hinterbacken eine lächelnde Mimik. Das war die Vision für angenehme Besucher. Leute, die unerwünscht oder überfallartig kamen, verscheuchte der mürrische Herr des Schererhofes dadurch, daß er beim Vorausgehen so tat, als müsse er etwas vom Boden aufheben. In diesem Fall hatte die Mimik des Hinterteils ein drohendes Auge und jagte die ungebetenen Gäste in wilder Flucht den Ziehweg hinunter. Den Wohnraum machte die Fensterfront auf der Südseite ganz hell und bot Aussicht auf den naturbelassenen Außenbereich, einen Grashang mit Büschen und Bäumen und dahinter die Berge und der See. Am Hang lag das

Tauch- und Schwimmbecken für den Künstler-Seehund, als den Olaf sich selbst sah und zeichnete. Der Wohnraum erhielt durch einen großen offenen Kamin an der inneren Längswand seinen Akzent. Davor stand ein langer Tisch für ein Dutzend Leute, die in stattlichen Sitzmöbeln Platz nehmen konnten. An den Kopfenden waren schwere Sessel plaziert, von denen der mächtigste für Olaf bereitstand. Alles, Konstruktionen und Bezüge, war naturbelassen; der Raum mit den Möbeln und Geräten beeindruckte die Besucher durch seine rustikale Kunst.

Über eine schmale Treppe stiegen wir ins Obergeschoß und standen in einem nordischen Märchen, im »Kavalierssaal«. Zwei Welten beherbergte das Dach des Hauses: im Erdgeschoß die ursprüngliche Gestaltung und im Obergeschoß feine, sinnliche Eleganz. Hier oben waren die Decken ganz weiß, und genauso weiß waren die Möbel, der runde Tisch und die leichten, skandinavischen Rokokosessel – alles auf einem leuchtend roten Fußboden. Und überall im Haus, immer am richtigen Platz, Bilder und Blätter von Gulbransson, Porträts, Karikaturen, aber auch hauchzarte Landschaften.

Wir setzten uns an den großen Tisch im Wohnraum. Dagny zauberte lautlos und behend Geschirr, Besteck und einen üppigen Imbiß aus der Küche. Das Feuer im Kamin fraß sich in die Holzscheite, prasselte, knackte und wurde von Olaf mit einem eisernen Schürhaken, einem echten Riesenspielzeug, in malerischer Bewegung gehalten. Es war ein märchenhaftes Bild, wie der flackernd illuminierte Troll da saß, jetzt in Fellhose und -jacke, auf der blanken Brust einen schönen, alten Silbertaler und, an ihn geschmiegt, Jorun, die zehnjährige Enkelin, eine federleichte, hellblonde Elfe. Olaf liebte sichtlich die Tochter seines Sohnes Olaf-Andreas sehr, des begabten und tüchtigen Architekten, der seine großen Talente auf die Gestaltung der gebauten Umwelt konzentrierte. Nach seinen Entwürfen entstand eine Reihe eindrucksvoller evangelischer Kirchen.

Mit Gulbransson leerte ich, von ihm lächelnd beäugt und immer im Gleichtakt mit ihm, mein großes, dickwandiges Glas Cognac, von ihm begleitet mit anerkennendem Grunzen und Brummen. Das gefiel ihm, es war eine Art Charakterprüfung. Dazu gehörte wohl auch, daß er nach meiner Hand griff, die zwischen ihm und mir entspannt auf dem Tisch lag. Er faßte und beklopfte sie, prüfte die Ballen und schnaufte »Ah, das ist eine Hand« und ließ sie eine Zeitlang nicht mehr los. Über Kunst oder große Theorien haben wir nicht geredet. Dafür erzählte er mit genießerischen Pausen, auf seine Art kollernd und kautzig, von seinen Freunden und seinem herrlichen einfachen Leben. Wenn er lachte, zeigte er seine kurzen, aber beißkräftigen Zähne, mit denen er, wenn ihm gerade danach war, Gläser zermahlen konnte, ohne Schaden zu nehmen. Daß ich passable Karikaturen in der *Süddeutschen Zeitung* zeichnete, war für den Meister nichts Besonderes. Aber daß ich es beim Cognac mit ihm gleichtun konnte und eine beachtliche Tatze vorwies, das hat Eindruck auf ihn gemacht.

In den Jahren nach dem Krieg war Gulbransson immer wieder angegriffen worden, weil er nach 1933 im *Simplizissimus* weitergezeichnet hatte, weil er weder Widerstandskämpfer noch Emigrant wurde und weil er, noch schlimmer, einen Brief mitunterschrieben hatte, der von dem Dirigenten Hans Knappertsbusch konzipiert worden war und in dem Thomas Mann und die Emigration verächtlich gemacht wurden. Den Alten vom Berg hat das alles mehr irritiert als geschmerzt. Die Nazizeit war über ihn hinweggegangen wie über einen erratischen Block. Er war ein lebenskritischer, aber unpolitischer Künstler, der unter den NS-Parteigrößen niemanden hatte entdecken können, dessen Profil darstellenswert gewesen wäre. Bei Hitler, den er selten genug während der Weimarer Republik gezeichnet hatte, sträubte sich seine Feder sichtbar.

Dagny war ihrem eigenwilligen, autonomen Mann eine scharfsinnige, diplomatische und zielbewußte Direktrice. Als ich sie später einmal nach ihrem Leben mit dem dreißig Jahre älteren Olaf fragte, sagte sie nur: »Ach, für ihn wären auch drei Dagnys recht gewesen.« Sie lenkte das Leben auf dem Schererhof, ohne laut zu werden, unauffällig, aber nachdrücklich.

Kaum war ich als Vorsitzender des Münchner BDA in Amt und Würden, erhielt ich eine Einladung des BDA in der DDR, einer Neugründung unter der roten Fahne mit dem Signet des Arbeiterstaates, zu einem Kongreß mit dem Thema »Städtebau«. Allein machte ich mich im Auto auf die Reise, gespannt auf kommende

Abenteuer. Der Aufenthalt an der Zonengrenze, die hermetische Absperrung, die peinlich kleinliche Kontrolle durch die Vopos, die auch noch die Rangabzeichen der alten Wehrmacht trugen, das war ein düsterer, bedrückender Auftakt. Während der Weiterfahrt durfte bei Strafe um keinen Meter von der vorgeschriebenen Route abgewichen werden. Das Tempolimit auf der bereits sichtbar verrotteten Autobahn wirkte auf den Fahrer eines schnellen Wagens wie eine körperliche Züchtigung, zumal es kaum Verkehr gab. Nach der bedrückenden Fahrt durch ein leblos scheinendes Land kam ich gegen Abend in die große Stadt, deren sowjetisch besetzter Sektor sich seit sechs Jahren Hauptstadt der Deutschen Demokratischen Republik nannte.

Als Gast des staatlich gelenkten BDA wurde ich in einem Hotel untergebracht, das für offizielle Besucher vorgesehen war. Das war ein alter Kasten, bürgerlich repräsentativ aufgeputzt und mit allem Kitsch, den kleine Parvenus für Wohlhabenheit halten. Immerhin funktionierten die Heizung und das Frühstück. Die Tagung fand in einem großen Auditorium statt, das mehrere Hundert Teilnehmer faßte. Über die Hälfte waren junge Leute aus den Architekturkollektiven und Studenten. Die Leitung hatte der Sohn Kurt des legendären Karl Liebknecht, der eloquent und mit Funktionärspathos das Programm auf Parteilinie hielt. Alle Referate mit ihren Thesen und Resolutionen waren Dank und Treueschwüre an die große Lehrmeisterin Sowjetunion.

Von Erkenntnissen modernen Städtebaus und fortschrittlicher Architektur war keine Rede. Die Namen bedeutender Architekten aus den westlichen Demokratien wurden nicht genannt. Dafür sah ich auf den Knien junger Architekten und Studenten, in deren Mitte ich saß, viele Exemplare der »Kunst im Deutschen Reich«, der offiziellen Zeitschrift der NS-Reichskulturkammer, mit den Werken von Speer, Giesler, Ruff, Fick, der Generalbauräte Hitlers und seiner Maskenbildner Breker, Thorak und anderer Parteihöflinge. Das hatte ich nicht erwartet. Hier wurden Elemente der Baukunst der braunen Megalomanie vermischt mit dem Zuckerguß sowjetischer Repräsentationssucht.

Als Begleitprogramm wurde eine Ausstellung angeboten, in der die Planungen und der Wiederaufbau im Krieg zerstörter russischer Städte gezeigt wurden. Mich interessierte das Schicksal Smolensks, der alten Stadt mit der großen Geschichte auf dem Hochufer über dem Dnjepr, ihrer Kathedrale, in der ein Stück meines Herzens geblieben war. Nun sah ich auf den Plänen für das neue Smolensk eine im Raster formierte Masse einfallsloser Blöcke, die meine geliebte Kathedrale erschlagen würden.

Von einem der Planer der Stalinallee, dem Architekten Rupp, der aus Karlsruhe in die DDR und nach Ost-Berlin emigriert war, wurde ich zum Abendessen eingeladen. Er hatte eine Wohnung in der Stalinallee, und so hatte ich Gelegenheit, das Mikroleben hinter der monströsen Fassade des Arbeiter- und Bauernstaates kennenzulernen. Die Dreizimmer-Wohnung mit Küche, Bad und WC war zwar geräumig, hatte aber ein eiskaltes Wohnklima. Die Räume, im Grundriß ganz passabel, hatten eine Höhe von fast vier Metern und waren bedrückend unwohnlich. In den kleinen Räumen, in Küche, Bad und im WC, hatten die Proportionen eine absurde Wirkung. Frau Rupp, eine kleine, feingliedrige Person, freundlich, aber vom Besuch eines Klassenfeindes auch etwas verängstigt, hatte üppig aufgetischt. Ihr Mann sorgte für reichliche Mengen Alkohol, ungarischen Wein, Krimsekt und Wodka – aus sehr eigensüchtigem Grund: Er war, wie ich bald merkte, ein beachtlicher Zecher. Das wirkte sich dann auch fatal auf unser Gespräch aus. Da brachen alle mentalen Dämme, der enttäuschte Demokratieflüchtling schoß endlose Tiraden von Vorwürfen und Anklagen gegen die Mächtigen der SED und den Gesinnungsterror ab.

Bleich vor Angst versuchte die Frau diesen Ausbruch zu verhindern. Vergeblich. Sie fürchtete die Indiskretion des fremden Besuchers. Mit Mühe gelang es uns, den betrunkenen Krakeeler ins Schlafzimmer zu bringen. Ich gelobte Verschwiegenheit, dankte für die Einladung und verließ die verstörte, blasse Frau.

Mein Betreuer während der offiziellen Veranstaltungen war Walter Mikin, der Geschäftsführer des BDA in der DDR. Der unauffällige, mittelgroße Mann war freundlich, aber nicht gerade redselig; seine sachlichen Erklärungen folgten exakt der Parteilinie. Auf meinen Wunsch hin wurde ich in ein Architekturkollektiv geführt, das mit etwa 20 Entwerfern und Detaillisten Wohnblöcke

städtischen Zuschnitts plante. Mit einem Blick auf die Fassaden-
pläne erkannte ich, daß der Baustil mit dem der Bauten in der Ausstellung sowjetischer Architektur identisch war. Der Leiter des
Kollektivs erläuterte, nein, pries die große Sowjetunion als Vorbild.
Es fiel mir auf, daß die langen Schaufensterfronten Rundbögen
aufwiesen, als wäre man im 19. Jahrhundert stehengeblieben. Dieses Phänomen des sozialistischen Stils hob der Bürochef als dem
Kapitalismus überlegen hervor. Aus den Reihen der gebeugten
Rücken der Zeichenknechte rief einer laut und deutlich: »Wir
haben keinen Stahl.« Ich spürte, wie alle erschrocken die Luft
anhielten. »Das ist doch Quatsch«, versetzte der Chef mit eisiger
Miene, »hier geht es um Architektur und nicht um Stahl.« »Das
eine geht nicht ohne das andere«, sagte ich, »und daß Stahl knapp
sein kann, ist auch den bayerischen Architekten nicht unbekannt.
Aber es kommt eben darauf an, wie man aus der Not eine Tugend
macht. Die Lösung mit den Rundbögen finde ich ganz ausgezeichnet. Es ist die Überwindung eines Engpasses durch den Geist der
Architektur.« Das Aufatmen wurde von befreitem Papierraschen
begleitet, der Blick des Chefs wurde wieder milde; er fühlte sich bestätigt. Beim Hinausgehen schaute mich mein Betreuer Mikin
schräg von unten an, sagte aber kein Wort.

Mit der Reise nach Ostberlin hatte ich auch die Absicht verbunden, einen Abstecher nach Dessau zu machen. Ein Besuch außerhalb des offiziellen Programms war nur mit einer Sondergeneh-
migung möglich. Da mußte mir der schweigsame Mikin helfen. Als
Motiv für meinen Besuch schilderte ich ihm mein Interesse am
Wiederaufbau einer mittelgroßen, historisch bedeutenden Stadt in
der DDR. Von meiner Zeit in Dessau sagte ich wohlweislich nichts.
Am Abend vor der Abreise präsentierte mir Mikin die offizielle Genehmigung zu einem eintägigen Besuch der Stadt Dessau. Dazu
überreichte er die Prachtausgabe eines Werkes über die sowjetische
Architektur mit der persönlichen Widmung »Meinem Gast«. Erst
jetzt erkannte ich, daß mein Schatten für drei Tage ein aufmerk-
samer Mann gewesen war, kein Schwadroneur oder Propagandist,
eher ein sensibler und hilfsbereiter Mensch.

Dessau war nur schwer wiederzuerkennen. In der Trümmerwü-
ste waren nur wenige markante Bauten zu finden, und die Reste der

einst vertrauten Stadt waren vom beginnenden Wiederaufbau nach sowjetischem System gnadenlos plattgemacht worden. Bei oft sprachlosen Leuten fragte ich mich zum Einwohneramt durch, parkte den Opel Kapitän am Straßenrand und fand drei Adressen, die ich aufsuchen wollte. Sie gehörten dem damaligen Sportleiter im Verein »Tannenheger«, Asché, dem Springtalent Lotte Rahwiel, jetzt Frau Ulbricht, und der Witwe des Oberleutnants Lange.

Mein erster Besuch galt Asché in einer engen, dunklen und ärmlichen Eineinhalbzimmer-Wohnung. Als ehemaliger Nazi war er mit seiner Frau aus seiner alten, größeren Wohnung verjagt worden. Für ihn war ich eine unfaßbare Erscheinung, und als er mich erkannte, stürzte er weinend aus der hellen Landschaft der Erinnerungen in den bodenlosen Abgrund seines derzeitigen Daseins. Er war einmal ein guter Sportleiter gewesen, ein Freund, den nur unser Training bewegt und der uns mit Politik verschont hatte. Das versuchte ich ihm zu sagen; ich erfuhr die Schicksale der übrigen Mannschaft, versprach ihm Pakete aus München (die ich auch schickte) und ging nach einer Stunde mit grauer Seele zu meinem Auto zurück. Mittags war ich im Ratskeller mit der Witwe meines Kameraden von der Pionierschule verabredet. Jetzt erlebte ich eine junge Frau, die mit einer guten, aber wohlverpackten Erinnerung an ihren toten Mann in russischer Erde fest entschlossen war, ein kleines, aber kultiviertes Leben in Dessau aufzubauen. Es war ihr gelungen, als Bibliothekarin in der Stadtbücherei unterzukommen. Ich kannte sie als schöngeistige, etwas naive, liebenswürdige Partnerin ihres gleichgesinnten Oberleutnants. Jetzt war sie mit ihren Büchern auf einer kleinen Insel angekommen und fütterte mit Hingabe die Leseratten der Stadt. Sie trug den Schleier einer beherrschten Traurigkeit mit Anstand. Die Kargheit des Mittagsmahls war für sie Nebensache, das Gespräch führte sie mit zierlichen Gebärden, und ich verabschiedete mich von einer Frau, die bescheiden, aber zuversichtlich nach vorne schaute.

Nun fand ich auch noch die dritte Gestalt aus jener schwierigen Zeit. Lotte Ulbricht war Turnlehrerin geworden und ruhte sich gerade in der Turnhalle ihrer Schule, auf einer Bank liegend, aus, als ich sie mit »Hallo, Lottchen« begrüßte. Wie ein Schnellkäfer kam sie auf die Beine, erkannte mich sofort und war außer sich vor

Freude. Die erste Begegnung nach elf Jahren rundete sich zu einem Abend voll Erinnerungen an diese Zeit, aber auch der Gespräche über die verrückten Zustände in den zwei deutschen Ländern.

Wir saßen mit Werner, ihrem Mann, der im Krieg Marinesoldat auf einem Kreuzer gewesen war, in ihrer hübschen Wohnung. Ich spürte das kleine Glück der beiden, das eigentlich ein Riesenglück war, wenn ich an die Höhle des armen Asché dachte. Lotte hatte schnell den Tisch gedeckt und mit Wurst, Schinken und derbem Brot, Butter und Käse den Eindruck von Üppigkeit gezaubert. Werner bot bulgarischen Wein an, den die zwei aus dem Urlaub am Schwarzen Meer mitgebracht hatten. Wir waren uns bewußt, daß wir diesen Abend als Privilegierte genossen, meine Dessauer Freunde als Gastgeber eines Mannes aus dem Westen und ich mit einem Erlaubnisschein für ein paar Schritte im verbotenen Land. Lotte und Werner waren mit ordentlichen Berufen in das Räderwerk ihres Staates, den sie sich nicht aussuchen konnten, eingebaut und waren damit zufrieden. Politisch blieben sie wenig interessiert und waren mit dem, was sie sicher hatten, einverstanden. Die staatlichen Zwänge und die gefährliche Grenze mit Todesdrohung bedrückten sie. Aber das drängte sie nicht zum Widerstand gegen diese Staatsgewalt.

Immerhin war diese Reise ein sehr informatives Kontrastprogramm gewesen, und ich kehrte mit Wonne wieder zurück zu meiner quicklebendigen Familie, der Architektenwelt und dem unübersichtlichen Wildpark der Politik. Ein besonderes Exemplar aus Adenauers Tierleben hatte schon lange meinen Jagdinstinkt geweckt, anders als es die alten Böcke im Bonner Revier taten: Franz Josef Strauß. Das Revier in Bayern war in seinen besten Plätzen bereits von den alten Platzhirschen aufgeteilt worden. Für einen tatendurstigen jungen Bock war nur noch in der zweiten Reihe Raum. Die provisorische Hauptstadt Bonn bot bald die Startrampe für den Politiker Strauß. Gezündet wurde die Rakete vom Bundeskanzler, der das dynamische Talent erkannte und auf seine Art einschätzte: eine bayerische Kraftnatur, die in die richtigen Bahnen gelenkt werden mußte. So wurde »F. J. S.«, wie er fortan genannt wurde, vom schlauen Alten vorsorglich im zweiten Bundeskabinett als Minister für Sonderaufgaben eingeschirrt. Aber schon nach zwei Jahren übernahm er das neu geschaffene Bundesministerium für Atomfragen, F. J. S., der Altphilologie und Geschichte studiert hatte und Gymnasiallehrer war.

Bald nach seiner Amtsübernahme begegneten wir uns, und ich benützte die Gelegenheit, ihn zu fragen, wie er es als Altphilologe mit der Atomwissenschaft hielte. In einer Karikatur hatte ich ihn als deftige Kontrastfigur dem Olympier Einstein zugesellt. »Ja, was glauben's denn«, schnaufte er mich an, »ich hab' mir einen Atomprofessor engagiert. Der hat mich in einem Vierteljahr so gebimst, daß ich jetzt ohne weiteres eine Abiturklasse in Atomphysik unterrichten könnte.« Er zeigte strahlend seine stets wie neu blitzenden Zähne und glaubte es dem ahnungslosen Karikaturisten so richtig gezeigt zu haben. Strauß war im wohltemperierten Bundesterrarium Bonn ein Temperamentsbolzen, ein Kriegsteilnehmer mit weißer Weste, der überall für Aufsehen sorgte. Das Schicksal hatte verhindert, daß er sich mit dem großen Antipoden Adenauers, Kurt Schumacher, in der parlamentarischen Arena messen mußte. Ein größerer Gegensatz war nicht denkbar, als der mit verzweifelter Leidenschaft gegen die Wiederbewaffnung kämpfende Sozialdemokrat und das ehrgeizige, erfolgshungrige Kraftbündel aus Bayern. Kurt Schumacher war, von den Nazis zerbrochen und von politischer Leidenschaft verzehrt, nur 57 Jahre alt geworden. Das Bild des Toten, mit dem vom Schmerz erlösten Gesicht und dem Hauch einer Erfüllung über den weich gewordenen Konturen, hat mich tief erschüttert. Es war für mich wie ein persönlicher Verlust.

In meinem Büro hatte das Team die Bauplanungen für München und Deggendorf gut im Griff. Jetzt hatte ich zum ersten Mal nach dem Krieg Zeit, mit meiner Frau in Urlaub zu fahren. Wir verteilten die Kinder auf die Großeltern in Oberammergau und Kraiburg und hatten nun die Freiheit, mit dem Auto vier Wochen lang durch Frankreich zu reisen und Wiedersehen zu feiern. Ich wollte nach 15 Jahren all die Orte aufsuchen, die Schauplätze meines Schicksalsstücks gewesen waren. Meine Frau Lilo, die aus einer polyglotten Familie stammte und Verwandte in Paris hatte, zudem ein vorzügliches Französisch sprach, war Dolmetscherin. Wir fuhren über den Rhein, die Vogesen entlang, durch Colmar und Belfort nach Port-sur-Saône, wo ich im April 1941 das widerliche Erlebnis im verlassenen Stabsquartier der SS-Division »Das Reich« hatte. Das Restaurant »Lido« am Flußufer, ein Lokal, in dem wir Teutonen französische Eßkultur und Tafelsitten erfuhren, war unverändert, und wir traten in den gerade unbesetzten Speiseraum. In einer Ecke saß zusammengesunken und regungslos der alte Patron André. Die Tür zur Küche öffnete sich und Madame stand im Rahmen. »Madame Capitain« nannten wir sie damals, die stramme, resolute Frau mit dem Anflug eines Schnurrbartes im hübschen Gesicht. Sie kam näher, blieb vor mir stehen und sagte nach wenigen Sekunden »Oh là là, le Lieutenant avec moustache«. Wir begrüßten uns, als hätten wir uns erst vor kurzem getrennt, und Madame schloß meine flott parlierende Frau sofort ins Herz. »Was ist mit André?« fragte ich, und wir erfuhren, daß ihr auch sonst nicht gerade redseliger Mann beim Einmarsch der Amerikaner mit dem französischen Waffenbruder General Leclerque

Atomexperten – relativ gesehen

In Treue fest

STRAUSS
BRÄU

immlische Theorie – Irdische Praxis
15. 10. 55

von einem Truck überfahren wurde und nun, gelähmt und sprachgestört, ein Pflegefall geworden war. Über die Kriegszeit redeten wir unverklemmt, weil wir immer wie kultivierte Leute miteinander umgegangen waren. Ich fragte auch nach ihrer Nichte Paulette, die sich in dieser Zeit in den Schirrmeister unseres Bataillons verliebt hatte und mit ihm in den späteren Standort unserer Einheit, der kleinen Stadt Dole, gezogen war. »Sie ist tot«, sagte Madame ruhig, und wir erfuhren, daß die schöne, junge Frau nach dem Abzug der Deutschen als Kollaborateurin von französischen Widerstandskämpfern erschossen wurde. »Und was ist mit Camilla Jeanroy«, die Dolmetscherin des Bataillons war und Interessierten Französischunterricht gab. »Camilla ist in Paris, verheiratet mit einem Professeur.« »Aber sie arbeitete doch für die Wehrmacht«, sagte ich fassungslos, und Madame lächelte etwas süffisant: »Mais oui – aber sie war bei der Résistance.«

Mit Macht zog es mich weiter nach Süden. Die anmutigen Landschaften zwischen Normandie und Loire wurden von einer Topographie abgelöst, der jede Lieblichkeit abhanden gekommen ist. Die runden, freien Höhenrücken schwingen weit aus, und die Waldrudimente sind von bizarren Baumruinen durchsetzt, groß und mit wilden, blattlosen Kronen. Die von duftig-hell bis saftig-dunkel reichende Grünskala der Flora wird vom Ocker, Gelb, Rotbraun, Weiß und Schwarz der Hänge und Mulden abgelöst. Die Dörfer liegen weit auseinander, oft sieht man verlassene Bauernhöfe. Das ist ein Frankreich, in dem es sich Gott nicht so gut gehen lassen kann.

Dann lag Albi vor uns, die Stadt des Henri Marie Raymond de Toulouse-Lautrec-Monfa, dessen Werk ich erst nach dem Krieg kennengelernt hatte. Seither hörte ich einen Signalton, der mich nicht mehr losließ und der aus Albi kam. Nun stand ich mit meiner Frau auf dem östlichen Ufer des Viaur. Wir schauten über den tiefen, weiten Talgrund auf die Stadt. Lange konnten wir nichts sagen. Mächtig lagert die Kathedrale in der dichten Bebauung, die Häuser drängen sich an ihren kraftvollen Körper. Im Hotel »Lion d'Or« nahmen wir Quartier; hier hätte ein Roman von Maupassant gespielt haben können, und ein Hauch von Toulouse-Lautrec hing in den Räumen.

Wir gingen zum Schloß, dem »Hotel du Bosc«, unweit der Kathedrale, in dem die Arbeiten des Künstlers aus der Kinderzeit bis zu den Höhepunkten seines Schaffens ausgestellt sind. Mehr noch, in den Räumen schien auch seine Seele zu leben. So muß es dem Ali Baba ergangen sein, als er mit seinem »Sesam öffne dich« die gleißende Schatzhöhle betrat. Ich stand vor den kleinen Blättern und großen Kartons, ganz nahe, ich wollte die Stift- und Pinselführung erfühlen und nachempfinden. Ein wunderbarer Tag hat mir in einer intensiven Begegnung einen neuen, großen Raum der Kunst erschlossen. Er hat mich aber auch klein und bescheiden gemacht. Toulouse-Lautrec, das rassige Rennpferd, und ich, der bemüht trabende Maulesel.

Dabei stimmt der Vergleich mit dem Rennpferd nur für seine Kunst. Sein Leben mit den tragischen Unfällen und der grausamen Verunstaltung seines Körpers hat mich erschüttert. Der besessene

Kampf gegen dieses Schicksal, bis zur Selbstzerstörung Tag für Tag und jede Nacht, ließ den unglücklichen Zwerg mit dem großen Kopf und dem zerrissenen Gemüt großartige und genaue Menschenbilder vollbringen. Neben diesen brillanten, souverän komponierten Darstellungen sind Vorstudien und Skizzen entstanden, die den Charakter von Karikaturen haben. Es wird oft darüber diskutiert, ob die Karikatur Kunst sei oder nur eine Art Kunsthandwerk, Füllmaterial in Zeitungen und Magazinen, eigentlich gar nicht ernstzunehmen. Bei Toulouse-Lautrec kann man nachvollziehen, wie er über die typisierende Skizze, die Unter- oder Übertreibung zu seiner endgültigen Aussage kommt. Diese karikierenden Notizen sind Stationen auf dem Weg zur Spitzenleistung.

Toulouse-Lautrec in Albi gehört zu den wichtigsten Begegnungen in meinem Leben. Er hat meine Sinne für die Menschenbeobachtung geschärft und gezeigt, daß auch in der Karikatur, wenn sie gelungen ist, Ästhetik steckt.

Auf der Weiterfahrt genossen wir die schönen Goyas im Stadtmuseum von Castres, die theatralisch restaurierten Burganlagen von Carcassonne und die vielen Gesichter der Provence. Nach den Schätzen der Vergangenheit in Nîmes und Arles bot Le Corbusier seine Pretiose der modernen Architektur, die Cité Radieuse. Vom Keller bis zum Dachgeschoß durchmaß ich das Ergebnis der Analyse gesellschaftlicher Bedürfnisse, rationeller Anwendung moderner Techniken und die Loslösung von traditionellem Stilgefühl. Das Bauwerk erschien mir als geglückte Mischung von Freiheit und Disziplin. Es war für mich das Sinnbild einer Demokratie, in der sich die Wahrung lebenswichtiger Strukturen und Versorgungsstränge mit dem Fortfall verkrusteter und verlogener äußerer Formen verbindet.

Als Höhepunkt unserer Reise, als mediterranes Naturerlebnis hatten wir die Insel Porquerolle ausgesucht. Vom kleinen Hafen Hyères aus schipperten wir auf einem altertümlichen Spielzeugboot über das tiefblaue Meer. Vor uns lag über einem Silberstrand der langgestreckte, kräftig konturierte Höhenrücken, harmonisch mit Bäumen an seinen abschwingenden Flanken bestanden. Der kleine Ort schmiegte sich unter alte, hohe Eukalpytusbäume und schaute einladend auf das gemütlich herantuckernde Schiff mit seiner Handvoll Passagiere. Wir hätten es nicht besser treffen können. Gleich hinter dem hölzernen Landesteg lag das kleine Hotel »Arche Noah«, das eigentlich mehr ein romantisch anmutendes Gasthaus ist, gerade passend für Liebespaare aller Altersstufen.

Es waren nur wenige Gäste da, und die Besitzerin war auch zu uns Deutschen von heiterer Freundlichkeit. Die sonnigen Tage versetzten uns in einen Zustand wunschloser Leichtigkeit. Jeden Morgen beobachtete ich das Erwachen der Insel vom offenen Fenster aus auf dem kleinen Platz zwischen Hotel und Kirche, der von Platanen umstanden war. Erst kamen die Hunde, einer nach dem anderen, die großen und die kleinen aller Rassen, trabten aufeinander zu, bildeten ein lockeres Rudel, begrüßten sich schnüffelnd und wedelnd, alles völlig lautlos, nach einem eingespielten Ritual. Dann kam der Chef, ein schwarzer, eleganter Dobermann, lässig auf den Platz getrottet. Der Dienstälteste meldete die Vollzähligkeit der angetretenen Schweifwedler mit kurzem Bellen dem Oberhund. Der musterte mit scharfen Blicken, auch ohne Epauletten bis zu den Ohrenspitzen ein Befehlshaber, die Haltung seiner Truppe. Dann wandte er sich um und verließ in flottem Trab den Platz, gefolgt von der bunten Kavalkade in der von ihm bestimmten Richtung. So begann auf den Glockenschlag genau jeden Morgen der Hundetag. Er endete in einem festgelegten Ablauf bei Sonnenuntergang. Da saßen die Hunde geordnet und schweigend auf dem hölzernen Landesteg und schauten dem sinkenden Gestirn nach. Als dann der Feuerball hinter dem Horizont in die aufsteigende Nacht versunken war, erhoben sich die Hunde wie auf ein Kommando des Chefs und liefen schweigend in das Dorf zurück. Die Hunde von Porquerolle.

Der Abschied von der Insel tat weh, etwas gedrückt hockten wir im Boot nach Hyères. Der Mistral ließ die Wellen tanzen und blies Fahnen von Salzwasser über uns. Wir fuhren die Rhone aufwärts und machten in Dole Station. Vor vierzehn Jahren war ich hier im Grand Hotel »Chandioux« einquartiert gewesen, in Leutnantsuniform. Jetzt schaute ich durch die Glastüre in die Eingangshalle, mit etwas zwiespältigen Gefühlen. Nichts hatte sich verändert, hinter dem Tresen des Empfangs hantierte eine Frau, die ich sofort wiedererkannte. Es war die Nichte des Ehepaars Chandioux, die damals den Zimmerservice besorgt hatte, eine eher kleine, sehr schlanke Person mit schnellen, schwarzen Augen, spitzer Nase und böser Zunge. Ich war des öfteren mit ihr ins Gespräch gekommen.

Jetzt ordnete Madame gerade Papiere in die Gästefächer ein. Sie wandte sich um, und wir schauten uns sekundenlang in die Augen. Regungslos. Dann holte sie vom Wandbrett den Schlüssel Nr. 21 und sagte: »I think, you would like to get your room again.« Sie hatte mich sofort erkannt. Nun reichte sie mir die Hand und begrüßte meine Frau, die in ihrem perfekten Französisch antwortete. Im Speisesaal, der damals Offizierskasino gewesen war, lud uns Madame zu einem klassischen Abendessen mit feinstem Burgunder und Champagner als krönenden Abschluß. Das Zimmer Nr. 21 war nicht verändert worden. Drei Monate nach meiner Heirat hatte ich damals in dem luxuriösen Doppelbett von meiner neunzehnjährigen Frau geträumt, und jetzt, vierzehn Jahre später, hielt ich die Traumfrau auf diesem paradiesischen Lager im Arm, während zu Hause in München fünf temperamentvolle Kinder auf unsere Heimkehr warteten. Die Erinnerung, mit einem Hauch Wehmut, fuhr mit uns nach Hause in ein Glück, das fünf lustige Gesichter hatte.

Mein Architekturbüro, das selbst gebaute Boot, war in meiner Abwesenheit nicht gekentert, sondern in flotter Fahrt geblieben und hatte die Richtung gehalten. Ich brauchte nur einzusteigen. Aber nach vier Wochen Abstinenz von der Politik, von der Presse mit ihren Informationen und von der Pflicht, die Ereignisse in Karikaturen aktuell zu kommentieren, waren meine Sensorien vom Urlaub umprogrammiert worden. Jetzt mußte ich mich schnell wieder umstellen und den Satiremotor anwerfen, zumal auf der politischen Drehbühne ein neues Stück ins Programm genommen worden war.

Konrad Adenauer folgte einer Einladung in den Kreml. Zehn Jahre nach Kriegsende betrat ein deutscher Bundeskanzler den Roten Platz in Moskau, Vertreter jenes Volkes, das von der Roten Armee aus dem Land getrieben und niedergeworfen worden war. Dazu zeichnete ich »Das russische Bajonettwunder« in zwei Szenen: den Landser 1945, der mit erhobenen Armen kapituliert, während die roten Bajonette auf seine Brust gerichtet sind, und 1955 den Kanzler, wie er mit jovialem Gruß die präsentierten roten Bajonette abschreitet. In Moskau fanden fünf harte, strapaziöse Verhandlungstage statt, die der fast achtzig Jahre alte Adenauer bewunderswert durchstand. Am Ende wurde der russische Wunsch nach diplomatischen Beziehungen mit der BRD erfüllt und das Duo Bulganin und Chruschtschow gab die Zusage, die letzten deutschen Gefangenen in die Heimat zu entlassen. Aus den Kulissen dieser dramatischen Aufführung war zu erfahren, daß nach alter Sitte und festem Brauch seit der Zarenzeit deftige Tafelfreuden und volle Wodkagläser zum Begleitprogramm gehörten. Dabei gewann der Alte vom Rhein den Respekt der trinkfesten Gastgeber, und dem sozialdemokratischen Begleiter Carlo Schmid gelang es in einem scharfen Zechduell, dem Berserker Nikita Chruschtschow zu imponieren.

Darüber hatte Hans Ulrich Kempski, der Reporter mit den scharfen Augen und dem schnellen Verstand, in der *Süddeutschen Zeitung* berichtet; das hat meine Phantasie stimuliert. Als Adenauer mit seiner Begleitung wieder in Bonn war und für den Bundestag an seinem Bericht über diese spektakuläre Reise feilte, zeichnete und reimte ich eine Ballade in sechs Bildern für das Deutsche Fernsehen. Ich nannte sie »Feuchtfröhliche Wolgaballade«. Und sie fing an: »Ein Kanzler saß am Wolgastrand, trank Wodka für sein Vaterland...« Eigentlich war es ja die Moskwa, aber Wolga klang mehr nach Operette, und ich fabulierte unbekümmert weiter, wie sich Bulganin und Adenauer näherkommen, menschlich-brüderlich, und zu einem hochpolitischen Abschluß gelangen. Wieder wodkabeschwingt im Quartier, sieht sich Adenauer in einem großen Spiegel doppelt – mit Otto Grotewohl verkoppelt. Und das war ja die große Sorge des Moskaureisenden, daß, am Schluß der Begegnung mit den Kremlherren, ein *Kontakt* mit der DDR unvermeidlich sein könnte. Wie bei jeder meiner Balladen schloß ich mit einer »Moral von der Geschicht'«: »Was man beim Wodka auch bespricht, der Morgen zeigt in jedem Falle aschgrau und deutlich das Reale.«

Unmittelbar vor dem Bericht des Bundeskanzlers im Parlament brachte das Deutsche Fernsehen im Abendprogramm meine »Politische Drehbühne« mit dieser Ballade. Das Bundeskanzleramt reagierte darauf stocksauer, und ich kassierte einen Verweis, den ich mit Bravour hinnahm. Das Moskauer Abkommen wurde realisiert, und so kamen ab September 1955 die letzten Gefangenen über das Lager Friedland in die Heimat. Auf dem Bildschirm erlebte ich die Ankunft dieser armseligen, mageren Männer mit den großen Augen, deren Sprecher eine Dankrede an den Bundeskanzler und die Menschen in der Heimat hielt.

Immer mehr wurden die Schatten des Krieges vom Neonglanz des Wirtschaftswunders überstrahlt. Nach der Trümmerbeseitigung und den ersten Reparaturen hatte die Phase der Neuplanungen begonnen. Für die Architekten türmten sich die Aufgaben. In München wurde heftig öffentlich und noch mehr in engagierten Kreisen über Aussehen und Funktionen einer modernen Stadt diskutiert. Der Stadtrat war von dieser schicksalhaften Problematik überfordert. Seine Mitglieder, alte, von den Nazis vertriebene oder auch in die Emigration gejagte Demokraten und eine kleinere Zahl jüngerer, aus Krieg und Zerstörung davongekommener, politisch orientierter Menschen, wollten den Aufbau der Demokratie und waren für Neues aufgeschlossen. Aber für moderne Stadtplanung und Architektur waren Kompetenz und Erfahrung nötig, ganz besonders in einer Stadt wie München, deren Lieblichkeit und Charakter sie über Bayern hinaus attraktiv machten, freilich auf recht ambivalente Weise. Die Seelenachse der Stadt hatte zwei Pole, das Hofbräuhaus und Schwabing. Das Auflager in der Mitte war das glanzvolle München der Wittelsbacher und die Kultur seiner Pinakotheken, Theater und Hochschulen samt der Akademie der Bildenden Künste.

Jetzt war die Welt im Umbruch, die alten Rezepte paßten nicht mehr. Modernes Planen und Bauen, in Paris, London und den USA bereits verwirklicht, waren von den braunen Kulturfaschisten zwölf Jahre lang abgeblockt worden. Hinzu kam, daß die konkreten Aufgaben der Verkehrsplanung als Versorgungsgeflecht einer großen Stadt die Protagonisten ganz schnell auf den Boden der Realität zwangen.

Für den BDA, der sich aus hochqualifizierten, bewährten Architekten zusammensetzte, ergab sich zwingend ein Aktionsprogramm für den Tag und für die Zukunft. Der Vorstand hatte sein altes Domizil in der Kaulbachstraße verlassen und tagte in einem ansehnlichen Haus in der Martiusstraße, auf einem Stockwerk zusammen mit dem wesensverwandten, traditionsreichen Werkbund. Als Vorsitzender des Kreisverbandes München-Oberbayern hatte ich die Vorstandssitzungen zu leiten, die aktuellen Probleme zu diskutieren, von Fall zu Fall Stellungnahmen und Entscheidungen zu formulieren und vor den zuständigen Ämtern und den Medien zu vertreten. Der Vorstand setzte sich aus alten Mitgliedern, die ungerupft die Entnazifizierung passiert hatten, und jüngeren zusammen, die den Krieg heil überstanden hatten. Alle hatten Wettbewerbserfolge aufzuweisen und bereits qualifizierte, moderne Bauten ausgeführt. Diese Begegnungen am großen runden Tisch bedeuteten für mich einen ständigen Zuwachs an Kenntnissen und Freundschaften, die es zuließen, daß man offen und kritisch miteinander umging.

Geschäftsführer war Hans Pixis, ein Münchner Anwalt, der aus einer bekannten Künstlerfamilie stammte und mit einer Gräfin aus dem bayerischen Hochadel verheiratet war. Er hatte gute Kontakte zu wichtigen Vorstandsetagen und maßgeblichen Zirkeln der Gesellschaft. Das war für den BDA oft nützlich, weil Architekten im Umgang mit Andersgläubigen eher sperrig sind. Gerade die, die am meisten von ihrer Kunst besessen sind, ziehen sich oft in elfenbeinerne Türme zurück, in denen sie meditieren, phantasieren und diskutieren – abgeschirmt vom Flachen und Profanen.

Die Baupolitik im Münchner Rathaus, die lebhaften Diskussionen über moderne Stadtentwicklung und die Planung wichtiger, komplexer Einzelobjekte hielten uns im Vorstand ganz schön auf Trab. Wir wußten, daß für gute Lösungen die Ausschreibung von Architektenwettbewerben der richtige Weg ist. Deshalb bemühten wir uns bei den zuständigen Ämtern der Obersten Baubehörde im Innenministerium, bei der Regierung von Oberbayern und beim Münchner Baureferat um Gespräche. Meine Zugehörigkeit zur *Süddeutschen Zeitung* und die engen Kontakte zur Lokalredaktion und zum Bayernteil verschafften mir Zugang zu Informationen, die nicht gedruckt wurden, und damit einen Kenntnisvorsprung.

Bei den Spitzenpolitikern und -beamten galt ich wohl als interessanter Gesprächspartner, jedenfalls wurden meine Bitten um Termine nie abgeschlagen. Meine Funktion als Architekt und Vorsitzender des BDA und die als politischer Zeichner, der jede Woche in der *Süddeutschen Zeitung* seinen Auftritt hatte, verschaffte mir den Status eines Unangepaßten, dem eine gewisse Respektlosigkeit zugetraut wurde. Das war ein Bonus.

Eine harte Nuß war für mich der Stadtrat Helmut Fischer, Tiefbaureferent und für Wohnungsbau zuständig. Er war ein blitzgescheiter, tüchtiger und extrem ehrgeiziger Mann, kein Techniker, sondern ein glänzender Verwaltungsfachmann. Sein Ziel war die Position des Stadtbaurates, dem Stadtplanung, Hoch- und Tiefbau und die Lokalbaukommission, die Genehmigungsbehörde, unterstehen sollten. Dieses wollten der BDA, der Werkbund, die Architekturprofessoren der TH und der Akademie der Bildenden Künste verhindern. Fischer brachte die Bauindustrie und einen Teil der Bauingenieure hinter sich, die den rücksichtslosen »Macher« als potentiellen Auftraggeber schätzten. Der BDA organisierte öffentliche Veranstaltungen und Symposien, bei denen der Primat der Gestaltung vertreten wurde. Für Fischer war ich der Erzfeind. Er war der Überzeugung, daß ich Ambitionen auf den Posten des Stadtbaurates hätte. Erst als er nach Jahr und Tag erkannte, daß er sich getäuscht hatte, konnten wir uns als Freunde begegnen.

Bei einer meiner Fahrten nach Deggendorf machte ich einen Umweg über Mallersdorf, das zwischen Landshut und Regensburg liegt. Der Ort ist durch einen mächtigen Klosterbau markiert, der, auf einer Anhöhe errichtet, einer üppigen Krone gleicht, die diesem reichen Landstrich aufgesetzt ist. Das Kloster ist die Heimat der berühmten Mallersdorfer Schwestern, die für viele Krankenhäuser und Kliniken unentbehrlich sind. Ein schöner Platz. Ich konnte verstehen, daß sich hier ein Freund und Studienkollege niedergelassen hatte, der vom Landkreis als Baudirektor und Leiter des Bauamtes berufen worden war. Gustl Schmidt war mit einer Frau aus dieser Gegend verheiratet und von allen, die mit ihm zu tun hatten, anerkannt und herzlich als Niederbayer angenommen worden, obwohl er eigentlich ein Unterfranke war.

Unser Treffen hatte Folgen. Ich wurde zu einem Wettbewerb für den Bau einer Kreissparkasse eingeladen; ich gewann ihn und den Planungsauftrag dazu. Der Bau verlief reibungslos. Gustl Schmidt kannte alle Signale und versteckten Zeichen, mit denen man einen Haufen rundschädliger, breitrückiger und schlitzohriger Tatmenschen zusammenhält. Die Eröffnung mit Schlüsselübergabe wurde ein großes Fest.

Nach einer kurzen Zeitspanne wurde mir als weitere Planung die Erweiterung des alten Krankenhauses in enger Verbindung mit dem Klosterkomplex übertragen. Auch dieses Vorhaben konnte ich reibungslos und erfolgreich abwickeln. Ein leises Mißtrauen der Ordensschwestern gegen den spürbar weltlichen Architekten schwand sehr schnell, als meine benediktinische Vergangenheit in Ettal bekannt wurde. Als ich einmal nach einer Besprechung mit der Schwester Oberin auf dem Rückweg zur Pforte einen Blick durch das Gangfenster in den Klosterhof warf, staunte ich nicht schlecht. Hier wandelten keine meditierenden Nonnen im schwarzen Habitus mit weißen Flügelhauben, hier spielten Nonnen in leichter Sportkleidung ein rasantes Volleyball mit fröhlichem Geschrei. Ich sah lauter junge Frauen, deren hübsche, elastische Figuren niemand in den strengen Ordenskleidern vermutet hätte.

Ich schaute eine Zeitlang zu und hatte das Gefühl, den Geheimnissen eines Harems auf die Spur gekommen zu sein. Die Oberin hatte mir wohl nachgeschaut und trat nun neben mich. Unter den irritiert hochgezogenen Augenbrauen war ihr Blick eine einzige Frage. Mir fiel nichts anderes ein als: »Ich bin Zeichner.« »So, so«, sagte sie mit einem winzigen Lächeln und geleitete mich zur Pforte. Sie lächelte noch, als wir uns verabschiedeten. Schließlich wurde ich noch von der Gemeinde mit der Planung eines neuen Friedhofs beauftragt. Die geplante Lage war wunderschön. Er sollte auf einem sanft abfallenden Hügel liegen, als Fortsetzung des Klosterberges. Dieses landschaftliche Potential wollte ich nutzen. Ich wollte, vom Tal her, drei Gräberfelder anordnen, die, miteinander verbunden, eine aufsteigende Ebene bilden sollten. Als Bekrönung der gesamten Anlage sah ich die Aussegnungshalle mit Zeltdach vor, einen ebenerdigen Flügel für die Nebenräume und einen durch eine Mauer verbundenen Kampanile als Glockenturm.

Mit üppiger Bepflanzung sollte eine architektonische Einheit entstehen, die den Platz für die Toten zu einem würdigen, aber nicht düsteren Ort für die Lebenden machen sollte.

Mein Entwurf wurde genehmigt, und ich freute mich auf die Ausführung. Kurz vor Baubeginn fuhr ich auf den Bauplatz nach Mallersdorf. Bei der Anfahrt auf dem aufsteigenden Fahrweg dröhnte mir erschreckender Motorenlärm entgegen. Als ich den Hügel, dem ich eine lebendige Form geben wollte, überblicken konnte, sah ich ein Ungetüm von Planierraupe, die sich kannibalisch in den Hügel fraß und in die sanfte Wölbung der Fallinie ein wüstes Plateau fräßte. Ich war wie gelähmt. Meine Idee, mein Traum war vernichtet. Dann packte mich ein Zorn, der mir fast den Verstand nahm. Ich sprang auf das Monstrum zu und schrie den perplexen Fahrer an, der gerade die Landschaft mordete. Aber der erfüllte nur seinen Auftrag, den ihm der Bürgermeister gegeben hatte. Er sollte die gesamte Friedhofsfläche planeben machen, dann würde alles viel billiger, wie der Bürgermeister gesagt hatte.

Mir dröhnte der Kopf, ich stürmte das Rathaus und brach in den Sitzungssaal ein, in dem gerade der Gemeinderat tagte. Es wurde ein schlimmer Nachmittag. Mein Auftritt muß für die ahnungslosen Ratsherren ein wüster Alptraum gewesen sein. Dabei ließ ich sie ungerupft, mein Angriffsobjekt war der Bürgermeister. Das war seit Jahr und Tag der Klosterschreiner. Diesem Bürgermeister städtebauliche oder architektonische Ideen auseinanderzusetzen war sinnlos. Darum war meine Wut ohnmächtig, aber meine Wortwahl übermächtig.

Der Friedhof wurde gebaut. Die Gebäudegruppe sieht ganz anständig aus, aber die Grabanlage ist verhunzt. In meinem ganzen Berufsleben war dies der einzige Bau, der ohne den Architekten eingeweiht wurde.

Als Ausgleich für diese Niederlage erreichte mich die Mitteilung, daß mir der Theodor-Wolff-Preis für Karikatur verliehen wurde. Diese Auszeichnung bedeutet die Anerkennung herausragender kreativer Arbeiten in den verschiedenen Ressorts aktueller Presseorgane. Das war für mich Bestätigung und Ansporn zugleich.

Noch eine Ehrung, diesmal als Architekt und BDA-Vorsitzender, bedeutete für mich die Berufung in die Baukunstkommission der Landeshauptstadt München. Mit vierzig Jahren war ich der Jüngste in diesem Gremium. Der Älteste war Rudolf Esterer, Emeritus für Denkmalpflege an der TH München. Die Kommission hatte über die Qualität von Projekten zu beraten, die eine Bedeutung für die Stadtgestalt hatten. Die Sitzungen dehnten sich meist in betuliche Länge. Erst wenn Sep Ruf, Gustav Gsänger, der eigenwillige Architekt der Matthäuskirche am Sendlinger-Tor-Platz, oder Hans Knapp-Schachleiter die moderne Architektur vertraten, kam ein wenig Wind in die Segel.

Mein Leben entwickelte sich wie eine Prinzregententorte: Schicht auf Schicht. Die Architektur war der Boden, dann kam die Karikatur, saftig und knackig, das Fernsehen, exotisch und verführerisch, der BDA, edel in der Substanz und geschmackbildend, aber nicht leicht zu binden. Meine große, quirlige Familie war natürlich bei der Konstruktion dieser Berufstorte keine Schicht unter den anderen. Sie war für mich der archimedische Punkt, von dem aus ich versuchte, die Probleme des Lebens auszuhebeln.

Im Herbst 1956 zogen wir zum dritten Mal um. Diesmal hatte uns der Zufall in Solln im Münchner Süden ein Einfamilienhaus beschert, mit sieben Zimmern, großer Wohnküche, Bad und zwei WCs und ausgebautem Dachgeschoß. Die Erfüllung eines Traums war der 1200 qm große Garten, in dem als Miniwäldchen zwölf große Laub- und Nadelbäume standen. Sogar ein Teil des Architekturbüros konnte untergebracht werden. Für den größeren Teil fanden sich zwei ausreichende Räume zur Miete in der Nähe der Sollner Volksschule. In die neue Situation hatten wir uns schnell eingewöhnt, fühlten uns wohl und den Anforderungen des Lebens gewachsen. Und es war auch ein bewegtes Leben: Die zwei großen Mädchen, Petra und Michaela, gingen ins Gymnasium und durchlebten alle Spannungen und Abenteuer dieser Entwicklungsphase. Sohn Florian und die Zwillinge Barbara und Susanne spielten ihren Part in der Volksschule, unverwechselbar und mit einem gewissen Unterhaltungswert. Meine Frau dirigierte den munteren Nachwuchs mit Hingabe, Verständnis und Humor. An den Wochenenden tauchte ich aus meinen strapaziösen Unternehmungen auf und erlebte beglückt und auch betroffen die ganz unterschiedlichen Reifungsprozesse meiner Kinder. An den Montagen sprang ich dann wieder in das heiße oder kalte Wasser meiner Verpflichtungen.

Die Bundespolitik führte nach der Wiederbewaffnung die allgemeine Wehrpflicht ein. Sie wurde mit Mehrheit vom Bundestag beschlossen. Allmählich kam ich zu der Überzeugung, daß für Demokraten eine allgemeine Wehrpflicht angemessen sei. Nicht von ungefähr war diese Art von Wehrpflicht ein Kind der Französischen Revolution. Und Demokraten sollten bereit sein, die Demokratie auch als Soldaten zu verteidigen.

Bis zu dieser Station der Wiederbewaffnung hatte Theodor Blank fleißig und brav seine Pflicht getan. Jetzt berief Adenauer den dynamischen F. J. Strauß in das Verteidigungsministerium. Für den Bundeskanzler als kühlen Pragmatiker waren bei der Auswahl seiner Mitarbeiter Effizienz im Amt und der Erfolg wichtig. Beides versprach er sich von Strauß. Vielleicht beeindruckte den Alten auch die ungewöhnliche Talentmischung des Jungen, der ohne verklemmtes Strebertum ganz locker ein Klassenprimus war.

Seine beengte Kindheit wirkte wohl wie eine Spritzdüse, die sein Streben in die Weite und nach oben erst richtig beschleunigte. Die Kasse mit der Klingel im kleinen Metzgerladen seines Vaters war wohl auch interessanter als die Wurstauslagen. Dieser Sinn für das Wirtschaftliche und die Finanzen machte den Unterschied aus zwischen F. J. Strauß und seinem Vorgänger Theodor Blank. Der neue Mann erkannte ganz schnell, daß eine Bundeswehr ohne moderne Ausrüstung und Bewaffnung nichts wert war. Er war zwar den Amerikanern für ihre Starthilfe dankbar, aber sein Feldherrnblick ging bereits in die Zukunft. Er dachte an eine eigenständige deutsche Rüstung und an eine Rüstungsindustrie, die auf den Fundamenten großer, ehemaliger und nun umfunktionierter Firmen aufzubauen wäre. Mit seiner Nase fürs Geschäftliche witterte er auch auf diesem neuen Feld opulente Verbindungen mit Verbündeten.

Zum Amtswechsel im Verteidigungsministerium zeichnete ich am 20. 10. 59 den »Ritt des Franz Josef Münchhausen zu neuen Wehrufern«. Mit Vergnügen stellte ich fest, daß F. J. S. ein geradezu ideales Modell für den politischen Zeichner abgab.

Vor einer ganz anderen Bühne auf dem Messegelände hinter der

Bavaria hob sich der Vorhang 1957, als die Teppichgemeinschaft im Verband der Deutschen Teppich- und Möbelstoffindustrie zu einem »Diskussionsforum Schönes Wohnen« einlud. Das klang zunächst einmal nach einer Werbeveranstaltung für Teppiche. Aber ein Blick in das Programm ließ erkennen, daß eine Tagung geplant war, die einen Bogen vom menschlichen Ursprung bis zur technischen Perfektion modernen Planens und Bauens schlagen sollte. Alvar Aalto, der weltbekannte finnische Architekt, hielt das Eröffnungsreferat »Mit Seele bauen, schöner wohnen«. Die Referenten wiesen in ihrem Fach herausragende Leistungen auf, waren meist Professoren mit anerkannten wissenschaftlichen Werken. Für eine offene Diskussion im Plenum waren als »Stabilisatoren« hervorragende Persönlichkeiten eingeladen, die Hausfrauen- und Verbraucherverbände, die Frauenkultur, das Sozialwerk und auch die Teppich- und Möbelstoff-Fachverbände vertraten.

Die Diskussion leitete der Präsident des BDA in Deutschland, der Professor Otto Bartning. Für Architekten war er eine Pilotfigur, als schöpferischer Entwerfer, aber auch als Schriftsteller wegweisend. Für große Bauaufgaben wie das neue Helgoland oder das Hansaviertel in Berlin, das von weltberühmten Architekten wie Le Corbusier und Alvar Aalto geplant wurde, war er als Berater zugezogen worden. Diese erste Veranstaltung, der bis 1966 noch vier weitere folgen sollten, wurde ein in den Medien vielbeachteter Erfolg. Es war wichtig, daß im Lärm des angelaufenen Baubooms mit seinen kurzen Terminen und seinem Effizienzdenken der Anspruch menschlicher und kultureller Qualität als Wert dargestellt wurde.

Mit den Erfahrungen des ersten Symposiums konnten dem zwei Jahre später folgenden weitere Glanzlichter aufgesetzt werden. Aus Kalifornien kam Richard Neutra, der Grandseigneur der Architekten. Mit seinem schönen Kopf hätte der gebürtige Wiener leicht den ganzen Hochadel der k. u. k.-Monarchie ausgestochen, und seine lockere Art zu parlieren erfreute die Genießer und irritierte die Puritaner. In einer fast spielerischen Mischung von Physiologie, Psychologie und Philosophie zeichnete er gekonnt das Bild des »behausten« Menschen. Auch außerhalb dieser Veranstaltung konnte ich Neutra näher kennenlernen, den weisen Lebenskünstler, der mit seiner klugen Frau, einer singenden Cellistin, zu Vortragsveranstaltungen um die Welt reiste. Bedeutende Beiträge leistete Hans Schwippert, der Präsident des deutschen Werkbundes. Er gehörte zu den modernen Architekten, die im Bauhaus Dessau diese Form der Gestaltung repräsentiert sahen. Von ihm stammt der Bau der Pädagogischen Akademie in Bonn, die den ersten deutschen Bundestag aufnahm. Es war ein gutes Omen, daß die neue deutsche Demokratie in diesem modernen Bau ihren Anfang nahm. Für das zweite Diskussionsforum wurde ich als Referent eingeladen. Ich nahm mit angemessenem Respekt bei den »Hochkarätern« auf dem Podium Platz. Als Vorsitzender des BDA München-Oberbayern mit ein paar Wettbewerbserfolgen und acht Jahren Erfahrung als freier Architekt hielt ich mich an die Tatsachen und attackierte vor allem die neuen Baugesetze und das Baurecht, das auf alten Rahmengesetzen aufbaute und oft zur Fußangel für die Phantasie junger Architekten wurde. Meine Beiträge waren offensichtlich so gut angekommen, daß ich zum dritten Symposium 1960 als Korreferent wiederum eingeladen wurde.

Das Aufgebot der Referenten war eindrucksvoll, darunter Autoritäten wie André O. Wogensky aus Paris, Eero Saarinen aus den USA, Max Taut, der mit seinem Bruder Bruno in den zwanziger und frühen dreißiger Jahren die moderne Berliner Architektur mitgeprägt hatte, der Soziologe Alphons Silbermann, der in Sidney und Köln lehrte. Ganz besonders beeindruckte mich Ernst May, der jetzt Professor in Hamburg war und als Stadtbaudirektor in Frankfurt am Main eine legendäre Figur gewesen war, wo er Ende der zwanziger Jahre den Städtebau prägte. Mit einer Gruppe moderner Architekten wie Hillebrecht, Elsässer, Hebebrand, Schwippert und Schwagenscheidt plante er in Moskau und mehreren sowjetischen Entwicklungszentren Siedlungen, Industrie- und Verwaltungsbauten. Diese Gruppe verließ die Sowjetunion, als Stalin der Architektur den bekannten »Zuckerbäckerstil« diktierte.

Große Erwartungen hatte ich an das Auftreten von Eero Saarinen. Er hatte sich als Architekt nie spezialisiert. Für ihn hatte die Architektur eines Eigenheimes die gleiche Bedeutung wie die eines Flughafens. Der Entwurf von Hochschulen, Kirchen, Verwaltungs- und Industriebauten faszinierte ihn in gleicher Weise. Sein

Referat und seine Diskussionsbeiträge gaben jedem Architekten das Gefühl, einen großartigen Beruf zu haben. Als bei der Diskussion über Wohnraumgestaltung der Begriff »Kitsch« auftauchte – das rote Tuch für moderne Architekten –, nahm Saarinen diesem Begriff das Anstößige mit seiner verblüffenden Idee: Kitsch sei für ihn die menschliche Gefühlswelt, ein ganz natürliches Element. Damit würden sentimentale Erinnerungen, Trophäen als Persönlichkeitsprothesen, religiöse und nationale Objekte der Verehrung präsentiert. Wenn Saarinen ein Wohnhaus für einen Auftraggeber plante, der einen Hang zum Kitsch hatte, dann schlug er in diesem Projekt einen Raum ausschließlich für Nippes, Devotionalien und sonstige einschlägige Gegenstände vor. Aus dieser Verdichtung in einem geschickten Arrangement entstand dann tatsächlich so etwas wie Kunst. So war beiden geholfen, dem Architekten, der seine moderne Idee verwirklichen konnte, und dem Auftraggeber, der in seinem neuen Haus die Objekte für's Herz in einem Tresorraum versammeln konnte.

Das Bayerische Fernsehen beauftragte mich, mit Eero Saarinen ein Gespräch über das Symposium »Schöner wohnen« und seine eigene Architektur zu führen. Aline, seine kluge und schöne Frau, half mir dabei. Es war nicht leicht, Kontakt zu der berühmten Journalistin und Autorin zu bekommen, die als Kulturkritikerin für die Printmedien an der amerikanischen Ostküste schrieb. Als Überlebende des Holocaust kam sie als Begleiterin ihres Mannes äußerst reserviert nach München. Es war mein Glück, daß sie sich in ein Gespräch mit mir einließ und am Ende bereit war, mich zu unterstützen.

Die Sendung war live und verlief überraschend lebendig. Wir sprachen englisch, und ich übermittelte den Zuschauern die Aussage meines Gastes. Zu meiner Überraschung fing Saarinen spontan an, ganze Sentenzen in einem recht passablen Deutsch zu sprechen. Noch mehr staunte Aline, die ihren Mann noch nie so erlebt hatte. Am Ende der Sendung karikierten wir uns gegenseitig vor der Kamera auf Kartons und tauschten diese aus. So kam ich in den Besitz eines Originals des zeichnenden Architekten Eero Saarinen und gewann darüberhinaus mit dieser Sendung auch noch die Freundschaft dieses kongenialen Ehepaares.

Es folgten noch zwei Symposien 1963 und 1966. Das Aufgebot prominenter Referenten wie Werner Hebebrand, Stadtbaudirektor von Hamburg, und Max Bill, Gründer der Hochschule für Gestaltung in Ulm, sicherte die Resonanz der Tagungen in den Medien. Für die aktuelle Münchner Architekturdiskussion, die oft genug in kleinkarierten Rathaustaktiken zu versacken drohte, waren diese Veranstaltungen der Teppichgemeinschaft auflockernd, informativ und oft genug richtungweisend.

Aufschlußreich war 1960 das Auftreten des neuen Oberbürgermeisters von München, Hans-Jochen Vogel, der, 34 Jahre alt und jüngster Oberbürgermeister im Lande, einen ganz ungewöhnlichen Typ eines Stadtoberhauptes darstellte. So wie er in die Diskussion eingriff, das Thema der Bauverwaltung kritisch und witzig aufnahm, ließ er erkennen, daß er als Dirigent der Münchner Schicksalsmusik neue Tempi vorgab.

Zu viert, Ernst Hürlimann, unsere Frauen und ich fuhren wir mit dem Auto zur Weltausstellung nach Brüssel. Alle Länder der Welt benutzten diese Gelegenheit zur Präsentation ihrer wirtschaftlichen und kulturellen Potenz. Auf dieser internationalen Bühne findet zugleich die große Architekturschau statt und bietet den neuesten Stand der technischen und gestalterischen Möglichkeiten. Ich dachte an die Weltausstellung 1937 in Paris, bei der die Nazipotentaten mit ihren Speers und Brekers Macht und Arroganz demonstriert hatten und dafür von der demokratischen Ausstellungsleitung auch noch mit Goldmedaillen prämiert worden waren. Wie würde sich die Bundesrepublik Deutschland jetzt im internationalen Vergleich ausmachen?

Den architektonischen Rahmen für das deutsche Ausstellungsgut entwarfen die Architekten Sep Ruf und Egon Eiermann, zwei moderne Architekten mit sehr gegensätzlichen Temperamenten. In ihrem Entwurf der Pavillongruppe fanden sie zu einer überzeugenden Architektur. Die Konstruktion in Stahl und Glas der quadratischen Kuben, fast schwebend im Gelände, streng zur Gruppe formiert, erinnerte in der gestalterischen Qualität an den legendären Pavillon mit der schönen Plastik von Georg Kolbe, den Mies van der Rohe für die Weltausstellung 1928 in Barcelona entworfen hatte. Wir gingen mit Bewunderung, Respekt und heller Freude durch den deutschen Abschnitt der Weltausstellung. In dieser Parade der Welteitelkeiten waren die deutschen Kuben eine Insel bescheidener, eleganter Größe.

Nach der Rückkehr von Brüssel lag eine Einladung der gewerkschaftseigenen Bauträgerfirma Neue Heimat, Filiale München, vor. Ich war aufgefordert, an einem Architekturwettbewerb teilzunehmen, der den städtebaulichen Entwurf für eine Großsiedlung im Münchner Norden zur Aufgabe hatte. Es gehörte zum Konzept der Stadt, neue Wohnbereiche in geeigneter Lage zu schaffen, am lose entstandenen, reichlich ausgefransten Stadtrand, mit der notwendigen Verkehrserschließung und Infrastruktur, und das Ganze im Rahmen des finanziell gut fundierten sozialen Wohnungsbaus. Das neue Siedlungsgebiet hatte den idyllischen Namen Hasenbergl, liegt am Nordrand der Stadt und hebt sich bescheiden aus dem Gelände, locker mit Kiefern und Heidekraut bestanden. Zwischen diesem langgestreckten Buckel und dem nahegelegenen Waldrand war ohne architektonischen Anspruch eine kleine Siedlung entstanden, eher einem Barackenlager ähnlich, in der sozial benachteiligte Familien untergebracht waren. Diese seit Jahren vernachlässigte Gegend sollte durch die neue Großsiedlung nachhaltig aufgewertet werden.

Mit meinem Team stieg ich in den Wettbewerb ein. Nach sechs Wochen Arbeit mit vielen durchgearbeiteten Nächten, mit Hochgefühlen und Depressionsanfällen lieferten wir Pläne und Modell beim Auslober ab. Wir warteten unruhig auf das Ergebnis. Nach vier Wochen kam die Nachricht: Wir hatten einen ersten Preis bekommen, gleichwertig mit der Arbeit des Teams Helmut von Werz und Johann Christoph Ottow. Als es um den Planungsauftrag ging, beschlossen die Herren der Neuen Heimat, Ludwig Geigenberger und sein technischer Direktor Heinz Feicht, wahrhaft salomonisch, die beiden Preisträger zu einer Arbeitsgemeinschaft zusammenzufassen. Und sie konnten dabei nicht ahnen, daß mit dieser rationellen Architektenverbindung eine lebenslange Freundschaft entstehen würde. Beim Vertragsabschluß saß ich zur Unterschriftsleistung dem Prokuristen Hohlmeier gegenüber, und er schaute mich hinter seinen Brillengläsern mit freundlichen Augen an und – ei der Daus – es waren die Augen des freundlichen Büroleiters des amerikanischen Baubüros, damals in der Reichszeugmeisterei. So kam ich, zehn Jahre später, doch noch zu einem schönen Auftrag.

Nach der behördlichen Genehmigung unseres Bebauungsplanes wurden einige weitere Bauträger für die Ausführung der Wohnbauten zugezogen. Federführend blieb die Neue Heimat. So kam etwa ein halbes Dutzend weiterer Architekten zu Aufträgen, darunter auch Ernst Hürlimann, der drei Punkthochhäuser mit je zwölf Geschossen, locker auf dem auslaufenden Hasenbergl am Südrand der Siedlung plaziert, zur Ausführung übernahm.

Für den Bau von zwei Kirchen, der katholischen und der evangelischen, hatten wir eine Fläche in fast zentraler Lage ausgewiesen. Nun mußten sich beide Kirchenverwaltungen über den Bau einigen. Das war nicht einfach, denn eine so enge bauliche Nachbarschaft hatte es noch nie gegeben. Helmut von Werz, der Evangele, und ich, der Kathole, erläuterten bei den Verhandlungen die städtebaulichen Notwendigkeiten und griffen auch dann ein, wenn die geistlichen Konkurrenten in den Clinch gingen. Und siehe da, der Heilige Geist schwebte über den Diskutanten. Man einigte sich, und als sich der gefürchtete Finanzkämmerer des Ordinariats und sein wachsamer evangelischer Kollege die Hand reichten, war das erste Brückenjoch zu einer Münchner Ökumene gesetzt worden. Die Planung der evangelischen Kirche und Pfarrei übernahmen von Werz und Ottow, die der katholischen der erfahrene Architekt Hans-Jakob Lill. Es entstand eine eindrucksvolle Baugruppe an einem offenen Kirchplatz, und mich freute meine rhetorische Rolle beim Gelingen dieser ungewöhnlichen Aufgabe.

Schräg gegenüber wurden ein Einkaufszentrum und ein Restaurant nach den Plänen von Ernst Hürlimann gebaut. So wurde der bayerischen Tradition in der modernen Siedlung Genüge getan. Zur Kirche gehört das Wirtshaus, und im Schatten des Glockenturms sehen die Sünden gleich viel kleiner aus.

Schließlich wurde ich von der Neuen Heimat mit der Planung von 680 Wohnungen, eines großen Einkaufszentrums, der Post und eines multifunktionalen Restaurants beauftragt. Vor der Post wurde ein Bronzepferd des Bildhauers Alexander Fischer aufgestellt, das – wie es sich für einen echten Fischer gehörte – kein edles Pferd war, sondern ein rundlicher Gaul mit schräg nach vorne gestemmten Vorderfüßen und einem Hinterteil, das fast auf dem Boden saß. Mit Vergnügen sah ich später, als die Siedlung bereits bewohnt und voller Leben war, wie die Kinder den bronzenen Pferderücken zur Rutschbahn umfunktioniert hatten und sie so dem geduldigen Gaul eine goldglänzende Schabracke verpaßt hatten. Die erdgeschossigen, leicht konstruierten, gedeckten Umgänge des Einkaufszentrums umfassen zwei quadratische Atrien, in denen je ein Brunnen steht. Die hatte Marlene Neubauer, eine ideenreiche und formsichere Bildhauerin, gestaltet.

Während der Planungen für das Hasenbergl schob sich ein heiteres Ereignis in die ernsthaften Arbeitsabläufe. Drei vielversprechende junge Redakteure, Lebert, Tomkowitz und Krammer, riskierten die Gründung des Feder-Verlages und starteten ihren ersten Titel mit meinem Buch »Die Zwerge gehen in volle Deckung«, einer Sammlung von 42 gezeichneten und gereimten Balladen aus dem Bayerischen Fernsehen. Das schmale Buch mit Adenauer und seinen Kabinettszwergen auf dem Titel wurde schnell ein Bestseller. Die Präsentation fiel in eine turbulente Zeit, in der die Menschen für politische Satire ansprechbar waren; die Stadtratswahlen standen unmittelbar bevor. Mit einem neuen Stadtparlament sollte auch ein neuer Oberbürgermeister gewählt werden. Thomas Wimmer, das redliche Original, nahm Abschied. Als Nachfolger bewarb sich der prominente Josef Müller, der »Ochsensepp«.

Fast zur gleichen Zeit rief mich Waldemar von Knoeringen an und bat um ein Gespräch. Gern lud ich den unbestechlichen Sozialdemokraten ein. An meinem Zeichentisch erläuterte er sein Anliegen. Er wollte meine Meinung zu der Kandidatur von Hans-Jochen Vogel für das Amt des Oberbürgermeisters hören. Er fragte mich wohl auch als politischen Zeichner und als kritischen Beobachter. Vogel, Rechtsreferent der Stadt, war mir schon ein paarmal in der sehr gemischten Stadtratsrunde aufgefallen. Sein schneller Geist und die Fähigkeit, in einem schwer durchschaubaren Gemenge hellsichtig den Kern auszumachen und eine als richtig erkannte Sache mit Leidenschaft und Eloquenz zu vertreten, waren außergewöhnlich. Diese Kandidatur war in meinen Augen ein Glücksfall, und ich konnte von Knoeringen nur nachhaltig in seiner Absicht bestärken.

Im Rahmen des großen Wohnungsbauprogramms der Stadt wurden fast zeitgleich mit dem Hasenbergl die Planungen für Fürstenried I in Angriff genommen. Zu meiner großen Überraschung wurde ich auch zu dieser Aufgabe herangezogen. Der junge Unternehmer und Bauträger Hans Holzmüller hatte mich als seinen Architekten benannt, nachdem wir nur einmal gemeinsam in den »Holzmüller Stuben« getafelt hatten. Eigentlich redeten wir zwischen den vorzüglichen Gängen mehr über den Zustand der Welt und nur wenig über das Bauen in München. Sei es nun, daß Holzmüller von meinen Tischsitten auf meine Kultur oder von meinem Umgang mit den Speisen auf meine Sorgfalt und Zuverlässigkeit als planender Architekt schloß – er hielt mich jedenfalls für den richtigen Mann. Was ich von ihm nicht so behaupten konnte.

Im Umgang mit kreativen, eigenständigen Architekten hatte mein neuer Bauherr bisher keine Erfahrungen gemacht. Er war es gewöhnt, seine Vorstellungen »par ordre de Mufti« durchzusetzen. Nach einem heißen Vierteljahr fanden wir dann doch die richtige Umgangsform, und im Laufe intensiver Zusammenarbeit wurden wir Freunde. Als politischer Zeichner erfuhr ich von dem zehn Jahre Jüngeren exklusive Interna über die Alpha-Tiere des politischen Dschungels. Das war oft Futter und Würze für meine satirischen Phantasien. Von Franz Josef Strauß sagte er: »Das ist einer, der alles, was er anpackt, rücksichtslos kapitalisiert.«

Für die Fürstenrieder Planungen kamen uns die Erfahrungen vom Hasenbergl zugute. So konnten wir auf eine Entscheidung für die Beheizung der Wohnungen zurückgreifen: Nach dem Wohnungsbaureferenten Helmut Fischer waren Einzelöfen vorgesehen. Aus Sparsamkeitsgründen wollte man bei der Heiztechnik einen Rückfall um Jahrzehnte in Kauf nehmen. Bei einer entscheidenden Planungsbesprechung wies ich darauf hin, daß Ofenheizung als Bedingung habe, daß alle Wohnbauten die gleiche Gebäudehöhe hätten. Der Windstrich würde bei unterschiedlichen Höhen der Firste oder Traufkanten Verwirbelungen der Luft hervorrufen, die den Rauch der Öfen in die Wohnungen drücken mußten. Gleiche Bauhöhen für alle Wohnblöcke würden aber bei einer Großsiedlung Eintönigkeit und trostlose Langeweile verursachen. Einen modernen Städtebau könnte man dann vergessen. Der Baureferent war so verblüfft, daß er spontan zentrale Gruppenbeheizung genehmigte. Den Auftrag für den städtebaulichen Entwurf von Fürstenried hatte ein Team von fünf Architekten übernommen: Hans Knapp-Schachleiter, Franz Ruf (Sep Rufs Bruder), Fred Angerer, Adolf Schnierle und ich. Nach fachlicher Qualität und städtebaulichem Verständnis der Aufgabe ergänzte sich das Planungsteam zu einer überaus kreativen und lebendigen Zusammenarbeit. Bei den oft lebhaften Auseinandersetzungen mit den Bauträgern konnten wir mit der Schlüssigkeit unserer Auffassung überzeugen.

Für mich war die Arbeit mit den ausgeprägten Architekten, die alle Freunde waren, Anregung und Gewinn. Wir haben zwei Jahre lang viel geschimpft und gelacht und rund um die Uhr geackert – einig in dem Ziel, eine moderne Wohnsiedlung zu bauen, die für glückliche Menschen ein Zuhause werden sollte.

Und wie das meist so ist, der Teufel scheißt immer auf den großen Haufen. Zum umfangreichen Auftragsbestand kam noch eine neue Aufgabe. Ein freundlicher Teufel aus dem Hochbauamt der Stadt beauftragte mich mit der Planung eines großen, funktional gegliederten Gymnasiums an der Nibelungenstraße, das den Namen der bedeutenden Berlinerin Louise Schröder tragen sollte.

Diese Aufträge machten eine Vergrößerung meines Architekturbüros erforderlich, denn allmählich war es eng um die Reißbretter geworden. Ein Erfolg der Arbeit in einem Planungsteam hängt von der reibungslosen Zusammenarbeit, der gegenseitigen Anregung und Kritik der Partner ab. Bei der Auswahl der Mitarbeiter spielten nicht nur die Ausbildung, sondern auch Alter und Lebenserfahrung eine wichtige Rolle. Die enge Nachbarschaft meiner Wohnung mit dem Büro verflocht oft Arbeit und Familienleben, manchmal belebend, zuweilend auch störend. Meine Frau Lilo, herzlich und spontan, wuchs schnell in die Rolle einer »Mutter der Kompanie« hinein und war um ein gutes Klima bemüht. Oft ergaben sich über die gemeinsame Arbeit hinaus engagierte Diskussionen, die von den unterschiedlichen Temperamenten und Lebenserfahrungen getragen wurden. Neben den jungen Architekten, die zum Teil aus ihrer Heimat vertrieben worden waren, und Kriegsteilnehmern, die gerade noch in den Zusammenbruch der Fronten gerieten, erlebten die zwei Oldtimer Lothar Bergler und Richard Heller nach härtester russischer Gefangenschaft das Glück kreativer Arbeit in Freiheit.

Inzwischen hatte die bayerische Landespolitik mit dem Zerbrechen der Viererkoalition wieder ihre frühere Formation aufgenommen. Die CSU hatte wieder die Hebel der Macht im Lande ergriffen. Mit Zungenschnalzen begrüßten jetzt die alten Machthaber und Messerwetzer der CSU die nahe Stunde der Vergeltung. Die Schlinge, in der die Todfeinde von der Bayernpartei gefangen wurden, hatten diese selbst geknüpft. Sie hatten im Landtag die Genehmigung von Spielbanken in Bayern durchgesetzt – ein Vorhaben, das ein Rudel von Geschäftemachern in Bewegung setzte. Aus Gerüchten über persönliche Bereicherungen bei der Vergabe der Konzessionen wurde ein handfester Prozeß. Zwar hatten die verdächtigen Politiker an Eides Statt jede persönliche Bereicherung bestritten, und die Konzessionäre hatten dies unter Eid bestätigt, aber als ein Konzessionär seine eidesstattliche Aussage als »fälschlich« bezeichnete, wurde der Prozeß auffallend hart zu Ende geführt. Josef Baumgartner, den CSU-Deserteur, trafen die zwei Jahre Zuchthaus mit vernichtender Gewalt.

Diesen Racheakt – so sahen viele Menschen das fragwürdige Urteil – kommentierte ich am 10. 8. 59 in einer SZ-Karikatur. Am Roulettepranger stehen die verurteilten Baumgartner, Geiselhöringer, Klotz und Freisehner in Büßerhemden, barfuß und in Ketten auf dem erhöhten Podium. Davor drängen sich unübersehbar die Zuschauer. In der ersten Reihe, schwarz, mit plissierten weißen Rundkrägen angetan, intonieren Hundhammer, Seidl, Ehard und der Ochsensepp samt Schedl, die Hände vor dem Bauch verschränkt und mit schadenfrohem Grinsen, die Augen scheinheilig zum Himmel gerichtet, im Chor: »Lasset uns danken, daß wir nicht so sind wie diese da.«

Sieben Kinder am Familientisch

Gegen Ende des Jahres, zwischen Weihnachten und Neujahr, wurden Lilo und ich vom Ehepaar Lutz zum Abendessen eingeladen. Mit Hildegard Lutz, meiner Fee aus Eichstätt, war ich nach unserer Trennung in Verbindung geblieben. Zu dieser Freundschaftsbeziehung gehörten nun auch Lilo und Hildegards Mann Wilhelm Lutz. So fuhren wir in der beginnenden Winternacht auf verschneiten Straßen in den Münchner Osten. Kurz vor dem Ziel erkannte ich mitten auf der Fahrbahn ein undefinierbares, gefährlich aussehendes Durcheinander. Ich parkte den Wagen vor dem Haus unserer Freunde und lief mit Lilo die kurze Strecke zu dem düsteren Knäuel zurück.

Ein Polizeiauto hatte neben einem schräg in der Straße stehenden Fahrzeug, einem alten Opel Kapitän, gehalten, und drei Polizisten versuchten den Unfall in den Griff zu bekommen. In dem Unfallwagen saßen ein schwarzhaariger junger Mann mit einem noch jüngeren Mädchen – beide im Schock sprachlos. Vor dem Auto lag eine Frau, die kein Lebenszeichen mehr von sich gab, seitlich davon ein Mädchen, vom Unfallwagen böse zugerichtet, das nach der Mutter schrie. Erst einige Zeit später entdeckten wir noch unter Sträuchern am Straßenrand einen bewußtlosen Jungen, den der Aufprall etwa 15 Meter weit geschleudert hatte. Die Szene wurde zum Alptraum gesteigert von einem schwarzen Hund, der mit Gejaule in irren Sprüngen um die Gruppe herumhetzte, als hätte Alfred Kubin, der phantastische Zeichner, Regie geführt. Der Notarzt war schnell am Unfallort, bald war der Platz geräumt. Die verunglückte Familie, die Mutter und ihre zwei schwerverletzten Kinder, wurden ins Krankenhaus von Alt-Perlach gebracht, wie wir vom Notarzt erfuhren.

Wir gingen in das Haus und berichteten unseren Freunden, was wir erlebt hatten. Der Abend blieb düster; wir diskutierten das Schicksal dieser drei Menschen, die vor ein paar Stunden noch unbekümmert und ahnungslos gewesen waren. Lilo und ich waren durch eine unerforschliche Fügung Zeugen einer Katastrophe geworden. Konnten wir uns mit diesem Bild vor Augen einfach abwenden, weil wir nicht betroffen waren, und in unser eigenes, beschützendes Familienleben zurückkehren? Was würde mit den zwei Kindern geschehen?

Wir beschlossen, uns um die Kinder zu kümmern. Lilo fuhr gleich am nächsten Tag ins Krankenhaus und kam nach ein paar Stunden mit einem erschütternden Lagebericht zurück. Die Mutter war bei dem Unfall gestorben. Beide Kinder waren schwer verletzt worden. Dem Mädchen war neben mehreren Prellungen ein Unterschenkel zertrümmert worden, den die Ärzte amputieren wollten. Der Junge lag mit inneren und Kopfverletzungen im Koma. Sein Zustand war äußerst bedenklich. In dieser dramatischen Situation kam es darauf an, daß für beide Kinder ein Optimum an Behandlung und Betreuung sichergestellt wurde. Meine Frau hatte im Krankenhaus Näheres über die Verunglückten erfahren: Die Frau und Mutter Ettl wurde mit ihren Kindern Sylvia und Sepp von der katholischen Fürsorge betreut. Der Vater, ein italienischer Gastarbeiter, hatte sich solo wieder in seine Heimat abgesetzt und jede Verbindung abgebrochen. Die drei wohnten in einem Block, der von der Stadt München für sozial Bedürftige gebaut worden war, es gab dort eine Wohnküche, ein Schlafzimmer, anstelle eines Bades eine zusätzliche Waschgelegenheit und ein WC für vier Familien auf dem Zwischenpodest. So wie ihre Wohnung war auch der soziale und wirtschaftliche Status der beiden elternlosen Kinder nahezu hoffnungslos. Meine Frau war erschüttert. Sie entschied sich spontan und erklärte dem Ärzteteam und der Klinikverwaltung, daß wir uns um die Kinder kümmern und für sie sorgen wollten. Das machte Eindruck. Als Lilo sich vehement für das verletzte Bein von Sylvia einsetzte, konnte schließlich doch die Amputation verhindert werden.

So war wenigstens für die Dauer ihres Krankenhausaufenthaltes die Situation der Kinder gesichert. Aber wie würde die Zukunft der beiden Patienten aussehen? Eine finanzielle Unterstützung wäre wohl möglich, aber die Unterbringung in einem Heim unvermeidlich. Ohne lange Diskussion waren wir uns schnell einig, daß die beste Lösung ein neues Zuhause wäre. Wir wollten Sylvia und Sepp als Pflegekinder in unsere Familie aufnehmen. Daß dieses Unternehmen viele noch nicht absehbare Probleme aufwerfen würde, war uns klar. Aber wir wollten es wagen und das Risiko auf uns nehmen. Schließlich hatte uns das Schicksal an den Unfallort geführt und zu Augenzeugen gemacht. Das wirkte wie eine Bindung und ein Auftrag zugleich.

Mit unseren Kindern besprachen wir das Unglück. Wir erzählten ihnen, wie durch diesen furchtbaren Schlag die zwei Kinder, etwa in ihrem Alter, plötzlich ohne Mutter waren, hilflos und schwer verletzt auf der eisigen Straße. Die Fünf waren aufgewühlt und voller Mitleid. Eine Zukunft ohne die Wärme einer Familie erschien auch ihnen als das Schlimmste, was einem Kind zustoßen konnte. Darum wirkte unser Vorhaben, Sylvia und Sepp in unsere Familie aufzunehmen, nicht als Überfall in ihre gewohnte Welt, sondern eher als Öffnung in eine Zukunft mit neuen, überraschenden Perspektiven. Unsere Fünf waren entschlossen, die zwei Neuen als Geschwister aufzunehmen; nur Petra, die Älteste, meinte, ob wir uns mit dieser Aufgabe nicht übernehmen würden. »Nein«, sagte ich, »wenn wir alle zusammenhelfen, werden wir eine Bereicherung erleben.«

Das größere Problem sah ich darin, zwei Kinder aus ihrer Umgebung zu lösen, gewohnte Bindungen und Freundschaften durch neue Kontakte zu ersetzen und sie in ein ganz anderes Familienmilieu zu verpflanzen. Schritt für Schritt und im engen Kontakt mit der Katholischen Fürsorge bereiteten wir unsere Schützlinge auf ein ihnen bisher völlig unbekanntes Leben vor. Der lange Aufenthalt im Krankenhaus und die nur langsam einsetzende Genesung boten viel Zeit für Gespräche, für Schnupperkontakte.

Sylvia und Sepp waren klein und dunkelhaarig und hatten wache Augen. Sie ließen abwartend, fast etwas geduckt, das Neue an sich heran. Dem Alter nach paßten sie zu unseren Kindern – Sylvia, fast 16 Jahre alt, zur gleichaltrigen Michaela und Sepp, etwa 14, zu Florian. Jetzt waren es »sieben auf einen Streich«, und alle hatten

Platz im Haus an der Sollner Straße. Für unsere Schützlinge waren wir »Mutti« und »Pappi«, und mit Staunen und Rührung sah ich, wie die Familie ohne ernsthafte Reibungen und Probleme, dank der Anstrengungen aller, zusammenwuchs.

Für die kommenden Jahre wirkte sich dieser Prozeß der Einbindung in die gewachsene Familie wie ein Schmelzofen aus, dessen Temperatur gehalten und kontrolliert werden mußte, um die richtige Legierung zu gewinnen. Es waren die Jahre, in denen die Pubertät begann, unseren Nachwuchs umzuformen. Zugleich begannen unkontrollierbare Einflüsse der Außenwelt spürbar auf die noch weichen Charaktere einzuwirken. Euphemistisch gesehen gewann die Familie damit an Farbe, allerdings ab und zu auch an Fehlfarben, die sich in unser vertrautes Spektrum einschlichen. Meine Frau und die tüchtige Hausgehilfin Angela moderierten unser lebhaftes Familientheater so gut, daß ich meinen stampfenden, rollenden Berufsdampfer einigermaßen ungestört steuern konnte.

Anfang 1960 wurde ein großer offener Architektenwettbewerb für eine Studentenstadt in München-Freimann für etwa 1200 Appartements, Versorgungs- und Sonderbauten ausgeschrieben. Ich beschloß, mit meinem Team daran teilzunehmen. Nach kurzem Studium der Unterlagen und Inspektion des Baugeländes entlang der Ungererstraße und der landschaftlichen Gegebenheiten zum Schwabinger Bach und zum Englischen Garten hin mußte ich für mich erstmal eine Woche Unterbrechung einschieben. Die Neue Heimat hatte eine Gruppe Architekten, Stadträte und Journalisten zu einer Informationsreise nach London eingeladen. Die Teilnehmer sollten sich über den neuesten Stand im Städtebau und über wichtige Einzelobjekte informieren. Standquartier für die informationshungrigen Kundschafter war ein ordentliches Hotel im Zentrum, zwar ohne Michelin-Sterne, aber dafür mit der Möglichkeit, englische Gastronomie kennenzulernen. Für die meisten Teilnehmer war dies die erste Reise nach London. Jeder Tag brachte neue Entdeckungen und machte uns »step by step« zu Weltmännern, zu Mitgliedern des schnell gegründeten »Worldman's Club«, wie ihn unsere Witzbolde vom Dienst nannten.

Zunächst inspizierten wir zwei Trabantenstädte, Harlow im Norden und Crawley im Süden von London, wir wurden von englischen Fachleuten geführt. Beide Objekte waren in ihrer Art originell. Harlow war offen und locker gebaut. Eine moderne, luftige Architektur hatte Zentren gestaltet, die Versorgung, Einkauf und Freizeitgestaltung unkonventionell kombinierten. Crawley war dagegen eher streng und dicht bebaut. Die Architektur paßte dazu und akzentuierte das Repräsentative. Beide Großsiedlungen waren so geplant, daß bei der Durcharbeitung aller Details eine Ausführung in Serie möglich war. Trotzdem war uniforme Eintönigkeit vermieden worden. Ganz besonders beeindruckte mich die städtische Siedlung Rowhampton, frei angelegt und mit interessanten Baugruppen in die bewegte, wunderschön bewachsene Landschaft in der Nähe der Themse eingebunden. Die differenzierten Bauhöhen von zwölfgeschossigen Punkthochhäusern, viergeschossigen, maßvoll langen Blöcken führten zu einem optimalen Wohnklima.

In dieser städtebaulichen Ordnung war den alten Menschen ein ganz unorthodoxer Platz zugewiesen: In Sichtweite zum Zentrum mit attraktiven Einkaufsmöglichkeiten und einer Schule für die jüngeren Jahrgänge war in erdgeschossigen Einheiten mit individuell bepflanzten Vorgärten Platz für die Menschen am Ende ihres Arbeitslebens. Jeden Tag konnten sie, wenn sie wollten, von ihrer Wohnung aus am fröhlichen Trubel der Kinder und am bunten Geschiebe und Gedränge der Kauflustigen teilhaben. Die alten Leute waren nicht ausgesondert und abgeschoben, sondern mitten im Geschehen, mit Blick auf den ewigen Strom des Lebens.

In der neuen Royal Festival Hall nahe der Themse erlebten wir ein Konzert der Londoner Philharmoniker. Im Vergleich zu dem damals einzigen großen Konzertsaal in München, dem Herkulessaal in der Residenz, saßen wir in einem topmodernen Großraum aus Stahl, Glas und Holz, das Orchester in der Mitte, von den Zuhörern umgeben. Während die düstere Monumentalität des Herkulessaales alle Aufführungen in getragene Feierlichkeit hüllt, wird in der Royal Festival Hall die Musik zu einem hellen Fest.

Neben den offiziellen Besichtigungen war Zeit auch für persönliche Erkundungen der großen Stadt. Wir besuchten Buckingham Palace, den Piccadilly Circus, den Hydepark mit seiner Speaker's Corner, dem Platz für Weltverbesserer und Volksredner, das Parlament und den Tower. Ganz Verwegene durchstreiften Soho, um dort das Leben ohne Feigenblatt zu sehen. Ein paar ganz Eiserne wollten dort ihre Standfestigkeit testen.

Am Morgen unseres Rückfluges über Kopenhagen nach München warf mich eine barbarische Gallenkolik aufs Bett. Hürlimann sauste in panischem Schrecken los und brachte unseren Reisearzt Dr. Wolfram Schmidt an mein Schmerzenslager. Er war ganz gelassen. Einer, der wie er ein paar Jahre lang im Kaiserpalast von Addis Abeba Leibarzt des Haile Selassie gewesen war und mit freilaufenden Löwen Umgang gehabt hatte, wußte sich und anderen immer zu helfen. So auch mir. Er wollte einen chiropraktischen Griff ansetzen, hieß mich aufstehen, griff von rückwärts unter den Armen durch, umfaßte meinen Brustkorb und hob mich mit einem Ruck hoch. Im Nu war ich schmerzfrei. In Kopenhagen, der Zwischenstation, feierten wir im Tivoli bei Krabben und Aquavit meine Blitzgenesung, und am nächsten Mittag waren wir wieder in München.

Eine Woche später packte mich eine neue Kolikwelle mit bestialischer Gewalt. Schon am nächsten Tag wurde ich operiert. Diesmal war es der Gallengang, der eröffnet, von Steinen befreit und wieder vernäht wurde. Mehr als der Wundschmerz plagte mich die Sorge um den Wettbewerb für die Studentenstadt. Zwar hatten mir meine Mitarbeiter, als mich der Notarzt entführte, noch nachgerufen: »Keine Sorge, Chef, bis Sie zurückkommen, werden wir das Ding auf dem Papier haben« – aber war das für mich kein Trost. Ein Wettbewerb, bei dem ich nicht Inhalte und Tempi vorgab und nicht mit vielen Skizzen die Vorstellungen präzisiert und das Konzept durchgespielt hatte, war für mich ein Alptraum. Ich wußte, daß ich ganz schnell gesund werden mußte. Das Bild meines leeren Reißbretts mit den arbeitslosen Stiften machte mir eine Art Katastrophengefühl.

Aber da gab es noch ein unerwartetes Intermezzo, das ich im zeitlichen Zusammenhang schildern möchte.

Zur Morgenvisite trat mein Chirurg an mein Bett. Er hatte die teuflischen Steine durch einen Schnitt in die Narbe der ersten Gallenoperation aus den geweiteten Gallengängen geholt. Zufrieden mit dem Erfolg des Eingriffs, fragte er lächelnd: »Wie fühlen Sie sich?« »Prima«, sagte ich und meinte das auch ehrlich. Nach den grausamen Koliken der vorangegangenen Wochen fühlte ich mich wundersam befreit. Die kleinen Wundschmerzen waren nur eine schwache Erinnerung an die überstandenen Torturen. Ich hielt es mit Wilhelm Busch: »Gehabte Schmerzen hab' ich gern.« »Na, dann kann ich Ihnen ja auch eine unangenehme Mitteilung machen...« Ich schaute erwartungsvoll. »Es ist eine Vorladung für Sie gekommen, vom Justizpalast, Bundeskanzler Adenauer hat Sie verklagt.« »Fabelhaft«, entfuhr es mir, »das ist ja der Traum jedes Karikaturisten, eine Auszeichnung... Wann kann ich hier raus?« »In einer Woche«, sagte der Doktor. Der Bundeskanzler persönlich – das war eine Wucht! Den Alten kannte ich seit 1947 persönlich, und er mich. Aber jetzt die Aussicht auf ein interessantes Spektakel vor Gericht! Ich war in Hochstimmung und ging mit einem Pflaster auf dem Bauch in den neuen Justizpalast.

Dort saß ich nach einer kühlen Begrüßung dem Vernehmungsrichter gegenüber. Er paßte genau in dieses bescheidene Büro: mittelgroß, mager, ein zerknittertes, freudloses Gesicht mit randloser Brille hinter einem Schreibtisch mit Gesetzesliteratur. »Worum geht es?« fragte ich. Wahrscheinlich hätte ich auf seine Anrede warten sollen, er war sichtlich ungehalten. »Sie haben den Herrn Bundeskanzler« – mich wunderte es, daß er dabei sitzenblieb – »einen Lügner und Betrüger genannt und ihn dadurch verleumdet und beleidigt.« »Ich habe das mit keiner Karikatur ausgedrückt«, wies ich diese Behauptung zurück. »Es verhält sich anders«, sagte er und erläuterte mir den Vorgang. Jetzt erinnerte ich mich:

Ich hatte einen Bilderstreifen gezeichnet, auf dem nach Art eines Comics die Aktivitäten von Neo-Nazis dargestellt waren, etwas, was Adenauer unangenehm berührte. Adenauer ruhend – ein Insekt mit einem Hakenkreuz auf dem Rücken kommt – sticht Adenauer in die Nase – Adenauer verliert mit der unförmig angeschwollenen Nase den Überblick. Der Text war in Versen abgefaßt, die sich leicht einprägen ließen. Darüber hatte sich ein Leser beim Chefredakteur der *Süddeutschen Zeitung* brieflich beschwert. Ich übernahm es, darauf persönlich zu antworten. Der Leser hatte nämlich ausdrücklich vom Karikaturisten Respekt für den großen Staatsmann Adenauer verlangt. In meinem Antwortschreiben billigte ich dem Beschwerdeführer das Recht auf Kritik zu, konnte aber dem Verlangen nach Respekt für den »großen Staatsmann« nicht entsprechen. Ich wies darauf hin, daß Adenauer in der Frage der deutschen Wiederbewaffnung sein Kabinett, den Bundestag und das ganze deutsche Volk belogen und betrogen hatte. Deshalb gäbe es für mich hier keinen Anspruch auf Respekt. Das hatte den SZ-Leser so erzürnt, daß er meinen Brief an Adenauer schickte. Der Bundeskanzler verklagte mich daraufhin wegen Beleidigung und Verleumdung.

Das war natürlich keine Satire, sondern eine klare Aussage (wenn auch mit Recht), für die ich als politischer Zeichner nicht den Schutz eines Satirikers beanspruchen konnte.

Der Richter fing nun an, mich politisch zu belehren und meine niedrige Handlungsweise von allen Seiten zu beleuchten. Das reizte mich zu der Frage, ob er auch Zeitung lese. »Natürlich« – »Und jeden Tag?« bohrte ich nach. »Ja ja, nicht immer«, sagte er arglos. »Sehen Sie, ich lese jeden Tag mindestens zwei Zeitungen, informiere mich mit politischen Sendungen im Fernsehen und zeichne zweimal in der Woche eine Karikatur, und das seit Jahren. Und da wollen Sie mich politisch belehren?« Die weitere Vernehmung nahm einen sehr unbefriedigenden Verlauf. Der sichtlich vergrämte Inquisitor entließ mich mit der Bemerkung »Mit Ihnen kann man ja kein vernünftiges Protokoll machen.«

Ein paar Wochen später wurde mir eine neue Vorladung zugeschickt, und ich fand mich pünktlich im bereits bekannten Büro ein. Diesmal saß mir ein völlig anderer Typ als Vernehmungsrichter gegenüber. Bei meinem Eintritt sprang ein ziemlich großer, sportlicher Typ mit leuchtend blauen Augen auf, braungebrannt, die vollen, weißen Haare über einem Gesicht, das an Luis Trenker erinnerte – ein Ausbund an Herzlichkeit und Wohlwollen. Das war ein Händedruck! »Es freut mich, endlich den Meister kennenzulernen, den ich seit Jahren verehre und auf dessen köstliche Interpretation ich jede Woche warte.«

Das graue Büro gewann wundersam an Farbe und wurde im Handumdrehen richtig gemütlich. Das Wohlwollen war ziemlich dick aufgetragen – oder sollte ich damit eingewickelt werden? »Ach, Herr Lang«, fuhr er fort, »wir wissen doch, wie es der Alte so mit der Wahrheit hält, in den bekannten drei Variationen...« Offen schaute er mich an, und nach einem Schnaufer, den er tief unter der Herzgrube herausgeholt hatte, meinte er: »...Wenn dann noch ein dummer Leser eine gelungene Karikatur attackiert und den Autor primitiv zurechtweist, dann kann einem schon der Kragen platzen. Dann kommen auch Formulierungen heraus, die mißverständlich sein können.« »Aber nein, Herr Richter, so war das nicht. Ich habe mich zwar geärgert, aber meine Worte entsprechen meiner Überzeugung, justament!« Kummer überschattete meinen Trenker, er hob hilflos die Schultern: »Ja, merken Sie denn nicht, daß ich Ihnen eine goldene Brücke bauen will?« »Über die werde ich aber nicht gehen.« Die Farbe wich aus dem grauen Büro, der frische Wind fiel in sich zusammen, und es roch wieder muffig aus den Aktenstößen. Die Vernehmung, die wie eine herzliche Verbrüderung begonnen hatte, verlief in einem belanglosen Hin und Her.

Dieses Intermezzo erzählte ich dem Chefredakteur der *Süddeutschen Zeitung*, Hermann Proebst, bei dem gerade der Bonner Mitarbeiter Thilenius zu Besuch war. »Haben Sie schon einen Anwalt?« fragte Proebst, »bei Adenauer wäre das wohl empfehlenswert.« In meinem Hochmut hatte ich an so etwas gar nicht gedacht. Ich wollte allein auf die Matte: »Nein, bis jetzt noch nicht. Das müßte dann aber schon ein Spezialist sein.« Thilenius mischte sich ein: »Natürlich – so einen gibt es – ich denke da an Gustav Heinemann. Der war im Kabinett Adenauer Minister und trat wegen der undurchsichtigen Manöver des Alten zurück. An den solltest du dich wenden, er betreibt eine Anwaltskanzlei in Essen.«

Jetzt war ich nicht mehr zu halten. Von der Redaktion aus rief ich in der Kanzlei Heinemann an, sagte meinen Namen und bekam gleich Verbindung. Heinemann hörte sich meinen Bericht an. Er kannte meine Karikaturen und mochte sie auch. Das Thema »Wiederbewaffnung« weckte in ihm ein wachsendes Feuer. »Lassen Sie uns darüber reden, ich komme gerne nach München.«

Es wurde ein Abend in meinem Haus in Solln daraus, der meine Erwartungen weit übertraf. Meine Frau hatte ein feines Essen bereitet, und ich hatte von meiner rheinischen Verwandtschaft vorzügliche Weine im Keller. Die Einstimmung auf das Unternehmen

Adenauer war vielversprechend, und der versierte, analytisch denkende Politiker entwarf eine fein gesponnene Strategie. Es kam darauf an, gesicherte Informationen über die geistige und materielle Vorbereitung der deutschen Wiederbewaffnung zusammenzutragen. Die ergiebigste Quelle vor Ort war natürlich Heinemann selbst. Es kam aber auch darauf an, ein Bild von den Ideen und Vorstellungen zu gewinnen, die aus dem Kopf Adenauers über Gespräche, Briefe und Interviews den Weg in die Öffentlichkeit fanden, und das vor allem im Ausland, besonders in den USA.

Über Thilenius bekam ich Kontakt zu dem Amerikaner Charles Thayer, einem Verfasser von Bestsellern, der bei McCloy an der Quelle saß. Bei einem langen Gespräch in Bonn sicherte er mir seine Unterstützung zu; ich hatte das Gefühl, daß er sportliches Vergnügen daran fand. Er hatte das Schreiben Adenauers an McCloy übersetzt, in dem der alte Fuchs nach der Art eines Talleyrand eine bewaffnete Mitwirkung seiner Bundesdeutschen in einer Europäischen Verteidigungsgemeinschaft anbot. Im November 1960 wurde ich vom Generalkonsul der Vereinigten Staaten in seine Residenz an der Königinstraße eingeladen. Sein deutscher Pressemann Gutermut hatte mich bereits telefonisch informiert. Im Gefühl, in ein Abenteuer von unvorstellbaren Dimensionen verwickelt zu sein, betrat ich das eindrucksvolle Amtszimmer. Der Generalkonsul übermittelte mir eine Einladung zu einer sechswöchigen Reise durch die Vereinigten Staaten als Gast des State Department. Ich schwebte auf einer Wolke und hatte das Gefühl, fliegen zu können – einfach alles zu können. Dann wurde ich vor eine riesige Landkarte geführt und aufgefordert, mir eine Reiseroute auszuwählen. Unser Gespräch wurde englisch geführt, man wollte wissen, ob man mich als Einzelreisenden auf die Reise schicken könnte. Ich durfte auch einen Wunschzettel verfassen, auf dem alle Kontakte und Begegnungen festgelegt wurden, die ich für wichtig hielt. Die Liste reichte vom Weißen Haus in Washington über die Redaktionen der großen Zeitungen, die berühmten Architekten mit ihren legendären Büros, die Traumwelt Hollywood und Museen bis hin zu einer großen Frauenversammlung, worüber man etwas erstaunt war. Heinemann rieb sich die Hände beim Anblick dieses Munitionslagers für das Gefecht im Münchner Justizpalast.

Denn dort wollten wir den Alten antraben lassen und ihm sorgfältig und ohne Hast die Hosen herunterlassen. Im März 1961 wurde ich ein drittes Mal zur Vernehmung vorgeladen. Und siehe da, im bereits bekannten Büro saß wieder der erste Vernehmungsrichter, so zerknittert wie vor einem dreiviertel Jahr, nur schien mir in seiner geduckten Haltung ein Ansatz von Sprungbereitschaft zu stecken. Er hatte seine Fragen präpariert, sie waren präziser geworden, und in den Augenwinkeln meinte ich einen Schimmer Heimtücke zu erkennen. Ich war gewarnt und bemerkte zu ihm gewandt, daß ich mich wohl noch mit meinem Anwalt beraten müßte. »Ach was«, sagte er überrascht, »Sie haben einen Anwalt eingeschaltet?« »Na, hören Sie einmal, bei so einem ausgepichten alten Fuchs wie dem Herrn Adenauer empfiehlt sich das – Sie sehen, daß ich hier den verlangten Respekt durchaus aufbringe.« »Und wen haben Sie mit diesem Mandat beauftragt?« »Ich weiß nicht, ob Sie den Herrn kennen, Anwaltskanzlei Dr. Heinemann.« »Dr. Heinemann« – sein Blick wurde stechend – »Dr. Heinemann – ist das vielleicht der ehemalige Bundesminister…?« »So ist es, und ich glaube, daß damit mein Problem in guten Händen liegt«, sagte ich und fühlte mich wie ein Westernheld, der seinen Colt um den Finger wirbeln läßt. Nach ein bißchen Vernehmungsroutine und Vorbeigerede wurde dieser dritte Akt formlos abgeschlossen.

Gustav Heinemann war mit diesem Ergebnis nicht ganz einverstanden. Vielleicht hätte ich seine Beteiligung an diesem Prozeß, den wir so sehnlich erwarteten, noch nicht preisgeben sollen. Ich sah die Begegnung schon vor mir: hier Häuptling Old Lederhaut, von der Politik gegerbt, immunisiert und mit tausend Listen präpariert, dort der aufrechte, klare und streitbare Mann, zu dessen Dienstkleidung die weiße Weste gehörte. Für mich war die Begegnung mit Gustav Heinemann ein richtiges Lehrstück. Den meisten Menschen, die nur sein Bild in den Medien sahen, erschien er spröde, verschlossen oder gar humorlos. Bei unseren Gesprächen zeigte er sich als analytisch denkender, aber auch temperamentvoller Partner, der über eine gelungene Formulierung aus der Sicht des Karikaturisten herzlich lachen konnte. Vom Wein verstand er viel und genoß ihn mit Verstand. Wenn Gustav Heinemann fast träumerisch den Duft aus dem schön geformten Glas einsog und mit andächtigem Respekt vor dem guten Tropfen jeden kleinen Schluck mit wachsendem Behagen begrüßte, dachte ich an den bayerischen Antipoden des westfälischen Protestanten, Franz Josef Strauß. Der tankte Wein, wie man einen Panzer fahrtüchtig macht. Während Heinemann des Weines mächtig war, war für Strauß der Wein übermächtig.

In die interessanten Gespräche flocht Heinemann oft passende Erinnerungen ein, aus der Zeit der Weimarer Republik und aus den düsteren Jahren der braunen Diktatur, als er einer der Organisatoren der Bekennenden Kirche war. Mit Sympathie und Begeisterung erzählte er von seinem Großvater, der auf den Barrikaden der Revolution von 1848 gestanden und gekämpft hatte. Und ich dachte gleich an meinen Großvater Emanuel, der wohl auch auf die Barrikaden gegangen wäre, hätte es zu seiner Zeit diese Gelegenheit gegeben. Wir stießen auf unsere Großväter an, die beide Sozis waren – jeder auf seine Art.

Dann, nach Wochen, kam ein Schreiben aus dem Justizpalast, in dem mir mitgeteilt wurde, daß der Bundeskanzler Adenauer seine Klage gegen mich zurückgezogen hätte. Mit hängenden Ohren rief ich Heinemann an, die historische Chance war im Papierkorb verschwunden. Mein Anwalt registrierte den Rückzug seines Gegners mit Gelassenheit. Meine Enttäuschung war groß. Immerhin konnte ich fortan meine inkriminierte Behauptung, Adenauer habe gelogen und betrogen, wenigstens in der Frage der Wiederbewaffnung der Bundesrepublik Deutschland weiterhin aufrechterhalten. Quod erat demonstrandum.

Nach vierzehn Tagen Klinik wurde ich an einem Wochenende entlassen und fuhr in übermächtiger Spannung nach Hause. Ich konnte nur noch an den Wettbewerb denken. Die Mitarbeiter legten mir erwartungsvoll die Ergebnisse ihrer Arbeit vor. Ich schaute auf den Lageplan und sah erschrocken die Umsetzung der damals gerade aktuellen internationalen Ideen für die Planung der Studentenstadt. Und das waren mäanderförmige, überlange Baukörper, die, verdichtet und verschränkt, das ganze Gelände in Anspruch nahmen. »Nein, Freunde«, sagte ich, »da fehlt mir Luft, Freiheit und menschlicher Maßstab. Man sollte eine Ahnung Englischer Garten haben.«

Dann brütete und zeichnete ich Samstag, Sonntag und die zwei Nächte durch; am Montagmorgen legte ich das neue Konzept meinen Mitarbeitern vor. In der Studentenstadt war die Gesamtstruktur deutlich ablesbar. Zwischen drei neungeschossigen Appartementhäusern als herausragenden Festpunkten waren drei Gruppen zweigeschossiger Atriumhäuser angeordnet, jede Gruppe mit je acht Atrien, die in zwei aneinandergebauten und gestaffelten Reihen, einander gegenüberliegend, einen gegliederten Freiraum bildeten. Als Dominante markierte ein vierzehngeschossiges Hochhaus den Mittelpunkt der gesamten Anlage mit flachen Gemeinschaftsbauten und einem abgesenkten Platz für Freizeitaktivitäten. Vom Englischen Garten und vom Schwabinger Bach her ergaben sich Grünflächen, die gärtnerisch gestaltet die Baugruppen umfaßten und durchdrangen. Der Städtebau war mit einem Blick erfaßbar. Durch die kräftig differenzierten Bauhöhen der Studentenhäuser entstand ein lebendiger und unverwechselbarer Eindruck. Den hatten auch meine Mitarbeiter, die begeistert in das neue Konzept einstiegen.

Wir hatten noch drei Wochen Zeit und arbeiteten ohne Rücksicht auf Uhr und Kalender. Pünktlich lieferten wir Pläne und Modell ab.

Die Spannung löste sich mit der Nachricht, daß wir den ersten Preis bekommen hatten. Mehr noch: Ich erhielt auch den Auftrag für die Gesamtplanung. Um angesichts der veränderten Auftragslage mein Architektenbüro nicht vergrößern zu müssen, bot ich einem der anderen Preisträger, dem Architekten Sepp Pogadl, an, mit mir ein Planungsteam für das Projekt Studentenstadt zu bilden. Pogadl war als Gewinner vieler Wettbewerbe qualifiziert und in der Ausführung seiner Projekte erfahren. Wir kannten und schätzten uns aus der Zusammenarbeit im BDA und packten unsere Aufgabe unverzüglich an.

Das Jahr 1960 hatte es wirklich in sich. München wählte einen neuen Stadtrat und den neuen Oberbürgermeister. Das redliche und sympathische Original Thomas Wimmer wurde von Hans-Jochen Vogel abgelöst, der mit einer satten Stimmenmehrheit starten konnte. Die Münchner setzten in den vielversprechenden jungen Oberbürgermeister hohe Erwartungen. Seine Feuertaufe bestand er als Repräsentant der Stadt beim Katholikentag, der auf der Theresienwiese stattfand und große logistische Probleme bedeutete.

Zugleich wurden in Oberammergau die Passionsspiele im Zehn-Jahres-Turnus aufgeführt. Für meinen Vater waren dies die letzten Spiele unter seiner Leitung. Beim ersten Spiel saß ich wieder mit meiner Frau wie vor zehn Jahren in der großen, offenen Halle unter 5000 Zuschauern und erlebte das Spiel in seiner traditionellen Form, wie ich es seit 1922 kannte. Der Gedanke an eine Reform der Passionsspiele war den konservativen Ammergauern immer noch nicht geheuer. Mißtrauisch schauten sie auf die modernen, meist jüngeren Mitbürger. Dieses Problem spaltete die Gemeinde in zwei nahezu gleich große Gruppen. Außerdem gab es den Vorwurf, daß das Spiel in seiner überlieferten Form antisemitische Tendenzen zeigte. Die härteste Kritik kam von jüdischen Verbänden in den USA. Schatten des Dritten Reiches lagen bedrohlich über der Freilichtbühne im Ammertal. Obwohl mich meine Berufe und Ehrenämter zu einem Münchner gemacht hatten und auch meine Familie nur in den Schulferien in meinem Elternhaus das Dorf der Kindheit erlebte, bewegten mich diese Auseinandersetzungen um die Passion doch sehr.

Im Süddeutschen Verlag gab es eine Sensation, deren Szenario zu einem Schmierentheater gepaßt hätte. Ein interner Streit im Verlag zwischen dem Chefredakteur Werner Friedmann und dem Herausgeber Alfred Schwingenstein eskalierte zu einem Schurkenstück. In völliger Fehleinschätzung seiner Person reizte Friedmann seinen Gegner mit Drohgebärden derart, daß dieser mit seiner Anwältin ein feines, aber reißfestes Netz strickte, in das Friedmann blindlings hineintappte. Bekanntlich spricht sich kaum etwas schneller herum als billig parfümierte Sexstories über Vorgesetzte. So blieb nicht verborgen, daß der Herr aller Federn seine unwiderstehliche Männlichkeit von einem zugegebenermaßen recht hübschen Lehrmädchen bewundern ließ und Sigi Sommer ihm sein Apartment als gelegentliches heimliches Fitneßcenter zur Verfügung stellte.

Das Netz wurde zugezogen, und der Gefangene kam vor Gericht. Auf der Anklagebank wurde ihm Sigi Sommer zugesellt. Der war wegen Kuppelei angeklagt – wonach heute kein Hahn mehr krähen würde. Immerhin trieb der Prozeß hohe Wellen in den Medien und sorgte für Stoff bei Parties der besseren Gesellschaft und an bürgerlichen Stammtischen.

Die Urteile vertrieben Friedmann und Sommer aus der sittenstrengen *Süddeutschen Zeitung*. Der vorbestrafte Chefredakteur wechselte auf den Chefsessel der *Abendzeitung*, deren Herausgeber er eh' schon war. Den Quotenstar nahm er gleich als »Blasius, den Spaziergänger« mit. Friedmann, der mich 1947 auf die politische Karikatur angesetzt hatte, bot mir einen repräsentativen Platz als politischer Zeichner in der *Abendzeitung* an. Ich konnte mit einem Argument ablehnen, das er selbst mir entgegengehalten hatte, als mich eine bedeutende Zeitung von der *Süddeutschen Zeitung* abwerben wollte. Damals sagte er: »Ach, Ernste, Sie sind doch ein Stück *Süddeutsche Zeitung* – Sie würden sich selbst amputieren.« Neuer Chefredakteur der *Süddeutschen Zeitung* wurde Hermann Proebst, ein profund gebildeter Schöngeist, der seine Erfahrungen auf dem schmalen Grat zwischen Journalismus und Politik gemacht hatte. Wir vertrugen uns gut, und wenn eine meiner Karikaturen in ihrer Bildhaftigkeit etwas deftig ausfiel, dann schrieb er das gern dem keltischen Erbe meines Charakters zu, dem Theatralisch-Rausch-haften jenes Volkes, das einst von den nüchternen Römern aus dem Voralpenland vertrieben wurde.

Erst einmal meldete ich mich aber zu dem sechswöchigen Abenteuer ab, zu dem mich das State Department in Washington bereits vor einem Vierteljahr eingeladen hatte. Am 15. Januar 1961 flog ich von München ab und betrat nach zwölf Stunden Flugzeit den Boden von Washington Airport. Die letzte Strecke zwischen New York und meinem Reiseziel lag in der frühen Winternacht wie eine glitzernde Kette auf schwarzem Samt unter mir. Stadt um Stadt zog vorbei, festlich illuminiert, um mich für dieses aufregende Land, den unbekannten Erdteil einzustimmen. Am Gate empfing mich mein Betreuer für die Tage in Washington. Alles lief nach Plan. Mein Hotelzimmer war reserviert, in einer handlichen Mappe war mein Itinerary mit allen wichtigen Daten und Hinweisen bereitgelegt.

Am nächsten Tag wurde ich zu einer Besprechung im State Department abgeholt, in der mich die Herren intensiv interviewten und ausführlich für meine große Reise informierten. Erster Höhepunkt war ein prominenter Platz für mich bei der Inaugurationsparade des neuen Präsidenten John F. Kennedy am 19. Januar. Es waren minus 20 Grad, als die Parade an der Tribüne in der Pennsylvania Avenue vorbeizog, auf der John F. Kennedy ohne Mantel seine aufrüttelnde Rede an die Nation hielt. Zur Einstimmung las der berühmte, betagte Dichter Robert Frost seine Verse, mit wehenden weißen Haaren im eisigen Wind. Der Präsident hatte diesen Auftritt gewünscht. Er war der erste, der auf diese Weise einen engen Kontakt mit Künstlern und Intellektuellen seines Landes demonstrierte. Als bizarren Kontrast dazu schwangen Girls ihre blanken, blaugefrorenen Schenkel, eine ziemlich komische Abwandlung des preußischen Stechschritts.

Am nächsten Tag gingen mein Betreuer, ein Congressman, und ich zum Lunch in die Cafeteria beim State Department. Wir bekamen einen guten Platz im vollen Lokal; da kam eine attraktive Frau herein, ging auf einen Tisch in der Nähe zu und ließ sich dort nieder. Nein, das konnte doch nicht wahr sein, aber die Ähnlichkeit war frappierend. So hatte ich Aline Saarinen in Erinnerung. Gebannt sah ich, wie sie im Raum herumschaute. Ihr Blick traf mich. Es gab ihr einen Ruck – ja, es war Aline. Wir trafen uns auf halbem Weg, umarmten uns und freuten uns herzlich über die unerwartete Begegnung. Es wurde ein lebhafter Lunch. Aline war mit ihrem Mann seit Jahren mit John F. Kennedy befreundet, und sie war als Gast zur Inauguration eingeladen. Eero Saarinen war in diesen Tagen beruflich unabkömmlich. »Die Einladung gilt noch«, sagte Aline, zumal ich Detroit besuchen würde und in meinem Wunschkalender ohnehin eine Begegnung mit dem berühmten Architekten Saarinen vermerkt war. Also, bis Mitte Februar!

Mein erster Besuch in der Redaktion einer großen Zeitung der Weltmacht USA, der *Washington Post*, führte mich in eine andere, fremde Welt. Die Ressorts waren in einem Großraumbüro zusammengefaßt und standen, wie mir schien, in einem ständigen akustischen Wettbewerb. Mein Kollege Herbloc jedoch, Editorial Cartoonist im Blatt, verfügte über eine kreative Insel, die durch eine Glaswand lautdicht vom Brodeln des Großraums getrennt war. Dort meditierte und skizzierte Herbloc, unterstützt von drei spritzigen Leuten, die Nachrichten filterten, aktuelle Fotos zusammenstellten und Themen und hübsche Gags für Karikaturen vorschlugen. Zwei flotte Scriptgirls sorgten für redaktionelle Ordnung und den Nachschub von Nescafé und Whiskey on the rocks. Da hatte ich alle Mühe, meine Bewunderung zu kaschieren und so zu tun, als wären meine Arbeitsbedingungen in der *Süddeutschen Zeitung* ähnlich.

Einen aktuellen Eindruck von der amerikanischen Politik wollte ich im Senat gewinnen. Mein Betreuer führte mich in das geschichtsträchtige Plenum und plazierte mich so, daß ich einen vorzüglichen Überblick hatte. Im aufsteigenden Halbrund saßen die Senatoren repräsentativ und bequem in historischem Gestühl, lesend, tuschelnd oder ganz einfach meditierend, während am Rednerpult ein Senator ein ausführliches Referat hielt. Hinter ihm, auf dem erhöhten Platz des Vorsitzenden, schaute der Vizepräsident der USA, Lyndon B. Johnson, mit verhangenen Augen auf die Szene und ab und zu prüfend auf seine Fingernägel.

Da stieg ein verspäteter Senator die Treppe herab und wandte sich kollegial dem Vorsitzenden zu. Sie mußten Freunde sein, denn Johnson erhob sich und ging dem Ankömmling entgegen, bis sie sich unmittelbar vor dem Redner trafen. Ohne dessen Suada zu beachten, begannen sie sogleich ein angeregtes Gespräch. Das fand ich schon reichlich unhöflich. Aber meine Verwunderung steigerte sich noch, als ich sah, wie der Vizepräsident der USA seine Rechte aus der Hosentasche nahm, sie im Bogen nach rückwärts führte und sich entschlossen am Hintern kratzte, um dort kraftvoll einen respektlosen Juckreiz zu bekämpfen. Er war dabei so intensiv tätig, daß seine Hosenbeine im Takt der Aktion gleichmäßig die Waden hinauf- und hinabstiegen. Man hätte derweil langsam bis zehn zählen können. Ich schaute meinen Congressman fragend an, aber der lächelte nur vielsagend, hob die Schultern und flüsterte: »He is a Texasboy.«

Am letzten Tag meines Aufenthalts in Washington überfiel ein Schneesturm die Stadt, der im Nu den gesamten Autoverkehr zum Erliegen brachte. Nach eisigen Stunden erreichte ich mein Hotel, wärmte in der dampfenden Badewanne meine Lebensgeister auf und bereitete mich für den nächsten Tag auf ein tief winterliches New York vor. Das war auch gut so. In den düsteren Straßenschluchten standen die Schneefahnen, und der Schnee lag zum Teil so hoch, daß die Autodächer mit der weißen Fläche bündig waren. Mir wurde gesagt, daß dies der schlimmste Schneesturm seit neunzig Jahren sei. Im »Prince of Wales«, einem alten, bürgerlich repräsentativen Hotel, versöhnte mich die heiße Badewanne mit der vorübergehenden Eiszeit. Zur Einführung war ich Gast in der Redaktion der *New York Times* und wurde dort kollegial begrüßt. Mehr noch, ich wurde aufgefordert, für die Zeitung eine Karikatur zu liefern. Die zeichnete ich in der Redaktion, mit einem halben Dutzend Köpfen über meinen Schultern, zum Glück nicht in einem Großraumbüro, sondern in einem etwas engen, aber nicht ungemütlichen Kabuff. Auf meinem Blatt hatte ich den alten Steißtrommler Adenauer dargestellt, wie er gerade beim neuen Wunderknaben Kennedy abschreibt. Das gefiel den Redakteuren, und die Karikatur wurde mit einem Bericht über meinen Besuch auf der Seite 3 der *New York Times* gedruckt.

Ein absolutes »Must« war für mich das weltberühmte Guggenheim-Museum von Frank Lloyd Wright am Central-Park. Die Leiterin des Museums, sattelfest in ihrem Metier und bereit, einem Architekten ihre spannende, anstrengende Kommunikation mit dem großen Architekten zu schildern, äußerte auch Kritik. Die kluge, praktisch denkende Schwedin hatte die technische Brauchbarkeit für eine optimale Nutzung im Auge. Die schräg nach außen gekippten Wände, für die Erscheinung des Baukörpers ganz entscheidend, ließen keine senkrecht hängenden Bilder zu. Aber das war für Frank Lloyd Wright kein zwingendes Argument; die Direktorin war schließlich doch stolz darauf, ein weltberühmtes Denkmal zu verwalten, das auch noch ein Museum ist. Als wir in dem eindrucksvollen Raum die gewundene Rampe hinuntergingen, sah ich in der erdgeschossigen Halle einen Mann stehen, der einen für diesen Ort exotischen Mantel trug. Es war ein Mantel, wie ihn in Oberbayern die Holzfäller oder Isarflößer tragen. Als sich dieser Besucher mir zuwandte, erkannte ich den Bildhauer Fritz Koenig, Professor an der TU München; wir begrüßten uns laut und herzlich, überwältigt vom Zufall, der uns hier zusammengeführt hatte. Koenig hatte gerade eine Ausstellung seiner Werke im Museum of Modern Art einzurichten, die in einigen Tagen eröffnet werden sollte.

Am nächsten Tag stattete ich im Seagram House, einem ungemein schönen, dunkelgetönten Hochhaus, dem Architekten Phil Johnson einen Besuch ab, der mitten in der Dynamik der Weltstadt im 14. Geschoß eine höchst kultivierte Insel der Stille bewohnte. Johnson, ein großer, eleganter Mann, etwa zehn Jahre älter als ich, hatte eine bemerkenswerte Entwicklung hinter sich. Als Amerikaner der Moderne verpflichtet, arbeitete er in den Jahren 1935–1937 in Berlin. Die monumentalen Architekturexzesse aus den Büros um Albert Speer, mit denen Berlin zur utopischen Hauptstadt Germaniens aufgepumpt werden sollte, hatte er vor Ort erlebt. Mancher seiner Kollegen glaubte darin eine Prägungsphase zu erkennen, die seiner aktuellen Architektur monumentaldekorative Elemente beimischte. Immerhin, das Lincoln Center wird von seinem feierlichen Opernbau dominiert, dessen etwas gestelzte Eleganz von dem mehr funktional disponierten Beaumont-Theater nach dem Entwurf von Eero Saarinen kompensiert wird.

Zur Abrundung meiner Informationen besichtigte ich das Architekturbüro Skidmore, Meryll and Owens Associated Architects, das mich mit seinen Dimensionen und seiner perfekten Organisation an eine sterile Fabrik erinnerte. In offenen, kleinen Boxen, mit Telefon und Fachliteratur ausgestattet, arbeiteten lauter Spezialisten. Von einem, der für Flachdächer und ihre Entwässerung zuständig war, ließ ich mich über die Arbeitsmethoden informieren. Dabei dämmerte es mir mit höchst unbehaglichen Gefühlen, daß diese Welt vielleicht in dreißig Jahren auch die von uns Hinterwäldlern in Bayern sein würde.

Nach spannenden Tagen verabschiedete ich mich von dieser jeden Maßstab sprengenden Stadt und bestieg in der Central Station den Nachtexpress über New Haven nach Boston. Dort war zwar auch Winter, aber der meinte es nicht mehr so ernst und ließ sogar mehrere Stunden am Tag limitierten Sonnenschein zu, den man auf der Haut spüren konnte. Hier stand zum Eingewöhnen die Teilnahme an einer Redaktionskonferenz des *Boston Herald* auf dem Programm. Für die Redakteure war ich interessant, weil auf meinem Steckbrief Oberammergau als Geburtsort stand. Und die Passionsspiele waren hier bekannter als die Opernhäuser in Europa. Einer der älteren Redakteure hatte sogar einen Freund, der, bereits 1905 aus Oberammergau kommend, sich in der Nähe von Boston angesiedelt hatte – ein Adalbert Zwink, dessen amerikanisch ausgesprochenen Namen ich nicht gleich verstand. Ei-del-bört Swink – jetzt funkte es bei mir, und ich erinnerte mich an eine Geschichte, die meine Mutter erzählt hatte. Adalbert Zwink war ein Holzschnitzer in Oberammergau, etwa 25 Jahre alt, der besessen war von einer Leidenschaft, die seit Menschengedenken Stoff für abenteuerliche Geschichten und Romane liefert – er war Wilderer. Diese Eigenschaft verband ihn freundschaftlich mit meinem Großvater Emanuel, der wesentlich älter, aber auch erfahrener in der illegalen Jägerei war. Der unbedachte junge Heißsporn war dem Förster und seinen Jagdgehilfen aufgefallen und wurde unter schwerem Verdacht steckbrieflich gesucht. Das trieb ihn zur Flucht. Mit seinem sechzehnjährigen »Gschpusi« Marie Sonner aus Garmisch wanderte er nach Amerika aus und ließ sich in Boston nieder. Er galt als verschollen.

56 Jahre waren darüber vergangen; jetzt bot mir der Redakteur, sein Freund, ein Treffen mit Zwink an. Das ging ganz schnell. Nach einem Telefonat holte mich eine Stunde später der Sohn von Adalbert Zwink mit seinem Geländewagen vom Redaktionsgebäude ab. Während des Krieges, im Herbst 1944, flog er einmal mit seinem Bomber, von Italien kommend, über die Alpen einen Tagesangriff auf München. Dabei überflog er auch Oberammergau, das er zuvor auf der Karte ausgemacht hatte, mit sehr irritierten Gefühlen, als er aus großer Höhe das grüne Tal mit den kleinen, weißen Häuserwürfeln sah. Für ihn war das ein Blick in ein märchenhaftes Liliput. Es war für ihn nicht vorstellbar, daß da unten vielleicht Verwandte angstvoll auf den silbernen Schwarm starrten, in dem er viele Tonnen Tod vorbeitransportierte.

Wir fuhren von Boston eine knappe Stunde durch die abwechslungsreiche Landschaft von Massachusetts mit ihren Mischwäldern und lockeren Siedlungen. Dann hielt mein Pilot vor seinem Elternhaus, einem hübschen Bau am Hang, unter mächtigen Bäumen, im englischen Landhausstil aus Holz konstruiert. Unter der

Türe empfing mich Adalbert Zwink, der Wildschütz, den mir meine Mutter als strammen jungen Kerl geschildert hatte. Jetzt schaute mich ein kompakter alter Mann an, etwas gebeugt, mit rundem Rücken, und blinzelte mich mit listigen Augen forschend an. Er hielt mich für meinen Vater, der bei seiner Flucht 16 Jahre alt gewesen war, und ich mußte ihm erklären, daß ich der Enkel seines Freundes Emanuel sei. Wir saßen im gemütlichen Wohnzimmer mit dem offenen Feuer im Kamin; seine Marie bot Tee und Gebäck an. Am Anfang sprachen wir Englisch, aber als er etwas über die »Passion« wissen wollte, da fiel er in den Ammergauer Dialekt, wie er um die Jahrhundertwende gesprochen wurde. Aus dem Nebel seiner Erinnerungen tauchten Geschichten auf, Namen, die mir vertraut waren, aber auch Menschen, die starben, als ich noch klein war. Sein Sohn, der Pilot, und seine Tochter, die dazugekommen waren, schauten sprachlos auf die Eltern und den Besucher, die auf einmal in einem Idiom redeten, das sie noch nie gehört hatten. »Warum habt ihr uns nie Deutsch beigebracht?« fragten sie vorwurfsvoll, und der Vater versuchte ihnen zu erklären, daß er ein Amerikaner geworden sei, der die Sprache seiner Heimat, in der man ihn gejagt hatte, zurückgelassen hätte. Die Mutter wollte von mir wissen, wie es jetzt in Garmisch und in der Schmölz sei, und als ich ihr ein Bild ihrer alten Heimat ausmalte, da packte sie ein wildes Heimweh, und der altgewordenen Marie sprangen die Tränen aus den Augen wie einem kleinen Mädchen.

Am nächsten Tag machte ich eine Wallfahrt, die für deutsche Architekten obligatorisch ist. Ich besuchte das Massachusetts Institute of Technology, jene Hochschule, in die die großen Architekten und Künstler des Bauhauses in Dessau nach ihrer Emigration ihre Traditionen einbrachten. Die Architektur der Gropius, Mies van der Rohe, Hilberseimer und ihre Ideen für die Architektenausbildung wirkten spürbar auf die amerikanischen Kollegen ein. In den Ateliers und Hörsälen konnte ich die Atmosphäre kreativer Freiheit, aber auch die Intensität analytischer Grundlagenforschung spüren. Mit einigem Neid dachte ich an die Chancen der jungen deutschen Architekturstudenten, die nach dem Krieg am M.I.T. ihre Begabung entwickeln konnten.

Detroit, meine nächste Station, war für mich ein Kontrastprogramm. Boston mit seinen englischen Traditionsspuren und dem Fokus an Wissenschaft, Ausbildung und Kultur und hier der Gegensatz einer dynamischen Industriestadt mit ihren riesigen Autofabriken. Im »Sheraton«-Hotel meldete sich meine neue Betreuerin telefonisch. Sie hieß Florence Cassidy, ihr poetischer Name setzte sogleich meine Phantasie in Gang. Sie sei schon in der Lobby und erwarte mich da, piepste sie, und ich beeilte mich, von Neugierde getrieben. Der Lift hielt, ich trat hinaus, und schon strebte eine kleine Gestalt auf mich zu, eigentlich eine sehr kleine Gestalt, in einem dunklen Mantel mit etwas altertümlichem Cape. Zwei dünne Beinchen bewegten sich bemerkenswert schnell, obwohl sie in weitläufigen, breiten Schnürstiefeln steckten. Aus ihrem winzigen Knittergesicht schauten mich zwei schwarze Augen an, die Selbstbewußtsein signalisierten, und schon nach wenigen Sätzen wußte ich, daß ein stramm geschnürtes Energiebündel vor mir stand. Wir setzten uns, und Florence entwickelte aus der Tiefe des Clubsessels unser Programm. Nach einer halben Stunde Information, Rede und Gegenrede stellten wir fest, daß wir uns mochten.

Die Erkundung Detroits erlebte ich in einem älteren Straßenkreuzer, den Florence souverän durch die Autoflut steuerte, obwohl es so aussah, als wäre ein Kind mit dem Wagen der Eltern ausgerissen. Sie hatte auch eine Besichtigung der Ford-Werke organisiert. In der blitzmodernen Cafeteria der Hauptverwaltung erholten wir uns, und ich erzählte einem der Bosse meine Begegnung mit Henry Ford I, als er 1930 in Oberammergau bei den Passionsspielen gewesen war.

Vor dem Architekturbüro von Eero Saarinen setzte mich Florence Cassidy ab, und damit endete ihre Betreuung. Eero Saarinen begrüßte mich, als wären wir erst gestern auseinander gegangen. Seine Arbeitswelt war natürlich kein »Büro«. Es waren Räume, in denen phantasiert und experimentiert wurde und wo kunstvolle und raffinierte Modelle entstanden. Saarinen demonstrierte seine Arbeitsmethoden am Beispiel des Airport Washington D. C., den er gerade plante. Er arbeitete sich mit Fachleuten in die technischen und organisatorischen Voraussetzungen für dieses Großprojekt ein und bezog daraus seine Ideen für den Organismus und die Gestalt des Airports. Ganz besonders beeindruckte mich ein Film, den er als Interpretationsmittel für seine Entwürfe produzierte. Mit moderner Tricktechnik zeigte er räumliche Zusammenhänge und betriebliche Abläufe auf, die zu einer klaren, funktionalen Architektur führten. Dadurch wurden lange Arbeitsprozesse, die zur Genehmigung führen sollten, abgekürzt, viele zeitraubende, strittige Diskussionen vermieden. Der Film war sein Geld wert. Ein anderes Projekt, das die Spannweite des Architektenberufes demonstrierte, war das Beaumont-Theater im Lincoln Center in New York. Die Sorgfalt bis zum kleinsten Detail erwies sich an seinem Arbeitsmodell im Maßstab 1:20. Die Größe dieses Modells entsprach einem kleinen Wohnzimmer. Es war so aufgestellt, daß man von unten her den Theaterraum besichtigen konnte und damit einen ganz realistischen Eindruck der Innenarchitektur gewann. Der Nachmittag mit Saarinen war eine Offenbarung für mich. Ich fühlte mich wie jemand, der gerade einen Purzelbaum kann, vor einem, der den Salto auf dem Hochseil beherrscht. Für den Abend nahm mich mein Gastgeber mit in sein Haus. Wie ein nobler Kubus, stabil und transparent zugleich, liegt es zwischen lockeren Baumgruppen in reizvoller Landschaft. Ein schöner Kristall in lebendiger Natur. Aline empfing uns. Wir ließen uns in einem Raum von zurückhaltender Eleganz nieder, mit Blick in den dämmrigen Park. Ein Tisch war für ein Essen zu dritt gedeckt, und das reichliche Silberbesteck und die glitzernden Gläsergruppen versprachen ein exquisites Mahl. Aline, souverän und anerkannt als Autorin und Journalistin, verfügte auch über die Künste kulinarischer Zauberei. Wir stimmten uns heiter plaudernd darauf ein, und ich versuchte die bisherigen Impressionen meiner Amerika-Reise als Aperitif zu kredenzen. Im Gespräch kamen wir auf Polen und sein furchtbares Schicksal in der europäischen Katastrophe. Über die Architektur und ihre heutigen Aufgaben und Möglichkeiten kamen wir in die hellere Zone friedlicher Entwicklungen in der Gegenwart. Ich bemühte mich, meinen großzügigen Gastgebern als politischer Zeichner und Kritiker ein möglichst zutreffendes Bild der Deutschen zu zeichnen, ohne Beschönigung, aber auch mit viel Hoffnung.

Von Chicago war mir gesagt worden, daß es die Großstadt sei, in der man amerikanische Kultur und Unkultur authentisch erleben könne. Dementsprechend neugierig war ich. In der *Chicago Tribune* traf ich leider meinen Kollegen, den Cartoonisten, nicht an, ließ mir aber gerne von den Redakteuren kräftig auf die Schulter klopfen. Der große Mies van der Rohe war auch gerade unterwegs, aber sein Bürochef übernahm es, dem bayerischen Hinterwäldler einen Überblick über die laufenden Projekte zu geben. Zudem nahm er sich sogar Zeit, mir die berühmten Wohntürme am Michigansee zu zeigen. Fast andächtig ging ich durch die Entwurfsräume, in denen eine Architektur entstand, die maßgebend und prägend für die jungen Architekten nach dem Zweiten Weltkrieg war. Kein Architekt der Erde hat mehr geistige Kinder als Ludwig Mies van der Rohe in die Welt gesetzt.

Im Illinois Institute of Technology machte ich natürlich zuerst meinen Diener vor der legendären Crown Hall, dem Geniestreich von Zweck- und Repräsentationsbau in einem. Für meinen Aufenthalt in Chicago hatte Saarinen mir eine Führung durch seinen Chefarchitekten im dortigen Büro angeboten, der mir seine Bauten zeigen sollte. Dieses Geschenk nahm ich gerne an. Saarinens Bürochef führte mich durch den Campus mit den Studentenhäusern und der Mensa, die sich neben der puritanischen Eleganz der Mies-Bauten mit ihrer eigenständigen, lebenswarmen Schönheit gut behaupten.

Er wollte noch der Mensa-Leiterin »Guten Tag« sagen und begrüßte herzlich die Herrin über das leibliche Wohl. Dann drehte er sich zu mir und wollte mich vorstellen, aber die junge Frau kam ihm mit dem Ausruf »Ja, der Herr Lang« zuvor. Sie ging mit ausgebreiteten Armen auf mich zu. »Ich kenne Sie vom Fernsehen – vom Bayerischen«, und sie habe mich immer bewundert, solange sie noch in Bayern gewesen sei. Wie sie nach Chicago gekommen sei, wollte ich wissen, und sie erzählte mir bei einem starken Kaffee ihre Geschichte. Den brauchte ich auch dazu. Als Leiterin der Strafvollzugsanstalt für Frauen in Aichach bekam sie auch Besuch eines Staatssekretärs im Justizministerium. Er wollte die juristische Theorie durch Informationen vor Ort und lebendige Erfahrungen ergänzen. Aus diesem Grund ließ er sich in der Haftanstalt einen Raum standesgemäß einrichten, in dem er Häftlinge – in diesem Fall weibliche –, die sein Interesse geweckt hatten, persönlich inspizierte. Er wollte die Hand am Puls haben, wo immer er ihn zu finden glaubte. Diese sehr persönlichen Tastversuche des Staatssekretärs hatten allerdings keinen Platz in der Dienstanweisung für die straffälligen Frauen. Und das war der Leiterin der Haftanstalt aufgefallen. Sie brachte diese Exkursionen, deren Charakter genauer mit dem Begriff Sexkursionen beschrieben ist, zur Meldung und löste damit im Kabinett Entrüstung, aber auch Sorgen aus. Sorgen deshalb, weil durch ein Verfahren ein deftiger und geruchsstarker Skandal in der Öffentlichkeit ausgelöst werden mußte. Also wechselte der Staatssekretär in einer geräuschlosen Rochade auf den gut gepolsterten Sessel des Präsidenten der Landesbodenkreditanstalt. Die scharfäugige und pflichtbewußte Leiterin des Frauengefängnisses aber wurde durch ein attraktives Angebot auf den Campus des I. I. T. in Chicago über den Atlantik entrückt.

In meinem Wunschkatalog für Amerika hatte auch ein Frauenkongreß gestanden, und dieser Wunsch wurde mir in Chicago erfüllt. In einem Großraum mit etwa 3000 Frauen zwischen 18 und 80 Jahren war ich – ein paar uniformierte Saaldiener ausgenommen – der einzige Mann. Ich lehnte, mit guter Sicht in den Saal, an einer Seitenwand und versuchte in diesem bunten Gebrodel das für amerikanische Frauen Typische auszumachen. Meine Inspektion wurde bald von einer Gruppe Teilnehmerinnen in der Nähe bemerkt. Eine von ihnen, mittelalterlich und mit eindrucksvoller Figur, ging, nein, schritt auf mich zu, die Augen streng auf mich gerichtet, verhielt respektheischend einen Meter vor mir und wollte wissen, in welcher Funktion ich hier sei. »In gar keiner«, sagte ich möglichst salopp. Sie stutzte, unter ihrer toupierten Frisur arbeitete es. Dann sei ich wohl gar nicht von hier, sondern wahrscheinlich vom Kontinent, sagte sie mit verächtlich geblähten Nüstern. Wie sie zu dieser Ansicht käme, wollte ich wissen. »No american man would look like you.« »That's correct«, bestätigte ich die Inquisitorin, »I am coming from Germany, working as a cartoonist.« Da holte sie tief Luft und stieß sie mit einem Geräusch aus, in dem ihre ganze Verachtung lag. Sie stapfte davon und informierte ihre Genossinnen so unmißverständlich, daß mich sofort ein Dutzend bunt bemalter Medusen drohend anstarrte. Dieser Blickexekution entzog ich mich schleunigst und schnürte an der Wand entlang, bis ich hinter einem Lorbeergewächs Deckung fand.

Nun stand San Francisco auf meinem Programm. Ich freute mich auf die kalifornische Sonne. Die Stadt machte auf mich den Eindruck einer lebendigen Architekturlandschaft. Es entsprach dem Selbstbewußtsein der Stadtpolitiker und der kapitalkräftigen Unternehmer, daß sie das städtebauliche Schema mit schachbrettartiger Straßenführung ohne Rücksicht auf die stark profilierte Topographie angewandt hatten. Die geraden Straßen steigen die steilen Hänge hinauf und kippen vom Scheitel im gleichen Gefälle in die Täler. Die Erfindung der »Cable Cars« war die logische Antwort der Straßenbauer auf diese extreme Straßenführung und zugleich eine ungewöhnliche und lustige Stadtattraktion. Der aufregende, charmante Stadtkörper San Franciscos jedoch bekommt seinen besonderen Charakter von der schier koketten Hingabe an die Bay. Fünf schöne, sonnige Tage wurden mir geschenkt.

Die Redaktion des *San Francisco Chronicle* ließ mit seinen heimeligen Redaktionsstuben noch den Hauch eines Western spüren. Hier konnte ich mir vorstellen, eine Zeitlang als Gast Karikaturen zu zeichnen, allerdings mit der Gefahr, ein Bohemien zu werden.

Ein Kontrastprogramm zu San Francisco war meine nächste Station: Los Angeles. Die Riesenstadt mit den extremen Lebensformen, gefürchtet, gehaßt und geliebt. Vor meinem Hotel, unweit des National Parks, erwartete ich meine Betreuerin zur ersten Tagestour. Mrs. Fewsmith fuhr in einem blauen Thunderbird vor, stieg in einem gleichfarbigen Kostüm aus und schaute mich aus blauen Augen forschend an. »Oh, what a blue welcome – it's real corporate identity«, begrüßte ich meinen blonden Schutzengel und hielt das für einen verbalen Blumenstrauß. Aber der schaute mich schräg von unten an und sagte spitz: »Did you learn this in Italy?« und ihre Augen zeigten blaues Elmsfeuer. Eine kalte Dusche für den vermeintlichen Paparazzo – und ich parierte schnell. »You read bad magazines, madam – I presume.« Wir schauten uns zwei Sekunden lang in die Augen, dann lachte sie und gab mir die Hand. Von da an war sie mit ihrem schnellen Wagen eine exzellente Stadtführerin.

In der University of South California lag souveräne Freizügigkeit in der Luft. Ich konnte, im Unterschied zu Deutschland, die

Professoren von dem Studenten nicht unterscheiden. In Hollywood besuchte ich im Gelände mit den großen Filmstudios den eindrucksvollen Produzenten George Sidney, der mir auf der Stelle eine waffenscheinpflichtige Havanna verpaßte und aus blauem Gewölk Fragen über die Filmindustrie in der Münchner Bavaria stellte, wobei ich ganz schön ins Schwimmen kam. Anschließend schickte er mich in das Studio, in dem gerade der Film »In 80 Tagen um die Welt« mit David Niven gedreht wurde.

Nach diesem Erlebnis war die Kaffeestunde im Haus von Richard Neutra am Silver Lake eine ruhige, warme und sinnliche Meditation. Dem Grandseigneur der amerikanischen Architektur war es gelungen, seine Vorstellungen vom Planen und Bauen in zahlreichen Objekten, nicht weit von seinem Privathaus, zu verwirklichen. Die Einheit vom Haus in klaren Formen und im Verbund exakter Konstruktionen mit Holz, Glas, Ziegel und Stahl, mit der Landschaft und ihrer polymorphen Flora wird von Neutra überzeugend demonstriert. Seine Werke, vom Privathaus über Schulen, Siedlungen bis zu Verwaltungsbauten, lassen spüren, daß der Architekt stets das Wohlbefinden der Menschen im Auge hatte.

Als eine Art soziologische Studie erlebte ich eine Einladung zu einer Party in Hollywood mit Künstlern, Unternehmern und viel jungem Gemüse aus den Zaubergärten der Agenten. Ich beobachtete, wie beim Smalltalk bereits in der ersten halben Stunde der Stellenwert eines Gastes fixiert wurde. Der Newcomer wird mit glatter Freundlichkeit in ein lässiges Kreuzverhör genommen, das von entwaffnender Indiskretion ist. Nach wenigen Sätzen kommt bereits die Testfrage »What do you earn?« Wenn nun das deutsche Greenhorn das wahre Monatsgehalt sagt – etwa 6000 DM, damals 1500 Dollar –, kommt sofort die Gegenfrage: »1500 dollars a week?« Wenn dann der Wahrheitsfanatiker diese Summe als Monatsgehalt deklariert, ist die Unterhaltung schnell am Ende. Unbeachtet irrt der unerfahrene Partygast von Gruppe zu Gruppe. Zum Glück war ich über diesen »check« bereits informiert und log mich locker durch die gnadenlose Gesellschaft der »upper class«, bis an die Grenze der Glaubwürdigkeit.

Zum Abschied von der Riesenstadt lud mich der Cartoonist der *Los Angeles Times*, Bruce Russell, zu sich nach Hause ein. Er war ein gelassener Beobachter und präziser Zeichner, der meine kontrastreichen Eindrücke korrigierte und abrundete. Bei ihm, dem etwa zehn Jahre älteren Kollegen, und seiner Frau erlebte ich echte amerikanische Gastfreundschaft, die sich zeigt, wenn der Zwang zur Statuskonkurrenz entfällt.

Mrs. Fewsmith brachte mich, wieder ganz in Blau, zum Airport und winkte mir nach. Nach einem kurzen Flug empfing mich in Phoenix ein sonniger, warmer Frühling, noch südlicher und leuchtender als in Kalifornien. Von meinem Hotelzimmer aus schaute ich über die weitläufige und ziemlich offene Hauptstadt von Arizona bis zu den Höhen, die sich aus der gelbbraunen bis roten Wüste erhoben. Mein erster Besuch galt der Redaktion des *Arizona Republic*. Dort übernahm mich als Betreuer für die folgenden Tage Reg Manning, der Cartoonist des Blattes, ein fröhlicher Kollege, wie sich schnell herausstellte. Mit seinem Straßenkreuzer erkundeten wir die Stadt mit ihren Western-Ansichten und die trockene Umgebung, in der bizarre, dornige Holzgewächse dem bunten Geröll entsprießen.

In dieser imposanten Landschaft hatte der große Frank Lloyd Wright ein kreatives Zentrum gebaut: Tallysien-West. Der Bau, ein flaches, gegliedertes Gebilde aus den Materialien der Umgebung – farbigem Naturstein, sonnengebleichtem Holz, Metall und viel Glas – liegt an einen Hügel geschmiegt. Die Innenräume des Atelierhauses stehen in großzügiger Beziehung zu den Außenräumen, sie gehen ineinander über. Vor dem Eingang liegt ein Feuerplatz, dessen Einbindung in die Anlage der Architektur den Charakter einer prähistorischen Kultstätte verleiht. Rustikale Sinnlichkeit des Materials, in moderne Formen gebunden, führt zu einem starken Effekt. Der Sonnenuntergang in der Wüste von Arizona und das offene Feuer als flammender Fokus für Meditation in der anbrechenden Nacht vor Tallysien-West heben die Architektur von Frank Lloyd Wright weit über das banale Bauen hinaus. Beim Tee vor dem flackernden Kaminfeuer in der Halle mit dem Blick auf die jungen Architekten über den Reißbrettern erfüllte mich plötzlich ein Gefühl explosiver Kreativität an diesem fabelhaften Ort. Der Geist des großen Guru war spürbar, aber seine leibliche Anwesenheit war mir leider nicht vergönnt.

Frank Lloyd Wright war gerade in Tallysien-Ost, dem kreativen Kontrastprogramm, Amerika zugewandt, in dem Fortschritt, Spitzentechnik und Perfektion die Zukunft bestimmen. Jetzt begann ich die Wirkung dieses außergewöhnlichen Architekten zu erahnen, den funkelnden Bogen von rotgoldener Sinnlichkeit bis zum weiß-blitzenden Brillanten seines Intellekts. Eine ganz profane Feststellung brachte mich wieder auf den Boden der Wirklichkeit: Dieses Architekturwunder war nur möglich, weil es durch einen geschmeidigen, souveränen Geschäftssinn in den feingliedrigen Händen des phänomenalen Frank Lloyd Wright zusammengehalten wurde.

Zum Abschluß der Tage in Arizona flogen wir in den Norden, nach Flagstaff, und von da fuhren wir mit dem Bus zum Grand Canyon. Ich stand an der Kante der gigantischen Schlucht mit dem Silberband des Colorado River auf dem Grund der farbig geschichteten Wände und Abstürze und schaute in eine Tiefe, die in der vollen Abmessung mehrere Klimazonen enthält. Vor dieser unfaßlichen Landschaft, einem gewaltigen Bilderbuch der Erdgeschichte, fühlte ich mich ganz klein werden.

Ein Schneesturm simulierte mit geisterhafter Geschwindigkeit einen kanalisierten Weltuntergang. Blitzschnell war es Winter und eiskalt geworden. Dieses Naturereignis des Grand Canyon bedeutete so etwas wie die höheren Weihen für einen Amerika-Reisenden, und ich fühlte mich auch so.

Dann flog ich hoch über dem Rio Grande und El Paso nach New Orleans. Durch Literatur und Filme hinlänglich eingestimmt, wollte ich in dieser Stadt Stimmungen und Atmosphäre erkunden. In der Redaktion des *New Orleans Item* wurde ich über die Stadt informiert und mit einem Reporter versehen, der Spaß daran hatte, mich kenntnisreich mit der vielfarbigen Welt südlich der Mündung des Mississippi im Golf von Mexiko bekannt zu machen. Im French Quarter bestaunte ich die Lebenskraft französischer Kultur und Tradition, die dekorativen Häuser mit den verspielten Details, die stilvollen Restaurants mit der traditionellen Karte für Gourmets und nicht zuletzt die berühmt-berüchtigte Bourbonstreet mit ihren Striplokalen.

Ich flog wieder zurück nach Washington, an den Ausgangspunkt meiner wunderbaren Reise. Im State Department wurde ich zu einem Erfahrungsbericht und zu einer Fragestunde gebeten. Die verantwortlichen Planer wollten ein »feedback« ihres Unternehmens haben. Immerhin bedeutete die Einladung auch finanzielle Großzügigkeit. Reise und Unterbringung waren kostenlos, dem Gast wurden 18 Dollar Taschengeld pro Tag ausgehändigt. Das Kaleidoskop dieser 45 Tage mit seinen Stadtbildern, Landschaften und Begegnungen war ein großes Geschenk für mich und hat mein Lebensgefühl verändert.

Während meiner Reise hatte ich ein Dutzendmal mit Lilo telefoniert, meinen Zustandsbericht abgegeben und immer eine farbige Schilderung meiner Familie und der Büro-Entwicklung erhalten. So kam ich nicht ganz ahnungslos in München-Riem an, von meinen Mitarbeitern in Kostümen und mit Trompetensignalen empfangen, und hatte das Gefühl, aus einem langen Traum aufzuwachen.

»Sie sind der richtige Mann für die jungen Leute«

Inzwischen war der Rohbau des Mädchengymnasiums zwischen Trojano- und Nibelungenstraße fertiggestellt worden; wir feierten Richtfest. Beim Richtschmaus, dem obligaten Schweinsbraten mit Kartoffelknödel und Blaukraut, saß ich neben dem Stadtrat der SPD, Rudi Lehrl, der als Vorsitzender des Schulausschusses die Stadt vertrat. Wir diskutierten den Neubau, die Probleme bei der Bauausführung und die Notwendigkeit einer gründlichen Ausbildung der Fachkräfte am Bau. Plötzlich gab Lehrl dem Gespräch eine ganz persönliche Wendung. Er wies darauf hin, daß diese Ausbildung in der Städtischen Gewerbeschule für das Bau- und Kunsthandwerk mit einer erfolgreichen Tradition betrieben würde, daß aber der Schulleiter dieser Schule aus gesundheitlichen Gründen vorzeitig in den Ruhestand ginge. Nach einer kleinen Pause hängte er die Frage an, ob ich nicht Interesse an seiner Nachfolge hätte.

Da stand wieder einmal das Schicksal vor mir und schaute mich auffordernd an. Diesmal war es der Stadtrat Lehrl, der mir noch einen kleinen Puff gab: »Sie sind genau der richtige Mann für die jungen Leute.« War ich das wirklich? Pädagogische Arbeit hatte mich schon immer interessiert, als Lehrgangsleiter an der Pionierschule in Dessau-Roßlau, als Assistent am Lehrstuhl Vorhoelzer. Und nun sollte ich ein Feld beackern, dessen Boden zwar fruchtbar, dessen Oberfläche aber durch alte Traditionen reichlich verkrustet war. Zudem stand die Berufsausbildung in der glanzvollen Parade der Universitäten, Hochschulen, Akademien und Gymnasien ganz hinten in der Kolonne. Meine Vorfahren haben mich aber mit einem genetischen Erbe ausgestattet, das mich stark bestimmt hat.

Ich habe mich immer auf die Seite der Schwächeren geschlagen. Das war schon bei den Raufereien im Schulhof so und erst recht im sogenannten Lebenskampf.

Mit meiner Frau beriet ich die neue Perspektive. Mein Beruf als freier Architekt, das Ehrenamt als Vorsitzender des BDA, die Tätigkeit als politischer Zeichner in der *Süddeutschen Zeitung* und im Bayerischen Fernsehen waren schon genug Schichten in meiner Lebenstorte – und nun sollte noch eine neue dazukommen? Das bedeutete eine Verpflichtung als Beamter der Stadt München, als Oberstudiendirektor, verantwortlich für fünf Berufsschulen und fünf Meisterschulen mit Hunderten junger Menschen zwischen 15 und 30 Jahren und über hundert Lehrkräften. Eigene Lehrverpflichtungen und Verwaltungstätigkeit stellten einen fixen Stundenblock dar, um den alle übrigen Engagements angeordnet werden mußten. Und da war noch als fundamentale Bindung meine höchst lebendige Familie. Sieben Kinder saßen um den Tisch, aufgereiht zwischen Lilo und mir, lauter originelle kleine Persönlichkeiten. Schon ein bißchen viel für einen Einzelkämpfer.

Aber die Aufgabe, für das Gelingen guter Architektur die Fachkräfte auszubilden, die für die Bauausführung das Können und die Motivation mitbringen, erschien mir wichtig und reizvoll genug. Also entschloß ich mich für die Übernahme der Schulleitung und wurde vom Plenum des Stadtrates einstimmig berufen. Als mir der junge Oberbürgermeister Hans-Jochen Vogel in seinem Dienstzimmer im Münchner Rathaus die Bestallungsurkunde überreichte, sagte er lächelnd: »Das hätte ich nie gedacht, daß der E. M. Lang einmal mein Untergebener sein würde.« »Was mir nicht schwerfallen wird«, dachte ich, denn von diesem klugen, akkuraten und temperamentvollen Politiker erwartete ich ungewöhnliche Leistungen; ich wußte aber auch, daß er bei seinen Mitarbeitern den Willen zur Leistung voraussetzte.

Von meinem Vorgänger Landauer, der als qualifizierter Architekt den Neubau der zerstörten Schulbauten an der Luisenstraße geplant hatte, konnte ich die Räume seines Architekturbüros übernehmen und in meiner unmittelbaren Nähe die Reißbretter für sechs Architekten aufstellen. Meine Karikaturen konnte ich jeden Dienstag und Freitag zwischen 12 und 16 Uhr auf einer Ecke des

Sitzungstisches in meinem Dienstzimmer zeichnen. Der Aufwand dafür war gering: Ein Stoß weißes Schreibmaschinenpapier zum Skizzieren, ein Zeichenblock mit kartonierten, herausnehmbaren Blättern, Bleistifte, Radiergummi und schwarze, feine Filzstifte, die weich über das Papier laufen. Das konnte alles schnell nach getaner Arbeit weggeräumt werden. Es war kein stimmungsvolles Atelier, in dem ein ungebundener Bohemien den Musenkuß empfing, sondern die Atmosphäre konzentrierter Improvisation, der meine Karikaturen entsprangen.

Es war an der Zeit, das eigene Haus zu planen. Die großen Planungsaufträge brachten mit ihren Honoraren die finanzielle Basis. Durch Zufall konnte ich an der Watteaustraße ein Grundstück erwerben, das für den Bau einer kleinen Hausgruppe geeignet war; dazu sollten das Wohnhaus und ein Studio gehören und, erreichbar über einen offenen Hof, ein Büro mit zwei Garagen. Das Traumhaus des phantasievollen Architekten, das in den Magazinen Furore machen würde, konnte ich mir nicht erlauben. Das Wohnhaus mußte für sieben Kinder und ihre Bedürfnisse passen. Wir diskutierten unser neues Zuhause, verbrauchten viel Skizzenpapier und fanden uns dann immer wieder doch eingebunden in die einfachen Funktionen eines überschaubaren Familienlebens. Es kam mir darauf an, die Beziehungen der erdgeschossigen Innenräume nach außen offen zu halten, zum Garten, der mit Bäumen, Sträuchern und Blumeninseln viel Natur anbieten konnte und einen reizvollen Aufenthalt für die Kinder und den Kater Borro. Eine zweite Öffnung war das Atrium mit seinem quadratischen Brunnenblock; es war überschattet von einem Vogelbeerbaum, eingefaßt von der Wand des erdgeschossigen Bürotraktes, an der ein dichtes Spalier mit Rosen Farbe und Leben ins Geviert bringen sollte. Als einzigen Luxus wollte ich die aufsteigende Wand in der hellen Diele hinter der geradläufigen Treppe von dem phantasievollen Maler Toni Trepter gestalten lassen.

Der Eingabeplan wurde ohne Probleme genehmigt, und nun begann die spannende Zeit der Bauausführung. Die Umsetzung der Planzeichnungen in feste Formen und Räume war wie ein plastisches Bilderbuch, eine praktische Erfahrung für die ganze Familie. In dieser Zeit wurde der Rahmen für eine neue Bayerische Bauordnung entworfen. Dieses Kompendium von Paragraphen und Artikeln sollte in großen Zusammenhängen den Rahmen für das Baugeschehen in Stadt und Land bilden. Der BDA stellte mit seinen prominenten Architekten wichtige Gesprächspartner. Es kam uns darauf an, durch eine moderne Bauordnung eine hohe Qualität der Architektur und ein flüssiges, transparentes Genehmigungsverfahren zu sichern. Dabei kam es oft zu Interessenkollisionen mit anderen Verbänden der Ingenieure, der Bauinnung und der Bauindustrie. Die Zeit traditioneller, konservativer Aktionssysteme war abgelaufen. Es ging um genau definierte Zuständigkeiten und Befugnisse.

Im Konferenzraum der Bauindustrie am Oberanger flogen oft die Funken. Aber man lernte sich im Lauf der Zeit kennen und richtig einzuschätzen. Es entstanden sogar Freundschaften über den Tag hinaus. So führten die Auseinandersetzungen mit Josef Riepl, dem Inhaber der gleichnamigen Baufirma, dem Kunstfreund und Mäzen mit dem gastfreundlichen Haus, zu einer herzlichen Verbindung. Seine Leistungen als Ingenieur, die überlegt eingesetzte Tatkraft und die Fähigkeit, unterschiedliche Menschen zu großen Leistungen zusammenzuführen, hatten ihm große Anerkennung verschafft. Er war, seinem Wesen entsprechend, konservativ und stand der CSU nahe, ohne Scheuklappen im Umgang mit den Exponenten der SPD.

So hatte er für die Feier des 90. Geburtstages der beiden Alt-Ministerpräsidenten Hoegner und Ehard ein Festzelt in seinem Garten an der Prinzenstraße aufstellen lassen. Hoegner war gerade drei Wochen älter als sein Konkurrent und Kollege von der schwarzen Truppe, aber an diesem sonnigen Festtag war der Geburtstag ein anrührendes Beispiel dafür, daß menschliche Qualität bei allen ideologischen Unterschieden die Politik zu kultivieren vermag. Sepp Riepl schätzte meine Karikaturen. Ein zusätzlicher Berührungspunkt war eine biographische Gemeinsamkeit: Wir waren beide im Krieg Pioniere gewesen – er allerdings bereits 1914/18 und als Reservist noch mal im Zweiten Weltkrieg. Bei den unausweichlichen Kontroversen in der Münchner oder bayerischen Baupolitik trat er oft auf die Seite der Architekten zugunsten einer sinnvollen Entwicklung.

Als Chef der großen Baufirma Held & Franke war Heinz Noris das jüngere Pendant zu Josef Riepl. Er war gelernter Architekt und Präsident der Industrie- und Handelskammer von München-Oberbayern. Umfassend gebildet, modern eingestellt und von souveräner Eloquenz, hatte er sich bereits in den Nachkriegsjahren einen Namen erworben. Seine Unabhängigkeit und seine freimütigen, zuweilen sogar ungenierten Beiträge zur Diskussion wirtschaftlicher oder städtebaulicher Entwicklungen in München hatten seinem Rat Gewicht gegeben. Es war ein Gewinn für die Stadt, daß sich Heinz Noris, ein Meinungsführer in Wirtschaft und Technik, und Hans-Jochen Vogel, der junge Oberbürgermeister, verstanden und schätzten.

Diese Diskussionen regten bei den Kollegen im BDA einige wichtige Veränderungen an. Kontakte mit Politikern und aktive Teilnahme an der Politik waren unumgänglich geworden. Die Themen in elitären Architektenkreisen hatten nur wenig mit den Problemen in den Bezirksausschüssen und Bürgerversammlungen zu tun, bei denen es um banale, aber lebensnahe und -wichtige Entscheidungen geht. Aber es kommt darauf an, daß allen Menschen bewußt ist, daß sich das Leben in Räumen abspielt, die geplant und gebaut werden müssen, und daß die notwendigen Bauwerke nur so gut und brauchbar sein würden, wie das Programm für ihre Errichtung es zuließ. Es kam also darauf an, die Architekten bereits an der Programmierung zu beteiligen. Sie können die baulichen Konsequenzen politischer Wunschträume erkennen und vor gefährlichen Konzeptionen rechtzeitig warnen.

Architekten als Diskussionsredner in unübersichtlichen Volksversammlungen – das war just das Gegenteil zum kreativen Planungsprozeß in der Klausur mit kongenialen Fachleuten. Aber in einer vitalen, funktionierenden Demokratie gehören das Planen und Bauen zu den zentralen Themen. Aufhänger für die Diskussionen auf diesem Gebiet sind die Architektenwettbewerbe, deren Ergebnisse öffentlich interpretiert werden müssen. Hier stehen die Architekten auf festem Boden und können vor Landkreisen, Stadt- und Gemeinderäten für modernes und funktionales Bauen plädieren.

Als zeichnender Beobachter der politischen Landschaft und der buntscheckigen Gesellschaft, sozusagen als empirischer Soziologe, versuchte ich die Kollegen des BDA für das mühselige Geschäft des Wanderpredigers zu gewinnen. Und wußte dabei doch auch, daß ich damit in den Augen mancher Fundamentalarchitekten zum Architekturpopulisten geworden war. Immerhin fand sich im BDA ein harter Kern erfolgreicher Architekten, die sich überzeugend für die Sache der gebauten Umwelt schlugen. Der junge Professor Fred Angerer, das Team von Werz und Ottow, Friedrich Seegy in Nürnberg als Landesvorsitzender, Alexander von Branca, Otto Meitinger und viele andere kontakt- und streitfähige Kollegen standen für das Profil und den Rang des BDA.

Meine eigenen Bauten, die Studentenstadt Freimann, die Großsiedlungen Fürstenried Ost und West und das Mädchengymnasium wurden von meinen Mitarbeitern zuverlässig vorangetrieben. Ich konnte also einigermaßen gelassen meine zweite Reise in die USA antreten. Der Politische Club der Evangelischen Akademie Tutzing hatte durch seine Veranstaltungen mit aktuellen Themen und prominenten Teilnehmern Aufsehen erregt. Dem kultivierten Ambiente des Schlosses am See und dem drängenden Charme eines Roland Friedrich Meßner erlagen auch notorisch zugeknöpfte Politiker, war es doch zudem immer wieder gelungen, scharfe Gegner miteinander auf das Podium zu setzen und ihnen spektakuläre Aussagen zu entlocken.

Auch auf amerikanische Gäste, Senatoren und Diplomaten übte die Tutzinger Mischung aus Politik, Bilderbuchlandschaft und bayerischer Lebensart einen hohen Reiz aus. So war es kein Wunder, daß eine ausgewählte Gruppe des Politischen Clubs für eine fast vierwöchige Informationsreise in die USA eingeladen wurde. Ende April 1962 flogen 25 politisch interessierte, hochmotivierte Männer in den amerikanischen Frühling. Von New York, Washington bis nach San Francisco absolvierten wir ein exquisit vorbereitetes Programm. In diesen Bericht möchte ich nur einige Begegnungen und Ereignisse aufnehmen, die mich als Mensch, als Karikaturist und als Architekt besonders beeindruckt haben.

Höhepunkt unseres Aufenthalts war der Besuch im Weißen Haus und ein Gespräch mit dem Präsidenten John F. Kennedy. Die Gelegenheit, den mächtigsten Mann der Welt auf Armeslänge zu sehen, nützte ich weidlich aus und prägte mir sein Gesicht und das Spiel der feinen Falten um Augen und Mund genau ein. Alle Welt ist der Meinung, daß zu diesem Gesicht blaue Augen gehören. Aber ich habe sie gesehen und weiß, daß sie gelb sind wie ein Löwenfell. Unser Clubleiter übergab dem Präsidenten ein prächtiges Buch als Präsent, auf dessen dritter leerer Seite ich unter den Augen des Empfängers eine Karikatur zeichnete. J. F. K., vor dem der bayerische Löwe F. J. Strauß »Schön« macht. Bei dieser Gelegenheit sagte ich zum Präsidenten, daß mein Großvater Emanuel vor 40 Jahren im Oval Office Gast des Präsidenten Coolidge gewesen war. »That's tradition«, meinte J. F. K. dazu und ließ sein prächtiges Gebiß blitzen.

In Chicago führte uns eine ungewöhnliche Einladung zur Jüdischen Gemeinde im Süden der Stadt. In einem großen Auditorium wurden wir den Mitgliedern, ein paar hundert Männern und Frauen, auf einem Podium präsentiert und in eine drängende Diskussion verwickelt. Wir Deutsche und unsere Gesinnung wurden einer intensiven Prüfung unterzogen. Ein besonderes Examen hatte ich zu bestehen. Den Gastgebern war bekannt, daß ich aus Oberammergau stammte, das gerade wegen angeblich antisemitischer Tendenzen der Passionsspiele in der internationalen Kritik war. Darauf zielten die Fragen aus dem Publikum, und ich berichtete von den Bemühungen meines Vaters und gerade der jüngeren Generation im Passionsdorf, das Spiel mit dem hundertjährigen Text zu reformieren. Es wurde mir nichts geschenkt, aber ich konnte die Fragesteller verstehen und gab freimütig Antwort. Bei dem anschließenden Empfang mit vielen zwanglosen Gesprächen war deutlich zu spüren, daß die Begegnung der amerikanischen Juden mit den deutschen Gästen, zumal mit dem verdächtigen Passionsspieler aus dem berühmt-berüchtigten Gebirgsdorf, zur Entspannung beigetragen hatte.

In Minneapolis stand auf unserem Programm ein Besuch im Benediktiner-Kloster St. John's, etwa 50 Kilometer nördlich der Stadt. Das Kloster ist eine Gründung deutscher Benediktiner, und ich war gespannt, ob mich auch hier die Ettaler Luft anwehen würde. Das Kloster, das zunächst in der Stadt gegründet worden war, bekam ein paar Jahrzehnte später einen Neubau in freier

Landschaft mit weitgeschwungenen Hügeln und großen Wald-flächen. Als wir im Bus auf die Klosteranlage zufuhren, hatte ich den Eindruck einer modernen Mustersiedlung von besonderer Prägung. Die Bauten für Klausur, Internat und Gymnasium sind locker in der Gruppierung, aber geschlossen in der Architektur um eine große, helle Kirche angeordnet, der ein moderner, meisterhafter Entwurf zugrundelag. Vom Abt erfuhr ich, daß für den Bau dieses Klosters ein Wettbewerb unter fünf international herausragenden Architekten veranstaltet worden war. Unter den Eingeladenen war auch Marcel Breuer, der vor Hitler am Bau-haus in Dessau gelehrt hatte und neben seiner Architektur auch für seine Möbelentwürfe berühmt wurde. Marcel Breuer gestand, daß er Agnostiker sei und keiner Religion anhinge, aber die Auf-gabe sei eine wunderbare Herausforderung für ihn, und er würde sich ihr gern stellen. Er bäte darum, für einige Wochen am Leben der Mönche teilnehmen zu dürfen, um mit Leib und Seele die Welt der Benediktiner zu erfahren, die Ordensregeln zu begreifen und die Wirkung einer Klausur mental und rational zu spüren. Diese Konsequenz beeindruckte den Abt, und er gestat-tete dem weltlichen Outsider die Zeitreise zu Benedikt von Nur-sia. Das Ergebnis dieses Selbstversuchs war der erste Preis und der Auftrag für die Planung des Klosters St. John's. Marcel Breuer hat damit eine Klosteranlage geschaffen, die von der Funktion, der Großform her bis zum kleinsten Detail in durchge-hender Qualität den überzeugenden Beweis liefert, daß ein Klo-ster nicht düster und mystisch sein muß, sondern eine helle, moderne und trotzdem fromme Welt sein kann. Der vielstündige Rückflug führte uns auf der Nordroute über Winnipeg mit Zwischenstop in Strömfjell auf Grönland im weiten Bogen über Kopenhagen nach München. Ohne Verschnaufpause hatten mich Familie, Büro, Schule, Zeitung und Fernsehen wieder.

Im Sommer 1962 blühte die deutsch-französische Freundschaft sichtlich auf. An der Hand de Gaulles wurde Adenauer von den Franzosen herzlich empfangen. Dafür reiste der General in die Bundesrepublik und brachte mit wenigen, aber pathetischen Wor-ten, die genau aufs deutsche Herz gezielt waren, und mit majestä-tischer Pose das in Massen zusammengeströmte Volk in einen

Taumel dankbarer Begeisterung. Diese schrankenlose Hingabe konterte ich mit einer Karikatur, bei der ein Bundeskanzler Adenauer in Frack und Zylinder den General mit einem Kranz aus Eichenlaub dekoriert, indem er dieses Symbol höchster Verehrung ganz einfach über die imposant ragende Nasenspitze stülpt. Der Titel lautete lapidar »Denkmalpflege«.

In München stand ich beim Empfang de Gaulles auf dem Odeonsplatz unter Tausenden von Menschen, die dem Staatsgast zujubelten. Als der General auf den Stufen der Feldherrnhalle die langen Arme weit ausbreitete und auf deutsch rief: »Bayern ist groß«, da barst der Himmel über der Theatinerkirche schier bei dem nationalen Brunftschrei der Entrückten. »Ja, so sind sie, meine Landsleute«, dachte ich und freute mich grimmig, daß am Tag zuvor beim Chefredakteur der *Süddeutschen Zeitung* ein Protestschreiben des französischen Botschafters eingegangen war, in dem dieser mit harten Worten die Respektlosigkeit tadelte, mit der meine Karikatur die Freundschaftsgeste des großen Charles de Gaulle aufgespießt hatte.

Einen Monat später wurde es ernst, die Weltpolitik stürzte in die erste große Krise nach dem Zweiten Weltkrieg. Nachdem im Jahr zuvor der Bau der Berliner Mauer die politischen Kontakte zwischen den Siegermächten versteinert hatte, suchte Chruschtschow jetzt ein neues Operationsfeld: Kuba. Die amerikanische Aufklärung hatte auf Kuba Abschußrampen für Atomraketen geortet, in den Kommandozentralen vom Pentagon bis in die Natostäbe stieg die Spannung. Die Krisenstimmung erreichte ihren Höhepunkt, als die amerikanischen Aufklärer Transportschiffe aus der Sowjetunion mit Atomraketen an Bord in Richtung Kuba entdeckten. Die Entschlossenheit Kennedys, auch das Äußerste zu riskieren, veranlaßte Chruschtschow, die Bomben wieder nach Hause zu beordern.

In dieser Nacht der Entscheidung über Krieg oder Frieden ereignete sich im Schloß zu Brühl ein tragisch-komisches Intermezzo. Der Bundespräsident Lübke hatte eben an diesem Abend einen festlichen Empfang gegeben, an dem auch – verspätet – der Bundesverteidigungsminister F. J. Strauß teilnahm, der bald nach Mitternacht das Feld kampfunfähig räumen mußte. Ausgerechnet in dieser schicksalsschwarzen Nacht hatte der Befehlshaber der deutschen Streitkräfte die Bataille gegen die Bouteille verloren. Er war so blau wie die Hälfte der bayerischen Fahne.

Bald darauf hatte ich Gelegenheit, mit F. J. S. über diesen Vorfall zu reden. Ich tat das in der lockeren, eher frotzelnden Art, wie wir meist miteinander umgingen. Ob das nicht schon fast eine Art Selbstverstümmelung gewesen sei, so kurz vor dem möglichen ersten Schuß, fragte ich ihn. Aber er lachte nur kurz auf, rollte die Augen und blies die Backen auf. »Von der Frühe an war ich in dicken Besprechungen, immer wieder an einem anderen Ort, den ganzen Tag und ohne ein Bröserl Verpflegung. Ich habe das ausgehalten, weil ich glaubte, daß es am Abend beim Empfang im Schloß Brühl was zum Beißen gäbe. Aber als ich gegen elf dort ankam, gingen schon die ersten Leute, und das Buffet war leergefressen. Es gab nur noch ein paar alte Semmeln und Wein. Und das hat mich umgehauen.« Sprachs und spülte mit einem ordentlichen Schluck einen schönen Happen hinunter. Diesmal war das Buffet noch gut bestückt. Wer F. J. Strauß für einen großer Zecher hielt, hatte nur zum Teil recht. Er hatte zwar Lust auf einen guten Tropfen, aber kein großes Fassungs- und Stehvermögen. Bei seinem Temperament brachte ihn das oft genug in eine fatale Situation, aber mit seinem auch dann noch immer hohen Unterhaltungswert konnte er die meisten Entgleisungen zur Not kompensieren.

Ende Oktober 1962 scheuchte eine Krise die Bundesrepublik auf, die unter dem Namen »*Spiegel*-Affäre« Geschichte machte. In dem Magazin *Der Spiegel* erschien ein Bericht über das Nato-Manöver »Fallex 62« unter dem Titel »Bedingt einsatzfähig«. Nach Meinung der Regierung enthielt dieser Artikel geheime Informationen über die Kampfkraft der Bundeswehr und stellte damit einen Akt des Landesverrats dar. Diese Annahme war Anlaß für eine überfallartige nächtliche Polizeiaktion. Die *Spiegel*-Redaktion wurde besetzt, die leitenden Redakteure verhaftet und in der grünen Minna abtransportiert. Dazu zeichnete ich am 3. 11. 62 eine Karikatur, die zeigt, wie die Redakteure im Pyjama durch ein Spalier finsterer Geheimpolizisten in das vergitterte Transportfahrzeug gejagt werden. In der rechten unteren Ecke sieht man F. J. S. zuschauen, mit schrägem Filzhut, hochgeschlagenem Kragen und

Bei Nacht und Nebel ...

... der Freiheit eine Gasse
3. 11. 62

den Händen in den Taschen. Hermann Proebst, der Chefredakteur, blickte lange auf diese Szene, dann sagte er: »Gut, sehr gut – aber der Strauß hat doch damit nichts zu tun.« »Er tut ja auch gar nichts und grinst nur hinterfotzig...«, sagte ich, »und ich bin sicher, daß er damit zu tun hat.« So war es dann auch.

F. J. S. schaltete sich nachhaltig ein und betrieb die Verhaftung von Konrad Ahlers, dem stellvertretenden Chefredakteur, in dessen Urlaub in Spanien. Hocherhobenen Hauptes bestritt Strauß jede Beteiligung, um dann unter der Last der Beweise einzuknicken und zu gestehen. Dem Bundeskanzler gelang es nicht, seinen Feldherrn aus dem öffentlichen Trommelfeuer zu holen. Und als die FDP-Minister aus Protest zurücktraten, mußte Strauß seine Festung räumen. Adenauer liebäugelte kurz mit einer großen Koalition – zur Strafe für die Liberalen –, aber den Roten stand der Sinn nicht nach Wahlrechtsreform. Also blieb dem Alten nichts anderes übrig, als mit den aufmüpfigen Liberalen wieder eine Regierung zu bilden. Er war selbst unter Beschuß geraten und mußte jetzt den Preis dafür zahlen; er gab das Versprechen, im Herbst 1963 als Kanzler zurückzutreten.

Den Abschluß der dramatischen Auseinandersetzungen über die Pressefreiheit, auch in Sachen der Landesverteidigung, die im Nachhall von Adenauers Alarmgeschrei »Wir haben einen Abgrund von Landesverrat« geführt wurden, bildete der *Spiegel*-Bericht«. Den hatte der Bundesinnenminister vor dem Bundestag abzugeben. Aber da hatte inzwischen ein Rollenwechsel stattgefunden. Gerhard Schröder war ins Auswärtige Amt entrückt worden, und auf seinen Platz wurde der bisherige Landwirtschaftsminister Hermann Höcherl beordert. Der stellte seine Mistgabel in die Ecke und hatte vor, seine erlernte Jurisprudenz zur Geltung zu bringen. Dabei hätte er halt doch noch die Mistgabel gebraucht, um den Haufen Unrat zu beseitigen, in dem Kanzler und Minister steckten. Der »*Spiegel*-Bericht«, als Antwort auf die kleine Anfrage der Opposition, war nur noch der mühsam zusammengeschnittene Text für eine Staatsklamotte. Das war natürlich Stoff für eine Karikatur.

Ich zeichnete eine Situation im Keller, Atmosphäre »Dreigroschenoper«. Eine Gruppe dickärschiger Retuscheure sitzt über ihre Blätter gebeugt, und Adenauer, wie König Peachum, auf der Kellertreppe. Davor steht Höcherl, hemdsärmelig, die Lupe ins Auge geklemmt und meldet »Eine Schweinearbeit, Boß, und alles in Spiegelschrift...« Überschrift: »Retuschieranstalt Höcherl & Co.«

Eine Woche darauf fuhr ich ins Fernsehstudio zur Sendung meiner »Politischen Drehbühne« und traf dort auf Hermann Höcherl, der gerade für ein Statement eingewiesen wurde. Er starrte mich an, duckte sich in eine Art Startposition und rollte wie ein Kugelblitz auf mich zu, mit den Armen fuchtelnd und in schrillem Zornestenor. »Ja, was haben denn Sie mit mir gemacht?« »Was denn, Herr Minister«, stoppte ich ihn. Er fauchte: »Mit Ihrer Karikatur – wie einen Gangster haben Sie mich hingestellt«, und schnaufte voll tiefer Entrüstung, auf den Hängebacken die Schatten von Kummer und Hilflosigkeit. Er tat mir leid, und ich sagte ganz ruhig: »Bevor wir jetzt zu streiten anfangen, frage ich Sie von Mann zu Mann – wie war es wirklich?« Zwei Sekunden schaute er mich an. Seine Au-

Retouchieranstalt Höcherl & Co.

»Eine Schweinearbeit, Boß – und alles in Spiegelschrift ...«

2.2.63

gen wurden ganz groß, dann kam es wie eine Explosion: »Ja, genauso wars.« Für mich war das kaum faßbar – das Opfer bestätigte die Richtigkeit meiner satirischen Attacke. Das war Größe, die eines klein gewachsenen Mannes, den viele komisch fanden, der aber ein großes, anrührendes Herz hatte. Von da an verband uns eine besondere Freundschaft. Als Bundesinnenminister bot er mir an, als Ministerialdirektor in sein Ministerium einzutreten, um dort für die Künste, Wissenschaft und ganz einfach für die Kultur zuständig zu sein. »Das ist gegen meine Lebensplanung«, hielt ich dagegen. Auf seiner mächtigen Stirn zeigten sich ein paar Kummerfalten.

Ein paar Jahre später hockten wir bei einem großen Fest beisammen, das Franz Josef Strauß im Waldrestaurant »Jagdhof« bei Sauerlach für Unternehmer, Künstler, Wissenschaftler und Medienleute veranstaltete. In vorgerückter Stunde und in bester Stimmung rühmte mich Höcherl: »Sie sind großartig, und Sie werden die CSU vernichten.« »Hö, hö, hö«, bremste ich seine Begeisterung. »Geistig, meine ich, bevor die Burschen den Maßstab verlieren.« Dann beugte er sich vertraulich zu mir. »Ich möchte Ihnen eine Freude machen – ich könnte Kapital von Ihnen auf ein Schweizer Konto bringen, wenn Sie wollen«, und schaute mich dabei erwartungsvoll und listig an. »Das finde ich großartig«, sagte ich mit gespielter Dankbarkeit, »aber das hat einen dummen Haken – ich habe kein Kapital für so ein schönes Konto.« Er schaute mich an, als hätte ich Chinesisch gesprochen. Die schlichte Darstellung meines wirtschaftlichen Potentials überforderte sein Vorstellungsvermögen. »Nun ja, was ich verdiene, das ist zwar nicht wenig, aber ich investiere alles in mein Büro und in meine Familie mit sieben Kindern um den Tisch. Bei einem Einzelverdiener bleibt da nichts übrig für ein Konto im Schutz der Schweizer Tresore«, versuchte ich zu erklären. »Schade«, sagte mein lebenskundiger Freund und: »Schwoabn ma's owa.« Wir stießen an und blieben einander zugetan, solange er lebte.

Bevor der gußeiserne Kanzler das Altenteil beziehen konnte, mußte das Verhältnis der Deutschen mit den Franzosen noch eine feste Form bekommen. Am 22. Januar 1963 unterzeichneten der uralte Zivilist und der alte General den Deutsch-Französischen Freundschaftsvertrag. Mit dem etwas ungelenken Bruderkuß schmatzten die zwei Senioren die tausendjährige Feindschaft in den Orkus. Ich besaß, Gott sei's geklagt, die Geschmacklosigkeit, für diese Szene in meiner Karikatur die weltberühmte Plastik von Auguste Rodin »Der Kuß« zu bemühen. Aber bei meinem Mißtrauen staatsmännischen Feierlichkeiten gegenüber ist mir einfach der Pegasus, vom Satirehafer gestochen, durchgegangen. Wir Deutschen waren freilich froh über die neuen menschlichen Kontakte über den Rhein. Aber in manchen Europäern und besonders Amerikanern stieg die Furcht vor einer deutsch-französischen Dominanz und die Gefahr einer Entfernung von der Nato auf.

Darum war die Reise John F. Kennedys Ende Juni 1963 nach Deutschland eine Auffrischung der transatlantischen Freundschaft. Im Jubel der Menschen zerstoben die leisen Mißtöne politischer Eifersucht. Höhepunkt der Reise war der Auftritt des amerikanischen Präsidenten in Berlin und sein Ausruf am Potsdamer Platz: »Ich bin ein Berliner.« Der millionenfache, begeisterte Aufschrei der Deutschen war auch ein donnerndes Signal für die Sowjetunion und ihre Verbündeten im Ostblock.

Am 22. November 1963 wurde die Welt von der Ermordung John F. Kennedys erschüttert. Als mich am Abend dieses düsteren Tages die Redaktion davon verständigte, schossen mir die Tränen in die Augen, und mich packte eine Trauer, wie ich sie in meinem Leben nur ganz selten gespürt hatte. Die Schüsse von Dallas lösten einen Schock aus.

Konrad Adenauer trat am 15. Oktober 1963 nach vierzehn Jahren als Kanzler zurück, ungerührt, steif und zum eigenen Monument geworden. Am 16. Oktober wählte der Bundestag Ludwig Erhard zum Bundeskanzler, den Vater des Wirtschaftswunders, wie er verkürzt genannt wurde. Am 18. Oktober hielt der neue Kanzler seine Regierungsrede. Und spätestens bei dieser Gelegenheit wurde der Unterschied zwischen Adenauer und Erhard deutlich. Der Alte sprach bei solcher Gelegenheit eindringlich, aber emotionslos, schlicht und doch verzinkt. Der Neue verkündete. Seine Rede war pathetisch, nach Posaunenart. Er wollte Volk, Parlament und Regierung zu einer moralisch motivierten Einheit zusammenführen. Der Leistungswille sollte Ansporn für alle sein. Der Alte visierte mit zusammengekniffenen, schrägen Augen die Zukunft an. Der Neue beschwor mit blauen Kinderaugen das Wunder aus den Dampfwolken der Wirtschaft. So sah ich als Karikaturist die beiden Antipoden.

Aber vorläufig entführte mich ein Kindheitstraum, der jetzt in Erfüllung ging, weit fort – nach Ostafrika. Der Politische Club der Evangelischen Akademie Tutzing war zu einer Informationsreise nach Kenia, Uganda und Tansania eingeladen worden. Ein Dutzend Clubmitglieder, die beruflich oder durch ihr politisches Engagement motiviert waren, wurde ausgewählt und bereits ein paar Monate vor der Reise an einem Wochenende auf die neuen Eindrücke eingestimmt. Ein Pfarrer, der fast dreißig Jahre lang in Tanganjika missioniert hatte, zeichnete Bilder vom Land und seinen Menschen, ihrer Naturreligion und ihren Traditionen.

Für mich gehörten zur bestmöglichen Vorbereitung auf das große Abenteuer Kenntnisse der Landessprache für persönliche Kontakte. Ich wollte wenigstens die Anfangsgründe von Kisuaheli lernen. Eine meiner Architektinnen hatte Verbindung mit tansanischen Studenten und vermittelte mir einen promovierten Wirtschaftswissenschaftler, Dr. Masota, als Sprachlehrer. Zweimal in der Woche, ein Vierteljahr lang, paukte der kluge, fröhliche Afrikaner mit mir seine Sprache. Dr. Masota zeigte mir in seinem perfekten Deutsch einfühlsam und geduldig die Schwierigkeiten, aber auch die Schönheiten des Kisuaheli, die bildhaften Vergleiche und die Bedeutung der Betonungen.

Anfang November flogen wir über Rom und Athen nach Nairobi. Binnen weniger Tage verwandelte uns ein strammes Programm zu Afrikanern in Khakiklamotten. Lediglich zu offiziellen Begrüßungen und Einladungen holten wir den dunklen Anzug aus dem Koffer. Von den deutschen Botschaftern wurden wir über die Zustände ihres Landes informiert, von den Ehefrauen der Repräsentanten aber auf das Liebenswürdigste für den Stil der Residenz eingenommen und von den Mitarbeitern des Botschafters über den afrikanischen Alltag, die bürokratischen Querelen und die finanziellen Engpässe aufgeklärt.

Als wir mit geblähten Nüstern von Nairobi aus in zwei VW-Bussen auf der Piste nach Süden fuhren, zum ersten Mal die Gerüche der Steppe einsogen und die ersten Gazellenrudel in der flimmernden Landschaft sahen, erlebte jeder von uns eine Art Verwandlung vom ordentlichen Akademiker mit Rechten und Pflichten in einen Hemingway im Taschenformat. Der Grenzübergang Namanga nach Tansania sah aus, als hätte er sich zu unserem Empfang festlich geschmückt. Der freundlichen Holzbauten waren vom Farbenzauber der ostafrikanischen Flora überwachsen, und wir hatten bei der kurzen Rast paradiesische Gefühle. Zwei Reisebusse brachten Leben in die Idylle. Zwei lärmende, hektische Gruppen amerikanischer Witwen in abenteuerlicher, greller und völlig unzweckmäßiger Aufmachung überfielen die Grenzstation. Aber ein afrikanischer Zauber hielt den Ansturm auf und verwandelte die skurrilen Matronen in Salzsäulen. Drei Massais standen an der Piste, drei Krieger, das Schwert am Leibriemen, den Speer oder die Wurfkeule in den Händen und die hageren, aber muskulösen nackten Körper mit rotbraunen Umhängen bedeckt, oder, genauer gesagt, davon umweht. Sie standen regungslos, Denkmäler exotischer Schönheit, die Gesichter in die Ferne gerichtet und ungerührt vom

Auftritt der fremden Zivilisation. Die Ladies bildeten einen kreischenden Kreis um die drei Krieger, aus dem die gezückten Kameras wie Schußwaffen zielten. Und als der Wind aus der Savanne die Umhänge hob, ging die vorderste Reihe von der hinteren gestoßen, in die Knie, um mit entzückten Ausrufen die ungewöhnlichen Motive einzufangen. Zwei Welten waren aufeinander getroffen: Die eine mit der souveränen Gelassenheit der Menschen, die, eins mit den Naturgesetzen, in Jahrtausenden geformt wurden, und die andere, in der durch den eskalierenden Fortschritt aus dem »homo sapiens« ein »homo rapiens« wurde. Diese Karikatur einer Begegnung gab uns sehr zu denken.

Die Amboseli Game Reserve mit 50 mal 100 Kilometern Fläche nahm uns mit ihren wilden Tieren wie ein Garten Eden auf. Im VW-Bus oder in Landrovern erkundeten wir, von Rangern betreut, den Lebensraum der zahllosen Tiergattungen. Die »großen Fünf«, wie schußgeile Großwildjäger ihre Beute nennen, übertreffen in der Freiheit alles, was sich Zoobesucher vorstellen können: Simba, der Löwe, Chui, der Leopard, Tembo, der Elefant, Kifaru, das Nashorn, und Nyati, der Büffel, wie sie in Kisuaheli heißen. Die gewachsene Kulisse der Schirmakazien, der Baobabs, und der bizarren Buschinseln, alles von der gewaltigen Kontur des Kilimandjaro überragt, ist ein Bild von atemberaubender Schönheit, das uns alle ganz still und fromm machte.

Nach diesem Auftakt, nun schon etwas »afrikanisiert«, fuhren wir über Arusha, die Distrikthauptstadt am Fuße des Meruberges, zum Ngorongoro-Krater. Wir erreichten, kräftig durchgeschaukelt, auf kurvenreicher Straße die buschbewachsenen Hänge und dann den Kraterrand mit einer Höhe von 2500 Metern. Der Blick in den kreisrunden Kessel mit 18 Kilometern Durchmesser und einer Tiefe von mehreren hundert Metern war überwältigend. Ich hatte den Eindruck, in die Urwelt zu schauen. Die kalte Nacht überstanden wir, vom Holzfeuer offener Kamine gewärmt, in der rustikalen Lodge. Auf der Terrasse unter dem blitzenden Sternenhimmel atmete ich tief das Aroma Afrikas ein und hörte aus der schwarzen Tiefe die auf- und abschwellenden Töne der umherstreifenden Tiere.

Nach eindrucksvollen Pirschfahrten rollten wir die Hänge wieder hinunter in die weite Ebene und schauten dabei auf den Spiegel des Manyara-Sees, der aus dunklem Urwald, heller Savanne und dichten Busch- und Bauminseln glitzerte. Graue Pulks bewegten sich auf diesem riesigen Naturteppich in wechselnden Größen und Formen. Es waren Elefantenherden, mit den quirligen Rudeln der Jungtiere garniert. Wir ließen Arusha mit den üppigen Gärten und den reichen Plantagen hinter uns und erreichten auf guter Teerstraße Moshi, das Verwaltungszentrum am Fuße des Kilimandjaro. Nach dem Erlebnis der freien, unberührten Landschaft mit ihrem Tierreichtum kamen wir in den besiedelten Bereich, der von lockeren Hausreihen markiert wird, die schließlich in ein gebautes Konglomerat von heterogenen Bauten zusammenfließen.

Die Bauten der Eingeborenen sind aus natürlichen Materialien und aus uralten Stammestraditionen entstanden. Die Grundform eines Dorfes entsprach dem Konsens des Zusammenlebens und den Bedürfnissen von Mensch und Tier nach Schutz und Sicherheit. Die gemeinsame Wasserstelle, der Brunnen, war Lebensquelle und Treffpunkt, Ort der Information, der Unterhaltung, Gelegenheit für Kontakte, Freundschaften und Geschäfte. Daraus ergaben sich Grundformen für die Siedlung wie der Kreis oder lockere Gruppierungen. Oft bildete ein mächtiger Baum den Ortsmittelpunkt, einen beschatteten Platz, wo sich nach des Tages Hitze die Menschen trafen und wo auch der Märchenerzähler seine Zuhörer versammelte. Wir, die Fremden, entdeckten in diesen ursprünglichen Dörfern eine erstaunliche Ästhetik.

In der Nähe besuchten wir das Lutheran Church Hospital Machame. Es galt als das modernste Krankenhaus in Tansania, umfaßte damals 170, später 200 Betten. Zwei deutsche Ärzte, Dr. von der Heyden als Chef und Dr. Schmid als Chirurg, versorgten mit zwei schwarzen Medical Assistants die Kranken. Die Bauten waren als Holzkonstruktionen errichtet worden und machten in ihrer einfachen, modernen Gestaltung einen ungemein sympathischen Eindruck. Das Besondere an diesem Krankenhaus waren kleine, erdgeschossige Bauten, die Kochgelegenheiten enthielten und um den Haupttrakt herum angeordnet waren. Dr. von der Heyden hatte die Erfahrung gemacht, daß afrikanische Patienten, allein und losgelöst von ihrer Familie, nicht gesund werden wollen oder können. Also bot er mit diesen Kochgelegenheiten die Möglichkeit, daß die Familien zu ihrem Patienten ziehen konnten, um ihn in der gewohnten Weise zu verköstigen und ihn mit ihrer Zuneigung und Vertrautheit zu unterstützen. Der Erfolg dieser Maßnahme war frappierend. Zum Krankenhaus gehörte auch eine Ziegenherde, die der gescheite Chefarzt beschafft hatte. Ihre Milch garantierte eine erfolgreiche Therapie bei Kindern und Erwachsenen, die von der weitverbreiteten Tuberkulose befallen waren. Die Leistungen der zwei deutschen Ärzte und ihrer afrikanischen Helfer in dem verhältnismäßig kleinen Krankenhaus Machame haben mich begeistert. Um so mehr bedrückte es mich, daß diese schwere, wichtige Arbeit so unzureichend finanziert wurde. Die Region am Fuße des Kilimandjaro verdankt ihren Entwicklungsstand mit den sauberen Siedlungen und den üppigen Plantagen in hohem Maße der selbstlosen Arbeit der Fachleute aus den Einrichtungen der evangelischen Kirche.

Nach einem Abstecher in das Usambaragebirge und nach Lushoto, das ehemalige kaiserliche Wilhelmstal, und einem Besuch des deutschen Friedhofs, in dem die Toten selten dreißig Lebensjahre, aber oft nur fünf erreicht hatten, rollten wir erwartungsvoll Richtung Hauptstadt. Wir kamen nach Dar-es-Salaam und erkannten bereits in dem Konglomerat alter und neuer Bauten, kolonialer Verwaltungsrepräsentanz und Bauten für den Kommerz – wie man es von den Geschäftsvierteln in aller Welt kennt – die Entfernung zum gewachsenen freien Land, dem Afrika aus der Hand Gottes, der wohl ein Schwarzer sein muß.

Der Zufall führte uns mit dem Ehepaar Green zusammen. Jimmy Green war als Berater für Kommunalpolitik in Dar-es-Salaam eingesetzt worden und hatte praktisch als Stadtdirektor die Verantwortung für die Hauptstadt des Landes übernommen. Er war nach dem Krieg als britischer Offizier in Schleswig-Holstein stationiert gewesen und hatte in Eutin seine Frau Margaret kennengelernt. Nun führten beide ein großes, schönes und gastfreundliches Haus auf einem Hügel am Rande der Stadt. Dort gingen wichtige Mitglieder der neuen Regierung und Verwaltung ein und aus. Von Jimmy Green bekam ich umfassende, ausgewogene Informationen über das Land, die Chancen einer sinnvollen Entwicklungshilfe und ein überzeugendes Psychogramm für jedes einflußreiche Mitglied der neuen Hierarchie. Der langbeinige, blonde Engländer mit seiner klugen und charmanten Frau war bei den Afrikanern hochangesehen und genoß dazu den Respekt aller diplomatischen Vertreter in der Hauptstadt. Aus unserer ersten Begegnung wurde eine herzliche Freundschaft, die bis heute hält.

Für einen Tag fuhren wir in die alte Königsstadt Bagamojo, ca. 70 Kilometer nördlich von Dar. Die Deutschen hatten als Kolonialherren dort ihren Regierungssitz einrichten wollen. Der damalige Gouverneur ließ etwas außerhalb der Stadt einen Palast errichten, der in einem Gemisch europäischer und orientalischer Architektur einen prunkvollen Fremdkörper neben der kleinteiligen, stilreinen Stadt darstellte. Unter einem mächtigen Baum, mit Blick auf dieses Monument deutschen Kolonialismus, saß ein sehr alter Afrikaner, der mich mißtrauisch betrachtete. Er verwandelte sich sofort in einen freundlichen Gesprächspartner, als ich ihn auf Kisuaheli anredete. Und als er in mir einen Deutschen erkannte, wies er sich als Zeitzeuge aus, der vor sechzig Jahren als Diener in diesem Palast beschäftigt gewesen war – in weißer Uniform, wie er beteuerte. »Ja«, sagte er und zeigte auf die großen Fenster im Erdgeschoß, »da fielen die Herren Offiziere heraus, wenn sie betrunken waren.« Die Deutschen hätten ein strenges Regiment geführt, wer parierte, hatte es gut, meinte er. Aber wer gegen die gebotene Ordnung verstieß, der wurde auch aufgehängt, aber da sei wohl jeder selbst schuld daran gewesen. Dann zeigte er auf einen dicken Ast, der waagerecht vom Stamm gewachsen war. »Da hingen immer fünf oder sechs daran, tagelang. Das war nicht schön.« Solche Szenen bildeten den Kontrast zum sorgsam polierten Ehrenschild der Lettow-Vorbeck und seiner Truppe.

Bagamojo war vom Einfluß der arabischen Seefahrer und Händler geprägt, die einen breiten Küstenstreifen von Somalia bis Mozambique beherrschten und von da aus bis tief ins Land hinein ihre grausamen Sklavenjagden unternahmen. Die orientalische Handwerkskunst hat in den engen Straßen kostbare Zeugnisse hinterlassen. Dazu gehörten auch die dekorativen, kunstvoll geschnitzten Sansibar-Türen, die ihren Namen von der Insel haben, die Sitz des

Sultans war und schließlich vom deutschen Kaiser gegen Helgoland an die Engländer getauscht wurde. Als sich unsere Gruppe am langgezogenen, halbmondförmigen Strand versammelt hatte und die menschenleere Schönheit genoß, scheuchte uns wildes Geschrei auf. Durch die breite Öffnung in der alten Stadtmauer schob sich ein Haufen aufgeregter Eingeborener, die auf einen Menschen in ihrer Mitte gestikulierend eindrangen. Jetzt erkannten wir den Mann in weißen Shorts. Es war Peter Schmidhuber, unser Finanzgenie, Münchner Stadtrat und Referent im Wirtschaftsministerium, der ungerührt sein Schrittmaß beibehielt. Wir liefen der wütenden Menschentraube entgegen. »Was ist denn los?« fragte ich den Attackierten. Er schaute mich an, als stünden wir in München auf dem Marienplatz, und sagte bestimmt und seiner Sache sicher: »Die Rechtslage ist völlig klar.« Peter hatte eine besonders schöne Sansibar-Tür fotografiert und dabei nicht darauf geachtet, daß ein alter Mann daneben hockte. Dessen Geschrei, in Angst um den Verlust seiner Seele, alarmierte ein paar Dutzend kampfbereiter Leute, die unseren Freund vor die Stadt trieben und erst von ihm abließen, als wir sie mit einer Handvoll Schillingen beruhigten.

Nach einem offiziellen Gespräch in der Deutschen Botschaft, das nicht übermäßig ergiebig war, lud uns der Botschafter Dr. Schröder zu einem Empfang in sein Haus ein. Die Gästeliste bot eine gute Orientierung darüber, wer wo in Dar-es-Salaam Einfluß hatte. Jimmy Green war unauffällig, aber aufmerksam Vermittler von interessanten Kontakten und informativen Gesprächen. Minister und Staatssekretäre vom National Development and Housing Ministry schilderten die mageren Perspektiven für Landesplanung und Städtebau. Der wichtigste Mann dort war für mich ein Weißer, ein Münchner, den es nach dem Krieg nach Südafrika verschlagen hatte. Er war vorher Werkmeister bei Dornier gewesen, und da es bis auf weiteres wohl keinen Flugzeugbau in Deutschland geben würde, suchte er sein Glück am Kap der Guten Hoffnung. Da hörte er, sozusagen per Buschtrommel, daß in Tansania von der Bundesrepublik ein großes Wohnungsbauprogramm finanziert würde. Er wurde der verantwortliche Leiter eines Bauprogrammes, mit dem einige tausend Slumbewohner umquartiert werden sollten.

Immerhin betrug der deutsche Zuschuß etwa 20 Millionen DM, eine Riesensumme für das Land der mageren Schillinge. Wir verabredeten mit Herrn Schmid eine Führung durch die fast fertige Großsiedlung, und so fand der Botschafterempfang eine konkrete, aktuelle Fortsetzung.

Die Siedlung wurde für einige tausend Afrikaner, Familien mit vielen Kindern und alten Leuten, geplant, und nun standen da etwa 500 erdgeschossige Häuser, in Reihen schematisch und ohne Phantasie gebaut, ein Ort der Trostlosigkeit. Die Häuser waren genormt. Alle Wände waren mit Betonsteinen gemauert, für die Tropen völlig ungeeignet, weil ihre Isolierfähigkeit gleich Null ist. Alle Häuser hatten Blechdächer, die sich bald in verbogene, verrostete Blechflächen – typische Erkennungszeichen heruntergekommener Slums – verwandeln würden und die zudem in den heißen Tagen und den kühlen Nächten in Ostafrika ein unerträgliches Wohnklima verursachen. Die Installationen entsprachen nicht einmal den Mindestanforderungen für die berüchtigten »Schlichtwohnungen«, den Notbehelf unserer Nachkriegszeit. Als besondere Leistung bezeichnete Schmid die Einhaltung des niedrigen Kostenlimits für den Kubikmeter umbauten Raumes mit etwa 350 DM. Auf der Stelle schätzte ich die Kosten an Hand der ausgeführten Arbeiten und des verbrauchten Materials mit den niedrigen Lohnkosten auf 100 DM zu hoch. Damit hatten sich, grob veranschlagt, etwa fünf Millionen Mark im Sand von Dar-es-Salaam spurlos verflüchtigt. Während der Besichtigung begleitete ein Herr im grauen Straßenanzug mit Krawatte den mobilen Bauleiter, ohne sich an den Gesprächen zu beteiligen. Als ich ihn ansprach, stellte sich heraus, daß er, Herr Kox, wie er sich nannte, vom Entwicklungshilfeministerium in Bonn zur Inspektion der Baustelle geschickt worden war. Ob er Architekt oder Ingenieur sei, wollte ich wissen, und war über seine Antwort sprachlos. Nein, er sei Rechtspfleger, und er sollte die Verträge für das Bauvorhaben auf ihre Form und Einhaltung kontrollieren. Jetzt war mir klar, wer im Bonner Ministerium das Sagen hatte: die Juristen, die vom Planen und Bauen keine Ahnung und deshalb auch kein Interesse hatten.

Mein Resumee am Ende der Besichtigung war: Aus dieser Siedlung werden in wenigen Jahren neue Slums entstanden sein. Acht

Jahre später mußte ich vor Ort feststellen, daß meine Prognose leider richtig gewesen war.

Höhepunkt unseres Besuches in Dar-es-Salaam war eine Audienz beim Staatspräsidenten Dr. Julius Nyerere in seinem Regierungspalast, den sechzig Jahre zuvor der deutsche Kaiser für seinen Gouverneur standesgemäß hatte errichten lassen. Im großen Sitzungssaal wurden uns bequeme Sessel angewiesen. Wenige Minuten später kam der Präsident im bunten Hawaiihemd und in Sandalen zu uns, locker und freundlich. Nyerere wollte unsere Eindrücke von seinem Land erfahren. Nyerere, der aufmerksam zuhörte, erläuterte den Zustand seines Landes, den Aufbau einer Demokratie, deren Existenz vom Bildungsstand des Volkes abhinge, weshalb »education« die vordringliche Aufgabe sei. So sprach ein Präsident, der in der katholischen Mission das humanistische Gymnasium absolviert und sogar den »Bellum Gallicum« ins Kisuaheli übersetzt hatte und als Pädagoge promoviert worden war. Nicht von ungefähr nannte er sich ›Mwalimu‹, was auf Kisuaheli ›Lehrer‹ heißt. Er beruhigte uns, sagte lachend, daß wohl in jedem Land auch Minister Unsinn redeten, und ließ sein Lachen in seiner belustigten Kopfstimme hören.

Ich schnitt zwei Themen an, den Wohnungsbau und die Pressefreiheit. Für den Wohnungsbau empfahl ich die sinnvolle Weiterentwicklung der afrikanischen Familientradition mit dafür geeigneten Grundrissen, außerdem die Verwendung von Baustoffen aus dem Land in modern entwickelten Konstruktionen. Daraus entstünde eine eigenständige afrikanische Architektur in überzeugender Ästhetik. Auch der Städtebau müsse mehr auf die Strukturen der afrikanischen Gesellschaft zugeschnitten sein. Abschließend empfahl ich die Ausbildung junger Tansanier als Techniker oder Architekten an geeigneten Schulen in Deutschland. Dann fragte ich nach dem Grund für das Fehlen politischer Karikaturen in der tansanischen Presse. Da machte Nyerere runde Augen und stellte sehr ernsthaft dar, daß die Menschen in seinem Lande kein Verständnis dafür hätten, wenn etwa Minister oder er selbst durch Karikaturen verspottet würden, da sie doch alle ihr Bestes für das Volk gäben. Zum Schluß der Audienz ließ der Präsident noch kühle Bierchen servieren, fotografierte uns mit seiner Polaroidkamera und verschwand mehr tänzelnd als gehend in der Tiefe seines Palastes.

Am Ende besichtigten wir noch die neu errichtete Universität auf den Hügeln westlich von Dar-es-Salaam. Die städtebauliche Ordnung der Gebäudegruppe und ihre von englischen Architekten entworfene Gestaltung hat mich begeistert. Die Ausführung durch italienische Firmen war einwandfrei, und die Gesamtanlage, in Stahl und Glas konstruiert, strahlte, ganz in Weiß, den Eindruck von Freizügigkeit und Offenheit aus. Das war ein Muster der Moderne in Ostafrika. Der deutsche Beitrag beschränkte sich auf 70 000 englische Pfund für eine Aula.

Wir verließen Dar-es-Salaam, die Stadt mit den vielen Gesichtern, dem nur schwer kontrollierbaren Leben und den wenigen Relikten deutscher Kolonialzeit, und setzten unsere Expedition in das Landesinnere fort. Morogoro mit dem Missionszentrum auf dem Berg über der Stadt und Dodoma, das zur neuen Hauptstadt von Tansania ausgebaut werden sollte, waren die letzten Zentren einer gesicherten Zivilisation. Dann begann das weite Land mit dem flirrenden Horizont, den Sandpisten und den wandernden Windhosen. Auf einer diagonalen Route querten wir Steppe, Busch und eine Gegend mit monumentalen, dekorativen Felsformationen, vor Hunderten Millionen Jahren vom Meer und seinen Strömungen zusammengeschwemmt. Streusiedlungen mit strohgedeckten Lehmbauten wirkten als Teil der gewachsenen Natur; ihre Bewohner waren einzeln und in Gruppen unterwegs: Afrika, das Land der Fußgänger. Ab und zu schwankte ein altersschwacher Omnibus über die Piste, zum Platzen voll mit schwarzen Fahrgästen, die den Fahrpreis bezahlen konnten. Den malerischen Teil der Impressionen stellten die Frauen in ihren bunten Tüchern, auf dem Kopf Gefäße aller Art in aufrechter, geradezu stolzer Haltung.

Nach einer langen Schüttel- und Rüttelfahrt konnten wir in Mwanza, der kleinen und hübschen Hafenstadt am Viktoriasee, unsere ramponierten Gelenke wieder ausruhen. Die riesige Wasserfläche, deren Ufer hinter der Horizontlinie verschwinden, umrundeten wir auf schmaler Straße, bergauf, bergab, nächtigten in dem ziemlich heruntergekommenen Bukoba und fuhren, die Grunzlaute der Nilpferde, der Kibokos, die vom See aus bei Dunkelheit die üppigen Vorgärten plünderten, noch im Ohr, über die Grenze nach Uganda. Auf bergigem Hochufer passierten wir ein missioniertes Dorf, in dem der schwarze evangelische Pfarrer seine Gemeinde, anstelle von Glocken, mit einer großen Trommel zum Gebet rief. Er wirbelte die Schlegel mit einem wahren Furioso sancto über das gespannte Fell, daß der berühmte Gene Krupa dagegen ziemlich matt ausgesehen hätte. Seine Gemeinde, jung und alt, drängte sich mit leuchtenden Augen und blitzenden Zähnen um ihn und sang in der einfachen Kirche hinreißend ihre feurig-frommen Lieder auf Kisuaheli. Und ich sah Jesus aus den Wolken über dem Ruwenzori-Gebirge lächeln.

Die Straße senkte sich auf die Ebene von Entebbe und endete vorläufig in der Hauptstadt Kampala, etwa 20 Kilometer nördlich des Viktoriasees. Das Land, seit Generationen von Königen regiert, fruchtbar mit üppiger Vegetation, unterscheidet sich sehr von seinen Nachbarländern. Die viktorianische Tradition der kolonialen Zeit kann man an der aufwendigen Frauenbekleidung ablesen. Die Röcke, Blusen, Jacken und Kopfbedeckungen scheinen einem Museum für historische Moden zu entstammen. Dieser spektakuläre Aufwand an Textilien ging wohl auf das Konto der englischen Missionsfrauen, denen der Anblick schöner, nackter Uganderinnen für ihre biederen Männer zu gefährlich schien.

Die letzte Wegstrecke unseres afrikanischen Abenteuers führte uns nach Jinja, wo der junge Nil über ein gewaltiges Stauwehr als brausende Fontäne mit einer blitzenden Wolke aus Wasserstaub aus dem Viktoriasee strömt, bevor er sich auf den langen Weg durch den Sudan bis zu den Pyramiden begibt. Von hier aus wird Kampala mit Strom versorgt. Über die Grenzberge bei Eldoret führte uns die Rückreise wieder nach Kenia und zu unserer Endstation Nairobi. In München-Riem stiegen wir schließlich, inzwischen vom afrikanischen Abenteuer als Crew zusammengeschweißt, aus dem großen Vogel in den heimatlichen Winter.

Meine Familie und das Büro waren bereits in den Neubau in der Watteaustraße in Solln umgezogen, und die Gerüche der neuen Materialien und Farben wurden gerade von unserem munteren Leben und Arbeiten und unserer Nestwärme imprägniert.

Nur meine älteste Tochter Petra war nicht dabei: Sie hatte geheiratet. Für alle Väter seit der Steinzeit ist dieses Ereignis ein Ur-erlebnis. Die Heirat des ersten Kindes ist eine Veränderung, die manchmal in ihrer Wirkung sogar an Geburt und Tod heranreicht. Man muß dafür bereit sein. Petra hatte sich in einen jungen Archi-tekten verliebt, der in meinem Büro praktiziert hatte. Als sie mir ih-ren Wunsch mitteilte und ich hinter ihren freien Worten auch den Willen spürte, ein Leben zu zweit anzufangen, redete ich mit ihr über diese Absicht wie über ein Unternehmen mit Chancen und Risiken. Willi Meßmer sei ein begabter Architekt mit scharfer Be-obachtungsgabe und Phantasie, analytisch denkend und voll Unternehmungsgeist, beschrieb ich ihren Traumpartner zustim-mend. Aber seine Vorstellungen als Mann mit einer Frau für ein ganzes Leben an seiner Seite könne ich nicht beurteilen, schon gleich gar nicht sein Verhalten in einer vollkommenen Symbiose zweier Vorstellungen von Liebe, die wunderbar tief, aber auch er-schreckend flach sein könnten. Als Mann müsse sie ihren Willi schon selbst erleben und beurteilen – das sei einzig und allein ihre Sache. Aber sonst hätte ich keinen Einwand gegen eine Heirat. Nur empfahl ich der Braut, deren Lebenserfahrung in einem passa-blen Abitur zusammengefaßt war, zuvor noch einen Kurs in Haus-halt und Kochen zu absolvieren. Zur männlichen Sinnlichkeit ge-höre schließlich auch die Freude am guten Essen und Trinken. Sagte ich und hoffte, als Vater überzeugt zu haben.

Mein Schwiegersohn in spe holte meine Zustimmung in auf-rechter Haltung ab. Dann konnte das Fest steigen. An einem son-nigen Tag ließ sich das gut katholische Brautpaar in der kleinen, aber schönen und geschichtsträchtigen St. Georgs-Kirche in Bo-genhausen trauen. Dazu hatte ich den Abt des Klosters Ettal gebe-ten, Prof. Dr. Johannes Höck, der meine kontrastreiche Vergan-genheit bei den Benediktinern kannte. Er zelebrierte eindrucksvoll, und ich erhoffte seinen starken Segen für das rührend schöne Paar. An der Hochzeitstafel im »Aumeister« am Nordende des Engli-schen Gartens war die ganze Verwandtschaft versammelt, jung und alt, alle repräsentabel und hochgestimmt. Wenn man nach dem Eindruck ging, den die visuell und akustisch gut zusammenpas-sende Gesellschaft machte, dann mußte die Zukunft des Paares wie dieser besonnte Tag werden. Und die Zukunft begann in Nürnberg, wo Willi Meßmer Baurat im Landbauamt war. Das bedeutete zwar räumliche Distanz von den Eltern, aber auch Schutz vor übertriebener Fürsorge der Schwiegermütter.

Im Berufsbildungszentrum wurde ich bereits dringend erwartet und, wohl wegen meiner afrikanischen Bräune, mit Respekt begrüßt. Die Arbeit mit den Meisterschülern, Technikern und Kunsthandwerkern war für mich reiner Lustgewinn, zumal die Lehrer mithalfen, ihre Klassen zu motivieren und auch bei sprödem Lehrstoff das Interesse wachzuhalten. Ich hatte den Unterricht in Baugeschichte übernommen und den Inhalt so umgearbeitet, daß nicht nur eine schematische Stilkunde daraus wurde. Es kam mir darauf an, das Bauen als eine ursprüngliche Arbeit und als Leistung zur Gestaltung der kleinen und großen Welt der Menschen seit der Steinzeit bildhaft zu machen. Mit diesem Ansatz führte ich die jungen Leute durch die von Historikern definierten Epochen und erklärte den Zusammenhang des Bauens mit dem Stand der Technik und mit dem Zustand der Völker in ihrer kulturellen und politischen Verfassung. Die Baugeschichte war zugleich eine Kulturgeschichte. Zu dieser Form des Unterrichts als nachvollziehbares Geschichtserlebnis hatte mich ein Schlüsselerlebnis gebracht. Zu Beginn eines Erstsemesters hatte ich die Klasse von etwa 25 bis 30 Studierenden gefragt, wer sich bereits in der Schule oder privat mit Geschichte befaßt hätte. Das Ergebnis war niederschmetternd. Meist waren es nur zwei bis drei Frauen oder Männer, etwa 20 bis 25 Jahre alt, die Geschichtskenntnisse hatten. Die Masse der jungen Menschen hatte in der Schule nur rudimentären und stinklangweiligen, wie sie sagten, Unterricht in Geschichte bekommen. Ohne ihre Schuld waren sie wurzellos, ohne Bezug zur Geschichte ihrer Familie, Sippe und ihres Landes, Staatsbürger ohne Fundamente.

Meine Aufgabe sah ich darin, Neugier zu wecken, Wißbegierde in Gang zu setzen, das Bauen und die Architektur als Säulen des staatlichen Lebens und seiner Kultur darzustellen und als Aufgabe für eine sinnvolle Politik. Und sie, die jungen Leute, seien »Bauleute«, in einer Linie verwandt mit den Maurern, Zimmerleuten und Steinmetzen, mit den Bildhauern und Malern und allen, die dabei waren, die großen Bauwerke der Geschichte zu verwirklichen. Dieses Bewußtsein wollte ich in die Meisterschüler pflanzen, in der Hoffnung, daß daraus auch Selbstbewußtsein würde, Stolz auf den Beruf.

Schon sehr bald konnte ich bei der Korrektur der Prüfungsarbeiten feststellen, daß in den Köpfen langsam ein Platz für Geschichte frei wurde.

Bei einer der Lehrerkonferenzen, die ich als Leiter des BBZ abhielt, stellte ich die Frage, welchen Stellenwert der Fasching als Objekt künstlerischer Gestaltung, als Herausforderung für gestalterische Berufe hätte. Es war eine kleine Revolution, als ich die Gestaltung von Faschingsfesten in unserem BBZ zur Aufgabe machte und die Zimmerer, Bildhauer, Steinmetzen, Maler und Goldschmiede mit ihren Lehrern in Schwung setzte. Zur professionellen Unterstützung dieser Arbeiten holte ich noch meine Zeichnerkollegen Hürlimann, Murschetz und den poetischen Phantasten Zimnik als Freskokünstler ins tatendurstige Gauditeam. Natürlich legte ich auch selbst in der Vorfreude kommender Maskeraden Hand an.

Die Ballnächte übertrafen alle Erwartungen. In phantastisch farbigen Räumen und angefeuert von einer hinreißenden Band tollten Meisterschüler, Lehrer und als Gäste prominente Architekten, Künstler, Journalisten und schließlich – erst scheu, dann kaum zu bremsen – Spitzen des Schulreferates durch unser sprühendes Faschingsgewitter. Alle, die damals von den freigebigen Musen geküßt wurden, reden noch heute davon.

Aber während der Fasching im BBZ zur Kunstform wurde, mußten wir, die Redaktion und die Autoren der *Müddeutschen Zeitung*, dieses Glanzstück Münchner Faschingskultur in zorniger Trauer begraben. Der Generaldirektor des Süddeutschen Verlages, der mächtige Zampano Hans Dürrmeier, verlangte zur Verstärkung der Finanzdecke unseres Blattes die Aufnahme von Anzeigen. Nach dem ersten Schrecken schlugen wir vor, eine Sonderseite für die Werbung vorzusehen. Aber die Werbeheinis wollten ihre Anzeigen faschingsgerecht, sozusagen mit Pappnasen, im redaktionellen Teil unterbringen. Damit hätten sie aber unseren Satire-Cocktail mit ihrem Aufguß verdünnt oder gar versaut. Dieser kommerzielle Würgegriff war nur dadurch abzuwehren, daß wir die *Müddeutsche Zeitung* sterben ließen. Fred Hepp, unser Chefredakteur und Animateur, übermittelte unseren Entschluß mit Trauerflor der Geschäftsleitung. Die Reaktion der Hosenbodenwetzer auf Chefsesseln war ein kurzes Anheben der Schultern. Damit waren die Zuständigkeiten geklärt: die Autoren für die Erfindung der Inhalte und die Geschäftsleitung für die Produktion und den Verkauf. Preisfrage: Wer liegt den Herausgebern mehr am Herzen?

Die Architektur forderte ihr Recht, und das verlangte kluge Disposition der eigenen Kräfte. Da war es gut, daß meine Architekten mit ihrem Vordenker Claus von Bleichert ein gut eingespieltes Team waren. Vom Inhaber der Bauträgergesellschaft DEBA, Max Schlereth, erhielt ich den Auftrag, am Südrand von München, zwischen Solln und Forstenried, eine Großsiedlung zu planen. Den Namen »Parkstadt Solln« hatten die Verkaufstaktiker der Firma bereits festgelegt.

Mein Auftraggeber, ein dynamischer, junger Erfolgstyp, hatte bei der Architektenwahl nicht nur an mein Können und meine Erfahrung gedacht, sondern noch mehr an meinen Namen, meinen Öffentlichkeitswert und an meinen eher zweischneidigen Ruf, auch in schwierigen Situationen und bei massiven Widerständen Lösungen durchsetzen zu können. Nach der Genehmigung für das gesamte Bauvorhaben, nach Detailplanung und Ausschreibung der Bauten erfolgte der Zuschlag für die ausführenden Firmen. Schlereth verhandelte kalt und unerbittlich und gab seinen Geiz als Sinn für Rationalität aus. Jeder Vertrag war wie ein Schaffott gebaut, und wer seinen Kopf zwischen die Gleitschienen streckte, mußte entweder blindes Gottvertrauen oder keine Hoffnung mehr haben. Nach einem halben Jahr wurde ein großes Richtfest gefeiert, mit allem, was dazugehört. Der Werbefaktor hatte die knauserige DEBA veranlaßt, über ihren Firmenschatten zu springen. Schlereths Kompagnon hielt die Rede des Bauherrn, großes Lob für den eigenen Laden, heißen Dank an die Banken, schweifwedelnden Dank an die Baubehörden, Anerkennung für die Baufirmen, Freude über die Duldung durch die Nachbarn und Anerkennung der Berichterstattung durch die Presse – kein Wort über die Leistung der Architekten! Der Redner stieg, von den Bauleuten und Gästen beklatscht, vom Podium und sagte im Vorbeigehen zu mir: »Na, was sagen Sie jetzt?« Blieb stehen und schaute mich gönnerhaft an. »Das haben Sie großartig gemacht, Respekt! Sie haben einen Rekord aufgestellt – Sie sind der erste Bauherr in der Geschichte, der bei einem Richtfest den Architekten verschwiegen hat«, lobte ich ihn. Da riß er Augen und Mund auf, seine Verzweiflung war echt, aber in seiner ökonomischen Welt war eben für die Architektur kein Platz.

Dafür hielt der Oberbürgermeister Vogel eine Rede über die bauliche Entwicklung Münchens und die Notwendigkeit qualifizierter Planungen, wie sie für diese Siedlung erstellt worden seien, und dankte mir und meinen Mitarbeitern ausdrücklich. Der junge Oberbürgermeister, als Jurist hochqualifiziert, hatte sich mit Kenntnissen über Stadtplanung und moderne Architektur auf die Probleme einer funktionalen Stadtarchitektur intensiv vorbereitet. Auf einen so qualifizierten Gesprächspartner hatten wir Architekten schon lange gewartet.

Im Sommer 1964 kam eine Gruppe sowjetischer Chefredakteure unter Führung des Schwiegersohnes von Nikita Chruschtschow, Adschubej, nach München. Die Bayerische Staatskanzlei bereitete ein Besichtigungs- und Informationsprogramm vor, in das auch meine Schule einbezogen war. Deshalb bereitete ich die Meisterschüler des Bauhandwerks, die Kunsthandwerker mit ihren Lehrern und die Werkstätten und Ateliers sorgfältig auf diesen ungewöhnlichen Besuch vor. Die Russen schauten sich genau um, diskutierten per Dolmetscher mit den jungen Leuten und verabschiedeten sich anerkennend von uns. Im Gehen stellte sich mir der Chefredakteur der großen Moskauer Zeitung *Iswestija*, Sturua, vor und sprach mich zu meinem Erstaunen als den politischen Karikaturisten der *Süddeutschen Zeitung* an. Er sagte, daß er meine Zeichnungen seit Jahren verfolge und davon sehr beeindruckt sei. Er habe die Absicht, in seiner Zeitung wöchentlich die »Karikatur des Westens« zu drucken, und fragte mich, ob ich bereit sei, einen Auftrag dafür zu übernehmen. Ich könnte ohne jede Zensur die Themen frei wählen und genauso zeichnen, wie ich das für die *Süddeutsche Zeitung* mache. Sturua, der aus einer uralten kaukasischen Adelsfamilie stammte, wie ich später erfuhr, sprach akzentfreies Deutsch und sagte, daß auch alle anderen Teilnehmer der Reisegruppe Deutsch beherrschten. Die Dolmetscher seien bei solchen

Unternehmungen bloße Routine. »Sie hören von mir, und dann kommen Sie nach Moskau für den Vertragsabschluß«, sagte er, drückte mir lächelnd die Hand und eilte seinen Kollegen nach. Ich stand noch eine Weile im Schulhof, und die Wirklichkeit hatte einen seltsamen Glanz. Ein paar Wochen später wurde Chruschtschow gestürzt, und Adschubej verschwand auf einem subalternen Posten im Ural. Sturua wurde als Korrespondent zur UNO nach New York versetzt, und ich angelte nach dem Floh, den mir der kaukasische Zauberer so freundlich ins Ohr gesetzt hatte.

Statt dessen lud aber die Neue Heimat, wie vor fünf Jahren nach London, eine Gruppe von Architekten, Stadträten, Baubeamten und Journalisten zu einer Informationsreise in den Ostblock ein. Die erste Station war Budapest. Wir kamen im berühmten »Gellert« unter und freuten uns über die guterhaltenen, eindrucksvollen Bauten der k. u. k.-Monarchie. Mit den führenden Vertretern der ungarischen Architekten hatten wir interessante Gespräche und staunten über Offenheit und Freimut unserer Kollegen von der roten Donau. Den modernen Wohnungsbau konnten wir in der Großsiedlung Dunauivaros studieren, durch die uns die am Bau beteiligten Architekten und Bauleiter führten. Die städtebauliche Ordnung war zwar an westlichen Beispielen orientiert, aber durch den verordneten Staatsschematismus von spürbarer Kälte. Dagegen wärmte uns zum Abschied ein lärmender Folkloreabend, der mit üppiger Bewirtung die Tradition ungarischer Lebensfreude simulierte.

In Bukarest hatte die kommunistische Staatsgewalt ganz anders zugeschlagen. Da wurden Zeichen der Macht gesetzt und repräsentative Bauten im monumentalen Diktatorenstil errichtet. Die neuen Wohnbereiche innerhalb des Stadtraumes zeigen einen unmotivierten dekorierten Schematismus. Da hatten wir mit unserem Hotel Glück, das wenigstens einen Hauch westlicher Moderne aufwies. Als versöhnlichen Kontrast zu den kommunistischen Bausünden empfanden wir westlich von Bukarest ein Freiluftmuseum mit Original-Bauernhäusern aus den letzten 200 Jahren. Dieser schöne Eindruck wurde aber durch eine Fahrt in das Ferienzentrum Mamaia schnell verdrängt. Dort hatten die Volksbeglücker eine Reihe schachtelförmiger Hochhäuser als Hotels für das Volk und als Prestigeobjekte unmittelbar am Ufer des Schwarzen Meeres aus dem Sand gestampft. Ihre Architektur entsprach genau der organisierten Massenerholung. Ein festlicher, fröhlicher Abend mit unseren rumänischen Kollegen in einem rustikalen Restaurant in den Ausläufern der Karpaten, bei Pitesti, versöhnte uns wieder ein wenig und schob sich vor die trostlosen Monstrositäten in Bukarest.

Mit großer Spannung flogen wir nach Warschau, der von den Deutschen geschändeten und zerstörten Hauptstadt des geschundenen Polen. Von unserem neuen, modernen Hotel aus, einem Hochhaus, hatten wir einen unbehinderten Blick über die Stadt. Als ich 1942, auf der Durchreise an die Ostfront, ein paar Tage in Warschau war, bewegte ich mich, erschüttert von den Zerstörungen durch die deutschen Bomben, durch eine Trümmerlandschaft. 1944 wurden beim Aufstand der Untergrundarmee des Generals Bor-Komorowski, unter den Augen der tatenlosen Roten Armee, die Altstadt und weitere Teile der Stadt vernichtet. Und nun sah ich, zwanzig Jahre später, ein wiederaufgebautes, lebendiges Warschau unter mir. Im Bauamt der Stadt erhielten wir Informationen über die Perspektiven und Planungen für die Zukunft. Am meisten beeindruckte uns aber der originalgetreue Wiederaufbau der historischen Altstadt. Die Leistungen der Denkmalpfleger und der Bau- und Kunsthandwerker sind unübertroffen. Als besonderes Kunsterlebnis wurden wir in die Oper »Pan Twardowski« eingeladen, die in der neuen Staatsoper gegeben wurde. Erwartungsvoll nahmen wir im Parkett Platz. Ich schaute neugierig um mich, ließ den Blick über die Details der historisierenden Innenarchitektur wandern, betrachtete die Zuschauer in den Logen, von oben nach unten, und sah in einer Parkettloge eine schöne dunkelhaarige Frau im heiteren Gespräch mit einem jungen Mädchen, offensichtlich ihrer Tochter.

Mich durchfuhr ein Blitz, der fast mein Wahrnehmungsvermögen lähmte. In den Ohren brauste ein dumpfer, diffuser Lärm, mein Atem stockte, und ich hatte das Gefühl, den Verstand zu verlieren. Ich sah, vielleicht zehn Meter von mir entfernt, Janina Dobrowolska, die Abiturientin aus Sanok, der Schicksalsstadt, die ich sofort geliebt hatte wie nichts auf der Welt und die ich hatte heiraten wollen. Vor sechsundzwanzig Jahren. Die NS-Gesetzgebung zur Unterdrückung des Generalgouvernements, wie damals Polen genannt wurde, hatte mein Glück im Ansatz zerstört. Was ich jetzt sah, konnte ich nicht fassen. Ich versank, als der große Raum verdunkelt wurde und das Orchester einsetzte, in einen unbeschreiblichen Zustand, in eine Art Auflösung meiner Existenz. Ich trieb in einem See aus Musik, Farben und Bildern, ohne den Inhalt zu begreifen, und bekam erst wieder festen Boden unter die Füße, als es hell wurde und die Pause begann. Mit dem Publikum ging ich in das Foyer, sah Janina mit der Tochter und einen eleganten Mann, der in seiner Art und Haltung der Ehemann und Vater sein mochte.

Sollte ich auf die drei zugehen und mich zu erkennen geben? Was dann? Es könnte zu einer Katastrophe kommen. Sicher. Denn der Mann, etwa in meinem Alter, mußte bei Kriegsbeginn auch Soldat gewesen sein, er mußte die Katastrophe mit viel Glück überstanden haben und würde jetzt erfahren, daß seine Frau damals, in der schwärzesten Zeit seines Landes, Kontakt, engen Kontakt mit einem deutschen Soldaten, mit dem Todfeind, hatte. Nein, das war nicht auszudenken. Ich würde wie ein böser Geist, ein Gespenst aus der Vergangenheit in ein sichtbares Glück einbrechen. Vielleicht würde ich es zerstören.

Ich ging mit der plaudernden Menge in den Raum zurück. Der Wirbel in meinem Inneren mischte sich mit einer dunklen Trauer und wandelte sich in einen anhaltenden, feinen Schmerz. Erst als wir wieder im Dunkel saßen und die Oper ihren Fortgang nahm, konnte ich endlich geordnet denken. Janina lebte in einem glücklichen Leben, ich hatte es gesehen. Wir hatten beide Glück, und die Schalen der Schicksalswaage, ihre und meine, hielten sich ruhig auf gleicher Höhe. Die Oper war zu Ende, und wir verließen den Raum. Meinem Freund Hürlimann, der neben mir saß, erklärte ich mein seltsames Verhalten und erzählte ihm die unglaubliche Begegnung nach einem Vierteljahrhundert. Dann sah ich noch die Familie, den Mann in der Mitte, am Arm seine zwei Frauen, in die Nacht hinausgehen.

In Wien machten wir einen letzten Halt und ließen bei einem Essen im Schloß Laudon unsere Eindrücke von unserer Ostblock-Reise Revue passieren. Die Architektur hinter dem Eisernen Vorhang hatte uns keine neuen Erkenntnisse beschert, aber die menschlichen Kontakte waren wichtig, und unser Respekt vor den Leistungen unserer Kollegen unter den überaus beengten wirtschaftlichen Verhältnissen wurde dankbar angenommen.

Wieder in München, fand ich mein Haus, das Architekturbüro und das BBZ in guter Ordnung vor. Auch die *Süddeutsche Zeitung* war ohne meine Mitwirkung weiterhin täglich und ohne Einbußen erschienen. Vom Kultusministerium erhielt ich die Aufforderung, die Pionierschule München bei der Einrichtung einer Technikerschule der Bundeswehr zu unterstützen. Dabei ging es um die Aufstellung der Lehrpläne und die Beratung bei der Einrichtung des Unterrichtsbetriebes. Diese Aufgabe war kein Problem für mich. Schließlich war ich einmal Pionierhauptmann gewesen, und der Kommandeur der Pionierschule kannte mich. Als Sachbearbeiter stand der Oberstleutnant Schlötzer zur Verfügung, der nach dem Krieg Architektur studiert und bei mir, dem Assistenten, die Testate für seine Übungsarbeiten erhalten hatte. Es freute mich, daß die Pionierausbildung mit wissenschaftlichen Studien verbunden werden sollte, die sich von zivilen wenig unterscheiden. Das war eben auch der Unterschied zur Wehrmacht – weniger Kommiß und mehr Geist.

Für meinen lange aufgeschobenen Urlaub plante ich eine Reise in den Vorderen Orient. Hans Holzmüller, mein Bauherr für Fürstenried Ost und West, der auch Konsul für den Libanon war, bot mir sofort an, die Reise dorthin vorzubereiten, und sein Konsulat hatte im Handumdrehen den lästigen Papierkrieg für meine Frau und mich erledigt.

Der Libanon, auch die Schweiz des Vorderen Orient genannt, stellt ein dichtes Gemenge von reizvoller Landschaft zwischen Meer und Gebirge dar; alle wichtigen Punkte sind schnell erreichbar, überall trifft man auf eine große Geschichte von sechstausend Jahren, auf ursprüngliche Strukturen und reiche Zivilisation.

Drei Wochen lang wurden wir gefahren und geführt, so daß wir intensive Einblicke in das Land und viele Kontakte mit Menschen aller Schichten bekamen. An manchen Orten wurde ich ganz andächtig, wie in Byblos, der Stadt, die älter sein soll als Jericho, mit dem halbrunden Hafen, von dem aus König Salomon die Zedern des Hermon für seinen Tempelbau in Jerusalem verschiffen ließ.

Die Ruinen der uralten Stadt erweckten den Eindruck, als hätten hier Pygmäen gelebt, so kleinteilig sind da die Grundrisse. In der Mitte der Hauptstraße stehend, konnte ich bei ausgebreiteten Armen mit den Fingerspitzen die Hauswände links und rechts berühren. Die Straße war gerade so breit, daß ein Mann mit einem Bündel an einem Mann mit einem Esel an der Hand vorbeigehen konnte. Von der auf arabisch erscheinenden Zeitung *As Safa* wurde ich in die Redaktionskonferenz eingeladen, bewirtet und um eine Karikatur für die Zeitung gebeten. Diesem Wunsch entsprechend zeichnete ich, von den zuschauenden Redakteuren umdrängt, ein Blatt, das, von einem umfangreichen Bericht über meinen Besuch eingerahmt, gedruckt wurde.

Eine Fahrt nach Damaskus bekam sogar eine politische Note: Ich kam gerade zur Eröffnung einer großen Messe zurecht, bei der ich vom syrischen Veranstalter als prominenter Gast mit Frau begrüßt wurde. Er schob mich zu den deutschen Ausstellern, die sich bei meinem Anblick steif an ihren Sektgläsern festhielten, Ablehnung im Gesicht. Die Typen waren aus der DDR, die Bundesrepublik war gar nicht vertreten. Auf der Heimfahrt erwies ich den römischen Tempelruinen in Baalbek meine Reverenz, riesig aus der Bekaa-Ebene aufragend und zeitlos schön. Den Abschied vom Libanon feierten wir als Gäste eines Architekten, der Sohn eines Scheichs war und sich am Hang des Hermon eine Traumvilla gebaut hatte. Die Architektur war eine Mischung aus orientalischen Träumen, westlicher Technik und schamlosem Reichtum. Die Gäste waren auch nicht die Ärmsten im Lande. Und noch nie hatte ich an einem Ort so viele schöne Frauen gesehen, mit Männern, die ihre Attraktivität allein ihrem glanzvollen Kontostand verdankten.

Zu Hause fand ich die Einladung zur Eröffnung des Olaf-Gulbransson-Museums auf meinem Zeichentisch. Dagny, die Witwe des großen Olaf vom Schererhof über dem Tegernsee, hatte mit Umsicht und Energie und mit Hilfe der alten Freunde die Gründung der Olaf-Gulbransson-Gesellschaft realisiert. Sep Ruf entwarf das Museum für Olafs Werke und für Kunstausstellungen aus Bereichen, in denen die Darstellung des Lebens kritisch und satirisch akzentuiert sind. Der Plan, das Museum zu bauen, wurde vom Bayerischen Kultusministerium mit allen finanziellen Konsequenzen gefördert. Als Schutzpatron für das Vorhaben stellte sich Bundeskanzler Erhard zur Verfügung – auch als Bauherr und Freund von Sep Ruf.

Der Bundeskanzler und sein Architekt hatten die Kuppe des Ackerberges über dem nördlichen Ufer des Tegernsees bei Gmund als Platz für ihre zwei Wohnhäuser ausgewählt. Im erbitterten Kampf um die Genehmigung des Zwillingspavillons in dieser ungewöhnlichen und landschaftlich bevorzugten Lage hatte der BDA kräftige Schützenhilfe geleistet. Schließlich ging es darum, im Tegernseer Tal, in dem seit der Jahrhundertwende im sogenannten Lederhosenstil und im »Gelsenkirchner Barock« gebaut wurde, ein vorbildliches Beispiel moderner Architektur durchzusetzen.

Das Olaf-Gulbransson-Museum, ein konsequent moderner, schöner Bau im gemeindlichen Park, profitierte vom Sieg in der »Schlacht um den Ackerberg«. Die Eröffnungsfeier fand im »Bayernsaal« vor prominentem Publikum statt. Der Bundeskanzler und der bayerische Ministerpräsident sorgten mit ihren Reden für den Glanz der Veranstaltung. Beide bemühten sich, staatsmännische Würde mit Toleranz zu verbinden und als aktuelle Opfer von Karikaturisten Verständnis für Satire durchblicken zu lassen. Olaf Gulbransson habe bei aller Kritik niemals beleidigt oder verletzt, sagten sie unisono und meinten, daß sich die aktiven Karikaturisten ein Beispiel daran nehmen sollten. Danach stand ich als Sprecher der Karikaturisten auf dem Programm. Es kam mir darauf an, den großen Olaf von solchem Lob zu befreien, das ihn zu einem Satiriker ohne Biß gemacht hätte. Die Darstellung der Zielfiguren seiner Kritik sei zwar messerscharf und von beißender Komik gewesen, aber ihre meisterhafte Ästhetik war ein Heilpflaster auf die schmerzende Wunde, korrigierte ich meine zwei Vorredner. Während mein Plädoyer mit herzlichem Beifall bedacht wurde, schaute der Kanzler wie ein muffiges Kind geradeaus, und der Ministerpräsident schickte seinen Blick gelangweilt zum Plafond.

Nach der Feier und der Besichtigung des Museums war noch ein kleiner Kreis aus der Olaf-Gulbransson-Gesellschaft zum Kaffee im Schererhof geladen. Mit Erhard saß ich zu einem Gespräch zu zweit in einer gemütlichen Ecke. Bei dieser Gelegenheit erschreckte ich ihn mit dem ernsthaften Vorwurf: »Sie haben eine schlimme Ent-

wicklung eingeleitet mit ihrem Wahlslogan ›Wohlstand für alle‹.«
»Aber das ist doch etwas Gutes für die Menschen«, sagte er und riß
seine hellblauen Augen auf. »Ja, wenn Sie noch einen Satz ange-
führt hätten«, fuhr ich fort. »Und der wäre?« fragte er. »Wohlstand
für alle – die ihn sich ehrlich verdienen«, war meine Antwort. »Aber
ohne diesen Zusatz warten nun alle, Kreti und Pleti, auf den Wohlstand, und wenn er nicht kommt, dann werden sie böse und fordern
ihn ein«, fügte ich hinzu. Die dicken Backen fielen ein, und das
Mündchen stand ratlos offen. An der kleinen Nase hing ein Tropfen, der im Gegenlicht glitzerte. Jetzt tat mir der Mann leid.

Ich erfüllte mir einen großen Wunsch. Ein Jahr nach unserer
Reise in den Libanon flog ich mit meiner Frau nach Israel. Seit ich
lesen gelernt hatte, war die große Bibel mit dem Alten und dem
Neuen Testament meine bevorzugte Lektüre gewesen. Die Namen
der historischen Stätten gibt es heute noch, vom See Genesareth
bis zum Berg Sinai und von Caesarea, Philippi bis Jericho und
Jerusalem bedeuten sie heute, wie vor dreitausend Jahren, ein politisches und kulturelles Zentrum. Im Flugzeug lernten wir eine
Unternehmerin aus Tel Aviv kennen, die mit ihrem Mann, Geri
Hoffer, ein Reisebüro betrieb. Wir verabredeten eine Betreuung
während unserer drei Urlaubswochen, die wir im Golfhotel Caesarea verbringen wollten. Als wir auf dem Airport Lod die Gangway
hinabstiegen, wehte uns ein feiner exotischer Duft an. »Das sind
die Orangenhaine der Umgebung«, sagte unser neuer Schutzengel.
Ich nahm die Begrüßung als gutes Omen. Unser Hotel, modern
und eindrucksvoll, lag auf einem Höhenrücken und bot einen weiten Rundblick vom Meer bis tief ins Land hinein. Mit Geri Hoffer
nahmen wir sofort telefonisch Verbindung auf, und wenige Stunden später bremste er vor dem Hotel und sprang aus seinem Wagen, dem Temperament nach jünger, als sein Auto aussah. Geri war
aus Wien emigriert und fand in Israel seine Frau, Emigrantin wie
er, aber aus Bukarest. Der herzlichen Begrüßung folgte eine um-
sichtige Betreuung, die weit über Routine hinausging.

Mir erschien dieses kleine Land, in dem so viel Großes gesche-
hen war, als etwas Besonderes. Jeder Quadratmeter Erde war vom
Schweiß und Blut Hunderter von Generationen getränkt worden.
Parallel zur Küste fuhren wir nach Haifa, der lebendigen Hafen-

stadt, die locker die Hänge hinaufgebaut ist, und dann in weitem Bogen hinüber nach Akko mit seiner Festung am Meer, wo sich Aggressoren und Eroberer die Köpfe einrannten. Die große Karawanserei und die kleinen Bistros am Hafen markieren die Veränderungen der Stadt. In Nazareth mit seinem arabischen Charakter und der großen christlichen Kirche fanden wir nicht nur den Glauben, sondern auch monumentalen religiösen Kitsch. Auf der Fahrt durch das grüne Land konnten wir die intensive landwirtschaftliche Nutzung durch größere, rationelle Betriebe und kleine Bauern sehen, die erfindungsreich die Sonnenenergie einsetzten.

Und dann Jerusalem. Man fährt im legendären Bus von Tel Aviv hinauf zur höhergelegenen Stadt. Am Straßenrand standen noch ausgebrannte Fahrzeuge und leichte Panzer aus vorangegangenen Kämpfen, bizarre Kontraste zu den kultivierten Geländestreifen. Das Panorama der Stadt sah damals doch ganz anders aus als das Traumbild meiner kindlichen Phantasie, das aus Tausend und einer Nacht, Ben Hur und den Passionsspielen gemischt war. Die Stadt war geteilt, und ich sah die verbarrikadierte Grenze Jordaniens durch die Altstadt. Nirgendwo empfand ich die Kontraste von Tradition und profanem Fortschritt so scharf wie hier. Einerseits die bärtigen orthodoxen Juden in ihren charakteristischen schwarzen Gewändern, bei denen schon die Buben, ganz die Kopie der Alten, wichtig und ernsthaft Schritt halten müssen. Andererseits die lebhafte, farbige Masse der liberalen Bevölkerung in den Straßen und modernen Läden. Bei einer kurzen Kaffeepause im Hotel »King David« konnte ich das internationale Aus und Ein beobachten und das Duftgemisch aus Kaffee, Parfum, Tabakrauch und imaginärem Dynamit erschnuppern.

Auf dem Berg Zion stiegen wir auf eine Plattform. Mit einem weiten Blick über Stadt und Land war die Anatomie des verwundeten, fiebrigen Palästina zu erkennen: Nach Osten dehnte sich wellig zerklüftet und braun ausgedörrt das Land bis hin zum aufblitzenden Toten Meer. Nach Westen reihten sich hell- und dunkelgrüne Flächen, die Karos der Fruchtbarkeit.

In der Gedenkstätte Yad Vashem traten wir in den Schatten der Vergangenheit. Als Zeitzeuge, der das grausame Geschick eines Volkes in der Weltgeschichte erlebt hatte, in die Reihen der Täter gestellt, ohne Verfolger gewesen zu sein, war ich voll Spannung und Scheu zugleich. Man kommt aus dem hellen Tag in einen bewegten Raum, eine düstere Höhle, die von lebendigen Lichtern aufgehellt ist. Der Raum ist aus großen, rauhen Natursteinen gebildet, als Wände unregelmäßig geschichtet, und die Bodenplatten sind ohne schematisches Raster verlegt. Aus diesem Bau, der zur Erinnerung an die Toten errichtet wurde, spricht in dieser freien Konstruktion die Vielfalt des Lebens. Das ist, gewollt oder nicht, ein kraftvoller Kontrast zur eiskalten Perfektion der NS-Vernichtungsmaschinerie. Und Namen, überall Namen von Mordstätten und Menschenopfern. Menschen kamen und gingen, einzeln und in Gruppen, langsam, zögernd und suchend. Standen lange und in dunklen Gruppen vor bekannten Namen der Vernichtungslager. Das geschah nach keinem Ritus und wirkte doch auf meine Frau und mich wie ein Gottesdienst.

Auf unserem Programm stand auch der Besuch eines Kibbuz. Das ist eine Lebens- und Arbeitsform, wie es sie nur dort gibt. Menschen hatten sich zusammengetan, die in freier Einordnung und in unkonventioneller Gemeinschaft zupackten, um das harte Land zu kultivieren. Wir wurden, obwohl als Deutsche erkannt, ohne Umstände in den Tagesablauf aufgenommen und genossen eine selbstverständliche Gastfreundschaft. Zum Abschluß unserer Reise kam noch einmal die Kultur zu ihrem Recht. Wir ließen uns in der Ben-Gurion-Universität zeigen, wie in Israel, im engen Kontakt mit internationalen Wissenschaftlern, nach modernen Methoden studiert und geforscht wird. Im Israel-Museum wurde uns ganz andächtig zumute, als wir uns die Zeugnisse menschlicher Kultur seit siebentausend Jahren ansahen. Die Schriftrollen von Qumran am Toten Meer haben mich besonders beeindruckt, weil noch nach zweitausend Jahren die Spuren menschlicher Hände sichtbar sind, die von einem Geist geführt wurden, den wir, religiös denkend, noch heute spüren. Dann war unsere Zeit in Israel um. In vielen Gesprächen mit Israelis, ohne Vorbehalte geführt, wurde ich vom Verständnis dieser Menschen beschämt, die Deutsche von Deutschen zu unterscheiden wissen.

Nach der Rückkehr wartete eine besonders angenehme Pflicht auf mich. Ich war eingeladen, an der festlichen Verleihung der goldenen BDA-Medaille an Ludwig Mies van der Rohe in Berlin teilzunehmen. Das bedeutete ein Treffen der namhaften deutschen Architekten mit vielen Gesprächen, Austausch von Erfahrungen, aber auch Berufsklatsch und fein gezirkelte Kungeleien um Lehrstühle, Jurys und noble Beraterpositionen. Nach bedeutenden Reden und dem eindrucksvollen Auftritt des mächtigen, souveränen Mies van der Rohe mündete die Feier in ein rundes Fest in der Hochschule für Bildenden Künste, wie das nur Architekten zustandebringen. Für mich hielt das Schicksal für diesen Abend ein wunderbares Geschenk bereit.

Ich saß mit drei Menschen an einem Tischende, die mich fasziniert hatten, seit ich bewußt lebte. In der Mitte saß nicht, sondern lagerte als lebendiges Monument Mies van der Rohe, mit einer großen Zigarre, die er nur dann aus dem Gesicht nahm, wenn er herzhaft lachte. Zu seiner Linken sprühte die zierliche, bewegliche Mary Wigman Feuer wie in ihren jungen Jahren, als sie mit ihrem Ausdruckstanz aufregende Kontraste zum klassischen Ballett gesetzt hatte. Zu seiner Rechten saß aufrecht, die sparsamen Bewegungen der schmalen Hände unter Kontrolle, und mit wissendem Lächeln der multifunktionale Künstler Bruno Paul, Maler und hinreißender satirischer Zeichner im legendären *Simplicissimus*, als Innenarchitekt Protagonist des Jugendstils und Leiter der Königlich Preußischen Kunstgewerbeschule in Berlin. Seit ihrer Jugend waren diese drei eng miteinander verbunden gewesen. Bruno Paul, inzwischen 92 Jahre alt, war Lehrer des jungen Bauzeichners Mies van der Rohe, jetzt 80 Jahre. Und Mary Wigman war als Tanzschülerin die Jugendliebe des gleichaltrigen Mies gewesen. Die Erinnerungen flogen zwischen den Dreien hin und her, farbig und deftig, als wären seitdem nicht fünfundsechzig Jahre vergangen. Ich machte bei diesem Seminar für Soziologie, Kunstgeschichte und Politik große Ohren und bewunderte die Kondition und geistige Substanz dieser junggebliebenen Monumente eines aufregenden Jahrhunderts. »Weißt du noch, Mies, wie wir in unserer kleinen Bude gefroren haben«, erinnerte sich die Wigman, und Mies korrigierte sie: »Aber, Mary, ich war doch dein Kanonenofen«, und lachte. Und beide schauten sich an, mit roten Backen, als lägen sie noch wie damals vor zweiundsechzig Jahren unter der dünnen Decke.

Bruno Paul, der kultivierte Tiefstapler, berichtete so nebenher, daß er vor einem Jahr durch den Havelsee geschwommen war, von seiner neunzehnjährigen Tochter im Ruderboot begleitet. Wir saßen bis drei Uhr früh beisammen. Dann fuhr ich Mary Wigman nach Hause und hatte damit meinem braven Opel die höheren Weihen verschafft.

Begegnungen mit den Veteranen unserer Zunft hatten für mich immer einen besonderen Reiz. Ihre Berichte und Erfahrungen machten die Unterschiede zwischen dem Damals und dem Heute deutlicher. Die Diskussionen mit den Berliner BDA-Protagonisten waren für uns Südstaatler immer sehr informativ und aufregend. Der Begriff »Postmoderne« fing gerade an, willfährige Gehirne zu besetzen. Manchmal klang das, als hätte die Moderne bereits ihren Geist aufgegeben. Aber die ersten Versuche, etwas Neues, Großes entstehen zu lassen, waren wenig überzeugend. Die »Postmoderne« schien eine Art Kostümierung mit klassischen oder Jugendstilzitaten zu werden.

In der Bundespolitik bahnte sich eine große Veränderung an, die Ende 1966 auf der Bonner Bühne ihre Premiere hatte. Dem fast 90jährigen Adenauer war es nach subtilen Bohrversuchen und mit gut plazierten Giftpfeilen gelungen, seinen ungeliebten Nachfolger Erhard in eine heillose Situation zu bringen. Zudem reiste er als erster deutscher Staatsmann, am amtierenden Bundeskanzler vorbei, nach Israel. Dort war Eiszeit für ihn. Aber in Bonn wärmte er sein Herz am endlich vollzogenen Rücktritt Erhards auf, nachdem Erich Mende mit seiner FDP die Koalition verlassen hatte. Erstmals kam eine große Koalition zustande, und ich zeichnete meine Karikatur zur aktuellen Lage nach einem berühmten Gemälde von Franz von Defregger »Das letzte Aufgebot«. Da marschiert die unglaubliche Truppe, eigentlich mehr ein Haufen, ins Feld geführt vom Schützenhauptmann Kiesinger, ihm zur Seite sein Vize Willy Brandt, Carlo Schmid und Herbert Wehner, dahinter die anderen. So ziehen sie die Dorfgasse herab. Am Rande verabschiedet die Landesmutter Goppel ihren Buben, den Wildschützen F.J. Strauß, der seinen Kugelstutzen verkehrtherum verwegen geschultert hat. Immerhin hielt dieser heterogene Verbund drei Jahre. Das verblüffende Duo F.J. Strauß und

Karl Schiller, frei nach Wilhelm Busch »Plisch und Plum« genannt, brachte die Wirtschaft in Schwung. Willy Brandt bewegte unverzagt und umsichtig die Ostpolitik, deren Richtung Egon Bahr schon drei Jahre vorher bei einer Tagung des Politischen Clubs in der Evangelischen Akademie Tutzing aufgezeigt hatte. Kurt Georg Kiesinger, auch »König Silberzunge« genannt, moderierte, besänftigte und suchte auch öfters nach seinem Herz in der Hose.

Jetzt kam auf München eine Schicksalsaufgabe zu. Willi Daume, der Präsident des Nationalen Olympischen Komitees, hatte die Idee, daß sich München um die Abhaltung der Olympischen Spiele 1972 bewerben sollte. Darüber sprach er mit dem Oberbürgermeister Hans-Jochen Vogel, und so wurde aus diesem schillernden Wunschphantom ein konkreter Plan. In kürzester Zeit wurde ein Konzept erarbeitet, das auf drei Gedanken beruhte: Die Olympischen Spiele der kurzen Wege, im Grünen und gewidmet der Einheit von Körper und Geist.

Ende April 1967 entschied das Internationale Olympische Komitee in Rom über die Vergabe der Spiele. Die Präsentation Münchens, von H.-J. Vogel mit Geschick und in freier Rede vorgetragen, war erfolgreich – München wurde Olympiastadt.

Für den BDA war die große Aufgabe nur über einen Wettbewerb auf Bundesebene zu lösen. Willi Daume als Vorsitzender des Olympia-Organisations-Komitees wollte diesen Wettbewerb, und H.-J. Vogel unterstützte ihn nachhaltig. Nach fünf Monaten waren 101 Entwürfe abgeliefert; sie wurden in drei Messehallen hinter der Bavaria ausgestellt. Als Vorsitzender des BDA Bayern war ich als Fachpreisrichter berufen worden und diskutierte in einer hochkarätigen, gut besetzten und umfangreichen Jury leidenschaftlich mit. Egon Eiermann war Vorsitzender und dirigierte souverän und temperamentvoll den vielstimmigen Chor. Nach der ersten Sitzungsrunde Anfang September wurde eine überraschende, aber schlagende Idee an die Spitze gestellt. Der Verfasser hatte Stadion, Mehrzweckhalle und Schwimmhalle zu einer kühnen, eleganten Zeltlandschaft zusammengeführt. Mit der umgebenden, bewegten Landschaft ergab dieser Entwurf einen großartigen olympischen Topos, für den es kein Beispiel auf der Welt gab. Das Modell hatte einen umwerfend frechen Charme. In der zweiten Runde der Jury wurde dieser Entwurf von Günther Behnisch und seinem Team fast einstimmig mit dem ersten Preis ausgezeichnet. Bald darauf wurde ihm auch der Planungsauftrag für die Ausführung erteilt.

Das Sagen hatte die Olympiabaugesellschaft, deren Vorsitzender F. J. Strauß Finanzminister der Großen Koalition in Bonn war. Sein Stellvertreter war der bayerische Finanzminister Pöhner, selbst Bauunternehmer. Man hätte meinen können, daß damit der Weg für eine reibungslose Durchführung des großen Projektes gesichert sei. Aber da wurde ein wesentliches Element der Marktwirtschaft aktiv – der Konkurrenzkampf. Die großen Firmen der Beton-, Holz- und Stahlindustrie versuchten mit Alternativangeboten zu kontern. Diese Aktionen waren durchaus ernst zu nehmen, und der BDA bot alle kompetenten Mitglieder auf, um den Zugriff der auftragsgeilen Bauriesen zu parieren. Willi Daume und H.-J. Vogel standen fest an der Seite von Behnisch, aber F. J. Strauß und Konrad Pöhner als Protagonisten des freien Marktwettbewerbs waren Parteigänger der ihnen politisch nahestehenden Unternehmer.

Beim Schwabinger Fischessen, im Februar 1968, geriet ich bei der anschließenden Nachfeier mit F. J. Strauß kräftig aneinander. Nach zweieinhalbstündiger, schweißtreibender Rede im Festsaal löschte er in der »Palette« mit seinen Spezeln den ersten Durst. Als ich an seinem Platz vorbeigehen wollte, giftete er mich an, erklärte das Zeltdach für einen überspannten Blödsinn und uns Architekten für ahnungslose Spinner. Meine Doppelfunktion als Architektenvorsitzender und respektloser Karikaturist brachte ihn zusätzlich in Fahrt und steigerte seine Suada in den Wortreichtum eines Fischweibes.

Ich blieb ihm nichts schuldig, sagte ihm, daß er vielleicht ein großer Staatsmann sei, aber von Architektur nichts verstünde – das alles in großer Lautstärke, zum Vergnügen des umsitzenden Strauß-Trosses. Dann ging ich einfach weiter, spürte aber noch seinen Stierblick im Nacken. Das Zeltdach wurde gebaut.

Ein zweites Problem stellte das Projekt des Olympischen Dorfes dar. Auch dafür war ein Architektenwettbewerb zugesagt. Doch als es so weit gewesen wäre, wurden vom bayerischen Kultusminister

Huber kurzerhand die Stuttgarter Architekten Heinle und Wischer vorgeschlagen und mit der Planung beauftragt. Huber erklärte, daß er mit diesen Architekten in Regensburg beste Erfahrungen gemacht habe. Und außerdem sei der Zeitdruck groß und die Finanzdecke knapp. Trotz energischer Aktionen des BDA und der verbündeten Architektenverbände wurde auf den Wettbewerb verzichtet. Schließlich knickte auch Willi Daume ein und bat mit umflortem Blick um Verständnis.

Ein Trost war die Einbindung der Pläne für eine Studentenstadt in den Gesamtrahmen des Olympischen Dorfes. Der ideenreiche Architekt Werner Wirsing hatte für die Studenten moderne, junge Appartements entwickelt. Funktion, Wohnform und Architektur ließen eine individuelle Lebensgestaltung zu. Die städtebauliche Ordnung dieses Wohnquartiers mit bescheidener Höhenentwicklung schuf fast romantische Räume in moderner Form.

Parallel zu diesen spektakulären Auseinandersetzungen um das große, einmalige Projekt der Olympiabauten, die mich als BDA-Vorsitzenden forderten und die ich ohne die Mitstreiter P. C. von Seidlein, Kurt Ackermann, Christoph Hackelsberger und Georg Roemmich nicht durchgestanden hätte, hatte ich im Auftrag von Max Schlereth eine weitere Siedlung an der Boschetsriederstraße geplant. Mein Team hatte drei vierzehngeschossige Punkthäuser in einer Gruppe vorgesehen. Die Häuser waren nach der Sonne orientiert, hatten die Grundform eines strengen Schmetterlings, mit Lift und Treppenturm in der Mitte und links und rechts von diesem Kern je drei Wohnungen. Die Fertigstellung fiel gerade in die vorolympische Zeit.

Mein Bauherr informierte mich, daß F. J. Strauß im obersten Geschoß des ostwärtigen Punkthauses drei Wohnungen übernommen hätte und die anderen drei spiegelgleichen sein Anwalt und Spezl Franz Dannecker. Er habe nun den Wunsch, daß ich die drei Wohnungen in eine große, repräsentative verwandeln sollte, wie es einem Bundesminister zukäme. Dazu war ich keineswegs bereit. Weder als politischer Zeichner, der kritische Distanz wahren muß, noch als Architekt, für den der Entwurf für den privaten Lebensbereich eines Menschen eine Frage gegenseitigen Vertrauens ist. Ich wäre Abhängiger und Vertrauter zugleich geworden. Gern überließ ich also meinem Auftraggeber, dem Architekten Schlereth, und seiner Bauabteilung die Planung für den Umbau der Wohnungen zur »Franzensfeste«.

In dieser Zeit gab es beim Bau des Olympischen Dorfes Probleme in der Koordinierung der Bauträger; der geschäftsführende Gesellschafter der Südhausbau GmbH trat von seinem Auftrag zurück. Die Federführung der Bauträger wurde nun vom Vorsitzenden der Olympiabaugesellschaft, F. J. Strauß, der Firma von Max Schlereth übertragen – eine naheliegende Lösung, bei der sich jeder denken kann, was er will.

Die Olympischen Spiele bedeuteten für München eine enorme Schubkraft bei der Lösung anstehender Verkehrsprobleme und beim Wohnungsbau. Auch das Bauprogramm für die Studentenstadt Freimann erfuhr eine kräftige Veränderung. So mußten wir das dominierende Hochhaus mit vierzehn Geschossen auf neunzehn erhöhen. Für achthundert Olympiahostessen mußten Appartements geschaffen werden, die nach den Spielen den Studenten zugute kommen sollten. Diese Forderung zog auch noch weitere Veränderungen, besonders bei den Gemeinschaftsanlagen, nach sich. Es war wie bei dem bekannten Dominoeffekt – ein Problem stieß das nächste an. Ich wäre wohl ganz schön ins Schleudern gekommen, wenn nicht meine Auftraggeber für die Studentenstadt von souveräner Gelassenheit gewesen wären. Egon Wiberg, der Vorsitzende, ein weltoffener Wissenschaftler, ging die drohenden Komplikationen analytisch an und entschied ruhig und sicher. Dabei beriet ihn Gustav Hasenpflug, Ordinarius an der TU.

Planung und Bau der Studentenstadt gerieten zudem in die ersten, noch kleinen Strudel der Studentenrevolten. Das war schon zu spüren, als die Verteilung der Appartements an die Studenten und Studentinnen diskutiert wurde. Die Idee der Trennung der Geschlechter in Männer- und Frauenhäusern wurde im Föhnwind neuer Freiheiten aufgegeben. Der nächste Schritt, in den Häusern »weibliche« und »männliche« Geschosse einzurichten, wurde genauso verweht. Schließlich sind alle Häuser so angelegt worden, daß heute Studenten und Studentinnen fröhlich nebeneinander wohnen, arbeiten und feiern. Und es ist deshalb bis jetzt noch kein Gebäude eingestürzt.

Anfang 1964 wurde ich eingeladen, dem neu zu gründenden Rotary-Club München-Schwabing beizutreten. Von Rotary war mir nur der Name bekannt. Nun erfuhr ich, daß Mitglieder nur nach strenger Auswahl und persönlicher Aufforderung aufgenommen wurden. Von allen (akademischen) Berufen kamen in erster Linie die Erfolgreichen in Frage. Parteipolitische Präferenzen waren nicht vorgesehen. Die Ziele waren, im Sinne modernen Fortschritts und bewährter Tradition, humanitär und sozial ausgerichtet. Das machte mich neugierig, also nahm ich an der ersten Informationsveranstaltung im Münchner »Hofbräuhaus« teil. Der Informant, ein verdienter älterer Rotarier, vermittelte nicht gerade eine weltoffene, junge Bewegung, aber die Gruppe der eingeladenen Aspiranten entsprach schon eher dem rotarischen Ideal. Ein Teil von ihnen war auch mir bekannt. In dieser Runde diskutierten wir unseren Eindruck des Konventionellen und Altbackenen und waren uns in dieser Einschätzung einig. Wir schauten uns an, und in einer aufkommenden Sympathie füreinander beschlossen wir, Mitglieder zu werden und dafür zu sorgen, daß der Rotary-Club München-Schwabing seinem Namen, der Münchner Kultur- und Revoluzzergeschichte bedeutet, gerecht werden würde.

In diesem Sinn ein beispielhafter Rotarier war für mich der Literat und Verleger Heinz Friedrich, lange Jahre Präsident der Akademie der Schönen Künste. Nach seinem Abitur 1940 wurde er in die Knochenmühle des Krieges gepreßt. Im April 1945 wurde er in den Kämpfen um Königsberg auf den Tod verwundet, aber von einer Ärztin der Roten Armee gerettet. 1947 gehörte Friedrich bereits zum Gründerkreis der »Gruppe 47«. Dann, musisch und demokratisch motiviert, legte er einen erstaunlichen Weg zurück, der ihn über den Hessischen Rundfunk und Radio Bremen – immer an verantwortlicher Stelle – ins Verlagswesen führte. Als Geschäftsführer des Deutschen Taschenbuch-Verlages ging er in den Ruhestand, führte aber sein Engagement für die Kultur in unserem Lande weiter – ein beeindruckendes Leben und die Persönlichkeit eines Rotariers, die ich bewunderte.

Mit meinen Berufen verflochten waren meine Kontakte mit Persönlichkeiten und Originalen aus den bildenden und darstellenden Künsten. Das war eine eigene Sphäre, in der man fliegen kann. Rainer Zimnik, Maler, Zeichner und Poet, hatte sich ein Atelier in der Veterinärstraße eingerichtet, in dem er nicht nur seine Geschichten erfand und zeichnete, sondern auch eine zum Platzen kreative Runde versammelte: Während er in der Küche seine Kochkünste spielen ließ, versammelte sich um den quadratischen Tisch in der Diskussionsecke etwa ein Dutzend Typen, die sich alle kannten, schätzten oder auch befetzten – natürlich in aller Freundschaft. Da war Paul Flora, der Herr auf der Innsbrucker Hungerburg, der von der knappsten und treffendsten Aussage bis zur märchenhaften oder gespenstischen Ausformung alle Möglichkeiten der Grafik beherrscht, ein echter Professor und verwurzelter Tiroler. Da war Vicco von Bülow, den man als Loriot kennt. Er konnte als Herr am Tisch sitzen und nur schauen, wenn andere laut werden, er konnte so fein sein, daß andere unter den Tisch krochen. Manfred Schmidt, der Erfinder des Detektivs Nick Knatterton, war ein verschmitzter Menschenbeobachter, ein unverhohlener Hanseat aus Bremen. Zimnik hatte Respekt vor seinen Kochkünsten und seinen Weinkenntnissen.

Ernst Hürlimann war dabei, mein Weggefährte seit 1946, der parallel mit mir sich zum Karikaturisten in der *Süddeutschen Zeitung* und beim Fernsehen entwickelt hatte. Er hatte scharfe Augen und eine hintergründige Phantasie, war aber immer in Sorge, durch öffentliches Lob oder gar einen Orden das Mißfallen seiner Schwabinger Freunde zu erregen. Zur Tischrunde gehörte auch Luis Murschetz, der die Steiermark verließ, um mit seinen ziselierten Talenten die Printwelt zwischen Rotterdam und München zu erobern. Er arbeitete als Karikaturist für die *Zeit* und die *Süddeutsche Zeitung* und war außerdem erfolgreicher Kinderbuchautor. Dieter Klama gehörte auch dazu, ein bajuwarisierter Slawe, aufmüpfiger Student an der Akademie der Bildenden Künste beim Großmeister Josef Oberberger, berserkerisch in seiner Kunst, Satire und meisterliche Malerei spektakulär zu verschmelzen.

Als barscher Kavalier hat Zimnik auch Teilnehmerinnen in diesem Zirkel geduldet, die er aus unerfindlichen Gründen »Mütter« nannte: Sis Koch, die prätentiöse Malerin, die ihre Anwesenheit als Hulderweis betrachtete, weil für ihren Geschmack die Anwesenden viel zu alt waren und Prominenz eben kein Ersatz für knackige Jugend war, Ursula Schmidt, promovierte Wirtschaftswissenschaftlerin, und Marie von Waldburg, gescheite Augenweide am Tisch und begehrte Gesellschaftskolumnistin. Schließlich ist noch Luise Pallauf zu nennen, Entdeckung und Begleiterin von Sigi Sommer, eine lebendige Auskunftei über die Münchner Gesellschaft und ihre Selbstdarsteller. Die Abende im Atelier gediehen immer zu illuminierten Nächten, in denen die Beteiligten mit verteilten Rollen die Politik, die Künste, den Kosmos und den lieben Gott in kleine Stücke zerlegten.

Einen anderen Tisch für ungewöhnliche Figuren, diesmal einen runden, mit Platz für fünfzehn Typen mit sitzfesten Hinterteilen, bestimmte Sigi Sommer im »Augustiner Biergarten« zum sommerlichen Olymp für seine Freunde, Spezln und erprobten Schicksalsbändiger. Unter dem hohen Kastanienhimmel führte er ein strenges Regiment, er ließ Besucher zu oder wies sie ab und bestimmte die Sitzordnung. Das war bei der oft extremen Mischung der Ankömmlinge notwendig: Da rieben der pensionierte Eisenbahner, ein Stadtrat, ein stadtbekannter Juwelier, ein paar Schauspieler, Literaten, Reimeknüpfer, Ärzte und Gesundbeter, ein Stadtpfarrer und ein Bundespräsident die Ellbogen aneinander.

Senior war der Filmproduzent Luggi Waldleitner. Sein Fundus an Geschichten war unerschöpflich. Für Leni Riefenstahl hatte er beim Olympiafilm 1936 Kabel geschleppt, nach dem Krieg die Roxy-Filmgesellschaft mit aufgebaut, die treffende Filmsatire »Das Mädchen Rosemarie« nach dem Buch über die Nitribitt von Erich Kuby produziert und die Talentbombe Rainer Werner Fassbinder erkannt und gefördert. Wir konnten uns bei gegenseitiger Wertschätzung gut leiden, und Luggi hatte Vergnügen daran, mir immer wieder taufrisch die Reaktionen seines Freundes F. J. S. auf meine Karikaturen zu berichten. So auch nach jenem ominösen Besuch in Chile im November 1977, als er das dortige Militärregime des Generals Pinochet lobte. Über diese Zeichnung hatte er sich gewaltig aufgeregt und zu Hause, im Kreise von Gleichgesinnten, wütete er gegen die Unverschämtheit der Karikaturisten und ganz speziell gegen mich. Dabei kühlte er die strapazierten Stimmbänder so lange mit Wein, bis er sich am Ende einen strammen Affen angesoffen hatte.

Aus Chile zurück   »*Ich hab' ins Paradies geschaut!*«
                                     10.12.77

Der Besuch von hochkarätigen Politikern war für Sigi stets ein
Anlaß, die Volksvertreter mit dem Tenor der Volksstimme, näm-
lich seiner, vertraut zu machen. Er brachte es auch fertig, dem
Bundespräsidenten Walter Scheel die Anfangsgründe des Radi-
Schneidens beizubringen.

Georg Lohmeier, der renommierte Autor und Stückeschreiber,
löste einmal einen dramatisch-komischen Auftritt aus: In einem
lautstarken Monolog ließ er sich über die Malkunst unserer Zeit
aus, der darin gipfelte, daß er den Lieblingsmaler Hitlers, Paul Padua, über Holbein und Dürer stellte. Als Beweis für diese mehr als
kühne Behauptung führte er ein Gemälde an, das fotografisch genau gepinselt war und mit martialischem Pathos den Flußübergang
der Pioniere über die Aisne 1940 darstellt. Und – dabei rollte er be-
deutungsvoll die Augen – Paul Padua sei selbst dabeigewesen. Ich
widersprach heftig, und als er aus voller Brust seinen Standpunkt
verteidigte, überfuhr ich den Padua-Fan mit meiner genauen
Kenntnis der Entstehung dieses Militärschinkens. Padua bat den
Kommandeur des Pionierbataillons 7 in München (der mir diese

Geschichte erzählte) um die Gestellung von vier Pionieren mit einem Leutnant und einem Schlauchboot, als Modelle für ein Bild, das einen Flußübergang zeigen sollte. Der Kommandeur, vom Ansinnen des berühmten Malers geschmeichelt, erfüllte dessen Bitte. In der Turnhalle des Pionierbataillons entstand dann dieses Gemälde, das ich im Kasino der Pionierschule Dessau-Roßlau 1944/45 jeden Mittag, sieben Monate lang, sehen mußte. Lohmeier wollte das nicht glauben, und wir gerieten lautstark aneinander. Sigi, erbost über die Störung seines Tischritus, erhob sich und ging, informiert über die borniertе Kunstmeinung Lohmeiers, auf den Störenfried los. Der stand auf und nahm Abwehrhaltung ein, was den Sigi veranlaßte, einen Schwinger zu markieren, der bei einer Gegenbewegung Lohmeiers dessen neuen Trachtenhut mit einem ausladenden Gamsbart vom Kopf wischte, der unter dem Wehgeschrei seines Besitzers in einer flachen Wasserpfütze landete. Lohmeier schnitt schreckliche Gesichter, drohte mit Anwalt und Klage und verließ fluchend und mit konfusen Armbewegungen die vor Staunen starre Tischrunde.

Da war der urwüchsige Volksschauspieler Bertl Schultes, über achtzig Jahre alt, ein rauher Kerl, aber freundlich. Als junger Bursch spielte er oft beim Tegernseer Bauerntheater in Ludwig-Thoma-Stücken mit, vom Dichter selbst korrigiert und angewiesen. Er steckte voll sagenhafter Balzabenteuer um den See herum, die er mit röhrender Stimme kundtat.

Manchmal kam ganz leise ein kleiner, spitznasiger Mann in einem weiten Mantel und mit Baskenmütze über den tiefliegenden, wasserhellen Augen an den Tisch. »Das ist der Walter Mehring«, sagte Sigi Sommer und setzte ihn an meine Seite. Mehring war ein Star der Berliner zwanziger Jahre, ein Revolutionsdichter mit einem empfindsamen Herzen, das er mit artistischem Zynismus zu schützen vermochte. Er gehörte zu Tucholsky, Ossietzky, Arp, Grosz und dem jungen Dada, war nach Paris und in die Schweiz emigriert. Und jetzt saß er leibhaftig neben mir, ein Stück Geschichte und für mich eine Kostbarkeit. Ich fragte ihn vorsichtig aus, er rückte zögernd Perlen heraus, die er tief drinnen bewahrte. Dann habe ich ihn gezeichnet, den Scheuen und Mißtrauischen mit den kleinen, verfrorenen Händen, und er schenkte mir sein »Kleines Lumpenbrevier«, eine Sammlung von Gassenhauern und Gassenkantaten, mit einer Widmung in seiner feinen Schrift. Wenn dann der Abend unter den Kastanien fortgeschritten war, die Maßkrüge lauter aneinander klangen und die Zecher ihr bierfeuchtes Innenleben nach außen kehrten, schaute Walter Mehring, allein in der lauten Runde, in den grünen Himmel.

Noch ein Alt-Berliner gehörte zum Tisch: Max Colpet, der Königsberger Rabbinersohn, der wie Mehring nach Paris emigriert war und seinem Freund Billy Wilder nach Hollywood folgte und dort Drehbücher schrieb, Musicals und Songs, die berühmt wurden. »Sag mir, wo die Blumen sind«, schrieb er für Marlene Dietrich, der er bis in ihre letzten Pariser Tage die Treue hielt. Max steckte voll Geschichten, schrieb Bücher und Gedichte und fand noch für die späten Jahre eine liebenswerte, junge Malerin Eva. Manchmal mußte ich für ihn dolmetschen, wenn ihm der Sigi allzu bayrisch kam.

Wohlgelitten von allen, trat leichten Fußes Jürgen von Hollander, der Reporter, Essayist und Autor, an den Tisch, wundersame Geschichten im schönen Kopf. Wie er aussah, der ehemalige Oberfähnrich, hätte er aus der Feder von Rainer Maria Rilke entsprungen sein können. Jahrelang bildete er als Schreiber ein Gespann mit dem brillanten Zeichner Meyer-Brockmann, den ich ein paarmal ablöste, als seine Augen zu streiken anfingen.

Manchmal roch es ein wenig nach Weihrauch, wenn der Stadtpfarrer Fritz Betzwieser von St. Jesu Platz nahm, der bald zur festen Besetzung gehörte. Er führte beredsam den Sigi auf verschlungenen Pfaden in seine Ministrantenzeit zurück, wofür ihm der weltläufige Gottessucher die Sauna im »Bayerischen Hof« erschloß und einen prominenten Schneider vermittelte.

Was wäre meine Gesundheit ohne den lebensweisen Dr. med. Gangkofner, der mir oft genug den Weg zum richtigen Spezialisten wies. Zusammen mit dem ruhmreichen Fußballer vergangener Jahre, Buale Bayerer, analysierten wir die heutige Fußballwelt, die ein integraler Bestandteil der Marktgesellschaft und der Unterhaltungsindustrie wurde. Am Ende unserer Gehirnakrobatik stieg aus den Krügen der Entschluß »Schwoab ma's owa« – auf deutsch »Spülen wir's hinunter«. Die Runde unter der großen Sommerkastanie war durchaus kein typischer Männerkonvent. Es gab auch hier weibliche Mitglieder: die altgedienten Burgfrauen mit den Schatten der Erfahrung in den Mundwinkeln und die jungen Blumenstreuerinnen, die in scheuer Verzückung den bilderreichen Offenbarungen des gegerbten Zampano Sigi lauschten, den die abgebrühten Bedienungen auch »Lord Lederapfel« nannten.

Wenn Siegfried Lowitz als selbsternannter Botschafter des Staatsministers Johann Wolfgang von Goethe seinen »Faust« dem runden Tisch vorgeführt hatte und dann seinem west-östlichen Diwan zustrebte, pflegte er zum Abschied zu sagen: »Ich bitte um eine üble Nachrede.« Dann meinte Sigi »So was Blödes – die hat doch jeder bedeutende Mensch« und ließ die Bitte zur freien Verfügung unter seiner Kastanie stehen.

Im Februar 1967 fand die Gründung der Deutschlandstiftung im Herkulessaal der Residenz statt. Der einundneunzigjährige Konrad Adenauer schritt durch das Spalier der obligaten Schweifwedler, hielt statuarisch die Festrede und nahm mit dem Gesichtsausdruck eines Dschingis Khan die fälligen Ovationen entgegen. Am Nachmittag nach der Feier hatte der Konsul Hans Holzmüller, ein Sponsor dieser Einrichtung, zu einem Empfang in sein schönes Haus mit Garten geladen. In der Mitte stand der Fixstern Adenauer, um den Minister, Bischöfe, Abgeordnete und politisch nahestehende Geldgeber kreisten. Ich betrachtete gerade die Szene, als mich Alois Hundhammer am Arm faßte und mich unbedingt dem Altkanzler vorstellen wollte. Da kam Adenauer schon auf mich zu. »Ach, da ist ja dä Herr Lang«, blieb stehen und drohte schelmisch mit seinem Bundeszeigefinger. »Sie sind äine janz jefährlische Mann.« »Und Sie sind ein Schmeichler, Herr Bundeskanzler«, gab ich ihm zurück. »Aber ich möchte mich für Ihr Gesicht bedanken«, fuhr ich fort. »Da kann isch nit dafür«, wehrte der Alte ab, aber ich lud noch einmal nach. »Jean Paul hat gesagt, daß jeder ab dreißig für sein Gesicht selbst verantwortlich ist.« Adenauer machte große Schlitzaugen. »Hatt ä dat jesaht?« staunte er, und ich äffte ihn nach: »Dat hatt ä jesaht.«

Nach jener eindrucksvollen Erkundungsreise 1964 nach Ostafrika hatte ich mich entschlossen, möglichst jedes Jahr im Dezember mit meiner Frau in den schwarzen Erdteil zu fliegen. Mit

Kenia fing ich an und quartierte mich mit Lilo in Malindi am Indischen Ozean im Hotel »Eden Roc« ein. Das hatten noch die Engländer eingerichtet. Der Betrieb lief familiär und gemütlich, von Tourismus keine Spur. Unter den Gästen war auch der Großwildjäger und Tierfotograf Hahn, der schon einiges über dieses Land publiziert hatte. Er lebte seit Jahren in Ostafrika und war sogar, nachdem er sich in ein Kikuju-Mädchen verliebt und es geheiratet hatte, mit großem Zeremoniell ein richtiger Stammesangehöriger der Kikuju geworden.

Von Hahn bekam ich wichtige und ungewöhnliche Informationen über das Land, seine Menschen und seine Tiere. Malindi war ein kleines Städtchen mit einem Fischerhafen und zwei weiteren Hotels, einem orientalischen für Muslims und einem aus der englischen Kolonialzeit. Im Zentrum gab es eine Barclays-Bank und nicht weit davon eine Tanzbar, so wie es sie überall gibt. Vor dem Ort lag ein Flugplatz für kleine Maschinen, und dann fing auch schon der Busch mit seiner Tierwelt an, allerdings ohne Großwild.

Ein langer Strand lag unmittelbar vor dem »Eden Roc«; nach Norden begleitete dichter Busch die Sandfläche, aus dem ab und zu Warane zum Wasser liefen. In fünf Kilometer Entfernung mündete der Sabaki-Fluß ins Meer. Im Landesinneren hat er den Namen Galana und wird von Rudeln großer Krokodile bevölkert. Nach schweren Regenfällen werden manchmal auch die Kadaver junger Echsen bis in die Mündung geschwemmt. Wenn man auf dem Strand bis zum Fluß wandert, trifft man immer wieder Zeugnisse von Leben und Tod.

Zuerst erforschte ich das Umland von Malindi, die Ruinen von Gedi an der Straße nach Mombasa mit den Resten einer uralten Königsresidenz und im Norden den verhältnismäßig großen, ursprünglichen Ort Marbuit mit Moschee und Koranschule. Im Hotel begegnete ich dem Herrn Künzler, Schweizer Abstammung, der aber schon seit dreißig Jahren in Arusha lebte, ein höchst agiler Unternehmer, der die Bohnenanpflanzung in Tansania einführte und dem Präsidenten Nyerere beratend zur Verfügung stand. Durch seine intensiven Kontakte mit der einheimischen Bevölkerung wurde er sogar zum Ehrenhäuptling der Arushas ernannt. Mit ihm besprach ich die großen Bimslager am Meru-Berg und die Möglichkeit ihrer Ausbeutung. Hier wäre die Fabrikation von Bimssteinen aller Formate sinnvoll und wäre zugleich Unterweisung der Eingeborenen in diesen Techniken. Material und Eigenbau könnten die Errichtung von Siedlungen ermöglichen, die tropischen Anforderungen einwandfrei entsprächen. Das wäre wohl auch ein günstiges Projekt für die deutsche Entwicklungshilfe. Künzler war Feuer und Flamme, und mein englischer Freund Jimmy Green, nun im Auftrag der UNO Berater für die ostafrikanischen Häfen und Eisenbahnen, stellte Verbindungen auf politischer Ebene her. Wieder in München, ließ ich mir aus Arusha Bimsmaterial schicken, das ich im Labor des BBZ und beim Materialprüfungsamt der TU auf seine Tauglichkeit untersuchen ließ. Die Ergebnisse waren gut, und daraufhin informierte ich Josef Riepl, Inhaber der gleichnamigen großen Baufirma, über meine Überlegungen. Riepl hatte den Auftrag, im Gebiet nördlich von Nairobi bis zum Samburu-Reservat für alle Siedlungen die Be- und Entwässerungsanlagen zu bauen. Zu diesem Zweck unterhielt er dort ein Baubüro mit einem Musterexemplar von Bauleiter. Riepl hielt das Bims-Projekt für eine aussichtsreiche Unternehmung und bat mich, mit seinem Mann in Nairobi bei meinem nächsten Aufenthalt in Ostafrika, alle notwendigen Untersuchungen, Verhandlungen und Schritte vor Ort einzuleiten. Wieder in Dar-es-Salaam, führte ich mit dem tansanischen Finanzminister, einem eingewanderten Inder von hoher Intelligenz, der zufällig auch in Arusha sein Haus hatte, und mit dem Wirtschaftsminister Gespräche über meinen oder schon unseren Plan. Alles ließ sich hervorragend an. Eine Woche lang lief ich im dunklen Anzug herum und schwitzte ein paar Hemden und Krawatten durch. Riepl lud sogar den Finanzminister nach München ein, vermittelte ein Gespräch im bayerischen Wirtschaftsministerium, und ich verschaffte dem Gast mit seinem Staatssekretär Karten für ein Fußballspiel im Olympiastadion zwischen HSV und Bayern München. Die große Leidenschaft der Tansanier ist der Fußball, und so wurde dieses Spiel für die Gäste ein grandioses Erlebnis. Ich plante mit meinen Fachleuten im BBZ, dem Spezialisten für Fertigteilbau Zeuner und dem Statiker Holzner, bereits ein Programm für einen Einsatz in Tansania, aber da geriet die schöne Idee in das unüberschaubare Gewirr deutscher Kompetenzschienen und in eine wahre Kraterlandschaft von Finanzlöchern. Nach zwei Jahren landete die Aktion im deutsch-tansanischen Busch, wurde überwuchert und unentwirrbar eingewachsen zum Dornröschen-Märchen. Dafür wurde ich etwas später von der G.T.Z. (Gesellschaft für technische Zusammenarbeit) mit der Erstellung von Lehrplänen für die Technikerschulen in Arusha und in Tanga beauftragt. Mit meinen tüchtigen Fachleuten vom BBZ funktionierte ich unsere bewährten Studienpläne auf afrikanische Verhältnisse um, diskutierte sie im tansanischen Kultusministerium und lieferte sie schließlich als übersichtliches Paket in Frankfurt bei der G.T.Z. ab, wurde angemessen bedankt und hoffe noch heute, daß der technische Nachwuchs im Bauwesen damit für seine Aufgaben in Tansania gerüstet ist.

Meine Aufenthalte in Kenia und Tansania hatte ich jeweils so eingeteilt, daß die erste Woche zum Eingewöhnen, die zweite für offizielle Kontakte und die dritte für Safaris und Strandleben genutzt wurde. In Malindi freundete ich mich einmal mit einem finnischen Flugkapitän an, der für Touren ins Landesinnere einen leistungsfähigen Landrover gemietet hatte. Er lud mich zur Mitfahrt ein, weil er mich für einen Landeskundigen hielt, der sich mit den Eingeborenen sogar auf Kisuaheli verständigen konnte. So fuhren wir etwa fünfzig Kilometer nach Norden, bogen dann auf einem schmalen, sandigen Fahrweg ins Landesinnere ab und waren bald in einer von Busch und Waldflächen bestandenen Gegend. Nach etwa zwei Stunden Fahrt entdeckten wir auf einer großen, fast kreisförmigen Lichtung runde Lehmhütten mit pflanzlich eingedeckten, spitzen Dächern. Sie standen im Ring um einen festgetretenen Platz. Wir hielten an, der Pilot stellte den Motor ab. Es war still wie in einer Kirche. Wir konnten keine Bewegung erkennen. Ich wußte, daß man uneingeladen kein Dorf betreten durfte. Man mußte »Hodi« rufen und auf die Antwort »Karibu« warten, erst dann war man willkommen. Also meldete ich uns an: »Hodi«, und nach einer spannenden Minute hörten wir eine hohe Stimme: »Karibu«. Jetzt gingen wir ins Dorf. Als wir in der Mitte ankamen, wuselte das Volk aus den Hütten – lauter Frauen und Kinder –, Männer waren nicht zu sehen. Sie umkreisten uns wie eine Mauer, schnatterten, lachten gestikulierend und rückten uns ganz nah auf den Leib. Ich sagte »Jambo – habarigani« zur Begrüßung. Aber es antworteten nur ein paar auf Kisuaheli und bedeuteten uns, daß sie Kiriama seien und daß nur wenige die Welt außerhalb ihres Dorfes kannten. Einige waren sogar schon in Malindi gewesen – weit weg, zu Fuß.

Die lebendige weibliche Mauer »oben ohne« rückte noch näher, die größten unter ihnen reichten mir gerade zur Schulter. Woher wir kämen, wollten sie wissen, und als ich »Ulaya« sagte, was Europa heißt, fragten sie, wie weit das von hier entfernt sei. Mit Kilometern hätten sie nicht viel anfangen können, also drückte ich die Entfernung in Tagesmärschen aus – also etwa dreihundert Tage zu Fuß. »Ooooh«, hauchte es über den Platz – »kwenda, kwenda«, »immer gehen?« – »Nein, mit dem Vogel«, denn für die Menschen ohne Schulbildung und Kontakte zur westlichen Zivilisation ist das Flugzeug, das hoch über ihrem Land fliegt, ein großer Vogel. Plötzlich fingen die Frauen an, heftig zu diskutieren – auf Kiriama, was ich nicht verstand. Immer wieder kicherten sie und schauten zu mir herüber, bis eine von ihnen, wohl die Älteste, sich vor mich postierte und mich als »Mzee« ansprach, was etwa »Euer Ehrwürden« heißt und höchsten Respekt signalisiert. Dann bekam ich ein Angebot, das mich in größte Verlegenheit brachte.

Sie, die Frauen, seien der Meinung, sagte die Älteste, daß ich bei ihnen bleiben und ihr Häuptling werden sollte. Und ich könnte auch Kinder haben, so viele ich wollte. Dieses Angebot wurde von heftigem Kopfnicken der Frauen begleitet. »Was sagen dazu eure Männer?« versuchte ich das Attentat zu stoppen. Aber die Frauen sagten nur verächtlich »hapana«, »nichts«, denn die hätten nichts zu sagen. Sie warfen vernichtende Blicke zu den Hütten hinüber, hinter denen ich die Köpfe der Busch-Pantoffelhelden verschwinden sah. »Tu's doch«, sagte mein Finne, »für zwei Wochen. Ich helfe dir dabei.«

Dann aber machte ich eine dankbare Verbeugung vor den Frauen und setzte eine Miene größten Bedauerns auf. Das könnte ich nicht, obwohl es mich glücklich machen würde; aber ich sei schon ein Häuptling in »Ulaya« und Vater von vielen Kindern. Die Wortführerin übersetzte die traurige Antwort, und die Frauen schauten wie enttäuschte Kinder. Aber meine Begründung verstanden sie, schauten mich auch bewundernd an, weil sie nun glaubten, daß sie auf einen Häuptling verzichten mußten, der dazu auch noch weiß, was Treue bedeutet. »Turudi«, riefen die Frauen, »komm wieder«. Ich winkte zurück, gerührt und befreit.

Bis 1977 flog ich jedes Jahr im Dezember nach Ostafrika. Ich war durch und durch von diesem Land gepackt. Mit Schrecken und Trauer habe ich dort den Einbruch des Tourismus mit all seinen Konsequenzen erlebt. Ich habe gesehen, wie aus den Eingeborenen, die in königlicher Haltung ihr Land durchwanderten, an der Küste, in den Städten und um die Hotelkästen herum Korrumpierte wurden, die in zerrissenen Jeans und T-Shirts ganz schnell die Eigenschaften mieser Europäer annahmen. Schließlich haben mir die Ärzte geraten, die langen Flugreisen in tropische Länder zu unterlassen. So bleibt mir nur, meine Erinnerungen an ein wunderbares Land zu pflegen, an unverdorbene schwarze Menschen, die meine Brüder und Schwestern geworden sind.

Anfang Dezember 1967 besuchte ich meinen Kollegen und Freund Henry Meyer-Brockmann, den unübertroffenen Zeichner. Es war der Abend vor meinem Abflug nach Ostafrika. Henry, den alle Schwabinger »Olaf« nannten, war seit Jahren krank. Jetzt war der Zucker in seinem Blut dabei, seine Augen zu zerstören. Ein schreckliches Schicksal für einen Zeichner, der durch und durch ein Augenmensch war. Sein Atelier war zur Krankenstube geworden, der Anblick dieses einmal geradezu vulkanischen Mannes war zum Erbarmen. Ich mußte alle Energie aufwenden, um meine Erschütterung zu verbergen. »Ich habe dir einen alten Burgunder mitgebracht, und der muß jetzt dran glauben«, begrüßte ich ihn. »Endlich ein vernünftiger Mensch«, sagte er und streckte seinen armen, mageren Arm aus. Ich hielt die kalte, feuchte Hand, in der einmal so viel Kraft und Präzision gelegen hatten. Der Arzt hatte ihm in der letzten Phase seiner Krankheit alles erlaubt, was sonst verboten war. Daher war jeder Tropfen Wein für ihn ein überirdisches Erlebnis. Wir redeten von der Kunst und unserer vertrauten Welt, rühmten die großen Zeiten und die Erfolge, schmähten die miesen Typen und die großen Schweine auf den Podien der Öffentlichkeit und erhoben uns mit jedem Schluck über die Misere der Welt und das Elend vor mir in den zerwühlten Laken.

Als die große Flasche leer war, fühlte sich Henry fabelhaft, und als ich ihm sagte, daß ich in wenigen Stunden nach Ostafrika flöge, breitete er die dünnen Arme aus: »Und wenn du wieder zurück bist, dann kommst du mit der nächsten Flasche.« Da nahm ich seine Hände und versprach: »Es wird mein erster Weg sein, mein Freund.« Beim Gehen sagte seine Frau noch: »So habe ich den Olaf noch nie erlebt, so glücklich.« Am nächsten Morgen flog ich ab und war zwölf Stunden später in Malindi, unter dem flimmernden Himmel über dem Äquator.

Fünf Tage später holte ich meine Frau vom kleinen Flugplatz ab. Als sie auf mich zukam, sagte sie: »Ich komme gerade von der Beerdigung.« Es war todtraurig. Zwölf Leute standen um Henry Meyer-Brockmanns Grab, und Werner Finck sprach zu seinem Freund in der schmalen Grube. Er war der beste Zeichner der letzten zwanzig Jahre und wurde nur fünfundfünfzig Jahre alt.

Im Jahr darauf starb mein Vater. Wir hatten ein enges Verhältnis. Nach den Kummerjahren bis zum Abitur und der Zeit der Angst während des Krieges war ich nun ein Mann geworden, hatte eine Familie, und mein Beruf als Architekt verschaffte ihm die Möglichkeit, als Bildhauer mit mir für meine Projekte zu arbeiten. Das war für ihn die Erfüllung eines Traumes. Meine Tätigkeit als politischer Zeichner, als Satiriker mit dem Stift in der *Süddeutschen Zeitung* beobachtete er mit Anteilnahme und staunendem Amüsement. Ich habe ihn immer bewundert, und im Laufe der Jahre wuchs meine Zuneigung zu dem großen, strengen und in Herzensdingen seltsam unbeholfenen Mann immer mehr.

Meine Schwester alarmierte mich telefonisch. Eine Stunde später stand ich daheim in Oberammergau an seinem Bett. Er sah gut aus, lächelte und wunderte sich, daß ich so überraschend gekommen war. Aber dann wanderten seine Augen plötzlich nach innen, als würde er da etwas Unbegreifliches sehen, seine Worte wurden undeutlich, und die Hände fuhren in seltsamen Bögen über die Decke. Nach kurzer Zeit wurde er ruhig, die linke Hand blieb so in der Luft, als würde sie einen Karton halten, und mit der rechten zeichnete er in bewegten, sicheren Strichen eine Figur auf den imaginären Karton. Nach einigen Minuten sanken seine Hände auf die Decke. Er schaute mich mit klaren Augen an. »Der Nikolaus«, sagte er, »der Nikolaus.« Dann schwieg er. Der Hausarzt nahm mich auf die Seite. »Wir müssen Ihren Vater ins Kreiskrankenhaus nach Garmisch-Partenkirchen bringen, er hat einen Schlaganfall erlitten.« Auf der Fahrt saß ich neben dem Patienten und hörte ihn von phantastischen Architekturen reden, die er sah. Trotzdem nahm er meine Anwesenheit wahr – eine unwirkliche und auch beängstigende Situation.

Nach vierzehn Tagen war mein Vater so gut wie geheilt. Er stand gerade mit einem Arzt im Gespräch vor seinem Zimmer, als er plötzlich, von einem zweiten Schlaganfall getroffen, zusammenbrach. Diesmal war er halbseitig gelähmt und erheblich sprachbehindert. Seine angstvollen Augen und seine verzweifelten Versuche, sich verständlich zu machen, waren kaum zu ertragen. Ich versuchte ihm beruhigend zuzusprechen und Hoffnung zu geben. Langsam schien sich eine Besserung anzubahnen. Ich fuhr für drei Tage nach Alpbach in Tirol, um bei den Europäischen Wochen, bei einer Karikaturenausstellung europäischer Zeichner, anwesend zu sein und im Forum zu diskutieren. In der Frühe des dritten Tages erreichte mich meine Schwester telefonisch und sagte, daß unser Vater in dieser Nacht gestorben sei.

Mittags war ich in Oberammergau. Meine Mutter saß an dem Tisch, der Vater, Mutter, Schwester und mich über viele Jahre und an den späten Abenden im Gespräch beisammengehalten hatte. Sie schaute mich ratlos an, die Augen fast schwarz im schönen Gesicht, und hatte ihre neue Situation noch nicht erfaßt, nach dreiundfünfzig gemeinsamen Jahren mit einem Mann, der ihr Leben bestimmt hatte. Zur Beerdigung war das ganze Dorf auf den Beinen. Der Trauerzug war eine lange, dunkle Prozession zum Friedhof unter dem Kofel. Das Grab war vor einem großen Felsbrocken ausgehoben worden, auf dem mein Vater als Zehnjähriger in den blauen Himmel geträumt hatte.

Meine Münchner Pflichten nahmen mich wieder fest in den Griff. Die politischen Themen, die Anfänge einer neuen Ostpolitik der Großen Koalition, die Studentenunruhen, der Vietnamkrieg der Amerikaner und das Ende des Prager Frühlings, machten sich auf meinem Zeichentisch breit.

Bei den Sommertagungen des Politischen Clubs in Tutzing ergaben sich aufschlußreiche Begegnungen mit Parlamentariern aus den Parteien, bei gutem Wetter im Park, planschend im Starnberger See, bei den Diskussionen in der Rotunde und nach dem offiziellen Teil in den behaglichen Räumen oder im rustikalen Keller des Schlosses. Da zeigte sich Erich Mende als bemühter Demokrat, der immer noch einen imaginären Waffenrock mit dem Ritterkreuz am Kragen trug, und Egon Bahr, ein beachtlicher Pianist, der die Klaviatur der Politik mit sensiblem Fingerspitzengefühl und präzis, aber auch mit träumerischen Passagen bespielte. Mit Willy Brandt leerte ich einige Flaschen Rotwein und versuchte Einblicke in seine mobile, polymorphe Seele zu gewinnen und sein Wesen zu begreifen. Ich verglich ihn mit F.J. Strauß, der ihn nicht leiden mochte, und ich glaubte auch den Grund dieser Abneigung zu wissen. F.J. Strauß, seiner Intelligenz und seines hirschledernen Charismas sicher, und Willy Brandt, der Bedächtige, der als Emigrant von Skandinavien aus die Deutschen beobachtet hatte und in die zerstörte Heimat zurückgekommen war, um an einem demokratischen Aufbau mitzuarbeiten. F.J. Strauß mit der großen Pauke und Brandt mit der Schalmei – das konnte keinen Gleichklang ergeben. Auch das Lachen der beiden war aufschlußreich. F.J.S. lachte mit vollem Körpereinsatz und hellem Schmettern und machte seine Umgebung nieder; ganz anders Brandt, den es vor Lachen schüttelte, weil er aus seiner Freude kein Posaunensolo machen wollte und lieber auf akustischen Terror verzichtete.

Meine Begegnung mit Heinrich Lübke wurde zu einer Besinnungsstunde, die meinem blanken Gewissen Flecken machte. Bei seiner Mutation vom Landwirtschaftsminister zum Bundespräsidenten hatte ich bereits meine Feder in scharfe Satire getaucht, und das blieb auch während seiner Amtszeit so. Intellektuelle Brillanz und glanzvolles Auftreten ersetzte Lübke durch Harmlosigkeit und redliche Arbeit, im Schatten seiner First Lady Wilhelmine. Aber er hatte Anstand, und das war in der politischen Arena selten. Als er bei der Vorstellung meinen Namen hörte und mich als den Spötter der *Süddeutschen Zeitung* identifizierte, schürzten sich tiefe Kummerfalten in seinem freundlichen Gesicht. Da kam ich mir recht schäbig vor und zeigte schleunigst respektvolles Verständnis für die schwere Last seines hohen Amtes. Dabei versuchte ich meinerseits kummervoll dreinzuschauen und sah, wie sich sein Gesicht glättete. Offen gestanden war und blieb dies jedoch der einzige Fall von Zerknirschung bei meiner Jagd auf kapitale Politiker.

Der BDA war seit 1967 in eine intensive Diskussion um die Gründung einer Architektenkammer eingetreten. Anlaß war die Tatsache, daß bereits seit einigen Jahren in Baden-Württemberg, Rheinland-Pfalz, Saarland, Bremen und Hamburg Architektenkammern existierten. Außerdem hatten sich diese Körperschaften des Öffentlichen Rechts zu einer Bundesarchitektenkammer zusammengeschlossen. Die Architekten, oft genug im Spreizschritt zwischen Ethik und Monetik, waren aufgerufen, die Kultur der Gestaltung, die Architektur in Stadt und Land, in der Konkurrenz mit den Mächten des Marktes und gegen die absolute Dominanz der Profitplanung zu vertreten. Diese Aufgabe konnte eine Körperschaft des Öffentlichen Rechts mit gesetzlichem Auftrag wohl besser wahrnehmen als ein eingetragener Verein freischwebender Baukünstler. Also wurde ich aus einem BDA-Saulus zu einem Kammer-Paulus und stand sogleich in einer fundamentalen Auseinandersetzung über die künftige Form der Kammer. Sollte es eine »kleine Kammer« werden, in der nur die freischaffenden Architekten vertreten sein sollten, oder eine »große«, die alle Architekten, auch die angestellten, beamteten und die gewerblich Tätigen, als Mitglieder unter ihrem Dach versammeln sollte? Als satirischer Zeichner und politischer Beobachter seit zwanzig Jahren wußte ich genug von den Entwicklungen der Gesellschaft und ihrer Potentiale. Es mußten Nägel mit Köpfen gemacht werden, deshalb kämpfte ich für die große Kammer. Nur sie konnte für alle Architekten die legale Repräsentanz sein. Und nur so war es möglich, in den Auseinandersetzungen, aber auch in der Zusammenarbeit mit Organisationen, Parteien und der Staatsmacht eine geschlossene Architektenmeinung einzubringen. Der Streit in kleinen Zirkeln und großen Zusammenkünften nahm zuweilen alttestamentarische Formen an. Das kostete mich viel Kraft und trieb mir oft die Galle ins Blut, daß ich gelb im Gesicht war wie ein Rikschakuli.

Bei den Verbänden ergab sich dann doch eine Mehrheit für die große Kammer, und der Bayerische Landtag beschloß die gesetzliche Form dieser Architektenkammer mit dem Vorbehalt, daß den

Mitgliedern der Kammer keineswegs allein das Planvorlagerecht zustünde. Bislang hatte es keine Vorschriften für die Qualifikation von Planfertigern gegeben, die eine Genehmigung von Bauprojekten beantragten. Das führte oft, besonders in ländlichen Gegenden, zu fragwürdigen Architekturen und Verschandelungen der gebauten oder gewachsenen Umgebung. Viele Bauunternehmer hatten zu ihrem Bauangebot auch gleich die Pläne geliefert, sozusagen als Dreingabe, was den Eindruck einer Gratisleistung erweckte. In dieser Grauzone tummelten sich Bauzeichner, Techniker im Hoch- und Tiefbau und Raumausstatter, deren Pläne in kleinen Bauämtern von gleichgesinnten Angestellten genehmigt wurden. Im Laufe von Jahrzehnten hatte die normative Kraft des Faktischen einen festen Besitzstand gebildet, der von der Mehrheit im Landtag toleriert wurde. Wir mußten diese Kröte schlucken, um bei der Gesetzgebung für das Bauwesen, beim Erlassen von Bauordnungen, bei der Honorar- und Gebührenordnung und beim Wettbewerbswesen als gesetzliche Partner mitwirken zu können.

Am 30. September 1970 wurde vom Innenminister die Gründungsversammlung aller Architekten in den Verbänden oder Vereinen einberufen. Als der Gründungsausschuß und der Vorstand gewählt werden sollten, kam ich als langjähriger Vorsitzender des BDA schwer unter Beschuß. Man sprach mir aufgrund meines angeblich kämpferischen Verhaltens die Fähigkeit zu friedlichen Kompromissen ab. Zudem befürchteten auch viele die Dominanz des BDA, der bei den übrigen Gruppierungen den Ruf einer hochnäsigen Elite hatte. Mit knapper Not wurde ich in den Ausschuß gewählt, schaffte den Sprung in den Vorstand und wurde sogar zum Vorsitzenden bestimmt. Als Leiter der neuen Geschäftsstelle wurde der bisherige Geschäftsführer des BDA, Wolfgang Pöschl, bestellt. Mit seinen exzellenten juristischen Kenntnissen, seinem analytischen Verstand, mit diplomatischem Geschick und mit seinen gesellschaftlichen Kontakten war er vom ersten Tag an der zuverlässige Steuermann unseres Architektendampfers. Nach einem Jahr der Orientierung stand die Wahl zur ersten Vertreterversammlung, dem Parlament der Architekten, an.

Aber bevor es soweit kam, wurde der Spielplan der Bonner Bundesoper umgestoßen, und im Programm stand, wie ich es in einer Karikatur vom 4. 10. 69 darstellte, »Die Macht des Schicksals«. Und das kam nicht von ungefähr. Mit Hilfe der FDP, die mit Macht zu neuen Ufern wollte, wurde Anfang Juli Gustav Heinemann zum Bundespräsidenten gewählt, als Brautgeschenk für eine sozial-liberale Koalition. Die Wahlen zum Deutschen Bundestag machten diesen Umbruch mit ihrem Ergebnis möglich. Obwohl die Wortführer von CDU und CSU mit verlockenden Angeboten an die SPD eine Brücke zu einer neuen großen Koalition schlagen wollten, ließen sich Willy Brandt und Walter Scheel nicht davon abbringen, gemeinsam das Abenteuer eines politischen Richtungswechsels zu wagen. Nach der aufregenden Begegnung zwischen Willy Brandt und Willi Stoph in Erfurt, die einen Schimmer Hoffnung auf Erleichterungen für die getrennten Menschen ahnen ließ, reiste Walter Scheel nach Moskau zu Verhandlungen mit seinem Kollegen Gromyko über einen Gewaltverzicht. Die Gespräche waren schwierig.

Ich zeichnete eine Karikatur mit dem Titel »Moskauer Klima«. Walter Scheel, Egon Bahr und einige Helfer hocken und liegen fröstelnd auf einem typischen russischen Ofen. Gromyko steht mit einem Arm voll Holz in der offenen Türe und fragt: »Soll ich noch ein bißchen nachlegen?« An einem Samstag erschien die Karikatur in der *Süddeutschen Zeitung*. Am Dienstag darauf rief mich der Sprecher des Auswärtigen Amtes in Bonn an. Er bitte um das Original der Samstagskarikatur. Der Außenminister Scheel habe aus Moskau angerufen und um schnelle Übermittlung gebeten. In einer Blitzaktion wurde das Blatt in einem repräsentativen Passepartout per Kurier nach Moskau gebracht. Walter Scheel erzählte mir später das Schicksal meiner Karikatur: Nach zähen Verhandlungen zeigte Scheel am Montag meine Karikatur seinem russischen Kontrahenden mit der Bemerkung: »So sieht man in der Bundesrepublik unsere Situation.« Gromyko habe die Karikatur lange betrachtet und dann gesagt: »Das ist die intelligenteste Karikatur, die ich jemals gesehen habe.« Er, Scheel, habe ihn daraufhin gefragt, ob er das Original haben möchte. Am Donnerstag konnte er dann beim abschließenden Gespräch in der Datscha seinem schwierigen Kollegen mein Original überreichen.

Der Süddeutsche Verlag brachte 1971 ein Buch heraus, das von

27 Politikern der nationalen und internationalen Klasse Porträts, Karikaturen und von jedem dessen Meinung über Karikaturen sowie ein Autogramm enthielt. Ich war auf die Idee gekommen, weil mich die Vorstellung reizte, auf diese Weise 27 Psychogramme entstehen zu lassen. Bis auf Pompidou waren alle Eingeladenen zur Mitarbeit bereit. Mich freuten die Zusagen von Richard Nixon, Harold Wilson, Edward Heath, des Herzogs von Edinburgh und von Bruno Kreisky. Nur Heath knurrte über sein Konterfei, das ihn mit bloßem Oberkörper zeigt, auf den die EWG als nackte Schönheit mit einem Schriftband tätowiert ist. Aber mir war bis dato nicht bekannt gewesen, daß der musische Prime Minister nic ein großer Freund weiblicher Schönheit war.

In diesem Jahr bekam auch mein Familienleben einen farbigen Akzent. Meine zweite Tochter Michaela, begabt und phantasievoll, immer von ungewöhnlichen Ideen bewegt und gerade auf dem Weg, eine engagierte Ärztin zu werden, sagte mir, daß sie heiraten wolle. Das Besondere war der Mann ihrer Wahl. Es war ein Afrikaner, ein Arzt aus Ghana, der seit Jahren in Deutschland arbeitete und lebte. Das war für mich eine Herausforderung. Ich mußte zu einer klaren Meinung finden. Alle Väter von Töchtern müssen damit rechnen, daß einmal ein Mann präsentiert wird, ein erfolgreicher, ein braver, ein schöner, ein reicher, ein ganz einfacher oder ein Mißgriff – aber alle waren aus heimischen Gefilden und hatten vor allem eine weiße Haut. Hier mußte ich mich einem Problem stellen, und das war nicht einfach. Nach meiner Ansicht ist der Charakter eines Mannes nicht von seiner Hautfarbe geprägt, wohl aber von seiner Herkunft und Tradition. Ich riet ihr deshalb nach Ghana zu fliegen, die Familie von Ike Adomakoh kennenzulernen und sich einen Eindruck zu verschaffen. Wenn sie dann sagen könnte, daß der Mann aus diesem Kulturkreis für sie der Richtige sei, dann sollte er mein Schwiegersohn werden. Meine Frau dachte genauso, und Michaela machte den afrikanischen Test.

Und es war wirklich ein Test, denn die Familie Adomakoh vom Stamme der Ashanti, die seit Generationen die Könige an der Goldküste stellten, war von der Absicht des jüngsten Sohnes, eine Weiße aus Europa zu heiraten, keineswegs begeistert. Nach drei Wochen aber war Michaela von der stolzen Familie angenommen, und sie war sicher, daß ihre Entscheidung richtig war. Wir waren also mit der Verbindung einverstanden. Heute, fast dreißig Jahre später, kann ich mit meiner schönen farbigen Enkeltochter Valerie, die selbst auch Ärztin geworden ist, über Gott und die Welt diskutieren. Sie und ihre zwei begabten milchkaffeefarbenen Geschwister sind der Beweis für die Richtigkeit einer mutigen Entscheidung in einer Zeit, in der hierzulande die Rassenfrage immer noch Anlaß für die Polemik unverbesserlicher Politiker ist.

Anfang Dezember 1970 reiste Willy Brandt nach Warschau, um dort den Vertrag über die Normalisierung der Beziehungen zwischen Polen und der Bundesrepublik Deutschland abzuschließen. Zum Programm des Staatsbesuchs gehörte auch ein Besuch des Denkmals für die Opfer des Nationalsozialismus im Ghetto. Den Bericht darüber im Fernsehen werde ich nicht vergessen. Unter den Augen düster blickender Polen kniete der deutsche Bundeskanzler vor dem Denkmal nieder. Er verharrte so, mit gesenktem Kopf, die Hände ineinandergelegt, als wäre er selbst ein Teil dieses Denkmals. Dieser Anblick jagte mir ein Gefühl durch die Brust, daß jedes Denken versagte und nur Andacht blieb. Dann durchströmte mich eine heiße Welle der Dankbarkeit, und mir wurde bewußt, daß Willy Brandt mit dieser Geste bei vielen Opfern der Deutschen den Panzer von Leid und Rache aufgebrochen hatte. Um so hämischer fand ich die Kritik bornierter Nationalisten.

Der ORF hatte im Sommer 1971 die Idee, drei Fernsehsendungen zu produzieren, bei denen die Karikaturisten Mittelpunkt eines Unterhaltungsprogramms sein sollten. Die Sendung hieß »Zeichner bitten zum Variété«, und dafür wurden Fritz Behrendt aus Amsterdam, Gustav Peichl aus Wien und ich aus München engagiert. Die Attraktion beim »Variété« waren Caterina Valente, Juliette Greco und Hana Hegerova. Ich sollte auch den Part der Moderation übernehmen. Die Sendungen mit den vorangegangenen Proben waren auch für uns, die Akteure, sehr unterhaltsam. Ich bekam einen mächtigen Respekt vor den Diseusen, vor ihrer Begabung, ihrer Kunst und ihrem Charme. Juliette Greco entpuppte sich als flotte Zeichnerin. Ich konnte sie sogar überreden, ihren Staatspräsidenten de Gaulle lebensgroß an die Wand zu zeichnen, wobei sie ungewöhnlich lange und genüßlich bei seiner monumentalen Nase verweilte.

Dann wurden 1972 in München, das einen kräftigen Entwicklungsschub erlebt hatte, die Olympischen Spiele eröffnet. Alle Bauten waren rechtzeitig fertiggestellt, und das Wetter am Eröffnungstag gewann die erste Goldmedaille. Für mich wurden die Spiele zu einem spannenden Experiment. Der Chefredakteur der großen Zeitung *Asahi Shimbun*, die in Tokio mit 2,5 Millionen Exemplaren erscheint, lud mich ein, während der Spiele täglich eine Karikatur zu zeichnen. Ich entschloß mich, auf das Angebot einzugehen, weil ich darin einen Test für mich sah. Jeden Tag ein Blatt zu liefern mußte an die Grenze der Leistungsfähigkeit gehen. Wir verabredeten täglich um 19 Uhr ein Telefonat mit meinem exzellent Deutsch sprechenden Auftraggeber. Dabei sollte er mir sagen, welche Wettkämpfe für die japanischen Leser besonders interessant seien. Mit dieser Information konnte ich die Karikatur erfinden und zeichnen. Um 22 Uhr mußte ich das fertige Exemplar einem Boten übergeben, der die Zeichnung per Motorrad in die japanische Redaktion im Olympischen Pressezentrum zu transportieren hatte. Von dort wurde das Original nach Tokio gefunkt; drei Stunden später war meine Zeichnung gedruckt im Straßenverkauf. Das war phantastisch. Aber das bedeutete auch, daß ich alle Kämpfe am Bildschirm verfolgen mußte, ein Besuch im Stadion war nicht möglich.

Bei der Eröffnung der Spiele fing der Reporter die prominenten Besucher unter dem transparenten Zeltdach ab und fragte sie nach ihrem Eindruck von dieser Architektur. Gustav Heinemann, der die Spiele zu eröffnen hatte, schaute sich um und sagte: »Großartig, ich freue mich auf meinen Beitrag«, lächelte und ging ohne theatralische Geste zu seinem Platz. Nach ihm trat F. J. Strauß, nun nicht mehr Bundesfinanzminister, aber immer noch Vorsitzender der Olympia-Baugesellschaft, vor die Kamera. Auf die Frage des Reporters jubelte F. J. S. bildfüllend und mit blitzenden Zähnen: »Fabelhaft, eine Meisterleistung – und ich habe es gegen alle Widerstände durchgesetzt.« Dabei schaute er beifallheischend um sich. »Schlawiner!« entfuhr es mir spontan vor dem Bildschirm, denn ich wußte es anders.

Die Spiele begannen strahlend und heiter und boten fabelhafte Leistungen, bis sie nach dem furchtbaren Terroranschlag auf die Israelis einen Augenblick lang über einem schwarzen Abgrund hingen. Der steifnackige alte IOC-Präsident Brundage durchbrach die Lähmung der Welt mit dem Auftrag »The games must go on«.

Der Süddeutsche Verlag beschloß eine Wanderausstellung der besten Karikaturen der SZ-Zeichner. Das waren damals die unheiligen Sieben: Gabor Benedek, Pepsch Gottscheber, Ernst Hürlimann, Ironimus, E. M. Lang, Marie Marcks und Luis Murschetz. In einer sehr animierten Sitzung tauften wir die Ausstellung »Karikade« und trafen gemeinsam die Auswahl der besten Blätter. Dann tingelten wir damit durch die Bundesrepublik, von München über Bonn, Berlin, Hamburg, zu Rosenthal in Selb, nach Wien, Oslo und Kopenhagen und hatten damit nicht nur großen Erfolg, sondern auch ein hochkarätiges Vergnügen. Da wir Zeichner das fahrende Volk des Journalismus darstellen, war uns als Garant der Seriosität auch jeweils ein namhafter Leitartikler oder Kommentator beigegeben. So steuerte uns der große Immanuel Birnbaum durch Kopenhagen und Oslo, der Landessprache mächtig und souverän im Auftreten. Immanuel war immerhin schon 83 Jahre alt, aber an Witz und Spontaneität uns allen überlegen.

Bei unserem Auftritt in Wien ließ es sich Bundeskanzler Kreisky nicht nehmen, unser lockeres Team in der »Burg« zu begrüßen und uns als Modell zur Verfügung zu stehen. Das geschah dann sehr unkonventionell in der traditionsreichen Gaststätte »Pfalzhof« in Klosterneuburg und ging als »Jaus'n« weiter, vom grünen Veltliner befeuert, bis es über dem Kahlenberg schon wieder hell wurde. Um Mitternacht verkündete mir die Wirtin, daß ich soeben den Rekord des ehemaligen Bundeskanzlers Leopold Figl in der Bewältigung des Grünen Veltliners gebrochen hätte. Seinen 20 Vierteln setzte ich noch eines drauf. Das war ein Höhepunkt von etwas zweifelhafter Qualität, aber ich habe den Beifall meiner zeichnenden Kumpane in aufrechter Haltung als schräge Ovation akzeptiert.

Im Frühjahr 1973 legte mir meine tüchtige Sekretärin Erika Vossen mit dem Augenaufschlag eines Weihnachtsengels einen Brief der Bayerischen Staatskanzlei vor, in dem mir mitgeteilt wurde, daß mir der Herr Ministerpräsident Dr. Alfons Goppel den

Bayerischen Verdienstorden verliehen habe. Zeit und Ort der feierlichen Verleihung waren angegeben. Auf der Stelle diktierte ich ein Schreiben an den Ministerpräsidenten, in dem ich ihm mitteilte, daß ich diese hohe Auszeichnung nicht annehmen könne. Der Orden würde wegen hervorragender Verdienste um den Freistaat Bayern und das bayerische Volk verliehen. Wenn ich als politischer Zeichner und satirischer Kritiker der Staatsregierung diesen Orden annehmen würde, dann entstünde in der Öffentlichkeit der Eindruck, daß ich für verdienstvolles Wohlverhalten ausgezeichnet würde. Damit wären aber meine Unabhängigkeit und meine Glaubwürdigkeit in Frage gestellt. Ich bäte um Verständnis für meine Entscheidung ... etcetera, etcetera.

Meine Ablehnung schlug in der Staatskanzlei wie eine Bombe ein. Fünf Jahre lang war mir der leutselige, freundliche Goppel bitterböse und schnitt mich, wenn wir zufällig einmal zusammentrafen. Erst 1978 in Moskau reichte er mir wieder die Hand. Aber das ist eine andere Geschichte.

Als erfrischender Kontrast zu den Anstrengungen und Sorgen in meinen Berufen wirkte meine regelmäßige Mitarbeit beim Bayerischen Fernsehen. Meine »Politische Drehbühne« war bei den Zuschauern beliebt, und für ein Intermezzo von drei Jahren war ich als Rechtshänder mit Ernst Hürlimann, dem Linkshänder, in der Sendung »Der doppelte Ernst« zusammengespannt. Dabei zeichneten wir von links und rechts gleichzeitig aufeinander zu und überraschten die Zuschauer mit einer gezeichneten Schlußpointe. Aber, was so locker aussah, war eine Schweinearbeit, die zum Glück Spaß machte. Meine Tele-Heimat war die Abendschau und die Sendung »Unter unserem Himmel«. Alle Mitarbeiter unter der Leitung des ideenreichen und sensiblen Heinz Böhmler waren ungewöhnliche Typen, begabt, risikofreudig und unangepaßt. Ihre Sommerfeste in besonders schöner Landschaft, an einem See oder Fluß waren fabelhaft vorbereitet und, unter Einbeziehung aller Attribute von Romantik, Sport, Poesie und herrlicher Freßlust und Weinseligkeit am offenen Feuer, unvergeßliche Aufführungen. Nur ein einziges Mal hatte ich ernsthaften Knatsch mit dem Sender, als der damalige Chefredakteur Hammerschmidt eine Ballade mit sechs Bildern aus politischen Gründen ablehnte. Das war gerade eine Stunde vor der Sendung. Eine Änderung meines Parts lehnte ich ab, packte meine Utensilien zusammen und ging, ohne Rücksicht auf das Programm, in dem mein Ausfall ganz schnell mit einer Konserve repariert werden mußte. Drei Monate streikte ich, bis der Rundfunkrat seinen stellvertretenden Vorsitzenden Ernst Müller-Meiningen als Parlamentär zu mir schickte. Er, noch dazu mein Freund, führte mich wieder ins Studio zurück, das mir schon richtig gefehlt hatte.

Nach den Olympischen Spielen wurde das Hacker-Zentrum auf der Theresienhöhe vollendet, für das ich vor drei Jahren den Auftrag bekommen hatte. Das Bauprogramm war ungewöhnlich kompliziert. Wohnen, Supermarkt, Hotel und Gastronomie mußten zu einem funktionierenden Organismus zusammengeführt werden. Die Versorgungstechnik nahm einen großen Raum ein, und das Parkproblem mußte in einer zweigeschossigen Tiefgarage gelöst werden. Da war das gute Arbeitsklima in meinem Team, koordiniert von dem phantasievollen, zuverlässigen Claus von Bleichert und angefeuert von dem risikofreudigen Gernot Car, Voraussetzung für die Bewältigung der unvermeidlichen Probleme. Mit einem eindrucksvollen Modell der Gesamtanlage im Maßstab 1:50 konnte ich meine Plädoyers vor der Kommission für Stadtgestaltung und im Stadtbauamt unterstützen. Nach der Fertigstellung der Gesamtanlage war ich im großen und ganzen zufrieden, hätte manches Detail wohl auch gern anders gemacht, aber daß wir bei einer Bausumme, die mit 92 Millionen DM veranschlagt war, zwei Millionen eingespart hatten, das haben nur die Buchhalter gerühmt. Für die Feuilletons ist so etwas uninteressant.

Die ersten Wahlen für die Vertreterversammlung der Architektenkammer nach dem Gründungsjahr ergaben eine Mehrheit für den BDA, mit Abständen gefolgt von weiteren sechs Gruppierungen. Die Versammlung wählte mich mit siebzig Stimmen zum Präsidenten, vor meinem Konkurrenten Erwin Schleich. Das war kein schlechter Anfang, und nach wenigen Monaten erwies sich der Vorstand trotz grundverschiedener Temperamente als entschlußfreudiges Team. Besonders apart war der Umstand, daß Heinz Feicht, der technische Direktor der Neuen Heimat, der mir bei der Gründungsversammlung die Fähigkeit zu Kompromissen abgesprochen hatte, nun als Vizepräsident den Platz an meiner Seite einnehmen mußte. Die originellste Figur in der neuen Geschäftsstelle war der geistreiche und erfinderische Dr. Rolf Fehlbaum, der als Referent für Aus- und Fortbildung auch für Vorträge und öffentliche Veranstaltungen zuständig war. Mit seinen langen Haaren, dem Schnurrbart, den runden Augengläsern und im Winter mit dem fast bodenlangen Pelzmantel, einem Schnäppchen von einem holländischen Flohmarkt, sah er aus wie ein lediger Sohn des Grafen Tolstoi. Wir waren alle sehr traurig, als er uns nach zwei Jahren verlassen mußte, um nach Weil am Rhein zu gehen und dort die Leitung der Vitra-Werke zu übernehmen. Die vorbildlichen, modernen Einrichtungen aus den aktuellen Produktionen haben Weltruf. Außerdem ist es ihm gelungen, den berühmten amerikanischen Architekten Gehry für den Entwurf seines Ausstellungsgebäudes zu gewinnen. Heute ist Rolf Fehlbaum der Guru in seinem Wallfahrtsort für Architekten.

Der Vorsitzende der Jüdischen Kultusgemeinde in München, Dr. Hans Lamm, sagte sich bei mir im BBZ zu einem Gespräch an. Das war nichts Ungewöhnliches. Wir pflegten seit Jahren eine gute Verbindung, voller Respekt und Sympathie. Lamm erzählte von der Absicht der Kultusgemeinde, in ihrem Zentrum an der Reichenbachstraße eine Gedenkstätte zu errichten. Dazu erbat er von mir, dem Fachmann, einen Rat. Die Frage brachte mich spontan auf eine Idee. Die Holz- und Steinbildhauer der Meisterklassen könnten diese reizvolle Aufgabe als Gemeinschaftswerk angehen. Der Entwurf für die Gedenkstätte sollte in einem internen Wettbewerb gefunden werden. Zur Vorbereitung sollten Vertreter der Kultusgemeinde ein Symposium mit den jungen Leuten veranstalten und dort die Vorstellungen aus der Sicht der jüdischen Zeitzeugen diskutieren. Ich sah darin eine Möglichkeit, junge Deutsche mit jüdischen Überlebenden ins Gespräch zu bringen – in einer eindrucksvollen Form aktuellen Geschichtsunterrichts.

Lamm und die Kultusgemeinde stimmten meiner Idee begeistert zu. Die Begegnung zweier Welten auf dem Symposium war sehr bewegend – eine tastende Annäherung der vom Schicksal geprägten alten Männer an die wachen, aber etwas scheuen Meisterschülerinnen und -schüler. Mit Informationen, die sie so noch nie erfahren hatten, gingen die jungen Leute an die Arbeit. Nach vier Wochen lagen sieben Entwürfe zur Beurteilung durch eine gemischte Jury vor, lauter ernsthafte, überlegte Arbeiten. Ausgewählt wurde eine Arbeit mit dem Titel »Das ewige Jerusalem«, eine kreisförmige, burgartige Stadtstruktur, mit Salomons Tempel in der Mitte, in lebhafter Formgebung aus der Steinwand zu schlagen, dazu der passende Text in hebräischer Schrift. Das gelungene Werk wurde als Meisterstück von der mit dem Wettbewerb nicht befaßten offiziellen Meisterprüfungskommission der Innungen anerkannt.

Mit meinem Kollegen und Freund Richard Heller hatte ich für den jüdischen Geschäftsmann Henry Meiteles ein Geschäftshaus mit Restaurant und ein Hotel geplant; diesem Auftrag folgte eine Reihe von Bauvorhaben für Geschäftsfreunde des zufriedenen Meiteles. In Waldperlach planten wir eine Siedlung mit einem Einkaufszentrum und freuten uns über die einvernehmliche Zusammenarbeit mit unseren Auftraggebern. Meiteles, Saphir und Graubart hatten unter schrecklichen Umständen und mit viel Glück das KZ überlebt. Nun bauten sie mit bewundernswerter Energie in München eine neue Existenz auf. Durch ihren korrekten Umgang mit Verträgen unterschieden sie sich vorteilhaft von manchen »eingeborenen« Unternehmern.

Vor Ablauf seiner Amtszeit 1974 lud Bundespräsident Heinemann die politischen Karikaturisten der Bundesrepublik zu einem Abendessen in die Villa Hammerschmidt, seine Residenz in Bonn, ein. Etwa 25 Typen, sonst locker und unkonventionell, rückten in mäßiger Ordnung in gedeckten Anzügen und mit ungewohnten Krawatten um die lufthungrigen Hälse an. Die Tafel war festlich gedeckt; auf der einen Seite, in der Mitte, hatte Heinemann Platz genommen, ihm gegenüber seine Frau Hilda. Bedienstete in weißen Handschuhen sorgten für Speisen und Getränke. Heinemann hielt eine gescheite, witzige Rede, und ich, von meinen Kollegen genötigt, antwortete, wie man es von einem Karikaturisten erwarten konnte. Die Künstler griffen kräftig zu und spülten fleißig nach. Gespräche kreuzten sich über dem Tisch, der Bundespräsident fühlte sich sichtlich wohl. »Wer kann mir sagen, was ein Karikaturist eigentlich ist?« rief Heinemann in die animierte Runde. Wenige Sekunden später antwortete unser Berliner Kollege »Ane«, wie Arno Neßlinger genannt wurde, mit deutlichem Schnapstriller: »Ach, Herr Bundespräsident, wir Karikaturisten sind die Cowboys der Kunst.« Wir ließen, Heinemann eingeschlossen, unseren schnellen Kollegen hochleben.

In die Reihe erfreulicher Ereignisse platzte eine Vorladung vor Gericht. Der ehemalige Staatssekretär Friedrich Vialon ließ durch seinen Anwalt Klage gegen mich wegen Beleidigung und Verleumdung einreichen. Vialon war 1941 als Ministerialrat im Reichsfinanzministerium nach Riga abgestellt, um dort Besitz und Wertsachen von »verstorbenen« Juden zu registrieren. In Wahrheit waren diese Menschen von SS- und Sicherheitskräften ermordet worden. In einem Kriegsverbrecherprozeß hatte er als Zeuge unter Eid ausgesagt, daß er von der Judenvernichtung nichts gewußt habe. Weil er aber auf Grund seiner Dienststellung davon hätte wissen müssen, wurde er Jahre später wegen Meineids angeklagt. Vialon wurde freigesprochen, weil man ihm nicht nachweisen konnte, daß er von der Ermordung der Juden gewußt hatte. Dieses Urteil hielt ich für einen Skandal. Ich zeichnete also den NS-Beamten, wie er gerade Pretiosen registriert, die ihm der Tod in SS-Uniform auf den Tisch schüttet.

Dem Vernehmungsrichter, einem sachlichen jungen Mann, schilderte ich meine Motive und die Aussagen von ehemaligen Einwohnern Rigas, die meine Karikatur gesehen hatten und mir versicherten, daß damals die Tatsache der Judenvernichtung in Riga »die Spatzen von den Dächern gepfiffen« hätten. Drei Wochen später wurde mir mitgeteilt, daß gegen mich kein Verfahren eröffnet würde. Das war eine schwache Genugtuung. Mein Zorn auf Adenauer, der keine Skrupel bei der Einstellung von Nazis in hohe Stellungen seiner Regierung gehabt hatte, konnte sich nun doch nicht an einem dieser »Schreibtischtäter« entladen.

Zwei Architekturprojekte betrieb ich mit besonderer Hingabe. In der Parkstadt Solln baute ich ein geistliches Zentrum, in dem die katholische Kirche St. Ansgar mit der evangelischen Kirche St. Petrus eine einzige Baugestalt bilden sollte. Und am Nordrand von Forstenried entstand eine Siedlung mit drei Wohnhöfen zu je hundert Wohnungen.

Zum geistlichen Zentrum gehörten noch Pfarrhaus, Gemeindesaal und Kindergarten. Für beide Kirchen entwarf ich über den Räumen mit den Altarinseln offene Dachstühle in Holz. Die Planungen wurden bis ins Detail mit den Pfarrgemeinderäten beider Konfessionen diskutiert, mit den Pfarrern als Moderatoren. Mit den katholischen Pfarrern gab es einige Irritationen. Der erste beschloß während der Planung, mit seiner Sekretärin ein weltliches Leben zu beginnen. Der zweite, ein musischer junger Idealist, der eine lebendige Jugendgruppe aufgebaut hatte, ließ sich in den Laienstand zurückversetzen und wurde Religionslehrer in meinem BBZ. Der dritte, ein ländlich geprägter, kluger und musikalisch versierter Mann, blieb seinem geistlichen Beruf und seiner Gemeinde treu. Mit seiner modernen Einstellung war er ein Gesprächspartner, mit dem ich gern diskutierte. Der evangelische Pfarrer war mein verläßlicher Ansprechpartner; er war vom Zölibat nicht betroffen und mit Gott, der Welt und sich selbst in Übereinstimmung. Als Bildhauer konnte ich für die katholische Kirche den ursprünglichen, phantasievollen und philosophischen Blasius Gerg

Buchhalter des Todes

Vialon: »Mir war amtlich nichts bekannt ...«
17.4.71

gewinnen, über dessen Altarinsel und Stele auf dem Platz vor der Fassade in mir immer wieder ein Glücksgefühl aufsteigt. Auch in der evangelischen Kirche hat der Bildhauer Fromm ausdrucksstarke Arbeit geleistet. Beide Kirchen sind von den Gemeinden angenommen worden und erfüllen ihren Zweck. Sie sind ein geistliches Zuhause, und die Menschen fühlen sich in ihnen geborgen.

Die Planung für die Wohnsiedlung fiel in die Zeit, in der meine Kinder selbständig wurden, heirateten, studierten oder ihrem Beruf nachgingen. Das Haus, für sieben Kinder geplant, war leer geworden, und die Seele schlotterte in ihm. Und nun plante ich die Wohnhöfe in vorzüglicher Lage, am Südrand der Stadt gelegen und zum ehemaligen Dorf Forstenried gehörig, das älter als München ist. Die Wohnhöfe, hufeisenförmig angelegt, mit aufsteigenden Geschossen und je einem Penthouse auf der obersten Decke, garantieren ein angenehmes Wohnklima. So ein Penthouse mit Dachterrasse und umlaufendem Balkon brachte mich auf die Idee, hier einen neuen Lebensraum zu finden. Meine Frau und ich faßten einen Plan, der für uns schicksalhaft war. Wir beschlossen den Besitz an der Watteaustraße zu verkaufen und dafür ein Penthouse zu erwerben. Wir zogen in das Penthouse im vierten Obergeschoß, mit einer unverbaubaren Grünfläche im Süden, die sich bis zum Forstenrieder Park erstreckt. Jetzt kann ich bei gutem Wetter die Zugspitze sehen und vor ihr den blauen Buckel mit dem »Ettaler Mandl«. Ich kann bis nach Hause schauen, in mein Kindheitsparadies – beste Voraussetzungen für einen schönen Alterssitz.

Seit Beate Uhse und spätestens seit Oswald Kolle gibt es Informationen, Landkarten und Michelins für den aufregenden Erdteil »Sexualica«, der zwar seit einer Million Jahren eine überwältigende Attraktion darstellt, aber immer noch weiße Flecken aufweist. Dieser Zustand wurde besonders bedenklich, als sich im Zuge einer immer lautstärker vorgetragenen Forderung nach Beseitigung aller Tabus und der Vertreibung bürgerlichen Muffs der Gesetzgeber, der Bundestag, genötigt sah, die offenbar obsoleten Sexualgesetze und das Strafmaß zu reformieren. Die Aktionen im Hohen Haus machten auf mich oft einen recht verklemmten, hilflosen und komischen Eindruck. Die Freigabe der Pornographie, die Lockerung des Jugendschutzes im Fernsehen und die Beseitigung der Wachtposten an der Schamgrenze wurden mit scheinheiliger Leidenschaft diskutiert.

In meiner Karikatur vom 3.2.73 zeigte ich die Konsequenz der totalen Befreiung von Textilien auf. Ich zeichnete den Bundesadler an der Stirnseite des Plenums, von allen Federn entblößt, als fetten Kerl mit marginaler Manneszier und davor das Präsidium – wie in einer Sauna. Kurze Zeit später begegnete ich bei einer Veranstaltung in Bonn der Bundestagspräsidentin Annemarie Renger. Als ich ihr vorgestellt wurde, stutzte sie, erinnerte sich auch gleich an ihr Oben-ohne-Konterfei und sagte mit strafendem Unterton: »Sie haben mich in der SZ nackt dargestellt«. Dann fuhr sie fort, »aber man hat mir gesagt, daß sie mir einen hübschen Busen gezeichnet hätten«. Ich beugte mich vor und deutete einen Blick in ihr Dekolleté an: »was ich schon vorher wußte«. Dann stießen wir auf die Phantasie eines Karikaturisten an, die eine Lokalbesichtigung überflüssig machen kann.

Sex im Bundestag

Das Nackte, absolut erlaubt, hat oft die Illusion geraubt.

3.2.73

Im Juni 1976 erschien unter dem Titel »Der schwarze Riese« ein Band mit Karikaturen von Helmut Kohl, den Fritz Molden im Bahnhof Rolandseck im Süden von Bonn präsentierte. Das aufgelassene Bahnhofsgebäude im Gründerzeitstil mit Blick auf den Rhein eignete sich vorzüglich für Ausstellungen und Symposien. Deshalb wurde die Buchpräsentation mit einer Ausstellung der Originale aus dem »Schwarzen Riesen« verbunden. Zum Auftrieb der kapitalen Politiker von CDU und CSU waren auch die Zeichner eingeladen. Zehn Minuten vor der Eröffnung verdonnerte Molden mich, als Vertreter der Zeichner, zu einer Rede. Gustav Peichl, der Herausgeber des Bandes und als Karikaturist unter dem Pseudonym »Ironimus« bekannt, sollte dabei die markante Staffage abgeben. In die große Versammlung mit den bekannten Gesichtern hinein hielt ich stehend freihändig eine Ansprache, gerade so respektlos und heiter, daß damit der Sinn der Karikatur charakterisiert wurde. Nach fünfzehn Minuten großer Beifall; der »schwarze Riese« trat auf mich zu und wollte das Manuskript sehen. Als ich keines vorweisen konnte, schleppte er mich – ungläubig – in die Runde seiner schwarzen Gesellen. »Der hat frei gesprochen, besser als wir das zusammen können«, lobte er mich, und ich ließ mir das von Gerstenmaier, Barzel, Biedenkopf und anderen Trabanten bestätigen. Dann begann eine lange Nacht. Die Debatten gewannen mit steigendem Alkoholpegel an Farbe und Lautstärke.

Ich hatte den Eindruck, auf einem Rad zu sitzen, das sich immer schneller drehte und das sich an den Rändern nach dem Gesetz der Fliehkraft allmählich auflöste. In der Mitte behauptete sich als unzerstörbare Nabe der »Schwarze Riese«, ohne eine Spur von Müdigkeit, während die mobilen, leichteren Körper nacheinander verschwanden. Am Ende traten wir zwei, Kohl und ich, mit gegenseitigem Respekt in den Morgen hinaus, und ich konnte nicht ahnen, daß ich ihn noch vierundzwanzig Jahre im Visier haben würde.

Meinen sechzigsten Geburtstag feierte ich mit einem Fest, das die Architektenkammer mit dem BDA und der *Süddeutschen Zeitung* in der Ägyptischen Sammlung in der Münchner Residenz ausgerichtet hatte. Nach den offiziellen Rednern, die milden Weihrauch mit frischem Lorbeer über die Versammlung schickten, hatte Helmut von Werz seinen umwerfenden Auftritt als ägyptischer Nikolaus, der dem jubilierenden Architekten-Pharao bildhaft die Leviten las. Ernst Hürlimann und Gabor Benedek warfen per Dia-Geber Karikaturen und Photos an die Wand, die den Jubilar auf seinem buckligen Lebensweg verfolgten und ihn damit ganz schön in Verlegenheit brachten. Als sich die Gratulanten, die Minister, Abgeordneten, olympischen Architekten, weltläufigen Journalisten und ganz normalen Freunde vor Lachen ausgeschüttet hatten, füllten sie an üppigen Marktständen deftiges Futter und köstliche Getränke nach. Es war ein rundes Fest. Das schönste Geschenk war für mich die Anwesenheit meiner 87-jährigen Mutter, die wach und strahlend die Gratulationen der staunenden Gesellschaft entgegennahm. Begleitet von einem Ständchen der flotten »Wolpertinger«, nahm ich ihr die Verpflichtung ab, mindestens noch so lange auszuhalten, bis sie sagen könnte »Mein Sohn, der Pensionist«. Sie versprach's und hat es gehalten, sie hat meinen Pensionstermin noch um zwei Jahre überschritten. Nach dem Fest sagte sie, fest an mich gelehnt: »Das war der schönste Tag in meinem Leben« – und ich hoffe, ich habe ihr damit etwas vom Kummer meiner frühen Jahre aufgewogen.

Die bayerische Architektenkammer, abgekürzt auch BYAK genannt, war inzwischen vom Prinzregentenplatz zum Bavaria-Ring umgezogen, in ein Haus, das vorläufig noch den Anforderungen entsprach. Eine Neufassung der Gebührenordnung, die gemeinsam für Architekten und Ingenieure gelten sollte, stand als nächstes auf der Tagesordnung. In endlosen Diskussionen, häufig genug mit populistischer Schlagseite, wurde die Egalisierung der beiden Berufsstände ins Werk gesetzt, wobei immer wieder die Ingenieure dem Realitätssinn und dem analytischen Denken zugeordnet wurden und die Architekten der Phantasie und der Schöngeisterei. Der rasante technische Fortschritt und die gesellschaftlichen Veränderungen verlangten aber auch von den Architekten mehr denn je, sich den Anforderungen der Moderne zu stellen. Als eine Konsequenz dieser Problematik beschlossen wir die Einrichtung einer Akademie für Fortbildung in der BYAK. Sie sollte in Zusammenarbeit mit den Fachhochschulen und der Technischen Universität in

Seminaren, Vorträgen und Schulungen für das moderne Planen und Bauen fit machen. Ein Schwerpunkt zu Beginn war die Einführung von EDV im Architekturbüro – der Computer als Mitarbeiter ohne Reißbrett. Diese vielschichtige Arbeit in der BYAK wäre ohne das Team der Geschäftsstelle nicht möglich gewesen. Die Qualität der Mitarbeiterinnen und Mitarbeiter sicherte den Erfolg. Da ich meine Autorität im Frieden und im Krieg immer aus einer effizienten Zusammenarbeit mit Kollegen oder Untergebenen bezog, habe ich nie besonderen Wert auf Herausgehobenheit durch Distanz gelegt. Einundzwanzig Jahre lang habe ich ohne ein eigenes Zimmer gelesen, diskutiert und entschieden, in einem Raum, in dem auch Sitzungen stattfanden. Das hat dem Arbeitsklima nicht geschadet. Mehr noch, es hat die Kontakte gefördert und Kungeleien erschwert.

Als bekannt wurde, daß durch Umstrukturierungen der Bundesbahn ein großes Areal zwischen Hauptbahnhof und Pasing einer neuen Verwendung zugeführt werden sollte, erkannte ich die große Chance für städtebauliche Maßnahmen in derart zentraler Lage der Stadt. Mein begeisterungsfähiger junger Vizepräsident Diethart Weber hatte schon lange in einer Zusammenarbeit von Bundesbahn und Landeshauptstadt den Ansatz für eine spektakuläre städtebauliche Verbesserung im Stadtkörper Münchens gesehen. Die Lösung sahen wir in einem öffentlichen städtebaulichen Wettbewerb, der gemeinsam von der Stadt und der Bundesbahn ausgeschrieben werden sollte. So wäre eine optimale Bebauung in Abschnitten, nach den Grundsätzen wirtschaftlichen und humanen Städtebaus, möglich. Diese Überlegungen und Vorschläge faßten wir in einem Schreiben an den Oberbürgermeister Kronawitter zusammen. Eine Antwort oder Reaktion darauf blieb aus. Dafür entwickelte das Präsidium der Bundesbahn, beraten durch die Elektrofirma ELSID, die zugleich als Makler und Maßnahmeträger tätig war, einen kleinteiligen, aber intensiven Grundstückshandel mit den freiwerdenden Flächen. So wurde eine große städtebauliche Chance für München auf bürokratische Weise vertan.

Im Frühjahr 1977 trat der Vorsitzende der IG Metall in Bayern, Erwin Essl, an mich heran und bat mich um Beratung bei einem Vorhaben, das er als Vorsitzender des Vereins zur Pflege der

Freundschaft mit der Sowjetunion in Gang gesetzt hatte. Er wollte eine Ausstellung »Bayern in Moskau« organisieren und hatte bereits eine Ausstellungsfirma in Düsseldorf beauftragt. Nun sollte im Gewerkschaftshaus das Konzept vorgestellt werden, und er wollte meine Meinung dazu hören. Der Abend wurde ein Fiasko. Die Spezialisten hatten eine Ausstellung erarbeitet, die ihrer Routine entsprechend eine typische Verkaufsmesse war. Das einzig »Bayerische« war ein Maibaum, weiß-blau gestreift, der in der Mitte der aufgereihten Verkaufsstände geradezu die Spitze der Banalität war. Die Versammlung schwieg, sichtbar ratlos. Ich hatte Mühe, meinen aufsteigenden Zorn zu dämpfen. Dann, nach einem auffordernden Blick Essls, ließ ich einfach den Kragen platzen. Mit Bayern, sagte ich, hätte diese Ausstellung nicht das Geringste zu tun. Die Ansammlung und stillose Präsentation von Waren und Geräten aller Art könnte genau so aus jedem beliebigen Land kommen. Es war ein Rundumschlag, die Düsseldorfer hat es kalt erwischt. Sie rollten ihre Pläne zusammen und zogen hilflos ab.

Essl schaute ihnen wortlos nach. Mit einem Ruck drehte er sich zu mir. »Das haben Sie nun erreicht. Jetzt sind Sie dran – ich erwarte von Ihnen einen Vorschlag für die Ausstellung.« Ich schaute kurz meinen Freund Hürlimann an, den ich zu dieser Demonstration mitgenommen hatte, und dann sagte ich: »Gut, mit Hürlimann zusammen mache ich das.« Damit begann ein wunderschönes Abenteuer. Zunächst schaltete Essl eine neue Ausstellungsgesellschaft ein, mit der wir uns sofort anfreunden konnten. Dann mußte ein Netz von Informationssträngen zwischen Ministerien, Wirtschafts- und Forschungsinstituten und Einrichtungen für Freizeit und Tourismus gespannt werden. Für die Gestaltung legten wir ein Raster von Quadraten mit je 50 Quadratmetern zugrunde. Darauf entwarfen wir eine leichte Holzkonstruktion, die über jedem Quadrat mit einem weißen Zeltdach versehen wurde. Die Quadrate konnten so aneinander gefügt werden, daß attraktive Räume entstanden und eine interessante Führungslinie möglich war. Als Grundlage war uns der Plan für die Ausstellungshalle im Moskauer Sokolniki-Park zur Verfügung gestellt worden. Da hinein mußte unsere Raumstruktur passen, in einen stützenfreien, quadratischen Bau mit 35 × 35 Metern Grundfläche.

Nun war es Zeit für eine fünftägige Reise nach Moskau, um dort Pläne und Modell vorzulegen. Diese Stadt mit ihrer bewegten Geschichte hat mich schon beim ersten Kontakt, als ich im Krieg westlich an der Ugra lag, tief beeindruckt. Jetzt konnte ich ganz einfach über den Roten Platz mit seiner berühmten Kulisse gehen, stehenbleiben und schauen. Doch erst mußten wir vor dem Herrn des Sokolniki-Parks bestehen. Das war ein echter General in Uniform, eine richtige Ikonostase von Kriegsorden, eine Figur aus »Krieg und Frieden«. »Warum macht Ihr die Ausstellung mit Zelten in unserer Halle?« fragte er, »die hat doch schon ein dichtes Dach.« Der Dolmetscher übersetzte die fast bedrohlich klingenden Sätze. Ich sagte ihm, daß der Grund in der Gestaltung läge – »Architektura«. »Na ja«, meinte er. Da grüßten wir den martialischen Bären artig und zogen zufrieden ab. Die Gespräche mit den russischen Spezialisten waren nicht leicht, aber aufschlußreich. Nach der Arbeit gingen wir ins Bolschoi-Theater und in den Staatszirkus, und zum Abschluß machten wir noch einen Abstecher nach Leningrad, übernachteten im Hotel »Europa« und bewunderten die Isaac-Kathedrale.

Die Reise nach Moskau gab uns kräftige Impulse, wir legten einen mächten Endspurt hin. Zuvor mußte aber noch ein Riesenproblem gelöst werden. Die erste Kostenplanung war natürlich viel zu knapp angesetzt und jetzt, im Zuge der Detailplanungen, mußte eine fast dreimal so hohe Summe als realistisch angesehen werden. Der Stratege Essl erkannte, da muß der bayerische Staat eingreifen, und intervenierte gleich beim Ministerpräsidenten. Das Wunder geschah. Erwin Essl durfte ausnahmsweise das Projekt in einer Kabinettsitzung erläutern. Als Begleiter hatte ich die Pläne und das Modell der Gestaltung vorzustellen. Und es geschah ein zweites Wunder. Das Kabinett stimmte der Ausstellung »Bayern in Moskau« zu und genehmigte die Kosten.

Pünktlich zum Termin der Eröffnung im Februar 1978 war die Ausstellung fertig. Für die Endphase des Aufbaus im Sokolniki-Park flogen Hürlimann, seine Frau Dodi und ich nach Moskau. Die Aufbaufirma hatte großartig gearbeitet, nun wurde letzte Hand angelegt. Zur Eröffnung war auf diplomatischem Wege ein großes Programm vorgesehen. Das bayerische Kabinett war fast geschlossen eingeflogen, und nach dem Festakt konnten, auf Tage verteilt, die Minister in hochrangigen Moskauer Fachkreisen Referate halten. Vor dem Festakt war für elf Uhr eine Informationskonferenz im Pressezentrum anberaumt, zu der natürlich auch eine bayerische Brotzeit gehörte, mit Würsten, Geräuchertem, Brezen, Bauernbrot und Batterien von Bier mehrerer Sorten und duftenden Obstschnäpsen.

Für 13 Uhr war ein festliches Essen für die bayerischen Minister beim deutschen Botschafter Wieck angesetzt, und um 15 Uhr sollte die Eröffnung durch den bayerischen Ministerpräsidenten Goppel und die russische Ministerin Iwanowa stattfinden. Das Essen ließen Hürlimann und ich sausen, wir wollten lieber noch einmal die Ausstellung überprüfen. Kurz vor 15 Uhr trafen die russischen Gäste ein und nahmen im Auditorium Platz. Es wurde 15.15 Uhr, bis die bayerische Kavalkade mit roten Köpfen ziemlich laut einlief. Alfons Goppel steuerte am Arm seiner Frau auf die Ministerin Iwanowa zu, begrüßte sie einen Grad zu herzlich und sank auf seinen Platz, an die Seite seiner Frau und zugleich in einen jähen Schlaf.

Erwin Essl eröffnete die Versammlung brav und beflissen, aber vorteilhaft kurz. Nach dem Dolmetscher sprach Frau Iwanowa mit fast mütterlicher Freundlichkeit und wünschte den Bayern und sich guten Erfolg für die Ausstellung und gemeinsame Kooperation der beiden Völker, die doch auch charakterliche Ähnlichkeit hätten. Dann stupste Frau Goppel sanft ihren Schläfer in Richtung Podest. Ohne Zögern ging er locker auf drei flache Stufen zu, wäre fast bei der ersten gestolpert, erreichte aber, mit dem Manuskript balancierend, glücklich das Rednerpult, umfing es besitzergreifend, ordnete seine Blätter und begann mit wohltönender Stimme seine Ansprache. Und da machte der Redner einen Fehler. Er las, ohne abzusetzen, gleich die ganze erste Seite. Der Dolmetscher folgte zwangsläufig in gleicher Länge, und das waren fast drei Minuten. In dieser Pause fiel Goppel stehend und mit der Brust auf das Pult gestützt, in einen bewegungslosen Schlaf. Der Dolmetscher endete, und im Moment totaler Stille schlug Goppel, auch im Schlaf präsent, die Augen auf und fing ohne Irritation wieder an zu lesen. Und nun wiederholte sich dieser Vorgang mit der mechanischen Präzision der Puppe Coppélia von Léo Delibes noch viermal.

Ich saß mit Hürlimann etwa fünf Meter entfernt seitlich vom Podest und konnte den Ministerpräsidenten genau im Profil beobachten. Beim ersten Mal brach mir der Schweiß aus, und beim vierten war er wieder versiegt. Goppel beendete seine Rede und verließ, sein Manuskript schwenkend, unter prasselndem Beifall seinen exponierten Schlafplatz. Ich war wie von einem Alptraum befreit und stellte tief beeindruckt fest, daß ich soeben der Erfindung des öffentlichen Stehschlafes beigewohnt hatte.

Aber es blieb spannend, denn Goppel schritt, locker im Knie, mit Frau Iwanowa zum weißblauen Band, das es zu durchschneiden galt. Beide Repräsentanten hielten das Band, dem Herrn wurde eine große, blitzende Schere gereicht. Er ergriff sie, hob sie grüßend in die Höhe, links und rechts den Leuten zulächelnd, fuhr damit nieder und schnitt, einen Millimeter am Daumen seiner Partnerin vorbei, das Band entzwei. Iwanowa öffnete beide Augen, die sie im Reflex fest zugekniffen hatte, und betrachtete erlöst ihren Daumen.

Die Ausstellung war eröffnet, und Goppel trat, nach fünf Jahren des Zorns wegen meiner Ablehnung des bayerischen Verdienstordens, auf mich zu und schüttelte mir anerkennend die Hand. Die landesvaterlose Zeit war für mich beendet. Zum Abschluß dieses Tages hatte der Ministerpräsident die russischen Partner und die bayerischen Veranstalter zu einem deftigen bayerischen Abend ins Hotel »Ukrainia« geladen. Eine prächtige, meisterhaft spielende Kapelle in gestickten Lederhosen und mit strammen Wadeln schmetterte, daß der ornamentale Stuck zitterte. Auf langen Tischen waren bayerische und russische Spezialitäten aufgetürmt, und es begann noch einmal ein großes Gelage, bei dem man sich fleißig zuprostete. Ein Jahr später wurde mir in Taschkent versichert, daß »Bayern in Moskau« die beste Ausstellung des Westens war, die im Sokolniki-Park je gezeigt wurde. Es gab kilometerlange Schlangen von Besuchern, auch aus fernen Regionen, und mehrmals am Tag mußte die Ausstellung wegen Überfüllung gesperrt werden.

Im Sommer dieses Jahres wurde mir eine ganz ungewöhnliche Aufgabe angetragen: Der Chef der Olympiapark-Gesellschaft rief mich an und wollte wissen, was ich von einer Ausgestaltung der

Olympiahalle für große Faschingsveranstaltungen hielte. Ich bat mir Bedenkzeit aus und überlegte Möglichkeiten, in der Halle mit den Raumabmessungen: Länge 150 m, Breite 120 m, Höhe 42 m, durch entsprechende Einbauten eine phantastische Welt zu schaffen. Der Gedanke war verrückt, aber verführerisch. Mit Hürlimann beriet ich mich; wir kamen zu dem Entschluß, das Experiment zu wagen. Wir wollten aber auch den erfahrenen und erfolgreichen Bühnenbildner Wolfgang Hundhammer zur Mitarbeit gewinnen.

Die entscheidende Maßnahme war die Reduzierung der enormen Hallenhöhe. Es mußten leichte Hohlkörper in unterschiedlicher Form in den Raum gehängt werden. Von einer Ballonfabrik in Augsburg konnten wir Ballons mit Durchmessern von fünf bis zehn Metern haben. Wir planten einen Ballonhimmel mit unterschiedlich großen Körpern, die so gehängt würden, daß eine weiche, bewegte Untersicht entstand, die farbig angestrahlt einen phantastischen Eindruck vermittelte. Die Radrennbahn wurde so durch unterschiedlich hohe Plattformen eingebaut, daß eine differenzierte Landschaft entstand. Mit vielen Raum- und Detailskizzen und Modellen wurde eine Welt gezaubert, die es bisher noch nicht gegeben hatte. Mit Bauhandwerkern, Malern, Bildhauern, Dekorateuren, Elektrikern und Spezialisten wurde die Halle zu einer tollen Baustelle. Schließlich mußte eine funktionsfähige Gastronomie untergebracht werden, mehrere Bars brauchten Raum und die zwei Bands optimale Plätze. Die unkonventionelle, intensive Arbeit war oft reines Experimentieren und wurde von immer neuen Ideen vorangetrieben. Das versetzte uns zeitweise in rauschhafte Zustände, als hätten wir uns kräftig gedopt. Pünktlich zum Februar 1979 war die Halle total verändert, und König Ludwig hätte mit Richard Wagner darin getanzt, so gewaltig war der Zauber. Wir waren glücklich. Mit dem Presseball wurde die Halle eröffnet. Ich stieg zum erstenmal in einen Smoking. Dazu hatte ich mir einen Spaß ausgedacht. Meine Meisterschüler in der Goldschmiedeklasse des BBZ hatten mir zu Nikolaus eine Halskette aus Messingringen und -kugeln, garniert mit weißen Truthahnknochen, geschenkt, die von einer witzig-barbarischen Schönheit war. Die wollte ich zum Fest tragen und erfand dazu eine phantastische Geschichte. Ich taufte meinen exotischen Schmuck Olduvai-Kette und behauptete, der tansanische Staatspräsident würde sie wie einen Orden jedem feierlich verleihen, der mehr als drei Wochen mit dem Archäologenteam Leakey gearbeitet und später in den Medien darüber berichtet hat. Der Münchner Oberbürgermeister Erich Kiesl hielt seine Amtskette für viel bescheidener, der bayerische Finanzminister Tandler versuchte mißtrauisch den Wert der Kette zu schätzen. Frau Julia von Siemens, Münchens Gesellschaftslöwin, in Begleitung ihres Mannes Peter, hatte so etwas wie mein Prunkstück noch nie gesehen. »Hast du die auch?« fragte sie ihren Mann. Der stand mit skeptischen Augen dabei, zischte nur ein »Ach, was!« und drehte, den Kopf im Genick, mit seiner enttäuschten Julia ab. Es wurde ein gewaltiges Fest, und unser Werk, die Verwandlung der riesigen Zweckhalle in ein märchenhaftes Abenteuer, hatte sich gelohnt.

Ein Jahr nach der Ausstellung »Bayern in Moskau« war über den Verein »Freunde der Sowjetunion« eine Flugreise in den sowjetischen Orient vorbereitet worden, an der hauptsächlich Lehrer des BBZ teilnahmen. Nach einem Zwischenstop in Moskau flogen wir über das endlose Land nach Taschkent in Usbekistan und kamen in einer fremden Welt an. Am meisten wunderte ich mich darüber, daß trotz Sowjetmacht die große Stadt immer noch vom Charakter der usbekischen Kultur und der Tradition des ursprünglichen, farbigen Lebens geprägt war. Was menschlicher Geist und Risikofreude bewirken können, demonstriert Samarkand mit seiner großen Geschichte. Alexander der Große hat diese Stadt gegründet, auf seinem Kriegszug von Mazedonien bis Indien. Viel später hat Tamerlan die Stadt kultiviert, geprägt und groß gemacht. Ich stand in seiner Krypta und war überwältigt von der Geschichtsträchtigkeit des Ortes. Mit meiner Frau besuchte ich die Moscheen und Koranschulen mit ihren phantastischen Mosaiken und stand auf dem Markt zwischen fliegenden Händlern und Menschen in farbigen Gewändern hinter Bergen üppiger Früchte und erstaunlicher Handwerkskunst, die unter den riesigen Kronen uralter Bäume angeboten wurden.

Da standen wir und schauten. Auf einmal trat ein großer Usbeke auf uns zu, schaute mich prüfend an und fragte dann: »Du Deutscher?« In unseren westlichen Klamotten waren wir sofort aufgefallen. »Ja«, bestätigte ich. »Ost oder West?« hakte er nach.

»West«, gab ich zurück. Er strahlte mich an. »Karascho, gut, gut.« Woher er sein Deutsch hätte, wollte ich wissen, und er berichtete, daß er als Soldat drei Jahre in Dresden gewesen war. Dann schaute er mich ganz genau an und fragte: »Wie alt bist du?« »Ich bin Jahrgang 1916.« – Überraschung: »Ich auch! Und wann geboren«, wollte er wissen. »Am achten Dezember«, sagte ich. Er machte einen Luftsprung und schrie: »Ich auch!« Dann umarmte er mich, schlug mir auf die Schulter, tanzte um mich herum und verkündete seinen Landsleuten den unglaublichen Zufall. Daraus wurde schnell ein spontanes Volksfest. Im Nu waren wir eingekreist, es wirbelte und tollte um uns herum. Wein wurde gebracht, Brot, Käse und geräucherter Fisch. Es wurde gesungen, wildfremde Menschen umarmten uns, und mir wurde ganz usbekisch zumute. Auf einmal stand mein Kalender-Zwilling vor mir und schaute mich ganz ernst an. »Du warst Soldat?« »Ja.« »In Rußland?« »Ja.« »Wo?« »Orel, Jelnja, Smolensk.« Da trommelte er auf meine Brust und schrie: »Ich war im Süden, wir haben nicht aufeinander geschossen!« Was für ein Glück! Meine Frau hängte sich bei uns ein, lachte, weinte ein bißchen und konnte nicht fassen, daß wir ein paar tausend Kilometer fliegen mußten, um einem Usbeken zu begegnen, der am gleichen Tag wie ich, nur Welten auseinander, geboren worden war.

Über die Oase Chiwa mit ihren mächtigen Lehmmauern ging es nach Alma Ata in Kasachstan. Das war eine große Überraschung. Ich hatte mitten in Asien eine mongolische Stadt erwartet, und nun fand ich eine große europäische Stadt mit Hochhäusern, großzügigen öffentlichen Anlagen, Industrie und außerhalb, in den Bergen auf 2500 Metern Höhe, ein perfektes Eissportstadion, in dem Weltrekorde in Serie aufgestellt wurden. Auf der Rückreise machten wir in Moskau Station und fuhren zum Abschluß noch auf dem Landweg in die Klosterstadt Sagorsk. Das ist ein kostbares Stück des alten, orthodoxen Rußland, eine geballte Wolke von goldenen, grünen und geschuppten Kuppeln über einem Gedränge von weißen, kraftvollen und doch anmutigen Kirchenkörpern. Die Klosterbauten, belebt von Mönchen, wie aus Ikonen gestiegen, sind die staatlich geduldeten Bürgen des Glaubens, aber auch Attraktionen für den Tourismus.

Bei der Rückkehr in Riem sah ich, wie der Münchner Flughafen buchstäblich aus allen Nähten platzte. Seit Jahren schwelte die Diskussion um den Bau eines neuen Flughafens in Parlamenten, Ministerien und Verwaltungen vor sich hin. Nun war die Entscheidung für das Erdinger Moos gefallen. Für die BYAK war der Bau des Flughafens München eine Jahrhundertaufgabe. Wir wollten eine optimale Planung sicherstellen. Nach intensiven Diskussionen entschieden sich die Gesellschafter der Flughafengesellschaft für den offenen Wettbewerb. Mit Respekt und Sympathie nahm ich die Bereitschaft der Hamburger Architekten von Gerkan und Marg zur Kenntnis, die Bemühungen der BYAK anzuerkennen, die den Auslober bei der Abfassung der Ausschreibung beriet. In der Jury saßen hervorragende Fachleute wie der Wiener Professor Gustav Peichl. Aus der großen Zahl eindrucksvoller Entwürfe wurde schließlich die Arbeit von Busso von Busse und seinem Team mit dem ersten Preis ausgezeichnet. Sein Entwurf überzeugte durch die Erfüllung der funktionalen und organisatorischen Forderungen, das durchgehende konstruktive System, die Beachtung des menschlichen Maßstabs trotz großer Dimensionen und durch die zurückhaltende Eleganz der gesamten Komposition. Dazu trug auch als einzige monumentale Markierung der formschöne Tower bei. Nach diesen Entwürfen wurde der Flughafen nun gebaut, eingeweiht und nach dem bekannten Hobbyflieger Franz Josef Strauß benannt.

Just mit diesem hatte ich ein unerwartetes Erlebnis. Er rief mich an und bat um ein persönliches Gespräch. Wir verabredeten einen Termin in meiner Penthousewohnung, die nur etwa vierhundert Meter von seiner Residenz im Punkthaus an der Boschetsriederstraße entfernt ist. F. J. S. kam zu Fuß, ohne Begleitung. In der Diele, unter der Lichtkuppel, warf er einen rotierenden Blick in die Räume und sagte: »Also, so wohnt ein Künstler.« Lilo hatte eine verlockende Mischung von Snack und bayerischer Brotzeit vorbereitet, dazu einen feinen, roten Burgunder. Wir tafelten uns in die richtige Stimmung und prosteten uns gesprächsbereit zu. F. J. S. schilderte ohne Umschweife sein Anliegen. Nach der Pensionierung des Generalkonservators mußte die Stelle des Leiters des Landesamtes für Denkmalpflege in Bayern neu besetzt werden. Dazu hätte er gern meinen fachmännischen Rat. Es stünden zwei

Bewerber zur Entscheidung an: der Architekt Erwin Schleich, der ihm sehr zusage, und der bisherige Leiter der Lenbach-Galerie, Michael Petzet, der aber ein »Linker« sei.

Ich entsprach gern seinem Wunsch und sagte meine Meinung: Erwin Schleich hielt ich für einen künstlerisch sehr begabten Architekten, mit großer Erfahrung im Wiederaufbau stark beschädigter, alter Gebäude. Gegen die moderne Architektur hätte er immer wieder Vorbehalte geäußert. Als Generalkonservator müßte er aber zu einer Symbiose von Alt und Moderne überzeugend Stellung nehmen können. Überdies müsse er auch bereit sein, sich für strittige Fragen dienstlich und öffentlich zu schlagen. Aber streitbar hätte sich der eher sensible Schleich bisher nicht gezeigt. »Dös g'fallt mir aber gar net«, knurrte F. J. S. Ich fuhr fort, Petzet schätzte ich als hochgebildeten, journalistisch denkenden Fachmann. Als Leiter der Lenbach-Galerie hätte er Phantasie und Risikofreude bewiesen. Bei problematischen Entscheidungen ließ er Unabhängigkeit, aber auch die Bereitschaft zu tragfähigen Kompromissen erkennen. Für einen intelligenten Streit um eine gute Sache sei er immer zu haben. Und den Begriff »Linker« fände ich ziemlich primitiv und unpassend, wenn es sich um einen derart differenzierten, selbstbewußten Menschen handle.

F. J. S. nahm einen Schluck und runzelte die Stirn. Dann schaute er mich plötzlich scharf an und sagte: »Und warum machen Sie's nicht?« Er meinte das ganz ernst. Ich lachte und antwortete als Gegenargument mit meiner Lebensplanung und meiner Leidenschaft für die Karikatur. Bald darauf wurde Michael Petzet zum Leiter des Landesamtes für Denkmalpflege ernannt.

Im Münchner Stadtmuseum wurde eine große Ausstellung meiner Karikaturen eröffnet. Der Direktor Christoph Stölzl hatte die Idee gehabt. Der Zulauf war enorm, die Besucher waren von den Originalblättern begeistert. Darunter war auch der Finanzminister Gerold Tandler. Nachdem ich ihm auf seinen Wunsch meine Blätter gezeigt hatte, stellte er fest, daß die Sammlung meiner politischen Karikaturen eine Geschichte besonderer Art sei, und wollte wissen, was mit den über 3000 Originalen nach ihrer Veröffentlichung in der *Süddeutschen Zeitung* geschehe. »Gar nichts«, sagte ich, sie seien in Mappen abgelegt und schlummerten in meinem

Archiv, bis sie nach meinem Ableben einmal an die Erben verteilt würden. Das hielt Tandler für keine gute Idee und regte an, den ganzen Fundus in den Besitz des bayerischen Staates zu geben. Nicht schlecht, meinte ich und hatte wieder einmal einen Floh im Ohr.

Inzwischen hatte ich das Pensionsalter erreicht und mußte meinen Platz als Leiter des Berufsbildungszentrums für Bau und Gestaltung meinem Nachfolger freimachen. Zwanzig Jahre erfolgreicher, lebendiger Arbeit mit jungen Menschen und motivierten Lehrern waren vorbei. Ich hatte Talente entdeckt und gefördert, bürokratische Schwellen abgebaut und die Prüfungsverfahren mit den Innungen für das Bauen und für das Kunsthandwerk praxis- und lebensnah gestaltet. Mein Abschiedsschmerz wurde dadurch gemildert, daß mein Nachfolger ein musischer Pädagoge und fähiger Mann war.

Die vier angemieteten Räume für einen Teil meines Architekturbüros wollte ich vorläufig noch beibehalten. Hier arbeitete auch bilateral, am Reißbrett und an der Schreibmaschine, meine unentbehrliche Sekretärin Erika Vossen. Dort übernahm ich in Arbeitsgemeinschaft mit zwei hervorragenden Architekten, Gerd Mann und Dick Bartley, einen Architektenwettbewerb für eine große Wohnsiedlung zwischen Brauchle-Ring und Nederlingerstraße. Wieder einmal stellten sich die spannenden Phasen besessener Entwurfsarbeit mit phantasievollen Skizzen und intensiver Planbearbeitung ein, die von temperamentvollen Diskussionen begleitet waren. Diese enge, kollegiale Zusammenarbeit, bei der die Zeit keine Rolle spielte und sich die Nacht nicht vom Tag unterschied, erlebte ich erneut als Erfüllung unseres großartigen Architektenberufes. Am Ende der intensiven Entwurfswochen stand der erste Preis in diesem Wettbewerb, der Auftrag für die Entwurfsplanung kam dazu. Nach fast zwei arbeitsreichen, aber reibungslosen Jahren feierten wir eine großartige Einweihung. Dieses schöne, gelungene Projekt markierte aber auch das Ende meiner freien Architektentätigkeit. Im Einverständnis mit meinen Mitarbeitern löste ich nach fünfunddreißig Jahren mein Büro auf. Es blieb die Erinnerung an arbeitsreiche, mühselige, aber auch erfolgreiche und große Jahre.

Aus heiterem Himmel fiel ein schwarzer Schatten über meine

Familie. Nachdem meine Frau Lilo nach einer ersten Krebsoperation ohne Beschwerden sechzehn Jahre gelebt und sogar als Frau mit über fünfzig Jahren das Abitur mit gutem Erfolg abgelegt hatte, mußte sie sich jetzt einer zweiten Krebsoperation unterziehen. Sie stemmte sich mit aller Kraft gegen diesen Angriff auf ihr Leben. Aber die schwarze Wolke kam wieder zurück und ließ sich nicht mehr vertreiben. Lilo wurde, schmal und vom Krebs gezeichnet, in die Abteilung meines Ettaler Schulfreundes, Prof. Dr. Ernst Holzer, im Schwabinger Krankenhaus aufgenommen und verbrachte dort noch ein halbes Jahr zwischen Hoffen und Verzweiflung. Diese Spanne war grausam. Jeden Tag saß ich zwei bis drei Stunden am Bett meiner geliebten Frau und versuchte der todkranken Gefährtin Hoffnung zu geben, selbst hilflos und ohne Hoffnung. Am 10. Februar 1985 flog ihre Seele einfach davon, während ich ihre Hand hielt und die Zwillinge verzweifelt ihr Leben festhalten wollten. Im Sollner Waldfriedhof konnte ich einen Platz für das Grab erwerben, den schönsten, den es gab. Unter einer uralten Eiche mit einer weitausladenden Krone wurde das Grab ausgehoben, und wir, die Familie und die engsten Freunde, standen dabei, als der helle Sarg hinabgesenkt wurde. Von der Zeremonie und der Rede des Pfarrers habe ich nur noch einen verschwommenen Eindruck, weil ich alle Kraft brauchte, um meinen Schmerz niederzuhalten.

Auf die Todesnachricht hin erreichten mich viele anrührende, ehrliche Briefe, die mir Trost gaben. Aber einer war dabei, von der Witwe eines Beamten des Schulreferats, der sich von allen anderen durch seinen klugen, herzlichen und schönen Inhalt unterschied. Vor einem halben Jahr hatte ich ihr nach dem Tod ihres Mannes geschrieben und ihr meinen Respekt und meine Sympathie für ihn geschildert. Und jetzt trat sie mit ihrer Trauer und ihrem Mitgefühl an meine Seite. Mit dieser Frau wollte ich Verbindung aufnehmen. Ich rief sie an. Wir trafen uns im Restaurant des Rundfunks zu einem Abendessen und einem langen Gespräch. Nach ein paar Monaten konnten wir viele Gemeinsamkeiten feststellen, die uns schließlich zusammenführten.

Da war es Zeit, meiner ältesten Tochter Petra meine neue Verbindung mitzuteilen. Sie machte es kurz: »Komm am nächsten Sonntag mit ihr zu uns zum Mittagessen«. Mit Erika fuhr ich zum

Haus meines Schwiegersohnes Willi Meßmer mit den Töchtern
Michaela und Barbara. Petra hatte ein köstliches Essen bereitet.
Aus dieser Einladung wurde ein heller, fröhlicher Nachmittag. Am
nächsten Tag rief ich Petra an und wollte wissen, was sie von meiner Begleitung hielte. »Ich teile die Meinung meiner Töchter –
dieser Frau gönnen wir unseren Großvater«, sagte sie. Und damit
hatte ich wieder festen Boden unter den Füßen. In den vergangenen Monaten hatte ich mich schier Tag und Nacht in die Arbeit ge-
flüchtet, um meiner trostlosen Seelenlandschaft zu entkommen.
Meine Mitarbeiter in der BYAK hatte ich nachdrücklich gebeten,
auf meine Situation keine Rücksicht zu nehmen. Jetzt aber konnte
ich wieder ohne diese Schmerzbetäubung leben.

Die bayerische Staatsregierung hatte die Absicht, eine neue
Staatskanzlei zu bauen, wieder auf die Tagesordnung gesetzt. Damit waren auf allen politischen, gesellschaftlichen und kulturellen
Ebenen heiße Auseinandersetzungen angesagt. Nach einem fehl-
gelaufenen Versuch, über einen problematischen Architektenwettbewerb ein ausführungsreifes Projekt zu erhalten, trat als »deus ex
machina« der Architekt Erwin Schleich mit einer völlig neuen Idee
an den Ministerpräsidenten heran. Die Staatskanzlei sollte im
wiederaufgebauten Armeemuseum am Hofgarten untergebracht
werden. Goppel fand diese Vorstellung interessant und gab die
Pläne des ungerufenen Beraters an die Oberste Baubehörde, um
dort die Möglichkeit einer Realisierung überprüfen zu lassen. Das
Ergebnis war negativ. Eine neue, moderne Staatskanzlei mit ihrem
differenzierten Raumbedarf konnte in dem Baukörper des alten Armeemuseums nicht untergebracht werden.

Wer nun glaubte, daß damit diese nationale Schnapsidee ver-
pufft sei, hatte sich getäuscht. Die Möglichkeiten der Repräsentation der Staatsregierung an diesem hervorragenden historischen
Ort, Arm in Arm mit der königlichen Residenz, ließen die Herzen
der weiß-blauen Patrioten höher schlagen. Kein Wunder, daß um
diesen Rest von Bayerns Gloria eine heftige Auseinandersetzung
entbrannte. Es ging um Erhaltung oder Abbruch. Sollte die Staatskanzlei an diesem Platz gebaut werden, dann wäre der Kuppelbau
ein monumentales Problem. Eine freie, moderne Gestaltung wäre
nicht möglich. Mit gewichtigen Argumenten setzten sich promi-

nente Persönlichkeiten aus Kunst und Wissenschaften, der Akademie der Schönen Künste und der Bayerischen Architektenkammer für die Beseitigung der »Ruine mit der Pickelhaube« ein. Schließlich beschloß der Bayerische Landtag tatsächlich den Erhalt der Kuppel. Der vorgeschobene Grund dafür war ein vorangegangener Beschluß, die Kuppel mit einem Aufwand von ein paar Millionen Mark Steuergeldern sichern zu lassen. Um der Bedeutung des Vorhabens zu entsprechen und um die demokratischen Regeln einzuhalten, wurde ein öffentlicher Architektenwettbewerb ausgeschrieben. Von der Obersten Baubehörde wurde ich aufgefordert, mich als Preisrichter zur Verfügung zu stellen. Dieses Ansinnen lehnte ich mit der Begründung ab, daß ein Wettbewerb mit einem vorgegebenen Ergebnis und ohne freie Gestaltungsmöglichkeit sinnlos sei. Die Jury konnte demnach beim Abschluß des Wettbewerbs keine neue, überzeugende Arbeit präsentieren. Der Gewinner des ersten Preises, der Architekt Siegert, wurde mit der Ausführungsplanung beauftragt. Er war nicht zu beneiden. Ein Projekt, das von so viel Kritik begleitet wurde, zu einem guten Ende zu führen, war kaum möglich.

Anfang 1986 wurde ich vom Verband der Freien Berufe zum Vertreter im Bayerischen Rundfunkrat gewählt. Nach zweiunddreißig Jahren freier, regelmäßiger Mitarbeit im Fernsehen und vielen Kontakten zum Hörfunk war mir dieses Medium gut vertraut. Nun saß ich unter fünfzig Mitgliedern aus der Politik, den Verbänden, der Wirtschaft und der Kultur, den Gewerkschaften und den Vertretern der Religionsgemeinschaften. In diesem Querschnitt der Gesellschaft war ich der einzige mit praktischen Erfahrungen in der komplexen Arbeit in den Studios. Mein Platz im großen, geschlossenen Viereck war der meines Vorgängers im Amt, der ein treues und strapazierfähiges Mitglied der CSU war, und da die Sitzverteilung seit Jahren so eingesessen war, fand ich mich am rechten Flügel der CSU-Mitglieder plaziert. Schon nach der ersten Sitzung stellte ich fest, daß die Vertreter der Parteien ihre Wortgefechte vom Landtag ungebremst im Rundfunkrat fortsetzten. In den Programmen ging es freilich oft um Politik, zumal in den Nachrichtensendungen, Berichterstattungen und Kommentaren, aber auch um Kultur in ihrer Vielfalt und vor allen Dingen um

Unterhaltung. Da der Rundfunkrat die Verantwortlichen im BR, die Intendanten, Direktoren, Chefredakteure und Hauptabteilungsleiter, durch Wahlen zu bestimmen hatte, war das Taktieren und Kungeln außerhalb der Geschäftsordnung schier unausweichlich. Es gab jeweils einen Mittagstisch für die Schwarzen, die Roten und später auch für die Unabhängigen, die sich »Kaktusfraktion« nannten, weil sie bereit waren, von Fall zu Fall Stacheln zu zeigen.

Ich wurde dreimal in den Rundfunkrat gewählt, jeweils für vier Jahre. In dieser Zeit ergaben sich viele Kontakte und einige Freundschaften. Edmund Stoiber, immer auf dem Sprung, signalisierte bereits damals seinen Führungsanspruch in der CSU. Mein Nachbar zur Linken, der Erdinger Landrat Zehetmair, wechselte ins Kultusministerium. Nur Alois Glück blieb auf seinem Platz, ausgewogen, auf gute Form bedacht und sachbezogen. Die Opposition nahm ihren Auftrag sehr ernst, manchmal zu ernst. Bei Renate Schmidt hatte ich den Eindruck, daß sie sich aufgemacht hatte, die »grande dame« der bayerischen Politik zu werden. Helmut Rothemund, gebildet und formvollendet, wurde meist unter Wert gehandelt. Karl-Heinz Hiersemann, in jungen Jahren ein »Handballcrack«, setzte auch hier die rhetorischen Bälle scharf ins gegnerische Tor. Die Frauen im Rundfunkrat schnitten in meinen Augen argumentativ besser ab als die meisten Männer. Frau Wernthaler, nach dem Namenswechsel von Enhuber, argumentierte linientreu zur CSU, ab und zu sogar in Grenzen aufmüpfig. Margarete Bause war die jüngste Rundfunkrätin, eine Vertreterin der Grünen. Ihre intelligenten Beiträge fanden uneingeschränkte Aufmerksamkeit; ich beobachtete mit Vergnügen, wie auch ältere, bürgerliche Typen bemüht waren, ihr Interesse zu kaschieren und mit den Blättern ihrer Tischvorlagen zu spielen.

Als häufiger Gast in der Katholischen Akademie hatte ich den Direktor Dr. Franz Henrich kennengelernt und empfand für seine mutige, unorthodoxe Arbeit Respekt und Sympathie. Nun saß er mir gegenüber als Rundfunkrat und Vertreter des Ordinariats. Beim ersten Papstbesuch in München – das war schon einige Jahre her, meine Frau Lilo war noch am Leben – gehörte Henrich zu den Organisatoren. Wenige Tage vor der Veranstaltung für die Münchner Künstler im Herkulessaal der Residenz, wo eine Begegnung mit dem Pontifex maximus stattfinden sollte, engagierte mich Henrich für die Ausstattung des imposanten, aber düsteren Raumes. Nach Ankunft des Papstes im Foyer wurden ihm zehn ausgewählte Persönlichkeiten vorgestellt. Mit Lilo war ich dieser Gruppe Privilegierter zugeteilt worden, zu der auch Prinz Franz von Bayern, die Primaballerina Konstanze Vernon und der Komponist Werner Egk gehörten. Henrich stellte uns vor. Als er aber seinem obersten Herrn in der weißen Soutane meine Tätigkeit als politischer Zeichner erläutern wollte, stolperte er über den Begriff »Karikaturist«; nach ein paar »Ka... Kaka...« übernahm ich einfach. »Karikaturist«, artikulierte ich deutlich und sagte weiter: »Heiliger Vater, ich bin einer der bösen Spötter mit dem Zeichenstift.« Johannes Paul II. schaute mich ganz genau an und meinte: »Ja, so kann man das nennen« – dann ging sein Blick zu meiner Frau. »Aber dafür ist die Frau um so lieber«, und nahm noch vor dem Weitergehen lächelnd das glückliche Gesicht meiner Lilo wahr. So wurde mir die Unfehlbarkeit des Papstes bestätigt.

Für die Künstler sprach August Everding. Seine Rede war ein Kunstwerk, eine kostbare Legierung von goldener Ehrfurcht mit hauchdünnem Silber ziselierter Ungeniertheit, dazu meisterlich verteilte Brillanten an Aphorismen. Die Ansprache des Papstes war eine Ermutigung für die Künstler in dieser Zeit.

Es war ein Gewinn für den Rundfunkrat, daß ihm August Everding als Vertreter von Staatsoper und Staatstheater angehörte. Seine Stichworte waren Kultur, Qualität und Freiheit. Aber seine multifunktionale Natur konnte er nie verleugnen. Es fiel ihm nicht schwer, während einer Sitzung mehrfach ans Telefon zu eilen, aber danach sofort den Diskussionsfaden temperamentvoll wieder aufzugreifen. Everding war auch immer bereit, sich für waghalsige Theaterexperimente einzusetzen. Sogar Obszönitäten vermochte er mit interessanten Definitionen einen höheren Sinn abzugewinnen.

Wenn die deutsche Vergangenheit Gegenstand der Programmdiskussionen war, schaute ich auf Simon Snopkowski, der die jüdische Kultusgemeinde in Bayern vertrat. Seinen klaren und bestimmten Darlegungen konnte ich immer zustimmen. Nach dem KZ-Terror, den er als polnischer Schüler überlebt hatte, fand er die

Kraft und die Hoffnung auf ein verändertes Deutschland, die ihn befähigten, ein glaubwürdiger Moderator im Gespräch zwischen Juden und Deutschen zu sein. Große Sympathie empfand ich für den Professor für bayerische Geschichte, Karl Bosl, der mit über achtzig Jahren der Alterspräsident des Rundfunkrates war. Er war ein kraftvoller Oberpfälzer, der Wert darauf legte, Altbayer zu sein. Es war für ihn wichtig, bei seinen Kollegen an der Universität als Außenseiter zu gelten. In seinen wissenschaftlichen Arbeiten als Historiker bemühte er sich mit Leidenschaft darum, den Anteil der einfachen Menschen, der Handwerker, Bauern und kleinen Gewerbetreibenden, in den vielschichtigen Kulturleistungen eines Volkes nachzuweisen. Für die Hochnäsigen seines Faches galt er als »Kultursozi«.

Seit 1946 hatte ich alle Intendanten des BR kennengelernt. Es waren sehr gegensätzliche Charaktere darunter, aber alle hatten eine hohe Qualifikation für ihr Amt. In meiner Zeit als Rundfunkrat folgte auf den fränkischen Vollblutpolitiker Reinhold Vöth der bisherige Justitiar Albert Scharf, der im Laufe der Zeit nicht nur Standfestigkeit bewies, sondern auch die Bereitschaft, Edmund Stoiber die Zähne zu zeigen.

Sorge machte mir die Dominanz der Einschaltquoten. Dieses Thema beeinflußte die Konkurrenz zwischen den öffentlich-rechtlichen und den privaten Sendern. Die Forderungen der mehr kulturell orientierten, seriösen Vertreter nach inhaltlicher Qualität standen gegen die Wünsche der Populisten nach höchstmöglichem Zulauf des Publikums. Im unmittelbaren Zusammenhang damit waren auch die Forderungen der Werbewirtschaft zu sehen. Schließlich drehte sich alles um die Finanzierung der öffentlich-rechtlichen und der privaten Sender. Ein schlichter Slogan brachte es auf den Punkt: Mehr Quoten durch Zoten. Die Bestätigung dafür erbrachte eine Sendung im Bayerischen Fernsehen, die sich bayerisch drapierte und den Titel »Gaudimax« trug. Nach probaten Show-Mustern traten Leute vor die Kamera, die Witze erzählten, exhibitionistische Laiendarsteller, die ihrem Affen, dem Publikum, Zucker aus der untersten Schublade gaben. Als Moderator sorgte der Sportreporter Rubenbauer für einen schlüpfrigen Ablauf. Diese Darbietung von Humor aus der speckigen Lederhose war ein Eigentor, begleitet vom wiehernden Gelächter eines kongenialen Publikums im Studio. Bezeichnend war die hohe Einschaltquote außerhalb Bayerns. Man ergötzte sich an der Diffamierung der Bayern durch krachledernen Primitivsex im Bayerischen Fernsehen. Mein Protest im Rundfunkrat fand volle Unterstützung, und die Sendung wurde abgesetzt.

Mit zweiundachtzig Lebensjahren und nach zwölf Jahren als Rundfunkrat machte ich 1998 einem jüngeren Nachfolger Platz. Mich freute zwar das Bedauern vieler Rundfunkräte, die auf meine Diskussionsbeiträge nicht verzichten wollten, aber ich hatte genug gelernt und verabschiedete mich dankbar.

Gleichzeitig mit dem Rundfunkrat war ich für eine Fernsehsendung gewonnen worden, die als »Stammtisch« bei 3-SAT eine besondere Art Talkshow anbieten wollte. In dieser Runde fühlte ich mich auf Anhieb wohl: Helmut Markwort, gerade auf dem Sprung in das Imperium Burda, Franz Kreuzer, ehemaliger Umweltminister im Kabinett von Bruno Kreisky, Manfred Krug, der souveräne Schauspieler, Ulla Hahn, Schriftstellerin und hochsensible Dichterin, und Dieter Kronzucker, der welterfahrene Journalist, der die Runde moderierte. Für jede Sendung wurde eine prominente Persönlichkeit eingeladen, die für ein interessantes und wichtiges Thema stand. Für mich als leidenschaftlichen Psychogrammschreiber war das monatliche Treffen eine höchst animierende Begegnung. Der apostelgesichtige Reinhold Messner zeigte sich nachdenklich und zurückhaltend, von eitler Selbstdarstellung oder Besserwisserei keine Spur. Als Mann vom anderen Stern saß der Astronaut Furrer unter uns und ließ uns die blaue Erde im schwarzen All sehen. Jutta Ditfurth, eine etwas übergewichtige Schönheit, verbreitete eine Ahnung von Matriarchat am Tisch. Es war mir ein Vergnügen, den Widerstreit von ursprünglicher Koketterie und angestrengter Intellektualität in ihrem Gesicht zu beobachten. Ein Feuerwerk origineller Ideen und kritischer Äußerungen veranstaltete der israelische Exzentriker Henryk M. Broder. Er war ein Beweis für die Spannweite und Kraft jüdischen Geistes, der auch extreme Gestalten und Meinungen aushält. Mit Spannung erwarteten wir den Kritiker Marcel Reich-Ranicki. Aber anstelle eines stets ausbruchsbereiten Vulkans erlebten wir eine sprudelnde, heiße

Quelle. Ulla Hahn, Auge in Auge mit ihrem Entdecker und Förderer, war schon eine Delikatesse für Psychologen. Ich denke dankbar an die exzellente Runde zurück.

Am 9. Dezember 1987, einen Tag nach meinem Geburtstag, überfiel mich in der Morgendusche ein Herzinfarkt. Da mir die Symptome bekannt waren, telefonierte ich mit Professor Blömer in der Klinik Rechts der Isar und fuhr gleich im Taxi mit meiner Frau zur Klinik. Ich ging zu Fuß die paar hundert Meter bis zur Intensivstation, wurde dort erwartet, noch im Gehen entkleidet und auf den Tisch gelegt. Das EKG zeigte Ort und Art des Infarktes, und da wir schnell gehandelt hatten, konnte der Thrombus mit einer Lyse beseitigt werden. Nach dieser Blitzaktion lag ich entspannt in Blömers Privatstation. Ein paar Tage später kam Professor Dr. Otto Meitinger, der amtierende Präsident der TU auf die Station, um mir die Urkunde und das Ehrenzeichen für einen Senator e. h. zu überreichen. Diese kleine Zeremonie freute mich ganz besonders, weil ich Otto Meitinger als den jüngsten Architekturstudenten im ersten Nachkriegssemester als Assistent betreut hatte. Professor Blömer genehmigte guten Gewissens Champagner, und wir stießen zu viert – meine Frau in der Mitte – auf das Glück meiner Auferstehung an.

Nach meiner Entlassung erholte ich mich in der Lauterbacher Mühle, einer Reha-Klinik am Ufer des Großen Ostersees, südlich von Seeshaupt. Gleichzeitig war auch Klaus von Bismarck zur Kur. Wir hatten bereits anläßlich des Architektenwettbewerbs für das Goethe-Institut in der Dachauerstraße eine aufschlußreiche Begegnung gehabt und den Wunsch nach weiterem Kontakt. Wir trafen uns zu den Mahlzeiten, zu langen Spaziergängen und lebhaften Gesprächen. Zu meiner großen Überraschung war der Lieblingsplatz von Bismarcks das Bildhaueratelier mit allen Möglichkeiten für plastisches Gestalten. Von Klaus von Bismarck wußte ich nur, daß er, vier Jahre älter als ich, den Krieg nach extremen Belastungen überstanden hatte. Der Beweis dafür war das Eichenlaub zum Ritterkreuz. Mich beeindruckte sein Engagement für die Evangelische Kirche – vom Sozialarbeiter bis zum Präsidenten des Kirchentages. Seine Art, ohne Scheuklappen und Gesinnungskorsett den WDR als Intendant zu führen, fand ich vorbildlich. Schließlich kämpfte er als Präsident des Goethe-Instituts mutig und unverdrossen gegen die unverblümten Einflußnahmen enger Parteipolitik. Auch wie er stundenlang in sich versunken daran arbeitete, figürliche Vorstellungen in Terrakotta umzusetzen, bewunderte ich sehr. Er wollte meine Meinung zu bestimmten Kompositionen hören und freute sich, wenn ich zum Zeichenstift griff, um einen Vorschlag zu verdeutlichen. Es war gut, lehrreich und bewegend, mit diesem Mann zu reden, der einen unbestechlichen Charakter hatte. Als ich einmal, nach Jahr und Tag, bei Auguren der bayerischen Staatsmacht die Möglichkeit einer Verleihung des Maximiliansordens an diesen Solitär sondierte, stieß ich auf eisige Ablehnung. Klaus von Bismarck war für die Christdemokraten und Christlich-Sozialen ein Saboteur ihrer verkrusteten politischen Absichten, die keine Spur christlich waren. Zur Erinnerung an die gemeinsame Zeit schenkte mir von Bismarck einen Stierkampf in Terrakotta, eine kühne und gelungene Gruppe. Sie steht bei mir bei den vielen Kunstobjekten, die Qualität und einen für mich besonderen Erinnerungswert haben.

Dazu gehören auch die Bilder und die Ikone meiner Mutter, die noch in ihrem achtzigsten Lebensjahr angefangen hatte zu malen. Ihr Versprechen, das sie mir an meinem sechzigsten Geburtstag gegeben hatte, bis zu meiner Pensionierung aushalten zu wollen, hielt sie problemlos. Als sich aber das vierundneunzigste Lebensjahr rundete, fielen Schatten auf ihre Bilder, und sie legte ihre Hände still zusammen. Ich saß einen Nachmittag lang an ihrem Bett, und wir redeten über den dicht gewebten Bilderteppich, der ihr Leben war. Ihr Geist war klar, und was sie sagte, war ein präziser Text, den sie sinnend und schwebend sprach, von der kleinen Bühne ihres Abschieds. »Ich hätte Sängerin werden wollen oder eine Malerin«, dachte sie laut und sah mit einem hellen, sehnsüchtigen Gesicht eine große Bühne mit tausend Menschen vor sich. »Ja, du wärst eine große Künstlerin geworden«, bestätigte ich ihr, »aber dann säße ich jetzt nicht bei dir...« Sie horchte meinen Worten nach, dann wurden ihre schwarzen Augen ganz groß. »Nein, nein«, sagte sie ganz fest, »so, wie es ist, ist es recht.« Ich nahm ihre Hand und konnte nichts sagen, weil ich wußte, wie schwer ihr Weg war. Als ich ging, drehte ich mich noch einmal in der Türe um und sah das gelöste Lächeln und ihre erhobene Grußhand. Wir nickten uns zu und wußten, daß es das letzte Mal war. Am übernächsten Tag klingelte das Telefon, und meine Schwester sagte: »Unsere Mutter ist tot, ganz ruhig eingeschlafen.« Sie liegt jetzt neben ihrem übergroßen Mann unter dem Stein am Kofel.

Die politische Landschaft hatte sich verändert. Nach elfjähriger sozialliberaler Bundesregierung übernahm eine christlich-liberale Koalition die Verantwortung in Bonn. Die alten Gesichter drängten sich in neuer Konstellation um meinen Zeichentisch. F.J. Strauß hatte es sich bereits zuvor im bayerischen CSU-Erbhof gemütlich gemacht, blieb aber durchaus sprungbereit und für jedes Störmanöver fähig. Zu seinem siebzigsten Geburtstag zeichnete ich ihn als monumentales Modell, vor dem ich die sechs Karikaturisten der *Süddeutschen Zeitung* gruppiert hatte, jeden mit einer Staffelei, auf der er sein typisches Konterfei malte. Marie Marcks mit dem schwarzen Sparifankerl, Ironimus mit einem beleibten Napoleon, Gabor Benedek mit dem Gewichtheber, Peter Leger

Das Modell *7.9.85*

mit F. J. S., den Hermelin bis über beide Ohren, Luis Murschetz mit einem rausgefressenen Gebirgsschützen und ich mit dem Jubilar, wie er halt so dasteht, Hände in den Taschen, die top-secret sind. Daß Strauß beständiges Modell aller Karikaturisten war, hat schon früher seine geschäftstüchtige Frau Marianne zu einem Brief angeregt, den sie an den Süddeutschen Verlag richtete. Darin wies sie daraufhin, daß F. J. S. seit Jahren von den Karikaturisten für ihre Zeichnungen benutzt würde. Deshalb sei eine Beteiligung am Honorar der Zeichner in angemessener Höhe durchaus berechtigt. Ich habe den Brief im Original gelesen, sonst hätte ich diese Aktion nicht glauben können. Aber weil es so war, habe ich gleich eine Karikatur nachgeschoben, die F. J. S. als Tanzbären darstellt, mit der Dompteuse Marianne, die das Tamburin schlägt, und den Zeichnern im Hintergrund, die mit ihren Silberlingen auf das Instrument zielen. Von meinem Freund Luggi Waldleitner habe ich erfahren, daß diese Karikatur im Hause Strauß ein gewaltiges Donnerwetter verursacht hat.

Das Ende der Ära Strauß kam überraschend. F. J. S. war Gast bei einer Jagdeinladung des Fürsten von Thurn und Taxis und brach plötzlich nach seiner Landung mit dem Hubschrauber in Regensburg bewußtlos zusammen. Er wurde sofort im dortigen Klinikum behandelt, konnte aber nicht mehr gerettet werden. Von der eindrucksvollen Trauerfeier blieb mir ein Bild von dramatischer Wucht in Erinnerung. Sein Sarg wurde in der Dunkelheit auf einer Lafette, wie bei einem Kriegshelden, von einem düsteren Gespann zum Siegestor gezogen und verschwand durch den weiß angestrahlten Torbogen langsam in der beginnenden Nacht.

Neuer Ministerpräsident wurde Max Streibl. Er war gebürtiger Oberammergauer und hatte das Gymnasium in Ettal besucht. Bei den Passionsspielen 1950 hatte er als Ölberg-Engel die höheren Weihen erhalten. Mein Vater, der Spielleiter, war für ihn ein unübertroffener Künstler und ein unbestechlicher, gradliniger Mensch. Max Streibl wurde der erste Umweltminister in Bayern, lernfähig, progressiv und entschlußfreudig. Schließlich übernahm er das Finanzministerium und machte dabei eine gute Figur. Von allen bayerischen Ministern, seit König Ludwig II., war er der Schönste.

Der gewichtige Bundeskanzler schwelgte in Weltpolitik und hatte als Geburtshelfer für Europa alle Hände voll zu tun. Ende Mai war George Bush in Bonn sein Gast und auf dem Programm stand auch ein Ausflug auf dem Rhein. Dazu war ich eingeladen und hatte bei dieser Fahrt Gelegenheit, mit etwa hundert Gästen, Ministern, Parteigrößen, Industriellen und einigen namhaften Exoten exklusive Studien zu machen. Der Bundespressesprecher Johnny Klein riß mich überfallartig aus meinen Beobachtungen und schleppte mich an den großen, runden Tisch, an dem Kohl und Bush mit ihrem Hofstaat tafelten. Mit der Geste eines Zirkusdirektors stellte mich der Gastgeber dem amerikanischen Präsidenten vor. Dabei konnte er ihm eine hübsche Überraschung bieten. An diesem Tag, dem 31. Mai 1989, war eine Karikatur von mir in der *Süddeutschen Zeitung* erschienen, die auf diesen Schiffsausflug Bezug nahm. Ich hatte Maggie Thatcher als Loreley gezeichnet, auf ihrem Felsen Harfe spielend und singend – tief unter ihr das Schiff mit Kohl und Bush. Und der Matrose Kohl warnt Bush: »Nicht hinschauen, George, hier sind schon viele abgesoffen.« Johnny Klein, wie immer vorausschauend und fix, hatte bereits die *Süddeutsche Zeitung* für Bush zur Hand, und der Präsident betrachtete vergnügt die Karikatur, während Kohl dabeistand, als hätte er diese Karikatur erfunden.

In München war der Bau der Staatskanzlei in Angriff genommen worden. In den Lärm der Baumaschinen mischte sich das Dauerfeuer der Kritik. Um gestalterisch die Angriffsflächen zu reduzieren, berief Streibl eine Beratergruppe, die als Puffer zwischen Architekt, Ministerpräsident und kritischer Öffentlichkeit wirken sollte. Dem entsprach die Zusammenstellung: Stadtbaurat Uli Zech, Otto Meitinger als Präsident der TU, Alexander von Branca, Peter Lanz als Präsident der freien Berufe und ich, als Präsident der BYAK. Der mächtige Baukörper mit dem historischen Kuppelblock mußte als Verwaltungsbau, als »Beamtensilo«, den königlichen Hofgarten mit seinem ausgewogenen Maßstab beeinträchtigen. Darum schlug Siegert vor, die Fassade am Hofgarten wie eine Orangerie mit einer vorgesetzten Verglasung zu gestalten. Die Fassade zum lauten F. J. Strauß-Ring sollte als Mauer mit konventionellen Fensteröffnungen errichtet werden. Diese Fassadendiskrepanz an einem Baukörper widerspricht dem Qualitätsanspruch einer konsequenten modernen Architektur. Der Kritiker Gottfried Knapp formulierte es in der *Süddeutschen Zeitung* so: »Die Staatskanzlei ist ein echter bayerischer Architektur-Wolpertinger.« Immerhin ist diese Mischung lebensfähig, und der technisch-funktionale Organismus entspricht den Anforderungen von Verwaltung und Repräsentation.

Das Jahr 1989 mit seinen tiefgreifenden Veränderungen im Ostblock mündete in ein 1990, in dem unsere deutsche, aber auch die bayerische Politik in den Sog der deutschen Wiedervereinigung geriet. Alle physikalischen Gesetze kamen dabei zur Geltung: Druck, Spannung, Anziehungskraft, Fliehkraft und freier Fall – alles in dramatischer Folge. Manchmal schien es mir, als hätten unsere schwarzen, roten, grünen und gelben Staatsphysiker dabei die elementaren Grundkenntnisse vergessen. Tränen der Freude und der Verzweiflung mischten sich, und das Brandenburger Tor wurde zum Wellenbrecher und zur Schleuse.

In dieser Zeit flog ich mit meiner Frau zu einer stinknoblen Geburtstagsfeier nach Zürich, im legendären Hotel »Storchen«. Die Gespräche der hochgestimmten Gäste waren beherrscht von den Veränderungen der Lebensverhältnisse zwischen Rhein und Oder, und es fehlte nicht an selbsternannten Propheten. Ein hochkarätiger Banker verkündete mit Metall in der Stimme, daß sein Geldinstitut sich bereits die Filetstücke im Leipziger Stadtkörper gesichert hätte und die Planungen für diese Projekte angelaufen seien. Wie ein Feldherr schaute er um sich, ein Feldzug ganz besonderer Art war angelaufen – Stoßrichtung Osten. »Wissen Sie, was Sie damit anrichten?« fragte ich ihn, »sicher bauen Sie Banken, Versicherungen und Supermärkte – lauter Objekte, die den Menschen im Osten das Geld aus den Taschen ziehen, statt Produktionsstätten zu errichten, in denen Geld verdient werden kann.« Das mochte der Banker gar nicht hören und drehte mir den Rücken zu. Sicher hielt er mich für einen Sozialisten oder für einen Dummkopf.

Ich hatte auch kein gutes Gefühl, als in der Kammer der Architekten-Run in die neuen Bundesländer bekannt wurde. Der Pleitegeier hatte Aussicht, zum Wappenvogel der neuen Bundesländer zu avancieren. Auch der spendable Wechselkurs 1:1 für die Einführung der westlichen D-Mark wirkte keineswegs wie der Urknall für die Erschaffung einer prosperierenden, demokratischen Gesellschaft. Auf einen kurzen Kaufrausch folgte ein anhaltender Kater.

In München fand nun, fünfzehn Jahre später, der Versuch der Architektenkammer, die Aufmerksamkeit der Stadtregierung auf das Gelände der Bundesbahn und seine Bebauungsmöglichkeiten zu lenken, eine aussichtsreiche Fortsetzung. Endlich konnte ein städtebaulicher Wettbewerb durchgeführt werden, dessen Ergebnis den Weg für weitere Realisierungswettbewerbe freimachte. Damit fanden auch die undurchsichtigen Grundstücksverkäufe ein Ende, die seit Jahren von der multifunktionalen Firma ELSID im Auftrag der Bundesbahn betrieben worden waren. Mehr noch: Der schlitzohrige Unternehmer hatte aus naheliegenden Gründen ein Monopol darauf und zudem zuverlässige Verbindungen zu den Finanzspezialisten der CSU. Dieser Sondermakler hatte auch eigene Projekte laufen, die er auf gut geölten Schienen ans Ziel brachte. Durch den Staatsanwalt kam Licht in die dunklen Geschäfte, und auch der stellvertretende Stadtbaurat trieb auf einer Welle von Korruptionsfällen vor den Kadi. Der Drahtzieher, der ELSID-Chef, landete im Knast. Allerdings war es ihm möglich, über einen pensionierten Partner vergangener Jahre seine Geschäfte weiterlaufen zu lassen. Wenn München in der Arktis läge, dann würde ich sagen, daß gerade nur an der Spitze des Eisberges gekratzt worden war.

Im Frühjahr 1991 wurde mir vom Ministerpräsidenten der bayerische Maximiliansorden für Wissenschaft und Kunst verliehen. Diesmal habe ich die noble Dekoration angenommen. Hier wird die Verleihung mit herausragenden Leistungen auf den Gebieten von Wissenschaft und Kunst begründet. Die Aufnahme in die Ordensgemeinschaft, die hundert Mitglieder nicht überschreiten darf, hat mich sehr geehrt, und ich fühle mich im Kreise von Alexander von Branca, Fritz Koenig, Otto Meitinger, Heinz Friedrich und Vicco von Bülow freundschaftlich eingebunden. Von den großen Wissenschaftlern, den Nobelpreisträgern, den Literaten und Künstlern fällt auch noch ein zusätzlicher Glanz auf mich, den ich gern annehme. Nach der Ordensverleihung kam Ernst Jünger auf mich zu, um mich kennenzulernen, wie er sagte, und ich freute mich, diesem 96jährigen Einzelgänger zu begegnen. Seine Bücher hatte ich fast alle gelesen, war oft gepackt, aber auch manchmal etwas angestrengt gewesen. Militaristische, nationalistische oder inhumane Gefühle konnte er in mir nicht wecken. Sein unersättlicher Wissensdurst, der dem Mikro- und Makrokosmos galt, hatte mich fasziniert. Er hat als einziger versucht, das Phänomen Krieg geistig und emotional zu analysieren und zu begreifen. Beim Festessen im Kaisersaal der Münchner Residenz saß ich neben Jünger und beobachtete seine ruhige Hand beim Löffeln der Suppe, den fachmännischen Genuß des wunderbaren alten Cognacs und die Freude an einer guten Zigarre. So war er auch noch, als er die einhundert Jahre überschritten hatte.

Bei einem Sommerfest des Landtagspräsidenten im Schloß Schleißheim begrüßte mich der große Physiker, Professor Maier-Leibnitz, ebenfalls Träger des Maximiliansordens, mit einem Blick auf meine Ordensminiatur am Revers und sagte lächelnd: »Es freut mich, daß Sie das Ding haben – es gab ja einmal ein Problem. Die Ordensgemeinschaft hatte Sie mit großer Mehrheit dafür vorgeschlagen, aber F. J. Strauß hat Sie dann von der Liste gestrichen.« Sieh' da – die kleine Rache des großen Zampano!

Wars das?

Seit Jahren begleiten mein Leben mit seinen Berufen und der großen Familie die Schatten meiner Erinnerung an den Krieg. Einmal im Jahr traf ich die Schicksalsgenossen von damals, die Ingolstädter Pioniere und – meist in Tübingen – die Überlebenden der 78. Sturmdivision. Dann saßen wir beisammen, schauten uns an und prüften, was das Leben nach dem schrecklichen Krieg aus uns gemacht hatte. Die Alten waren oft müde und traurig, weil die Jungen an ihrer Vergangenheit nicht interessiert waren. Weil sie die für sie unverständlichen Erzählungen nicht hören wollten und sich anderen Dingen zuwandten und mit ihresgleichen Spaß haben wollten. Das müsse man verstehen, sagte ich meinen Kameraden von damals. Junge Leute sind aktiv, sie wollen dabei sein und mitreden. Und wenn sie das nicht können, dann werden sie unruhig und ihr innerer Motor dreht sich im Leerlauf. Mit unseren Erlebnissen können sie nichts anfangen, denn sie waren nicht dabei und müssen zuhören und vor allem – sie werden nie begreifen, daß wir uns für einen Verbrecher in die Pfanne hauen ließen. Nein, wir müssen das so hinnehmen, wie wir es zu spüren bekommen. Dann reden wir, und die Verkrampfungen lösen sich. Die alten Männer, Großväter, und ihre Frauen, die sie begleitet haben, lachen wieder und sind stolz auf ihre aufmüpfigen Kinder. Danach gehen wir wieder auseinander. Wir konnten uns in die Augen schauen, weil wir in scheußlichen Zeiten gut miteinander umgegangen sind. Das bißchen Marschmusik, mit der die alten Knochen geprüft werden, ist Begleitung, aber nicht Inhalt. Und wenn beim »Guten Kameraden« die Augen feucht werden, dann ist das Trauer um jene, die einst an unserer Seite waren, und kein nationalistischer Ausbruch.

Solche Gemütslagen trifft auch die Ausstellung »Vernichtungskrieg – Verbrechen der Wehrmacht 1941–1944«. In München gab es großen Zulauf und heftige Auseinandersetzungen. Für die *Süddeutsche Zeitung* interviewte mich eine Journalistin nach einem Besuch der Ausstellung; dem Bericht wurde ein Foto beigegeben, das mich als Kompaniechef in Rußland zeigt. Ich hielt die Ausstellung für wichtig, beanstandete aber ein paar Unrichtigkeiten. Für irreführend hielt ich die Vermischung des Partisanenkrieges mit den kämpfenden regulären Streitkräften. Außerdem berichtete ich von dem Mordversuch der SS an den Juden von Sanok, wie ich es beschrieben habe. Aber als »Verbrecher« empfand ich mich nicht. Persönlich bin ich von der Ausstellung nicht betroffen, aber ich bedauere die Konstruktion eines Kollektivs, wonach »die Wehrmacht« insgesamt verbrecherisch gewesen sein soll.

Der Bericht in der *Süddeutschen Zeitung* verschaffte mir eine Einladung zu einem Abendessen bei dem erfolgreichen Unternehmer Abrasha Arluk im Münchner Herzogpark. Mit meiner Frau und dem *SZ*-Redakteur Wilhelm Saekel tafelten wir, köstlich und üppig bewirtet von Frau Arluk, von einer eindrucksvollen Familie herzlich angenommen. Nach dem Essen nahm mich Abrasha Arluk zu einem besonderen Gespräch zur Seite. Er war mit achtzehn Jahren als Partisan in den Wäldern zwischen Minsk und Borisow gewesen und hatte gegen die Wehrmacht und ihre Versorgungslinien gekämpft. Er wollte wissen, wo in Rußland ich eingesetzt gewesen war. Das sagte ich ihm und erzählte die Geschichte, wie ich auf der Fahrt aus dem Urlaub an die Front in einer Maiennacht 1943 auf der Bahnstrecke zwischen Minsk und Borisow eine schwere Granate zwischen den Gleisen entschärft hatte, die von Partisanen dort zur Sprengung des Transportes verlegt worden war. Abrasha Arluk schaute mich an und schwieg. Dann fragte er nach dem Datum dieser Nacht und nach dem Ort, den ich genau beschreiben konnte – den Bahndamm, links und rechts Sumpf und im Hintergrund den Schatten eines großen Waldes. »Diese Granate haben wir damals verlegt und zur Sprengung vorbereitet«, sagte er. Ich atmete tief durch, um mich zu fassen. »Und warum habt ihr die Granate nicht eingegraben, sondern offen verlegt?« fragte ich ihn, als ginge es um einen fehlgeleiteten Koffer. »Wir hatten keine Zeit mehr dazu und hofften, daß der Lokführer die Granate zwischen den Gleisen übersehen würde«, sagte er und schaute, als wäre das damals nur ein kleines Versteckspiel gewesen. Das war unglaublich! Nach fünfundfünfzig Jahren trafen sich zwei Männer, die fast 3000 Kilometer von München entfernt in einer Nacht, auf Schußweite entfernt, ein gewaltiges Feuerwerk verpaßt hatten, das mehr als tausend Mann in den Sumpf geschleudert und getötet hätte, wenn ich die Granate nicht entschärft hätte. Abrasha Arluk und ich haben unsere Frauen angeschaut und auf das Leben getrunken.

Im Juli 1991 war es Zeit für mich, mein Amt als Kammerpräsident abzugeben. Fünfmal war ich für jeweils vier Jahre von der Vertreterversammlung gewählt worden; jetzt war ich 75 Jahre alt. Ich konnte mit gutem Gewissen gehen. Die Organisation war in bestem Zustand. Die wachen Gesichter meiner Kollegen im Vorstand, des langen Dömges, des sportlichen Steinhauser, des witzigen Schmidt-Schicketanz, würden mir fehlen. Herrgott, das waren Kerle, mit denen sich gut arbeiten und streiten ließ. Und ich war auch stolz darauf, das Vertrauen unserer großen Architekten zu haben, von Bea und Walter Betz, den Schöpfern der sensationellen Hypobank, des dynamischen und risikofreudigen Kurt Ackermann, des kritischen Analytikers P. C. von Seidlein und des mit allen Architektenwassern gewaschenen Fred Angerer. Es war auch erfreulich zu sehen, wie endlich immer mehr Frauen auf die Plätze kamen, die ihnen zustanden. Nach meiner Erfahrung sind Architektinnen genauso begabt wie die Männer, oft genug erweisen sie sich als zuverlässiger als die robusten Männer.

Mein Nachfolger wurde Peter Kaup, der sich schon seit einigen Jahren in kritischen Situationen vor Ort oder bei der Bundesarchitektenkammer in Bonn bewährt hatte. So konnte ich mich mit gutem Gewissen als Präsident von meinen Brüdern und Schwestern im Geiste verabschieden und zog mich, von der Vertreterversammlung einstimmig zum Ehrenpräsidenten ernannt, auf den Platz eines einfachen Vertreters zurück. Von der Verantwortung und Last der bisherigen Amtsführung war ich nun frei, und die politische Karikatur wurde Mittelpunkt meines fortgeschrittenen Alters.

Und die Politik blieb nach wie vor voller Überraschungen. Der Ministerpräsident Max Streibl kam in der kräftig von den Medien ausgeschlachteten »Amigo-Affäre« unter starken Druck. Zudem war er bei der Wortwahl zur Rechtfertigung eines forschen Polizeieinsatzes gegen Demonstranten beim G7-Gipfel reichlich ungeschickt. Aber hier spielte ihm die falsche Selbsteinschätzung einen Streich. Er hielt sich, volksnah und leutselig, für einen Mann mit Humor und des schnellen Witzes mächtig. Dabei war er nur gerne lustig und hatte Spaß am bayerischen »Frozzeln«. Er wurde gründlich mißverstanden und für Dinge in die Pfanne gehauen, für die ganz andere Potentaten vor ihm ungeschoren geblieben waren. Seine dünne Haut hielt das nicht aus, und er warf das Handtuch. Edmund Stoiber übernahm sein neues Amt, wie von einer Sehne geschnellt, und führt, im Unterschied zum Hirschfänger des braven Max Streibl, im Nahkampf eine blitzende Damaszenerklinge.

Sechs Jahre nach der Anregung von Gerold Tandler übernahm der bayerische Staat den Fundus meiner Karikaturen und gliederte ihn dem Bestand der »Neuen Sammlung« ein, die für Design und angewandte Gestaltung zuständig ist. Zu der Eröffnungsausstellung kam ein prächtiger Band heraus: »Ernst Maria Lang, Bayern und Ereignisse der Welt«. Von der »Neuen Sammlung« aus gehen die Blätter in Ausstellungen oder stehen zu wissenschaftlicher Auswertung zur Verfügung.

Auf meine alten Tage ereilten mich unerwartete Ehrungen wie der »Hoegner-Preis«, den die Landtagsfraktion der SPD überreicht. Wilhelm Hoegner habe ich als klugen und unbestechlichen Politiker verehrt und war auf den persönlichen Kontakt mit ihm stolz. Auch die goldene Verfassungsmedaille des Bayerischen Landtags habe ich gern angenommen.

Aber diese sonnigen Ereignisse wurden von einem riesigen schwarzen Schatten überlagert, der mich zehn Jahre nach dem Tod meiner ersten Frau eiskalt traf. Meine älteste Tochter Petra starb an Krebs. Die Parallele zur Krankheitsgeschichte der Mutter war erschütternd. Petra hatte gerade angefangen, ihre ausgeprägten Talente in der künstlerischen Gestaltung und im Schreiben praktisch umzusetzen und pädagogisch anzuwenden, nachdem die Töchter Michaela und Barbara erwachsen waren, ihre Studien abgeschlossen hatten und erfolgreich ins Berufsleben gestartet waren. Der Tod schlug dazwischen. Petra konnte nicht mehr erleben, daß Michaela, die begabte Architektin, mit ihrem Mann, dem tüchtigen

Kollegen Jörg Franke, Mutter wurde und mich zum Urgroßvater machte. Die Spur, die Petra mit ihrem Mann Willi Meßmer gelegt hatte, wurde zu einer Straße, die in eine überschaubare Zukunft führt.

In der Tradition, die der Bundespräsident Gustav Heinemann begründet hatte, lud fast zwanzig Jahre später sein dritter Nachfolger, Richard von Weizsäcker, die politischen Karikaturisten des nunmehr vereinigten Deutschlands zu einer Begegnung in das Schloß Bellevue nach Berlin. Es war das erste Zusammentreffen von Karikaturisten, die diesseits und jenseits des Eisernen Vorhangs mit unterschiedlicher Freizügigkeit gezeichnet hatten. Richard von Weizsäcker nahm uns alle symbolisch in den Arm und war bemüht, als Anwalt kritischer Freizügigkeit noch immer spürbare Unterschiede bei Ossis und Wessis zu glätten. Drei Jahre vergingen, da lud auch der neue Bundespräsident Roman Herzog, wie seine Vorgänger, gleich nach der Amtsübernahme die politischen Karikaturisten zu einem festlichen Abendessen ins Schloß Bellevue ein. Roman Herzog, längst mit den höchsten politischen Weihen versehen und im Kern ein lebenskluger und saftiger Niederbayer geblieben, begrüßte uns locker und unorthodox. Er machte es mir, den Schmeichler auch »Doyen« nennen, als ältestem Zeichner leicht, genauso locker zu antworten. Ich durfte an der Tafel zu seiner Rechten sitzen und hörte wohl als erster, daß er nur eine Amtsperiode lang oberster Repräsentant der Bundesrepublik sein wollte. Die Öffentlichkeit erfuhr erst später davon mit spontanem Bedauern.

Berlin veränderte im Zentrum der neuen Machtentfaltung sein Gesicht und profilierte sich als Bundeshauptstadt. Die politische Entscheidung dafür fiel im Bundestag knapp aus. Ich dachte an das Beispiel der USA, wo die Politik im historischen Topos am Potomac gemacht wird, in Washington D. C., und wo neben der UNO die Moderne und die tollen Experimente für Kultur und Gesellschaft in der Gigatown New York stattfinden. So eine Konstellation hätte mir auch für die Bundesrepublik gefallen. In Bonn die Politik und in Berlin die Geburtswehen einer Nation im Umbruch.

Anfang Dezember 1996 stand mein 80. Geburtstag ins Haus. Ich gedachte ihn mit einer Ausstellung eines Querschnitts meiner Karikaturen seit 1945 zu markieren. Im Stadtmuseum wurde von Dr. Till, dem Direktor, und Dr. Hufnagel, dem Leiter der Neuen Sammlung, eine eindrucksvolle, gelungene Präsentation veranstaltet. Dazu wurde vom Bayerischen Fernsehen ein Film über mein Leben gedreht, der in der Ausstellung gezeigt und im bayerischen Programm gesendet wurde. Das hätte eigentlich genügt. Aber die Architektenkammer, der Süddeutsche Verlag und die Landeshauptstadt München veranstalteten im Alten Rathaus eine öffentliche Feier. Sie wurde hinter meinem Rücken organisiert, hat mir aber dann doch gefallen. Edmund Stoiber, Renate Schmidt, Gernot Sittner, Theo Waigel, Christian Ude, Peter Kaup und alle, die auf meinem Weg und für meine Arbeit wichtig waren, fanden sich ein. Meine Familie, die Freunde, Kollegen, Kameraden und Spezln bildeten einen dichten Kreis, dampfend vor Wohlwollen, Sympathie und Liebe. Sechs Stunden lang stand ich auf blankem Parkett, und als ich mit meiner Frau nach Mitternacht ging, hatte ich meine angeschlagene linke Hüfte vollends ruiniert.

Im Sommer darauf bekam ich das erste Ersatzteil meines Lebens, eine neue Hüfte, aus der Werkstatt des Professors Rainer Gradinger, die mir in der Klinik Rechts der Isar meisterlich montiert wurde. Damit die Bäume nicht in den Himmel wachsen, stellte ich wenig später ein bedenkliches Nachlassen meiner Sehkraft fest. Kurz entschlossen verkaufte ich mein Auto und stieg auf Taxis und öffentliche Verkehrsmittel um. Das fand der Augenarzt sehr klug, denn er hatte links und rechts einen grauen Star festgestellt. »Den operieren wir«, sagte mein Zweimeterdoktor von höchster Warte und beorderte mich an meinem Geburtstag zur Operation ins Harlachinger Krankenhaus, gleichzeitig mit meinem Freund Ernst Hürlimann, der vom gleichen Doktor den gleichen Befund erhalten hatte! Am gleichen Tag wurden wir nacheinander operiert und schauten gleichzeitig mit neuen Augen in eine neue, glasklare Welt. Damit war die Angst beseitigt, nicht mehr zeichnen zu können. Jetzt war es wieder ein Vergnügen, jeden Strich sicher unter Kontrolle zu haben.

Beim Salvatoranstich auf dem Nockherberg, dem rituellen Auftakt zur Starkbierkur für die »Großkopferten« aus der Politik, lud mich Oberbürgermeister Christian Ude namens der Landtagsfraktion der SPD ein, als Wahlmann für seine Partei Mitglied der Bundesversammlung zur Wahl des Bundespräsidenten zu Pfingsten 1999 in Berlin zu werden. Als Demokrat konnte ich diese große Ehre nicht ausschlagen. Das spektakuläre Ereignis traf mit einer anderen Veranstaltung zusammen, zu der ich in jedem Fall in Berlin sein wollte. Zwei Tage vor der Wahl des Bundespräsidenten war eine Ausstellung mit Karikaturen über die bisherigen sieben Amtsinhaber im neuen Bundespräsidialamt anberaumt. Ich flog mit meiner Frau am 21. Mai nach Berlin. Am Nachmittag nahmen wir an einem Stehempfang des Bundespräsidenten Herzog im Schloß Bellevue, in Anwesenheit des Altpräsidenten von Weizsäcker, für die politischen Zeichner teil. Zur Eröffnung der Ausstellung sprachen souverän, humorig Roman Herzog und gönnerhaft der Sponsor der Ausstellung, der BMW-Chef Prof. Milberg. Zum Abschluß durfte ich, wieder einmal als Vertreter der Karikaturisten, satirisch eingefärbte Anmerkungen machen. Die Veranstaltung wurde zu einem Treffen namhafter Politiker, Minister, Abgeordneter und bekannter Journalisten mit den eigentlichen Hauptpersonen dieses Abends, den meist recht scheuen Zeichnern. Die von einer Frau gezeichnete Satire repräsentierte Marie Marcks, die gescheiteste und konsequenteste künstlerische Interpretin von Politik. Ein schönes Buch mit den Objekten der Ausstellung dokumentierte die Arbeiten der dreißig Zeichner: »Zu Lande, zu Wasser und in der Luft – Die Bundespräsidenten von 1949 bis 1999 in der Karikatur.«

Am 22. Mai trafen die Mitglieder der Bundesversammlung in Berlin ein. Am Nachmittag versammelten sich die Wahlmänner und -frauen der SPD im neuen Plenum des alten Reichstages. Mit großer innerer Spannung betrat ich das historisch schwer belastete Architekturfossil, dem der berühmte Architekt Sir Norman Foster ein staunenswertes neues Innenleben eingebaut hat. Peter Struck, der Fraktionsvorsitzende der SPD im Bundestag, begrüßte die Versammlung und hob die prominenten Persönlichkeiten angemessen heraus. Am Schluß nannte er meinen Namen und fügte hinzu: »... über den ich mich oft gefreut, aber auch oft geärgert habe.« Na, Gott sei Dank! Damit war ich nicht als Schweifwedler, sondern eher als Widerborst, als unabhängiger Gast in der Fraktion apostrophiert. Am Abend trafen wir im Kulturzentrum unweit der Philharmonie zu einem aufbauenden Essen. Bundeskanzler Schröder grüßte freundlich-flüchtig, Johannes Rau mit dem Augenaufschlag eines Menschen ohne Arg. Scharping, straff und self-controlled, Clement, journalistisch-kollegial, und H.-J. Vogel, glaubhaft allwissend und – fast all-verstehend. Und alle Wichtigen waren da – reichhaltige Ausbeute für einen politischen Zeichner.

Am 23. Mai 1999 war der große Tag. Ich saß mit meiner Frau, die mich begleitete, im Plenum, jetzt zusammen mit den übrigen Parteien. Wolfgang Thierse, der Bundestagspräsident, der mich immer an einen jüngeren Propheten aus dem Alten Testament erinnert, eröffnete würdig. Die Wahl nahm einen souveränen, routiniert gesteuerten Verlauf, der unter spürbarer Spannung stand. Zwischen den Wahlgängen stand und plauderte man locker unter dem dekorativen Bundesadler. Bei der Opposition, von dem Schwarzen Riesen überragt, waren viele, die mich seit Jahren kannten und meine Anwesenheit in der linken Hälfte des Plenums geflissentlich übersahen. Nur der redliche, herzliche Theo Waigel kam ostentativ auf mich zu und fand nichts dabei, daß ich mich für diesen Tag nicht bei den Schwarzen niedergelassen hatte. Nach dem zweiten Wahlgang brauste vom linken Flügel bis zur Mitte ein gewaltiger Beifall für den Sieg von Johannes Rau auf. Als dann der Gewählte seine nachdenkliche, anrührende Rede gehalten hatte, klatschten bei der Opposition nur Theo Waigel und ein paar unabhängige Geister. Die Masse der Unterlegenen, an der Spitze ihre Vorsänger, zog die Köpfe ein und machte finstere Gesichter. Das war kein guter Stil in einem demokratischen Parlament. Der Tag der Präsidentenwahl war für mich ein reicher, ein großer Tag, in der letzten Runde meines öffentlichen Lebens.

Den Reichstag und sein neues Innenleben habe ich mir genau angeschaut. Im Plenum geht der Blick in eine enorme Höhe und nimmt in der strahlenden Glaskuppel mit dem kristallinen Mehrzweckzapfen krabbelnde schwarze Insekten wahr, die richtige Menschen sind, auf Besuch im Kopf der Bundesrepublik Deutschland. Die gegliederte Sitzordnung wird von den freigespannten Tribünen nach oben abgeschirmt; der Raum in intensivem Blau und feinem Grau ist ästhetisch eindrucksvoll. Mit dem metallenen

Bundesadler an der Stirnseite erhält das Zentrum der Politik unseres Landes mehr als Würde. Der Bundestag ist eine Stätte für Kopfarbeit. Hier wird nicht gebetet, sondern gestritten, gelacht, gelogen und auch Unvergeßliches gesagt. Darum ist die Innenarchitektur schön, aber viel zu feierlich. Die Diskrepanz zwischen großer Form und kleinen Wichten reizt zur Satire. Aber vor den Handschriften russischer Soldaten an der Wand im Wandelgang stand ich still und war betroffen. Das ist mehr als Kunst im Raum, das sind Spuren von Geschichte und Leben. Über den Potsdamer Platz bin ich erschrocken. In wenigen Jahren werden hier Gestalten aus dem Boden gestampft, für die ein Stadtkörper – ohne das Fieber forcierten Wachstums und ohne rücksichtlose Machtdarstellung – wohl Jahrzehnte brauchen würde. Die Bauten für das Bundeskanzleramt und den Bund im Spreebogen repräsentieren ein Deutschland, in das sich in den architektonischen Formen anachronistisches Pathos eingeschlichen hat.

Meine Zeit gehört nun vor allem der politischen Karikatur in der *Süddeutschen Zeitung* und der kreativen Kontemplation. Das wird so sein, solange die grauen Zellen mobil bleiben, das Auge scharf und die Hand ruhig ist. Für meine Kollegen und Freunde will ich ein Partner bleiben, mit dem man reden und lästern kann, und der Chefredakteur Gernot Sittner soll sich auf mich verlassen können.

Das Jahr 2000 schmilzt zusehends. Man dreht sich ein paarmal um, und schon ist ein Jahr dahin. Aber im Alter dreht man sich langsamer und kann auf das Panorama der Vergangenheit zurückschauen, mit Menschen, Menschen, Menschen, und ich sehe meine Zeitgenossen, Weggenossen und Freunde. Ich kann sie ganz nahe heranholen und ihnen in die Augen schauen und ihnen dafür Dank sagen, daß sie mir oft Mut gemacht und geholfen haben. Das konnte ich ihnen damals nicht sagen, als sie noch lebendig waren. Nahe bei mir steht meine ziemlich groß geratene Familie. Meine Kinder und Pflegekinder, von denen ich nie – wie viele Väter – erwartet habe, daß sie die klügsten, tüchtigsten und großartigsten Typen auf der Welt werden, sondern hoffte, daß sie mit ihrem Leben fertig werden und zufrieden sind. Dann wollte auch ich zufrieden sein. Und die Enkel, alle schon ganz oder fast erwachsen, mit ihren

Träumen, Zielen, auch schon mit Erfolgen, aber immer auch mit Sinn für die Wirklichkeit. Die Liebe meiner alten Tage begleitet sie. Und nun erst die Urenkel. Sie haben noch keine Ahnung von dem, was auf sie zukommt. Aber sie werden es genauso anpacken, wie wir es gemacht haben, als wir so jung waren. Das zu beobachten wird mich noch eine Zeit lang wachhalten, und dafür bin ich ihnen dankbar.

Jetzt lehne ich mich zurück, die kleine, warme Hand meiner Frau in meiner großen, und lege die Füße auf meinen Zeichentisch. Mein Blick geht über meine Fußspitzen nach Süden, zu den Bergen meiner frühen Jahre, zur Zugspitze und zum Ettaler Mandl, das wie ein Spielzeug davor liegt. Dort spielen sie im Dorf meiner Kindheit wieder die Passion. Von der offenen Bühne hallt das »Hosianna«, »Kreuziget ihn« und das »Halleluja« in das Tal hinaus und verweht. Dieses Bild vor mir wird vom dunklen Saum des Forstenrieder Parks gerahmt. Noch näher liegt der Sollner Waldfriedhof mit der riesigen Eiche. Unter seiner Krone ist der Platz in absehbarer Zeit für mich und etwas später für meine Frau – der Ort, wo für uns die Ewigkeit beginnt. Aber noch lebt die Krone, im Sommer eine grüne Wolke und im Winter ein dichtes Gespinst vor dem Schneehimmel, wo sich die Eichhörnchen jagen und die Vögel auf alles pfeifen, was sie sehen. So, wie es der Karikaturist ein Leben lang gehalten hat. Das war's, ja, das war's wirklich – sonst hätte ich dieses Buch nicht geschrieben.

Namenregister

Ingeborg Bachmann

Bilder aus ihrem Leben

Mit Texten aus ihrem Werk und 222 Abbildungen. Herausgegeben von Andreas Hapkemeyer. 162 Seiten. Serie Piper

Dieser Text-Bild-Band vermittelt einen Überblick über Leben und Werk Ingeborg Bachmanns. Über einen Zeitraum von fünfzig Jahren dokumentieren die Fotos und Texte ihre Lebensbereiche, zeigen ihre zahlreichen Reisen und belegen ihre Beziehungen zu anderen Schriftstellern wie auch ihre Mitgliedschaft bei der Gruppe 47. Durch Gedichte, Auszüge aus der erzählenden Prosa, aus Hörspielen und essayistischen Arbeiten wird die Vielfalt von Bachmanns schriftstellerischem Schaffen exemplarisch dargestellt. Die Texte und Auszüge aus Interviews geben wichtige Hinweise auf die zahlreichen Quellen ihres Schreibens. Aus dem Neben- und Ineinander von Fotos und Texten entsteht ein ebenso sensibles wie anschauliches Porträt der Dichterin.

Yehudi Menuhin

Unvollendete Reise

Lebenserinnerungen. Aus dem Englischen von Isabella Nadolny und Albrecht Roeseler. 480 Seiten. Serie Piper

»Die Geschichte dieser geradezu fabulösen Künstlerkarriere ist den Enthusiasten bekannt: seine Konzerte unter Toscanini, Busch, Bruno Walter und Furtwängler, seine Begegnungen mit Bartók und Enesco, seine Freundschaft mit Oistrach und Casals, seine Tourneen mit Benjamin Britten, Wilhelm Kempff, Gerald Moore und Schwester Hephzibah, seine Zusammenarbeit mit Karajan und Pierre Boulez, seine Betätigung als Dirigent und als Leiter der Festivals in Gstaad, Bath und Windsor. Aber vom Privatleben dieses Künstlers, seinen jugendlichen Träumen, ›der Menschheit Frieden zu bringen‹, den Illusionen, die Völker durch Musik zu versöhnen, von seiner großen Begabung zur Freundschaft wußte man bislang zu wenig … Was Menuhin den meisten Lebenserinnerungen voraushat, ist die hohe Intelligenz und sein erzählerischer Charme.«

Frankfurter Allgemeine

05/1488/01/L.   05/1278/01/R

SERIE PIPER

Hannah Arendt

Rahel Varnhagen

Lebensgeschichte einer deutschen Jüdin aus der Romantik. 298 Seiten. Serie Piper

»Was mich interessierte war lediglich, Rahels Lebensgeschichte so nachzuerzählen, wie sie selbst sie hätte erzählen können. Warum sie selbst sich, im Unterschied zu dem, was andere über sie sagten, für außerordentlich hielt, hat sie in nahezu jeder Epoche ihres Lebens in sich gleichbleibenden Wendungen und Bildern, die alle das umschreiben sollten, was sie unter Schicksal verstand, zum Ausdruck gebracht. Worauf es ihr ankam, war, sich dem Leben so zu exponieren, daß es sie treffen konnte ›wie Wetter ohne Schirm‹ …«

Diesem Interesse folgend ist es Hannah Arendt gelungen, die Lebensgeschichte dieser ungewöhnlichen Frau nach den unverfälschten Quellen, die Rahels Mann nach ihrem Tode bekanntlich eigenmächtig stilisiert hatte, ebenso einfühlsam wie erhellend nachzuvollziehen.

Finn Jor

Sören und Regine

Kirkegaard und seine unerfüllte Liebe. Aus dem Norwegischen von Gabriele Haefs. 303 Seiten. Serie Piper

»Einer Ungenannten, deren Name einst erwähnt werden wird« – fast sein gesamtes Werk widmete der dänische Philosoph Sören Kierkegaard seiner großen und unerfüllten Liebe Regine Olsen. Erst vierzehn Jahre ist sie, als sie sich in den exzentrischen Theologiestudenten Sören verliebt. Die Verlobung der beiden wird zum Stadtgespräch, doch Sören meint an einem bösen Fluch zu leiden und setzt alles daran, die Verlobung zu lösen … In dieser Liebesgeschichte erwacht das 19. Jahrhundert zum Leben und mit ihm die faszinierende Gestalt eines der bedeutendsten europäischen Philosophen.

»Finn Jor meistert die diffizile Aufgabe der biographischen Annäherung mit Bravour, indem er die tragisch-schöne Liebesgeschichte von Sören Kierkegaard und Regine Olsen mit großem erzählerischem Geschick und fundierter Sachkenntnis nachzeichnet.«
Der kleine Bund, Bern

05/1292/01/L

05/1532/R

Hélène Carrère d'Encausse

Lenin

Aus dem Französischen von Enrico Heinemann. 539 Seiten mit 23 Abbildungen. Serie Piper

Ohne ihn wäre »Kommunismus« eine politische Philosophie geblieben, hätte es keine Sowjetunion gegeben und keine Zweiteilung der Welt im 20. Jahrhundert. Kurz: Ohne Lenin wäre die Geschichte anders verlaufen. Doch wer war dieser Mann? Die berühmte Rußlandkennerin Hélène Carrère d'Encausse durchleuchtet in ihrer hervorragend recherchierten Biographie das Phänomen Lenin und entmystifiziert dabei weitverbreitete Legenden.

»Im richtig berechneten Abstand zwischen Expertentum und Allgemeinverständlichkeit gelingt es der Autorin, ihr Spezialgebiet auf die Bestsellerlisten zu bringen.«
Frankfurter Allgemeine Zeitung

Hans Küng

Erkämpfte Freiheit

Erinnerungen. 621 Seiten mit 66 Abbildungen. Serie Piper

Alles hätte auch ganz anders kommen können. Eine Ausbildung unter den Augen des Papstes im römischen Elite-Institut Collegium Germanicum, die Priesterweihe in Rom, eine aufsehenerregende Dissertation in Paris, mit 32 Jahren Professor für Fundamentaltheologie und Konzilsberater: So beginnen kirchliche Karrieren allerersten Ranges. Aber Hans Küng entscheidet sich anders: für Freiheit statt Anpassung, für Wahrheit statt Kompromiß. In einem sehr persönlichen und gedankenreichen Rückblick auf die ersten vier Jahrzehnte seines Lebens erzählt er, wie aus dem »Mustergermaniker« und potentiellen Kardinal ein Mann des aufrechten Ganges wird, der sich seine Freiheit in der Kirche und teilweise auch gegen sie erkämpft.

SERIE PIPER

PIPER

Klaus Piper
Lesen heißt doppelt leben

Erinnerungen. Unter Mitarbeit von Dagmar von Erffa.
Mit 42 Abbildungen. 272 Seiten. Gebunden

Klaus Piper (1911 – 2000) gehört zu den wenigen bedeuten-
den Verlegern, die Erinnerungen hinterlassen haben. Der
Sohn des Verlagsgründers Reinhard Piper trat 1932 in den
Münchner Verlag R. Piper ein. Im Jahr 1941 wurde er
Teilhaber, 1953 nach dem Tod seines Vaters alleiniger Chef
des Verlags.
Er blieb aktiver Verleger bis Ende 1994.
In seinen Erinnerungen erzählt er von seiner kunstsinnigen
Familie, seiner Jugend in München, seiner Liebe zur Musik
und der Begeisterung für das Klavier, seiner Faszination
durch die Naturwissenschaften. Die Anfänge als Mitarbeiter
des Verlags und die Zeit des Nationalsozialismus nehmen in
der Darstellung einen breiten Raum ein. Im Zentrum des
Buches stehen dann die Begegnungen und die Arbeit mit
den großen Autorinnen und Autoren des Verlags.
Klaus Pipers Buch ist ein Glücksfall. Denn er ist ein wichtiger Zeuge des 20. Jahrhunderts – und dies nicht nur für die
Welt der Bücher, die er entscheidend mitgeprägt hat.

01/1203/01/L

PIPER

Brigitte Seebacher
Willy Brandt

446 Seiten. Gebunden

»Wenn du jetzt nicht schreibst, wer dein Vater ist, arbeite ich
nicht weiter mit an deinem Text!« Diese Szene beleuchtet,
warum Brigitte Seebacher ein einzigartiges Buch über Willy
Brandt geschrieben hat: Sie vermag vieles zu sagen, was der
oft so verschlossene Mann ihr anvertraut hat. Einfühlsam, wie
es nur jemand kann, der jahrelang mit Willy Brandt gelebt
und geredet hat, zeichnet sie sein Porträt. Und zugleich wertet
sie mit der Kompetenz der ausgewiesenen Historikerin und
Journalistin das bislang unbekannte Quellenmaterial aus, zu
dem ausschließlich sie Zugang hat. So werden beispiels-
weise viele der immer weiter wuchernden Legenden rund um
den Rücktritt als Bundeskanzler 1974 widerlegt. Unbekannte Zusammenhänge werden sichtbar, die helfen, die
politische und menschliche Ausnahmeerscheinung Willy
Brandt zu verstehen.

01/1369/01/R